LES LIVRES DE LA TERRE FRACTURÉE 1

La Cinquième Saison

N.K. JEMISIN

LES LIVRES DE LA TERRE FRACTURÉE 1

La Cinquième Saison

ROMAN

Traduit de l'anglais (États-Unis)
par Michelle Charrier

J'AI LU

Collection dirigée par Thibaud Eliroff

Retrouvez-nous sur Facebook :
www.facebook.com/jailu.collection.imaginaire

Titre original
THE FIFTH SEASON
Broken Earth, 1

À ceux qui doivent conquérir
de haute lutte le respect
que n'importe qui d'autre obtient d'office.

Minimal
Arctique
Toundra
Maximal
Désert du Merz
Lumen
Alebid
Allia
Meov
Tirinc
Moyensud
Occidentale
Pieges
de Kiash
Lac
Tekkanis
Mont
Akok
Antarctique
le Fixe
distance en kilomètres
0
1600
3200
N
W
E
S

Prologue

Vous êtes ici

Commençons par la fin du monde – pourquoi pas ? On en termine avec ça, et on passe à quelque chose de plus intéressant.

D'abord, une fin personnelle. Une pensée lui tournera dans la tête encore et encore, les jours suivants, quand elle s'imaginera la mort de son fils en essayant de trouver un sens à ce qui en est aussi foncièrement dépourvu. Elle posera une couverture sur le petit corps brisé d'Uche – sans lui cacher le visage, parce qu'il a peur du noir – et elle s'assiéra à côté de lui, engourdie, indifférente au monde qui, dehors, touche à sa fin. Il l'a déjà atteinte en elle, et ce n'est pas la première fois qu'il en arrive là, ni dehors ni en elle. Elle a l'expérience de ce genre de choses.

Voici ce qu'elle pense, à ce moment-là et plus tard : *Au moins, il était libre.*

Quasi-question que sa facette perdue et sidérée arrive parfois à produire, obtenant toujours la même réponse de sa facette amère et lasse :

Non. Pas vraiment. Pas avant. Maintenant, oui.

*
**

Mais il faut contextualiser. Reprenons la fin, du point de vue du continent.

Considérons cette masse terrestre.

Une masse terrestre des plus banales. Montagnes, plateaux, gorges, deltas – rien que de très ordinaire. Banale, si on oublie sa taille et son dynamisme. Car elle s'agite beaucoup. Comme un vieillard qui remue dans son lit, elle se soulève et soupire, pince les lèvres et pète, bâille et déglutit. Ses habitants l'ont évidemment appelée *le Fixe*. C'est un continent d'ironie amère, quoique discrète.

Le Fixe a eu d'autres noms. Il a été jadis plusieurs masses terrestres distinctes, il est à présent vaste continent sans solution de continuité, mais un jour, à l'avenir, il sera une fois de plus divisé.

Ce jour est proche. Très proche.

La fin commence dans une cité – la plus ancienne, la plus grande, la plus magnifique cité vivante du monde : Lumen, qui fut le cœur d'un empire. Lumen est toujours le cœur de bien des choses, quoique l'empire ait dépéri passé son épanouissement, ainsi que font les empires.

Lumen n'est pas unique par la taille. La région du monde qui l'abrite compte nombre de grandes cités, maillons de la ceinture continentale ornant l'équateur. Ailleurs, sur la planète, il est rare que les villages deviennent villes et les villes cités, car il est difficile de maintenir ces entités politiques en vie quand la terre s'obstine à les dévorer… mais Lumen connaît la stabilité depuis l'essentiel de ses vingt-sept siècles.

Lumen est unique parce que nulle part ailleurs les hommes n'ont osé construire sans se préoccuper de sécurité, de confort ou de beauté, en hommage au seul courage. Les murailles de la cité sont un chef-d'œuvre de mosaïque et de gaufrage délicats qui décrit en détail la longue histoire brutale de ses habitants. La masse de ses bâtiments agglutinés est ponctuée de hautes tours évoquant des doigts de pierre, de lanternes fabriquées à la main et alimentées par cette merveille moderne qu'est l'hydroélectricité, de ponts délicatement arqués tissés de verre et d'audace, de structures architecturales du nom de *balcons*, d'une intrépidité si folle dans leur simplicité qu'ils en coupent le souffle aux spectateurs et que, à en croire l'histoire officielle, nul n'en a jamais construit auparavant. (Mais l'essentiel de l'histoire échappe à l'histoire officielle, ne l'oubliez pas.) Loin d'incruster ses chaussées de pavés faciles à remplacer, Lumen les couvre d'une substance lisse, continue, miraculeuse que les gens du cru appellent l'*asphalte*. Ses bidonvilles même sont impressionnants, cabanes aux murs trop fins que la première tempête emporterait, mais aussi inébranlables aujourd'hui que depuis des générations.

Au centre de la cité se dressent plusieurs bâtisses très élevées. Sans doute ne faut-il pas s'étonner que l'une d'elles surpasse par la hauteur et l'audace tout le reste de la ville : une structure massive reposant sur une base pyramidale en forme d'étoile, aux briques d'obsidienne taillées avec précision. La pyramide n'est autre que la forme architecturale la plus stable, et ce bâtiment est une pyramide puissance cinq, parce que… pourquoi pas ? Et, parce qu'on est à Lumen, une vaste sphère géodésique dont les facettes rappellent l'ambre translucide en occupe le sommet, où elle semble osciller légèrement – bien que, à vrai dire, la moindre partie du socle soit conçue dans le seul but de la porter. Elle a *l'air* en équilibre précaire, cela seul importe.

C'est dans l'Étoile noire que les dirigeants de l'empire se réunissent pour le diriger. La sphère d'ambre abrite leur empereur parfait, préservé avec soin. Il erre par les couloirs dorés, en proie à un désespoir raffiné, il obéit aux ordres, il redoute le jour où ses maîtres estimeront sa fille plus décorative que lui.

De toute manière, peu importent ces endroits et ces gens. Je ne les montre que pour contextualiser.

Voici un homme qui va beaucoup importer.

Vous êtes libre pour l'instant d'imaginer à quoi il ressemble. À quoi il pense. Il est possible que vous vous trompiez, il s'agit de simples conjectures, mais les probabilités s'appliquent malgré tout jusqu'à un certain point. Si on se fonde sur ses actes subséquents, il ne peut à cet instant avoir à l'esprit qu'un nombre limité de pensées.

La colline sur laquelle il se tient est relativement proche de l'Étoile noire aux murs d'obsidienne. De là, il voit l'essentiel de la cité, il sent sa fumée, il se perd dans ses jacasseries. En contrebas, un groupe exclusivement féminin parcourt un chemin asphalté ; la colline fait partie d'un parc très apprécié des Lumeniens. (*Gardez de la verdure dans l'enclos des murailles*, conseille la lithomnésie, mais la plupart des communautés cultivent dans leurs jachères des légumes et autres plantes destinées à enrichir la terre. Il n'y a qu'à Lumen qu'on sculpte la verdure en beauté.) Une des jeunes femmes vient de dire quelque chose qui amuse ses compagnes. La brise porte leur rire jusqu'à l'homme posté sur la colline. Il ferme les yeux pour savourer le léger trémolo de leurs voix et l'écho plus léger encore de leurs pas, ailes de papillons palpitantes contre ses valupinae. Il ne saurait valuer les sept millions d'habitants de la cité, non ; il est doué, mais pas à ce point. La plupart d'entre eux sont pourtant là, oui. *Là*. Il inspire à fond et devient composante de la terre. Les Lumeniens foulent les filaments de ses nerfs ; leurs voix agitent les poils fins de sa peau ; leur souffle ride l'air dont il s'emplit les poumons. Ils sont sur lui. En lui.

Mais il n'est pas, il ne sera jamais des leurs.

« Dis-moi, lance-t-il sur le ton de la conversation, tu savais qu'à l'origine la lithomnésie avait bel et bien été *gravée* dans la pierre ? Pour que personne ne puisse la modifier au gré des modes ou des politiques. Et pour éviter qu'elle ne s'efface.

— Je sais, dit sa compagne.

— Hum, oui, je suppose que tu étais là lors de sa rédaction. J'oubliais. » Il soupire en la regardant s'éloigner puis disparaître à sa vue. « Je ne risque rien à t'aimer. Tu ne me trahiras pas. Tu ne mourras pas. Et je connais dès le départ le prix à payer. »

Elle ne répond pas. Il ne pensait pas réellement qu'elle le ferait, mais quelque chose en lui l'espérait. Il est si seul.

Toutefois, l'espoir est hors de propos, comme bien d'autres émotions qui, il le sait, ne lui apporteront que désespoir s'il les envisage à nouveau. Il les a assez envisagées. L'heure n'est plus à l'hésitation.

« Un commandement s'inscrit dans la pierre », dit-il en ouvrant les bras.

Imaginez qu'il a mal au visage à force de sourire. Il sourit depuis des heures : les dents serrées, les lèvres retroussées, les yeux plissés, ce qui accentue ses pattes-d'oie. Sourire de manière convaincante est un art. Il ne faut pas négliger la participation des yeux, ou les gens comprennent qu'on les déteste.

« Les mots gravés au ciseau sont définitifs. »

Il ne s'adresse vraiment à personne, mais près de lui se tient une femme – plus ou moins. Son imitation superficielle de l'humanité témoigne de sa bonne grâce, quoique l'ample robe qui la drape ne soit pas de tissu. Elle s'est contentée de modeler une partie de sa propre substance rigide de manière à satisfaire les préférences des fragiles créatures mortelles qui l'entourent à cette heure. De loin, l'illusion lui permettrait de passer pour une femme immobile – un certain temps, du moins. De près, un observateur hypothétique s'apercevrait que sa peau est de porcelaine blanche – et il ne s'agit pas là d'une métaphore. Elle constituerait une belle sculpture, malgré son réalisme trop implacable pour les gens du cru. La plupart des Lumeniens préfèrent l'abstraction polie à la vulgaire réalité.

Lorsqu'elle se tourne vers l'homme – lentement ; les mangeurs de pierre sont lents, au-dessus de la surface terrestre, hormis quand ils ne le sont pas –, le mouvement transmue la beauté artistique en quelque chose de totalement autre. Si habitué qu'il y soit, son compagnon ne la regarde pas. Il ne veut pas que la répulsion lui gâche ce moment.

« Qu'allez-vous faire ? demande-t-il. Après. Les tiens vont-ils émerger des ruines et dominer le monde dans notre sillage ?

— Non, répond-elle.

— Pourquoi ?

— La plupart d'entre nous ne s'intéressent pas à ce genre de choses. Quoi qu'il en soit, vous serez toujours là. »

Vous. Toi et les tiens. L'humanité. Elle le traite souvent comme s'il représentait son espèce tout entière. Il agit de même avec elle.

« Tu as l'air bien sûre de toi. »

Cette fois, elle ne répond pas. Les mangeurs de pierre prennent rarement la peine d'exprimer l'évidence. Tant mieux pour lui, car il n'aime pas qu'elle parle, jamais ; l'air ne vibre pas alors comme pour une voix humaine. Il ne sait pas ce qui se passe, il ne veut *pas* le savoir, il veut juste qu'elle se taise, à présent.

Il veut que l'*univers* se taise.

« Ça suffit, dit-il. Je vous en prie. »

Il se tend alentour, avec la maîtrise parfaite dont le monde l'a doté en le conditionnant, le poignardant traîtreusement, le brutalisant, avec la sensibilité que ses maîtres ont sélectionnée pour la transmettre à travers des générations de viols, de coercition, de sélection tout sauf naturelle. Ses doigts s'écartent, se tordent quand de multiples points de réverbération naissent sur la carte de sa conscience : ses frères esclaves. Il ne peut les libérer, pas concrètement. Il a essayé et échoué. Mais il peut mettre leurs souffrances au service d'une cause qui dépasse l'hybris d'une unique cité et la peur d'un unique empire.

Alors il se tend vers les profondeurs et s'empare de la vastitude vorace, fourmillante, résonnante, ondulante de la cité, du socle rocheux plus calme qui la porte, du mélange bouillonnant de chaleur et de pression qui le souligne. Puis il se tend plus largement, s'emparant de l'immense pièce de puzzle – la plaque de croûte terrestre – sur laquelle repose le continent.

Enfin, il se tend vers le haut. En quête de pouvoir.

Il s'empare de tout cela avec ses mains imaginaires – les strates, le magma, les gens, le pouvoir. Tout. Entre ses mains. Il n'est pas seul. La terre est avec lui.

Et puis *il casse tout*.

*
**

Voici le Fixe, qui n'est jamais fixe, même les bons jours.

Le Fixe ondule, répercute le cataclysme. Une ligne se dessine d'est en ouest, trop droite, presque parfaite, qui ne doit manifestement rien à la nature et englobe la ceinture terrestre équatoriale. Son point de départ n'est autre que la cité de Lumen.

Cette ligne brutale, profonde, coupe la planète jusqu'au sang. La braise rouge du magma libéré s'accumule dans son sillage. La terre est douée pour se soigner. La blessure cicatrisera vite, en termes géologiques, puis l'océan purificateur suivra la faille et divisera le Fixe en deux masses terrestres. En attendant, la plaie suppurante ne laissera pas seulement suinter une chaleur brûlante, mais aussi des gaz, des poussières, des cendres foncées – de quoi voiler en quelques semaines le ciel sur l'ensemble du continent. Les végétaux mourront, les animaux qui s'en nourrissent connaîtront la faim, et ceux qui se nourrissent de ceux-là. L'hiver sera précoce, cruel et très, très, très long. Il s'achèvera un jour, certes, comme tous les hivers, et le monde redeviendra ce qu'il a été. Au bout du compte.

Au bout du compte.

Les habitants du Fixe vivent en état d'alerte permanent. Ils ont construit des murailles, creusé des puits, stocké de la nourriture. Ils survivront facilement cinq, dix, voire vingt-cinq ans dans un monde sans soleil.

Au bout du compte signifie en l'occurrence *dans quelques milliers d'années.*

Regardez. Les nuages de cendre se déploient déjà.

*
**

Pendant que nous considérons les choses du point de vue continental, *planétaire*, nous devrions nous intéresser aux obélisques, qui planent au-dessus de l'ensemble.

Les obélisques ont porté des noms différents autrefois, à l'époque où ils ont été construits, mis en place et utilisés, mais nul n'a gardé le souvenir de leurs noms ni de l'usage de ces grands dispositifs. Le souvenir dans le Fixe est aussi fragile que l'ardoise. À vrai dire, de nos jours, personne ne prête grande attention à ces choses, pourtant énormes, magnifiques et vaguement effrayantes : des échardes de cristal massives lévitant parmi les nuages, tournant lentement sur elles-mêmes, dérivant le long de chemins aériens incompréhensibles, se brouillant parfois comme si elles n'étaient pas vraiment réelles – mais peut-être s'agit-il de simples jeux de lumière. (Il n'en est rien.) De toute évidence, les obélisques ne sont pas d'origine naturelle.

De toute évidence également, ils sont incongrus. Impressionnants, mais inutiles : c'est un des innombrables tumulus d'une des innombrables civilisations détruites par les efforts inlassables de notre Père Terre. Il existe tant de cairns de ce genre de par le monde : mille cités en ruine, un million de monuments à des héros ou des dieux oubliés, des dizaines de ponts ne menant nulle part. Rien qui mérite l'admiration, affirme de nos jours la sagesse du Fixe. Les bâtisseurs de ces antiquités étaient faibles et sont morts comme meurent inévitablement les faibles. Ils sont surtout coupables d'*échec*. Les bâtisseurs des obélisques ont juste subi un échec plus cinglant que la majorité.

Les obélisques n'en existent pas moins, ils jouent un rôle dans la fin du monde et méritent donc notre attention.

*
**

Retour au personnel. Restons terre à terre, ha ha ha.

La femme dont j'ai parlé, celle qui a perdu son fils. Elle ne se trouvait pas à Lumen, heureusement, sans quoi cette histoire serait très courte. Et vous n'existeriez pas.

Elle se trouve dans une ville du nom de Tirimo. Dans la langue du Fixe, une ville est une forme de *comm* ou communauté – mais Tirimo est tout juste assez grand pour mériter cette appellation. Il s'est développé dans la vallée du même nom, au pied des Tirimas (des montagnes). La masse d'eau la plus proche, la Petite Tirika, comme on l'appelle dans la région, est un ruisseau parfois à sec. Une langue qui n'existe plus, si on oublie ces fragments linguistiques persistants, comporte le mot *eatiri*, qui signifie « tranquille ». Tirimo est bien loin des étincelantes cités stables de l'Équatorial, de sorte que ses habitants ont bâti en se préoccupant des inévitables tremblements de terre. Ni tours ni corniches audacieuses, juste des murs en bois et briques – les briques brunes bon marché du cru – sur des fondations de pierre taillée. Pas de routes d'asphalte, juste des pentes herbeuses, divisées par des sentiers de terre, revêtus pour certains de planches ou de pavés. C'est un endroit tranquille, mais le cataclysme qui vient de se produire à Lumen ne va pas tarder à envoyer au sud des ondes sismiques capables d'aplatir toute la région.

Dans cette ville existe une maison comme les autres. Cette maison, édifiée sur une pente, n'est guère qu'un trou creusé en pleine terre, tapissé d'argile et de briques imperméabilisantes puis couvert d'un toit de cèdre et de mottes de terre. Les Lumeniens sophistiqués se moquent (se moquaient) de ces excavations de primitifs, lorsqu'ils daignent (daignaient) évoquer ce genre de choses – mais, pour les Tirimais, vivre dans la terre est aussi raisonnable que simple. La fraîcheur y subsiste en été, la chaleur en hiver ; on y est à l'abri des secousses comme des tempêtes.

La femme s'appelle Essun. Elle a quarante-deux ans et ressemble à la plupart des Moyennes : grande quand elle se redresse, le dos droit sous un long cou, dotée de hanches qui ont porté deux enfants sans difficulté, de seins qui les ont nourris sans difficulté, de mains adroites et robustes. Elle a l'air solide, bien en chair ; des qualités appréciées dans le Fixe. Ses cheveux entourent son visage de boucles rêches serrées, à peu près du diamètre de son petit doigt, d'un noir virant au brun à la pointe. Sa peau est d'un ocre sombre déplaisant d'après certains critères, d'un olive pâle déplaisant d'après d'autres. Les Lumeniens appellent (appelaient) les gens comme elle des bâtards des Moyennes – ils sont assez sanziens pour que ça se voie, pas assez pour que ça compte.

Le garçon était son fils. Il s'appelait Uche. Il approchait de ses trois ans. Petit pour son âge, précoce, avec de grands yeux, un nez minuscule et un sourire adorable. Rien ne lui manquait des caractéristiques dont se servent les enfants pour s'attirer l'amour de leurs parents depuis que l'espèce humaine a évolué vers ce qui ressemble à de l'intelligence. Il avait l'esprit vif et la santé. Il devrait toujours être en vie.

Elle se trouve chez elle, dans la pièce commune, autrefois confortable et tranquille. La famille s'y réunissait pour discuter, manger, jouer, faire des câlins ou des chatouilles. Elle aimait y allaiter Uche. Sans doute y avait-il été conçu.

Il y est mort sous les coups de son père.

*
**

Et voici le dernier élément de contextualisation : le lendemain, dans la vallée de Tirimo. Les premiers échos du cataclysme ont déjà déferlé ; les répliques suivront.

L'extrémité nord de la vallée est dévastée : arbres brisés, à-pics effondrés, voile de poussière en suspension qui ne se dissipe pas dans l'air figé, aux relents de soufre. À l'endroit où a frappé l'onde de choc initiale, rien n'a résisté : c'était le genre de secousse qui réduit tout en pièces et entrechoque ces pièces jusqu'à les réduire en miettes. Il y a aussi des cadavres : de petits animaux incapables de fuir, des cervidés et autres bêtes imposantes qui ont trébuché dans leur fuite et ont été écrasés par les éboulis. Quelques personnes assez malheureuses pour suivre la route commerciale le mauvais jour entre tous.

Les éclaireurs tirimais qui sont allés jauger les dégâts au nord n'ont pas escaladé les éboulis, ils les ont juste observés à la lorgnette depuis le tronçon de route épargné. Et ils se sont émerveillés de découvrir intact le reste de la vallée – la zone entourant le village sur plusieurs kilomètres à la ronde, dessinant un disque quasi parfait. Enfin non, ils ne se sont pas précisément *émerveillés*. Ils ont échangé des regards où se reflétait un malaise lugubre, parce que chacun sait ce que signifie une prétendue chance pareille. *Cherchez le centre du cercle*, avertit la lithomnésie. Il y a un gèneur quelque part à Tirimo.

Pensée terrifiante. Mais il y a plus terrifiant encore : les signes venus du nord et le fait que le chef de la comm ait donné l'ordre à ses subordonnés de collecter en revenant le maximum de cadavres d'animaux bien frais. La viande saine sera salée, les peaux et les fourrures arrachées et séchées. Au cas où.

Les éclaireurs repartent enfin, très préoccupés par ce *au cas où*. S'ils avaient été moins préoccupés, peut-être auraient-ils remarqué ce qui se trouve au pied de la falaise en partie effondrée, discrètement logé entre un petit sapin tors et de gros blocs de roche fendillés. Quelque chose de remarquable par sa taille et son allure : une masse de calcédoine réniforme marbrée, d'un gris-vert sombre, très différente du grès plus pâle qui a dégringolé aux alentours. S'ils s'en étaient approchés, ils auraient constaté qu'elle leur arrive à la poitrine et fait presque la longueur d'un corps humain. S'ils l'avaient touchée, peut-être auraient-ils été fascinés par sa densité de surface. Elle a l'air extrêmement lourde, et son odeur métallique rappelle la rouille ou le sang. Sa chaleur les aurait surpris.

Mais non, il n'y a personne aux alentours quand elle grince faiblement avant de se diviser, de se fendre proprement le long de son axe le plus long, comme si on l'avait sciée. Le sifflement hurlant qui accompagne la libération de la chaleur et du gaz sous pression fait détaler les bêtes sauvages survivantes, à la recherche d'un abri. Scintillement quasi instantané, la fissure déverse sa lumière, feu et liquide qui matérialisent autour du curieux rocher des plaques de verre calciné. Enfin, le bloc de calcédoine se fige pour un long moment. Il refroidit.

Les jours passent. Plusieurs jours.

Une poussée divise le rein minéral de l'intérieur. Son occupant le quitte en rampant puis s'effondre à proximité. Un autre jour passe.

La masse refroidie, coupée en deux, dévoile des entrailles tapissées de cristaux disparates, d'un blanc laiteux ou d'un vif rouge sang. Le fond des demi-géodes baigne dans un liquide pâle très fluide, quoique le sol alentour en ait absorbé l'essentiel.

Le corps que renfermait la chose gît face contre terre parmi les rochers, nu, sec, mais toujours animé des tressaillements laborieux de l'épuisement. Toutefois, il parvient peu à peu à se redresser. Chacun de ses mouvements est réfléchi et très, très lent. Il lui faut longtemps pour se lever. Une fois debout, il s'approche en titubant – lentement – de la géode, à laquelle il s'appuie pour ne pas tomber. Ainsi étayé, il se penche – lentement – et y plonge la main. Un geste d'une brusquerie inattendue : il a brisé l'extrémité d'un cristal rouge. Un petit morceau, de la taille d'un raisin peut-être, aussi aiguisé qu'un débris de verre.

L'enfant – car c'est de cela qu'il a l'air – porte ce raisin coupant à sa bouche, où il disparaît. Mastication bruyante, trop bruyante, craquements et grincements dont résonne la vallée. Quelques instants plus tard, le garçonnet déglutit. De violents frissons s'emparent de lui, et il s'entoure un instant de ses bras. Un faible gémissement lui échappe. On dirait qu'il vient de prendre conscience de sa nudité, du froid, de ce que sa nudité dans le froid a de terrible.

Un effort lui permet de se maîtriser. Il plonge à nouveau la main dans le rein minéral – ses mouvements sont plus rapides, maintenant – pour en tirer d'autres cristaux, qu'il empile au fur et à mesure sur la géode. Les gros cristaux émoussés s'effritent sous ses doigts comme du sucre, alors qu'ils sont en réalité beaucoup, beaucoup plus durs, mais l'enfant ne rencontre aucune difficulté, parce que ce n'est pas réellement un enfant.

Enfin, il se redresse, vacillant, de la pierre laiteuse ou sanguine plein les bras. Le vent souffle une bourrasque aigre qui lui donne la chair de poule. Il se met à trembler, secoué cette fois aussi vite et fort qu'un petit automate. Puis il fronce les sourcils, mécontent de lui-même. Il se concentre. Ses mouvements se font plus fluides, plus réguliers. Plus *humains*. Il salue le changement d'un hochement de tête, peut-être satisfait.

Puis il fait volte-face et part pour Tirimo.

*
**

Voici ce qu'il ne faut pas oublier : la fin d'une histoire n'est que le début d'une autre histoire. Après tout, la chose s'est déjà produite. Les gens meurent. Les ordres d'antan disparaissent. Les sociétés de l'avenir apparaissent. Quand on dit « C'est la fin du monde », il s'agit le plus souvent d'un mensonge, parce que la *planète* va très bien.

Mais voici comment arrive la fin du monde.

Voici comment arrive la fin du monde.

Voici comment arrive la fin du monde.

Pour la dernière fois.

1. Vous, à la fin

Vous êtes elle. Elle est vous. Vous êtes Essun. Vous n'avez pas oublié ? La femme qui a perdu son fils.

Vous êtes une orogène et vous vivez depuis dix ans à Tirimo, cette petite ville de rien du tout. Seuls trois de ses habitants sont conscients de ce que vous êtes, y compris deux que vous avez enfantés.

Enfin, il n'en reste qu'un sur trois, maintenant.

Vous avez mené ces dix dernières années une vie aussi ordinaire que possible. Vous êtes arrivée à Tirimo de l'extérieur ; d'où et pourquoi, les gens du cru s'en fichent un peu. Vous étiez de toute évidence instruite ; vous êtes donc devenue enseignante à la crèche locale pour les enfants de dix à treize ans. Certains de vos collègues sont plus doués que vous, d'autres moins ; vos anciens élèves vous oublient quand ils changent de groupe, mais ils apprennent. La bouchère a sans doute retenu votre nom, parce qu'elle aime bien flirter avec vous. Le boulanger non, parce que vu votre discrétion, vous n'êtes pour lui – et pour bien d'autres Tirimais – que la femme de Jija. Né à Tirimo, de parents nés à Tirimo, Jija est un débiteur de la caste d'usage des Résistants ; tout le monde le connaît et l'apprécie, donc vous apprécie par la bande. Dans le tableau de votre vie de famille, il occupe le premier plan, vous le second. Ça vous convient parfaitement.

Vous avez deux enfants, mais le garçon est mort et la fille a disparu. Peut-être est-elle morte aussi. Vous vous apercevez de ça en rentrant chez vous après une banale journée de travail. Maison déserte, trop silencieuse ; minuscule garçonnet, sanglant et meurtri, gisant dans la pièce commune.

Alors, vous… vous vous fermez. Sans le vouloir. C'est juste un peu beaucoup, voyez-vous ? Un peu trop. Vous en avez tellement vu, vous avez une force énorme, mais il y a des limites à ce que vous êtes capable d'endurer – même vous.

Il s'écoule deux jours avant que quelqu'un vienne vous voir.

Vous les avez passés chez vous en compagnie de votre fils mort. Vous vous êtes levée, vous êtes allée aux toilettes, vous avez pris quelque chose à manger dans la glacière, vous avez bu le dernier filet d'eau au robinet. C'était faisable sans penser, mécaniquement. Après, vous reveniez auprès d'Uche.

(Lors d'un de ces déplacements, vous êtes allée lui chercher une couverture. Vous l'avez couvert jusqu'à son menton détruit. Par habitude. Les tuyaux à vapeur ne tintent plus ; il fait froid dans la maison. Il risque d'attraper mal.)

Le lendemain soir, quelqu'un frappe à la porte. Vous ne faites pas mine de répondre. Il faudrait vous demander qui est là et envisager d'inviter les visiteurs à entrer. Interrogations qui vous obligeraient à penser au corps de votre fils, sous la couverture. Pourquoi feriez-vous une chose pareille ? Vous ne prêtez aucune attention aux coups résonnants.

Quelqu'un frappe à la fenêtre de la pièce principale. Insiste. Vous n'y prêtez non plus aucune attention.

Finalement, quelqu'un casse la vitre de la porte de service. Des pas s'élèvent dans le couloir qui relie la chambre d'Uche à celle de Nassun, votre fille.

(Nassun, votre fille.)

Les pas atteignent la salle commune et s'interrompent.

« Essun ? »

Une voix connue. Jeune, masculine. Familière et familièrement apaisante. Lerna, le fils de Makenba. Il a passé quelques années au loin avant de rentrer à Tirimo, son diplôme de médecin en poche, et de s'installer dans la même rue que vous. Ce n'est plus un simple « fils de » depuis maintenant un certain temps. Vous vous ordonnez donc pour la énième fois de penser à lui comme à un homme.

Oups, penser. Vous arrêtez, par prudence.

Il inspire ; votre peau réverbère son horreur lorsqu'il s'approche au point de voir Uche. Fait remarquable, il ne crie pas. Il ne vous touche pas non plus, mais va se poster de l'autre côté d'Uche pour vous envelopper d'un regard attentif. Cherche-t-il à discerner ce qui se passe en vous ? *Rien, rien de rien.* Il tire sur la couverture pour scruter le corps du garçonnet. *Rien. Rien de rien.* Il la remonte, couvrant cette fois le visage de votre fils.

« Il n'aime pas ça », dites-vous. Vos premiers mots en deux jours. Ça vous fait un drôle d'effet. « Il a peur du noir. »

Silence. Puis Lerna rabaisse la couverture juste en dessous des yeux d'Uche.

« Merci », dites-vous.

Il hoche la tête.

« Vous avez dormi ?

— Non. »

Il fait le tour du corps, vous prend par le bras et vous tire vers le haut avec douceur, mais fermeté, sans renoncer parce que vous ne bougez pas – au début. Il se contente d'exercer une traction plus forte, inexorable, au point de vous obliger à vous lever si vous ne voulez pas basculer. Puis, avec la même douceur et la même fermeté, il vous entraîne vers la porte d'entrée.

« Vous pouvez vous reposer chez moi. »

Vous ne voulez pas penser, aussi ne protestez-vous pas en disant que vous disposez chez vous d'un très bon lit, merci beaucoup. Vous ne déclarez pas non plus que tout va bien et que vous n'avez pas besoin d'aide, ce qui n'est pas vrai. Il vous entraîne dehors puis le long de la rue, en vous tenant tout du long fermement par le coude. Il y a là un petit groupe. Quelques personnes s'approchent de Lerna et de vous en disant des choses auxquelles il répond ; ces répliques ne vous parviennent pas vraiment. Les voix sont des bruits flous que votre esprit ne se donne pas la peine d'interpréter. Lerna parle en votre nom, ce dont vous lui seriez reconnaissante si vous arriviez à vous y intéresser.

Il vous emmène chez lui. Sa maison sent les plantes aromatiques, les produits chimiques et les livres. Il vous installe dans un grand lit, sur lequel est couché un gros chat gris. Le chat se déplace assez pour vous permettre de vous allonger puis s'installe contre votre flanc quand vous cessez de remuer. Vous y puiseriez un certain réconfort, si sa chaleur et son poids ne vous rappelaient pas un peu Uche, lorsqu'il fait la sieste avec vous.

Faisait la sieste avec vous. Non, le changement de temps exige de penser. *Fait* la sieste.

« Dormez », dit Lerna.

Il est facile d'obéir.

*
**

Vous dormez des heures et des heures. À un moment, vous vous réveillez. Lerna a posé un plateau à côté du lit : bouillon clair, fruit coupé et tasse de thé, le tout depuis longtemps à température ambiante. Vous mangez et buvez puis allez aux toilettes. La chasse d'eau ne fonctionne pas. Le seau plein posé près de la cuvette est sans doute là pour pallier cet inconvénient. Vous vous interrogez sur le problème puis prenez conscience de la pensée qui s'annonce et êtes contrainte de lutter, lutter, *lutter* pour ne pas quitter le chaud silence moelleux de la non-pensée. Vous versez de l'eau dans la cuvette, en rabattez le couvercle et retournez au lit.

*
**

Dans le rêve, vous êtes témoin de ce que fait Jija. Uche et lui correspondent au dernier souvenir qu'ils vous ont laissé : Jija, radieux, a juché Uche sur un de ses genoux pour jouer au « tremblement de terre » ; le petit, rieur, serre les cuisses en agitant les bras, décidé à ne pas tomber. Mais Jija cesse brusquement de rire, se lève en jetant Uche à terre et commence à lui administrer une grêle de coups de pied. Vous savez que les choses ne se sont pas passées comme ça. L'empreinte du poing de Jija était visible, meurtrissure à quatre marques parallèles sur le ventre et le visage du garçonnet. Dans le rêve, Jija tue à coups de pied, parce que les rêves ne sont pas logiques.

Uche continue à glousser et à agiter les bras, malgré le sang qui lui couvre la figure.

Vous vous réveillez, hurlante. Les hurlements se muent en sanglots inextinguibles. Lerna arrive, essaie de dire quelque chose, de vous serrer dans ses bras, puis finit par vous préparer une tisane au goût aussi puissant que répugnant. Vous vous rendormez.

*
**

« Il s'est produit quelque chose au nord », dit Lerna.

Vous êtes assise au bord du lit, lui dans un fauteuil, en face de vous. Vous buvez encore de sa tisane immonde ; votre mal de tête surpasse les pires gueules de bois que vous ayez jamais eues. Il fait nuit, mais la pénombre règne, car votre hôte n'a allumé que la moitié des lampes. Vous prenez enfin conscience de l'odeur étrange qui vous enveloppe, perceptible malgré la fumée des lanternes : le parfum du soufre, âcre et piquant. Il est là depuis le matin, gagnant peu à peu en force. Plus net quand Lerna rentre tout juste.

« La route qui passe près de la ville est encombrée depuis deux jours par les gens qui viennent de cette direction. » Il se frotte le visage en soupirant. C'est votre cadet de quinze ans, mais on ne le croirait plus. Malgré ses cheveux gris de naissance, comme chez beaucoup de Cebakis, ce sont ses nouvelles rides qui le vieillissent – et les nouvelles ombres qui hantent ses yeux. « Une secousse s'est produite. Une forte, il y a deux jours. On n'a rien senti ici, mais à Sume… » Sume se trouve dans la vallée voisine, à une journée de cheval. « La ville tout entière a… »

Il secoue la tête.

Vous acquiescez, mais vous saviez sans qu'on vous ait rien dit ou, du moins, vous aviez deviné. Il y a deux jours, assise dans la salle commune de votre maison, les yeux rivés aux restes de votre enfant, vous avez senti quelque chose approcher de la ville :

une convulsion de la terre si puissante que vous n'en aviez jamais valué de semblable. Le mot *secousse* est inadéquat. La chose, quel que soit le nom qu'on lui donne, aurait abattu la maison sur Uche, ce pourquoi vous avez dressé un obstacle sur son chemin – une sorte de brise-lames, composé de l'énergie cinétique puisée en elle et de votre volonté concentrée. Penser était inutile ; un nouveau-né l'aurait fait, quoique peut-être pas aussi proprement. La convulsion s'est divisée pour couler autour de la vallée, avant de poursuivre sa route.

Lerna s'humecte les lèvres. Vous regarde puis détourne les yeux. C'est lui qui sait ce que vous êtes – en plus de vos enfants. Il le sait depuis un moment, mais c'est la première fois qu'il est confronté à la réalité du fait. Ça non plus, vous ne pouvez pas vraiment y penser.

« Rask ne laisse personne franchir les portes de la ville, ni dans un sens ni dans l'autre. » Rask Innovateur Tirimo, le chef élu de la comm. « D'après lui, ce n'est pas un confinement total, pas encore, mais je voulais aller à Sume, aider si nécessaire… Il a refusé, et il a posté ces satanés mineurs sur les murailles en plus des Costauds, pendant que les éclaireurs patrouillaient. En leur disant bien de m'empêcher de partir, *moi.* » Lerna serre les poings, plein d'amertume. « Il y a des gens sur la route impériale. Des tas de blessés et de malades. Mais ce salopard rouilleux ne veut pas que je les *aide*.

— Premièrement, garder les portes », murmurez-vous.

Un chuchotis râpeux. Vous avez hurlé longtemps, après avoir rêvé de Jija.

« Hein ? »

Vous sirotez un peu de tisane pour apaiser votre gorge douloureuse.

« La lithomnésie. »

Lerna vous considère d'un œil fixe. Il connaît les mêmes strophes que vous, car les enfants les apprennent dès la crèche. Plus tard, ils écoutent à la veillée les histoires où de sages mnésistes et des géomestres avisés donnent l'alarme aux sceptiques dès l'apparition des premiers signes – personne ne les écoute, mais ils sauvent les populations lorsque la mnésie se révèle fiable.

« Alors, à votre avis, on en est là, dit lourdement Lerna. Feux souterrains, Essun, vous n'êtes pas sérieuse ? »

Vous êtes sérieuse. On en est là. Mais il ne vous croira pas si vous essayez de le lui expliquer, aussi vous contentez-vous de secouer la tête.

Un silence douloureux s'installe, stagnant. Lerna reprend au bout d'un long moment, avec délicatesse :

« J'ai amené Uche ici. Je l'ai mis à l'infirmerie, dans le… euh… le coffre glacière. Je m'occuperai des… euh… dispositions. »

Vous acquiescez, lentement.

« C'était Jija ? » demande-t-il, hésitant. Nouvel acquiescement. « Vous l'avez vu…

— Je rentrais de la crèche.

— Ah. » Nouveau silence embarrassé. « Il paraît que vous avez manqué un jour avant la secousse. La direction a demandé aux enfants de rentrer chez eux, parce qu'elle n'a pas trouvé de remplaçant. Personne ne savait si vous étiez à la maison, malade, ni rien. » Oui, bon, vous avez sans doute été renvoyée. Lerna prend une longue inspiration, la relâche. Cet avertissement vous prépare presque à ce qui va suivre.

« La secousse ne nous a pas touchés, Essun. Elle a contourné la ville. Quelques arbres ont tremblé, un flanc de falaise s'est éboulé près du ruisseau... » Le ruisseau se trouve à l'extrémité nord de la vallée, où nul n'a remarqué de grande géode fumante en calcédoine. « N'empêche qu'à Tirimo et aux alentours tout est intact. Dans un cercle quasi parfait. Intact. »

À une époque, vous auriez dissimulé. Vous aviez des raisons de mentir ; une vie à protéger.

« C'est moi », dites-vous.

Les mâchoires de Lerna se serrent, mais il acquiesce.

« Je n'ai jamais dit à personne. » Il hésite. « Que vous êtes... euh... une orogène. »

Il est tellement poli, tellement correct. Les mots les plus laids servant à désigner ce que vous êtes, vous les avez tous entendus. Lui aussi, mais jamais il ne les prononcerait. Jija non plus. Quand quelqu'un près de lui lançait un *gèneur* négligent, il disait toujours : *Je ne veux pas que les enfants entendent un langage pareil...*

C'est très soudain. Vous vous penchez brusquement en avant, saisie de nausées. Lerna sursaute, se jette sur ce qui se trouve à portée – un pot de chambre dont vous n'avez pas eu besoin –, mais votre estomac n'expulse rien, et les haut-le-cœur finissent par s'évanouir. Vous inspirez avec précaution puis recommencez. Sans mot dire, votre hôte vous tend un verre d'eau, que vous allez repousser d'un geste quand vous changez d'avis et le prenez. Un goût de bile s'attarde dans votre bouche.

« Ce n'est pas moi », dites-vous enfin. La perplexité qui fronce les sourcils de Lerna vous apprend qu'en ce qui le concerne vous parlez toujours de la secousse. « Jija. Ce n'est pas à cause de moi qu'il a découvert. » Vous réfléchissez. Vous ne devriez pas.

« Je ne sais ni comment ni pourquoi, mais Uche… il est trop petit, il ne se contrôle pas encore. Il a sans doute fait quelque chose qui a permis à Jija de comprendre… »

Que vos enfants tiennent de vous. C'est la première fois que vous formulez complètement cette pensée.

Lerna ferme les yeux en expirant longuement.

« Alors c'est ça. »

Ce n'est pas ça. Ça n'aurait jamais dû pousser un père à massacrer son propre enfant. Rien n'aurait dû l'y pousser.

Lerna s'humecte à nouveau les lèvres.

« Vous voulez voir Uche ? »

Pour quoi faire ? Vous avez regardé votre fils deux jours durant.

« Non. »

Votre compagnon se lève en soupirant, sans cesser de se frotter le crâne à travers les cheveux.

« Vous allez le dire à Rask ? » demandez-vous.

Le coup d'œil qu'il vous jette vous donne l'impression d'être une rustaude. Il est furieux. Un garçon si calme, si réfléchi. Vous n'auriez pas cru qu'il puisse se mettre en colère.

« Je ne vais rien lui dire du tout, riposte-t-il. Je n'ai rien dit de tout ce temps, je ne vais pas commencer maintenant.

— Alors que…

— Je vais aller chercher Eran. »

La porte-parole des Résistants. Lerna était de naissance un Costaud, mais en rentrant à Tirimo, une fois médecin, il a été adopté par les Résistants ; il y avait déjà assez de Costauds en ville, et les Innovateurs ont perdu au lancer d'échardes. Vous-même, vous vous faites passer pour une Résistante.

« Je vais lui dire que vous allez bien. Elle transmettra à Rask. Et *vous*, vous allez vous reposer.

— Quand elle va vous demander, pour Jija… »

Il secoue la tête.

« Tout le monde a déjà deviné, Essun. Les gens sont capables de lire une carte. C'est clair comme le diamant : le centre du cercle se trouvait dans le quartier. Sachant ce que Jija avait fait, personne n'a eu de mal à en déduire *pourquoi*. Le timing ne colle pas, mais les Tirimais n'ont pas réfléchi aussi loin. » Vous le regardez. La compréhension vous vient lentement. Ses lèvres se retroussent. « La moitié de la ville a beau être horrifiée, le reste est ravi que Jija se soit chargé de ça. Parce que, *bien sûr*, un gamin de trois ans a le pouvoir de déclencher une secousse à mille cinq cents kilomètres de distance, à Lumen ! »

Vous secouez la tête, mi-surprise par la colère de Lerna, mi-incrédule à l'idée que quelqu'un s'imagine votre petit garçon, rieur et vif, capable de faire… de vouloir… Mais, après tout, Jija se l'est bien imaginé.

Le dégoût, à nouveau.

Lerna prend une fois de plus une longue inspiration – il n'arrête pas depuis le début de la conversation. Vous aviez déjà eu l'occasion de vous apercevoir qu'il en avait l'habitude. C'est sa manière à lui de se calmer.

« Restez ici, reposez-vous. Je ne serai pas long. »

Il quitte la chambre. À en juger par le bruit, il s'affaire quelques instants avec résolution dans les pièces de façade avant de partir à sa réunion. Vous songez à vous reposer, en effet, mais y renoncez finalement. En fait, vous vous levez et gagnez la salle de bains pour vous laver la figure. Toutefois, vous vous figez quand le robinet se met à crachoter, que l'eau chaude vire brusquement à un brun-rouge puant puis se réduit à un maigre filet. Une conduite a cassé quelque part.

Une secousse s'est produite, vous a dit Lerna.

Les enfants sont notre perte, vous a dit quelqu'un d'autre, il y a de cela bien longtemps.

« Nassun », chuchotez-vous à votre reflet. Dans le miroir brillent les yeux que votre fille tient de vous, d'un gris ardoise un peu mélancolique. « Il a laissé Uche à la maison. Où t'a-t-il emmenée, toi ? »

Pas de réponse. Vous fermez le robinet. Puis vous reprenez tout bas, sans vraiment vous adresser à personne :

« Maintenant, il faut que j'y aille. »

Il le faut bel et bien, oui. D'une part, vous voulez retrouver Jija ; d'autre part, vous n'êtes pas assez idiote pour rester à Tirimo. Vos concitoyens ne vont pas tarder à venir vous chercher.

*
**

La secousse qui passe résonnera. La vague qui recule reviendra. La montagne qui gronde rugira.

Tablette première,
« De la survie », strophe cinq

2. Damaya, par les hivers enfuis

La paille est si chaude que Damaya n'a aucune envie d'en sortir. Une vraie couverture, songe-t-elle dans le flou du demi-sommeil. Comme celle que son arrière-grand-mère lui a confectionnée autrefois à partir de tissu d'uniforme. Il y a des années, avant de mourir, Mamie était couturière pour la milice de Brevard ; quand elle raccommodait quelque chose, elle avait le droit de garder les restes d'étoffe. La couverture sombre tachetée qu'elle a offerte à Damaya mêle bleu marine et brun, gris et vert, ses bandes de couleurs onduleuses évoquent des colonnes d'hommes en marche, mais elle est sortie des mains de Mamie : sa laideur n'a jamais dérangé la fillette. L'évocation de son léger parfum suave, aux vagues relents de renfermé, l'aide à s'en imaginer enveloppée, plutôt que de paille – odeur de moisi et de crottin séché, agrémentée d'une touche de fruité fongique. En réalité, la couverture se trouve dans la chambre de Damaya, qui l'a laissée sur son lit. Un lit où elle ne dormira plus jamais.

Des voix s'élèvent non loin d'elle : la mère approche à l'extérieur, accompagnée. Un cliquetis-grincement, la clé tournant dans la serrure et la porte de la grange livrant passage aux arrivants. Un autre cliquetis, la porte se refermant derrière eux.

« DamaDama ? » appelle la mère, plus fort.

Damaya se recroqueville, les dents serrées. Elle déteste ce surnom idiot ; elle déteste la douceur et l'insouciance avec lesquelles il vient d'être prononcé, comme un petit nom affectueux, alors que c'est un mensonge. Silence.

« Elle est forcément là, reprend la mère. Mon mari a vérifié en personne les serrures de la grange.

— Hélas, ceux de sa sorte ne se laissent pas arrêter par des serrures. »

Un homme. Ni le père ni le frère aîné de Damaya, ni non plus le chef de comm ni personne qu'elle reconnaisse. Une voix grave, dont l'accent coupant et lourd ne lui dit absolument rien, avec ses consonnes brèves, ses *a* et ses *è* traînants. Une voix avisée. Un faible tintement rythme les pas du visiteur, au point qu'elle se demande s'il n'est pas chargé d'un énorme trousseau de clés. Ou si ses poches ne débordent pas d'argent. Il paraît que l'argent est bel et bien en métal, dans certaines régions du monde.

À l'idée de l'argent ou des clés, Damaya se recroqueville davantage car, bien sûr, il paraît aussi qu'il existe des marchés aux enfants dans les lointaines cités de pierres biseautées – la rumeur circule entre élèves, à la crèche. Le reste du monde n'a pas forcément atteint le niveau de civilisation des Moyennord. Damaya s'est moquée de ces histoires à l'occasion, mais les choses ont changé depuis.

« Là. » L'homme s'est rapproché. « Des traces toutes fraîches, me semble-t-il. »

La mère pousse une petite exclamation de dégoût. Damaya se sent rougir de honte à la pensée qu'ils ont découvert le recoin qui lui sert de toilettes. Il sent abominablement mauvais, malgré la paille qu'elle y a jetée après chaque utilisation.

« Faire par terre comme une bête. Je l'ai mieux éduquée que ça.

— Il y a des toilettes, dans cette grange ? demande le marchand d'enfants avec une curiosité polie. À moins que vous ne lui ayez donné un seau ? »

Silence. Silence prolongé. Damaya s'aperçoit à retardement que l'inconnu a *réprimandé* la mère par ces questions tranquilles, d'une manière étonnante, sans cris ni insultes. La mère en reste bouche bée, aussi stupéfaite que s'il avait conclu par une claque sur la tête.

Un gloussement remonte la gorge de Damaya, qui se fourre aussitôt le poing dans la bouche pour empêcher le rire d'en sortir. Les deux adultes vont l'entendre se moquer de l'embarras maternel, et le marchand d'enfants va comprendre qu'il a affaire à une abominable petite fille. Mais est-ce vraiment une mauvaise chose ? Les parents vont obtenir un moins bon prix. Cette seule pensée manque de libérer le gloussement, parce que Damaya déteste les parents, elle les *hait*, et tout ce qui peut leur nuire lui fait du bien.

Là, elle se mord la main, fort, et elle se déteste elle-même, car si elle pense des choses pareilles, ils vont *évidemment* la vendre.

Des pas, tout proches.

« Il fait froid, ici, dit l'homme.

— S'il avait gelé, on l'aurait gardée à la maison », répond la mère d'un ton maussade.

Elle est manifestement sur la défensive, ce qui donne une fois de plus envie de rire à Damaya, mais l'inconnu ne prête aucune attention à la réponse. Ses pas se rapprochent encore de la fillette, qui prend conscience de leur… bizarrerie. Elle est capable de valuer les pas. Contrairement à la plupart des gens ; ils sont capables de valuer les grands événements, les secousses, ce genre de choses, mais rien d'aussi délicat que les pas. (Elle se connaît cette capacité depuis sa naissance, mais n'a compris que très récemment qu'il s'agissait d'un avertissement.) Ses perceptions sont moins fines lorsqu'elle n'est pas en contact direct avec le sol – lorsque, par exemple, tout passe par la structure en bois de la grange et les clous en métal qui la maintiennent –, mais elle sait à quoi s'attendre, même à l'étage. *Boum*, boum : le pas, puis sa réverbération dans les profondeurs. *Boum*, boum, *boum*, boum. Mais les pas du marchand d'enfants ne vont nulle part et n'éveillent aucun écho. Elle les entend, elle ne les value pas. Ça ne lui était encore jamais arrivé.

Il grimpe à présent à l'échelle menant au grenier, où elle se blottit dans la paille.

« Ah, lâche-t-il, une fois au sommet. Il fait plus chaud en haut.

— DamaDama ! » La mère a l'air furieuse, maintenant. « Viens ici tout de suite ! »

Damaya se roule en boule le plus étroitement possible sous le foin, muette. Les pas du marchand d'enfants croissent en force.

« Tu n'as rien à craindre, dit-il de sa voix grondante, de plus en plus proche. Je suis ici pour t'aider, Damaya Costaude. »

Elle déteste aussi son nom d'usage, qui ne lui va pas mieux qu'à la mère. Il ne signifie qu'une chose : ses ancêtres féminines ont eu la chance de se joindre à une comm, mais ne sortaient pas assez du lot pour y gagner une position plus sûre. *Quand les temps sont durs, on se débarrasse des Costauds aussi bien que des hors-comm,* lui a un jour dit Chaga, son frère, pour l'énerver. Et puis il s'est mis à rire, comme si c'était drôle. Comme si ce n'était pas la pure vérité. Évidemment, Chaga est un Résistant, il tient ça du père. Les comms aiment avoir des Résistants, que les temps soient durs ou non, au cas où se déclencheraient une épidémie, une famine, ce genre de choses.

Les pas s'interrompent juste à côté du tas de paille.

« Tu n'as rien à craindre », répète l'inconnu, plus bas. La mère ne l'entend certainement pas, du rez-de-chaussée. « Je ne la laisserai pas te faire du mal. »

Damaya inspire.

Elle n'est pas idiote. C'est un marchand d'enfants, et les marchands d'enfants commettent des horreurs. Mais, à cause de ce qu'il vient de dire, et parce que quelque chose en elle en a assez de la peur et de la colère, elle se déplie, elle se fraie un passage à travers le tas de paille chaude accueillante, elle s'assied, elle regarde l'inconnu à travers ses cheveux en broussaille et le foin sale.

L'aspect du visiteur est aussi étrange que sa voix. Il n'est pas de la région de Palela, avec sa peau presque blanche, d'une pâleur de papier, qui sans doute fume et se recroqueville au soleil. Si on ajoute à ça ses longs cheveux très lisses, on peut en déduire que c'est un Arctique… hypothèse contredite par leur noir d'obsidienne – on dirait la terre à proximité d'une éruption d'antan. Les cheveux des Côtiers orientaux ont beau être de cette couleur-là, ils sont aussi duveteux et accompagnés d'une peau également sombre. L'homme est grand – plus grand et doté d'épaules plus larges que le père –, mais *effilé*, alors que les épaules paternelles dominent une poitrine massive et un ventre imposant. L'inconnu présente une extrême minceur, mais pas la moindre cohérence raciale.

Pourtant, ce sont ses yeux qui sidèrent le plus Damaya. Des yeux *blancs*, ou peu s'en faut. Le blanc proprement dit en est percé d'un disque gris argent quasi indiscernable, même de près. Les pupilles, immenses dans la pénombre de la grange, déconcertent au sein de ce désert incolore. La fillette a entendu parler de ces yeux-là ; les histoires et la lithomnésie disent qu'ils sont *de givre*. C'est chose rare et toujours de mauvais augure.

Le marchand d'enfants sourit à Damaya, qui lui rend son sourire sans même y penser. Elle a confiance en lui, immédiatement. Elle ne devrait pas, elle le sait, mais n'empêche.

« Nous y voilà, dit-il, toujours aussi bas, pour que la mère n'entende pas. DamaDama Costaude, je suppose ?

— Damaya, c'est tout », répond la fillette par automatisme.

Il penche la tête avec grâce et lui tend la main.

« Je m'en souviendrai. Tu veux bien nous rejoindre, Damaya ? »

Elle ne bouge pas. Il ne se saisit pas d'elle. Il reste juste là, d'une patience de pierre, la main tendue, mais pas avide. Dix respirations. Vingt. Damaya va devoir partir avec lui, elle le sait, mais elle est contente qu'il lui donne l'*impression* d'avoir le choix. Enfin, elle prend la main offerte et se laisse relever. Il ne la lâche pas pendant qu'elle s'époussette pour se débarrasser du maximum de paille, après quoi il l'attire contre lui.

« Une minute.

— Hein ? »

Mais, déjà, il lui a posé sa main libre derrière la tête, deux doigts appuyés à la base du crâne, si vite et si adroitement qu'elle ne sursaute même pas. Il ferme les yeux une seconde, frissonne imperceptiblement puis exhale en la lâchant.

« Le devoir avant tout. Je me sentirai plus tranquille, maintenant », déclare-t-il, énigmatique. Perplexe, elle touche l'arrière de son crâne, où s'attarde la sensation des deux doigts pressés. « Bon, allons-y.

— Qu'est-ce que vous avez fait ?

— Un genre de petit rituel. Ça me permettra de te retrouver facilement, si jamais tu te perds. » Elle n'a pas la moindre idée de ce qu'il veut dire. « Allez, viens. Il faut que je dise à ta mère que tu m'accompagnes. »

Alors c'est vrai. Damaya se mord la lèvre. Quand l'homme fait volte-face pour repartir en direction de l'échelle, elle le suit à un ou deux mètres de distance.

« C'est bon », lance le marchand d'enfants en arrivant au rez-de-chaussée. La mère soupire, peut-être d'exaspération, à la vue de la fillette. « Si vous pouviez me faire un paquet… une ou deux tenues de rechange, à manger pour le voyage – ce que vous avez –, un manteau… Nous allons prendre la route. »

Elle se fige, surprise.

« Son manteau, on l'a donné.

— Vous l'avez donné ? En hiver ? »

Malgré le calme de l'homme, la mère a brusquement l'air mal à l'aise.

« Une de ses cousines en avait besoin. Nous, on n'a pas de pleines armoires de beaux habits. De toute manière… »

Elle hésite en jetant un coup d'œil à Damaya, qui détourne le regard. Elle ne veut pas savoir si la mère regrette d'avoir donné son manteau ; elle ne veut surtout pas savoir si la mère ne le regrette *pas*.

« De toute manière, vous avez entendu dire que les orogènes n'ont pas froid comme vous ou moi. »

L'inconnu pousse un soupir las. « C'est un mythe. Je suppose que vous avez déjà vu votre fille prendre froid.

— Ah, je... » La mère est visiblement déconcertée. « Oui, mais je croyais... »

Elle croyait que Damaya faisait semblant. Elle le lui a dit le premier jour, après la crèche, en l'installant dans la grange. La mère enrageait, le visage baigné de larmes, pendant que le père restait juste assis là, silencieux, les lèvres livides. Damaya leur avait caché ça, voilà ce que disait la mère, Damaya leur avait tout caché, elle avait fait mine d'être une enfant alors qu'elle était en réalité un monstre, les monstres faisaient toujours mine d'être des enfants, la mère savait bien que quelque chose *clochait* chez Damaya, cette sale petite menteuse...

L'homme secoue la tête.

« Quoi qu'il en soit, il faut la protéger du froid. La température va augmenter à l'approche de l'Équatorial, mais le voyage va nous prendre des semaines. »

La mère serre les dents.

« Vous l'emmenez vraiment à Lumen, alors.

— Évidemment. Je... » Il la considère avec attention. « Ah. » Puis se tourne vers Damaya. Ils la regardent tous deux, démangeaison jumelle. « Vous pensiez que j'allais tuer votre fille, mais vous m'avez quand même fait appeler par le chef de comm.

— Ne dites pas ça, proteste la mère, raidie. Ce n'était pas... je ne voulais pas... »

Ses mains se crispent à ses côtés. Elle baisse la tête, l'air honteuse, mais elle ne l'est évidemment pas. La mère n'a jamais honte de ce qu'elle fait. Sinon, pourquoi le ferait-elle ?

« Les gens normaux ne peuvent pas s'occuper de ces gamins-là », reprend-elle tout bas. Ses yeux se posent sur Damaya, mais s'en détournent aussitôt. « Elle a failli tuer un copain, à l'école. On a un autre enfant, des voisins, des… » Elle redresse brusquement les épaules et relève le menton. « Et puis c'est le devoir des citoyens, non ?

— Exact, parfaitement exact. Votre sacrifice rendra le monde meilleur pour tout un chacun. »

Simple stéréotype flatteur, alors que le ton ne l'est absolument pas.

Damaya regarde l'homme, déconcertée : les marchands d'enfants ne tuent pas les enfants, ce serait contre-productif. Et qu'est-ce que c'est que cette histoire d'Équatorial ? Cette région est très, très loin au sud.

Il baisse les yeux vers elle et comprend qu'elle ne comprend pas. Les traits blêmes s'adoucissent, ce qu'on croirait impossible avec ces yeux terrifiants.

« À Lumen, oui, dit-il à la mère et à la fille. Elle est assez jeune pour intégrer le Fulcrum. On lui apprendra à se servir de la malédiction qui la frappe. Son sacrifice à elle aussi rendra le monde meilleur. »

Damaya le regarde. Elle s'est trompée du tout au tout. La mère ne l'a pas vendue. Les parents l'ont *donnée* pour rien. Et la mère ne la déteste pas, non, elle a *peur* d'elle. Est-ce que ça fait une différence ? Peut-être. Damaya ne sait qu'éprouver face à ces révélations.

Quant à l'homme… quant à l'homme, ce n'est absolument pas un marchand d'enfants, mais…

« Vous êtes un Gardien ? » demande-t-elle, bien qu'elle connaisse maintenant la réponse à la question.

Il sourit, une fois de plus. Elle n'imaginait pas les Gardiens comme ça. Dans sa tête, ils sont grands, sévères, hérissés d'armes et de connaissances secrètes. Enfin. Au moins, il est grand.

« Oui. » Il lui prend la main. Manifestement, il aime toucher les gens. « *Ton* Gardien. »

La mère soupire.

« Je peux vous donner une couverture.

— Très bien, merci. »

Il se tait. Il attend. Quelques respirations plus tard, la mère comprend qu'elle est censée aller chercher la couverture. Elle hoche la tête maladroitement puis sort, le dos raide. L'homme et Damaya se retrouvent seuls.

« Tiens », dit-il en levant les bras.

Ce qu'il porte est sans doute un uniforme : épaulettes, manches et pantalon aux longs plis raides, tissu pourpre à l'air solide, mais inconfortable – comme la couverture de Mamie. S'y ajoute une courte cape, moins utile que décorative. Il la retire avant de l'enrouler autour de Damaya. La pèlerine se révèle assez longue pour lui servir de robe et encore chaude d'avoir été portée.

« Merci. Qui êtes-vous, en fait ?

— Schaffa Gardien Mandat. »

Elle n'a jamais entendu parler d'une ville du nom de Mandat, mais sans doute cette ville existe-t-elle, car à quoi servirait un nom de comm, autrement ?

« C'est un nom d'usage, *Gardien* ?

— Pour les Gardiens, oui », riposte-t-il d'une voix traînante. L'embarras brûle les joues de Damaya. « Après tout, aucune comm ne nous trouve très utiles en temps normal. »

Elle fronce les sourcils, perplexe.

« Vous voulez dire qu'elles vous jettent dehors, *vous*, quand une Saison arrive ? Mais… »

Les Gardiens remplissent de multiples fonctions, les histoires le lui ont appris : ce sont de grands guerriers, de grands chasseurs et, parfois – souvent –, de grands assassins. Les comms ont besoin de ces gens-là dans les périodes difficiles.

Schaffa hausse les épaules et s'éloigne pour s'asseoir sur une botte de vieux foin. Il y en a une autre derrière Damaya, qui reste cependant debout, car elle préfère se trouver au niveau de son interlocuteur. Il est plus grand, même assis, mais la différence est nettement moindre.

« Les orogènes du Fulcrum servent le monde, déclare-t-il. À partir de maintenant, tu n'as plus de nom d'usage, parce que ton utilité découle de ta nature, et pas d'une simple aptitude familiale. Un orogène nouveau-né peut empêcher une secousse ; tu n'as pas besoin d'entraînement pour être ce que tu es. *Tu l'es*, avec ou sans comm. Simplement, t'entraîner au Fulcrum sous la houlette des plus talentueux de tes semblables te rendra utile non seulement à une comm donnée, mais au Fixe tout entier. » Il écarte les mains. « En tant que Gardien, et par l'intermédiaire des orogènes confiés à mes soins, je poursuis le même but, au même niveau. Voilà pourquoi il convient que je partage le sort éventuel de mes pupilles. »

Damaya déborde d'une telle curiosité et de tant de questions qu'elle ne sait par laquelle commencer. « Vous avez... » Elle trébuche sur le concept, les mots, l'acceptation de ce qu'elle est. « Il y a d'autres enfants comme moi qui... »

Elle ne peut en dire davantage.

Schaffa se met à rire, visiblement conscient et enchanté de son ardeur.

« Je suis en ce moment le Gardien de six orogènes. » La manière dont il penche la tête fait comprendre à Damaya que c'est ainsi qu'on formule les choses, en paroles et en pensée. « Dont toi.

— Et vous les avez tous emmenés à Lumen ? Vous les avez trouvés par hasard, comme moi…

— Pas exactement. Certains m'ont été confiés par d'autres Gardiens ou après leur naissance au Fulcrum. J'en ai trouvé d'autres, oui, depuis qu'on m'a chargé du circuit de cette zone des Moyennord. » Il écarte à nouveau les mains. « Quand tes parents ont fait savoir au chef de Palela qu'ils avaient une fille orogène, il a télégraphié à Brevard, qui a transmis à Geddo, qui a transmis à Lumen… qui a fini par me transmettre, à moi. » Il soupire. « Heureusement, je suis passé jeter un coup d'œil au nœud le plus proche de Brevard le lendemain de l'arrivée du message. Sans ça, je ne l'aurais reçu que deux semaines après. »

En ce qui concerne Damaya, Lumen n'est qu'une légende et les autres endroits dont a parlé Schaffa de simples mots dans les manuels de crèche. Elle connaît toutefois Brevard par ouï-dire, parce que c'est la ville la plus proche, beaucoup plus grande que Palela. Le père et Chaga s'y rendent au début de la saison de la croissance pour vendre le pourcentage des récoltes qui revient à l'exploitation. Damaya n'enregistre les derniers mots du Gardien qu'à retardement. Deux semaines supplémentaires dans cette grange glaciale, à se soulager par terre. Heureusement qu'il a reçu le message à Brevard, oui.

« Tu as eu beaucoup de chance, continue-t-il, peut-être conscient de ce qu'elle pense à son expression. Les parents ne font pas toujours ce qu'il y a de mieux à faire. Certains n'isolent pas l'enfant, malgré les recommandations du Fulcrum. D'autres essaient, mais nous sommes prévenus trop tard. Le Gardien arrive pour apprendre que la foule s'est emparée de l'orogène et l'a roué de coups. Ne sois pas trop dure avec tes parents, Dama. Tu es saine et sauve. Ce n'est pas rien. » Elle se tortille un peu, renâclant devant cette vérité. Il soupire.

« Il y a aussi des parents qui cherchent à cacher l'enfant. À le garder chez eux sans l'entraîner et sans Gardien. Les choses finissent immanquablement par mal tourner. »

Elle ne pense qu'à ça depuis deux jours, depuis ce qui s'est passé à la crèche. Si les parents l'aimaient, ils ne l'auraient pas enfermée dans la grange. Ils n'auraient pas appelé cet homme. La mère n'aurait pas dit ces horreurs.

« Pourquoi n'auraient-ils pas… » lâche-t-elle, avant de se rendre compte que Schaffa savait très bien ce qu'il disait.

Il voulait vérifier si elle y pensait : *Pourquoi n'auraient-ils pas pu me cacher et me garder ici ?* Maintenant, il sait ce qu'il en est. Les mains de Damaya se crispent sur la pèlerine qu'elle tient enroulée autour de son corps, mais le Gardien se contente de hocher la tête.

« D'abord, parce qu'ils ont un autre enfant et que quiconque se fait prendre à héberger un orogène non enregistré est chassé de sa comm. Et encore, ce n'est que la punition la plus légère. » Damaya le sait pertinemment, à son grand déplaisir. Si les parents l'aimaient, ils prendraient le *risque*, d'accord ? « Peut-être répugnaient-ils à perdre leur foyer, leur gagne-pain et leurs deux enfants. Ils ont préféré garder quelque chose au lieu de renoncer à tout. Mais le plus grand danger, Damaya, c'est ce que tu es. Tu ne peux pas davantage cacher ton orogénie que ta féminité ou ta jeune intelligence. » Elle rougit en se demandant s'il s'agit d'un compliment. Le sourire de Schaffa l'informe que oui.

« Au moindre mouvement de la terre, tu entendras son appel. Au moindre danger, tu essaieras d'instinct de puiser à la source de chaleur et d'énergie cinétique la plus proche. Un homme vigoureux se sert de ses poings, toi de cette capacité-là. Quand ta sécurité sera menacée, tu feras évidemment ton possible pour te protéger. Et, ce faisant, tu provoqueras des morts. »

Damaya tressaille. Schaffa sourit, une fois de plus, toujours aussi gentiment. Elle repense à ce fameux jour.

Tout le monde était dans la cour, après le déjeuner. Elle avait mangé son rouleau aux haricots au bord de l'étang, en compagnie de Limi et de Shantare, comme d'habitude, pendant que les autres enfants s'amusaient ou se jetaient de la nourriture à la figure. Certains, rassemblés dans un coin, grattouillaient la terre en échangeant des marmonnements ; il y avait interrogation écrite de géomestrise dans l'après-midi. À un moment, Zab s'est approché des trois copines.

« Laisse-moi copier sur toi », a-t-il dit en regardant Damaya.

Limi a pouffé. D'après elle, Zab aimait beaucoup Damaya. Mais Damaya n'aimait pas Zab, parce qu'il était vilain – il passait son temps à l'embêter, à l'insulter, à la bousculer, jusqu'à ce qu'elle lui crie d'arrêter et se fasse gronder par l'enseignant.

« Je ne veux pas avoir d'ennuis à cause de toi, lui a-t-elle donc répondu.

— Tu n'en auras pas, si tu fais ça bien, a-t-il riposté. Il te suffira de bouger ta copie…

— *Non*, s'est-elle obstinée. Je ne ferai pas ça bien, je ne ferai pas ça *du tout*. Va-t'en. »

Elle s'est retournée vers Shantare, que Zab avait interrompue.

Et elle s'est retrouvée par terre sans savoir comment. Zab l'avait poussée des deux mains, et elle était tombée du rocher cul par-dessus tête, littéralement, avant d'atterrir sur le dos. Par la suite – elle a eu deux semaines dans la grange pour y penser –, elle s'est rappelé le saisissement du garçon, qui n'avait sans doute pas cru la déloger aussi facilement. Mais, sur le moment, elle a juste eu conscience de se retrouver par terre. Dans la *boue*. Le dos froid, mouillé et sale, tout entier imprégné d'une odeur de marécage en fermentation et d'herbe écrasée. Ses *cheveux* étaient dégoûtants, son plus bel *uniforme* aussi, la mère allait être furieuse, elle était *elle*-même furieuse, alors elle a attrapé l'air et…

Damaya frissonne. *Tu provoqueras des morts.* Schaffa hoche la tête, comme si elle pensait à voix haute.

« Tu es le verre que produisent les montagnes de feu, reprend-il tout bas. Un cadeau de l'immense Père Terre. Mais le Père Terre nous déteste, ne l'oublie jamais. Ses cadeaux se paient, et ils sont dangereux. Si nous te recueillons, si nous t'affûtons pour que tu sois assez tranchante, si nous te traitons avec le soin et le respect que tu mérites, tu deviendras précieuse. Mais si nous te laissons dans ton coin, tu couperas jusqu'à l'os la première personne à te heurter par accident. Ou, pire, tu exploseras, et tu feras du mal à beaucoup de monde. »

Damaya se rappelle le regard de Zab. L'air refroidi l'a enveloppée un court instant d'un nuage bouillonnant, comme sorti d'un ballon crevé. Ça a suffi. Une croûte de glace couvrait l'herbe alentour, et la sueur s'était solidifiée sur la peau de Zab. Ils se sont figés, les yeux dans les yeux.

Elle se rappelle la tête du garçon. *Tu as failli me tuer* – voilà ce qu'elle a vu sur son visage.

Schaffa la regarde toujours avec attention. Son sourire ne s'est pas effacé une seconde.

« Ce n'est pas ta faute, reprend-il. La plupart des histoires qui circulent sur les orogènes sont complètement idiotes. Tu es née comme ça, mais vous n'y êtes pour rien, ni tes parents ni toi. Il ne faut en vouloir à personne, ni eux ni toi. »

Elle se met à pleurer, parce qu'il a raison. Tout ce qu'il dit, *tout* est vrai, jusqu'au moindre détail. Elle déteste la mère de l'avoir enfermée, elle a détesté le père et Chaga d'avoir laissé faire la mère, elle se déteste d'être née comme ça et de les décevoir. Et maintenant, en plus, Schaffa sait qu'elle est méchante et complètement minable.

« Chut. » Il se lève, la rejoint, s'agenouille et lui prend les mains. Les sanglots de Damaya redoublent, mais il lui serre brusquement les mains, assez fort pour faire mal. Elle sursaute, inspire brusquement et cligne des yeux afin de se débarrasser du brouillard des larmes. « Il ne faut pas, mon enfant. Ta mère ne va pas tarder à revenir. Il ne faut pas pleurer à découvert.

— Euh… hein ? »

Il a l'air désolé – pour elle ? – quand il lève la main et la lui pose sur la joue.

« C'est dangereux. »

Elle ignore ce que ça peut bien vouloir dire.

Mais elle n'en arrête pas moins de sangloter et s'essuie les joues. Il efface du pouce une larme oubliée, examine une seconde la fillette puis hoche la tête.

« Ta mère va sans doute s'en apercevoir, mais ça devrait aller pour n'importe qui d'autre. »

La porte grince. La mère est de retour avec, cette fois, le père dans son sillage. Il serre les dents et évite de poser les yeux sur sa fille, qu'il n'a pourtant pas vue depuis qu'elle est enfermée dans la grange. Les parents se concentrent tous deux sur Schaffa, qui se relève et se place devant Damaya, en remerciant d'un signe de tête les parents de lui avoir apporté une couverture pliée et un paquet ficelé.

« On a abreuvé votre cheval, dit le père avec raideur. Vous voulez emporter de la provende ?

— Non, merci, répond Schaffa. En nous pressant un peu, nous devrions arriver à Brevard juste après la tombée de la nuit.

— C'est un long trajet, commente le père, les sourcils froncés.

— En effet, mais à Brevard, il ne viendra à l'idée de personne de nous suivre pour faire des adieux moins polis à Damaya. »

La fillette met un instant à comprendre : les Palelains aimeraient la tuer. Mais c'est mal, hein ? Ils ne peuvent quand même pas ? Elle connaît un tas de gens. Les enseignants de la crèche. Les autres enfants. Les vieilles dames du relais avec lesquelles Mamie était amie avant de mourir.

Le père y pense aussi, elle le voit à son visage. Il fronce les sourcils, il ouvre la bouche pour exprimer sa pensée à elle – *Ils ne feraient pas une chose pareille* –, mais il s'interrompt avant que le premier mot ne soit tombé de ses lèvres. Un coup d'œil à sa fille, un seul, plein d'angoisse, puis il se reprend et détourne les yeux.

« Tiens. »

Schaffa tend la couverture à sa pupille. Celle de Mamie. Damaya la regarde, puis elle regarde la mère, mais la mère se refuse à la regarder.

Pleurer est dangereux. Damaya reste impassible en se débarrassant de la cape de Schaffa, qui l'enveloppe de la couverture à l'odeur familière de renfermé et au tissu rêche – la couverture parfaite. Les yeux du Gardien croisent ceux de la fillette ; il hoche la tête, à peine, approbateur. Puis il la prend par la main et l'entraîne vers la porte.

Les parents suivent, sans mot dire. Damaya non plus ne dit mot. Elle considère la maison, une seconde – aperçu d'un visage entre deux rideaux, qui se ferment aussitôt complètement. Chaga, son frère aîné, qui lui a appris à lire, à monter un âne, à faire des ricochets sur l'eau avec les cailloux. Il n'agite même pas la main pour dire au revoir… mais ça ne veut pas dire qu'il la déteste. Elle en est consciente, maintenant.

Schaffa la soulève pour la poser sur le cheval le plus énorme qu'elle ait jamais vu, un grand bai luisant au long cou, puis se met en selle derrière elle. Il lui enroule la couverture autour des jambes et des chaussures pour lui éviter les frottements irritants et les engelures. Ça y est, ils sont partis.

« Ne te retourne pas, conseille-t-il. C'est plus facile comme ça. »

Elle ne se retourne donc pas. Un jour, elle comprendra qu'il avait raison, là aussi.

Un jour, beaucoup plus tard, elle regrettera de ne pas s'être retournée malgré tout.

*
**

[illisible] les yeux de givre, les cheveux acendres, le nez filtrant, les dents aiguës, la langue divisant les sels.

Tablette deuxième,
« La Vérité incomplète », strophe huit

3. Vous êtes en route

Vous n'arrivez toujours pas à décider de votre identité. Votre dernière persona n'a plus de raison d'être ; cette femme est morte en même temps qu'Uche. Elle ne sert à rien, avec sa discrétion, son laconisme, sa banalité. Pas alors qu'il s'est produit des choses aussi extraordinaires.

Mais vous ne savez toujours pas où est enterrée Nassun, en admettant que Jija ait pris la peine de l'enterrer. Tant que vous ne lui aurez pas fait vos adieux, vous resterez sa mère bien-aimée.

Vous décidez donc de ne pas attendre que la mort vous rattrape.

Car elle va vous rattraper – pas tout de suite, mais bientôt. L'énorme secousse du nord a beau avoir épargné Tirimo, tout le monde sait qu'elle *aurait dû* frapper la bourgade. Les valupinae ne mentent pas, du moins pas avec cette force résonnante, effarante, affolante. Celle-là, tout le monde l'a sentie arriver, du nouveau-né au vieillard gâteux. Et, maintenant que les habitants des villes et villages qui n'ont pas eu autant de chance se succèdent sur la route – se dirigeant tous vers le sud –, on commence à jaser à Tirimo. On a remarqué le soufre porté par le vent. On a contemplé le ciel de plus en plus étrange en se disant que ce changement était de mauvais augure. (Il l'est.) Peut-être le chef, Rask, a-t-il fini par envoyer quelqu'un aux nouvelles à Sume, la ville de la vallée voisine. Les Tirimais y ont presque tous des proches ; les deux bourgades échangent depuis des générations marchandises et habitants. La comm passe évidemment avant tout, mais du moment que chacun mange à sa faim, la famille et la race ont aussi leur importance. Rask peut encore se permettre une certaine générosité. Peut-être.

À leur retour, les éclaireurs décriront une dévastation totale… et une absence totale, ou quasi totale, de survivants. C'est une certitude. Le déni ne sera plus possible. Il ne restera que la peur. Et la peur cherche des boucs émissaires.

Vous vous forcez donc à manger, en évitant cette fois délibérément de penser à une autre époque et à d'autres repas, qui réunissaient la famille. (Il vaut mieux pleurer sans pouvoir s'en empêcher que vomir de même, mais, ma foi, on ne choisit pas la manière dont s'exprime le chagrin.) Puis vous vous glissez par le portillon du jardin de Lerna et rentrez chez vous. Personne dans la rue. Tout le monde est sans doute chez Rask, à attendre des nouvelles ou un ordre de mission.

Une des caches, dissimulée sous des tapis, contient le sac de survie familial. Assise par terre dans la pièce où Uche a été roué de coups, vous en triez le contenu pour éliminer ce qui ne vous servira à rien. La tenue de voyage destinée à Nassun est confortable et usée, mais trop petite. Jija et vous avez préparé le sac avant la naissance d'Uche ; c'est par négligence que vous ne l'avez pas remis à jour. Une peluche de moisissure blanche couvre un des blocs de fruits séchés ; peut-être reste-t-il comestible, mais la situation n'est pas (encore) assez désespérée pour que vous le gardiez. Il y a aussi les documents prouvant que Jija et vous possédez votre maison, que vous êtes à jour de vos impôts de quartant, que vous appartenez à la comm de Tirimo et à la caste d'usage des Résistants. Ce petit tas de papier – toute votre existence légale et financière des dix dernières années – rejoint par terre le bloc de fruits moisi.

L'argent rangé dans un portefeuille en caoutchouc – des billets, toute une liasse – n'aura plus aucun intérêt lorsque les gens prendront conscience de l'étendue du désastre, mais il demeure précieux, en attendant. Et, quand il cessera de l'être, il fera un bon allume-feu. Vous gardez le couteau à écorcher en obsidienne que Jija tenait absolument à emporter et que vous n'utiliserez sans doute jamais, parce que vous disposez d'armes naturelles plus efficaces. Il vous servira de monnaie d'échange ou, au moins, d'avertissement visuel. Les bottes de Jija, en bon état, pourront aussi servir en cas de troc. Il ne les portera plus jamais, parce que vous ne tarderez pas à le trouver et à l'éliminer.

Pause. Modification de cette pensée pour qu'elle corresponde mieux à celle que vous avez choisi d'être. Mieux : Vous ne tarderez pas à le trouver et à lui demander pourquoi il a fait ce qu'il a fait. *Comment* il a bien pu le faire. Et, plus important, où se trouve votre fille.

Vous rangez les affaires dans le sac de survie, que vous posez dans une des caisses dont Jija se sert pour ses livraisons. Personne ne s'étonnera de vous voir sillonner la ville ainsi chargée, puisque vous le faisiez souvent jusqu'à ces derniers jours, quand vous aidiez votre mari dans son travail de céramiste et de débiteur. Quelqu'un finira par s'étonner que vous poursuiviez les livraisons alors que le chef va sans doute déclarer sous peu la loi Saisonnière, mais la plupart des gens n'y penseront pas *tout de suite*, voilà ce qui compte.

En repartant, vous passez près de l'endroit où Uche est resté plusieurs jours allongé par terre. Lerna a emporté le corps, mais laissé la couverture. Les éclaboussures de sang ont beau être indiscernables, vous évitez de regarder dans cette direction.

Le quartier est blotti entre l'extrémité sud des murailles et la verdure de Tirimo. À l'époque où vous avez décidé d'acheter, Jija et vous, c'est l'isolement de la maison dans une étroite allée ombragée qui vous a séduits. Il suffit cependant de traverser la verdure pour gagner le centre-ville, ce qui plaisait à Jija. Vous passiez votre temps à vous disputer tous les deux à cause de ça : vous, vous n'avez jamais aimé côtoyer les gens plus que nécessaire ; lui, il était sociable, agité, le silence l'exaspérait…

Une poussée de rage absolue, écrasante vous martèle le crâne par surprise. Vous vous arrêtez sur le seuil de la demeure, la main contre le chambranle, et prenez de longues inspirations pour éviter de vous mettre à hurler, voire de massacrer n'importe qui (vous ?) avec cette saleté de couteau à dépecer. Ou, pire, de faire baisser la température.

D'accord. Vous aviez tort. Les nausées ne sont pas une si mauvaise expression du chagrin, comparativement.

Mais vous n'avez pas de temps, pas de *force* à perdre. Alors vous vous concentrez sur autre chose. Au hasard. Le bois du chambranle, sous votre main. L'air, qui attire davantage votre attention maintenant que vous êtes dehors. L'odeur de soufre ne semble pas empirer, pour l'instant du moins, ce qui est peut-être bon signe. La valuation vous apprend qu'il n'y a pas de cheminée volcanique à proximité – donc que l'odeur vient du nord, où se trouve la blessure, la grande plaie suppurante qui s'étend d'une côte à l'autre, vous le *savez*, même si les voyageurs qui suivent la route impériale n'ont jusqu'ici que des rumeurs à colporter à ce sujet. Il faut espérer que la concentration en soufre ne va pas trop augmenter. Dans le cas contraire, les gens vont commencer à avoir des nausées et à s'étouffer ; les pluies à tuer les poissons du ruisseau et à empoisonner la terre…

Oui. Mieux. Quelques instants plus tard, vous arrivez enfin à vous éloigner, votre vernis de calme parfaitement en place.

Peu de gens vaquent à leurs occupations dehors. Sans doute Rask a-t-il fini par déclarer officiellement le confinement, ce qui signifie la fermeture des portes de la comm – et, à en juger par les quelques personnes qui traînent près d'une des tours de guet, le chef a aussi pris de l'avance en y installant des gardes. Ce n'est pas censé arriver tant qu'une Saison n'a pas été proclamée. Vous maudissez en votre for intérieur la prudence de Rask. Pourvu qu'il n'ait encore rien fait d'autre qui complique votre fuite.

Le marché est fermé, du moins pour l'instant, afin d'éviter que quiconque ne stocke des provisions ou ne fixe ses prix. Le couvre-feu prendra effet au crépuscule. En attendant, seules sont autorisées à ouvrir les entreprises œuvrant à la protection ou à l'approvisionnement de la ville. Chacun sait comment les choses sont censées se passer. Chacun a sa mission, qu'il peut le plus souvent remplir en intérieur : tresser des paniers pour stocker diverses fournitures, sécher et mettre en conserve les aliments périssables du foyer, réallouer les vieux vêtements et outils. Efficacité impériale et lithomnésie scrupuleuse, règles et procédures terre à terre, quoique capables d'occuper une population anxieuse. Au cas où.

Quelques Tirimais s'activent pourtant dehors, vous le découvrez en contournant la verdure par le chemin – personne ne la traverse en cas de confinement, non que ce soit interdit, mais parce que, dans ces moments-là, tout le monde se souvient qu'il s'agit de *futures cultures*, et pas d'un simple carré de trèfle et de fleurs sauvages agréables à l'œil. Ce sont surtout des Costauds qui travaillent à l'extérieur, pour bâtir notamment l'abri et l'enclos où sera cantonné le bétail, dans un coin de la verdure. Le labeur des constructeurs n'a rien de facile ; absorbés par leurs efforts, ils ne prêtent aucune attention à une femme seule, chargée d'une caisse. Vous en reconnaissez vaguement quelques-uns au passage, pour les avoir déjà vus au marché ou à l'atelier de Jija. Les regards glissent sur vous sans s'arrêter : votre tête familière vous fait ranger dans la catégorie Tirimaise, mais tout le monde est assez occupé pour oublier que vous êtes peut-être la *mère d'un gèneur*.

Ou pour ne pas se demander duquel de ses parents le petit gèneur mort a bien pu hériter la malédiction.

Le centre-ville est plus animé. Vous vous fondez dans le décor en marchant du même pas que n'importe qui d'autre, en saluant ceux qui vous saluent, en essayant de ne penser à rien, pour que vos traits détendus trahissent l'ennui et l'indifférence. Il y a foule autour des bureaux du chef. Des capitaines de quartier et des porte-parole de caste viennent informer qui de droit que leurs missions de confinement ont été menées à bien, avant de repartir organiser les suivantes ; des habitants traînent, dans l'espoir manifeste d'apprendre ce qui s'est passé à Sume et ailleurs. Personne ne s'occupe de vous, là non plus. Pourquoi le ferait-on ? Il règne une puanteur de terre fracturée, et une secousse telle qu'aucun vivant n'en a jamais connu a tout détruit au-delà d'un rayon de sept kilomètres. Les gens ont des préoccupations bien plus graves.

Mais ces choses-là peuvent changer vite. Vous ne baissez pas votre garde.

Les bureaux de Rask occupent une petite maison blottie entre les caches de céréales sur pilotis et le chantier de construction des carrioles. Dressée sur la pointe des pieds pour regarder au-dessus de la foule, vous vous apercevez sans surprise qu'Oyamar, le second de Rask, discute sous le porche avec deux hommes et une femme couverts de mortier et de boue plus que de tissu. Sans doute consolident-ils le puits. Ça fait partie des choses recommandées par la lithomnésie en cas de secousse et encouragées par la procédure de confinement impériale. Oyamar est là ; Rask n'y est donc pas. Soit il travaille, soit – le connaissant – il dort, épuisé par la besogne abattue depuis l'événement, qui remonte à trois jours. En tout cas, il n'est ni dans les bureaux ni chez lui, où ses administrés le trouveraient trop facilement. Mais, Lerna parlant trop, vous savez où se cache le chef lorsqu'il ne veut pas être dérangé.

La bibliothèque de Tirimo est une honte. Elle existe pour la seule raison qu'une chef d'autrefois était mariée à un homme dont le grand-père en avait fait son dada. Le vieillard a écrit au gouverneur du quadrant jusqu'à ce que, enfin, le Dirigeant le réduise au silence en finançant une bibliothèque. Peu de gens en ont l'usage depuis la mort de son promoteur, mais la motion de fermeture proposée à chaque réunion plénière de la comm n'a jamais remporté assez de votes pour être appliquée. La vieille cabane branlante est donc toujours là, guère plus grande que votre salle commune, quasi débordante d'étagères de livres et de parchemins. Un enfant mince pourrait circuler entre les rayonnages sans se contorsionner ; n'étant ni enfant ni mince, vous vous engagez dans les allées de profil puis progressez plus ou moins en crabe. Pas question de prendre la caisse : elle vous attendra juste derrière la porte, à l'intérieur. De toute manière, personne ne risque de regarder dedans... à part Rask, pelotonné sur une petite paillasse au fond de la cahute, où l'étagère la moins longue ménage un espace de la largeur exacte de son corps.

Lorsque enfin vous réussissez à vous frayer un passage jusqu'à lui, il se réveille en sursaut au beau milieu d'un ronflement et vous contemple en clignant des yeux. Ses sourcils esquissent déjà le froncement destiné au quelconque intrus qui l'a dérangé, quand il *pense*, parce qu'il a la tête froide – d'où son élection à Tirimo. Son visage vous permet de voir à quel instant vous passez du statut de femme de Jija à celui de mère d'Uche puis de mère de *gèneur* puis de – Seigneur Terre ! – gèneuse vous-même.

Parfait. Ça simplifie les choses.

« Je n'ai pas l'intention de faire du mal à qui que ce soit », dites-vous très vite, sans lui laisser le temps de se rejeter en arrière, de hurler ou de tenter ce qu'il allait tenter, comme son raidissement vous en a informée.

À votre grande surprise, ces quelques mots suffisent : Rask cligne des yeux et *pense* à nouveau. La panique déserte ses traits. Il s'assoit, adossé au mur de bois, et vous regarde un long moment, pensif.

« Ce n'est pas pour me dire ça que vous êtes venue, je suppose », lâche-t-il.

Vous vous humectez les lèvres et tentez de vous accroupir, ce qui n'est pas simple, vu l'exiguïté des lieux. Vous vous retrouvez le derrière coincé contre une étagère, les genoux sous le nez de Rask, invasion de son espace intime que vous auriez préféré éviter. L'inconfort évident de votre position lui arrache un demi-sourire, qui s'évanouit quand il se rappelle ce que vous êtes, puis ses sourcils se froncent, comme si ses deux réactions l'agaçaient également.

« Vous savez où est allé Jija ? » demandez-vous.

Ses traits se crispent. Vu son âge, il pourrait être votre père, de justesse, mais c'est l'homme le moins paternel que vous ayez jamais rencontré. Vous avez toujours eu envie de boire une bière tranquille avec lui, une envie que partagent la plupart des Tirimais et qui contredit le camouflage d'humble banalité dont vous vous entourez. Rask ne boit pourtant pas, pour autant que vous le sachiez. Quoi qu'il en soit, l'expression qui s'inscrit sur son visage à ce moment-là vous fait penser pour la première fois qu'il serait un bon père, si un jour il avait des enfants.

« Je vois. » Le sommeil lui a rendu la voix rocailleuse. « Il a tué le petit ? C'est ce que s'imaginent les gens, mais Lerna n'en était pas sûr. »

Vous répondez d'un hochement de tête. Aussi incapable de dire *oui* qu'avec Lerna.

« Le petit était un… ? » reprend Rask en scrutant votre visage.

Même réponse de votre part. Il soupire. Vous remarquez qu'il ne vous demande pas ce que vous êtes, vous.

« Personne ne sait où est allé Jija, reprend-il en se tortillant pour plier les jambes et poser son bras sur ses genoux. Les gens ont parlé du… du meurtre, parce que c'est plus facile que de parler de… » Sa main se lève et retombe, petit geste d'impuissance. « Des commérages, c'est tout. Beaucoup plus de boue que de pierre. Certains ont vu Jija charger votre carriole et partir avec Nassun… »

Vos pensées bégaient.

« *Avec* Nassun ?

— Ma foi oui. Pourquoi… » Rask comprend avant d'achever. « Oh, merde, c'en est une aussi ? »

Vous faites de votre mieux pour vous retenir de trembler. Quand vous serrez les poings afin de contrôler votre corps, les profondeurs terrestres vous semblent brièvement plus proches, l'air environnant plus frais, avant que vous ne maîtrisiez le désespoir et la joie, l'horreur et la fureur.

« Je ne savais pas qu'elle était saine et sauve. »

Vous vous contentez de ça, au bout d'un long, très long moment, vous semble-t-il.

« Ah. » Rask cligne des yeux. La compassion est là, une fois de plus. « Ma foi oui, elle l'était. Du moins quand ils sont partis. Personne ne savait que quelque chose clochait. Personne n'y a fait attention. Les gens se sont juste dit que c'était un père qui apprenait le métier à son aînée ou qui empêchait une gamine de faire des bêtises par ennui. La routine, quoi. Et puis il y a eu cette merde au nord, et personne n'y a plus pensé, jusqu'à ce que Lerna raconte qu'il vous avait trouvée et… avec votre fils. » Rask s'interrompt. Les muscles de ses mâchoires se crispent. « Jamais je n'aurais cru ça de Jija. Il vous battait ? »

Vous secouez la tête.

« Non. »

Ç'aurait peut-être été plus supportable, si Jija s'était montré violent avant. Vous auriez pu vous reprocher votre erreur de jugement ou votre complaisance, au lieu du simple péché de reproduction.

Rask inspire longuement, profondément.

« Et merde. C'est… merde, voilà. » Il secoue la tête en passant la main dans le duvet gris de ses cheveux. Ils ne sont pas gris de naissance, contrairement à ceux de Lerna et des acendres ; vous vous rappelez une époque où ils étaient bruns. « Vous allez partir à sa poursuite ? »

Son regard vacillant vous fuit puis revient se poser sur vous. Il ne s'agit pas exactement d'espoir, mais vous savez ce que le tact l'empêche de dire : *Je vous serais reconnaissant de quitter la ville au plus vite.*

Vous acquiescez, ravie de lui faire ce plaisir.

« Il me faut un passe, pour les portes.

— OK. » Un silence. « Vous ne pourrez pas revenir, vous savez.

— Je sais. » Vous vous obligez à sourire. « Je n'en ai pas franchement envie.

— Je ne vous le reproche pas. » Il soupire puis s'agite à nouveau, mal à l'aise. « Ma… ma sœur… »

Vous ne saviez pas qu'il avait une sœur. Brusquement, vous comprenez.

« Que lui est-il arrivé ? »

Haussement d'épaules.

« Ce qui arrive dans ces cas-là. On vivait à Sume, à l'époque. Quelqu'un s'est rendu compte de ce qu'elle était et l'a raconté à un tas d'autres quelqu'un. Une nuit, ils sont venus la chercher. Je ne me rappelle pas grand-chose. Je n'avais que six ans. Après, ma famille s'est installée ici. » Ses lèvres se tordent – ce n'est pas vraiment un sourire. « C'est pour ça que je n'ai jamais voulu d'enfants. »

Un sourire vous vient, à vous aussi.

« Moi non plus. »

Jija en voulait, lui.

« Terre rouillée ! »

Il ferme un instant les yeux puis se lève brusquement. Vous l'imitez, pour éviter que votre visage ne se retrouve nettement trop près de son vieux pantalon taché.

« Je vais vous accompagner aux portes, si vous partez tout de suite.

— Je pars tout de suite, mais vous n'êtes pas obligé », répondez-vous, surprise.

Franchement, vous n'êtes pas sûre que ce soit une bonne idée. Ça risque d'attirer plus d'attention que vous ne l'aimeriez. Mais Rask secoue la tête, les dents serrées, l'air sinistre.

« Si. Allons-y.

— Rask… »

Il vous regarde. Cette fois, c'est vous qui tressaillez. Il ne s'agit plus de vous. La foule qui a emmené sa sœur n'aurait pas osé le faire s'il avait été adulte, à l'époque.

Ou alors elle l'aurait tout simplement tué lui aussi.

C'est lui qui porte la caisse en vous entraînant jusqu'aux grandes portes par la rue principale, les Sept Saisons. Vous essayez de jouer la femme détendue et sûre d'elle, même si vous êtes *extrêmement* nerveuse. Vous n'auriez pas choisi cet itinéraire-là, car il y a foule. Au début, l'attention générale se concentre sur Rask : les gens le saluent de la main ou par son nom, ils viennent lui demander des nouvelles… et s'aperçoivent alors de votre présence. Personne ne fait plus signe, personne ne s'approche plus, tout le monde commence à regarder – de loin, par petits groupes de deux ou trois. Certains se mettent aussi à vous suivre, Rask et vous. Simple curiosité, typique des petites villes, du moins pourrait-on le croire sans les *murmures* qu'échangent ces curieux et la manière dont ils vous *observent*. Vos nerfs vibrent à présent terriblement.

Rask hèle les gardes en s'approchant de l'enceinte : une douzaine de Costauds, qui travaillent sans doute en temps normal à la mine ou aux champs, mais traînent maintenant autour des portes dans un certain désordre. Deux d'entre eux les surveillent depuis les guérites construites sur la muraille ; deux autres se tiennent près des judas ; leurs collègues restent juste là à s'ennuyer, quand ils ne tuent pas le temps en bavardant ou en échangeant des plaisanteries. Rask les a probablement choisis pour leurs capacités d'intimidation, car ils sont tous d'une stature de Sanziens et manifestement capables de se défendre, même sans les vitrodagues et les arbalètes dont ils sont armés.

C'est le plus petit qui vient saluer le chef – un type que vous connaissez, bien que son nom vous échappe. Ses enfants ont fréquenté votre classe, à la crèche. Il se souvient de vous aussi, vous le constatez quand ses yeux s'étrécissent en se posant sur vous.

Rask s'arrête, pose la caisse, en sort votre sac et vous le tend.

« Tout va bien ici, Karra ? demande-t-il au garde.

— Tout allait bien, jusqu'à maintenant », répond Karra sans vous quitter du regard.

Un regard qui vous crispe la peau. Deux autres Costauds, dont une femme, s'intéressent à ce qui se passe, leur attention oscillant entre Rask et Karra, prêts à faire ce qu'on leur dira. La femme vous fixe d'un air ouvertement menaçant, mais le reste de la troupe se contente de vous jeter des coups d'œil furtifs.

« Je suis ravi de l'apprendre », répond Rask. Ses sourcils se froncent légèrement, peut-être parce qu'il déchiffre lui aussi les signaux qui vous parviennent. « Dites à vos subordonnés d'ouvrir les portes une minute.

— Vous êtes sûr que c'est une bonne idée ? » demande Karra, toujours sans vous quitter des yeux.

Rask se renfrogne et va se planter sous son nez d'un pas brusque. Il n'est pas impressionnant, physiquement – c'est un Innovateur, pas un Costaud, même si ça n'a plus vraiment d'importance, maintenant –, mais là, juste là, il n'a pas besoin de l'être.

« Oui, dit-il d'une voix si basse et si dure que Karra se concentre enfin sur lui en se raidissant, surpris. J'en suis sûr. Ouvrez les portes, s'il vous *plaît*. Si vous n'êtes pas trop *occupé* par la rouille. »

Une ligne de la lithomnésie vous revient à l'esprit, « Structures », strophe trois : *Le corps faiblit. Le dirigeant visionnaire s'appuie sur d'autres qualités.*

Karra serre les dents, mais finit par acquiescer. Vous vous équipez de votre sac à dos en prenant l'air aussi absorbé que possible. Les sangles sont trop longues. C'est Jija qui l'a essayé pour la dernière fois.

Les gardes s'activent sur le système de treuils et de poulies qui permet de manœuvrer les battants. L'enceinte de Tirimo est pour l'essentiel en bois, car la ville n'a pas les moyens d'importer de la bonne pierre ou de payer une troupe de maçons, mais elle fait mieux que les comms trop récentes ou gérées de manière si approximative qu'elles ne peuvent s'offrir une muraille. Les portes de Tirimo, le point le plus faible de n'importe quel rempart, sont en effet de pierre. Il suffit de les entrouvrir pour vous livrer passage, ce qui n'exige que quelques lents grincements et craquements, accompagnés des cris échangés par les gardes tirant sur les cordes ou guettant l'approche d'éventuels inconnus. Enfin, le silence retombe.

Rask vous considère, visiblement mal à l'aise.

« Je suis désolé pour... pour Jija. » Il ne parle pas d'Uche. Tant mieux, peut-être. Il faut que vous gardiez les idées claires. « Je suis désolé pour tout. J'espère que vous le retrouverez, ce salopard. »

Vous secouez la tête sans mot dire, la gorge serrée. Vous êtes chez vous à Tirimo depuis dix ans. À vrai dire, vous commenciez tout juste à y penser de cette manière – chez vous – à la naissance d'Uche, mais vous n'auriez jamais imaginé en arriver ne serait-ce qu'à ça. Les souvenirs sont là : vous avez poursuivi Uche à travers la verdure quand il a été capable de courir ; Jija a aidé Nassun à construire un cerf-volant et à le faire voler – mal : ses restes se trouvent toujours dans un arbre, quelque part à la limite est de la ville.

Partir n'est pourtant pas aussi difficile que vous l'auriez cru. Plus maintenant que vos anciens voisins vous jettent des coups d'œil qui vous salissent la peau comme de l'huile rance.

« Merci. »

Ce marmonnement est censé englober bien des choses, car Rask n'était pas obligé de vous aider. L'assistance qu'il vous apporte lui a nui. D'une part, le respect que lui vouaient les gardes s'en trouve amoindri ; d'autre part, ils jaseront. Il ne faudra pas longtemps au reste de la ville pour savoir que c'est un amateur de gèneurs – un goût dangereux. Un chef ne peut se permettre ce genre de faiblesse lorsque arrive une Saison. Mais ce qui compte réellement pour vous à cet instant précis, c'est la déférence qu'il vous témoigne en public – un respect qui vous honore et auquel vous ne vous attendiez pas. Vous ne savez trop comment l'accueillir.

Il hoche la tête, également embarrassé, puis fait demi-tour quand vous vous approchez de l'entrebâillement des portes. Peut-être ne voit-il pas Karra adresser un signe de tête à une des gardes ; peut-être ne la voit-il pas épauler son arme en la tournant vers vous. Peut-être, s'il avait vu, aurait-il arrêté l'inconnue ou empêché d'une manière ou d'une autre ce qui arrive – voilà ce que vous vous direz plus tard.

En attendant, vous voyez quant à vous ce qui arrive – du coin de l'œil, pour l'essentiel. Et, à partir de là, les choses s'enchaînent si vite que vous ne pensez pas. Elles s'enchaînent parce que vous ne pensez *pas*, parce que, depuis un moment, vous faites de votre mieux pour ne *pas* penser, parce que vous avez perdu l'habitude de penser, parce que penser vous obligerait à vous souvenir. Votre famille est *morte*, ce qui faisait votre bonheur n'est plus que *mensonge*, mais vous en souvenir vous *briserait* et vous vous mettriez à hurler, hurler, hurler sans pouvoir vous arrêter.

Les choses arrivent parce que, autrefois, dans une autre vie, vous avez appris à réagir au danger d'une manière très particulière. Vous

tendez votre esprit vers l'air alentour, vous *tirez*, vous

plantez fermement vos deux pieds par terre, la terre sous vos deux pieds, vous vous *ancrez*, vous vous *concentrez* et

quand la Costaude tire son carreau, c'est un trait flou qui file vers vous, un trait qui explose en mille fragments de glace scintillante au moment où il allait vous frapper.

(*Méchante fille,* lance une voix sévère dans votre tête – la voix de votre conscience, mâle et profonde. Vous oubliez cette pensée à la seconde où elle s'impose ou presque. Cette voix appartient à une autre vie.)

Une vie. Vous regardez l'inconnue qui vient d'essayer de vous tuer.

« Qu'est-ce que… Et merde ! » Karra vous considère d'un œil fixe, visiblement sidéré de ne pas vous voir tomber raide morte. Il s'accroupit, les poings serrés, si agité qu'il en sautille presque sur place. « Vas-y, mais vas-y ! Tue-la ! Tire, rouille de Terre ! Tire avant que…

— Mais qu'est-ce que vous faites, bordel ? »

Rask se retourne, enfin conscient de ce qui arrive. Trop tard.

Sous vos pieds – sous les pieds de Tirimo tout entier –, naît une secousse.

Presque imperceptible, au départ. Sans que personne en soit averti par la valuation ou un cliquetis quelconque – contrairement à ce qui se passerait si la terre était à l'*origine* de son propre mouvement. Voilà pourquoi les gens comme eux ont peur des gens comme vous. Vous échappez aux domaines de la raison et de la prévention. Vous êtes une surprise, au même titre qu'une rage de dents ou une crise cardiaque. La vibration que vous provoquez croît à toute allure pour devenir grondement de tension, perceptible par les oreilles, les pieds, la peau, sinon les valupinae, mais il est déjà trop tard.

Karra fronce les sourcils en regardant le sol entre ses jambes. La garde se fige alors qu'elle préparait un second carreau, les yeux ronds, rivés à la corde frémissante de son arbalète.

Vous restez immobile, entourée de flocons de neige tourbillonnants et de morceaux de carreau désintégré. Un disque de givre d'un mètre cinquante de diamètre durcit la terre qui vous porte. Une brise naissante joue dans vos cheveux bouclés.

« Non », murmure Rask, dont les yeux s'écarquillent devant votre expression. (Vous ne savez pas de quoi vous avez l'air à ce moment-là, mais ça doit être impressionnant.) Il secoue la tête, comme si nier ce qui se passe allait l'arrêter, recule d'un pas, puis d'un autre. « Essun.

— Vous l'avez tué », répondez-vous.

C'est totalement irrationnel. Le « vous » auquel vous pensez est pluriel, alors que vous vous adressez à un « vous » singulier. Rask n'a pas cherché à vous tuer, il n'a rien à voir avec la mort d'Uche, mais la tentative de meurtre dont vous venez d'être victime a déclenché en vous quelque chose de brut, de furieux, de glacé. *Bande de froussards. Des bêtes ne feraient pas une chose pareille. Vous regardez un enfant, et vous voyez une proie.* C'est Jija le meurtrier d'Uche, vous le savez, à un certain niveau… mais Jija est d'ici, de Tirimo. La haine capable de pousser un homme à massacrer son propre fils émane de tous ceux qui vous entourent.

Rask inspire.

« Essun… »

La vallée se déchire.

Le choc initial est assez violent pour jeter tout le monde à terre et secouer toutes les constructions de la ville. Elles se mettent ensuite à vibrer, à s'entrechoquer, car la secousse se fond en une vibration régulière ininterrompue. L'atelier de Saider, le réparateur de chariots, est le premier à s'effondrer, quand sa charpente se décale par rapport à ses fondations. Des hurlements s'élèvent dans la vieille bâtisse ; une femme réussit à se précipiter dehors, avant que le chambranle de la porte ne s'écroule à l'intérieur. À la limite est de la ville, plus près des crêtes montagneuses qui encadrent la vallée, s'amorce un glissement de terrain. Une partie de l'enceinte et trois maisons disparaissent brusquement, broyées par une masse de boue, d'arbres et de rochers. Loin sous terre, là où nul autre que vous ne peut s'en rendre compte, des brèches s'ouvrent dans les couches d'argile entourant la nappe aquifère qui alimente la ville. L'assèchement commence. Personne ne s'apercevra que vous venez de tuer Tirimo avant des semaines, mais le tarissement des puits en apportera la révélation.

Du moins à ceux que les instants suivants auront épargnés. Le disque de givre et de neige tourbillonnante centré sur vous s'étend, à présent. Vite.

Rask est le premier touché. Il a beau essayer d'échapper au bord en mouvement de votre tore, vous êtes tout simplement trop près de lui. Le froid le saisit en pleine course, lui vitrifie les pieds, lui solidifie les jambes, remonte son épine dorsale avec avidité. Il tombe à terre en un souffle, dur comme pierre, la peau aussi grise que les cheveux. Le disque avale ensuite Karra, qui hurlait toujours à ses subordonnés de vous abattre. Le cri meurt dans sa gorge quand il s'écroule, instantanément congelé. Son dernier souffle chaud siffle entre ses dents serrées puis givre la terre, dont vous dérobez la chaleur.

Vous ne répandez pas seulement la mort parmi vos concitoyens, bien sûr. Un oiseau, perché non loin de là sur une barrière, en tombe, également congelé. L'herbe croustille, le sol durcit, l'air siffle et rugit, dépouillé de son humidité et de sa densité… mais personne ne pleure les vers de terre.

Plus vite. Un tourbillon parcourt à toute allure la rue des Sept Saisons ; les arbres bruissent, des cris d'inquiétude s'élèvent quand les Tirimais comprennent ce qui se passe. Le sol bouge toujours, mais vous accompagnez son balancement sans jamais risquer de perdre l'équilibre, parce que son rythme vous est connu. Vous n'avez pas besoin d'y penser. Il ne reste en vous de place que pour une unique pensée.

Ces gens ont tué Uche. Leur haine, leur peur, leur violence injustifiée. Eux.

(Lui.)

Ils ont tué votre fils.

(Jija a tué votre fils.)

Ils sortent dans la rue en hurlant, en se demandant pourquoi il n'y a eu aucun avertissement, et vous tuez tous ceux qui s'approchent, poussés par la bêtise ou par la peur.

Jija. Tous ces gens sont Jija. Toute cette ville rouilleuse est *Jija*.

La comm – ou, du moins, l'essentiel de la comm – ne doit son salut qu'à deux choses. Premièrement, la plupart des constructions tiennent bon. Tirimo est peut-être trop pauvre pour bâtir en pierre, mais la plupart de ses bâtisseurs sont assez bien payés et ont assez de moralité pour n'utiliser que les techniques recommandées par la lithomnésie : charpente suspendue et poutre centrale. Deuxièmement, la ligne de faille de la vallée – que vous êtes en train de fendre d'une pensée – se trouve à quelques kilomètres à l'ouest. C'est pour ces deux raisons que l'essentiel de Tirimo survivra, du moins jusqu'à l'assèchement des puits.

Pour ces deux raisons, et à cause du hurlement de terreur résonnant d'un garçonnet, dont le père sort en courant d'une bâtisse follement secouée.

Vous vous tournez instantanément, machinalement en direction du cri, orientée par votre oreille de mère. L'homme serre l'enfant dans ses bras. Il n'a même pas de sac de survie. La seule et unique chose qu'il ait pris le temps d'attraper, c'est son fils. Lequel ne ressemble pas du tout à Uche, mais ça ne vous empêche pas de le regarder fixement tendre les bras vers la maison, où son père a laissé vous ne savez quoi – son jouet préféré ou sa mère, peut-être. Et soudain, enfin, vous *pensez*.

Alors vous arrêtez. Parce que

Oh, Terre impitoyable, regardez ce que vous avez fait.

La secousse s'interrompt. Le sifflement renaît autour de vous, cette fois parce qu'une atmosphère plus chaude et plus humide s'engouffre dans votre espace personnel. Le sol et votre peau se retrouvent instantanément trempés par la condensation. Le grondement de la vallée s'évanouit. Seuls subsistent les hurlements, les craquements du bois qui s'effondre, la sirène signalant les séismes dont le mugissement est né trop tard, inutile.

Vous fermez les yeux, douloureuse et tremblante. *Non,* pensez-vous. *C'est moi qui ai tué Uche. Du seul fait que je suis sa mère.* Votre visage est mouillé de larmes. Vous qui vous croyiez incapable de pleurer.

Il n'y a plus personne pour vous séparer des portes. Les gardes ont pris leurs jambes à leur cou, sauf ceux qui se sont révélés trop lents et qui ont fini comme Rask et Karra. Vous hissez votre sac sur vos épaules et foncez vers l'entrebâillement des battants en vous essuyant la figure d'une main, mais le sourire aux lèvres. Un sourire amer, douloureux. Comment pourriez-vous rester indifférente à l'ironie de la situation ? Vous n'avez pas voulu vous contenter d'attendre la mort. Bon.

Idiote, pauvre idiote. La mort a toujours été là. La mort, c'est vous.

*
**

N'oubliez jamais ce que vous êtes.

Tablette première,
« De la survie », strophe dix

4. Syénite, taillée et polie

N'*importe quoi*, se dit Syénite, derrière l'écran d'un sourire engageant.

Son expression ne laisse paraître en rien qu'elle se sent humiliée. Elle ne bouge pas non plus d'un cheveu sur sa chaise. Ses mains – quatre de ses doigts sont ornés d'anneaux tout simples, respectivement de cornaline, d'opale blanche, d'or et d'onyx – restent posées sur ses genoux, hors de vue de Feldspath. Elle pourrait serrer les poings sans que son interlocutrice le sache. Elle n'en fait rien.

« Les récifs coralliens représentent un véritable défi, vous savez. » Les mains de Feldspath sont quant à elles occupées par une grande tasse de sain en bois, au-dessus de laquelle elle sourit également. Elle sait très bien ce que dissimule l'expression suave de Syénite. « Contrairement à la pierre ordinaire. Le corail est poreux, flexible. Il est difficile de parvenir au contrôle de précision nécessaire pour le briser sans déclencher un tsunami. »

Syénite pourrait le faire dans son sommeil. Une deux-anneaux pourrait le faire. Un grain de poussière – quoique pas sans des dommages collatéraux importants, c'est vrai. Elle s'empare de sa propre tasse, hémisphère de bois qu'elle fait tourner entre ses mains pour en maîtriser le tremblement, avant de siroter une gorgée de sain.

« Je suis heureuse que vous m'ayez donné un mentor, senior.

— Non, vous ne l'êtes pas. » Toujours souriante, Feldspath sirote à son tour un peu de sain, petit doigt bagué en l'air. On dirait un concours d'étiquette privé – le plus beau sourire hypocrite remporte la mise. « Si cela peut vous consoler, sachez que nul n'en aura moins bonne opinion de vous. »

Parce que chacun saura de quoi il s'agit, en réalité. Certitude qui n'efface pas l'insulte, mais dont Syénite tire un certain réconfort. Et puis, au moins, son tout nouveau « mentor » est un dix-anneaux, ce dont elle tire également un certain réconfort : ça signifie qu'on a en effet bonne opinion d'elle. Elle triturera cette histoire au maximum pour en exprimer jusqu'à la dernière trace d'amour-propre.

« Il vient de terminer une tournée des Moyessud », reprend Feldspath d'une voix douce. La conversation n'a par essence aucune douceur, mais Syénite est sensible aux efforts de la senior. « Il devrait bénéficier d'un plus long repos avant de repartir en voyage, mais le gouverneur du quartant a insisté pour que nous nous occupions au plus vite du port d'Allia. C'est vous qui lèverez le blocage ; votre mentor se contentera de superviser les choses. Il devrait vous falloir environ un mois pour vous rendre là-bas sans vous presser, à condition que vous évitiez les grands détours… De toute manière, il n'y a pas urgence, puisque le problème du récif corallien n'est pas exactement nouveau. »

Sur ces mots, Feldspath a l'air réellement, quoique brièvement, agacée. Le gouverneur du quartant d'Allia a dû se montrer particulièrement pénible, à moins que ce ne soient les Dirigeants d'Allia. Depuis que Feldspath est devenue sa senior attitrée, il y a de cela des années, Syénite ne lui a jamais vu plus grise mine qu'un sourire hésitant. Elles connaissent toutes deux les règles : les orogènes du Fulcrum – les orogènes impériaux, les bêtes noires, ceux qu'il vaudrait sans doute mieux éviter de tuer, quel que soit le nom qu'on leur donne – sont censés se montrer en permanence polis et professionnels. Les orogènes du Fulcrum sont censés donner en permanence une impression d'assurance et de compétence, du moins en public. Les orogènes du Fulcrum sont censés ne jamais exprimer la moindre colère, pour ne pas mettre les fixettes mal à l'aise. Mais Feldspath ne commettrait pas l'incorrection d'utiliser un terme aussi insultant que *fixettes* – voilà pourquoi c'est une senior, responsable d'un certain nombre de supervisions, alors que Syénite arrondit seule ses propres angles. Si elle veut atteindre le niveau de Feldspath, il va falloir qu'elle prouve son professionnalisme. Et qu'elle se plie à quelques contraintes supplémentaires, semble-t-il.

« Quand suis-je censée faire sa connaissance ? » demande-t-elle avant de siroter un peu de sain, pour donner à sa question un air désinvolte.

Simple bavardage entre amies.

« Quand vous voudrez. » Feldspath hausse les épaules. « Ses quartiers se trouvent dans l'aile des seniors. Nous lui avons envoyé nos instructions, avec une convocation à cette réunion… » Une légère irritation s'inscrit à nouveau sur ses traits. La situation doit l'exaspérer au plus haut point. « … Mais il est possible qu'il ait omis de lire notre message puisque, comme je vous le disais, il se repose de sa tournée.

Voyager n'est pas facile, ne serait-ce que dans les montagnes de Likesh…

— Il était seul ?

— On n'exige pas des cinq-anneaux et plus qu'ils se fassent accompagner d'un partenaire ou d'un Gardien, lorsqu'ils quittent le Fulcrum. » Elle sirote son sain, inconsciente du saisissement de Syénite. « À partir de là, on nous estime assez maîtres de notre orogénie pour nous accorder un minimum d'autonomie. »

Cinq anneaux. Syénite en a quatre. Et leur nombre ne dépend en rien de la maîtrise de l'orogénie – ça, ce sont des âneries. Si un Gardien doute qu'un orogène soit prêt à se plier aux règles, l'orogène n'obtient jamais son premier anneau, sans parler du cinquième. Mais…

« Alors nous serons seuls tous les deux.

— Oui. Nous nous sommes aperçus que c'était la configuration la plus efficace dans ce genre de circonstances. » Évidemment.

« Vous le trouverez à la Prééminence travaillée. » Il s'agit du complexe de bâtiments où logent la plupart des seniors du Fulcrum. « Tour principale, dernier étage. Les orogènes de plus haut rang n'ont pas de quartiers séparés, étant donné leur nombre réduit – c'est pour l'instant notre seul dix-anneaux –, mais il nous a au moins été possible de lui ménager là-haut un peu d'espace supplémentaire.

— Merci. » Syénite fait à nouveau tourner sa tasse entre ses mains. « J'irai le voir en repartant. »

Feldspath reste un long moment silencieuse, encore plus agréablement indéchiffrable que de coutume. La visiteuse se tient donc sur ses gardes lorsque arrive la déclaration suivante :

« En tant que dix-anneaux, il a le droit de refuser toute mission, sauf en cas d'urgence déclarée. Mieux vaut que vous en soyez informée. »

Attends un peu. La tasse s'immobilise entre les doigts de Syénite, dont le regard se lève le temps de croiser celui de Feldspath. La senior a-t-elle réellement dit ce que sa benjamine a cru comprendre ? Impossible. Syénite plisse les yeux, sans plus chercher à masquer sa méfiance. Son hôtesse lui a bel et bien indiqué une porte de sortie… mais pourquoi ?

Feldspath a un sourire froid.

« J'ai six enfants. »

Ah.

Il n'y a rien à ajouter. Syénite replonge le nez dans sa tasse en s'efforçant de contenir la grimace qui lui monte aux lèvres quand elle arrive au dépôt crayeux du fond. Personne n'aime le sain, si nutritif soit-il. Il s'agit d'une sève qui change de couleur en présence de n'importe quel contaminant, y compris la salive. On en sert lors des réunions parce que, ma foi, c'est sain. Ça revient à dire poliment : *Je ne cherche pas à vous empoisonner ; du moins, pas encore.*

Syénite prend congé de Feldspath puis quitte le Principal – le bâtiment administratif. Le groupe de constructions moins imposantes qui l'entoure se trouve au bord de l'Anneau des jardins, la ceinture d'espaces verts du Fulcrum, une bande de terrain non construit, par endroits en friche, de plusieurs kilomètres de long sur quelques hectares de large. La taille de l'Anneau donne une idée de l'immensité du Fulcrum : c'est une ville en soi, lovée dans le corps plus démesuré de Lumen comme… oh, bon. Syénite aurait bien conclu sa pensée par *comme un enfant dans le ventre de sa mère*, mais la comparaison lui paraît ce jour-là particulièrement grotesque.

Elle salue de la tête les collègues juniors de sa connaissance qu'elle croise en chemin. Certains ne font que passer, d'autres se sont assis en groupes pour discuter, d'autres encore lisent, flirtent ou dorment, paresseusement installés dans l'herbe ou les fleurs. Les orogènes à anneaux mènent une vie facile, sauf lors des missions qui les entraînent hors les murailles du Fulcrum, mais elles sont aussi rares que brèves. Une poignée de poussière parcourt le chemin pavé sinueux d'un pas lourd, à la queue leu leu, sous la supervision des instructeurs – des volontaires juniors. La poussière n'est pas encore autorisée à jouir des jardins, privilège réservé aux orogènes qui ont passé l'examen du premier anneau et que les Gardiens ont jugés dignes d'être initiés.

Comme si cette pensée les avait évoqués, Syénite en repère un petit groupe à leur uniforme bordeaux, près d'un des nombreux étangs de l'Anneau. Un de leurs pairs s'est confortablement installé sur la rive opposée, dans une alcôve entourée de rosiers, d'où il écoute avec courtoisie un jeune junior chanter pour un auditoire restreint, assis à proximité. Peut-être écoute-t-il en effet le chanteur avec courtoisie ; il arrive aux Gardiens de faire ce genre de choses ; il leur arrive d'avoir besoin de se détendre, eux aussi. Toutefois, le regard du solitaire s'attarde sur un des auditeurs, un mince jeune homme livide qui n'a pas l'air de prêter grande attention au spectacle, puisqu'il contemple ses propres mains, croisées sur ses genoux. Le bandage qui entoure deux de ses doigts les empêche de se plier et de s'écarter.

Syénite continue son chemin.

Elle passe d'abord au Bouclier courbe, une des nombreuses résidences où vivent les centaines de juniors. Ses compagnes de chambre ne sont pas là pour la voir prendre dans son coffre les quelques affaires nécessaires, mais elle n'en éprouve qu'un soulagement inconfortable : les commérages les informeront bien assez tôt de la mission qui lui a été confiée. En ressortant, elle gagne cette fois la Prééminence travaillée. La tour trapue fait partie des premières constructions du Fulcrum, avec ses blocs de marbre blanc pesants et ses angles banals, atypiques dans l'architecture plus fantaisiste, plus rebelle de Lumen. Ses grandes doubles portes ouvrent sur un vestibule spacieux, mais gracieux, au sol et aux murs estampés de scènes tirées de l'histoire sanzienne. Sans presser le pas, Syénite salue de la tête les seniors présents, y compris ceux qu'elle ne connaît pas – après tout, elle veut *vraiment* atteindre le niveau de Feldspath – puis s'engage dans le large escalier. Elle le monte une marche à la fois, en s'arrêtant ici ou là pour savourer les motifs soignés d'ombre et de lumière découpés par les fenêtres étroites. À vrai dire, elle ignore en quoi ces motifs sont si particuliers, mais il s'agit comme chacun sait d'une œuvre d'art époustouflante… qu'on doit donc la voir savourer.

Au dernier étage, le soleil dessine des chevrons sur le tapis somptueux du palier. Elle s'immobilise le temps de reprendre son souffle et d'apprécier en toute sincérité ce qu'elle découvre là : le silence ; la solitude. Le corridor est désert, puisqu'il ne s'y trouve pas même un junior débutant pour faire le ménage ou transmettre un message quelconque. Elle en a entendu parler ; maintenant, elle sait que c'est vrai : le dix-anneaux a l'étage pour lui tout seul.

Voilà donc la véritable récompense de l'excellence : l'intimité. Et le choix. Syénite ferme brièvement les yeux, en proie à une envie douloureuse, puis gagne l'unique porte, devant laquelle se trouve un paillasson.

Arrivée là, pourtant, elle hésite. Elle ne sait rien de cet homme. Il a atteint le rang le plus élevé de leur ordre, ce qui signifie que personne ne se mêle plus de ses affaires, à condition qu'il cantonne ses comportements embarrassants à la sphère privée. Il ne faut pas oublier non plus qu'il a passé l'essentiel de sa vie sans disposer du moindre pouvoir et n'a obtenu que récemment l'autonomie et les privilèges qui le placent au-dessus d'autrui. Des choses aussi insignifiantes que des perversions ou des violences ne lui coûteront pas son rang. Pas si sa victime n'est qu'une orogène.

Ces pensées ne servent à rien. Syénite n'a pas le choix, elle. Elle frappe en soupirant.

Et, parce qu'elle s'attend moins à une *personne* qu'à une *épreuve à endurer*, c'est avec surprise qu'elle accueille le « Quoi *encore* ? » qui s'élève dans l'appartement.

Avant qu'elle puisse décider que répondre, des pas claquent sur la pierre – rapides, exaspérés dans leur sonorité même –, puis la porte s'ouvre brusquement. Un homme la fixe d'un regard noir. La robe chiffonnée, les cheveux aplatis d'un côté de la tête, la joue tatouée d'une carte erratique par les plis d'un tissu quelconque. Plus jeune qu'elle ne s'y attendait, quoique pas *jeune* : le double de son âge, ou peu s'en faut, quarante ans minimum, mais elle aurait cru… Enfin. Elle a vu tant de six et sept-anneaux ayant entamé leurs sixième ou septième décennies que, pour elle, un dix-anneaux devait être vieux. Et plus calme, plus digne, plus maîtrisé. Quelque chose comme ça. Le type ne porte même pas ses bagues, bien qu'on distingue sur certains de ses doigts une bande de peau un peu plus pâle, entre ses gesticulations coléreuses.

« Quoi *encore*, au nom de toutes les secousses de toujours ? »

Syénite fixe le mécontent sans mot dire, attitude qui le pousse à tenter une autre langue – qu'elle ne connaît pas, mais qui lui rappelle vaguement les Côtiers et exprime une exaspération indéniable. Après quoi il se passe la main dans les cheveux. Elle se retient de rire. Cette épaisse crinière frisée aurait grand besoin de soins pour être chic, mais le geste de son propriétaire n'a fait que l'embroussailler davantage.

« J'ai pourtant bien dit à Feldspath et à ses casse-pieds gloussants du comité consultatif de me *ficher la paix*, continue le type dans un sanze-mat parfait en cherchant manifestement à juguler son impatience. Je viens de terminer ma tournée, je n'ai pas eu depuis un an deux heures de tranquillité que je n'aie partagées avec un cheval ou un inconnu, alors si vous êtes ici pour me donner des ordres, je vous gèle sur place. »

Sans doute s'agit-il d'une hyperbole, mais il ferait mieux d'éviter ce genre-là : il y a des sujets qui ne prêtent pas à rire au Fulcrum. Les règles officieuses le veulent ainsi… mais peut-être un dix-anneaux n'en a-t-il cure.

« Des ordres… pas exactement », réussit à dire Syénite.

Les traits de son interlocuteur se contractent.

« Alors je ne veux pas entendre ce qu'on vous a envoyée me dire. *Allez-vous-en.* »

Il repousse la porte, prêt à la lui fermer au nez.

Elle n'arrive pas à y croire. Qu'est-ce que… Franchement ? On lui inflige vraiment affront sur affront. C'est déjà assez pénible d'avoir à faire ça, mais en subissant en plus un mépris pareil ?

Elle place le pied sur le chemin du battant pour l'empêcher de prendre de la vitesse.

« Je m'appelle Syénite », lance-t-elle, penchée en avant. Son nom ne dit rien à l'inconnu, elle s'en aperçoit au regard furieux qu'il lui jette. Il inspire, il va se mettre à hurler elle ne sait quoi, mais elle n'a aucune envie de l'entendre, aussi ajoute-t-elle d'un ton sec : « Je suis là pour *baiser*, Terre en feu ! Vous croyez vraiment que ça vaut la peine de vous énerver comme ça pendant votre sieste ? »

Si horrifiée soit-elle par la colère et le langage qui se sont imposés à elle, une vive satisfaction l'envahit quand le type reste bouche bée.

Il la laisse entrer.

Suit un moment de gêne certaine. Assise à la table basse de la suite – une *suite* ! Il dispose d'une suite meublée pour *lui tout seul* –, Syénite regarde son hôte se tortiller sur le canapé à l'extrémité duquel il s'est littéralement perché. L'extrémité la plus *éloignée*, comme s'il avait peur de s'installer près d'elle.

« Je ne pensais pas que ça reprendrait si vite, marmonne-t-il, les yeux fixés sur ses mains, entrelacées devant lui. Enfin, on me dit et on me répète que c'est nécessaire, mais je… Je n'ai pas… »

Il soupire.

« Alors ce n'est pas votre première fois », constate Syénite.

Il n'a gagné le droit de refuser qu'avec son dixième anneau.

« Non, non, mais… » Il inspire profondément. « Je ne savais pas forcément.

— Vous ne saviez pas quoi ? »

Il fait la grimace.

« Les premières… je les croyais *intéressées*.

— Vous… »

Alors seulement, elle comprend. Le déni est toujours possible, bien sûr ; Feldspath en personne ne lui a jamais assené crûment : *Votre mission est de produire un enfant dans l'année avec cet homme*. Le non-dit est censé faciliter les choses, mais Syénite n'en voit pas l'intérêt : à quoi bon dissimuler la réalité de la situation ? Toutefois, il ne s'agissait manifestement pas de dissimulation en ce qui concerne son hôte. Ce qui la surprend fort car, franchement, comment peut-on être aussi naïf ?

Il lui jette un coup d'œil, et sa mine s'allonge.

« Oui, je sais.

— Je vois », répond-elle en secouant la tête.

Peu importe. Ce n'est pas l'intelligence de ce type qui compte. Elle se lève et déboucle la ceinture de son uniforme.

« Là, comme ça ? demande-t-il, les yeux ronds. Je ne vous connais même pas.

— Vous n'avez pas besoin de me connaître.

— Je n'ai aucune *sympathie* pour vous. »

Syénite n'en a pas non plus pour lui, mais se retient de souligner cette évidence.

« Mes règles sont terminées depuis une semaine. C'est une bonne période. Si vous préférez, vous n'avez qu'à vous allonger et me laisser m'occuper de tout. »

Il y a plus expérimentée qu'elle, mais ce n'est pas la tectonique des plaques. Elle se débarrasse de sa veste puis tire de sa poche un flacon, qu'elle montre à son compagnon : du lubrifiant, quasi inentamé. Vision qui suscite chez lui une vague horreur.

« En fait, il vaut sans doute mieux que vous ne bougiez pas, ajoute-t-elle. Ce sera déjà assez gênant comme ça. »

Il se lève, lui aussi, et, à vrai dire, il recule. Son agitation… Bon, ce n'est pas drôle, pas vraiment, mais sa réaction procure malgré elle à Syénite un certain soulagement. Un soulagement mêlé. C'est *lui* le plus faible des deux, malgré ses dix anneaux. C'est elle qui va devoir porter un enfant dont elle ne veut pas, un enfant qui va peut-être la tuer et qui, quoi qu'il en soit, va changer à jamais son corps, sinon sa vie… mais au moins, ici et maintenant, c'est elle qui a le pouvoir. L'événement en devient… eh bien, pas précisément normal, mais plus acceptable, d'une certaine manière, du fait que c'est elle qui dirige les opérations.

« On n'est pas obligés, laisse échapper son hôte. Je peux dire non. » Il fait la grimace. « Vous non, mais moi si. Alors…

— Ne dites pas non, proteste-t-elle, mécontente.

— Hein ? Et pourquoi ?

— Vous l'avez dit. Moi, je suis obligée. Vous non. Si ce n'est vous, ce sera quelqu'un d'autre. »

Six enfants. Feldspath a eu six enfants. Alors qu'elle n'a jamais été particulièrement prometteuse en tant qu'orogène. Contrairement à Syénite. Si Syénite ne se montre pas très prudente, si elle contrarie les gens qu'il ne faut pas, s'ils en viennent à l'étiqueter *difficile*, ils tueront sa carrière dans l'œuf et l'assigneront au Fulcrum en permanence. Il ne lui restera qu'à écarter les jambes puis à transformer en bébés pets et grognements masculins. Si jamais les choses tournent de cette manière, elle aura bien de la chance de n'avoir que six enfants.

Son compagnon la fixe comme s'il ne comprenait pas, alors qu'il comprend, elle le sait.

« Je veux en finir avec ça », ajoute-t-elle.

C'est le moment qu'il choisit pour l'étonner. Au lieu de bredouiller les protestations auxquelles elle s'attendait, il détourne le regard, les poings crispés, le muscle de la mâchoire palpitant. Il est toujours aussi ridicule dans sa robe chiffonnée, avec ses cheveux aplatis d'un côté, mais il a l'air… On dirait qu'il vient d'être condamné à la torture. Syénite n'est pas très séduisante, elle en a bien conscience, ou du moins ne correspond-elle pas aux canons de la beauté équatoriaux – c'est une authentique bâtarde des Moyennes –, mais il n'est visiblement pas bien né non plus : il suffit de voir ses cheveux, sa peau si noire qu'elle en paraît presque bleue, son petit gabarit. Il fait la même taille qu'elle, une haute taille, pour un homme ou une femme, mais sa minceur l'empêche d'avoir l'air robuste ou intimidant. S'il compte des Sanziens parmi ses ancêtres, ils sont fort loin dans le passé et ne lui ont rien légué de leur supériorité physique.

« En finir, marmonne-t-il. Très bien. »

Le muscle qui palpitait dans sa joue tressaute à présent littéralement, vu la manière dont il serre les dents, et… wouah. Il ne regarde pas Syénite, qui en est soudain ravie, car c'est de la *haine* qu'elle lit sur son visage. Elle en a déjà lu sur celui d'autres orogènes – oh, rouille, elle en a éprouvé elle-même quand elle pouvait jouir d'un moment de solitude et d'honnêteté sans entrave –, mais elle ne l'a jamais *montré* de cette manière. Elle fait de son mieux pour ne pas tressaillir, lorsqu'il relève les yeux vers elle.

« Vous n'êtes pas d'ici », dit-il d'un ton froid.

Elle comprend à retardement qu'il s'agit d'une question.

« Non. » Ça ne lui plaît pas d'être celle à qui on pose les questions. « Et vous ?

— Oh, moi si. J'ai été conçu sur ordre. » Il sourit. C'est bizarre de voir un sourire plaqué sur autant de haine. « Je suis encore moins le fruit du hasard que ne le sera notre enfant. Deux des lignées les plus vénérables et les plus prometteuses du Fulcrum sont réunies en moi, à ce qu'on m'a dit. Un Gardien a veillé sur moi presque dès ma naissance. » Il enfouit les mains dans les poches de sa robe froissée. « Vous êtes une sauvage. »

La conclusion est sortie de nulle part, au point que son interlocutrice se demande une seconde s'il s'agit d'un nouveau synonyme de gèneuse, avant de comprendre de quoi il retourne. Alors là, ça dépasse les bornes.

« Dites donc, je me fiche de vos anneaux…

— C'est comme ça qu'ils vous appellent, veux-je dire. » Il sourit derechef. Son amertume reflète si bien celle de Syénite qu'elle se tait, déconcertée. « Au cas où vous ne le sauriez pas. La plupart des sauvages – ceux qui viennent de l'extérieur – ne le savent pas, ou alors ils s'en fichent. Mais quand un orogène naît de parents banals, dans une famille où la malédiction n'était jamais apparue, c'est comme ça qu'ils y pensent. Un chien sauvage, un bâtard, comparé à ma lignée de race pure, domestiquée. Un accident, alors que j'ai été planifié. » Il secoue la tête, ce qui fait trembler sa voix. « Ça signifie qu'ils ne vous ont pas *prévue*. Vous êtes la preuve qu'ils ne comprendront jamais l'orogénie ; que ce n'est pas de la science ; qu'ils n'ont aucune idée de ce que c'est. Ils ne nous maîtriseront jamais. Pas vraiment. Pas complètement. »

Syénite se demande que répondre. Elle ne savait pas, pour cette histoire de sauvages, elle ne se savait pas différente… même si, maintenant qu'elle y pense, la plupart des orogènes de sa connaissance sont nés au Fulcrum. D'ailleurs, elle a remarqué qu'ils la regardaient d'une manière particulière. Simplement, elle en a accusé leurs origines à tous – équatoriales pour eux, moyennes pour elle – ou le fait qu'elle a gagné son premier anneau avant eux. Mais maintenant que son hôte en a parlé… est-ce un inconvénient d'être une sauvage ?

Sans doute. Si les sauvages sont imprévisibles… Bon, les orogènes doivent prouver leur fiabilité. Le Fulcrum a une réputation à soutenir ; ça fait partie de l'ensemble. D'où l'entraînement, l'uniforme, les innombrables règles imposées, *y compris* à la reproduction, bien sûr, car que ferait-elle là, autrement ?

Malgré son statut de sauvage, les seniors veulent donc insuffler quelque chose d'elle dans leurs lignées. C'est assez flatteur, quand elle y réfléchit. À ce moment-là, elle se demande pourquoi une partie de son être cherche à se glorifier de son avilissement.

Perdue dans ses pensées, elle est surprise par le soupir las qui signe la capitulation de son interlocuteur.

« Vous avez raison », dit-il d'un ton sévère. Il se montre très pragmatique maintenant, parce que, ma foi, ça ne pouvait guère se terminer que comme ça. Rester pragmatiques leur permettra de conserver un semblant de dignité. « Désolé. Vous… Rouille terrestre. Oui, finissons-en avec ça. »

Ils gagnent donc sa chambre, où il se déshabille, s'allonge et essaie un moment de se mettre en condition, sans résultat. C'est l'inconvénient d'avoir affaire à un homme relativement âgé, décide Syénite – quoique, à vrai dire, les relations sexuelles se passent rarement bien quand on n'en a pas envie, ce qui suffit à expliquer la panne. Elle s'assied à côté de lui en conservant une impassibilité forcée, repousse ses mains pour avoir le champ libre, mais laisse échapper un juron devant son embarras manifeste : s'il se sent gêné, ça va leur prendre la journée.

Il y arrive malgré tout quand elle passe à l'action, peut-être parce que, les yeux fermés, il s'imagine être caressé par quelqu'un d'autre. Elle le chevauche alors, les dents serrées, à en avoir les cuisses douloureuses et les seins meurtris par le tressautement. Le lubrifiant ne lui est pas d'une grande aide, elle ne trouve pas ça aussi agréable qu'avec les doigts ou un gode, mais enfin, les fantasmes du type se révèlent suffisants. Il finit par lâcher une sorte de gémissement nerveux ; mission accomplie.

Elle enfile déjà ses bottes quand il s'assied en soupirant, si lugubre qu'une vague honte envahit la jeune femme à la pensée de ce qu'elle vient de faire.

« Comment tu t'appelles, déjà ? demande-t-il.

— Syénite.

— C'est le nom que t'ont donné tes parents ? » Elle lui jette un regard noir. Les lèvres du type se tordent en une parodie de sourire. « Désolé. Je suis jaloux, c'est tout.

— Jaloux ?

— Je suis né au Fulcrum, tu te rappelles ? Je n'ai jamais eu qu'un seul nom. »

Ah.

Il hésite. Apparemment, ce n'est pas facile pour lui.

« Tu, euh… je m'appelle… »

Elle l'interrompt, parce qu'elle sait déjà ce qu'il va dire et qu'elle n'a de toute manière aucune intention de l'appeler autrement que *vous*. Ça devrait suffire à le distinguer des chevaux.

« Feldspath m'a prévenue qu'on partait demain pour Allia. »

La seconde botte enfilée, elle se lève et met le talon en place d'un coup de pied.

« Une autre mission ? Déjà ? » Il soupire. « J'aurais dû m'en douter. »

Il aurait dû, en effet.

« Vous me servez de mentor. On doit débarrasser le port du corail qui gêne.

— Bon. » Il se doute aussi que c'est une mission à la con. On ne peut l'en charger que pour une seule raison. « On m'a donné un dossier d'information, hier. Je suppose que je vais m'y attaquer. Je te retrouve aux écuries à midi ?

— C'est vous, le dix-anneaux. »

Il se frotte le visage des deux mains. Elle se sent un peu gênée ; juste un peu.

« Bon, conclut-il, très pragmatique, une fois de plus. Midi. »

Elle repart, meurtrie, agacée d'avoir été contaminée par l'odeur de cet homme et fatiguée. Sans doute à cause du stress – à l'idée de passer un mois sur la route, en compagnie de quelqu'un qu'elle ne supporte pas, à faire des choses qu'elle n'a aucune envie de faire, sur l'ordre de gens qu'elle déteste de plus en plus.

Mais c'est ça, être *civilisée* : obéir à ses supérieurs, pour le bien ostensible de tous. Et puis ce n'est pas comme si elle n'avait rien à y gagner : un an d'inconfort, un bébé qu'elle n'aura pas à élever, puisqu'il sera remis dès sa naissance à la crèche de base, une mission prestigieuse remplie sous la supervision d'un senior puissant. L'expérience et la réputation qu'elle en tirera la rapprocheront énormément de son cinquième anneau. Son propre appartement – fini, la chambre partagée –, des missions plus intéressantes, des permissions plus longues, davantage d'influence sur le cours de sa propre existence. Ça en vaut la peine. *Feux terrestres, oui*, ça en vaut la peine.

Elle se le dit et se le répète en regagnant ses quartiers, où elle prépare ses bagages, range ses affaires pour tout retrouver en ordre à son retour et prend une douche. Non sans frotter méthodiquement le moindre centimètre carré de peau à sa portée jusqu'à ce qu'il pique.

*
**

« Dites-leur qu'ils seront peut-être un jour aussi grands que nous.

Dites-leur que leur place est parmi nous, si mal que nous les traitions.

Dites-leur qu'ils doivent conquérir le respect accordé d'office à d'autres.

Dites-leur qu'ils ne peuvent être acceptés en deçà d'un certain niveau – rien de moins que la perfection.

Tuez ceux qui se moquent de ces contradictions.

Dites à ceux qui restent que les morts méritaient l'annihilation
pour leur faiblesse et leurs doutes.

Ils se détruiront eux-mêmes dans leur quête de l'impossible. »

Erlsset, vingt-troisième empereur
de l'Affiliation équatoriale sanzienne,
dans la treizième année de la Saison des Crocs.
Déclaration enregistrée lors d'une soirée,
peu avant la fondation du Fulcrum

5. Vous n'êtes pas seule

Il fait nuit. Une colline vous abrite du vent, depuis que vous vous êtes assise par terre dans le noir.

Vous êtes épuisée. C'est épuisant de tuer autant de gens. Ça l'est encore plus quand, une fois énervée, vous en tuez moins, beaucoup moins que vous ne l'auriez pu. L'orogénie est une curieuse équation. Extrayez le mouvement, la chaleur et la vie de votre environnement, amplifiez-les par un procédé indéfinissable de concentration, de catalyse ou de hasard plus ou moins prévisible, tirez et éloignez de la terre le mouvement, la chaleur et la mort. Énergie entrante, énergie sortante. Empêcher de sortir celle qui était entrée – *ne pas* transformer la nappe aquifère de la vallée en geyser, *ne pas* réduire la roche en éboulis – a exigé de vous un effort tel que vous en avez mal aux dents et derrière les yeux. Si longtemps que vous ayez marché, dans l'espoir de brûler une partie de la force emmagasinée, elle est toujours là, à fleur de peau, malgré votre fatigue physique et vos pieds douloureux. Vous êtes une arme censée déplacer les montagnes. Il ne suffit pas de marcher pour cesser de l'être.

Vous avez pourtant continué votre chemin jusqu'à la nuit, vous l'avez continué dans le noir, et vous voilà maintenant blottie, seule, au bord d'un champ en jachère. Malgré le froid qui descend, vous avez peur d'allumer du feu. Sans feu, vous n'y voyez pas grand-chose, mais on ne vous voit pas non plus : une femme seule, avec un sac bien rempli et pour toute arme un couteau. (Vous n'êtes pas sans défense, mais un éventuel assaillant ne le comprendrait que trop tard, et vous préféreriez éviter de tuer davantage aujourd'hui.) Au loin se dessine la courbe sombre de la grand-route, qui domine les plaines tel un défi. Les grands-routes sont en principe éclairées par des lampadaires électriques, grâce au Sanze, mais l'obscurité qui voile celle-là ne vous surprend pas : même si nulle secousse n'était venue du nord, la procédure Saisonnière standard consiste à couper les hydro et géo non essentielles.

Vous avez une veste, et il n'y a rien à craindre dans le champ que des souris. Dormir sans feu ne vous tuera pas. N'importe comment, vous y voyez plutôt bien, sans foyer ni lanterne. Les bandes de nuages ondulées qui ont envahi le ciel vous rappellent les sillons tracés à la binette dans votre jardin d'autrefois. Elles sont parfaitement visibles, rubans de braise et d'ombre éclairés au nord par en dessous – car quelque chose les éclaire par en dessous. Les montagnes dessinent là-bas un horizon déchiqueté, sous la lueur vacillante d'un lointain obélisque bleu-gris, dont la pointe inférieure dépasse d'un nœud de nuages. Ce spectacle n'a aucun sens à vos yeux, mais vous devinez un volettement plus proche, peut-être une colonie de chauves-souris en quête de nourriture. L'année a beau être avancée pour les chauves-souris, *tout change, en Saison*, prévient la lithomnésie. Tout ce qui vit se prépare de son mieux à survivre.

Les montagnes vous séparent de ce qui éclaire les nuages. On dirait que le soleil est resté bloqué en se couchant au mauvais point cardinal, mais il ne s'agit évidemment pas de ça. De près, la vision doit être terrifiante, déchirure monstrueuse crachant du feu jusqu'au ciel. Vous n'avez aucune *envie* de jamais la voir.

Et vous ne la verrez jamais, parce que vous vous dirigez plein sud. Comme Jija. D'ailleurs, s'il n'était pas parti au sud, sans doute aurait-il infléchi son trajet après le passage de la secousse nordique. Il faudrait être fou pour n'en rien faire.

Évidemment, un homme capable de tuer son enfant à coups de pied et de poing mérite peut-être en effet le qualificatif de *fou*. Et une femme qui a trouvé l'enfant en question puis passé trois jours sans penser… hum, peut-être mérite-t-elle celui de *folle*. Enfin… Vous n'y pouvez rien, à part obéir à votre folie.

Vous avez un peu mangé : du pain de cache, accompagné de pâte d'akaba salée – un pot rangé de vos mains dans le sac, il y a de cela une vie et une famille. L'akaba se garde bien, une fois entamée, mais pas éternellement ; maintenant que le pot est ouvert, vous allez devoir le vider au fil des prochains repas. Pas de problème, vous aimez bien ça. Vous avez bu à la gourde remplie quelques kilomètres plus tôt, au puits d'un relais équipé d'une pompe. Il y avait des gens à ce relais, plusieurs dizaines, certains campant autour de la construction, d'autres se contentant d'une brève halte. Ils avaient tous un air que vous commencez à connaître, signe d'une panique au lent épanouissement. Parce que la compréhension de ce que signifient la secousse, la luisance de braise et le ciel couvert s'impose peu à peu. Or se retrouver hors les murs d'une communauté à un moment pareil constitue à long terme une condamnation à mort, sauf pour les rares personnes prêtes à tout, quelles que soient la brutalité ou la dépravation exigées. Et même celles-là n'ont qu'une petite chance de s'en sortir.

Nul au relais ne voulait se croire capable de ça, vous l'avez constaté en regardant autour de vous, en évaluant visages, vêtements, corps, risques. A priori, pas de fétichiste de la survie ou de seigneur de guerre. Juste des gens ordinaires, parfois enveloppés d'une gangue de crasse par les coulées de boue ou les bâtiments effondrés dont ils s'étaient extraits, parfois sanglants, affublés de pansements de fortune quand leurs blessures avaient été pansées. Des voyageurs surpris loin de chez eux ; des survivants à présent sans foyer. Un vieillard en chemise de nuit, sale et loqueteuse d'un côté, assis en compagnie d'un adolescent vêtu en tout et pour tout d'une longue tunique et de taches de sang, deux paires d'yeux creusés par le chagrin. Deux femmes cramponnées l'une à l'autre, se balançant dans l'espoir de trouver quelque réconfort. Un homme de votre âge à l'allure de Costaud, le regard fixé sur ses grandes mains aux doigts épais, se demandant peut-être s'il était assez robuste, assez jeune pour se gagner une place quelque part.

La lithomnésie vous a préparée à ces histoires, si tragiques soient-elles. Elle ne parle pas des maris qui tuent leurs enfants.

Adossée à un vieux piquet planté à flanc de colline, ultime vestige peut-être d'une barrière qui s'achevait là, vous somnolez, les mains au fond des poches de votre veste, les genoux relevés. Puis, lentement, la certitude s'impose que quelque chose a changé. Pas un bruit ne vous en avertit ; il n'y a que le vent, les froissements et crissements minuscules de l'herbe. Aucune odeur nouvelle ne se mêle aux vagues relents de soufre auquel vous êtes déjà habituée. Mais il y a quelque chose. Autre chose. Dans le coin.

Quelqu'un d'autre.

Vos yeux s'ouvrent brusquement. Une moitié de votre esprit plonge dans la terre, prête à tuer, pendant que l'autre se fige – parce que, tout près de vous, assis en tailleur dans l'herbe, un petit garçon vous regarde.

Il vous faut un instant pour vous rendre compte de ce que c'est. Il fait sombre. Il est sombre. Peut-être vient-il d'une comm de la Côtière Orientale. Mais ses cheveux bougent un peu quand le vent se remet à murmurer, des cheveux manifestement aussi raides que l'herbe alentour, du moins en partie. La Côtière Occidentale, alors ? Le reste de sa chevelure a l'air plaqué à son crâne par… de la pommade ou quelque chose de ce genre. Non. Vous êtes une mère. C'est de la crasse. Il en est couvert.

Plus grand qu'Uche, mais un peu moins que Nassun. Six ou sept ans, donc. Honnêtement, vous n'êtes pas sûre que ce soit un garçon ; la confirmation attendra. Il s'agit juste d'une impression. Sa posture voûtée serait étrange pour un adulte, mais semble parfaitement normale pour un enfant à qui on n'a pas dit de se tenir droit. Vous le regardez un moment. Il vous rend votre regard. Ses yeux pâles luisent.

« Bonjour », lance-t-il.

Une voix de garçonnet, haute et claire. Impression fondée.

« Bonjour », répondez-vous enfin.

Vous connaissez des histoires horrifiques qui commencent comme ça. Des bandes d'enfants sauvages hors-comm sombrant dans le cannibalisme… Mais il est un peu tôt pour ce genre de choses, puisque la Saison vient d'arriver.

« D'où sors-tu ? »

Il hausse les épaules. Il ne sait pas ; il ne s'y intéresse peut-être pas.

« Comment vous vous appelez ? Moi, c'est Hoa. »

Un nom aussi réduit que bizarre, mais le monde est aussi immense que bizarre. Le plus bizarre n'en reste pas moins que le garçonnet se contente de donner ce seul nom. Il est encore assez jeune pour ne pas porter celui de sa comm, mais il a forcément hérité de la caste de son père.

« Hoa, c'est tout ?

— Hmm, hmm. » Il acquiesce, se tortille, pose un paquet indistinct par terre puis le tapote gentiment. Comme pour vérifier que son baluchon va bien. « Je peux dormir ici ? »

Vous examinez les alentours, vous les valuez, vous tendez l'oreille. Rien ne bouge, à part l'herbe ; il n'y a personne, à part le gamin. Ça n'explique pas le silence total dans lequel il s'est approché, mais bon, il est petit, et vous savez d'expérience que les jeunes enfants peuvent être extrêmement discrets quand ils veulent. Ce qui, la plupart du temps, signifie qu'ils mijotent quelque chose.

« Il y a d'autres gens avec toi, Hoa ?

— Personne. »

L'obscurité l'empêche de voir vos yeux se plisser, mais il n'en réagit pas moins à votre méfiance.

« C'est vrai ! insiste-t-il en se penchant vers vous. Je suis tout seul. J'ai vu des gens, près de la route, mais ils ne m'ont pas plu. Je me suis caché. » Une pause. « Vous, vous me plaisez. »

Comme c'est mignon.

Vous replongez en soupirant les mains dans les poches de votre veste et retirez votre esprit de la terre, où vous vous teniez prête. Il se détend un peu – ça se voit – et se prépare à s'allonger dans l'herbe.

« Attends. »

Vous détachez votre couchage de votre sac et le lui lancez. Il l'attrape, le considère quelques secondes d'un air perplexe avant de comprendre de quoi il s'agit, le déroule joyeusement puis se blottit dessus comme un chat. Ça n'a pas assez d'importance pour que vous le détrompiez.

Peut-être ment-il. Peut-être est-il dangereux. Demain matin, vous le chasserez, parce que vous n'avez pas besoin d'un enfant qui vous colle aux basques. D'ailleurs, sans doute quelqu'un le cherche-t-il. Une mère quelconque dont le petit garçon n'est pas mort.

Cette nuit, il vous est possible d'être humaine un moment. Alors vous vous adossez au piquet et refermez les yeux pour dormir.

La cendre se met à tomber dans la matinée.

*
**

C'est un grand mystère, comprenez-vous, un mystère alchimique.

Comme l'orogénie, si l'orogénie pouvait manipuler la structure infinitésimale de la matière à la place des montagnes.

Ils sont de toute évidence proches de l'humanité, dont ils reconnaissent la présence de leur plein gré sous forme de statues, tels que nous les voyons le plus souvent, mais il s'ensuit qu'ils peuvent prendre d'autres formes.

Il nous est impossible de savoir.

Umbl Innovatrice Allia,
« Traité des non-humains conscients »,
Sixième Université, 2323 de l'Impérial /
Deuxième Année de la Saison de l'Acide

6. Damaya, s'immobilisant péniblement

Les premiers jours de voyage en compagnie de Schaffa sont tranquilles. Mais pas ennuyeux. Enfin, ennuyeux par moments, quand la route impériale traverse des champs infinis de samishet ou de tiges de kirga, voire quand les champs cèdent la place à des forêts quasi obscures, si calmes et si denses que Damaya n'ose presque plus parler, de crainte de mettre les arbres en colère. (Dans les histoires, les arbres sont toujours en colère.) Mais cela même est nouveau pour elle, qui a passé sa vie dans les limites de Palela, puisqu'elle n'a jamais accompagné le père et Chaga au marché de Brevard. Elle a beau se donner du mal pour ne pas avoir l'air de la parfaite péquenaude, qui regarde bouche bée la moindre curiosité, il y a des moments où elle ne peut pas s'en empêcher, malgré l'amusement de Schaffa, qu'elle sent pouffer dans son dos. Elle n'arrive pas à se vexer qu'il rie d'elle.

Brevard se révèle d'un encombrement, d'une hauteur et d'une densité totalement inconnus. Quand le cheval s'y enfonce, elle se tasse sur la selle, les yeux levés vers les bâtisses vertigineuses qui encadrent la rue. Ne leur arrive-t-il jamais de s'effondrer sur les passants ? Personne d'autre n'a l'air conscient de la taille ridicule des constructions ni de leur entassement, manifestement voulus. Il y a des dizaines de gens aux alentours, alors que le soleil est couché et que, d'après les calculs de Damaya, tout le monde devrait se préparer à l'imiter.

Il n'en est rien. Les deux voyageurs dépassent un immeuble si éclatant, avec toutes ses lampes à pétrole, et si bruyant, avec tous les rires qui s'en élèvent, qu'une curiosité dévorante fait demander à la fillette de quoi il s'agit.

« C'est, disons, une sorte d'auberge », répond Schaffa. Un gloussement lui échappe, comme si elle venait de poser sa question suivante. « Mais ce n'est pas là que nous allons passer la nuit.

— Il y a vraiment beaucoup de bruit, acquiesce-t-elle en essayant de prendre l'air avisé.

— Hum, oui, aussi. Mais le gros problème, c'est que ce n'est pas un endroit pour les enfants. » Contre toute attente, il ne donne pas de détails. « Je t'emmène quelque part où je suis déjà allé plusieurs fois. On n'y mange pas mal, les lits sont propres, et nos affaires ne risquent pas trop de disparaître d'ici à demain matin. »

Damaya passe donc pour la première fois une nuit à l'auberge. Tout la stupéfie : le dîner dans une salle pleine d'inconnus, la nourriture, très différente des plats cuisinés par les parents ou Chaga, le bain dans une grande cuvette en céramique, sous laquelle brûle un feu – elle se baignait à la cuisine, dans l'eau froide dont on remplissait une demi-barrique huilée –, le lit où elle va dormir, plus grand que celui de Chaga et le sien réunis. Toutefois, celui de Schaffa est encore plus grand, ce qui paraît normal, puisque Schaffa en personne est immense. Elle le regarde avec des yeux ronds traîner l'énorme meuble devant la porte de la chambre. (Mais là, au moins, elle est en terrain connu. Il arrivait au père de faire la même chose, quand on racontait que des hors-comm traînaient autour du village.) Apparemment, il faut payer plus cher pour en avoir un de cette taille-là.

« Je suis un vrai tremblement de terre, une fois endormi, explique Schaffa, souriant, comme s'il s'agissait d'une plaisanterie. Si je n'ai pas un assez grand lit, je tombe carrément par terre. »

Elle ne comprend ce qu'il veut dire qu'en pleine nuit, au moment où elle se réveille parce qu'il se débat en gémissant dans son sommeil. S'il est en phase de rêve, ce doit être un affreux cauchemar. Elle se demande d'ailleurs si elle ne devrait pas se lever et essayer de le réveiller, lui aussi. Elle déteste les cauchemars. Mais Schaffa est adulte, et les adultes ont besoin de dormir, la nuit ; c'est ce que disait toujours le père, quand Damaya ou son frère le réveillaient d'une manière ou d'une autre. Il se mettait en colère, et elle ne veut pas que Schaffa se mette en colère. C'est la seule personne au monde à s'occuper d'elle. Alors elle reste couchée, anxieuse, indécise, jusqu'à ce qu'il crie quelque chose d'inintelligible. On croirait qu'il va mourir.

« Hé, dites, vous dormez ? » demande-t-elle le plus bas possible, car la réponse est évidemment positive.

Sauf qu'elle devient négative à la seconde même où Damaya prononce son premier mot.

« Qu'est-ce qui se passe ? s'enquiert Schaffa d'une voix rauque.

— Vous avez… » Elle ne sait trop qu'ajouter. *Fait un cauchemar* ? C'est quelque chose que sa mère pourrait lui dire, à elle, mais parle-t-on de cette manière à de grands adultes très forts comme Schaffa ? « Vous avez fait du bruit, conclut-elle.

— J'ai ronflé ? » Il pousse dans le noir un long soupir las. « Désolé. »

Elle l'entend bouger entre ses draps, puis le reste de la nuit s'écoule tranquillement.

Le lendemain, Damaya oublie ce qui s'est passé. Pour longtemps. Ils se lèvent, mangent une partie de la nourriture posée devant leur porte dans un panier et emportent le reste en reprenant le chemin de Lumen. Brevard est moins effrayant, moins étrange à la lumière du petit matin, peut-être parce que Damaya distingue à présent les tas de crottin dans les caniveaux, les petits garçons chargés de cannes à pêche, les palefreniers qui bâillent en soulevant des caisses ou des balles de foin. Des jeunes femmes traînent des seaux d'eau jusqu'aux bains publics, où on va les chauffer, des jeunes gens ôtent leur chemise avant de baratter le beurre ou de battre le riz dans les appentis construits derrière les grands bâtiments. Ces spectacles familiers aident Damaya à voir qu'elle se trouve juste dans une petite ville plus grande que les autres. Ses habitants sont de la même essence que Mamie et Chaga ; sans doute Brevard leur paraît-il aussi familier et ennuyeux que Palela à Damaya.

Les deux voyageurs passent la matinée à cheval, font une pause puis continuent leur route le reste de la journée, laissant Brevard loin derrière eux. Le paysage environnant n'est plus que mosaïque à des kilomètres à la ronde. Schaffa explique à Damaya qu'ils sont arrivés près d'une faille active, qui produit du terrain au fil des ans et des décennies ; voilà pourquoi il est pelé par endroits, le sol comme repoussé vers l'extérieur.

« Il y a dix ans, ces rochers n'existaient pas, dit le Gardien en montrant un énorme tas croulant de pierres gris-vert, manifestement coupantes et étonnamment humides. Et puis il y a eu une vilaine secousse – de magnitude neuf. Du moins, à ce qu'il paraît. J'étais en mission dans un autre quartant. Mais bon, quand je vois ça, je n'ai aucune peine à le croire. »

Damaya acquiesce. Le Vieux Père Terre lui semble plus proche ici qu'à Palela… Enfin, peut-être pas plus *proche*, ce n'est pas le mot qui convient, mais elle n'en trouve pas de mieux adapté. Plus facile à toucher, peut-être, si elle essayait. Et… et… le terrain alentour lui paraît aussi plus fragile, d'une manière ou d'une autre. Comme une coquille d'œuf ornée d'un entrelacs de lignes très fines, quasi invisibles, mais qui n'en signent pas moins la mort imminente du malheureux poussin.

Schaffa lui donne un petit coup de genou.

« Arrête.

— Je ne faisais rien, proteste-t-elle, trop surprise pour songer à mentir.

— Tu écoutais la terre. Ce n'est pas rien. »

Comment sait-il ? Elle se voûte un peu en se demandant si elle doit lui présenter ses excuses, se tortille puis pose les mains sur le pommeau de la selle. Ça lui fait une impression bizarre, parce que la selle est énorme. Tout ce qui appartient à Schaffa est énorme. (Sauf Damaya.) Il faut pourtant qu'elle fasse *quelque chose* pour se distraire et ne pas recommencer à écouter. Schaffa finit par soupirer.

« Je suppose que je n'aurais pas dû m'attendre à mieux. » La déception qui perce dans sa voix inquiète aussitôt Damaya. « Ce n'est pas ta faute. Sans entraînement, tu es comme… comme du bois sec, et en ce moment, on longe un incendie rugissant qui expédie des étincelles partout. » Un silence. Sans doute réfléchit-il. « Tu crois qu'une histoire aiderait ? »

Une histoire la ravirait. Elle hoche la tête en faisant de son mieux pour ne pas se montrer trop empressée.

« Bon, reprend Schaffa. Tu as entendu parler de Shemshena ?

— Qui ça ? »

Il secoue la tête.

« Feux terrestres ! Ces petites comms des Moyennes… On ne t'a vraiment rien appris, à ta crèche ? À part la lithomnésie et le calcul. Et encore, juste ce qu'il faut de calcul pour que tu puisses planifier les semailles et ainsi de suite, je suppose.

— Les enseignants n'ont pas le temps de nous apprendre autre chose. » Elle se sent étonnamment tenue de défendre Palela. « Les enfants des comms équatoriales n'ont sans doute pas besoin de participer aux moissons…

— Je sais, je sais, mais c'est quand même honteux. » Schaffa bouge pour se mettre plus à son aise sur la selle. « Bon. Je ne suis pas mnésiste, mais je vais te parler de Shemshena. Il y a de cela très longtemps, pendant la Saison des Crocs… c'est, hum, la troisième Saison après la fondation du Sanze, ça fait donc une douzaine de siècles… Bref, un orogène du nom de Misalem décida de tuer l'empereur. À l'époque, l'empereur faisait vraiment des choses, tu comprends. Le Fulcrum n'existait pas. La plupart des orogènes ne suivaient pas l'entraînement adéquat ; ils faisaient comme toi, ils agissaient uniquement d'instinct ou par émotion, dans les rares cas où ils survivaient à l'enfance. Non seulement Misalem y avait survécu, mais il s'était aussi entraîné. Il avait de son orogénie une maîtrise magnifique, peut-être de quatrième ou de cinquième anneau…

— Hein ? »

Schaffa redonne un petit coup de genou à Damaya. « Il s'agit de la hiérarchie du Fulcrum. Arrête de m'interrompre. » Elle obéit, rougissante. Il reprend le fil de son histoire.

« Misalem avait de son orogénie une maîtrise magnifique, dont il se servit bientôt pour tuer tout ce qui vivait dans plusieurs villes et villages et jusque dans quelques campements de hors-comm. Il tua au total des milliers de gens. »

Damaya inspire brusquement, horrifiée. La pensée ne lui est jamais venue que les gèneurs… Son esprit se bloque. Elle est une gèneuse, *elle*, Damaya. Le mot lui est soudain désagréable, alors qu'elle le connaît depuis toujours. C'est un vilain mot, qu'elle n'est pas censée utiliser, quoique les adultes l'emploient sans hésiter. Il lui semble à présent encore plus horrible qu'avant.

Les orogènes, alors. C'est terrible que les orogènes puissent tuer tant de gens si facilement. D'un autre côté, ça explique sans doute que les gens les détestent.

Là. Ça explique que les gens *la* détestent, elle.

« Pourquoi il a fait ça ? demande-t-elle, oubliant qu'elle n'est pas censée interrompre l'histoire.

— Pourquoi, oui, pourquoi ? Peut-être était-il un peu fou. » Schaffa se penche de manière à montrer son visage à Damaya, se met à loucher et agite les sourcils. Ses pitreries sont si drôles, si inattendues qu'elle ne peut se retenir de pouffer. Il lui adresse un sourire de conspirateur. « Peut-être aussi était-il juste méchant. Quoi qu'il en soit, en arrivant près de Lumen, il y fit parvenir un message, par lequel il menaçait de détruire la cité tout entière si on n'envoyait pas l'empereur à sa rencontre, donc à la mort. Lorsque l'empereur annonça qu'il se plierait aux exigences de Misalem, les Lumeniens en furent attristés, mais aussi soulagés. Qu'auraient-ils pu faire d'autre ? Ils ignoraient totalement comment lutter contre un orogène doté d'un tel pouvoir. » Schaffa soupire. « Toutefois, l'empereur ne se présenta pas seul devant Misalem. Une femme l'accompagnait. Sa garde du corps, Shemshena. »

Damaya se tortille un peu, tout excitée.

« Elle devait être très, très forte pour devenir garde du corps de l'empereur.

— Oh, oui… C'était une célèbre guerrière des premières lignées sanziennes et, de plus, une Innovatrice. Voilà pourquoi elle avait étudié les orogènes et comprenait en partie comment fonctionnait leur pouvoir. Avant l'arrivée de Misalem, elle avait fait quitter la ville au moindre de ses habitants. Ils avaient emmené tout le bétail et toutes les récoltes. Ils avaient même coupé et brûlé les arbres et les buissons puis incendié les maisons, avant d'arroser les incendies pour qu'il n'en subsiste que des cendres froides mouillées. Car telle est la nature de ton pouvoir, vois-tu : le transfert cinétique, la catalyse de la valuation. On ne déplace pas les montagnes par la seule force de la volonté.

— Qu'est-ce que…

— Non, non, coupe gentiment Schaffa. J'ai beaucoup à t'apprendre, mon enfant, mais certaines découvertes se font au Fulcrum. Laisse-moi terminer. » Elle se tait à contrecœur. « Je te dirai juste une chose. Quand tu sauras enfin te servir convenablement de ton pouvoir, tu puiseras en toi-même une partie de la force nécessaire. » Il lui touche l'arrière du crâne, comme dans la grange, l'autre jour, en lui posant deux doigts juste au-dessus de l'endroit où s'interrompt sa chevelure. Elle tressaille, parce qu'on dirait que le contact donne naissance à une sorte d'étincelle, une charge d'électricité statique.

« Mais l'essentiel de la puissance te viendra forcément d'ailleurs. Si la terre bouge déjà, ou si le feu qui y couve est tout proche de la surface, ce sera autant de force utilisable. Tu es *faite* pour l'utiliser. Lorsque le Père Terre s'agite, il libère une telle énergie brute qu'en distraire une partie ne nuit à personne.

— L'air ne devient pas froid ? » Damaya essaie, elle essaie désespérément de maîtriser sa curiosité, mais l'histoire est trop passionnante. Et l'idée d'utiliser l'orogénie de manière sûre, sans causer aucuns dommages, l'intrigue trop. « Personne ne meurt ? »

Schaffa acquiesce, elle le sent bouger.

« Pas si tu te sers de l'énergie terrestre, non. Mais le Père ne bouge jamais quand on voudrait, évidemment. Un orogène peut provoquer un tremblement de terre même s'il n'y a pas d'énergie tellurique à proximité… à condition de prendre la chaleur, la force et le mouvement nécessaires dans ce qui l'entoure. Il peut puiser dans tout ce qui bouge ou dégage de la chaleur… le feu, l'eau, l'air, voire la roche. Et dans tout ce qui vit, bien sûr. Shemshena ne pouvait éliminer ni le sol ni l'air, mais le reste, tout le reste, oui. C'est ce qu'elle fit. Lorsqu'elle accompagna l'empereur jusqu'aux portes d'obsidienne de Lumen pour y rencontrer Misalem, il ne restait rien de vivant qu'eux deux dans la cité, qui se réduisait à ses murailles. »

Damaya inspire à fond, admirative et impressionnée. Elle essaie d'imaginer Palela déserte, dépouillée du moindre buisson, les cours vidées de leurs chèvres… Impossible.

« Et tout le monde est parti… comme ça ? Parce qu'elle l'a demandé ?

— Enfin, parce que l'empereur l'a demandé, mais oui. Lumen avait beau être nettement plus petite, à l'époque, ce n'était pas une mince affaire. Mais il fallait en passer par là ou laisser un monstre prendre la population en otage. » Schaffa hausse les épaules. « Misalem prétendait que le pouvoir ne l'intéressait pas, qu'il ne s'assiérait pas sur le trône de l'empereur, mais comment croire une chose pareille ? Un homme capable de menacer une cité entière pour obtenir ce qu'il voulait ne s'arrêterait devant rien. »

Logique.

« Mais il ne savait pas ce qu'avait fait Shemshena, quand il est arrivé à Lumen ?

— Non, il ne le savait pas. Les incendies étaient éteints. Les gens avaient fui dans une autre direction. Quand l'empereur et Shemshena se montrèrent, Misalem chercha l'énergie nécessaire à la destruction de la ville… mais il ne trouva presque rien. Ni énergie, ni ville à détruire. C'est à ce moment-là, où il tentait maladroitement d'utiliser la maigre chaleur de la terre et de l'air, que Shemshena lança un vitropoignard dans son tore de pouvoir. La dague ne le tua pas, mais son attention se détourna de son orogénie, qui se brisa. Il ne restait à Shemshena qu'à s'occuper du reste avec un second poignard. Voilà ce qu'il advint de la pire menace que connut jamais l'Antique Impérial sanzien… pardon, *l'Affiliation équatoriale sanzienne*… »

Damaya frissonne, ravie. Personne ne lui a raconté une aussi bonne histoire depuis longtemps.

Une histoire vraie, en plus. C'est encore mieux. Elle adresse à Schaffa un sourire timide.

« C'était une belle histoire. »

Et Schaffa est un bon conteur, à la voix profonde et veloutée. Elle voyait les choses dans sa tête quand il les décrivait.

« Je me disais bien qu'elle te plairait. C'est ainsi qu'ont été créés les Gardiens, comprends-tu. De même que le Fulcrum est l'ordre des orogènes, nous sommes l'ordre qui *veille* au Fulcrum. Parce que nous savons, comme le savait Shemshena, que vos terribles pouvoirs ne vous rendent pas invincibles. Il est possible de venir à bout de vous. »

Il tapote les mains de Damaya, posées sur le pommeau de la selle. Elle ne se tortille plus ; elle n'aime plus autant l'histoire. En l'écoutant, elle était Shemshena ; elle affrontait courageusement un ennemi terrifiant, que son intelligence et ses compétences lui permettaient de vaincre. Mais les *vous* et les *vos* de Schaffa lui ont fait comprendre qu'il ne la voit pas en Shemshena potentielle.

« Voilà pourquoi nous, les Gardiens, nous nous entraînons », poursuit-il, sans remarquer peut-être qu'elle s'est figée. Ils sont à présent au cœur de la mosaïque ; des à-pics rocheux déchiquetés, aussi hauts que les bâtisses de Brevard, encadrent la route à perte de vue. Ses constructeurs, quels qu'ils soient, ont dû la tailler d'une manière ou d'une autre dans la croûte terrestre proprement dite. « Nous nous entraînons comme l'a fait Shemshena. Nous étudions le fonctionnement du pouvoir orogénique, et nous apprenons à utiliser contre vous ce que nous savons. Nous cherchons ceux des vôtres qui risquent de suivre l'exemple de Misalem, et nous les éliminons. Les autres, nous veillons sur eux. » Schaffa se penche à nouveau pour sourire à Damaya qui, cette fois, ne lui rend pas son sourire. « Je suis maintenant ton Gardien. Il est de mon devoir de m'assurer que tu restes utile et ne deviennes jamais nuisible. »

Quand il se redresse et se tait, elle ne lui demande pas une autre histoire, comme elle aurait pu le faire. Elle n'aime pas celle qu'il vient de raconter ; elle ne l'aime plus. D'ailleurs, elle en a la soudaine conviction, il ne *voulait pas* qu'elle l'aime.

Le silence se prolonge, pendant que la mosaïque s'efface enfin peu à peu puis se transforme en molles collines verdoyantes. Pas trace de fermes, de pâturages, de forêts, de villes. Juste, çà et là, quelques signes d'occupation humaine révolue : une butte moussue croulante, peut-être les débris d'un silo, si les silos ont jamais été aussi gros que des montagnes ; divers monticules, trop géométriques et trop anguleux pour être naturels, trop décrépits et trop étranges pour être reconnaissables. Les ruines d'une cité disparue depuis des Saisons sans nombre, car il en reste bien peu de choses. Et, au-delà des ruines, brumeux à l'horizon ennuagé, un obélisque palpitant d'un gris de tempête, tournant lentement sur lui-même.

Le Sanze est la seule nation à avoir jamais survécu sans dommage à une Cinquième Saison – non pas une, mais sept fois. Damaya l'a appris en crèche. Sept époques auxquelles la terre s'est fracturée, ici ou là, avant de cracher dans le ciel des cendres ou des gaz toxiques qui ont provoqué un hiver nocturne de plusieurs années, voire plusieurs décennies. Beaucoup de comms survivaient individuellement aux Saisons, à condition d'être bien préparées. D'avoir de la chance. Damaya connaît la lithomnésie, parce que tous les enfants l'apprennent, même dans un trou perdu tel que Palela. *Premièrement, garder les portes.*

Veiller à la propreté et à la sécheresse des caches. Obéir à la lithomnésie. Prendre les décisions difficiles. Peut-être alors, à la fin de la Saison, restera-t-il des gens pour se rappeler à quoi devrait ressembler la civilisation.

Il n'existe pourtant dans toute l'histoire connue qu'un exemple de survie d'une nation entière – d'un *tas* de comms associées. Cette nation a même prospéré, encore et encore, crû en force et en taille à chaque cataclysme. Parce que ceux qui la composent sont plus forts et plus intelligents que n'importe qui d'autre.

Damaya regarde le lointain obélisque palpitant. *Plus intelligents que les constructeurs de cette chose ?*

Sans doute. Le Sanze est toujours là, alors que l'obélisque n'est qu'un vestige d'une civilisation disparue.

« Te voilà bien silencieuse », dit Schaffa au bout d'un moment en lui tapotant les mains pour la tirer de sa rêverie. Sa main à lui, chaude et réconfortante par sa taille, fait plus du double de celles de Damaya. « Tu penses encore à mon histoire ?

— Un peu », avoue-t-elle.

Elle a essayé de l'oublier, mais n'y est évidemment pas arrivée.

« Ça ne te plaît pas que Misalem soit le méchant et que tu lui ressembles. Que tu sois un danger potentiel, sans Shemshena pour te contrôler. »

Il ne s'agit pas d'une question, mais d'une simple constatation. Elle se tortille sur la selle. Comment se fait-il qu'il sache toujours ce qu'elle pense ?

« Je ne veux pas être un danger », dit-elle d'une toute petite voix. Avant d'ajouter, intrépide : « Mais je ne veux pas non plus que… qu'on me contrôle. Je veux être… » Elle cherche les mots justes, avant de se rappeler ce que son frère lui a dit un jour sur l'âge adulte. « Je veux être *responsable*. De moi-même.

— Admirable ambition, déclare Schaffa. Mais le fait est que tu ne *peux* pas te contrôler toi-même, Damaya. Ce n'est pas dans ta nature. Tu es la foudre, dangereuse si on ne la capture pas dans des fils de fer. Tu es le feu, chaleur et lumière par les nuits d'hiver, certes, mais aussi brasier capable de tout détruire sur sa route…

— Je ne détruirai jamais personne ! Je ne suis pas méchante, moi ! »

C'en est trop. Elle essaie de se tourner vers Schaffa mais, déséquilibrée par le mouvement, glisse sur la selle. Il la pousse aussitôt de manière à lui faire reprendre sa position initiale, un geste ferme qui se passe de mots pour lui dire de s'asseoir correctement. Elle obéit, exaspérée, cramponnée plus fort que jamais au pommeau. La fatigue, la colère, ses fesses endolories par des journées de cheval – toute sa vie *gâchée* et la brusque prise de conscience qu'elle ne sera jamais plus normale lui en font dire davantage qu'elle ne le voulait :

« N'importe comment, je n'ai pas besoin de vous pour me contrôler. Je suis capable de le faire moi-même ! »

Schaffa tire sur les rênes. Le cheval s'arrête en renâclant.

Damaya se raidit, inquiète. Elle a répondu. Quand elle faisait ça, à la maison, la mère lui donnait une claque sur la tête. Schaffa va-t-il la frapper ? Non, c'est avec sa sérénité habituelle qu'il demande :

« Vraiment ?

— Vraiment quoi ?

— Tu peux te contrôler toi-même ? C'est une question importante. C'est même *la plus* importante. Tu peux ?

— Je… je ne… » balbutie-t-elle d'une toute petite voix.

La main de Schaffa vient recouvrir les siennes, toujours immobiles sur la selle. Sans doute veut-il mettre pied à terre. Elle cherche à libérer le pommeau pour qu'il y assure sa prise, mais s'il lui laisse écarter la main gauche, il serre la droite afin de la maintenir en place.

« Comment ont-ils appris ? »

Elle n'a aucun besoin de lui demander de quoi il parle.

« À la crèche, souffle-t-elle. Pendant le déjeuner. J'étais… Un garçon m'a poussée.

— Il t'a fait mal ? Tu as eu peur ? Tu t'es fâchée ? »

Elle fouille ses souvenirs. Ça paraît tellement loin.

« Je me suis mise en colère. » Mais il n'y avait pas que ça, hein ? Zab était plus robuste qu'elle. Il n'arrêtait pas de l'*embêter*. Et puis il lui a fait mal quand il l'a poussée. Un peu. « Et j'ai eu peur.

— Oui. C'est un instinct. L'orogénie. Elle naît de la nécessité de survivre au danger. D'où le problème. Que tu aies peur d'une brute ou d'un volcan… le pouvoir en toi ne fait pas la différence. Il n'a aucune notion de *gradation*. » Au fil de ses explications, la main de Schaffa s'est alourdie et resserrée autour de celle de Damaya.

« Ton pouvoir cherche à te protéger de la même manière quel que soit le danger, grave ou mineur. Dis-toi bien que tu as de la chance, Damaya : les orogènes découvrent souvent ce qu'ils sont en tuant un parent ou un ami. Après tout, ceux que nous aimons sont aussi ceux qui nous font le plus de mal. »

Peut-être est-il bouleversé. Peut-être pense-t-il à quelque chose de terrible – ce qui le fait gémir et se débattre, la nuit. Quelqu'un a-t-il tué un de ses parents ou de ses meilleurs amis ? Est-ce la raison pour laquelle sa main pèse aussi fort sur celle de Damaya ?

« Sch… Schaffa, balbutie-t-elle, effrayée soudain, sans savoir pourquoi.

— Chut… »

Il déplace les doigts pour les aligner soigneusement sur les siens avant d'appuyer encore plus fort, pression écrasante, volontairement infligée à la fillette.

« Schaffa ! »

Il lui fait mal, il le *sait*, mais il n'arrête pas.

« Allons, allons… Du calme, mon enfant. Là… » Il lui glisse en soupirant un bras à la taille, car elle essaie de lui échapper, gémissante – elle a *mal* sous cette main pesante, contre le métal froid inébranlable du pommeau qui aide ses propres os à lui broyer la chair. « Tiens-toi tranquille et montre-moi que tu as du courage. Maintenant, je vais te casser la main.

— Quoi… »

Il fait quelque chose, car l'effort lui contracte les muscles des cuisses tandis que son torse pousse brusquement Damaya en avant, mais c'est à peine si elle s'en rend compte. Sa conscience tout entière s'est focalisée sur leurs deux mains superposées et sur ce qui se passe dans la sienne – un horrible *pop* humide puis l'entrechoquement de choses qui n'avaient jamais bougé jusqu'alors, accompagnés d'une douleur immédiate, si aiguë, si puissante qu'elle se met à *hurler*. Sa main libre s'abat sur celle de Schaffa, qu'elle griffe désespérément, involontairement, mais il l'en arrache et la lui plaque contre la cuisse pour qu'elle se griffe elle-même.

Malgré la souffrance, elle prend soudain conscience de la paix froide et rassurante de la pierre, sous les sabots du cheval.

La pression diminue. Schaffa lève la main cassée de Damaya et modifie sa prise pour constater l'étendue des dégâts. Elle continue à hurler, horrifiée par le spectacle. Sa main ne devrait pas pouvoir se plier de cette manière, sa peau empourprée se soulève à trois endroits, comme tendue par de nouvelles articulations, ses doigts se raidissent déjà dans un spasme.

La pierre l'appelle. La pierre recèle en son cœur une chaleur et un pouvoir capables de lui faire oublier la douleur. Damaya se tend vers cette promesse de soulagement… et hésite.

Tu peux te contrôler toi-même ?

« Tu pourrais me tuer », lui murmure Schaffa à l'oreille. Et, malgré ce qui s'est produit, elle se tait pour l'écouter. « Tu pourrais atteindre le feu dans la terre ou aspirer la force de ce qui t'entoure. Je me trouve dans ton tore. » Cette petite phrase n'a aucun sens pour Damaya. « Ton orogénie rend ce genre d'endroit dangereux, parce que tu n'es pas entraînée… Il suffirait d'une erreur pour secouer la faille sous nos pieds et déclencher une belle secousse. Elle te coûterait peut-être la vie, comme à moi, mais si tu t'en sortais, à toi la liberté. Tu trouverais bien quelque part un village où on finirait par t'accepter, à moins que tu ne te joignes à une meute de hors-comm. Si tu étais assez maligne, tu arriverais à cacher ce que tu es. Un moment. Ça ne durerait pas, ce ne serait qu'une illusion, mais pendant ce temps-là, tu te sentirais normale. Je sais que tu n'as pas de plus grande envie. »

C'est tout juste si elle l'entend. La douleur qui palpite dans sa main, son bras, ses dents oblitère les sensations plus subtiles. Lorsqu'il se tait, elle lâche une onomatopée et cherche une fois de plus à lui échapper. Les doigts de Schaffa se resserrent, menaçants ; elle se fige instantanément.

« Très bien, reprend-il. Tu t'es contrôlée malgré la souffrance. La plupart des jeunes orogènes en sont incapables sans entraînement. Maintenant, passons au véritable test. » Il ajuste sa prise, grande main autour de celle de Damaya, plus petite. Elle se raidit, mais le geste est doux. Pour l'instant. « Je dirais que tu as la main cassée à trois endroits, minimum. Si on te pose des attelles et que tu fais attention, elle guérira probablement, et tu n'en garderas aucune séquelle. Mais si je la broie… »

Le souffle de Damaya se bloque. La peur lui emplit les poumons. Lorsque l'air qui restait dans sa gorge en sort, elle réussit à le façonner en un mot :

« Non !

— *Ne me dis jamais non.* » Paroles brûlantes contre sa peau. Schaffa s'est penché pour les lui glisser à l'oreille. « Les orogènes n'ont pas le droit de dire non. Je suis ton Gardien. Je briserai le moindre os de ta main, le moindre os de ton *corps*, si je l'estime nécessaire pour mettre le monde à l'abri de ton pouvoir. »

Il n'irait pas lui broyer la main. Pour quoi faire ? Non, il n'irait pas. Pendant qu'elle tremble en silence, il caresse du pouce les gonflements qui se forment peu à peu sur le dos de la main brisée. Le geste a quelque chose de *contemplatif*, d'*intéressé*. Incapable de regarder, Damaya ferme les yeux. Les larmes ruissellent entre ses cils. Elle a froid et mal au cœur. Son sang lui bat aux oreilles.

« P… Pourquoi ? »

Sa voix dérape. Respirer lui est difficile. Ce n'est pas possible, une chose pareille ne peut pas arriver sur une route, au beau milieu de nulle part, par un bel après-midi tranquille. Elle ne comprend pas.

Sa famille lui a prouvé que l'amour est mensonge. Loin d'être solide comme la pierre, il s'est révélé ployant, faible, aussi friable que le métal rouillé. N'empêche. Elle croyait à l'*affection* de Schaffa.

« Je t'aime », dit-il, sans cesser de caresser sa main brisée. Elle tressaille. Il la calme d'un doux fredonnement à son oreille. « Ne doute jamais de mon amour, mon enfant. Pauvre créature enfermée dans une grange, si terrifiée de sa propre nature qu'elle osait tout juste parler. Alors que le feu de l'intelligence cohabite en toi avec celui de la terre. Je ne peux m'empêcher de les admirer également, si maléfique que se révèle parfois le second. » Il secoue la tête en soupirant. « Je déteste te faire une chose pareille. Je déteste avoir à la faire. Mais il faut que tu comprennes : je t'ai fait mal pour que tu ne fasses mal à personne d'autre. »

Damaya a *mal*, oui. Son cœur bat à tout rompre, et la douleur palpite en rythme, BRÛLURE, brûlure, BRÛLURE, brûlure, BRÛLURE… Ce serait si bon d'apaiser cette douleur, lui murmure la pierre, sous elle. Mais ça reviendrait à tuer Schaffa, la dernière personne au monde à l'aimer.

Il hoche la tête, comme pour lui-même.

« Sache que je ne te mentirai jamais, Damaya. Regarde sous ton bras. »

Ouvrir les yeux puis écarter de son corps son autre bras demande à Damaya une éternité d'effort, mais elle finit par constater que Schaffa tient de sa main libre un long vitropoignard noir biseauté. La lame aiguisée repose sur la jupe de la fillette, juste sous ses côtes. Pointée vers son cœur.

« Résister à un réflexe, c'est une chose. C'en est une autre que de résister à l'envie consciente, formulée, de tuer – pour quelque raison que ce soit. » Schaffa tapote le flanc de sa pupille avec sa dague, comme pour exprimer l'envie en question. La pointe vitreuse est si aiguë qu'elle pique la peau de Damaya à travers ses vêtements. « Mais on dirait que tu avais raison et que tu es en effet capable de te contrôler. »

Sur ce, il soulève le poignard, le fait tournoyer avec habileté le long de ses doigts puis le glisse sans regarder dans le fourreau accroché à sa ceinture. Il prend ensuite la main cassée entre les siennes.

« Cramponne-toi. »

La fillette ne peut lui obéir, car elle ne comprend pas de quoi il parle. La dichotomie entre sa gentillesse verbale et sa cruauté physique l'a trop déconcertée. Jusqu'au moment où elle se remet à hurler, quand il commence à lui replacer méthodiquement tous les os de la main aux bons endroits. Les quelques secondes nécessaires lui semblent s'étirer démesurément.

Lorsqu'elle se tasse contre lui, étourdie, tremblante, affaiblie, il fait repartir le cheval, au trot, cette fois. Elle est au-delà de la douleur, à présent ; c'est à peine si elle remarque qu'il lui tient la main contre le corps, pour la protéger au maximum des secousses accidentelles. Elle ne s'en étonne pas. Elle ne pense pas, ne bouge pas, ne parle pas. Elle n'a pas un traître mot à dire.

Les collines verdoyantes disparaissent dans leur sillage. Le terrain s'aplanit. Elle n'y prête aucune attention, les yeux levés vers le ciel et le lointain obélisque gris fumée, toujours aussi lointain, dirait-on, alors que les voyageurs ont parcouru des kilomètres. L'azur vire à un bleu plus soutenu, qui noircit peu à peu, jusqu'à ce que l'obélisque même se réduise à une tache plus sombre sur fond d'étoiles naissantes. Quand la lumière du soleil déserte le crépuscule, Schaffa arrête enfin le cheval au bord de la route et met pied à terre pour monter le camp. Il soulève Damaya de la selle et la pose près de leur monture. Elle ne bouge pas de là pendant qu'il dégage le terrain puis réunit des cailloux en cercle à coups de pied, afin de dessiner un foyer. Il n'y a pas de bois aux alentours, mais il tire de son sac quelque chose qui lui sert à allumer du feu. Du charbon ou de la tourbe séchée, à en juger par la puanteur. Damaya n'y prête pas réellement attention. Elle reste juste plantée près de la route, alors qu'il desselle et bouchonne le cheval, étend un couchage, pose une petite marmite dans les flammes. L'arôme de la nourriture en train de cuire ne tarde pas à dominer l'odeur huileuse du feu.

« Je veux rentrer chez moi », dit Damaya, la main toujours serrée contre la poitrine.

Schaffa interrompt ses préparatifs le temps de la regarder. La lumière changeante des flammes fait danser le givre de ses yeux.

« Tu n'as plus de chez-toi. Mais tu ne vas pas tarder à en avoir un nouveau, à Lumen. Avec des professeurs, des amis. Une nouvelle vie. »

Il sourit.

La main de Damaya est quasi insensibilisée depuis qu'il lui a remis les os en place, à part une palpitation sourde. Elle ferme les yeux ; si seulement ça s'arrêtait. Tout. La douleur. Sa main. Le monde. Une odeur appétissante dérive jusqu'à ses narines, mais elle n'a aucune envie de manger.

« Je ne veux pas d'une nouvelle vie. »

Le silence seul lui répond, puis Schaffa soupire, se lève et s'approche. Elle a un mouvement de recul, mais il s'accroupit devant elle et lui pose les mains sur les épaules.

« Tu as peur de moi ? » demande-t-il.

L'envie de mentir envahit Damaya. Si elle dit la vérité, il ne va pas être content, mais elle a trop mal, elle est trop engourdie pour que l'emportent la peur, la duplicité ou l'envie de plaire. Voilà pourquoi elle dit malgré tout la vérité.

« Oui.

— Bien. Tu as raison d'avoir peur. Je ne regrette pas les souffrances que je t'ai infligées, mon enfant, parce qu'elles avaient une leçon à t'enseigner. Que sais-tu de moi, maintenant ? »

Elle secoue la tête, puis elle s'oblige à répondre, car c'est évidemment ça l'important.

« Si je vous désobéis, vous me ferez mal.

— Et ? »

Elle ferme les yeux de toutes ses forces. Dans les rêves, ça fait partir les sales bêtes.

« Et, ajoute-t-elle, vous me ferez mal même si j'obéis. Si vous pensez que c'est votre devoir.

— Voilà. » Elle l'*entend* sourire. Il écarte de la joue de la fillette une mèche égarée, laissant le dos de ses doigts lui caresser la peau. « Je ne fais rien au hasard, crois-moi. Il s'agit de contrôle. Ne me donne aucune raison de douter du tien, et je ne te ferai plus jamais mal. Tu comprends ? »

Elle ne *veut pas* comprendre, mais son esprit assimile malgré elle ce qu'il raconte. Et, malgré elle, quelque chose en elle se détend, à peine. Elle ne répond pourtant pas.

« Regarde-moi », ordonne-t-il.

Elle ouvre les yeux. La tête de Schaffa dessine sur fond de flammes un disque sombre, entouré de cheveux plus sombres encore. Elle se détourne de lui.

Il l'attrape par le menton et la refait pivoter d'une main ferme.

« Tu comprends ? »

C'est un avertissement, bien sûr.

« Je comprends », acquiesce-t-elle.

Satisfait, il la lâche puis l'attire tout près du feu en lui faisant signe de s'asseoir sur le rocher qu'il a roulé jusque-là. Elle obéit. Quand il lui donne une petite assiette en métal de soupe de lentilles, elle mange maladroitement, car elle n'est pas gauchère. Quand il lui tend une gourde, elle boit. L'envie d'uriner complique les choses ; elle trébuche sur le terrain accidenté en s'éloignant du feu, sa main palpite, mais elle finit par y arriver. Il n'y a qu'un couchage ; elle s'allonge donc près de Schaffa dès qu'il en tapote la partie inoccupée. Elle referme les yeux parce qu'il lui dit de dormir, mais le sommeil la fuit longtemps.

Lorsque enfin il la prend, ses rêves débordent de secousses douloureuses, de mouvements telluriques, d'un trou immense d'où sort une lumière blanche qui cherche à l'engloutir. Un instant plus tard – du moins le lui semble-t-il –, elle se réveille, parce que Schaffa la secoue. La nuit est toujours aussi noire, bien que les étoiles se soient déplacées. Il faut quelques secondes à Damaya pour se rappeler ce que le Gardien a fait à sa main ; entre-temps, elle lui sourit sans y penser. Il cligne des paupières puis lui rend son sourire avec un réel plaisir.

« Tu faisais un drôle de bruit », explique-t-il.

Elle s'humecte les lèvres sans plus sourire, parce qu'elle vient de se rappeler et qu'elle ne veut pas avouer à quel point le cauchemar lui a fait peur. Et le réveil.

« Je ronflais ? demande-t-elle. Mon frère dit que ça m'arrive souvent. »

Schaffa la regarde un moment en silence, perdant peu à peu son sourire, lui aussi. Elle commence à se méfier de ses silences. Il ne s'agit pas de simples pauses dans la conversation ni de répits durant lesquels il rassemble ses pensées, mais de tests – même si elle ne sait pas ce qu'il teste. Il passe son temps à la tester.

« Tu ronflais, oui, répond-il enfin. Mais ne t'inquiète pas. Je ne me moquerai pas de toi pour ça, contrairement à ton frère. »

Il sourit à nouveau, comme si sa réplique était censée être drôle. Le frère qu'elle a perdu. Les cauchemars qui ont englouti sa vie.

Mais elle n'a plus que son Gardien à aimer. Alors elle hoche la tête, referme les yeux et se détend contre lui.

« Bonne nuit, Schaffa.

— Bonne nuit, mon enfant. Puissent tes rêves être fixes à jamais. »

*
**

SAISON DU BOUILLONNEMENT : 1842-1845 de l'Impérial. Un point chaud situé sous le lac Tekkaris entra en éruption, dispersant en particules très fines assez de vapeur et autres matières pour provoquer des pluies acides et une occlusion atmosphérique au-dessus des Moyessud, de l'Antarctique et de la Côtière Orientale. L'Équatorial et les latitudes nord n'en furent pourtant pas affectés, grâce aux vents prévalents et aux courants marins. Voilà pourquoi certains historiens estiment qu'il ne s'agit pas là d'une « vraie » Saison.

Les Saisons du Sanze,
manuel de crèche des enfants de douze ans

7. Vous plus un égale deux

Le matin venu, vous vous levez et vous remettez en route, accompagnée du garçonnet. Vous vous dirigez tous deux vers le sud, à travers les collines et la pluie de cendre.

Cet enfant vous pose aussitôt problème. D'abord, il est sale. Ça ne se voyait pas la nuit dernière, dans le noir, mais il est complètement couvert de boue sèche, de brindilles qui s'y sont collées et du Père Terre sait quoi d'autre. Sans doute a-t-il été pris dans un glissement de terrain ; il s'en produit souvent lors des secousses. Il a donc de la chance d'être sain et sauf, mais quand il se réveille et s'étire, vous faites la grimace devant les croûtes brunes dont il a jonché votre couchage. Après quoi il vous faut vingt minutes pour vous rendre compte qu'il est nu comme la main sous la crasse.

Lorsque vous l'interrogez à ce sujet – et à d'autres –, il se montre réticent. À son âge, il devrait être incapable d'une réticence efficace, mais tel n'est pas le cas. Il ignore comment s'appellent son village et les gens à qui il doit la vie, lesquels ne sont apparemment « pas beaucoup ». Il n'a pas de famille. Il ne connaît pas son nom d'usage – un mensonge éhonté, vous en êtes persuadée. En admettant que sa mère se soit interrogée sur l'identité de son père, il aurait hérité de sa caste d'usage à elle. Il est jeune, peut-être orphelin, mais à son âge, on a conscience de sa place dans le monde. Des enfants nettement plus petits comprennent ce genre de choses. À trois ans, Uche savait déjà qu'il était Innovateur, comme Jija, raison pour laquelle ses jouets se limitaient à des outils, des livres et des choses permettant d'en construire d'autres. Il savait aussi qu'il existait des sujets dont il ne devait parler à personne, sauf sa mère, et encore, uniquement seul à seul. Les sujets concernant le Père Terre et ses murmures, *très très profond sous tout le reste*, suivant sa propre expression…

Mais vous n'êtes pas prête à penser à ça.

Vous préférez méditer sur le mystère Hoa, parce qu'il y a matière à méditer. C'est un garçonnet massif, vous vous en apercevez quand il se lève. Il mesure un mètre vingt, pas davantage, mais se conduit en enfant d'une dizaine d'années ; soit il est petit pour son âge, soit il est vieux pour son corps. Vous parieriez sur le second terme de l'alternative, sans vraiment savoir pourquoi. Vous n'avez pas grand-chose d'autre à dire de lui, sinon qu'il doit avoir la peau pâle ; les endroits où la boue séchée est tombée sont plus proches du gris sale que du brun sale. Peut-être est-il originaire des régions antarctiques ou de la côte ouest, dont les habitants ont le teint clair.

Et il est là, à des milliers de kilomètres des Moyennord, seul, nu comme un ver. Bon.

Il se peut évidemment qu'il soit arrivé quelque chose à sa famille. Que ses parents aient été des changecomm. Il y a des gens pour adopter ce mode de vie. Ils se déracinent, ils passent des mois ou des années à voyager à travers le continent puis, un jour, ils finissent par implorer de les adopter une comm où ils seront aussi repérables que des fleurs claires dans un pré bruni…

C'est possible.

Oui.

Quoi qu'il en soit.

Hoa a des yeux de givre. Vraiment. D'un blanc de glace. Ça vous a fait un peu peur ce matin, quand vous vous êtes réveillée, parce qu'il vous regardait – deux points d'un bleu argent éblouissant, piqués dans la boue foncée. Il n'a pas l'air tout à fait humain, mais c'est souvent le cas des gens qui ont ces yeux-là. Il paraît qu'à Lumen les Reproducteurs considèrent – considéraient – ça comme une grande qualité. Les Sanziens aimaient ça parce que, à leur avis, ça donnait un regard impressionnant, vaguement effrayant. Ils avaient raison. Mais ce ne sont pas ses yeux qui rendent Hoa effrayant.

D'abord, il est d'une gaieté excessive. Quand vous vous êtes levée ce matin, il était déjà réveillé, et il s'amusait avec votre briquet à amadou. Il n'y avait rien pour faire du feu aux alentours – à part l'herbe, qui aurait brûlé en quelques secondes si elle avait été assez sèche, déclenchant sans doute un incendie de prairie. Bref, vous n'aviez pas pris la peine de sortir le briquet de votre sac, la nuit dernière. Hoa ne l'en tenait pas moins. Il fredonnait tout bas, paresseusement, en tournant et en retournant le silex entre ses doigts, ce qui voulait dire qu'il avait fouillé dans vos affaires. Ça ne risquait pas de vous mettre de bonne humeur en début de journée. L'image s'est cependant incrustée dans votre esprit, pendant que vous rangiez votre couchage : un enfant manifestement frappé par un désastre quelconque, assis, nu, dans un pré, sous une pluie de cendre… en train de jouer.

De *fredonner*. Quand il s'est aperçu que vous aviez les yeux ouverts, fixés sur lui, il a souri.

Voilà pourquoi vous avez décidé de ne pas le chasser, alors qu'il vous ment – vous ne doutez pas qu'il sache d'où il vient. Mais bon. Ce n'est *quand même* qu'un enfant.

Une fois équipée de votre sac, donc, vous le regardez ; il vous rend votre regard. Il serre dans ses bras le paquet que vous avez entraperçu la nuit précédente – des loques nouées autour d'une masse quelconque, vous n'en savez pas davantage. De légers cliquetis s'en élèvent quand il le presse un peu trop fort contre son torse. Hoa est anxieux, ça se voit. Ses yeux ne peuvent rien dissimuler. Ses pupilles sont énormes. Il s'agite un peu, avant de se planter sur un seul pied pour se gratter avec l'autre l'arrière du mollet.

« Allez, on y va. »

Sur ces mots, vous pivotez en direction de la route impériale. Il exhale profondément puis, quelques secondes plus tard, se met à trottiner pour vous rattraper, mais vous essayez de ne pas prêter attention à ses réactions.

Lorsque vous reprenez pied sur la route, quelques personnes y passent déjà, caillots et filets d'humanité presque tous emportés vers le sud. Leurs pieds soulèvent la cendre, pour l'instant poudreuse et légère. Les flocons sont énormes : pas besoin de masque, pas encore, même si on a pensé à en emporter. Un homme à pied guide une charrette branlante, tirée par un cheval au jarret affligé d'une ébauche d'éparvin, débordante de bric-à-brac et de vieillards, guère plus vieux toutefois que le marcheur. Tout le monde vous regarde déboucher de derrière la colline. Six femmes qui cherchent manifestement la sécurité dans le nombre échangent des murmures à votre vue… avant que l'une d'elles ne dise tout haut à une autre : « Terre rouillée, non, tu ne l'as pas *regardée* ! » Vous avez semble-t-il l'air dangereuse. Ou pénible. Voire les deux.

À moins que ces dames ne soient rebutées par l'aspect de Hoa. Vous vous tournez vers lui. Il s'arrête en même temps que vous, visiblement saisi d'une inquiétude renouvelée. La honte vous envahit soudain à la pensée que vous l'avez laissé repartir dans cet état. Ce n'est pourtant pas votre faute si ce curieux enfant vous colle aux basques…

Vous examinez les alentours. Un ruisseau serpente non loin de là. Quant à savoir combien de temps il vous faudra pour atteindre un relais… On est censé en trouver tous les quarante kilomètres sur les routes impériales, mais peut-être la secousse a-t-elle endommagé le suivant. Le terrain a beau être plus arboré, maintenant – vous quittez la plaine –, le couvert n'est pas assez dense pour dissimuler des gens et, de toute manière, le séisme a brisé la plupart des arbres. La pluie de cendre vous sera cependant d'une certaine utilité, car on n'y voit guère qu'à un kilomètre et demi. Ça ne vous empêche pas de constater que le terrain devient plus accidenté. Cartes et conversations vous l'ont appris, la chaîne des Tirimas longe une très vieille faille mineure, sans doute scellée à présent, et une bande de forêt qui ne date que de la dernière Saison. Passé les montagnes, dans cent cinquante kilomètres, la plaine se transforme en mer de sel, laquelle mène au désert. On n'y trouve que quelques rares comms éparses, aux défenses plus lourdes encore que celles d'usage dans les contrées hospitalières.

(Jija n'ira pas jusqu'au désert, ce serait idiot. Quelle comm l'admettrait dans ses murs, là-bas ?)

Vous trouverez évidemment des villes le long de la route, avant la mer de sel. Si vous arrivez à rendre le gamin présentable, sans doute l'une d'elles consentira-t-elle à lui ouvrir ses portes.

« Viens. »

Vous quittez la route sans en dire davantage. Il vous suit sur le lit de gravier, dans lequel vous remarquez des cailloux particulièrement coupants qui vous poussent à ajouter une bonne paire de bottes à la liste de ce dont il a besoin. Heureusement, il ne se blesse pas les pieds – quoique, à un moment, il glisse au point de tomber et de rouler jusqu'au bas de la pente. Vous vous empressez de le rejoindre dès qu'il s'arrête, mais il s'est déjà assis, mécontent d'avoir atterri en plein dans la boue, au bord du ruisseau.

« Allez », vous écriez-vous en lui tendant une main secourable.

Il la regarde ; à votre grande surprise, son visage trahit un certain malaise.

« Ça va », répond-il avant de se remettre tout seul sur ses pieds, dans de grands bruits de succion boueuse.

Il vous frôle en allant ramasser son paquet, qui lui a échappé lors de sa chute.

Bon, d'accord. Espèce de sale petit ingrat.

« Vous voulez que je me lave. »

C'est une question.

« Comment as-tu deviné ? »

Le sarcasme a l'air de lui échapper. Il pose son baluchon sur les cailloux de la berge, s'avance dans le ruisseau jusqu'à ce que l'eau lui arrive à la taille, s'accroupit et entreprend de se nettoyer de son mieux. Mais au fait… vous vous mettez à farfouiller dans votre sac, à la recherche de votre pain de savon. Le sifflement que vous poussez après l'avoir récupéré pousse comme prévu Hoa à se retourner, vous le lui lancez… et vous tressaillez, parce qu'il l'a complètement manqué. Mais il plonge aussitôt et refait surface, le savon à la main. Là, le fou rire vous prend, devant l'expression du gamin : on dirait qu'il n'a jamais rien vu de pareil.

« Ça se frotte sur la peau, oui, oui. »

Vous joignez le geste à la parole, sarcastique, une fois de plus, mais il se redresse, un léger sourire aux lèvres, à croire que vous avez bel et bien clarifié les choses. Et il vous obéit.

« Les cheveux aussi. »

Vous vous remettez à fouiller dans votre sac, tournée vers la route pour garder un œil dessus. Certains voyageurs vous regardent au passage, curieux ou réprobateurs, mais la plupart ne se donnent même pas cette peine. Tant mieux.

Votre chemise de rechange, voilà ce que vous cherchez. Hoa aura l'air d'être en robe, aussi coupez-vous une petite longueur de votre pelote de ficelle. Il n'aura qu'à s'en faire une ceinture au niveau des hanches, afin de préserver sa pudeur et d'emprisonner autant que possible un peu de chaleur autour de son torse. Ça ne conviendra évidemment pas à long terme. D'après les mnésistes, tout se refroidit très vite en début de Saison. Peut-être la prochaine ville que vous croiserez sur votre route consentira-t-elle à vous vendre des vêtements et de la nourriture, si la loi Saisonnière n'y a pas encore été décrétée.

Hoa sort de l'eau. Vous le regardez.

Eh bien. Les choses ont changé.

Débarrassé de la boue, il a les cheveux acendres, de la texture protectrice si prisée des Sanziens. Ils commencent déjà à se raidir et à gonfler en séchant, ils seront au moins assez longs pour lui tenir chaud dans le dos, mais ils sont *blancs*, au lieu de gris. D'ailleurs, sa peau aussi est blanche, pas seulement claire. À votre connaissance, les Antarctiques eux-mêmes sont plus colorés. Des sourcils blancs dominent les yeux de givre du gamin. Blanc blanc blanc. C'est tout juste s'il ne disparaît pas en s'éloignant dans la pluie de cendre.

Un albinos ? Peut-être. Ajoutez à ça que ses traits ont quelque chose d'étonnant. Vous vous demandez ce qui vous dérange, avant de vous en rendre compte : il n'a rien de *sanzien*, à part la texture des cheveux. Ses larges pommettes, son menton et ses yeux anguleux vous semblent totalement étrangers. Sa bouche minuscule, malgré ses lèvres pleines, vous incite à penser qu'il a peut-être un problème pour manger… mais il n'en est évidemment rien, ou il n'aurait pas atteint les dix ans. Sa carrure accentue sa bizarrerie. Il n'est pas seulement petit, mais aussi trapu, comme si la robustesse de son peuple n'avait rien à voir avec l'idéal cultivé depuis des millénaires par l'Antique Sanze. Peut-être ses frères de race sont-ils tout aussi blancs, où qu'ils se trouvent.

Ridicule. De nos jours, il n'existe pas une race au monde qui ne soit mâtinée de sanzien. Il faut dire que les Sanziens ont dominé le Fixe pendant des siècles – ils le dominent d'ailleurs toujours, par bien des côtés – et leur domination n'a pas été strictement pacifique. Même les insulaires les plus excentrés portent la marque du Sanze, que le métissage ait plu ou non à leurs ancêtres. Chacun est jugé à l'aune des normes sanziennes… mais le peuple de ce gamin a clairement réussi à rester une exception.

« Feux souterrains ! Mais d'où peux-tu bien sortir ? » vous exclamez-vous, avant de vous rappeler que vous risquez de le froisser.

Il a suffi de quelques jours d'horreur pour vous faire oublier tout ce que vous savez des enfants.

Mais votre réplique le surprend, voilà tout… puis l'amuse.

« Feux souterrains ? Vous êtes bizarre, vous savez. Je suis assez propre ? »

Sidérée qu'il vous trouve bizarre, *vous*, vous mettrez très longtemps à vous rendre compte de la façon dont il a esquivé la question.

Vous secouez la tête pour vous-même, avant de lui tendre la main. Il vous rend le savon.

« Tiens. Mets ça… »

Vous tenez la chemise de manière à ce qu'il l'enfile par les bras et la tête, ce qu'il fait avec une certaine maladresse, comme s'il n'avait pas l'habitude qu'on l'habille. Ça reste malgré tout plus facile qu'avec Uche. Au moins, Hoa ne se tortille pas…

Stop.

Vous partez un moment.

Lorsque vous revenez à vous, le ciel est plus lumineux. Hoa s'est couché dans l'herbe rase. Vous avez laissé passer une heure, voire davantage.

Vous vous humectez les lèvres et vous concentrez sur le gamin, embarrassée, persuadée qu'il va dire quelque chose sur votre… absence. Mais quand il s'aperçoit de votre retour, il se contente de vous jeter un coup d'œil, de se lever et d'attendre.

Bon, d'accord. En fin de compte, il est possible que vous vous entendiez très bien, tous les deux.

Vous regagnez la route. Ses pieds nus ne l'empêchent pas de marcher d'un bon pas, pendant que vous l'examinez avec attention, à la recherche d'un signe de douleur ou de fatigue. Vous vous arrêtez plus souvent que vous ne le feriez seule, il a l'air content de se reposer, mais pour le reste, il se débrouille à la perfection. Un bon petit soldat.

« Tu ne peux pas rester avec moi », lui dites-vous néanmoins, lors d'une pause. Autant lui éviter de se bercer d'illusions. « Je vais essayer de te trouver une comm. On va en voir plusieurs au passage, et elles nous ouvriront peut-être leurs portes pour faire du troc. Mais moi, je continuerai mon chemin, même si je te trouve un foyer. Je suis à la recherche de quelqu'un.

— Votre fille. »

Vous vous raidissez. Les secondes passent. Indifférent à votre saisissement, Hoa berce son petit paquet en fredonnant, à la manière d'un animal familier.

« Qu'est-ce que tu en sais ? murmurez-vous enfin.

— Elle est très forte. Je ne suis pas sûr que ce soit elle, évidemment. » Il vous sourit, imperméable à votre regard fixe. « Il y en a beaucoup des comme vous, par là-bas. Alors c'est plus difficile. »

Un certain nombre de préoccupations devraient se disputer votre esprit, maintenant. Vos moyens ne vous permettent d'en formuler qu'une seule :

« *Tu sais où est ma fille.* » Il se remet à fredonner, évasif. Il sait que c'est de la folie, évidemment. Il ricane, quelque part derrière ce masque d'innocence. « Comment le sais-tu ? »

Haussement d'épaules.

« Je le sais, c'est tout.

— *Comment ?* »

Ce n'est pas un orogène. Vous auriez reconnu l'un des vôtres. D'ailleurs, même si c'en était un, les orogènes sont *incapables* de suivre la piste les uns des autres à la manière des chiens ; ils sont *incapables* de localiser l'orogénie à distance comme les chiens les odeurs. Ce sont les Gardiens, et eux seuls, qui font ce genre de choses ; et encore, uniquement quand un gêneur est assez idiot ou assez ignare pour les laisser faire.

Hoa lève la tête ; vous essayez de maîtriser un tressaillement.

« Je le *sais*, c'est tout. J'arrive à le savoir. » Il détourne les yeux. « J'y suis toujours arrivé. »

Vous vous interrogez. Mais. Nassun.

Vous êtes disposée à gober un tas d'âneries si ça peut vous aider à la retrouver.

« Bon », acquiescez-vous.

D'une voix lente. Parce que c'est de la folie. La folie s'est emparée de *vous*, mais vous avez maintenant compris qu'elle s'est sans doute aussi emparée du gamin. Il faut donc être prudente. N'empêche. Il y a une toute petite chance que Hoa ne soit pas fou ou que sa folie fonctionne bel et bien comme il le dit…

« Elle est… elle est loin ?

— À quelques jours de marche. Elle va plus vite que vous. »

Parce que Jija a pris la charrette et le cheval. *Nassun est saine et sauve.* Vous avez besoin d'une pause après ça. Trop d'émotion, un débordement à contenir. Rask vous a bien dit que Jija avait quitté Tirimo en compagnie de Nassun, mais vous n'osiez pas vous permettre de l'imaginer vivante *maintenant*. Une partie de vous a beau renâcler à croire Jija capable de tuer sa propre fille, le reste de votre être non seulement le croit, mais l'*anticipe* plus ou moins. Une vieille habitude – se préparer à la souffrance à venir.

Hoa hoche la tête en vous regardant, petit visage étrangement solennel. Cet enfant n'a pas grand-chose d'enfantin, vous dites-vous distraitement, à retardement.

Mais s'il est capable de retrouver Nassun, il peut bien être l'incarnation du Père Terre maléfique, peu vous importe.

Vous fouillez donc dans votre sac, à la recherche de votre gourde, celle qui contient l'eau potable ; l'autre, vous l'avez remplie au ruisseau, il faut en faire bouillir le contenu. N'empêche qu'après avoir bu à votre soif, vous tendez la bonne gourde à Hoa. Et, lorsqu'il vous la rend, vous lui mettez une poignée de raisins secs dans la main. Il secoue la tête en vous les redonnant.

« Je n'ai pas faim.

— Tu n'as rien mangé.

— Je ne mange pas beaucoup. »

Il ramasse son paquet. Peut-être a-t-il emporté des provisions. Peu importe. Vous vous en fichez. Ce n'est pas votre enfant. Il sait juste où est votre enfant.

Vous levez le camp et reprenez la route. Cette fois, il marche à votre hauteur ; c'est lui qui vous guide, discrètement.

*
**

Écoute, écoute, écoute-moi.

Il y eut une époque, avant les Saisons, où la vie et son Père Terre prospéraient également. (La vie avait aussi une Mère. Il Lui arriva quelque chose de terrible.) Notre Père Terre savait qu'il aurait besoin d'une vie intelligente, aussi utilisa-t-Il les Saisons pour nous façonner à partir des animaux : des mains habiles capables de fabriquer des choses, des esprits habiles capables de résoudre les problèmes, des langues habiles capables de créer la collaboration, des valupinae habiles capables de nous prévenir en cas de danger. L'humanité devint ce dont le Père Terre avait besoin, puis elle se retourna contre Lui. Il nous voue depuis une haine incandescente.

Souviens-toi, souviens-toi, oui, souviens-toi.

Récitation de mnésiste,
« La Conception des Trois Peuples »,
première partie

8. Syénite sur la route

Syénite finit par être obligée de demander à son mentor comment il s'appelle. Albâtre, répond-il. Sans doute l'a-t-on baptisé ainsi par ironie. Elle utilise son nom assez souvent, parce qu'il passe son temps à s'endormir en selle pendant leurs longues journées de voyage. C'est donc elle qui veille à suivre le bon chemin, qui ouvre l'œil au cas où un danger potentiel guetterait et qui se tient compagnie toute seule. Albâtre se réveillant sans problème dès qu'elle l'appelle, elle en déduit d'abord qu'il fait juste mine de dormir pour ne pas avoir à lui parler, mais quand elle expose son opinion, il répond avec agacement :

« Ridicule. Évidemment que je dors pour de bon. Et si tu veux que je me rende utile cette nuit, tu ferais mieux de me *laisser* dormir. »

Déclaration qui exaspère Syénite, parce que ce n'est pas à *lui* qu'on demande d'offrir un bébé à l'empire et à la Terre. D'ailleurs, leurs relations sexuelles sont trop brèves et trop ennuyeuses pour exiger de lui beaucoup d'efforts.

Elle met peut-être une semaine à prendre conscience de ce qu'il fait pendant leurs trajets quotidiens, mais aussi la nuit, quand ils reposent dans le même sac de couchage, épuisés et suants.

Elle est d'ailleurs excusable de ne pas l'avoir remarqué avant, car il s'agit d'une sorte de bruit de fond permanent, comme un murmure bas dans une pièce où discuteraient des dizaines de gens. Albâtre apaise toutes les secousses environnantes. *Toutes*, pas seulement celles que les fixes seraient capables de percevoir. Il étouffe aussi les ajustements et flexions minimes, infinitésimaux de la terre, qu'ils soient du genre à gagner en force pour aboutir à des mouvements plus importants ou à rester purement gratuits. Où passent les voyageurs, le monde se fige momentanément. Ce calme sismique, habituel à Lumen, ne devrait pas exister dans l'arrière-pays, où le réseau des nœuds est très réduit.

Comprendre ce que trafique son mentor plonge Syénite dans une certaine… perplexité. S'occuper des microsecousses de cette manière ne sert à rien ; ça risque même d'aggraver les choses lors de la prochaine grosse secousse. On lui a bien fait rentrer cette vérité dans le crâne à son époque de poussière, quand elle apprenait la géomestrise et la sismologie de base. La terre n'aime pas être empêchée. Le but de l'orogène est de rediriger, pas de bloquer.

Elle médite plusieurs jours ce mystère sur la grand-route Lumen-Allia, y compris en passant sous un obélisque tournoyant de la taille d'une montagne, d'un éclat de tourmaline lorsqu'il est assez solide pour refléter la lumière du soleil. La grand-route – le chemin le plus direct entre les deux capitales de quartant – a été construite autant que possible en ligne droite, comme seul osait construire l'Antique Sanze : surélevée grâce à des ponts de pierre démesurés, traversant de larges précipices, s'enfonçant même parfois dans des tunnels, à travers les montagnes qu'elle ne pouvait escalader. Il ne va falloir aux voyageurs que quelques semaines pour gagner la côte sans se presser, alors qu'emprunter des routes secondaires leur demanderait deux fois plus longtemps.

Mais, par la Terre rouillée et puante, que les grands-routes sont donc ennuyeuses ! La plupart des gens les considèrent comme des pièges qui n'attendent que de se refermer, bien que ce soient en réalité les voies de communication les plus sûres. Elles ont toutes été construites par les meilleurs orogènes et géniums, travaillant main dans la main à des endroits choisis pour leur stabilité permanente. Certaines ont d'ailleurs résisté au passage de quelques Saisons. Il arrive pourtant à Syénite et à Albâtre de ne croiser plusieurs jours d'affilée que des caravaniers pressés, des courriers à cheval et la patrouille du quartant. Tout le monde les considère d'un œil suspicieux, parce qu'ils portent l'uniforme noir du Fulcrum, et personne ne daigne leur adresser la parole. Les comms sont rares aux carrefours, les magasins où acheter des provisions plus encore, mais la route elle-même est encadrée à intervalles de plates-formes et de zones aménagées pour le campement. Syénite passe toutes ses soirées à écraser des insectes près du feu en fixant Albâtre d'un regard noir, car elle n'a rien d'autre à faire. À part coucher avec lui, ce qui ne prend que quelques minutes.

Alors que ce qu'il trafique, ça, c'est intéressant.

« Mais enfin, à quoi ça sert ? » finit-elle par demander, trois jours après avoir remarqué qu'il apaisait les microsecousses.

Il vient d'en étouffer une en attendant que le dîner soit prêt – du pain de cache, chauffé avec des tranches de bœuf et des pruneaux réhydratés, un délice… L'opération ne l'empêchait pas de bâiller, alors qu'elle lui demandait forcément un minimum d'effort. L'orogénie se paie toujours.

« Quoi donc ? »

Il annihile aussi une réplique superficielle, sans cesser de tisonner le feu, l'air de s'ennuyer. Syénite le frapperait volontiers.

« *Ça.*

— Ah. Tu le *sens*, alors, constate-t-il, le sourcil arqué.

— Évidemment que je le sens ! Vous n'arrêtez jamais !

— Ma foi, tu n'en as pas parlé, jusqu'à maintenant.

— *Parce que j'essayais de comprendre ce que vous trafiquiez.*

— Dans ce cas, tu aurais peut-être dû me poser la question. »

Il a l'air sincèrement perplexe. Elle va le tuer, il doit le sentir à son silence, parce qu'il fait la grimace puis explique enfin :

« Je permets aux opérateurs des nœuds de se reposer un peu. Chaque microsecousse étouffée est un poids de moins pour eux. »

Elle a évidemment entendu parler des opérateurs des nœuds. Les grands-routes relient à Lumen les anciens vassaux de l'Impérial d'autrefois, tandis que les nœuds servent de traits d'union entre les quartants excentrés et le Fulcrum, dont la protection s'étend ainsi le plus loin possible. Ces avant-postes sont dispersés sur tout le continent – aux meilleurs endroits d'où manipuler les failles ou points chauds locaux, d'après les seniors. Un orogène entraîné au Fulcrum y est stationné en permanence pour veiller à la stabilité de la région alentour. Si on n'observe jamais le moindre frémissement en Équatorial, c'est que les zones de protection des nœuds s'y chevauchent.

Voilà pourquoi Lumen peut construire comme elle le fait – grâce à cette densité, et parce que le Fulcrum est logé en son cœur. Hors l'Équatorial, toutefois, les nœuds sont répartis de manière à protéger au mieux le maximum de gens, sachant que le réseau comporte des trous. On n'installe pas un nœud près de la moindre comm paysanne ou minière de l'arrière-pays, ça n'en vaut pas la peine – du moins, d'après les seniors. Les habitants de ces trous perdus se débrouillent tout seuls de leur mieux.

Syénite ne connaît aucun des pauvres idiots assignés à des postes aussi ennuyeux, mais elle est très, très contente que personne n'ait jamais songé à lui en confier un. C'est le genre de corvées imposées aux orogènes qui n'atteindront jamais le quatrième anneau – beaucoup de pouvoir brut, mais peu de contrôle. Au moins, ils sauvent des vies, même s'ils sont condamnés à passer la leur dans une solitude et une obscurité relatives.

« Vous devriez peut-être laisser les opérateurs s'en charger. » Le dîner prêt, elle le pousse hors du feu à l'aide d'un bâton. L'eau lui monte malgré elle à la bouche. La journée a été longue. « Le Père Terre sait qu'ils ont sans doute *besoin* de s'occuper pour ne pas mourir d'ennui. »

Concentrée sur la nourriture, elle ne remarque le silence d'Albâtre qu'en lui tendant sa portion. À ce moment-là, elle fronce les sourcils, parce qu'il fait de nouveau cette drôle de tête. Haineuse. Et, cette fois, c'est après elle qu'il en a, au moins en partie.

« J'en déduis que tu n'as jamais visité un nœud », dit-il.

Qu'est-ce qui lui prend ?

« Non. Pour quoi faire ?

— Tu devrais. Tous les gèneurs devraient. »

Elle tressaille, juste un peu, à ce *gèneurs*. Le Fulcrum attribue des mauvais points à ceux qui utilisent le terme, de sorte qu'elle ne l'entend pas souvent – un vague marmonnement des fixes qu'elle croise ou la poussière qui essaie de jouer aux durs quand aucun instructeur ne traîne dans les parages. C'est un vilain mot, bête et méchant, mais Albâtre s'en sert comme d'autres d'*orogènes*.

Il poursuit, toujours d'un ton froid :

« Et si tu as conscience de ce que je fais, eh bien, tu n'as qu'à le faire aussi de ton côté. »

La stupeur de Syénite grandit à vue d'œil ; ainsi que sa colère.

« Au nom du feu souterrain, pourquoi devrais-je étouffer des microsecousses ? Je finirais… »

Elle s'interrompt, parce qu'elle allait dire *aussi fatiguée et ramollie que vous*, ce qui serait franchement impoli. Même s'il est *en effet* fatigué et ramolli, peut-être *parce qu*'il fait ça.

Mais si c'est assez important pour qu'il s'y épuise, elle ne devrait pas lui refuser son aide de but en blanc. Après tout, il faut se serrer les coudes, entre orogènes. Elle soupire.

« D'accord. Je peux bien aider un pauvre crétin coincé au beau milieu de nulle part, sans rien d'autre à faire qu'empêcher la terre de s'agiter. »

Au moins, ça la distraira.

À sa grande surprise, Albâtre se détend légèrement et sourit. Il sourit peu. Non ; en fait, le muscle de sa mâchoire continue à se contracter spasmodiquement. Il est toujours furieux, allez savoir pourquoi.

« Il y a un nœud à deux jours de cheval du prochain carrefour. »

Elle attend une conclusion à cette déclaration, mais il se met à manger, avec un petit soupir d'aise, davantage motivé par la perspective d'apaiser sa faim que par le goût de la nourriture. Elle l'imite, parce qu'elle est affamée, elle aussi… puis elle fronce les sourcils.

« Attendez. Vous voulez y *aller*, à ce nœud ? C'est ça ?

— *On* va y aller, en effet. »

Il lève les yeux, tandis qu'un éclair d'autorité illumine brièvement ses traits. Elle le déteste soudain plus que jamais.

La réaction de Syénite est totalement irrationnelle. Six échelons hiérarchiques la séparent de son mentor, qui serait sans doute encore plus éloigné d'elle si les orogènes pouvaient se voir attribuer davantage d'anneaux. Elle a entendu parler de ses pouvoirs. En admettant qu'ils s'affrontent, il retournera son tore à elle comme un gant et la transformera instantanément en glaçon. Cette seule raison devrait la pousser à l'amabilité ; la valeur éventuelle de la sympathie d'Albâtre et sa propre envie d'avancement devraient même la pousser à l'*apprécier* autant que possible.

Mais elle a tenté la politesse et la flatterie ; ça ne marche pas. Soit il fait mine de ne pas comprendre, soit il l'insulte jusqu'à ce qu'elle arrête. Elle lui a accordé toutes les petites marques de respect que les seniors du Fulcrum attendent manifestement de leurs subordonnés ; ça l'a exaspéré, ce qui l'a mise en rogne à son tour. Étonnamment, c'est l'état de choses qu'il semble trouver le plus agréable.

Voilà pourquoi elle riposte, alors qu'elle ne le ferait jamais avec un autre senior.

« Bien, chef. »

Elle laisse ensuite le reste de la soirée s'écouler dans un silence rancunier retentissant.

Lorsqu'ils se couchent, elle lui tend pourtant les bras, comme d'habitude, mais cette fois, il lui tourne le dos en roulant de côté.

« On verra demain, si nécessaire. Tu ne devrais pas avoir tes règles, maintenant ? »

Syénite ne s'est jamais sentie aussi nulle ! Il déteste le sexe autant qu'elle, mais là n'est pas la question. Ce qui est horrible, c'est qu'il *attendait une pause* et qu'elle n'a pas compté. Elle le fait à présent, maladroitement, parce qu'elle ne se rappelle pas quel jour exact elle a commencé à saigner, la dernière fois, et… il a raison, elle a du retard.

Son silence surpris le fait soupirer, quoiqu'il dorme déjà à moitié.

« Ça ne veut rien dire que tu aies du retard. Le corps fatigue, en voyage. » Il bâille. « Demain matin. »

Ils s'accouplent au matin. C'est le mot qui convient le mieux à ce qu'ils font – la vulgarité siérait mal à quelque chose d'aussi ennuyeux, et Syénite n'a aucun besoin d'user d'euphémismes pour en minimiser l'intimité, parce que ça n'a rien d'intime. Un acte de pure forme, un exercice, comme les étirements qu'elle a appris à faire avant d'entamer une journée de cheval. Plus énergique que d'habitude, Albâtre s'étant reposé avant ; elle y prend presque plaisir, et il fait un peu de bruit en jouissant. Ça ne va pas plus loin. Lorsqu'ils en terminent, il reste allongé à la regarder se lever et se livrer près du feu à une toilette sommaire. La routine. Au point qu'elle sursaute quand il prend la parole :

« Pourquoi me détestes-tu ? »

Elle hésite. Peut-être vaudrait-il mieux mentir. Au Fulcrum, elle mentirait. À n'importe quel autre senior, obsédé par les convenances et veillant à ce que les orogènes impériaux se comportent correctement en toutes circonstances, elle mentirait. Mais Albâtre lui a clairement montré qu'il préférait l'honnêteté, si inconvenante soit-elle. Elle soupire.

« C'est comme ça, c'est tout. »

Il roule sur le dos, les yeux au ciel. Elle croit la conversation terminée, jusqu'à ce qu'il reprenne :

« À mon avis, tu me détestes parce que… tu en as la *possibilité*. Je suis là, à ta disposition… En réalité, tu détestes le monde entier. »

Syénite jette dans le saladier d'eau le chiffon dont elle se servait pour sa toilette et fixe son interlocuteur d'un œil noir.

« Le *monde* ne dit pas ce genre d'âneries.

— Ça ne m'intéresse pas de servir de mentor à une flatteuse. Je veux que tu sois toi-même avec moi. Mais quand tu l'es, c'est tout juste si tu arrives à me dire un mot courtois, alors que moi, j'essaie toujours d'être poli avec toi. »

Cette manière de présenter les choses fait naître en elle un vague sentiment de culpabilité.

« Que voulez-vous dire quand vous prétendez que je déteste le monde entier ?

— Tu détestes la manière dont on vit. Dont le monde nous oblige à vivre. Soit on appartient au Fulcrum, soit on est obligés de se cacher, et on se fait traquer comme des bêtes quand on est percés à jour. À moins qu'on ne devienne des monstres et qu'on n'essaie de tuer tout ce qui bouge. Mais au Fulcrum, on se demande en permanence ce qu'*ils* veulent nous voir faire. On ne peut jamais se contenter… d'être. » Albâtre soupire et ferme les yeux. « Il devrait y avoir une autre voie.

— Il n'y en a pas.

— Il y en a forcément une. Le Sanze n'est pas le premier empire à survivre à quelques Saisons, ce n'est pas possible. Il existe des preuves que le monde a connu d'autres modes de vie, d'autres peuples puissants. »

Il désigne d'un grand geste le paysage environnant. La Grande Forêt orientale étend son tapis vert vallonné à perte de vue. À part…

… à part très loin, à l'horizon, où ce qui ressemble fort à une main squelettique plante ses griffes dans les arbres pour s'y frayer un passage. Une ruine, une de plus, et très massive, ou Syénite ne la verrait pas d'où elle se tient.

« La lithomnésie se transmet de génération en génération, reprend Albâtre en s'asseyant, mais personne ne cherche à se rappeler ce qui a déjà été tenté ni ce qui a marché de différent.

— Parce que ça n'a *pas* marché. Ces gens-là sont morts ; nous, on est vivants. On a trouvé la bonne méthode ; la leur était mauvaise. »

Il lui jette un regard qu'elle déchiffre sans problème – *Je ne vais même pas me donner la peine de te traiter de crétine* –, alors qu'il n'avait sans doute pas l'intention d'y mettre un tel mépris. Il a raison ; elle ne l'aime pas, un point c'est tout.

« Tu n'as reçu aucune instruction à part celle du Fulcrum, d'accord, mais tu es peut-être capable de réfléchir un minimum, non ? Survivre ne signifie pas qu'on a *raison*. Je pourrais te tuer, là, maintenant, tout de suite, ça ne ferait pas de moi quelqu'un de mieux. »

C'est bien possible, mais ça n'aurait aucune importance pour *elle*. Et ça ne lui plaît pas qu'on tienne son infériorité pour acquise avec une telle tranquillité, même si c'est entièrement justifié en l'occurrence.

« Bon. » Elle se relève et entreprend de s'habiller en tirant sur ses vêtements avec des gestes brusques. « Dites-moi quelles autres voies il existe, alors. »

Albâtre reste un moment silencieux. Lorsque enfin elle se tourne vers lui, il a l'air mal à l'aise.

« Eh bien... commence-t-il prudemment, on pourrait essayer de laisser les orogènes gérer les choses. »

Elle se retient de rire.

« Il ne faudrait pas dix minutes aux Gardiens du Fixe pour venir nous étriper, suivis de la moitié du continent qui profiterait du spectacle en applaudissant.

— Ils nous tuent parce que la lithomnésie leur dit et leur répète qu'on est mauvais de naissance... qu'on est des monstres au service du Père Terre et qu'on est tout juste humains.

— Oui, mais on ne peut pas changer la lithomnésie.

— La lithomnésie change en permanence, Syénite. » Albâtre appelle rarement la jeune femme par son nom, lui aussi. Elle n'en devient que plus attentive. « Chaque civilisation y ajoute sa pierre, alors que les passages dont elle n'a que faire sombrent dans l'oubli. La Tablette Deuxième n'est pas abîmée par hasard : à un moment, quelqu'un a décidé qu'elle n'avait pas d'importance ou qu'elle racontait des âneries et qu'il était inutile de prendre des précautions pour la préserver. À moins que le quelqu'un en question n'ait carrément cherché à l'effacer. Ça expliquerait que les copies les plus anciennes soient presque toutes abîmées de la même manière. Les archéomestres ont découvert de très vieilles tablettes dans une des villes mortes du plateau de Tapita... Ses habitants avaient rédigé leur propre lithomnésie, manifestement pour la transmettre aux générations futures, mais elle était *radicalement* différente de celle qu'on nous apprend en crèche. Autant qu'on sache, l'interdiction de modifier la mnésie est elle-même une addition récente. »

Syénite ne savait rien de tout ça. Ses sourcils se froncent. Elle n'a aucune envie de croire Albâtre, peut-être parce que l'antipathie qu'il lui inspire refait surface, mais… la lithomnésie est aussi vieille que l'intelligence. C'est ce qui a permis à l'humanité de survivre, une Cinquième Saison après l'autre, en se serrant les coudes pendant qu'une nuit froide couvrait le monde. Les mnésistes racontent ce qui se passe quand les gens – dirigeants politiques, philosophes ou curieux bien intentionnés – essaient de changer la mnésie. Leurs tentatives se soldent toujours par un désastre.

Alors elle n'y croit pas.

« Qu'est-ce que vous en savez, pour les tablettes de Tapita ?

— Ça fait vingt ans que le Fulcrum m'envoie en mission à l'extérieur. Je me suis fait des amis. »

Des gens qui parlent à un orogène ? D'une hérésie historique, en plus ? Ridicule. Pourtant… bon.

« Admettons. Comment s'y prend-on pour changer la mnésie de manière à… »

Plus intéressée par la discussion qu'elle ne veut bien l'admettre, Syénite ne prête aucune attention à la strate locale, mais Albâtre continue manifestement à étouffer les secousses. De toute manière, c'est un dix-anneaux. Il n'est donc pas étonnant qu'il inspire brusquement en bondissant sur ses pieds, comme tiré par des ficelles, tourné vers l'ouest. Elle suit son regard, déconcertée. La forêt constitue dans cette direction un puzzle fragmenté par l'exploitation du bois et les deux petites routes qui partent de la grande. Une ruine de civilisation disparue, encore une, s'y devine au loin, coupole réduite pour l'essentiel à l'état de gravats. Trois à quatre comms villageoises, défendues par des enceintes, pointillent le couvert entre les voyageurs et ce tas de débris. Syénite se demande ce qui a bien pu alerter Albâtre…

… quand elle la value enfin. Terre maléfique ! Une secousse monstrueuse ! Magnitude huit ou neuf… non, *pire* ! Il y a un point chaud à trois cents kilomètres, sous les faubourgs d'une petite ville du nom de Mehi… mais ce n'est pas possible, Mehi se trouve à la limite de l'Équatorial, donc intégrée au réseau des nœuds protecteurs. Pourquoi…

Peu importe pourquoi. Peu importe, car Syénite *voit* toute la zone entourant la grand-route frissonner et tous les arbres danser. Il y a un problème. Le réseau a lâché. Le magma du point chaud situé sous Mehi afflue vers la surface. Le trémor est si puissant que la jeune femme en a malgré l'éloignement le goût âcre du vieux métal dans la bouche et des démangeaisons sous les ongles. Même les fixes les plus insensibles à la valuation doivent sentir qu'il se passe quelque chose, succession ininterrompue de vaguelettes entrechoquant leur vaisselle, coupant le souffle aux vieillards, les incitant à se prendre la tête à deux mains pendant que les bébés se mettent à hurler. Si rien n'arrête l'escalade, les fixes ne vont pas tarder à sentir bien pire, quand un volcan va exploser juste sous leurs pieds.

« Que… »

Syénite se fige, sidérée, alors qu'elle se tournait vers Albâtre : il s'est laissé tomber à quatre pattes et grogne, le regard rivé au sol.

Une seconde plus tard, une onde d'orogénie pure se déploie vers le *bas* et l'*extérieur*, à travers les piliers de la grand-route puis dans le schiste éparpillé du socle rocheux. Il ne s'agit pas vraiment d'une force, juste de la volonté concentrée d'Albâtre et du pouvoir qu'elle alimente. Syénite ne peut s'empêcher d'en suivre à deux niveaux la progression vers le lointain point chaud en ébullition – une progression plus rapide qu'elle ne l'aurait jamais cru possible.

Avant qu'elle n'ait compris ce qui se passe, toutefois, son mentor s'*empare* d'elle d'une manière totalement inédite. Sa connexion à la terre et sa conscience orogénique lui sont brusquement ravies par *quelqu'un* qui s'en rend maître, sensation qu'elle trouve extrêmement désagréable. Mais, quand elle essaie de reprendre le contrôle de son pouvoir, il la *brûle*, comme par frottement ; dans le monde réel, elle pousse un hurlement en tombant à genoux et en se demandant ce qui lui arrive. Albâtre s'est débrouillé pour les enchaîner l'un à l'autre afin d'amplifier sa force grâce à celle de Syénite, qui n'y peut absolument rien.

Ensemble, ils plongent dans la terre, ils s'enfoncent en spirale dans l'énorme réservoir de mort du point chaud. Un puits gigantesque, plus colossal qu'une montagne – des kilomètres de diamètre. Albâtre agit sans que sa compagne comprenne ce qu'il fait ; quelque chose fuse de cet abcès, une douleur atroce – mais presque aussitôt apaisée – arrache à Syénite un second hurlement. Redirection. L'intervention suivante de son mentor apporte à la jeune femme une certaine compréhension : il l'*abrite* de la chaleur, de la pression et de la fureur du point chaud. Ça ne le dérange pas, parce qu'il est lui-même devenu chaleur, pression et fureur, accordé au bouillonnement comme elle ne l'a jamais été qu'à de petites chambres chaudes dans des strates par ailleurs stables – simples étincelles de feu de camp, comparées à cet incendie ravageur. Rien en elle ne saurait égaler cette démesure. Albâtre utilise le pouvoir dont elle dispose tout en dispersant l'énergie qu'elle est incapable d'utiliser, en l'expédiant *ailleurs* pour éviter à la conscience de Syénite d'être engloutie et de… de… À vrai dire, elle ne sait trop ce qui lui arriverait. Le Fulcrum apprend aux orogènes à ne pas dépasser leurs limites ; il ne dit pas ce qu'il advient de ceux qui le font.

Elle n'a le temps ni d'y réfléchir ni de rassembler ses pensées pour *aider* son compagnon, à défaut de pouvoir lui *échapper*, parce qu'il agit à nouveau, différemment. Il porte un coup sec. Qui perce quelque chose, quelque part. La pression de la bulle de lave commence aussitôt à baisser. Il ramène alors leur orogénie en arrière, hors du feu, dans la terre frissonnante où Syénite se sent compétente car confrontée à de simples secousses, pas à la colère matérialisée du Père Terre. Brusque changement : sa force à *lui* est maintenant à sa disposition à *elle*. Une force immense ; Albâtre est un monstre ! Mais elle trouve facile, tellement facile de lisser les rides, sceller les fissures, épaissir les strates brisées pour éviter la formation d'une nouvelle faille, à l'endroit où la terre sollicitée a été affaiblie. Elle value la ligne structurale qui traverse le paysage avec une clarté jusqu'alors inconnue, puis elle la nivelle en retendant la peau de la terre environnante avec une concentration chirurgicale qu'elle n'avait encore jamais atteinte. Enfin, quand le point chaud se réduit à l'état de menace rampante et que le danger s'éloigne, elle revient à elle. Albâtre est roulé en boule juste sous son nez. Le givre au motif d'incendie qui les entoure tous deux se transforme déjà en vapeur.

Elle est tombée à quatre pattes et tremble de tous ses membres, au point de manquer s'effondrer lorsqu'elle se risque à bouger. Ses coudes persistent à vouloir lâcher, mais elle s'oblige à ramper sur quelques dizaines de centimètres pour rejoindre son mentor, qui a l'air d'un cadavre. Quand elle lui touche le bras, le muscle dissimulé par l'uniforme se révèle cependant dur, contracté, et non inerte ; c'est sans doute bon signe. Elle se rapproche encore de lui en tirant sur son bras ; il a les yeux grands ouverts et fixes – emplis de stupeur, pas du néant inexpressif de la mort.

« Hessionite l'avait bien dit », murmure-t-il soudain.

Syénite sursaute, parce qu'elle ne s'attendait pas qu'il soit conscient.

Joie, bonheur. Elle est sur la grand-route, au beau milieu de nulle part, à moitié morte parce qu'un autre s'est servi de son orogénie à son corps défendant, avec pour toute assistance le boulet au cerveau rouillé et au pouvoir grotesque responsable de ce cirque. Essayer de reprendre sa maîtrise d'elle-même après… après…

À vrai dire, elle n'a aucune idée de ce qui vient de se passer. Ça n'a pas de sens. Les séismes n'arrivent tout simplement pas comme ça. Les points chauds calmés depuis une éternité n'explosent tout simplement pas d'un seul coup. Il leur faut un déclencheur : un déplacement des plaques ici ou là, une éruption ailleurs, une colère de dix-anneaux, quelque chose. Qui plus est, vu la puissance du phénomène, elle aurait dû valuer ce déclencheur. L'attitude d'Albâtre n'aurait pas dû en constituer le seul avertissement.

D'ailleurs, qu'a *fait* Albâtre, Terre rouillée ? Elle n'arrive pas à le concevoir. La collaboration entre orogènes est impossible. Ç'a été prouvé. Lorsque deux d'entre eux essaient d'exercer la même influence sur un même phénomène sismique, celui qui contrôle le mieux son pouvoir a la préséance. Si le plus faible persiste dans ses efforts, il s'épuise – à moins que le plus fort ne pénètre son tore et ne le congèle avec le reste de son environnement. Voilà pourquoi les seniors dirigent le Fulcrum – non seulement ils ont davantage d'expérience, mais ils sont capables de tuer quiconque les contrarie, bien qu'ils ne soient pas censés se le permettre. Voilà pourquoi les dix-anneaux ont le choix : personne ne va les *forcer* à faire quoi que ce soit. Sauf les Gardiens, évidemment.

L'intervention d'Albâtre n'en a pas moins été aussi incontestable qu'inexplicable.

Rouille de rouille. Syénite se tortille pour s'asseoir, de crainte de s'écrouler de tout son long. Le monde tournoie abominablement ; elle se pose les bras sur ses genoux relevés, la tête basse, puis reste un moment immobile. Ils n'ont pas bougé, aujourd'hui, et ils ne bougeront pas. Elle n'a pas la force de monter à cheval et, à voir Albâtre, il n'arrivera peut-être pas à se lever. Il ne s'est même pas habillé. Il reste juste pelotonné par terre, cul nu, tremblant, une vraie chiffe molle.

C'est donc Syénite qui finit par se remettre sur ses pieds, fouiller dans leurs sacs, dénicher deux melas derminther – des melons à la peau dure qui, à en croire les géomestres, s'enfouissent sous terre en cas de Saison – puis les rouler dans les braises du feu, qu'elle a heureusement tardé à étouffer. Les voyageurs n'ont plus ni petit bois ni combustible, mais les cendres doivent être encore assez chaudes pour cuire les melas, qui leur fourniront d'ici à quelques heures de quoi manger. Syénite tire aussi de leurs affaires un paquet de fourrage destiné aux chevaux, leur verse de l'eau dans une musette, considère leur crottin et envisage même de le pelleter pour en évacuer l'odeur.

Puis elle regagne en rampant le couchage merveilleusement sec, malgré sa récente congélation, s'effondre contre le dos d'Albâtre et part à la dérive. Toutefois, elle ne s'endort pas. Les infimes contorsions de la terre qui accompagnent la régression du point chaud persistent à la secouer par les valupinae, ce qui l'empêche de se détendre complètement. Le seul fait de rester allongée lui rend cependant quelques forces. Son esprit finit par s'apaiser, jusqu'à ce que la fraîcheur croissante la ramène à elle. Le crépuscule est tombé.

La jeune femme bat des paupières. Elle s'est emboîtée à Albâtre, dans son dos. Il est toujours roulé en boule, mais les yeux clos, décontracté. Lorsqu'elle s'assied, il n'en tressaille pas moins et se redresse également.

« Il faut aller au nœud, lance-t-il d'une voix rouillée.

— Non, répond-elle, trop fatiguée pour s'énerver, mais renonçant enfin au moindre effort de politesse. Je ne vais pas quitter la grand-route dans le noir alors que je suis épuisée. On n'a plus de tourbe et pratiquement plus rien d'autre non plus. Il faut trouver une comm où acheter des provisions. Si tu m'ordonnes maintenant d'aller à un nœud quelconque du trou du cul du monde, il faudra me citer à comparaître pour désobéissance. »

Elle n'a encore jamais refusé de se plier aux ordres et ne sait donc pas réellement quelles conséquences aurait une indiscipline pareille, mais elle est trop épuisée pour s'en soucier.

Albâtre appuie en gémissant le talon de ses mains contre son front, afin peut-être de chasser un mal de tête ou, au contraire, de l'enfoncer davantage. Puis il jure dans la langue qu'elle l'a déjà entendu utiliser, qu'elle ne reconnaît toujours pas, mais dont elle est de plus en plus persuadée qu'il s'agit d'un créole côtier. Étonnant puisque, à en croire Monsieur, il est né et a grandi au Fulcrum. Mais enfin, quelqu'un a bien dû s'occuper de lui dans sa petite enfance, avant qu'il n'ait l'âge d'être expédié dans la poussière. Syénite a aussi entendu dire que les Côtiers orientaux avaient souvent la peau foncée, comme lui ; peut-être parle-t-on cette langue, à Allia.

« Si tu ne viens pas, j'irai seul », tranche-t-il enfin, en sanze-mat.

Sur ces mots, il se lève, farfouille un peu aux alentours, à la recherche de ses vêtements, puis entreprend de s'habiller. Manifestement, il est sérieux. Elle le regarde faire, les yeux ronds. Il tremble tellement qu'il tient à peine debout. S'il monte à cheval dans cet état, il tombera, point final.

« Hé », appelle-t-elle. Il continue ses préparatifs fiévreux, de l'air de celui qui n'a rien entendu. « *Hé.* » Quand il sursaute en lui jetant un regard noir, elle comprend à retardement qu'il n'a en effet rien entendu : il se concentrait sur quelque chose d'autre – la terre, sa folie intérieure ou la rouille sait quoi. « Tu vas te tuer.

— Je m'en fous.

— Mais c'est… » Elle se lève, s'approche de lui et le prend par le bras au moment où il le tend vers la selle. « C'est idiot, tu ne peux pas…

— *Ne t'avise pas de me dire ce que je peux faire ou pas.* » Albâtre se penche vers elle pour lui gronder la réplique au nez, le bras aussi raide qu'un fil de fer sous sa main. Elle manque de se rejeter en arrière… mais s'aperçoit de près qu'il a les yeux étincelants des fous, injectés de sang autour des pupilles dilatées.

Albâtre a un *problème*. « Tu n'es pas Gardienne. Tu n'as pas à me donner d'ordre.

— Ça va pas, la tête ? »

Pour la première fois depuis qu'elle le connaît, il lui semble… il la met mal à l'aise. Il s'est servi d'elle si facilement, sans qu'elle sache comment. A priori, elle pourrait l'assommer facilement, vu sa maigreur, mais il la congèlerait sur pied après le premier coup.

N'empêche qu'il n'est pas idiot. Il faut qu'elle lui fasse comprendre.

« Je vais t'accompagner », déclare-t-elle d'un ton ferme. Une telle reconnaissance illumine les traits d'Albâtre qu'elle se sent coupable de ses pensées précédentes, peu flatteuses. « *Dès l'aube*, quand on pourra prendre le virage en épingle à cheveux qui mène aux routes secondaires sans se rompre le cou ou risquer les jambes des chevaux. D'accord ?

— C'est trop long… proteste-t-il, les traits contractés par l'angoisse.

— On a déjà dormi toute la journée. Et quand on en a parlé hier, tu m'as dit que c'était à deux jours de trajet. Si on perd les chevaux, combien de temps nous faudra-t-il ? »

C'est ça qui l'arrête. Il bat des paupières, gémit, vacille, recule pour garder l'équilibre, ce qui, heureusement, l'éloigne de la selle. Le crépuscule baigne le monde de rouge. Au loin, derrière Albâtre, se dresse une imposante formation rocheuse cylindrique dont on constate au premier coup d'œil qu'elle n'a rien de naturel ; soit un orogène l'a élevée, soit il s'agit encore d'une vieille ruine, mieux camouflée que la plupart. Découpé sur cette toile de fond, il contemple le ciel comme s'il avait envie de se mettre à hurler. Ses poings s'ouvrent et se ferment, s'ouvrent et se ferment.

« Le nœud, dit-il enfin.

— Oui ? »

Syénite étire le mot en essayant de dissimuler la nuance *flatter le cinglé dans le sens du poil* véhiculée par sa voix.

Il hésite puis inspire à fond, deux fois, pour se calmer.

« Les secousses et les chocs ne sortent pas de nulle part, tu le sais pertinemment. Le déclencheur de celle-là, le changement qui a modifié l'équilibre du point chaud, s'est produit au nœud.

— Qu'est-ce que tu… » Bien sûr qu'il le sait, c'est un dix-anneaux. Alors seulement elle comprend ce qu'il sous-entend. « Attends, tu veux dire que c'est l'opérateur du nœud qui a provoqué ce truc ?

— C'est exactement ce que je veux dire, oui. » Il se tourne vers elle, les poings fermés, une fois de plus. « Tu comprends pourquoi je veux y aller, maintenant ? »

Elle acquiesce machinalement, car elle comprend en effet : un orogène qui crée un supervolcan à partir de rien génère forcément ce faisant un tore de la taille d'une ville. À cette pensée, elle ne peut s'empêcher d'examiner la forêt, dans la direction du nœud. Il n'y a rien à voir, depuis la route, mais quelque part dans la région, un envoyé du Fulcrum a tué tout ce qui vivait à des kilomètres à la ronde.

Une question se pose, plus importante encore, peut-être : pourquoi ?

« Bon, lâche soudain Albâtre. On part demain à la première heure, et on va le plus vite possible. Le trajet prendrait deux jours si on voyageait tranquillement, mais en poussant les chevaux… » Quand elle ouvre la bouche, il poursuit d'une voix précipitée, obsédé par ce qui s'est passé et indifférent aux objections :

« … En les poussant et en partant avant l'aube, on peut être là-bas à la tombée de la nuit. »

Sans doute n'obtiendra-t-elle pas mieux.

« Bon, d'accord, à l'aube. »

Elle se gratte le crâne. La poussière de la route lui rend le cuir chevelu granuleux, car elle ne s'est pas vraiment lavée depuis trois jours. Ils étaient censés trouver demain sur leur chemin Haute Adea, une comm de taille moyenne où elle aurait insisté pour s'offrir une nuit d'auberge… mais Albâtre a raison. Il faut qu'ils aillent à ce nœud.

« On devra quand même s'arrêter au relais ou au ruisseau les plus proches. On n'a presque plus d'eau pour les chevaux. »

Il pousse un petit grognement de frustration à l'évocation des besoins de la chair, mais lâche un simple « Bon », avant de s'accroupir près du foyer pour y prendre une des melas refroidies. Après l'avoir cassée, il se met à la manger avec les doigts en mâchant méthodiquement. Sans doute n'a-t-il même pas conscience de son goût. C'est juste de l'énergie. Syénite entame la seconde mela. Le reste de la nuit s'écoule dans le calme, sinon le repos.

Le lendemain – ou, plutôt, tard dans la nuit –, ils sellent les chevaux et s'engagent prudemment sur la bretelle en épingle à cheveux qui mène de la route impériale à la région qu'elle domine. Lorsqu'ils atteignent le niveau du sol, le soleil s'est levé. Albâtre prend la tête au petit galop, en repassant par moments au pas pour reposer les montures. Syénite est impressionnée : elle craignait qu'il ne pousse les bêtes à bout, à cause du sentiment d'urgence qui s'est emparé de lui. Au moins, il n'est pas idiot ; ni cruel.

À ce rythme, ils avancent bien sur le réseau des routes basses, plus utilisées, où ils croisent charrettes légères, voyageurs à pied et unités des milices locales. Chacun s'empresse de leur dégager le passage dès leur apparition, ce que la jeune femme trouve assez ironique : à n'importe quel autre moment, leur uniforme noir leur vaudrait d'être traités en pestiférés, parce que personne n'aime les orogènes. Mais là, tout le monde a dû sentir ce qui a failli arriver au point chaud. On s'écarte de leur chemin avec célérité, soulagement et reconnaissance. Le Fulcrum à la rescousse. Syénite en rirait presque.

Les deux voyageurs s'arrêtent pour la nuit, dorment quelques heures et repartent avant l'aube, mais le soir descend déjà quand le nœud leur apparaît, blotti entre deux collines basses, au sommet d'une route en lacets. Il ne s'agit guère que d'une piste de terre tassée, agrémentée en hommage à la civilisation d'un soupçon de vieil asphalte craquelé, menant à un avant-poste tout aussi rustique. Ils ont croisé avant d'y arriver des dizaines de comms, qui offraient toutes un vaste éventail d'architectures différentes, certaines du cru, d'autres transplantées par les habitants les plus riches, d'autres encore réduites à de pâles imitations de divers styles lumeniens. Le nœud, quant à lui, est cent pour cent Antique Impérial : ses hautes murailles rouge sombre en briques de scories protègent un complexe de quatre pyramides – trois petites entourant la plus grande. Ses portes, d'un métal quelconque qui rappelle l'acier, font grimacer Syénite. On n'installe pas des portes de métal, quand on veut réellement assurer la sécurité de quelqu'un ou de quelque chose. Il est vrai qu'un nœud n'abrite qu'un orogène et le personnel qui s'en occupe. On n'y trouve même pas de cache, puisque sa subsistance est assurée par les comms alentour, qui y envoient des caravanes. Peu de gens auraient envie d'y voler quoi que ce soit.

Albâtre prend Syénite par surprise en arrêtant son cheval bien avant d'atteindre les portes. Il fixe le nœud, les yeux plissés.

« Qu'est-ce qui se passe ? demande-t-elle.

— Personne ne se porte à notre rencontre, dit-il, presque pour lui-même. Personne ne bouge. Je n'entends pas le moindre bruit, là-dedans. Et toi ? »

Elle n'entend rien non plus.

« Combien de gens devrait-il y avoir ? L'opérateur, un Gardien, mais encore… ?

— Les opérateurs n'ont pas besoin de Gardien. En général, il y a quelques soldats impériaux stationnés avec eux pour les protéger. De six à dix. Ajoute à ça des cuisiniers et le personnel nécessaire au service. Plus un médecin, minimum. »

Tant de sujets de perplexité en si peu de mots. Des orogènes qui n'ont pas besoin de Gardien ? Les opérateurs des nœuds n'ont pas quatre anneaux ; or les bas-anneaux n'ont pas le droit de quitter le Fulcrum sans Gardien ou, du moins, sans senior pour les superviser. Les soldats, c'est logique ; il arrive que des péquenauds superstitieux ne fassent guère la différence entre les orogènes impériaux et les autres. Mais un médecin… pour quoi faire ?

Peu importe.

« Ils sont sans doute morts. »

Mais au moment même où elle prononce ces mots, son raisonnement vacille. La forêt alentour devrait être morte aussi, à des kilomètres à la ronde, humus, arbres et animaux congelés en un clin d'œil puis transformés en pâte par le dégel. Les gens qui se trouvent sur la route derrière eux devraient être morts. Autrement, comment l'opérateur aurait-il pu rassembler assez de pouvoir pour déséquilibrer le point chaud ? Mais tout a l'air normal, à l'exception du nœud silencieux.

Albâtre éperonne brusquement sa monture : il n'est plus temps de se poser des questions. Ils grimpent la pente en direction des portes closes, qui ne s'ouvrent manifestement pas de l'extérieur. Au moment où Syénite se dit qu'il va falloir quelqu'un pour les manœuvrer de l'intérieur, son compagnon se penche en avant et pousse une sorte de sifflement ; un tore étroit et abrasif apparaît, vacillant, non autour des arrivants, mais des battants de métal. Syénite n'a jamais vu personne faire une chose pareille – projeter son tore à distance ! –, mais les dix-anneaux en sont manifestement capables. Sa monture pousse un petit hennissement nerveux en direction du vortex de neige glaciale qui vient de se matérialiser, la jeune femme tire sur les rênes pour l'arrêter, et la bête recule même de quelques pas. Une seconde plus tard, un grincement sonore s'élève, suivi d'un craquement, derrière les portes. Quand l'un des grands battants s'entrouvre lentement, Albâtre laisse le tore s'évanouir ; déjà, il met pied à terre.

« Attends, proteste Syénite. Laisse-lui le temps de se réchauffer. »

Il fonce vers le nœud sans l'écouter ni se soucier de prudence sur l'asphalte glissant, piqueté de verglas.

Feux de la Terre rouillée ! Syénite met à son tour pied à terre puis enroule les rênes des montures autour d'un jeune arbre ployant. Après le rude trajet de la journée, elles ont besoin de se détendre avant de se nourrir et de s'abreuver, mais il faudrait au moins les bouchonner. Toutefois, quelque chose dans le grand complexe imposant et silencieux exacerbe la nervosité de Syénite, sans qu'elle puisse vraiment dire quoi. Elle laisse donc les chevaux sellés. Au cas où. Et elle emboîte le pas à Albâtre.

Le nœud est non seulement silencieux, mais aussi obscur. Ce trou perdu n'a pas l'électricité, et les lampes à pétrole y sont éteintes. Les grandes portes de métal ouvrent sur une vaste cour entourée d'échafaudages, dressés contre la muraille et les bâtiments les plus proches pour fournir des positions avantageuses d'où tirer sur les visiteurs. Une voie d'accès des plus accueillantes, digne de n'importe quelle comm bien protégée, quoique à plus petite échelle. Mais cette cour-ci est *déserte*, malgré la table et les chaises qui en occupent un recoin. Sans doute les gardes y jouaient-ils aux cartes en grignotant, il y a peu. Pas un bruit dans le complexe. Les pavés de scories ont beau être éraflés et irréguliers, usés au fil d'innombrables années par d'innombrables pieds, aucun pas ne leur tire pour l'instant le moindre écho. Les box de l'écurie construite d'un côté de la cour sont fermés et silencieux. Des bottes couvertes de boue séchée ont été alignées contre le mur, juste à côté des portes, d'autres négligemment jetées en tas. En admettant qu'Albâtre ait raison et que des soldats impériaux soient stationnés là, ils n'ont pas l'air au point pour une inspection surprise. Normal ; être envoyés dans un endroit pareil ne constitue certainement pas une récompense.

Syénite secoue la tête, quand une bouffée de musc animal lui parvient de l'écurie. Elle se raidit. Malgré l'odeur de cheval qui flotte alentour, les chevaux eux-mêmes sont toujours invisibles. Elle s'approche du bâtiment en catimini – ses mains se ferment en poings, avant qu'elle ne s'oblige à les rouvrir –, jette un coup d'œil au-dessus de la porte basse de la première stalle puis passe aux suivantes afin de procéder à un inventaire complet.

Trois chevaux morts, couchés sur le flanc dans la paille. Leur ventre n'a pas encore gonflé, sans doute parce que seules leurs jambes et leur tête se sont déjà détendues. Leur corps est encroûté de glace et de condensation, leur chair pour l'essentiel congelée. Le dégel a dû commencer il y a deux jours.

Une modeste pyramide en briques de scories occupe le centre du complexe, dotée de ses propres portes de pierre – ouvertes. Syénite ignore où est passé Albâtre, mais il se trouve certainement dans ce bâtiment-là, car l'opérateur du nœud y est sans doute aussi.

Elle monte sur une chaise pour allumer une des lampes avec la pierre à briquet posée à côté, avant de s'engager dans la construction – d'un pas plus vif, maintenant qu'elle sait ce qui l'attend. Les corridors obscurs se révèlent en effet jonchés des soldats et du personnel du nœud ; certains sont morts en pleine course, d'autres appuyés au mur, d'autres encore les bras tendus vers le centre de la pyramide. Certains ont cherché à fuir ce qui arrivait, d'autres à en rejoindre la source pour l'arrêter. Personne n'a réussi.

Syénite finit par trouver le nœud proprement dit.

Ce ne peut être que ça. Le cœur du bâtiment. On y accède par une arcade élégante, ornée de marbre rose pâle gravé de racines d'arbre. La vaste pièce est obscure et déserte, sous son plafond voûté vertigineux – sauf en son centre, occupé par un… un truc. L'arrivante parlerait de fauteuil, si la chose n'était uniquement composée de fil de fer et de sangles. Ça n'a pas l'air confortable, bien que l'utilisateur en soit plus ou moins allongé, mais l'opérateur du nœud y est installé, ce qui signifie…

Oh. *Oh.*

Oh, Terre en feu.

Posté sur l'estrade où se trouve le siège, Albâtre contemple le corps de son occupant. L'arrivée de Syénite ne lui fait même pas lever les yeux. Ses traits figés n'expriment ni tristesse ni colère. Son visage n'est qu'un masque.

« Nous devons servir jusqu'au dernier le plus grand bien », dit-il, sans la moindre trace d'ironie.

Le cadavre allongé dans le fauteuil est petit et nu. Mince, les membres atrophiés, dépourvu de pilosité. Des choses – des tuyaux divers et des *choses*, Syénite n'a pas de mot pour ça – s'enfoncent dans les branchettes de ses bras, sa gorge exposée, son entrejambe étroit. Un sac souple repose sur son ventre, auquel il est *attaché* d'une manière ou d'une autre, un sac plein de… beurk. Il est temps de le changer.

La visiteuse se concentre sur ce genre de détails, parce que c'est plus facile. Parce qu'une partie de son esprit s'est mise à bafouiller et qu'elle ne peut l'emprisonner en elle, la réduire au silence, qu'en donnant au spectacle toute son attention. Quelle ingéniosité, franchement ! Elle n'aurait pas cru possible de garder un être en vie dans cet état : immobile, à son corps défendant, indéfiniment. Voilà pourquoi elle cherche avec ardeur à comprendre comment on y est arrivé. La structure en métal est un vrai coup de génie ; il y a à proximité une poignée et une manivelle qui permettent de la retourner pour la nettoyer plus facilement. Peut-être aussi le fil de fer réduit-il les escarres. Les alentours de l'estrade empestent la maladie, mais une pleine étagère de liquides et de cachets en flacons se trouve là, à disposition. Évidemment : la pénicilline banale fabriquée en comm ne constitue sans doute pas un antibiotique suffisant pour ce genre de cas. Il est possible que l'un des tuyaux permette de médicamenter l'opérateur. Celui-ci de le nourrir, celui-là de prélever son urine, oh… et ce chiffon-là, roulé en boule, d'absorber sa bave.

Mais, malgré ses efforts pour se concentrer sur les détails, Syénite n'en a pas moins une vision d'ensemble. L'occupant du fauteuil est un enfant, qui a passé dans cet état des mois, voire des années. Un *enfant* à la peau presque aussi sombre que celle d'Albâtre et qui lui ressemblerait trait pour trait, s'il n'était aussi squelettique.

« Hein. »

C'est tout ce qu'elle parvient à articuler.

« Il y a des gèneurs incapables de jamais se contrôler. »

Elle comprend à présent qu'il utilise l'insulte à dessein. Un terme déshumanisant appliqué à un être humain transformé en chose. C'est plus facile. Albâtre s'exprime d'une voix sans timbre, sans émotion, mais l'émotion est là, dans le choix des mots.

« Les Gardiens attrapent parfois un sauvage trop vieux pour l'entraînement, mais assez jeune pour que son élimination leur fasse l'effet d'un gaspillage. Il arrive aussi qu'ils repèrent dans la poussière des gamins particulièrement sensibles, mais incapables d'apprendre à se contrôler. Le Fulcrum a beau essayer de leur dispenser son enseignement, notre père le Sanze leur trouve toujours un autre usage, s'ils ne progressent pas à un rythme satisfaisant aux yeux des Gardiens.

— Comme… » Le regard de Syénite reste rivé au visage du cadavre, de l'*enfant*. À ses yeux bruns ouverts, voilés et vitrifiés par la mort. Elle s'étonne distraitement de ne pas vomir. « Comme *ça* ? Feux souterrains, je *connais* des enfants qu'on a emmenés dans les nœuds. Je ne savais pas… ce n'est pas… »

Albâtre se détend. Elle ne s'était pas rendu compte de sa rigidité avant qu'il ne se penche pour glisser la main sous la nuque de l'opérateur, soulever sa tête disproportionnée et la faire légèrement pivoter.

« Il faut que tu voies ça. »

Elle n'en a aucune envie, mais elle regarde quand même. Une longue cicatrice sinueuse s'étend sur le cuir chevelu rasé, bourrelet orné de points de suture voyants. Juste à la jonction du crâne et de la colonne vertébrale.

« Les valupinae des gêneurs sont plus grosses et plus complexes que celles des gens normaux. » Quand elle en a vu assez, Albâtre laisse retomber la tête du mort. Le bruit qu'elle produit en retrouvant sa place dans son berceau métallique suggère une massivité et une brusquerie qui font sursauter Syénite. « Il n'est pas très difficile d'y pratiquer une ou deux lésions qui empêchent complètement les gêneurs de les contrôler, tout en leur permettant de continuer à les utiliser d'*instinct*. À condition qu'ils survivent à l'opération, bien sûr. »

Que d'ingéniosité, oui. Un orogène nouveau-né est capable de maîtriser une secousse. Il s'agit d'une capacité innée, encore plus instinctive que celle des bébés à téter… et de la première cause de mortalité des petits orogènes. Les meilleurs dévoilent leur nature bien avant d'être en âge de comprendre le danger.

Mais réduire un enfant à ce *seul* instinct, cette *seule* capacité à entraver les secousses sismiques…

Syénite devrait bel et bien avoir la nausée.

« À partir de là, rien de plus simple. » Albâtre soupire, comme s'il donnait au Fulcrum un cours particulièrement ennuyeux. « On les médicamente pour prévenir les infections, on les garde en vie juste assez pour qu'ils fonctionnent, et on obtient la seule chose que le Fulcrum même ne peut fournir : une source d'orogénie fiable, inoffensive, totalement bénéfique. » Elle ne comprend ni pourquoi elle n'est pas en train de vomir, ni pourquoi il n'est pas, lui, en train de hurler. « Mais je suppose que quelqu'un a commis l'erreur de laisser celui-là se réveiller. »

Quand il détourne les yeux, elle suit son regard. Un cadavre est allongé au pied du mur du fond. Pas un soldat. Le type porte des vêtements civils. Des vêtements de prix.

« Le médecin ? »

Elle a réussi à s'exprimer sur le même ton calme et détaché que son mentor. Ça facilite les choses.

« Peut-être. Ou un habitant du coin qui a acheté un privilège. »

Albâtre réussit à hausser les épaules en montrant à son interlocutrice la meurtrissure livide qui s'étale sur la cuisse de l'enfant. Un bleu en forme de main, aux doigts bien visibles sur la peau foncée.

« Il paraît que beaucoup de gens aiment ce genre de choses. Il s'agit à la base d'un simple fantasme de toute-puissance, mais ils préfèrent une victime consciente de ce qu'ils lui font.

— Oh, oh, Père Terre, tu ne veux quand même pas dire que…

— Le problème, c'est que les opérateurs des nœuds souffrent atrocement quand ils ont recours à l'orogénie, continue Albâtre sans écouter Syénite, une fois de plus. Les lésions, tu comprends. Comme ils ne peuvent pas s'empêcher de réagir à la moindre secousse proche, y compris la plus infime, on les place sous sédatifs en permanence, par humanité. Et n'importe quel orogène réagit d'instinct à ce qu'il prend pour un danger… »

Ah. Cette fois, c'est bon.

Elle se réfugie en chancelant contre le mur le plus proche pour rendre les abricots et le bœuf séchés qu'elle s'est contrainte à manger pendant le trajet, sans mettre pied à terre. C'est monstrueux. Absolument monstrueux. Elle croyait… elle se disait… elle ne savait pas…

Quand elle relève les yeux en s'essuyant la bouche, elle croise le regard d'Albâtre.

« Comme je le disais, conclut-il à voix basse, tous les gèneurs devraient voir un nœud, ne serait-ce qu'une fois dans leur vie.

— Je ne savais pas. » Ces mots, qui ne veulent rien dire mais que Syénite se sent tenue de prononcer, s'étouffent sur le dos de sa main. « Je ne savais *pas*.

— Quelle importance ? »

La neutralité de la voix et des traits d'Albâtre est presque cruelle.

« C'est important pour *moi* !

— Parce que tu crois que *toi*, tu as la moindre importance ? » Un brusque sourire étire ses lèvres, hideux, aussi froid que la vapeur bouclée qui s'élève de la glace. « Tu crois qu'aucun d'entre nous a la moindre importance, sinon par l'utilité qu'on a pour eux ? Qu'on obéisse ou pas. » Coup de menton en direction de l'enfant maltraité, assassiné. « Tu crois qu'il en avait, après ce qu'ils lui avaient fait ? La seule raison pour laquelle ils ne nous le font pas à tous, c'est qu'on est plus polyvalents, plus serviables quand on se contrôle. Mais à leurs yeux, on est juste des armes. Des monstres utiles. Un peu de sang neuf à ajouter aux lignées. Des putains de *gèneurs*. »

Jamais elle n'a senti tant de haine compactée en un seul mot.

Mais, cette fois, plantée là, avec entre eux la preuve suprême, morte, froide et puante de la haine du monde, elle ne tressaille même pas. Parce que. Si le Fulcrum est capable de ça, si les Gardiens, les Dirigeants lumeniens, les géomestres ou quiconque a conçu ce cauchemar sont capables de ça, il ne sert à rien de déguiser ce que sont réellement les gens comme Syénite et Albâtre. En réalité, ce ne sont absolument pas des gens. Ni des *orogènes*. La politesse n'est qu'insulte, compte tenu de ce qu'elle a vu. Des gèneurs : ils ne sont rien d'autre.

Une seconde plus tard, Albâtre se détourne et s'en va.

*
**

Ils campent dans la cour. Les bâtiments sont dotés de tout le confort dont rêvait Syénite – eau chaude, lits moelleux, nourriture autre que pain de cache et viande séchée –, mais dans la cour, il n'y a pas de cadavres humains.

Albâtre reste muet, les yeux perdus dans le feu qu'elle a allumé. Enveloppé d'une couverture, une tasse du thé qu'elle a préparé à la main ; au moins, elle a reconstitué leurs réserves grâce à celles du nœud. Il aurait peut-être mieux valu qu'elle serve à son compagnon quelque chose de plus fort qu'une infusion. Ou peut-être pas. Elle ne sait trop ce que pourrait faire un orogène si puissant une fois ivre. C'est la raison pour laquelle les orogènes ne sont pas censés boire… mais rouille la raison, en ce moment. Rouille tout le reste aussi.

« Les enfants sont notre perte », déclare Albâtre, les yeux débordants de feu.

Elle acquiesce, sans pourtant comprendre ce qu'il veut dire. Il parle. Ce ne peut être qu'une bonne chose.

« Je crois que j'en ai douze. » Il s'enveloppe plus étroitement de sa couverture. « Je n'en suis pas sûr. On ne me prévient pas toujours. Je ne revois pas toujours les mères, après. Mais je crois que j'en ai douze. Je ne sais pas où sont la plupart. »

Il fait ce genre de déclarations gratuites depuis le début de la soirée, quand il ouvre la bouche, mais la plupart du temps, Syénite est incapable de se forcer à répondre. Tant pis pour la conversation. Ce qu'il vient de dire la fait cependant réagir, parce qu'elle y pensait, justement. Le gamin dans le fauteuil-prison ressemble tellement à Albâtre.

« Notre enfant… » commence-t-elle.

Il la regarde et sourit. Gentiment, cette fois, mais elle ne sait si elle doit croire à cette gentillesse ou à la haine qui brûle sous la surface du sourire.

« Oh, ce n'est qu'un de ses avenirs possibles. » Coup de menton en direction des hautes murailles rouges du nœud. « Notre fille deviendra peut-être une seconde Albâtre, qui brûlera les étapes des anneaux et instaurera de nouvelles normes orogéniques. Une légende du Fulcrum. À moins qu'elle ne reste cantonnée à la médiocrité sans jamais rien faire de remarquable. Une banale quatre ou cinq-anneaux, nettoyant les ports bloqués par des coraux et pondant des bébés pour se distraire. »

Il s'exprime avec une telle *gaieté* qu'elle a du mal à se concentrer sur ce qu'il dit plutôt que sur la manière dont il le dit. Le ton est apaisant, et quelque chose en Syénite a grand besoin d'apaisement. Pourtant, les mots employés entretiennent sa nervosité, aussi coupants que des éclats de verre aiguisés mêlés à des billes polies.

« Ou une fixe, dit-elle. Deux gêneurs… » Elle a du mal à prononcer l'insulte, mais elle en aurait plus encore avec *orogènes*, parce que la politesse du terme lui fait maintenant l'effet d'un mensonge. « Nous aussi, on peut avoir une fixe.

— J'espère que non.

— Tu espères que *non* ? »

Elle ne peut imaginer mieux pour leur enfant.

Quand il tend les mains vers le feu afin de les réchauffer, elle s'aperçoit brusquement qu'il porte ses anneaux. Ça ne lui arrive presque jamais, mais à un moment, sur le chemin du nœud, il s'est souvenu des convenances malgré l'inquiétude qui lui brûlait les veines à la pensée de son fils, et il les a mis. Certains brillent à la lumière des flammes ; d'autres restent sombres et ternes. Il en a un à chaque doigt, y compris les pouces. Six des doigts de Syénite la démangent à présent, à peine, par leur nudité.

« L'enfant de deux orogènes à anneaux du Fulcrum est censée être une orogène, mais ce n'est pas toujours le cas, en effet, déclare Albâtre. Nous échappons à la science. Il n'y a pas de logique à ce que nous sommes. » Mince sourire. « Le Fulcrum traite par sécurité tous les enfants de gêneurs comme des gêneurs potentiels, s'il n'a pas la preuve qu'ils n'en sont pas.

— Mais une fois qu'il l'a, après, ce sont juste… des *gens*. » Syénite n'a pas d'autre espoir. « Ils peuvent être adoptés par une bonne comm, fréquenter une vraie crèche, gagner un nom d'usage… »

Il soupire. Avec une telle lassitude que l'égarement et l'effroi la réduisent au silence.

« Aucune comm n'adopterait notre enfant. » Il s'exprime lentement, d'un ton ferme. « L'orogénie saute parfois une génération, voire deux ou trois, mais elle finit toujours par réapparaître. Notre Père Terre n'oublie jamais ce que nous lui devons. »

Syénite fronce les sourcils. Il a déjà dit des choses de ce genre, qui renvoient aux histoires des mnésistes sur les orogènes : ils seraient une arme, non du Fulcrum, mais de la planète haineuse aux aguets sous leurs pieds, une planète prête à tout pour détruire la vie qui infeste sa surface autrefois immaculée. Quelque chose dans la manière dont il en parle tend à prouver qu'il *croit* à ces contes d'autrefois, du moins jusqu'à un certain point. Peut-être est-ce bien le cas. Peut-être puise-t-il un certain réconfort dans la pensée que les gèneurs comme eux servent un but, si terrible soit-il.

Mais Syénite n'a pas la patience de parler mysticisme en ce moment.

« Personne n'adoptera notre enfant, d'accord. Qu'est-ce qui se passera, alors ? Il n'y a pas de fixes au Fulcrum. »

Les yeux d'Albâtre ressemblent à ses anneaux : débordants par moments de la lumière du feu ; sombres et ternes à d'autres.

« Non. Elle deviendrait Gardienne. »

Oh, rouille ! Ça explique bien des choses.

Le silence de Syénite fait relever la tête à son compagnon.

« Bon, reprend-il. Ce que tu as vu aujourd'hui, tout ce que tu as vu, oublie-le.

— *Hein ?*

— Ce qu'il y avait dans ce fauteuil n'avait rien à voir avec un enfant. » Les yeux d'Albâtre sont ternes. « Ni le *mien* ni un autre. Ce n'était rien ni personne. Toi et moi, on a stabilisé le point chaud et déterminé ce qui avait failli le faire exploser. On est venus ici voir s'il y avait des survivants, mais on n'en a pas trouvé. Voilà ce qu'on va télégraphier à Lumen. Voilà ce qu'on racontera en rentrant, si quelqu'un nous pose des questions.

— Je… je ne sais pas si je peux… »

La bouche molle du garçon, ses yeux morts. Quelle horreur d'être prisonnier d'un cauchemar sans fin. De s'en réveiller dans d'atroces souffrances, sous le regard concupiscent d'un parasite monstrueux. Syénite n'éprouve pour l'opérateur que pitié, pour sa délivrance que reconnaissance.

« Tu feras exactement ce que je te dis. » La réponse lui assène un coup de fouet qui déclenche sans transition sa fureur. Elle fixe Albâtre d'un œil noir. « Si tu as des regrets, que ce soit pour le gaspillage consécutif à cette histoire. En cas de questions, tu es ravie que l'opérateur soit mort. Une joie que tu dois ressentir. À laquelle tu dois croire. Après tout, il a failli tuer on ne sait combien de gens. Et en cas de questions sur ce que tu penses de son sort, dis que tu comprends. Que c'est à cause de ce risque qu'on nous fait ce qu'on nous fait, évidemment. Pour notre bien ; pour le bien commun.

— Espèce de salopard rouillé ! Ça n'a rien d'*évident* du tout… »

Elle tressaille quand il éclate de rire, parce que la rage est là, de retour en lui, aussi vive que l'éclair.

« Ne m'énerve pas, Syénite, pas maintenant. Oh, non. » Il rit toujours. « Si je te tue, on me le reprochera. »

Une menace, enfin. Bon. Dès qu'il dormira. Il faudra qu'elle lui couvre le visage en le poignardant. Les blessures mortelles infligées par un couteau mettent tout de même quelques secondes à tuer ; s'il concentre son orogénie sur elle pendant cette petite fenêtre d'opportunité, elle est foutue. Mais il risque de moins bien viser s'il n'y voit pas ou s'il est en train d'étouffer…

Il rit toujours, un rire violent. Alors seulement Syénite prend conscience de la vibration qui l'environne. Un *presque* menaçant, dans la strate sous ses pieds. Elle fronce les sourcils, distraite de ses pensées, aux aguets, en se demandant si c'est à nouveau le point chaud – avant de s'apercevoir qu'il ne s'agit pas d'une vibration, mais de secousses plus ou moins régulières. Qui suivent le rythme du rire d'Albâtre.

Pendant qu'elle le regarde, glacée par cette compréhension, il va jusqu'à se claquer le genou dans son hilarité, parce qu'il a *envie* de tout détruire à perte de vue. Le fils mi-mort, mi-adolescent était capable de provoquer un supervolcan ; personne ne sait ce dont serait capable le père s'il décidait de se lancer. Ou même par accident, si son contrôle vacillait ne serait-ce qu'un instant.

Les mains de Syénite se ferment en poings sur ses genoux. Elle reste assise, les ongles plantés dans les paumes, à attendre qu'il se calme. Ça prend du temps. Lorsque son rire s'interrompt, il enfouit le visage entre ses mains. Un gloussement lui échappe parfois ; ses épaules tremblent. Peut-être pleure-t-il. Elle n'en sait rien. Elle s'en fiche.

Enfin, il relève la tête, inspire longuement une fois, puis une autre.

« Désolé », lâche-t-il. Son hilarité a cessé, mais il est à nouveau tout sourire. « Je propose qu'on parle d'autre chose, d'accord ?

— Où est ton Gardien, rouille de rouille ? » Syénite n'a pas desserré les poings. « Tu es complètement fou. »

La question le fait *glousser*.

« Oh, ma Gardienne est inoffensive depuis des années. J'y ai veillé.

— Tu l'as tuée.

— Non. Tu me prends pour un idiot ? »

Du gloussement à l'agacement, en moins d'un souffle. Il lui fiche la trouille, Syénite n'a plus honte de l'admettre. Quand il s'en rend compte, ses manières changent. Il prend une fois de plus une longue inspiration et se tasse un peu.

« Et merde. Je… je suis désolé. »

Elle ne répond pas. Il a un petit sourire triste, comme s'il s'attendait à son mutisme, se lève et s'approche du couchage. Elle le regarde s'allonger, le dos tourné au feu ; elle le regarde jusqu'à ce que son souffle ralentisse. Alors seulement elle se détend.

Mais elle sursaute quand il dit tout bas :

« Tu as raison. Ça fait des années que je suis fou. Et si on passe assez de temps ensemble, tu finiras par devenir folle, toi aussi. Si tu vois assez de choses de ce genre, si tu comprends assez ce qu'elles signifient… » Il pousse un long soupir. « Tu devrais me tuer, le monde entier te serait redevable. »

Cela dit, il se tait.

Elle réfléchit à ses derniers mots plus longtemps sans doute qu'elle ne le devrait.

Enfin, elle se recroqueville le plus confortablement possible sur les pavés de la cour, enveloppée d'une couverture, la tête sur une selle – un oreiller particulièrement douloureux. Les chevaux ont beau être agités – ils l'ont été toute la soirée, à cause de l'odeur de mort qui leur parvient des bâtiments –, ils finissent par s'endormir. Elle aussi. En espérant qu'Albâtre aussi.

Au-dessus de la grand-route qu'ils viennent de parcourir, l'obélisque en tourmaline dérive derrière une montagne, hors de vue, poursuivant sa course implacable.

⁂

Hiver, printemps, été, automne ; mort en cinq, impératrice suprême.

Proverbe arctique

Interlude

Un trou dans le motif. Un nœud dans la trame. Des choses dont vous devriez prendre note, ici et maintenant. Des choses qui n'y sont pas, remarquables par leur absence.

Notez ainsi que nul dans le Fixe ne parle d'îles. Non qu'elles n'existent pas ou soient inhabitées, bien au contraire. Mais les îles naissent souvent près des failles ou au-dessus des points chauds, ce qui en fait des formations éphémères à l'échelle planétaire, apparaissant lors d'une éruption, disparaissant lors du raz-de-marée suivant. Pourtant, les êtres humains aussi sont éphémères à l'échelle planétaire. Le nombre de choses dont ils ne prennent pas note est littéralement astronomique.

Les habitants du Fixe ne parlent pas non plus d'autres continents, alors qu'on peut supposer – c'est plausible – qu'il en existe ailleurs. Personne n'a fait le tour du monde pour voir ce qu'il en était ; la navigation est déjà assez dangereuse en vue des côtes, quand elle vise au réapprovisionnement, avec des raz-de-marée réduits à des vagues d'une trentaine de mètres de haut, bien loin des montagnes d'eau légendaires censées parcourir la pleine mer sauvage. Les gens tiennent pour acquis le savoir fragmentaire transmis par des civilisations plus courageuses, d'après lesquelles il n'existe rien d'autre. Personne ne parle non plus des objets célestes, alors que le ciel est aussi encombré et animé ici que dans le reste de l'univers. Cette omission tient en grande partie au fait que l'attention générale se concentre plutôt sur la terre. Chacun sait ce qu'il y a là-haut : les étoiles, le soleil, parfois une comète ou une étoile filante. Nul ne sait ce qui n'y est pas.

Mais comment serait-ce possible ? Qui pourrait regretter l'absence de ce qu'il n'a seulement jamais imaginé ? Ce serait contraire à la nature humaine. Il est donc très heureux qu'il existe en ce monde des êtres autres qu'humains.

9. Syénite parmi l'ennemi

Ils arrivent à Allia une semaine plus tard sous le ciel bleu de midi, un ciel parfaitement dégagé à l'exception d'un obélisque pourpre scintillant, en lévitation à une certaine distance de la côte.

Allia est grande pour une comm côtière – rien de comparable avec Lumen, évidemment, mais sa taille respectable en fait une véritable ville. La plupart de ses quartiers, de ses magasins et de ses zones industrielles s'entassent dans la cuvette aux parois escarpées d'un port d'origine naturelle, formé par une antique caldeira dont un pan s'est effondré. Une région très peuplée, impossible à traverser en une journée, l'entoure de toutes parts. En route pour la cuvette, Syénite et Albâtre s'arrêtent au premier hameau paysan à leur apparaître, demandent des renseignements et – sans prêter attention entre-temps aux regards mauvais que s'attire leur uniforme noir – apprennent qu'il se trouve plusieurs pensions à proximité. Ils évitent la première, car un jeune homme d'une des fermes a décidé de les suivre sur quelques kilomètres, en retenant son cheval pour rester hors de ce qu'il pense sans doute être leur portée. C'est un solitaire silencieux, mais un jeune se transforme facilement en bande de jeunes.

Les voyageurs poursuivent donc leur route, dans l'espoir que la haine ne survivra pas à l'ennui. Le paysan finit par faire demi-tour pour repartir dans la direction d'où ils viennent.

La pension suivante n'est pas mal non plus, quoique moins belle que la première : la vieille bâtisse stuquée, carrée, solide et bien entretenue a traversé quelques Saisons. Les quatre coins en sont ornés de rosiers et les murs couverts d'une vigne vierge qui provoquera sans doute son effondrement lors de la prochaine Saison, mais ce n'est pas le problème de Syénite. Une chambre pour deux plus l'écurie pour les chevaux, le tout jusqu'au lendemain, coûtent deux nacres impériales, un prix si ridiculement exorbitant qu'elle éclate de rire au nez de la propriétaire avant de se reprendre. (La fixe foudroie ses nouveaux clients d'un regard noir.) Heureusement, le Fulcrum est conscient qu'il arrive aux orogènes en déplacement d'être contraints d'acheter les citoyens pour en obtenir un comportement décent. Non contents d'avoir été généreusement approvisionnés, Syénite et Albâtre disposent d'une lettre de crédit qui leur permettra d'obtenir si nécessaire des fonds supplémentaires. Ils paient donc le prix exigé ; la vue de ce bel argent blanc rend leur uniforme tolérable, un moment du moins.

Depuis qu'ils ont poussé jusqu'au nœud, le cheval d'Albâtre boite. Avant de s'installer, ils vont donc voir un conducteur de bétail pour échanger la bête handicapée contre un animal en bonne santé. Il s'agit d'une petite jument fougueuse, qui jette à Albâtre un regard si sceptique que Syénite ne peut se retenir de rire, là encore. C'est une bonne journée, qui s'achève par une bonne nuit de repos dans de vrais lits. Ils repartent le lendemain.

Les portes principales d'Allia sont massives, encore plus ostensiblement imposantes et ornementées que celles de Lumen, mais de métal et non de pierre. Bref, elles ont l'air d'une imitation de pacotille – ce qu'elles sont. Syénite se demande bien comment un truc pareil est censé protéger quoi que ce soit, malgré ses quinze mètres de haut et ses grosses plaques d'acier chromé boulonnées, ornées d'une touche de filigrane. La première pluie acide d'une Saison rongera les boulons, ils prendront du jeu, et quand quelques averses supplémentaires auront faussé les plaques si précisément assemblées, les énormes battants ne fermeront plus. Il est évident à voir cette comm qu'elle a trop d'argent depuis peu et pas assez de mnésistes pour discuter avec ses Dirigeants.

La garde des portes se limite apparemment à quelques Costauds, vêtus d'un bel uniforme vert de milicien. La plupart sont assis aux alentours, le nez dans un livre ou en train de jouer aux cartes ; indifférents au va-et-vient, en tout cas. Syénite se retient de grimacer devant pareil manque de discipline. À Lumen, ces gens seraient armés, visiblement aux aguets et tiendraient au moins le compte de toutes les arrivées de voyageurs. L'un d'eux regarde bien à deux fois les tenues noires des deux étrangers, mais leur fait ensuite signe de passer, les yeux fixés sur les nombreux anneaux d'Albâtre, sans jeter un coup d'œil aux mains de la jeune femme. La mauvaise humeur s'empare d'elle tandis qu'elle s'engage dans le labyrinthe pavé des rues pour gagner le manoir du gouverneur.

Allia est l'unique grande ville du quartant. Syénite a oublié comment s'appellent ses trois autres comms et de quelle nation faisait partie la région avant d'intégrer le Sanze : certaines de ces anciennes entités ont repris leur nom d'antan quand l'Impérial a relâché son contrôle, mais ça n'a pas vraiment d'importance, puisque le système des quartants fonctionne mieux, en fin de compte. De toute manière, c'est une zone de pêche et d'agriculture, aussi provinciale que n'importe quelle autre côte. Le manoir n'en est pas moins d'une beauté impressionnante, avec ses détails lumeniens artistiques : corniches, fenêtres en verre et... mais oui, un unique balcon décoratif dominant une vaste avant-cour. En d'autres termes, une ornementation totalement inutile, qui nécessite sans doute des réparations à la moindre secousse. D'ailleurs, était-il bien nécessaire de peindre l'édifice en jaune vif ? On dirait une sorte de gigantesque fruit rectangulaire.

Les arrivants confient leurs chevaux à un garçon d'écurie sitôt franchies les portes de la propriété puis s'agenouillent dans l'avant-cour, où un serviteur Résistant vient leur savonner et leur laver les mains. Simple coutume locale, censée limiter les risques de contamination des Dirigeants par une maladie quelconque. Cela fait, une femme de très haute taille, à la peau presque aussi noire que celle d'Albâtre, vêtue du même uniforme que les miliciens, mais blanc, les rejoint à l'extérieur et leur fait sèchement signe de la suivre. Elle les entraîne dans le manoir jusqu'à un petit salon, dont elle ferme la porte avant d'aller s'asseoir à un bureau.

« Il vous en a fallu du temps », lance l'inconnue en guise de salutations.

Elle montre des chaises aux visiteurs d'un geste autoritaire, sans les regarder, les yeux baissés vers ses affaires. Ils prennent place en face d'elle, Albâtre les jambes croisées, le bout des doigts joint, indéchiffrable.

« Vous auriez dû arriver il y a une semaine, continue-t-elle. Vous voulez aller au port tout de suite, ou vous pouvez procéder d'ici ? »

Syénite ouvre la bouche, prête à répondre qu'elle préférerait aller au port – elle n'a encore jamais secoué de barrière de corail, et elle comprendra mieux la nature de la chose de plus près –, mais son mentor prend la parole sans lui en laisser le temps :

« Excusez-moi, mais qui êtes-vous ? »

La bouche de Syénite se referme brusquement. Elle le regarde. Il sourit poliment, un sourire crispé qui la met instantanément sur le qui-vive. Leur interlocutrice le regarde, elle aussi.

« Je suis Asael Dirigeante Allia, dit-elle d'une voix lente, comme si elle s'adressait à un enfant.

— Albâtre. » Il se touche la poitrine en inclinant le buste. « Ma collègue, Syénite. Mais je vous prie de me pardonner. Je ne vous demandais pas seulement votre nom. D'après nos informations, le gouverneur du quartant est un homme. »

Alors seulement, Syénite comprend et décide de collaborer. Elle ne comprend pas *pourquoi* il a choisi de se conduire de cette manière, mais à vrai dire, il n'y a jamais moyen de comprendre ses raisons. Quant à Asael, elle est perplexe. Ses mâchoires se serrent visiblement.

« Je suis l'adjointe du gouverneur. »

La plupart des quartants sont dirigés par un gouverneur, son lieutenant et un sénéchal. Peut-être une comm aussi désireuse de surpasser l'Équatorial a-t-elle besoin de niveaux de bureaucratie supplémentaires.

« Combien d'assistants a le gouverneur ? » s'enquiert Syénite.

Albâtre pousse un petit « Tut, tut ».

« Voyons, Syénite, restons polis », continue-t-il, toujours souriant. Mais il est furieux, elle le sait, parce qu'il montre trop les dents. « Après tout, nous ne sommes que des orogènes, alors que voilà un membre de la caste d'usage la plus respectée du Fixe. Nous ne sommes là que pour déchaîner des pouvoirs au-delà de sa compréhension et sauver ainsi l'économie de sa région, tandis que *Madame*... » Il agite le doigt en direction d'Asael, sans chercher à dissimuler son ironie. « Madame est une bureaucrate mineure tatillonne, mais sans le moindre doute une bureaucrate mineure tatillonne *extrêmement importante*. »

La Dirigeante n'est pas assez pâle pour que sa peau la trahisse, mais peu importe : son immobilité de pierre et ses narines dilatées sont révélatrices. Elle considère Albâtre, puis Syénite, avant de revenir à Albâtre, ce que Syénite comprend parfaitement : nul ne peut être plus exaspérant que son mentor. Une fierté perverse envahit soudain la visiteuse.

« Le gouverneur a six assistants. » Asael a beau répondre à Syénite, c'est le sourire d'Albâtre que vise son regard meurtrier. « Et le fait que je sois assistante n'a aucune importance. Le gouverneur est un homme très occupé, il ne s'agit que d'un problème mineur, donc une *bureaucrate mineure* est parfaitement capable de s'en occuper, d'accord ?

— Ce n'est pas un problème mineur. » Albâtre a perdu le sourire, mais reste détendu, à se tapoter le bout des doigts. On pourrait croire qu'il hésite à se mettre en colère, si ce n'était déjà fait, Syénite en a la certitude. « Je value d'ici l'obstruction corallienne. Le port est quasi inutilisable. Les vaisseaux marchands les plus lourds se rabattent sans doute sur d'autres comms côtières depuis une décennie, sinon plus.

Vous avez accepté de payer le Fulcrum si cher – ou il ne m'aurait pas envoyé, moi – que vous avez intérêt à prier : si le nettoyage du corail ne vous permet pas de regagner la totalité du trafic perdu, vous n'arriverez jamais à régler la facture avant d'être rayés de la carte par le prochain raz-de-marée. À nous deux… » petit geste en direction de Syénite « … nous sommes donc votre avenir rouillé tout entier. »

Asael reste parfaitement figée. Indéchiffrable, mais rigide, le buste légèrement penché en arrière. Par peur ? Peut-être. Mais il est plus probable que les coups d'Albâtre aient touché un point sensible.

« Alors le moins que vous puissiez faire, continue-t-il, c'est de commencer par nous offrir l'hospitalité, avant de nous présenter à l'homme qui nous a fait parcourir des centaines de kilomètres pour que nous résolvions votre petit problème. Ça s'appelle la courtoisie, d'accord ? En principe, on témoigne de la courtoisie aux officiels importants, vous ne croyez pas ? »

Syénite a malgré elle envie d'applaudir.

« Très bien, parvient à dire leur interlocutrice avec une tension palpable. Je vais transmettre votre… requête… au gouverneur. » Elle sourit, montrant les dents, éclair blanc menaçant. « Je vais transmettre de mon mieux la déception que vous inspire le protocole habituel.

— Si vous avez l'habitude de traiter vos hôtes de cette manière, répond Albâtre en regardant autour de lui avec l'arrogance absolue que seul peut pleinement exprimer un Lumenien de souche, il faut *absolument* que vous transmettiez notre déception, en effet. Franchement, aborder le problème de but en blanc ? Sans même nous offrir une petite tasse de sain comme rafraîchissement après notre long voyage ?

— On m'avait dit que vous aviez passé la nuit dans les quartiers excentrés.

— C'est exact, et ça nous a fait du bien. Même si le confort était… moins qu'optimal. »

Syénite trouve Albâtre injuste : la pension s'est révélée bien chauffée, les lits douillets, la propriétaire d'une courtoisie scrupuleuse, une fois l'argent en main. Mais rien ne saurait arrêter son mentor.

« Dites-moi, madame l'assistante du gouverneur, quand avez-vous parcouru deux mille kilomètres pour la dernière fois ? Je vous assure qu'il faut plus d'une journée de repos pour s'en remettre. »

Les narines d'Asael sont dilatées, mais c'est une Dirigeante. Sa famille a dû l'entraîner avec soin à courber l'échine sous les coups.

« Je vous présente mes excuses. Je n'ai pas réfléchi.

— Non, en effet. » Albâtre se lève brusquement. Son mouvement coulé n'a rien de menaçant, mais son interlocutrice ne s'en rejette pas moins en arrière, comme s'il allait l'attaquer. Syénite se lève aussi, avec un temps de retard, parce qu'elle ne s'attendait pas à ça. De toute manière, Asael ne lui accorde pas un coup d'œil. « Cette nuit, nous allons dormir à l'auberge que nous avons dépassée en arrivant. » Il ne prête aucune attention au malaise manifeste de la Dirigeante. « À deux rues d'ici. Celle devant laquelle se trouve un kirkhusa en pierre… Je ne me rappelle pas comment elle s'appelle.

— *La Fin de Saison.* »

La réponse d'Asael se réduit presque à un chuchotement.

« Oui, je crois que c'est ça. Dois-je vous faire envoyer la note ? »

Son souffle a crû en force, ses mains se sont fermées en poings sur son bureau. Syénite en est surprise, car demander à se faire offrir l'hébergement n'a rien de déraisonnable, quoique l'auberge en question soit probablement un peu chère… Ah, c'est sans doute ça, le problème. L'assistante n'a pas l'autorisation de payer la chambre des arrivants. Si l'incident agace vraiment ses supérieurs, ils en retiendront le prix sur sa paie.

Toutefois, Asael Dirigeante Allia n'abandonne pas son rôle d'hôtesse polie pour se mettre à insulter les voyageurs, comme Syénite s'y attendait à moitié.

« Bien sûr », acquiesce-t-elle. Le sourire qu'elle réussit à afficher lui vaut presque l'admiration de la visiteuse. « Revenez demain à la même heure, s'il vous plaît, je vous donnerai de plus amples instructions. »

Ils prennent donc congé et suivent la rue jusqu'à la belle auberge qu'Albâtre a obtenue pour eux.

Une fois postée avec lui à la fenêtre de leur chambre – une seule, et ils font attention à ne pas commander de plats particulièrement chers, pour que personne ne puisse qualifier d'exorbitante leur prétention à être logés –, Syénite examine le profil d'Albâtre en essayant de comprendre pourquoi il dégage toujours de la fureur comme un four de la chaleur.

« Bravo, dit-elle, mais était-ce bien nécessaire ? J'aurais préféré en finir avec le travail et repartir le plus vite possible. »

Il sourit, quoique les muscles de ses mâchoires se crispent à répétition.

« J'aurais cru que ça te plairait d'être traitée en être humain, pour une fois.

— Ça me plaît, mais qu'est-ce que ça peut bien faire ? Tu as beau te servir de ton rang maintenant, ça ne changera rien à ce qu'ils pensent de nous…

— Non, c'est vrai, mais je me fiche de ce qu'ils pensent. Ils n'ont pas à nous aimer. Ce qui compte, c'est ce qu'ils *font*. »

Ça ne pose aucun problème à Monsieur, évidemment. Syénite se pince en soupirant l'arête du nez entre le pouce et l'index. Il faut qu'elle se montre patiente…

« Ils vont se plaindre. »

Or il s'agit techniquement de sa mission à elle ; c'est donc à elle qu'on fera des reproches.

« Qu'ils se plaignent. » Albâtre fait volte-face et se dirige vers la salle de bains. « Appelle-moi quand le dîner arrivera. Je vais tremper jusqu'à ce que ma peau devienne toute fripée. »

Syénite se demande à quoi sert de détester un fou. Ce n'est pas comme s'il allait s'en apercevoir, de toute manière.

Un employé du service en chambre arrive avec un chariot chargé de produits locaux, simples mais nourrissants. Le poisson étant bon marché dans la plupart des comms côtières, elle a décidé de s'offrir un filet de temtyr, mets délicat et coûteux à Lumen, rarement au menu des cantines du Fulcrum. Albâtre sort de la salle de bains, drapé dans une serviette et la peau fripée, en effet. Alors seulement elle s'aperçoit que les semaines de voyage l'ont réduit à une maigreur extrême. Il est tout en muscles et en os, et il n'a commandé qu'un bol de soupe. Un grand bol d'une soupe de poisson roborative, certes, assaisonnée de crème et d'une grosse cuillerée à soupe de chutney de betterave, mais il lui faut évidemment davantage de nourriture.

Outre son propre plat, Syénite s'est vu apporter à part, sur une petite assiette, un accompagnement de patates douces à l'ail et de silvabeilles caramélisées. Elle le pose sur le plateau de son compagnon.

Il le regarde puis la regarde, elle. Son expression finit par s'adoucir.

« C'est donc ça. Tu préfères les hommes mieux en chair. »

Il plaisante : ils savent aussi bien l'un que l'autre qu'elle ne prendrait pas plaisir à coucher avec lui, même si elle le trouvait attirant.

« N'importe qui préférerait. »

Il soupire puis entame les patates douces, obéissant.

« Je n'en ai plus conscience », dit-il entre deux bouchées.

Il n'a pas l'air d'avoir faim, juste d'être farouchement décidé.

« De quoi ? » s'étonne-t-elle.

Un haussement d'épaules lui répond – geste qui, d'après elle, trahit moins la perplexité que l'incapacité à exprimer ce dont veut parler son compagnon.

« De la plupart des choses, en fait. La faim. La douleur. Quand je suis dans la terre… »

Cette fois, il fait la grimace. Le voilà, le vrai problème : il ne s'agit pas de l'incapacité à exprimer la chose, mais de l'inadéquation des mots. Syénite hoche la tête pour montrer qu'elle a compris. Un jour, peut-être quelqu'un créera-t-il une langue à l'usage des orogènes. Peut-être une telle langue a-t-elle existé et sombré dans l'oubli du passé.

« Quand je suis dans la terre, je ne peux rien valuer d'autre. Je n'ai pas conscience de… de *ça*… » Il englobe d'un geste la chambre, son propre corps, son interlocutrice. « Et je passe tellement de temps dans la terre. Je n'y peux rien. Mais quand j'en reviens, on dirait… on dirait que j'en rapporte quelque chose avec moi. Alors… » Il s'interrompt, mais elle pense comprendre. « A priori, ça n'arrive qu'après le septième ou le huitième anneau. Le Fulcrum m'impose un régime alimentaire très strict, mais je ne le suis pas beaucoup. »

Elle hoche de nouveau la tête, parce que c'est évident, puis donne aussi à Albâtre son petit pain à l'hibiscus. Il soupire, une fois de plus, mais finit par manger tout le contenu de son plateau.

Une fois couchée, en pleine nuit, Syénite rêve qu'elle tombe vers le haut dans un gigantesque rayon lumineux. La lumière vacillante se ride et se réfracte autour d'elle comme une eau sale. Au sommet du rayon, quelque chose scintille, *là*, *plus là*, encore et encore, à croire que cette chose n'est pas vraiment réelle, pas vraiment là.

Syénite se réveille en sursaut. Elle ne sait pas pourquoi, mais la certitude qu'*il y a un problème* s'est imposée à elle, et elle sait en revanche qu'elle doit y remédier. Elle s'assied en se frottant le visage, la vue trouble. Les restes du rêve se dissipent avant qu'elle prenne enfin conscience de l'atmosphère à la fois lugubre et menaçante qui plane sur la chambre.

Déconcertée, elle cherche Albâtre des yeux. Il est réveillé, lui aussi, allongé près d'elle, curieusement raide, les yeux écarquillés et la bouche ouverte. À l'entendre, on dirait qu'il se gargarise ou cherche à pousser un ronflement, mais y échoue lamentablement. Qu'est-ce qu'il rouille ? Il ne prête aucune attention à Syénite, il ne bouge pas, il fait juste ce bruit ridicule.

Et, pendant ce temps, son orogénie se concentre, se concentre, se *concentre* à en meurtrir l'intérieur du crâne de sa compagne. Elle lui touche le bras ;

raide et moite. Alors seulement elle comprend qu'il ne *peut pas* bouger.

« Albâtre ? »

Penchée sur lui, elle le regarde dans les yeux. Ils ne lui rendent pas son regard. Pourtant, elle value clairement quelque chose en lui, quelque chose de bien réveillé et d'agissant. Le pouvoir d'Albâtre joue comme ses muscles sont apparemment incapables de le faire. Chacune de ses inspirations gargouillantes entraîne son potentiel de plus en plus haut, dans une spirale de plus en plus serrée, prête à se briser n'importe quand. *Rouille* qui pèle en feu ! Il ne peut pas bouger, et il *panique*.

« Albâtre ! »

Un orogène ne doit jamais, jamais paniquer. Encore moins un dix-anneaux. Albâtre est évidemment incapable de répondre, mais Syénite lui parle surtout dans l'espoir de le calmer, en lui rappelant qu'elle est là pour l'aider. Peut-être est-il victime d'une sorte d'attaque. Elle rejette les couvertures, roule sur le côté, se redresse à genoux et lui plonge les doigts dans la bouche afin d'en sortir la langue. Sa cavité buccale est pleine de salive ; il se noie dans sa propre bave. Elle le tourne sur le flanc en lui inclinant la tête de manière à ce que sa bouche se vide, ce dont il les récompense tous deux par sa première inspiration dégagée. Une inspiration malheureusement superficielle, qui prend beaucoup trop de temps. Son corps lutte. Syénite ne sait pas ce qu'il a, mais c'est en train de lui paralyser les poumons, après l'ensemble des muscles.

La chambre tangue, à peine. Des voix alarmées s'élèvent dans l'auberge. Toutefois, les cris s'apaisent vite, personne n'étant réellement inquiet. La valuation est formelle, aucune secousse n'est à craindre sous peu. Les gens accusent sans doute une bourrasque violente d'avoir frappé la bâtisse… pour l'instant.

« Merde merde merde. » Syénite s'accroupit, bien en vue de son compagnon. « Albâtre, espèce d'imbécile de fils de cannibale de rouilleur… *maîtrise-toi.* Je vais t'aider, mais ça ne va pas être possible si tu nous tues tous ! » Le visage du malade reste figé, son souffle ne change pas, mais l'impression de danger diminue presque aussitôt. Bon. Parfait. Maintenant…

« Je vais aller chercher un médecin… » Cette fois, la secousse est plus brusque. La vaisselle s'entrechoque sur le chariot oublié. Il ne veut pas.

« Je ne peux rien pour toi ! Je ne sais pas ce que tu as ! Tu vas y passer, si… »

Le corps d'Albâtre tressaute tout entier. Convulsion ou mouvement délibéré, Syénite n'en sait rien. Une seconde plus tard, elle comprend qu'il s'agissait d'un avertissement, parce que *ça* se reproduit : le pouvoir de son compagnon prend le sien en étau. Elle serre les dents en attendant qu'il se serve d'elle pour faire ce qu'il a à faire… mais il ne se passe rien. Albâtre ne s'en est pas moins emparé d'elle, et il *agit*, elle le sent. Il gigote, pourrait-on dire. Il cherche. Et il ne trouve pas.

« Qu'est-ce que tu veux ? » demande-t-elle en scrutant son visage aux traits inertes.

Pas de réponse. Mais il a visiblement besoin de quelque chose qu'il ne peut obtenir sans bouger.

Ça n'a aucun sens. Il n'est pas nécessaire d'y voir pour pratiquer l'orogénie. Les *bébés au berceau* en sont capables. Toutefois… Syénite essaie de réfléchir. L'autre jour, sur la route impériale, Albâtre s'est d'abord tourné vers l'endroit d'où émanait le bouleversement. Elle se représente la scène en tâchant de comprendre ce qu'il a fait et comment. Non, ce n'est pas ça ; le nœud se trouvait au nord-ouest, et il regardait plein ouest, au loin. La jeune femme secoue la tête, sidérée par sa propre stupidité, alors même qu'elle s'anime, se précipite à la fenêtre, l'ouvre pour se pencher au-dehors. Il n'y a rien à voir que les rues pentues et les bâtisses stuquées de la ville, silencieuses à cette heure tardive. Aucune activité, sauf au bout de l'avenue, où elle entrevoit les quais et l'océan au-delà : on est en train de charger un bateau. Des nuages dissimulent par endroits le ciel obscur. Elle se sent complètement idiote, mais…

Une contraction, dans son esprit. Sur le lit, derrière elle, Albâtre pousse un bruit râpeux ; son pouvoir la traverse d'une secousse. Quelque chose a attiré son attention, mais quand ? Quand elle a regardé le ciel. Perplexe, elle relève les yeux.

Là. *Là*. L'exaltation de son compagnon lui est quasi sensible. Jusqu'au moment où il l'enveloppe de son pouvoir et où elle arrête de voir avec quoi que ce soit qui ressemble à des yeux.

Ça lui rappelle son rêve. Elle tombe vers le haut – ce qui, d'une certaine manière, lui paraît logique –, baignée d'un scintillement à facettes coloré assez semblable à de l'eau. Du moins y serait-il semblable s'il était bleu ou incolore, et pas du pourpre pâle d'une améthyste de mauvaise qualité, agrémentée d'un soupçon de quartz fumé. Syénite se débat, momentanément persuadée qu'elle va se noyer, mais ses perceptions lui viennent des valupinae, non de la peau ou des poumons. Elle ne peut pas se débattre, parce que ce n'est pas de l'eau et qu'elle n'est pas vraiment là. Elle ne peut pas se noyer, parce que Albâtre s'est emparé d'elle.

Là où elle se débat, il se montre déterminé. Il la tire vers le haut, et elle tombe plus vite, à la recherche d'elle ne sait quoi. Elle entend presque le rugissement de l'air, elle sent presque la traction de forces évoquant la pression et la température lui glacer et lui chatouiller la peau de plus en plus nettement.

Quelque chose s'enclenche. Quelque chose d'autre s'ouvre. C'est trop complexe pour qu'elle le perçoive en totalité, ça la dépasse trop. Quelque chose se déverse quelque part, friction échauffante. Une partie de son être se lisse, s'intensifie. *Brûle*.

Elle se retrouve ailleurs, dérivant parmi d'énormes objets glacés. Il y a quelque chose sur et entre ces objets

un contaminant

La pensée ne lui appartient pas.

Tout disparaît. Retour brutal en elle-même, dans le monde réel de la vue, du son, de l'ouïe, du goût, de l'odeur, de la valuation – la vraie valuation, qui fonctionne comme elle est *censée* fonctionner, pas la rouille que vient de faire Albâtre, Albâtre qui vomit sur le lit.

Syénite se rejette en arrière, dégoûtée, avant de se rappeler qu'il est paralysé : il devrait être incapable de bouger, sans parler de vomir. N'empêche qu'il vomit, à moitié hissé sur les coudes pour que ses haut-le-cœur gagnent en efficacité. La paralysie s'est manifestement atténuée.

Il ne rend pas grand-chose, juste une cuillerée ou deux d'une pâte grasse blanchâtre. Leur repas remonte à des heures ; ses voies digestives supérieures ne devraient plus rien contenir du tout. Mais elle se rappelle

un contaminant

et comprend enfin que c'est ce qu'il expulse. Elle comprend aussi par conséquent *comment* il s'y est pris.

Après avoir tout vomi, puis avoir craché deux à trois fois pour faire bonne mesure, il se laisse retomber en arrière sur le lit en soufflant bruyamment, à moins qu'il ne jouisse juste de la sensation de pouvoir respirer à son gré.

« Mais qu'est-ce que tu as fait, rouille de Terre en feu ? » murmure Syénite.

Un petit rire échappe à Albâtre, qui ouvre les yeux pour regarder dans sa direction. Il s'agit indéniablement d'un de ces rires qui expriment tout autre chose que l'amusement. La souffrance, cette fois, ou peut-être une résignation lasse. Son amertume ne lui laisse pas de repos. La manière dont il l'exprime n'est qu'une question d'intensité.

« C… concentration, dit-il entre deux halètements. Contrôle. Question d'intensité. »

Première leçon de l'orogénie : un bébé peut déplacer des montagnes, d'instinct ; mais seul un orogène entraîné au Fulcrum peut déplacer volontairement, spécifiquement, un rocher. Et, apparemment, seul un dix-anneaux peut déplacer les substances infinitésimales qui flottent et circulent dans les interstices de son sang et de ses nerfs.

Ça ne devrait pas être possible. Syénite ne devrait pas y croire. Mais elle a aidé Albâtre, ce qui la *force* à croire à l'impossible.

Terre cruelle.

Contrôle. Elle inspire à fond pour maîtriser ses nerfs, puis elle se lève, va chercher un verre d'eau et le lui apporte. Il n'a pas encore récupéré ; elle doit l'aider à s'asseoir et à boire. Quand il recrache la première gorgée par terre, aux pieds de Syénite, elle le fixe d'un œil noir, mais elle lui glisse ensuite les oreillers derrière le dos, l'aide à s'y appuyer, lui tire sur les jambes et le ventre la partie propre de la couverture. Cela fait, elle s'installe dans le fauteuil disposé en face du lit, assez grand et plus qu'assez confortable pour lui permettre de terminer sa nuit. Elle est fatiguée de s'occuper des fluides corporels d'Albâtre.

Lorsqu'il a repris son souffle et un peu de forces – elle n'est pas insensible –, elle demande très bas :

« Dis-moi ce que tu fais, Terre rouillée. »

La question n'a pas l'air de le surprendre. Il reste immobile, effondré contre les oreillers, la tête mollement rejetée en arrière.

« Je survis.

— Sur la route. Et là, maintenant. *Explique*-moi.

— Je ne sais pas si… je peux. Ni si c'est une bonne idée. »

Elle garde son calme. Trop effrayée pour le perdre.

« Comment ça, tu ne sais pas si c'est une bonne idée ? »

Il inspire longuement, lentement, profondément, avec un plaisir manifeste.

« Tu n'as pas… encore… le contrôle. Pas assez. Sans ça… si tu essaies de faire ce que j'ai fait… tu es morte. Mais si je te dis comment je l'ai fait… » inspiration profonde, expiration « … tu n'arriveras peut-être pas à te retenir d'essayer. »

Contrôler des choses si petites qu'elles en sont invisibles. On dirait une plaisanterie. C'est forcément une plaisanterie.

« Personne n'a un contrôle pareil. Pas même les dix-anneaux. »

Elle connaît les rumeurs. Ils sont capables de choses étonnantes ; pas de l'impossible.

« "Ce sont les dieux enchaînés" », souffle Albâtre, quasi somnolent. La lutte menée pour s'en sortir l'a épuisé… à moins que les miracles ne demandent plus d'efforts qu'on ne le croirait. « "Les dompteurs de la terre sauvage, qu'il faut eux-mêmes entraver et museler."

— Qu'est-ce que c'est ? »

Il s'agit évidemment d'une citation.

« Lithomnésie.

— N'importe quoi. Ça ne figure sur aucune des Trois Tablettes.

— La cinquième. »

Il raconte des âneries. En sombrant dans le sommeil. Terre rouillée, elle va le tuer.

« Albâtre ! Réponds-moi ! » Silence. Que la rouille l'emporte. « Qu'est-ce que tu me fais ? »

Il expire lourdement ; sans doute a-t-il perdu conscience. Mais il reprend la parole : « Échelonnage parallèle. Quand un animal tire une charrue tout seul, il ne la traîne que sur une certaine distance. Si on attelle deux bêtes l'une derrière l'autre, la première se fatigue plus vite. Si on les attelle côte à côte, si on les *synchronise* pour réduire le frottement perdu entre leurs mouvements, on en obtient davantage qu'on n'en obtiendrait des deux séparément. » Nouveau soupir. « C'est ce que dit la théorie, en tout cas.

— Et toi, tu es quoi ? Le joug ? »

C'est une plaisanterie, mais il acquiesce.

Un joug. C'est pire que tout. Il l'a traitée en *animal*, il l'a forcée à travailler pour lui de manière à ne pas s'épuiser tout seul.

« Comment fais-tu… » Elle rejette le mot *comment*, qui présuppose une possibilité, alors qu'il ne devrait pas en exister. « Il est impossible aux orogènes de travailler ensemble. Un tore en englobe un autre. Le contrôle le plus affiné l'emporte. »

Une leçon qu'ils ont tous deux apprise dans les creusets de la poussière.

« Bon. » Il est si près de s'endormir que sa langue s'empâte. « S'est rien produit, alors. »

La fureur de Syénite est telle qu'elle en perd un instant la vue ; le monde n'est que blancheur. Les orogènes ne pouvant se permettre des colères pareilles, elle la libère en paroles :

« Je t'interdis de me raconter ce genre de conneries ! Et ne t'avise pas de me refaire un coup pareil… » Mais comment pourrait-elle l'en empêcher ? « Je te tuerai, tu m'entends ? Tu n'as pas le droit !

— M'as sauvé la vie. » Ce n'est guère qu'un marmonnement, mais il lui parvient et poignarde sa rage dans le dos. « Merci. »

Parce que, franchement, peut-on reprocher à un homme qui se noie de se cramponner à quiconque se trouve à sa portée ? Dans l'espoir de s'en sortir.

De sauver des milliers de vies.

Son fils

Il dort à présent, assis près de la petite flaque poisseuse de son vomi. Du côté du lit qu'occupait Syénite, bien sûr. Dégoûtée, elle se roule en boule dans le fauteuil rembourré, où elle essaie de se mettre à l'aise.

Une fois installée, elle comprend enfin ce qui s'est passé. De A à Z. Sans s'arrêter au fait que son compagnon a réussi l'impossible.

Pendant ses années de poussière, il arrivait à Syénite d'être de corvée de cuisine ; et, de temps en temps, on tombait en cuisine sur un bocal de fruits ou de légumes gâtés. Les plus abîmés, ceux qui s'étaient fêlés ou dont le couvercle avait cédé, sentaient si mauvais que les employés ouvraient les fenêtres et chargeaient la poussière de chasser l'odeur en éventant les alentours. Mais les pots quasi intacts avaient la réputation d'être bien pires. Leur contenu paraissait comestible ; il ne sentait pas mauvais. Seul avertissement, leur couvercle en métal était légèrement gondolé.

« Plus meurtrier qu'une morsure de changerisque, affirmait le chef de cuisine, un vieux Résistant grisonnant, en montrant le récipient suspect à ses aides pour qu'ils sachent de quoi se méfier. Du poison à l'état pur. Les muscles se bloquent et arrêtent de fonctionner. On ne peut même plus respirer. Et c'est puissant. Je pourrais tuer le Fulcrum tout entier avec cet unique pot. »

Il éclatait de rire, comme si l'idée l'amusait.

Quelques gouttes de cette saleté, mélangées à un bol de ragoût, suffiraient largement à tuer un gèneur d'âge mûr exaspérant.

Se peut-il qu'il s'agisse d'un accident ? Un cuisinier de bonne réputation n'utiliserait jamais le contenu d'un bocal au couvercle déformé, mais peut-être embauche-t-on des incompétents, à l'auberge de *La Fin de Saison*. Syénite a commandé elle-même le dîner pour deux au gamin venu voir si les nouveaux clients n'avaient besoin de rien. A-t-elle précisé qui désirait quoi ? Elle fouille sa mémoire, à la recherche de ce qu'elle a dit. « *Du poisson et des patates douces pour moi.* » On pouvait donc en déduire que le ragoût était destiné à Albâtre.

Mais pourquoi ne pas les empoisonner tous les deux, si quelqu'un ici déteste assez les gèneurs pour vouloir les tuer ? Il suffisait de verser un peu de jus de légumes toxique dans tous les plats, au lieu de seulement assaisonner celui d'Albâtre. Peut-être est-ce ce qui a été fait et n'en a-t-elle pas été affectée ? Car elle se sent parfaitement bien.

Bonjour la parano, se dit-elle.

Toutefois, la haine qui l'entoure n'est pas un effet de son imagination. Syénite est une gèneuse, après tout.

Agacée, elle s'agite dans le fauteuil, s'entoure les genoux de ses bras et essaie de s'obliger à dormir. Peine perdue. Les questions se pressent dans sa tête, et son corps s'est trop habitué au sol inconfortable, tout juste couvert d'un tapis de couchage. Elle finit par passer le reste de la nuit assise, à regarder par la fenêtre un monde de moins en moins compréhensible en se demandant ce qu'elle est censée y faire, Terre rouillée.

Le matin venu, quand elle se penche au-dehors pour inspirer un air imbibé de rosée – futile tentative de se secouer, dans l'espoir de retrouver sa vivacité –, elle lève les yeux par hasard. La lumière de l'aube baigne un énorme éclat d'améthyste clignotant en lévitation. Un simple obélisque – elle se rappelle vaguement l'avoir vu la veille, avant d'arriver à Allia. Les obélisques sont beaux, mais les étoiles aussi, et elle ne prête attention en temps normal ni aux uns ni aux autres.

Cette fois, pourtant, elle remarque celui-là. Parce qu'il est beaucoup plus près que la veille.

*
**

Au cœur de la structure, toujours, une poutre centrale flexible.

Crois au bois, crois à la pierre ; le métal rouille.

Tablette troisième,
« Structures », strophe une

10. Vous marchez avec la bête

Peut-être vous faudrait-il une autre identité.

Mais laquelle. Vos personae précédentes étaient soit plus fortes et plus froides, soit plus chaleureuses et plus faibles, dans les deux cas plus susceptibles de vous aider à traverser le gâchis actuel. En ce moment, vous êtes froide et faible, ce qui n'est bon pour personne.

Peut-être pourriez-vous devenir quelqu'un de neuf. Vous l'avez déjà fait ; c'est étonnamment facile. Un nouveau nom, un nouveau point de focalisation, puis on essaie les atours de la nouvelle persona jusqu'à trouver la tenue idéale. Quelques jours plus tard, on a l'impression de n'avoir jamais été qui que ce soit d'autre.

Mais. Une seule de vos personae est la mère de Nassun. Voilà ce qui vous a retenue jusqu'ici. Voilà le facteur décisif, au bout du compte. Quand tout ça sera fini, quand Jija sera mort et que vous pourrez enfin pleurer sans risque votre fils… si Nassun est toujours en vie, elle aura besoin de la mère qu'elle a connue depuis sa naissance.

Vous ne pouvez que rester Essun, et Essun doit se débrouiller avec les fragments brisés de son être que Jija a laissés derrière lui. Vous allez rassembler ces morceaux de votre mieux en vous servant de votre volonté pour remplir les interstices quand il y a du jeu, indifférente aux grincements et craquements occasionnels. Du moment que la casse n'est pas trop grave, hein ? Vous ferez avec. Vous n'avez pas le choix. Pas tant que votre enfant est peut-être en vie.

*
**

Vous vous réveillez à des bruits de bataille.

Vous avez campé à un relais avec le gamin, parmi des centaines d'inconnus qui avaient manifestement eu la même idée. Personne ne dort *dans* le relais – en l'occurrence, un simple abri de pierre sans fenêtres renfermant un puits doté d'une pompe –, parce que tout le monde a décidé sans avoir besoin d'en parler qu'il s'agit d'un terrain neutre. De même, aucun des groupes de campeurs dispersés autour de la petite bâtisse ne s'est vraiment donné la peine d'interagir avec les autres, bien qu'il y en ait plusieurs dizaines, parce que tout le monde sait sans avoir besoin d'en parler que chacun a assez peur pour poignarder d'abord et poser des questions ensuite. Les choses ont changé trop vite, trop totalement. La lithomnésie est certes censée préparer la population à ce genre d'événements, mais l'horreur universelle de la Saison inflige un choc difficile à digérer. Après tout, les gens menaient encore une vie normale, il y a une semaine.

Vous vous êtes installée avec Hoa dans une clairière de graminées, où vous avez fait du feu. Vous n'avez pas le choix : il doit prendre un tour de garde, même si vous avez peur qu'il ne s'endorme. Il y a trop de monde aux alentours, il serait dangereux de ne pas en tenir compte. Les voleurs représentent le risque le plus grave, puisque votre sac est plein et que vous voyagez seule avec Hoa, une femme et un enfant, point final. Mais le feu est dangereux aussi, à cause des ignares incapables de reconnaître le bon bout d'un briquet qui passent la nuit dans l'herbe sèche de la prairie. Malheureusement, vous êtes épuisée. Il y a une semaine, vous meniez encore comme tout le monde une vie confortable, prévisible ; il va vous falloir un moment pour vous remettre en état de voyager. Vous ordonnez donc au gamin de vous réveiller aussitôt le bloc de tourbe brûlé, ce qui devrait vous laisser quatre à cinq heures.

Mais il s'est écoulé nettement plus *longtemps*, car l'aube est proche lorsque des hurlements s'élèvent à l'autre bout du camp de fortune. Il s'en élève ensuite de votre côté, parce que les gens alentour donnent l'alerte. Vous vous extirpez de votre couchage pour vous remettre sur vos pieds. Difficile de savoir qui braille. Ou pourquoi. Peu importe. Vous attrapez juste le sac de survie d'une main, le gamin de l'autre, et vous faites volte-face, prête à partir en courant.

Il se dégage d'une secousse sans vous en laisser le temps, ramasse son petit paquet loqueteux puis vous reprend la main, ses yeux d'un blanc de givre immenses dans l'obscurité.

Vous vous retrouvez en train de courir – tout le monde, les autres campeurs, Hoa et vous. Vous courez, courez, vous vous enfoncez dans la prairie, de plus en plus loin de la route, parce que c'est sur la route qu'on a crié en premier et parce que les voleurs, les hors-comm, les miliciens, bref, les intrus qui ont causé le problème vont sans doute se servir de la route pour s'éloigner quand ils en auront terminé. Dans la faible clarté de cendre qui précède l'aube, les fuyards alentour ne sont que des ombres presque irréelles à la course parallèle. Il n'existe rien au monde que le gamin, le sac et la terre sous vos pieds.

Vos forces vous abandonnent un long moment plus tard. Vous vous arrêtez, titubante.

« Qu'est-ce que c'était ? » demande Hoa, sans le moindre halètement.

La résistance des enfants. Vous n'avez pas couru tout du long, bien sûr ; vous êtes trop ramollie pour ça. Ce qui comptait, c'était de vous éloigner. Vous l'avez fait au pas quand l'essoufflement vous empêchait d'aller plus vite.

« Je n'ai pas vu », répondez-vous.

De toute manière, ça n'a pas d'importance. Vous frottez la crampe qui vous taraude le flanc. Déshydratation. Mais quand vous sortez votre gourde, son clapotement vous tire une grimace : elle est presque vide. Vous n'avez évidemment pas pris le risque de la remplir de nuit au relais, vous comptiez vous en occuper au matin.

« Je n'ai pas vu non plus. » Le gamin se retourne en étirant le cou, comme s'il allait voir de quoi il s'agissait. « Tout était tranquille, et puis… »

Il hausse les épaules.

Vous le considérez.

« Tu ne te serais pas endormi, par hasard ? »

Vous avez vu le feu, avant de détaler. Il n'en restait que des braises. Il aurait dû vous réveiller des heures plus tôt.

« Non. » Le regard que vous lui jetez intimidait vos deux enfants, plus des dizaines d'autres. Il recule, déconcerté. « Non non non.

— Pourquoi ne m'as-tu pas réveillée, une fois la tourbe consumée ?

— Vous aviez besoin de dormir. Moi, je n'avais pas sommeil. » Nom d'un chien. Ça signifie qu'il aura *forcément* sommeil plus tard. La Terre avale les enfants obstinés.

« Vous avez mal ? » Il se rapproche, anxieux. « Vous êtes blessée ?

— J'ai un point de côté, c'est tout. Ça va passer. »

Vous regardez autour de vous, bien que la visibilité dans la pluie de cendre soit douteuse au-delà de six à sept mètres. Personne aux environs, et pas un son en provenance du relais. Pas un son, à vrai dire, hormis le froissement très doux des flocons gris tombant dans l'herbe. Logiquement, les gens qui campaient autour de vous ne peuvent être très loin… mais vous vous *sentez* totalement seule, si vous exceptez Hoa.

« Il va falloir y retourner.

— Récupérer vos affaires ?

— Et de l'eau. »

Vous plissez les yeux en cherchant la route du regard, si inutile que ce soit puisque la plaine se fond très vite dans une brume grisée. Rien ne prouve que le relais suivant sera utilisable. Peut-être des aspirants seigneurs de guerre en ont-ils pris possession ; peut-être a-t-il été détruit par des gens paniqués ou ne fonctionne-t-il plus.

« Vous pourriez retourner… » Vous pivotez. Hoa s'est assis dans l'herbe et, à votre grande surprise, il a la bouche pleine. Alors qu'il n'avait rien à manger… Ah. Il referme son baluchon en nouant fermement les chiffons, déglutit puis ajoute : « … au ruisseau où vous m'avez fait prendre un bain. »

C'est une possibilité. Le ruisseau replongeait sous terre non loin de l'endroit où le gosse s'est baigné, il ne se trouve qu'à une journée de marche… mais une journée de marche *en arrière*, dans la direction d'où vous venez, et…

Et rien. Retourner là-bas vous ferait prendre moins de risques. Votre réticence à y consentir est aussi idiote que déplacée.

Mais Nassun est quelque part *devant*.

« Qu'est-ce qu'il lui a fait ? demandez-vous tout bas. Il doit bien savoir ce qu'elle est, maintenant. »

Hoa vous regarde sans mot dire. S'il se tracasse pour vous, il n'en laisse rien paraître.

Bon, vous allez lui donner des raisons de s'inquiéter.

« On retourne au relais. Ça fait assez longtemps. Les voleurs, les bandits ou je ne sais quoi ont pris ce qu'ils voulaient, maintenant, ils sont repartis. »

Sauf s'ils voulaient *le relais*. Certaines des comms les plus anciennes du Fixe étaient à l'origine un simple point d'eau. Le groupe le plus puissant des alentours s'en est emparé puis l'a défendu jusqu'à la fin d'une Saison contre tous ceux qui s'y intéressaient. C'est le grand espoir des hors-comm dans des circonstances pareilles – forger leur propre comm, puisque celles qui existent déjà ne veulent pas d'eux. Mais ils ne sont en général ni assez organisés ni assez sociables ni assez forts pour y parvenir.

Ils n'ont pourtant pas à affronter une orogène qui veut l'eau plus qu'eux.

« S'ils essaient de se la garder… » Vous êtes sérieuse, alors qu'il s'agit d'une toute petite chose, puisqu'il vous faut juste de quoi boire, mais sur l'instant, le moindre obstacle vous fait l'effet d'une montagne, et *les orogènes mangent tous les jours des montagnes au petit déjeuner*. « Ils ont intérêt à me laisser en prendre. »

Vous vous attendez à moitié que le gamin s'enfuie en hurlant après cette déclaration, mais il se contente de se remettre sur ses pieds. Vous avez acheté des vêtements dans la dernière comm que vous avez croisée, en même temps que la tourbe. Il a maintenant des bottes de marche solides, de bonnes chaussettes épaisses, deux tenues complètes et une veste qui ressemble curieusement à la vôtre. Si on fait abstraction de son allure bizarre, la similitude est censée montrer qu'il est avec vous. Ce genre de détails véhicule un message : organisation, but partagé, appartenance à un groupe. Ça ne fait pas de miracle, mais le moindre élément dissuasif est bon à prendre. *Regardez-moi ce duo formidable : la folle et le petit changelin.*

« Allons-y. »

Vous rebroussez chemin. Il vous suit.

Le calme règne aux alentours du relais. Vous savez que vous en avez atteint les alentours aux signes de perturbation à présent visibles dans la prairie : un campement abandonné, au foyer fumant ; un sac déchiré et sa piste de fournitures, ramassées puis lâchées durant la fuite. Un disque d'herbe arrachée, le charbon d'un feu, un couchage abandonné, peut-être le vôtre. Vous le ramassez au passage, le roulez et l'enfoncez entre les lanières de votre sac – vous l'attacherez correctement tout à l'heure. Le relais proprement dit apparaît plus tôt que vous ne l'auriez cru.

Il a l'air désert. Pas un bruit ou presque, à part votre pas et votre souffle. Hoa est pour ainsi dire silencieux, si on oublie son pas étonnamment lourd sur l'asphalte de la route, qu'il a regagnée avec vous. Le coup d'œil que vous lui jetez lui en fait apparemment prendre conscience. Il s'arrête, le regard rivé à vos pieds pendant que vous continuez à avancer. Il s'intéresse en fait à la manière dont vous les roulez puis les déroulez, du talon aux orteils – dont vous les décollez puis les recollez avec soin sur la chaussée plus que vous ne les y posez. Enfin, il entreprend de vous imiter. Si vous n'étiez pas aussi attentive à votre environnement, aussi concentrée sur le galop de votre cœur, vous vous amuseriez de la surprise que trahit son petit visage quand son pas devient également silencieux. Il est presque mignon.

C'est alors que vous entrez dans le relais et constatez qu'il y a quelqu'un.

La pompe et son coffrage en ciment attirent dès l'abord votre regard car, franchement, la construction n'existe guère que pour abriter l'appareil. Vous prenez ensuite conscience de la présence d'une inconnue, qui ôte en fredonnant une grosse gourde pleine de sous le robinet pour la remplacer par une autre gourde, vide et encore plus grosse. Elle s'empresse de contourner le coffrage afin de regagner l'autre côté de la pompe, où elle recommence à s'activer sur le levier. Lorsque enfin elle s'aperçoit de votre arrivée, elle se fige. Vous vous regardez toutes deux sans mot dire.

C'est une hors-comm. Personne ne peut être aussi sale après quelques jours seulement sans abri. (À part Hoa, vous souffle un recoin de votre esprit, mais il ne faut pas confondre la crasse du désastre et celle du manque d'*hygiène*.) Les cheveux de l'inconnue, emmêlés faute de soins, n'ont rien à voir avec vos boucles propres bien coiffées ; ils se dressent sur sa tête en touffes irrégulières presque moisies. Elle n'est pas seulement sale ; la saleté s'est intégrée à sa peau pour en devenir une caractéristique permanente. Il y entre çà et là du minerai de fer rouillé par la sueur qui colore de rouge le motif de ses pores. Certains de ses vêtements sont pourtant propres – vu ce qui a été abandonné autour du relais, il n'est pas difficile de deviner où elle les a récupérés. Plusieurs sacs gonflés à craquer attendent à ses pieds. Des gourdes pleines y sont accrochées. Vu son odeur puissante, écœurante, il faut espérer que toute cette eau lui servira à se laver.

Ses yeux vous effleurent, Hoa et vous, prenant votre mesure aussi vite et bien que les vôtres la sienne. Un instant plus tard, elle hausse les épaules, à peine, se remet à pomper et remplit sa grosse gourde en deux mouvements. Elle la ramasse, la rebouche, l'attache à un des sacs puis – si adroitement que vous en êtes un peu épatée – les soulève tous avant de s'éloigner en trottinant.

« 'Lez-y. »

Vous avez déjà vu des hors-comm, bien sûr ; tout le monde en a déjà vu. Les villes qui cherchent des ouvriers à bas prix – et où les Costauds n'ont pas de syndicat assez puissant – permettent à ces malheureux d'occuper des bidonvilles et de mendier dans la rue. Ailleurs, ils vivent entre les comms, en forêt, à la limite des déserts – ce genre d'endroits. Ils subsistent grâce à la chasse, dans des campements construits de bric et de broc. Ceux qui ne veulent pas d'ennuis pillent les champs et les silos périphériques des comms ; ceux qui aiment la bagarre s'attaquent aux petits villages mal défendus et aux voyageurs circulant sur les routes des quartants les moins importants. Les gouverneurs s'en fichent, à condition que les brigands n'en fassent pas trop. Grâce à eux, la population reste vigilante, et les fauteurs de troubles ont conscience de ce qui risque de leur arriver. Les milices sont toutefois envoyées à la chasse aux hors-comm s'ils multiplient les vols ou perpètrent une attaque trop violente.

Peu importe, en ce moment.

« On ne veut pas d'ennuis, prévenez-vous. On est là pour l'eau, nous aussi. »

L'inconnue, qui examinait Hoa avec curiosité, repose les yeux sur vous.

« Ce n'est pas *moi* qui risque d'en causer. » Elle rebouche avec un calme délibéré une autre gourde pleine. « Mais je n'ai pas fini. » Coup de menton en direction de votre sac et de la gourde qui s'y balance. « La vôtre ne prendra pas longtemps. »

Les siennes sont vraiment énormes. Et, sans doute, aussi lourdes que des bûches.

« Vous attendez quelqu'un ?

— Non. » Son sourire dévoile des dents en excellent état. C'est peut-être une hors-comm maintenant, mais pas d'origine ; ses gencives n'ont guère connu la malnutrition. « Vous allez me tuer ? »

Vous devez bien admettre que vous ne vous attendiez pas à ça.

« Elle s'est sans doute installée quelque part dans le coin », intervient Hoa.

Vous constatez avec plaisir qu'il se tient à la porte, tourné vers l'extérieur. Il monte la garde. Malin, le petit.

« Ouais, acquiesce gaiement l'inconnue, pas le moins du monde perturbée qu'ils aient percé à jour son secret mal caché. Vous allez me suivre ?

— Non. » Vous avez répondu d'un ton ferme. « Vous ne nous intéressez pas. Laissez-nous tranquilles, et on en fera autant.

— Ça me va. »

Vous détachez votre gourde de votre sac et vous approchez prudemment de la pompe. Ce n'est pas pratique : quelqu'un est censé pomper pendant que quelqu'un d'autre tient le récipient sous le robinet.

La hors-comm pose la main sur le levier, proposition muette, puis se met à l'actionner pour vous lorsque vous répondez d'un hochement de tête. Vous commencez par boire votre content, avant que votre gourde ne se remplisse dans un silence tendu que la nervosité vous pousse à briser.

« Vous avez pris un sacré risque en revenant ici. Tout le monde va sans doute faire pareil d'ici peu.

— Guère de monde, et d'ici un bon moment. Et puis vous avez pris le même risque.

— C'est vrai.

— Alors. » Quand elle désigne d'un petit coup de menton son tas de gourdes pleines, vous vous apercevez enfin que le goulot de l'une d'elles porte… Mais qu'est-ce que c'est ? Un petit assemblage de brindilles et de feuilles tordues, auxquelles s'ajoute un morceau de fil de fer plié. Un cliquetis léger s'en élève pendant que vous l'observez. « De toute manière, j'ai lancé une expérience.

— Hein ? »

L'inconnue hausse les épaules, sans vous quitter des yeux. La conclusion s'impose : ce n'est pas plus une banale hors-comm que vous n'êtes une fixe.

« La secousse du nord… Magnitude neuf, minimum… pour ce qu'on a senti en surface. Et elle était profonde. » Votre interlocutrice s'interrompt brusquement, la tête penchée dans la direction opposée à celle où vous vous tenez, comme si un bruit surprenant venait de lui parvenir. Il n'y a pourtant de ce côté-là que le mur. « Jamais vu une secousse pareille. Drôle d'onde, aussi. » Son attention se reporte sur vous avec une rapidité d'oiseau. « Sans doute abîmé un tas d'aquifères. Qui se répareront avec le temps, évidemment, mais à court terme, on ne peut pas savoir quel genre de contaminants on risque d'y trouver. Je veux dire, on est sur un terrain idéal pour une ville, d'accord ? Plat, près d'une source, mais pas d'une faille. Donc il y avait sans doute une ville à une époque. Vous avez une idée des cochonneries qu'elles laissent derrière elles quand elles meurent ? »

Vous toisez à présent l'inconnue. Hoa aussi, mais il le fait avec tout le monde. C'est le moment que choisit la chose dans la gourde pour cesser de cliqueter. Sa propriétaire récupère la bandelette de… d'écorce ?… qui pendait jusque dans l'eau.

« Saine ! » proclame-t-elle. Puis, devant votre regard fixe, elle brandit la bandelette, les sourcils légèrement froncés. « C'est la même plante que le sain, vous voyez ? La boisson de bienvenue ? Mais je l'ai traitée avec un petit quelque chose pour détecter les substances auxquelles le sain ne réagit pas.

— Ça n'existe pas », laissez-vous échapper avant de refermer brusquement la bouche, mal à l'aise, car elle vous considère d'un œil acéré. Vous voilà obligée de terminer : « Enfin… il n'existe rien de nuisible pour les gens que le sain ne détecte pas. »

Personne n'en boirait autrement, vu que c'est aussi agréable au goût que de l'âne bouilli.

« Ce n'est pas vrai, riposte la hors-comm, agacée. Où avez-vous appris une chose pareille ? » Vous enseigniez ça à la crèche de Tirimo, mais elle poursuit d'un ton sec, sans vous laisser le temps de le dire : « Le sain est d'une efficacité relative dans une solution froide, tout le monde sait ça. Il faut qu'il soit à température ambiante, voire tiède. Et puis il ne détecte que ce qui tue en quelques minutes, pas ce qui prend des mois à agir. Super, tout va bien aujourd'hui, mais vous vous retrouverez avec la pluche l'an prochain !

— Vous êtes géomestre ! » vous exclamez-vous.

Ça semble pourtant impossible. Vous avez déjà vu des géomestres, ils sont tout ce que sont censés être les orogènes, dans le meilleur des cas : mystérieux, insondables, dérangeants, détenteurs de connaissances que ne devrait détenir nul mortel. Seule une géomestre peut disposer de tant d'informations sur tant de choses inutiles.

« Certainement pas. » L'inconnue se redresse de toute sa taille, gonflée de fureur au point de presque gagner en volume. « Je sais qu'il ne faut prêter aucune attention à ces crétins de l'université. Je ne suis pas *stupide*. »

La réplique vous laisse bouche bée, en proie à une grande confusion, jusqu'à ce que votre gourde déborde. Où est passé le bouchon ? Votre interlocutrice cesse de pomper, fourre le morceau d'écorce dans une poche de ses jupes volumineuses puis ouvre un des petits sacs posés à ses pieds. Ses gestes sont brusques, efficaces. Elle sort une gourde – de la même taille que la vôtre –, qu'elle jette de côté, achève de vider le sac puis l'envoie rejoindre la gourde. Vos yeux restent rivés au petit tas. Ça vous faciliterait les choses que Hoa porte lui-même ses affaires.

« Vous feriez mieux de les prendre, si vous en voulez. » Elle ne vous regarde pas, mais ces quelques mots vous apprennent qu'elle a fait le tri à votre intention. « Je ne reste pas, et vous ne devriez pas traîner non plus. »

Vous allez prudemment ramasser les deux objets dont elle s'est débarrassée. Elle prend le temps de vous aider à remplir la gourde puis se remet à farfouiller dans ses sacs.

« Vous savez ce qui s'est passé ? » demandez-vous en accrochant au vôtre la première gourde et le couchage récupéré un peu plus tôt. Vous entreprenez aussi de transférer quelques bricoles dans celui que vous destinez à Hoa. « Qui a fait quoi ?

— Ça m'étonnerait que ce soit quelqu'un. » Elle jette à l'écart des paquets de nourriture périmée, un pantalon pour enfant peut-être à la taille de Hoa et des livres. Qui peut bien mettre des livres dans un sac de survie ? Elle ne s'en débarrasse cependant qu'après en avoir lu le titre. « Les humains réagissent moins vite que la nature à ce genre de changements. »

Vous accrochez aussi la seconde gourde à votre sac, parce que vous n'êtes pas assez idiote pour imposer à Hoa un lourd fardeau. Ce n'est qu'un enfant, et pas bien grand, qui plus est. La hors-comm n'en voulant manifestement pas, vous ramassez le pantalon sur le petit tas de déchets qui grossit à côté d'elle. Ça a l'air de ne lui faire ni chaud ni froid.

« Vous voulez dire que des animaux ont attaqué le campement ? insistez-vous.

— Vous n'avez pas vu le corps ?

— Je ne savais pas qu'il y avait un corps. Les gens se sont mis à hurler avant de s'enfuir en courant, alors on a couru aussi. »

Elle soupire.

« Ce n'est pas idiot, mais ça fait perdre… des opportunités. »

Comme pour illustrer son propos, elle jette de côté le sac qu'elle vient de vider puis se redresse en se chargeant des deux restants, dont l'un plus usé et visiblement plus pratique que l'autre : le sien. Elle a réuni les lourdes gourdes avec de la ficelle de manière à les faire reposer au creux de ses reins, soutenues par la courbe non négligeable de son fessier, au lieu de les laisser se balancer comme la plupart des gens.

« Ne vous avisez pas de me suivre, prévient-elle, brusquement menaçante.

— Je n'en ai aucune intention. »

Le petit sac est prêt à être remis à Hoa. Vous vous chargez du vôtre, avant de vérifier que tout est bien arrimé et que rien ne vous gênera.

« Je suis sérieuse. » Elle se penche vers vous, visage de sauvage plein de férocité. « Vous ne savez pas où je vais. Si ça se trouve, je vis dans un village protégé, avec une cinquantaine d'autres rouilleurs dans mon genre. On a peut-être même des limes à dents et un livre de cuisine sur la préparation et la cuisson des imbéciles.

— OK, OK. »

Vous faites un pas en arrière, ce qui la calme aussitôt. Elle passe sans transition de la férocité à la tranquillité et finit de disposer son chargement de manière confortable. Vous avez ce que vous vouliez, vous aussi ; il est temps de repartir. Hoa a l'air enchanté quand vous lui tendez son nouveau sac, dont vous l'aidez à se harnacher correctement sur son dos. Lorsque la hors-comm passe près de vous pour sortir, un vestige de votre ancienne persona s'anime :

« Oh, à propos, merci.

— De rien. »

Elle sort sur cette réponse désinvolte… et se fige brusquement. Le regard fixe. Son expression vous hérisse les poils de la nuque. Vous vous empressez d'aller à la porte, décidée à voir ce qu'elle voit.

Un kirkhusa – une de ces bêtes au long corps velu qui servent d'animaux de compagnie aux Moyens, parce que les chiens reviennent tellement cher que seuls en adoptent les Équatoriaux les plus prétentieux. Les kirkhusas ressemblent davantage à de grosses loutres terrestres qu'à des canidés, il est possible de les dresser, ils coûtent trois fois rien, puisqu'ils se nourrissent des feuilles des buissons et des insectes qui s'y trouvent, et ils sont encore plus mignons petits que les chiots… mais *celui-là* n'a rien de mignon. C'est un gros spécimen qui pèse bien cinquante kilos, du muscle robuste sous une fourrure luisante. Il a néanmoins été tendrement aimé, du moins jusqu'à une date récente : un joli collier de cuir lui entoure encore le cou. Il grogne, et lorsqu'il sort de l'herbe pour monter sur la route, apparaissent des taches rouges épanouies autour de sa gueule et sur ses pattes préhensiles griffues.

C'est le problème avec les kirkhusas, voyez-vous. La raison pour laquelle n'importe qui peut s'en offrir. Ils se nourrissent de feuilles… jusqu'à ce qu'ils aient avalé assez de cendre pour réveiller l'instinct qui sommeille en eux. À ce moment-là, ils changent. Tout change, en Saison.

« Merde », murmurez-vous.

L'inconnue souffle entre ses dents. Vous vous raidissez, tandis que votre conscience plonge brièvement dans la terre. (Vous l'en extirpez par habitude. Pas à proximité d'autres gens. Sauf si vous n'avez pas le choix.) La hors-comm s'est approchée du bord de la bande d'asphalte, prête sans doute à bondir dans la prairie puis à filer jusqu'au bosquet qui se devine au loin. Malheureusement, l'herbe s'agite près de la route, aux alentours de l'endroit où se sont élevés les cris, avant l'aube ; les couinements et piétinements étouffés d'autres kirkhusas – vous ne sauriez dire combien – s'y font maintenant entendre. Heureusement, ils sont occupés. Ils mangent.

Celui qui a gagné le relais était un animal familier. Peut-être se souvient-il de son maître humain avec tendresse. Peut-être a-t-il hésité quand ses congénères ont attaqué et n'a-t-il réussi à s'arroger qu'une bouchée de la viande qui va constituer la base de son régime alimentaire jusqu'à la fin de la Saison. S'il ne remet pas en cause ses habitudes civilisées, il va connaître la faim. Il fait les cent pas sur l'asphalte en jacassant tout seul, comme s'il hésitait… mais il ne s'éloigne pas. Pendant qu'il lutte contre sa conscience, vous êtes coincés, Hoa, la hors-comm et vous. Pauvre bête.

« On ne bouge pas », murmurez-vous en vous plantant fermement sur vos deux pieds.

Vous vous adressez à Hoa, mais aussi à l'inconnue, au cas où elle se sentirait d'humeur à vous écouter.

Toutefois, vous n'avez pas le temps de jeter votre dévolu sur quelque chose d'inoffensif, une inclusion rocheuse à déplacer ou une masse d'eau à faire jaillir, simples prétextes pour aspirer la chaleur de l'air et la vie de cet écureuil démesuré. Hoa vous jette un coup d'œil en coin puis s'avance.

« Qu'est-ce que j'ai dit ? »

Vous l'attrapez par les épaules afin de le ramener en arrière… mais vous ne le ramenez pas. Vous pourriez aussi bien essayer de déplacer un rocher en veste. Votre main glisse sur le cuir, sous lequel le gamin n'est pas ébranlé d'un poil.

La protestation s'éteint dans votre bouche pendant qu'il continue à avancer. Il ne se contente pas de vous désobéir, c'est clair ; son attitude trahit trop de détermination. Peut-être n'a-t-il même pas *remarqué* que vous aviez cherché à l'arrêter.

Quand il arrive à deux à trois mètres de la créature, elle a cessé de faire les cent pas et s'est figée face à lui, tendue, l'air… Attends, attends. Qu'est-ce que c'est que ça ? Elle n'a pas l'air prête à *attaquer*, en tout cas. Elle baisse la tête et bat de son bout de queue, une fois, hésitante. Sur la *défensive*.

Hoa vous tourne le dos. Son visage vous est invisible, mais sa petite silhouette trapue vous semble soudain moins petite, moins inoffensive. Il lève la main et la présente au kirkhusa, sans doute pour la lui laisser flairer. Comme si c'était toujours un animal familier.

Le kirkhusa attaque.

Et il est rapide. Les kirkhusas ont beau être rapides en toutes circonstances, vous n'avez que le temps de voir frémir les muscles de celui-là. Il a déjà parcouru deux mètres pour se retrouver la gueule ouverte, les crocs plantés dans la chair de Hoa, au milieu de l'avant-bras. Oh, oh grand Père Terre, vous ne voulez pas voir ça, un enfant qui meurt sous vos yeux, contrairement à Uche, comment avez-vous pu laisser arriver des choses pareilles, vous êtes le pire être humain du monde entier.

Mais peut-être… si vous réussissez à vous concentrer pour geler l'animal et pas le garçonnet… Vous baissez les yeux dans l'espoir d'y arriver, pendant que la hors-comm lâche une exclamation étouffée et que le sang de Hoa éclabousse l'asphalte. Le regarder se faire mutiler ne va pas vous faciliter les choses, mais ce qui compte, c'est de lui sauver la vie, quitte à ce qu'il perde le bras. Tant pis si…

Le silence s'installe.

Vous relevez les yeux.

Le kirkhusa s'est figé. Toujours au même endroit, les crocs plantés dans le bras de Hoa, les yeux écarquillés par… la peur plus que la fureur, vous semble-t-il. D'ailleurs, il tremble, discrètement. Il produit un son avorté des plus fugaces, un petit couinement creux.

Et puis sa fourrure s'anime. (Hein ?) Vous froncez les sourcils, plissez les yeux, mais ça se voit très bien, d'aussi près. Tous ses poils se mettent à bouger simultanément, dans des directions différentes. Et il scintille. (*Hein ?*) Se raidit. Vous vous apercevez alors que non seulement ses muscles se sont raidis, mais aussi la chair qui les couvre. Et qu'ils ne se sont pas seulement raidis, mais… durcis.

Vous vous apercevez que *le kirkhusa tout entier est dur.*

Hein.

Comme vous ne comprenez rien à ce que vous voyez, vous le considérez avec stupeur, et la compréhension vous vient par fragments. Les yeux de l'animal sont devenus de verre, ses griffes de cristal, ses dents des sortes de filaments ocre. Le mouvement est devenu immobilité, les muscles durs comme pierre, et il ne s'agit pas d'une métaphore. La fourrure a été la dernière partie de la bête touchée par la métamorphose ; elle s'est agitée quand les follicules pileux se sont transformés en *autre chose*.

Vous restez bouche bée, la hors-comm et vous.

Wouah.

Si si. C'est ce que vous pensez. Vous ne trouvez rien de mieux. Wouah.

Au moins, ça suffit à vous remettre en mouvement. Vous vous avancez prudemment pour voir le tableau dans son entier sous un meilleur angle, sans que ça y change rien. Hoa a toujours l'air sain et sauf, malgré son bras à moitié plongé dans le gosier de la chose. Le kirkhusa est toujours joliment mort. Bon. Joli et mort.

Au moment où Hoa lève les yeux vers vous, vous vous apercevez qu'il est extrêmement mécontent. On dirait même qu'il a honte. Mais pourquoi ? Il a sauvé trois vies, quoique par une méthode… Vous ne savez pas de quoi il s'agit.

« C'est toi qui as fait ça ? » lui demandez-vous.

Il baisse les yeux.

« Je ne voulais pas que vous voyiez. Pas encore. »

Bon. C'est… un sujet de réflexion, pour plus tard.

« Qu'est-ce que tu as fait au juste ? »

Il pince les lèvres.

Et voilà, il décide de bouder *maintenant*. Mais, après tout, le moment est peut-être mal choisi pour une conversation pareille, compte tenu du fait qu'il a toujours le bras coincé entre les crocs d'un monstre de verre. Crocs qui lui ont percé la peau, car son sang s'accumule et coule en filets le long de la mâchoire inférieure de la bête qui n'est plus de chair.

« Ton bras. Attends, je vais… » Vous regardez autour de vous. « Juste le temps de trouver de quoi te libérer. »

On dirait qu'il avait oublié ce détail et s'en souvient enfin. Il vous jette un nouveau coup d'œil, visiblement mécontent que vous regardiez, mais pousse un petit soupir résigné et plie le bras, sans vous laisser le temps de lui dire de ne rien tenter qui risquerait d'aggraver ses blessures.

La tête du kirkhusa explose. De gros blocs de pierre pesants tombent lourdement à terre dans un jaillissement de poussière scintillante. Hoa n'en saigne que davantage, mais il est libre. Il plie les doigts. Intacts. Son bras retombe à son côté.

Ce sont ses plaies qui vous font réagir. Vous le prenez par ce bras, parce que ça, vous le comprenez et vous y pouvez quelque chose. Mais il se dégage aussitôt en cachant ses blessures de sa main libre.

« Arrête, Hoa, laisse-moi…

— Je vais bien, coupe-t-il tout bas. On devrait y aller. »

Les autres kirkhusas sont toujours là, quoique occupés à dévorer dans l'herbe un quelconque malheureux. Ils n'en auront pas pour l'éternité. Plus ennuyeux, des désespérés finiront par revenir braver le relais, dans l'espoir que le pire s'est éloigné.

Mais le pire est toujours là, vous dites-vous en regardant la mâchoire inférieure du kirkhusa vitrifié, séparée de la supérieure. Les nodules grossiers incrustés à la racine de la langue sont bien visibles, cristal étincelant. Lorsque vous vous tournez vers Hoa, il tient son bras sanglant d'un air désespéré.

Sa tristesse refoule la peur en vous et vous livre à une émotion plus familière. A-t-il agi parce qu'il ignorait que vous étiez capable de vous défendre ou pour quelque insondable raison ? Peu importe, en fin de compte. Vous ne savez que faire d'un monstre capable de transformer les êtres vivants en statues, mais vous savez vous occuper d'un enfant malheureux.

Et puis vous avez une grande expérience des enfants qui sont en secret des monstres.

Vous tendez donc la main. Hoa en est surpris. Il regarde votre main, puis il vous regarde, vous, avec dans le regard quelque chose d'entièrement humain, la reconnaissance de l'acceptation que vous lui accordez à cet instant. Étonnamment, vous vous sentez de ce fait un peu plus humaine, vous aussi.

Il prend votre main. La sienne n'ayant pas l'air affaiblie par ses blessures, vous vous tournez vers le sud puis repartez en le tirant derrière vous pour qu'il suive. La hors-comm vous emboîte le pas sans mot dire, à moins qu'elle n'aille dans la même direction ou ne pense que l'union fait la force. Personne ne dit rien, parce qu'il n'y a rien à dire.

Derrière vous, dans la prairie, les kirkhusas mangent toujours.

*
**

Prends garde à la roche instable. Prends garde au robuste inconnu. Prends garde au brusque silence.

Tablette première,
« De la survie », strophe trois

11. Damaya au fulcrum universel

La vie au Fulcrum obéit à des règles précises.

Le réveil a lieu à l'aube. C'était déjà le cas pour Damaya à la ferme, ça ne lui pose donc aucun problème, mais il en va autrement du reste de la poussière – elle est pour l'instant poussière, fragment de pierre négligeable destiné à un polissage qui le rendra utile ou, du moins, lui permettra de participer au broyage de rochers de meilleure qualité. La plupart des grains sont tirés du sommeil par l'instructeur qui vient au dortoir sonner une cloche douloureusement bruyante. Tous les enfants sursautent, y compris s'ils sont déjà réveillés. Tous les enfants gémissent, y compris Damaya. Elle aime bien ça. Ce moment-là lui donne l'impression de faire partie d'un groupe.

Chacun se lève, fait son lit, la couverture du dessus pliée avec un soin militaire, puis se rend aux douches en traînant les pieds. La salle blanche au carrelage étincelant, éclairée à l'électricité, sent le détergent aux plantes car le Fulcrum emploie des équipes de ménage – des Costauds et des hors-comm des bidonvilles de Lumen. Les douches sont merveilleuses, mais pas seulement pour ça. Damaya n'a jamais disposé au quotidien d'autant d'eau chaude, des tonnes d'eau chaude qui tombent des trous percés dans le plafond, la plus parfaite des pluies imaginables. Elle essaie de ne pas se trahir, parce qu'une partie de la poussière se compose d'Équatoriaux qui se moqueraient d'elle, la péquenaude sidérée par cette nouveauté : une propreté facile, confortable. N'empêche qu'elle est sidérée.

Suivent le brossage de dents puis le retour au dortoir, pour s'habiller et se coiffer. L'uniforme unisexe au tissu raide se compose d'une tunique et d'un pantalon gris à passepoil noir. La poussière aux cheveux assez longs, quoique bouclés, ou assez fins pour être attachés en arrière doit en effet les coiffer de cette manière ; celle qui a les cheveux acendres, crépus ou courts les sculpte avec soin. Chacun se poste ensuite devant son lit, en attendant que les instructeurs viennent parcourir les rangs aux fins d'inspection. Ils contrôlent l'hygiène de leurs élèves et examinent les lits pour s'assurer que personne n'y a fait pipi ou n'a mal replié les coins de sa couverture. Les malpropres reprennent une douche – froide, celle-là, sous la supervision d'un adulte qui veille à ce que les choses soient bien faites. (Damaya s'assure de ne jamais y être obligée, car ça n'a pas l'air drôle du tout.) Les négligents mal habillés, mal coiffés ou ayant mal fait leur lit sont envoyés en Discipline, où ils paient leur infraction en subissant la punition correspondante. Une coiffure désordonnée se solde par une coupe très courte ; en cas de récidive, le contrevenant se retrouve même le crâne rasé. Des dents mal brossées le condamnent à se laver la bouche au savon. Une tenue incorrecte lui vaut cinq coups de badine sur les fesses ou le dos dénudés, un lit mal fait dix. Les coups ne fendent pas la peau – les instructeurs sont entraînés à frapper avec la force exacte requise –, mais laissent des marques que le frottement de l'uniforme irrite sans doute.

Vous représentez tous les orogènes, disent les adultes aux enfants qui osent protester. *Quand vous êtes sales, nous sommes tous sales. Quand vous êtes négligents, nous sommes tous négligents. Nous vous punissons pour vous empêcher de nous nuire à tous.*

À une époque, Damaya se serait indignée de l'injustice de ces jugements. La poussière diffère par l'âge, la couleur, la constitution. Elle parle le sanze-mat avec des accents différents, parce qu'elle vient de régions du monde différentes. Une des filles a les dents pointues, car il est de coutume parmi les siens qu'on les lime ; un des garçons n'a pas de pénis, mais fourre une chaussette dans son slip après la douche ; une autre fille, qui faisait rarement trois repas par jour, engloutit tout ce qu'elle peut comme si elle mourait toujours de faim. (Les instructeurs trouvent régulièrement de la nourriture cachée dans et autour de son lit. Ils l'obligent à la manger devant ses condisciples, quitte à ce qu'elle en soit malade.) On ne peut raisonnablement s'attendre à unifier tant de différences. Damaya estime ridicule d'être jugée d'après les comportements d'enfants qui n'ont en commun avec elle que la malédiction de l'orogénie.

Mais elle a compris que le monde était injuste. Ils sont des orogènes, les Misalem de cette terre, maudits et malédictions tout à la fois. Ces aberrations sont nécessaires à leur sécurité. D'ailleurs, si elle fait ce qu'elle est censée faire, il ne lui arrive rien d'inattendu. Son lit est toujours au cordeau, ses dents d'une blancheur immaculée. Quand elle commence à oublier ce qui compte, elle regarde sa main droite, qui tressaille parfois par temps froid, bien que les os se soient ressoudés en quelques semaines. Elle se souvient de la douleur et de l'enseignement qu'elle en a tiré.

Après l'inspection, le petit déjeuner – juste un morceau de saucisse et un fruit, à la sanzienne ; la poussière s'en empare en traversant le hall du dortoir et les mange en se rendant par petits groupes dans les diverses cours du Fulcrum. Les creusets, pour reprendre le terme qu'emploient les enfants les plus âgés, bien qu'il n'ait rien d'officiel. (La poussière raconte en interne des tas de choses qu'elle ne pourrait jamais dire aux adultes. Lesquels le savent, mais font semblant de rien. Le monde est injuste et, parfois, incompréhensible.)

Dans le premier creuset, couvert, on passe le début de la matinée assis, équipé d'une ardoise, à écouter le cours dispensé par un instructeur. Il arrive qu'il y ait interrogation orale, les questions tombant au hasard parmi les élèves jusqu'à ce que l'un d'eux hésite. C'est lui qui nettoiera les ardoises. Ainsi apprennent-ils à conserver leur calme en travaillant, malgré le stress.

« Comment s'appelait le premier empereur de l'Antique Sanze ? »

« Une secousse émet à Erta des ondes de compression à six heures trente-cinq minutes et sept secondes et des ondes de cisaillement à six heures trente-sept minutes et vingt-sept secondes. Quel est le décalage ? »

La question prend une forme plus complexe quand elle s'adresse à la poussière plus âgée, impliquant logarithmes et fonctions.

« La lithomnésie conseille de *chercher le centre du cercle*. En quoi cette recommandation est-elle fallacieuse ? »

L'instructeur s'est adressé à Damaya, qui se lève avant de répondre :

« Cette recommandation permet de localiser approximativement un orogène sur une carte. Elle se trompe… elle simplifie outrageusement… parce que la zone affectée par un orogène n'est pas *circulaire*, mais *toroïdale*. Beaucoup de gens ne comprennent pas qu'elle s'étend aussi en hauteur et qu'un orogène habile peut la déformer dans les trois dimensions. »

Marcasite hoche la tête, approbateur, à la grande fierté de Damaya. Elle aime bien avoir raison.

« Mais comme la lithomnésie serait plus difficile à retenir si elle conseillait, par exemple, de *chercher le fulcrum inversé d'un tore conique*, on a des centres et des cercles. L'exactitude est sacrifiée à la poésie », conclut l'instructeur.

La classe se met à rire. Non que ce soit très drôle, mais la tension monte les jours d'interrogation orale.

Les cours terminés, le déjeuner est servi dans le grand creuset réservé à cet usage. Quand il pleut – mais il pleut rarement à Lumen, au cœur des terres –, il suffit pour le protéger d'en fermer le toit, composé de bandes de toile cirée appliquées sur des lattes. La poussière s'installe cependant en principe aux longues tables toutes simples sous un ciel bleu éclatant en échangeant des rires, des coups de pied et des noms d'oiseau. L'abondance du déjeuner, délicieux, copieux et varié, compense la légèreté du petit déjeuner. L'essentiel des produits arrivant de régions lointaines, Damaya ne sait même pas comment s'appellent certaines choses. (Elle n'en mange pas moins sa part, car Mamie lui a appris à ne pas gaspiller la nourriture.)

C'est son moment préféré de la journée, bien qu'elle fasse partie des enfants qui s'installent seuls à une table inoccupée. Ils sont nombreux dans ce cas – trop pour qu'on les considère simplement comme ceux qui n'ont pas réussi à se faire d'amis. Elle apprend vite à reconnaître les autres à leur allure – mouvements hésitants, vaguement furtifs, tension gravée autour des yeux et dans la ligne du menton. Certains portent aussi la marque évidente de leur ancienne vie. Un Côtier occidental aux cheveux gris qui a un bras amputé au-dessus du coude, mais se débrouille très bien sans. Une Sanzienne qui doit avoir cinq ans de plus que Damaya, au visage couturé d'un côté de cicatrices de brûlures tortueuses. Un petit nouveau, arrivé depuis moins longtemps qu'elle, dont la main gauche est dissimulée par un étui de cuir évoquant un gant sans doigts, attaché au poignet. Elle reconnaît cet étui, parce qu'elle a utilisé le même en attendant que sa main guérisse, pendant ses premières semaines au Fulcrum.

Les solitaires ne s'intéressent guère les uns aux autres.

Après le déjeuner, la poussière traverse l'Anneau des jardins en longues files silencieuses, sous la surveillance des instructeurs censés l'empêcher de bavarder ou de fixer impoliment les orogènes adultes. Damaya les fixe, bien sûr, elle est là pour ça. Les enfants sont censés voir ce qui les attend, quand ils commenceront à gagner des anneaux. Les jardins sont merveilleux, les orogènes aussi : adultes et vieillards de toutes les conformations, beaux et en bonne santé – sûrs d'eux, d'où leur beauté. Très impressionnants dans leur uniforme noir et leurs bottes cirées. Leurs doigts chargés d'anneaux scintillent, étincellent, car ils agitent les mains en tournant les pages de livres qu'ils ne sont pas *obligés* de lire ou en chassant la boucle qui retombe sur l'oreille d'un amant.

Il faut un moment à Damaya pour déterminer ce qu'elle voit en eux, mais ça ne l'empêche pas de *vouloir* cette chose avec une avidité désespérée, aussi surprenante que déstabilisante. Les premières semaines deviennent des mois, elle s'habitue à la routine du Fulcrum, et elle prend peu à peu conscience de ce qu'exhibent les orogènes adultes : le contrôle. Ils maîtrisent leur pouvoir. Aucun d'eux ne gèlerait la cour de récréation au motif qu'un gamin l'a poussé. Aucun de ces professionnels élégants, tout de noir vêtus, ne bougerait un cil en cas de tremblement de terre violent ou de rejet familial. Ils savent ce qu'ils sont, ils en ont accepté les conséquences et ils n'ont peur de rien – ni des fixes ni d'eux-mêmes ni du Père Terre chenu.

Si Damaya doit subir pour leur ressembler quelques os brisés ou quelques années dans une structure où personne ne l'aime ni même ne l'apprécie, ce n'est pas cher payer.

Aussi se jette-t-elle à corps perdu dans l'entraînement à l'Orogénie Appliquée de l'après-midi. Les creusets dévolus à la pratique se trouvent dans le cercle intérieur du complexe. En rangs avec la poussière de son niveau, elle apprend sous le regard vigilant d'un instructeur à visualiser, à respirer, à étendre sa conscience de la terre à volonté, pas seulement en réaction aux mouvements du sol ou à sa propre agitation, à contrôler ladite agitation et les autres émotions susceptibles de pousser le pouvoir en elle à contrer un danger imaginaire. À ce stade, la poussière ne maîtrise pas son pouvoir ; elle n'a pas le droit de *déplacer* quoi que ce soit. Lorsqu'un des grains est sur le point de le faire sans le vouloir, les instructeurs le devinent toujours – et, ayant des anneaux, ils sont capables de percer le tore en expansion de n'importe quel enfant d'une manière qui échappe encore à Damaya. Ils administrent ce faisant au contrevenant une gifle d'air froid étourdissante qui lui sert d'avertissement et rappelle à tous les débutants le sérieux de l'entraînement. Elle donne aussi du poids à la rumeur répandue par la poussière plus âgée, qui murmure dans le noir après l'extinction des feux que *si on commet trop d'erreurs en cours, les instructeurs nous gèlent carrément.*

Damaya mettra des années à comprendre que si les adultes tuent parfois un mauvais élève, ce n'est pas pour aiguillonner ses condisciples, mais par compassion.

L'Orogénie Appliquée est suivie du dîner et d'une heure de liberté que la poussière consacre aux activités de son choix, eu égard à sa jeunesse. Les nouveaux venus se couchent souvent tôt, épuisés par les efforts fournis pour apprendre à contrôler leurs muscles invisibles aux contractions semi-volontaires. Les autres enfants ont plus d'énergie et d'endurance. Rires et jeux prennent place autour des petits lits des dortoirs, jusqu'à ce que les instructeurs ordonnent l'extinction des feux. Le jour suivant est un simple recommencement.

Six mois s'écoulent ainsi.

*
**

Un grain de poussière plus âgé vient trouver Damaya pendant le déjeuner. Un grand Équatorial, qui n'a pourtant pas l'air complètement sanzien. Ses cheveux sont acendres par la texture, mais d'un blond provincial. Ses larges épaules et la manière dont il s'étoffe trahissent le Costaud, ce qui éveille aussitôt la méfiance de la fillette. Elle voit encore Zab partout.

Toutefois, l'arrivant lui sourit, et ses manières n'ont rien de menaçant quand il s'arrête près de la petite table qu'elle occupe seule.

« Je peux m'asseoir ? »

Elle hausse les épaules : elle n'a pas envie qu'il la rejoigne, mais sa curiosité s'est éveillée malgré elle. Il pose son plateau et s'installe.

« Je m'appelle Arkete.

— Non, ce n'est pas ton nom. »

Son sourire vacille légèrement.

« C'est celui que m'ont donné mes parents, déclare-t-il avec davantage de sérieux, et j'ai la ferme intention de le garder jusqu'à ce qu'on trouve comment me le prendre. Ce qui n'arrivera jamais, parce que c'est un nom, tu vois. Mais si tu préfères, je m'appelle *officiellement* Maxixe. »

La qualité supérieure d'aigue-marine, utilisée quasi exclusivement en art. Ça lui va bien. Il est beau, malgré son héritage arctique ou antarctique. (Damaya s'en fiche, mais ce n'est pas le cas des Équatoriaux.) Il est donc dangereux, à la manière durement facettée dont le sont toujours les beaux garçons imposants. Voilà pourquoi elle décide de l'appeler Maxixe.

« Qu'est-ce que tu veux ?

— Wouah, tu te donnes vraiment du mal pour te faire apprécier. » Il entame son repas, les coudes sur la table. (Non sans vérifier d'abord qu'aucun instructeur ne traîne dans les parages pour lui reprocher ses manières.) « Tu ne sais pas comment c'est censé marcher ? Le beau mec qui fait l'admiration générale s'intéresse tout d'un coup à la plouquette la plus banale. Alors les autres se mettent à la détester, forcément, mais elle, elle gagne en assurance. Ensuite, il la trompe, il a des regrets… C'est terrible pour elle, mais elle finit par “se trouver”, elle se rend compte qu'elle n'a pas besoin de lui, peut-être même qu'il se passe autre chose… » il agite les doigts en l'air « … et elle finit par se transformer en la plus belle fille du monde, parce qu'elle s'aime. Le problème, c'est que ça marchera seulement si tu veux bien bégayer, rougir et faire mine de ne pas me trouver génial. »

Elle est si déconcertée par ces salades et si agacée d'être déconcertée qu'elle répond franchement :

« Mais je ne te trouve pas génial *du tout*.

— Aïe. » Il fait mine d'avoir été poignardé en plein cœur. Ses singeries la détendent malgré elle, un peu. Elle sourit à son tour. « Voilà, c'est mieux. Tu ne lis donc pas de livres ? Ou il n'y avait pas de mnésistes dans le trou perdu d'où tu viens ? »

Elle ne lit pas de livres, parce qu'elle n'est toujours pas très bonne en lecture. Sa famille lui a appris de quoi se débrouiller, les instructeurs lui ont établi un planning hebdomadaire de lecture supplémentaire pour l'aider à progresser, mais il n'est évidemment pas question qu'elle le reconnaisse.

« Bien sûr qu'il y avait des mnésistes. Ils nous enseignaient la lithomnésie et nous expliquaient comment préparer…

— Beuh. C'étaient de *vrais* mnésistes. » Maxixe secoue la tête. « Chez moi, personne ne les écoutait, à part les enseignants de crèche et les géomestres les plus ennuyeux. Mais tout le monde aimait bien les mnésistes pop… tu sais, ceux qui se produisent dans les bars et les amphithéâtres ? Ils racontent des histoires qui n'ont aucune morale. C'est juste marrant. »

Damaya n'a jamais entendu parler d'une chose pareille, mais peut-être s'agit-il d'une mode équatoriale qui n'est pas arrivée jusqu'aux Moyennord.

« Les mnésistes expliquent la *lithomnésie*, proteste-t-elle néanmoins. Ils sont là pour ça. Si les gens auxquels tu penses ne le font pas, on devrait les appeler… je ne sais pas, moi, mais autrement, non ?

— Peut-être. » Maxixe hausse les épaules et lui chipe un morceau de fromage sans même qu'elle proteste, tellement ce qu'il lui a dit sur les mnésistes pop l'a troublée. « Les vrais mnésistes se sont plaints aux Dirigeants lumeniens, mais je ne sais pas ce que ça a donné. Je suis arrivé ici il y a deux ans, et je n'en ai pas entendu parler depuis. » Il soupire. « J'espère que les mnésistes pop ne vont pas disparaître. Je les aime bien, même si leurs histoires ne sont ni très intelligentes ni très originales. Sûr, elles se passent dans de vraies crèches, pas dans ce genre d'endroit. »

Le coin de ses lèvres s'affaisse pendant qu'il regarde autour d'eux, faussement réprobateur.

Elle sait de quoi il parle, mais elle se demande s'il va le dire franchement.

« Ce genre d'endroit ? »

Les yeux de Maxixe se reposent sur elle. Le sourire qui dévoile ses dents paraît sans doute plus charmant qu'inquiétant à l'ensemble des gens.

« Mais oui, tu sais bien… un endroit merveilleux, magnifique, plein d'amour et de lumière. »

L'éclat de rire qui échappe à Damaya s'interrompt très vite. Elle se demande pourquoi, dans les deux cas.

« Eh ouais. » Son interlocuteur se remet à manger avec délectation. « Moi aussi, il m'a fallu un moment pour me marrer, après mon arrivée ici. »

Cette déclaration le lui rend sympathique, un peu.

Elle finit par admettre qu'il ne poursuit pas de but particulier. Il papote, il lui chipe sa nourriture, mais ça ne la dérange pas, vu qu'elle avait de toute manière presque fini de manger. Ça n'a pas l'air de le déranger non plus qu'elle l'appelle Maxixe. Elle ne lui fait pas confiance, mais on dirait qu'il cherche juste quelqu'un à qui parler. Elle comprend.

Enfin, il se lève, la remercie « pour cette conversation scintillante », qu'il a alimentée en quasi-totalité, puis part rejoindre ses copains. Elle chasse l'incident de son esprit et continue à vaquer à ses occupations.

Sauf que. Le lendemain, il y a du changement.

Ça commence le matin, dans les douches, quand quelqu'un la heurte assez fort pour lui faire lâcher son gant de toilette. Elle regarde autour d'elle. La poussière qui partage la salle avec elle, garçons ou filles, ne regarde pas dans sa direction. Personne ne lui présente d'excuses. Elle en déduit qu'il s'agit d'un accident.

Mais, quand elle sort des douches, ses chaussures ont disparu. Elles se trouvaient par terre, en face des vêtements disposés sur son lit avant sa toilette pour lui permettre de s'habiller plus vite. Tous les matins, sans faute, elle procède de la même manière. Mais voilà que ses chaussures ne sont plus là.

Elle les cherche méthodiquement en essayant de s'assurer qu'elle ne les a pas oubliées à un endroit quelconque – elle sait pourtant qu'il n'en est rien. Ensuite, elle se tourne vers ses compagnons de dortoir, qui évitent son regard avec soin pendant que les instructeurs se livrent à leur inspection et qu'elle reste plantée là, pieds nus, dans son uniforme impeccable. Elle sait ce qui se passe.

Son manquement lui vaut d'être punie par un brossage qui lui laisse la plante des pieds à vif. Elle en souffre tout le reste de la journée, dans les nouvelles chaussures qu'on lui a remises.

Les problèmes ne font que commencer.

Ce soir-là, au repas, quelqu'un met quelque chose dans le jus de fruits qu'on lui a servi. Ceux qui se tiennent mal à table sont condamnés à la corvée de cuisine, qui leur donne accès à la nourriture. Damaya n'y pense pas, et elle ne fait pas attention à son jus de fruits, malgré son drôle de goût. Jusqu'au moment où elle éprouve des difficultés à se concentrer et un début de migraine. Elle n'en comprend pas pour autant ce qui se passe en regagnant le dortoir d'une démarche titubante. Surpris de son manque de coordination, un des instructeurs l'attire à l'écart et renifle son haleine.

« Tu as beaucoup bu ? » lui demande-t-il.

Elle fronce les sourcils, perplexe, parce qu'elle n'a bu qu'un jus de fruits standard. Sa perplexité prolongée s'explique par son état : elle est saoule ; quelqu'un a mis de l'alcool dans son verre.

L'alcool est interdit aux orogènes. En toutes circonstances. Capacité à déplacer les montagnes plus ivresse égale désastre à venir. C'est Galène qui a pris Damaya à part, un jeune cinq-anneaux chargé de superviser les exercices pratiques d'orogénie de l'après-midi. Si impitoyable qu'il soit dans le creuset, il a pitié d'elle ce soir-là, lui fait quitter la file et l'emmène dans ses quartiers personnels, heureusement tout proches. Après l'y avoir installée sur un canapé, il lui ordonne de dormir pour dessaouler.

Le lendemain matin, quand elle prend un verre d'eau, le goût horrible qui s'attarde dans sa bouche lui fait faire la grimace.

« Il faut t'occuper de ça tout de suite, la prévient Galène. Si c'était un senior qui t'avait surprise… »

Il secoue la tête. Boire est un crime si grave qu'aucune punition standard n'y est attachée. Il serait arrivé à Damaya quelque chose de terrible, ils n'ont pas besoin d'en savoir davantage.

Peu importe pourquoi ses condisciples ont décidé de s'en prendre à elle. Ce qui importe, c'est qu'ils la harcèlent, et pas en se contentant de farces inoffensives. Ils cherchent à la faire geler. Galène a raison ; Damaya doit s'en occuper. Tout de suite.

Elle a besoin d'aide.

Parmi les solitaires se trouve une fille qu'elle a remarquée. Que *tout le monde* a remarquée. Quelque chose cloche chez elle. Son orogénie précaire, refoulée, est une dague toujours prête à plonger dans la terre – et l'entraînement n'a fait qu'aggraver le problème en aiguisant le poignard. Les choses ne sont pas censées évoluer de cette manière. Elle s'appelle Selu, elle n'a pas encore mérité de nom d'orogène et personne ne lui en a donné, mais le reste de la poussière l'a surnommée *Fêlée* pour s'amuser. Un surnom qui lui colle tellement à la peau qu'elle y réagit comme à son vrai nom. Puisqu'elle n'arrive pas à empêcher ses condisciples de s'en servir…

Tout le monde est déjà persuadé qu'elle n'y arrivera pas, ce qui en fait la personne idéale.

Damaya prend les choses en main le lendemain, au déjeuner. (Elle ne boit plus que de l'eau, qu'elle va chercher elle-même à une fontaine. Elle est bien obligée de manger ce qu'on lui sert, mais elle examine sa nourriture avec soin avant d'en prendre la moindre bouchée.)

« Salut, lance-t-elle en posant son plateau.

— Tiens ? » Fêlée la considère. « Les choses doivent aller vraiment mal pour que tu aies besoin de *moi*. »

Sa réponse est bon signe : elles peuvent se montrer franches dès le départ.

« Oui, acquiesce Damaya en s'asseyant, puisque son interlocutrice ne s'y est pas opposée. Ils te font tourner en bourrique, toi aussi, non ? »

C'est évident. Ainsi le veut la logique, bien que Damaya n'ait été témoin d'aucun incident. La vie au Fulcrum obéit à des règles précises.

Fêlée soupire. Un soupir qui semble se réverbérer vaguement à travers toute la cour. Damaya veille à ne pas réagir, parce qu'un bon partenariat ne saurait commencer par un étalage de peur. Fêlée s'en aperçoit et se détend, à peine – la vibration annonciatrice de désastre imminent s'éteint.

« Ouais », murmure-t-elle.

Damaya s'aperçoit alors que Fêlée est *furieuse*, quoiqu'elle ne lève pas les yeux de son assiette. Ça se voit à la manière dont ses doigts se crispent sur sa fourchette et à ses traits inexpressifs. La question s'impose brusquement : Fêlée a-t-elle un problème de contrôle, ou ses bourreaux ont-ils juste fait de leur mieux pour la briser ?

« Qu'est-ce que tu vas faire ? » demande-t-elle.

Damaya expose son plan dans les grandes lignes. Sa compagne hésite un moment, mais finit par prendre conscience de sa détermination. Elles terminent leur repas en silence, pendant que Fêlée réfléchit.

« D'accord », lâche-t-elle.

Le plan est en réalité fort simple. Il faut trouver la tête du serpent, et le meilleur moyen d'y arriver consiste à se servir d'un appât. Elles jettent leur dévolu sur Maxixe, parce qu'il est forcément dans le coup : les problèmes de Damaya ont commencé alors qu'il venait de l'aborder de manière ostensiblement amicale. Les deux filles patientent quelques jours puis, un matin, Damaya regagne son lit pendant qu'il plaisante dans les douches avec ses copains.

« Où sont passées mes chaussures ? » demande-t-elle d'une voix forte.

Les autres enfants regardent autour d'eux ; certains gémissent, tout prêts à croire que ces brutes manquent de créativité au point de répéter la même manœuvre. Jaspe, qui ne se trouve au Fulcrum que depuis quelques mois de plus que Damaya, fait grise mine.

« Personne ne te les a prises, aujourd'hui. Elles sont dans ton coffre.

— Qu'est-ce que tu en sais ? C'est *toi* qui les as prises ? »

Damaya s'approche de lui pour l'affronter, mais il se hérisse et la rejoint au centre de la pièce, dressé de toute sa taille, furieux de l'affront.

« Je ne t'ai rien pris du tout ! Si tu n'as plus ces saletés, c'est que tu les as perdues.

— Je ne perds pas mes affaires. » Elle lui plante l'index dans le torse. C'est un Moyennordiste, comme elle, mais mince et pâle, sans doute originaire des alentours de l'Arctique. Le rouge lui monte au visage quand il est en colère, ce qui amuse les autres enfants, mais ils ne se moquent pas trop de lui, parce qu'il est nettement plus fort question moqueries. (La bonne orogénie est déviation, pas interruption.) « Si ce n'est pas toi qui les as prises, tu sais qui c'est. »

Elle lui enfonce une seconde fois l'index dans le torse. Il chasse sa main d'une tape.

« Je *t'interdis* de me toucher, espèce de sale petite conne. Je vais te casser le doigt, tu vas voir.

— Que se passe-t-il ? »

Tout le monde sursaute, et le silence s'installe. Sur le seuil, prêt à entamer l'inspection matinale, se tient Cornaline, l'un des rares seniors instructeurs. Un barbu imposant, âgé, sévère, aux mains ornées de six anneaux. La poussière a peur de lui, la manière dont elle s'empresse de gagner sa place devant les lits puis de se mettre au garde-à-vous en témoigne. Une pointe d'anxiété saisit Damaya malgré elle, jusqu'au moment où elle croise le regard de Fêlée, qui hoche légèrement la tête. La distraction a suffi.

« J'ai dit : que se passe-t-il ? » Une fois la poussière en position, Cornaline pénètre dans le dortoir sans quitter Jaspe des yeux. Le Moyennordiste est toujours rouge comme une pomme, quoique sans doute de peur plus que de colère, à présent. « Y aurait-il un problème ? »

Jaspe jette à Damaya un regard noir.

« Pas avec *moi*, instructeur. »

Quand Cornaline se tourne vers elle, elle est prête.

« Quelqu'un m'a volé mes chaussures, instructeur.

— Encore ? » Voilà qui est bon signe. La fois précédente, il lui a juste reproché de les avoir perdues et de se chercher des excuses. « Tu as la preuve que c'est Jaspe qui les a prises ? »

On arrive au moment délicat. Elle n'a jamais su mentir.

« Je sais que c'était un garçon. Elles ont disparu pendant la douche, alors que toutes les filles sont restées sous l'eau avec moi, je les ai comptées. »

Cornaline soupire.

« Si tu cherches à accuser quelqu'un d'autre de tes erreurs…

— C'est une habitude, chez elle, intervient une Côtière orientale aux cheveux roux.

— Elle passe son *temps* à faire des erreurs », renchérit un garçon qui a l'air de venir de la même comm, si ce n'est de la même famille.

La moitié de la poussière ricane.

« Il suffit de fouiller les coffres des garçons », dit Damaya par-dessus les rires. Elle n'a rien demandé de tel la fois précédente, parce qu'elle ne savait pas où étaient ses chaussures. Cette fois, elle le sait. « Le voleur n'a pas eu le temps de s'en débarrasser. Elles sont forcément là. Il suffit de fouiller les coffres.

— Ce n'est pas juste, proteste un minuscule Équatorial, qu'on croirait à peine d'âge à sortir de la crèche des tout-petits.

— Non, en effet », acquiesce Cornaline, dont le froncement de sourcils s'accentue. Il ne quitte pas Damaya des yeux. « Ne me demande pas de violer l'intimité de tes condisciples si tu n'es pas vraiment sûre de toi. En admettant que tu te trompes, tu ne t'en tireras pas aussi facilement, cette fois. »

Elle n'a pas oublié la brûlure de ses pieds brossés.

« Je comprends, instructeur. »

Il soupire puis se tourne vers le côté « garçons » du dortoir.

« Ouvrez vos coffres. Allez. Finissons-en avec ça. »

Ils obéissent dans un brouhaha de récriminations, en jetant à Damaya des regards noirs qui lui font comprendre que sa situation va encore se dégrader. Ils la détestent tous, maintenant. Très bien ; tant qu'à faire, autant qu'ils aient une bonne raison. D'ailleurs, ça changera peut-être, une fois ce petit jeu terminé.

Maxixe ouvre son coffre, comme les autres, en poussant un soupir de martyr. Les chaussures disparues sont là, sur ses uniformes pliés. Il passe visiblement de l'agacement à l'incompréhension, puis à la mortification. Damaya éprouve un pincement de remords, car elle n'aime pas faire du mal aux autres, mais elle n'en est pas moins attentive. À l'instant précis où Maxixe arrive au stade de la fureur, il pivote rageusement, elle suit son regard noir, prête à tout…

… et le voit se poser sur Jaspe. Oui. Elle s'y attendait. C'est donc lui.

Toutefois, le Moyennordiste, très pâle soudain, secoue la tête, comme pour se libérer de l'attention accusatrice de Maxixe ; ça ne marche pas.

Cornaline n'a rien perdu de la pantomime. Un muscle se contracte dans sa joue, tandis qu'il jette un coup d'œil à Damaya. On dirait presque qu'il lui en veut, mais pourquoi ? Il est sans doute conscient qu'elle n'avait pas le choix.

« Je vois », dit-il, quasi-réponse à ses pensées. Il considère Maxixe. « Tu as quelque chose à dire pour ta défense ? »

Le garçon ne se lance pas dans de grandes protestations d'innocence. Ce serait inutile, ses épaules voûtées et ses poings serrés prouvent qu'il en est conscient. Mais il ne va pas tomber seul.

« C'est Jaspe qui les avait prises, la dernière fois, déclare-t-il, la tête basse.

— Ce n'est pas vrai ! » Jaspe bat en retraite, s'éloignant de son lit et de la rangée dont il fait partie jusqu'à atteindre le milieu de la salle. Il tremble de tout son corps. Ses yeux même tremblent ; il a l'air au bord des larmes. « Il ment, il cherche juste à faire punir quelqu'un d'autre… » Quand Cornaline se tourne vers lui, pourtant, le garçon sursaute puis se fige. Avant de cracher littéralement les mots suivants : « C'est *elle* qui les a vendues. Un hors-comm de l'équipe de ménage lui a donné de l'*alcool* en échange. »

Son doigt se tend vers Fêlée.

Damaya inspire brusquement, paralysée par le saisissement. Fêlée ?

Fêlée.

« Sale petit *pédé* cannibale rouillé ! » L'accusée serre les poings. « Tu t'es laissé *mettre* par ce vieux pervers pour récupérer l'alcool et la lettre. Tu sais très bien qu'il ne nous l'aurait pas donné en échange de ces saletés de *chaussures*...

— C'était une lettre de ma mère ! » Jaspe pleure bel et bien, maintenant. « Je ne voulais pas qu'il... qu'il... mais je ne pouvais pas... ils ne me laissaient pas écrire...

— Tu as aimé ! ricane Fêlée. Je t'avais bien dit que je vendrais la mèche si tu bavais, hein ? Je t'ai vu. Il t'a foutu les *doigts* profond, et tu poussais des gémissements, parce que tu *aimais* ça, comme le bon petit aspirant Reproducteur que tu es, sauf que les Reproducteurs ont des *principes*... »

C'est terrible. Terrible. La poussière échange des coups d'œil, regarde Fêlée fulminante, Damaya, Jaspe en larmes, Cornaline. Murmures et exclamations étouffées s'entrecroisent, baignés d'un étrange écho assourdi et tendu : l'orogénie de Fêlée en train de se déployer. Les occupants du dortoir en tremblent, à moins qu'ils ne tremblent à cause des répliques échangées et de ce qu'elles signifient, parce qu'elles évoquent des choses que la poussière n'est censée ni savoir ni faire. S'attirer des ennuis, oui, évidemment : ce sont des enfants, et les enfants s'attirent des ennuis. S'attirer ce *genre* d'ennuis, non.

« Non ! » Le hurlement plaintif de Jaspe s'adresse à Fêlée. « Je t'avais dit de ne pas en parler ! »

Il ne cherche même plus à masquer ses sanglots. Ses lèvres continuent à bouger sans former de mot intelligible. Il en sort juste un gémissement bas, désespéré... peut-être la continuation de son *non*. Nul ne saurait le dire, parce que tout le monde participe au bruit maintenant, qui soufflant à Fêlée de la fermer, qui reniflant avec Jaspe, qui gloussant nerveusement devant ses larmes, qui échangeant des murmures théâtraux, confirmations de ce que chacun savait mais se refusait à croire…

« *Il suffit.* » La voix calme quoique autoritaire de Cornaline rétablit le silence, hormis pour le halètement discret de Jaspe. Quelques secondes plus tard, la mâchoire de Cornaline se relâche. « Toi, toi et toi… » il montre du doigt Maxixe, Jaspe et Fêlée « … suivez-moi. »

Lorsqu'il quitte le dortoir, les trois grains désignés échangent des regards où flambe une telle haine que seul un miracle les empêche de prendre feu. Enfin, Maxixe emboîte le pas à l'instructeur en jurant. Jaspe se frotte le visage sur l'avant-bras puis l'imite, la tête basse, les poings serrés. Fêlée parcourt la salle des yeux, rageuse et provocante, mais tressaille en croisant ceux de Damaya.

Laquelle la fixe, trop sonnée pour détourner le regard. Et furieuse contre elle-même. *Voilà* ce qui arrive quand on fait confiance à quelqu'un. Fêlée n'était pas une amie, Damaya ne la trouvait pas particulièrement sympathique, mais elle se disait qu'elles pourraient au moins s'entraider. Ainsi a-t-elle identifié la tête du serpent qui cherchait à la manger, une tête plongée dans la gueule d'un tout autre serpent. L'obscénité de la combinaison est telle qu'on ne saurait en soutenir la vue, sans parler de l'abattre.

« Je préférais que ce soit toi plutôt que moi », murmure Fêlée dans le dortoir silencieux. Damaya reste muette. Elle ne demande aucune explication, mais sa complice lui en donne néanmoins, devant témoins, sans que personne d'autre dise mot. On croirait même que personne ne respire. « C'était le principe. Un problème de plus et j'étais foutue, mais toi, tu es la Perfection Incarnée. Les meilleures notes partout, un contrôle parfait en Orogénie Appliquée, pas un pli à l'uniforme. Les instructeurs ne t'auraient pas fait grand-chose, pas avant un moment. Et pendant qu'ils essayaient de comprendre pourquoi la crème des élèves se mettait à tout foirer, personne n'aurait plus attendu que je fasse exploser une montagne. Personne n'aurait plus *essayé* de m'en faire exploser une… enfin, pas tout de suite. » Le sourire de Fêlée s'évanouit. Elle détourne les yeux. « C'était le principe. »

Damaya est incapable de répondre, voire de penser. Fêlée finit par secouer la tête, soupire puis part rejoindre Maxixe, Jaspe et Cornaline.

Le silence règne. Chacun évite le regard des autres.

Une certaine agitation naît à la porte, car deux instructrices arrivent pour examiner le coffre et le lit de Fêlée. L'une soulève le matelas, pendant que l'autre se faufile en dessous. Bruit fugace de déchirure ; la seconde reparaît, une grosse flasque brune à moitié pleine à la main. Elle l'ouvre, en flaire le contenu, fait la grimace, hoche la tête à l'intention de sa collègue. Les deux femmes repartent.

Quand les échos de leurs pas s'évanouissent, Damaya va récupérer ses chaussures dans le coffre de Maxixe. Le silence rend le claquement du couvercle qu'elle rabat tonitruant. Personne ne bouge avant qu'elle n'ait regagné son lit et ne s'y asseye pour enfiler ses chaussures.

Comme à un signal, des soupirs s'élèvent, puis quelques grains se raniment – prennent les livres nécessaires au cours à venir, sortent pour se rendre au premier creuset, vont se servir leur petit déjeuner au buffet. Lorsque Damaya en personne s'en approche, une fille lui jette un coup d'œil furtif puis détourne aussitôt le regard.

« Désolée, marmonne-t-elle. C'est moi qui t'ai poussée sous la douche, l'autre jour. »

Une peur sourde lui tend la peau au coin des yeux.

« Ce n'est pas grave, répond Damaya avec douceur. Ne t'en fais pas pour ça. »

Le reste de la poussière ne lui cause plus jamais aucun problème. Quelques jours plus tard, Maxixe reparaît, hagard, les mains brisées. Il n'adresse plus jamais la parole à Damaya. Jaspe ne reparaît pas, mais Cornaline informe les enfants que leur camarade a été envoyé au Fulcrum satellite de l'Arctique, celui de Lumen lui évoquant trop de mauvais souvenirs. Peut-être cet éloignement est-il censé l'aider, mais Damaya sait pertinemment qu'il s'agit d'un exil.

Les choses pourraient être pires, malgré tout. Nul ne revoit Fêlée ni n'en parle plus jamais.

*
**

SAISON DU FONGUS : 602 de l'Impérial. La série d'éruptions volcaniques qui eut lieu pendant la mousson de l'Ouest équatorial aggrava l'humidité dans la région et voila le soleil six mois durant. Ce fut une Saison clémente, en admettant qu'il existe une telle chose, mais elle se produisit au moment où ses effets allaient offrir les conditions de développement idéales à un fongus qui se répandit à travers tout l'Équatorial, puis les Moyennes nord et sud. Il élimina la culture du miroq (une plante à présent éteinte). La famine résultante, inscrite dans les annales géomestriques, porte à quatre ans la durée de la Saison (il fallut deux ans à l'épidémie fongique pour suivre son cours, deux autres à l'agriculture et au système de distribution des vivres pour se relever). Presque toutes les comms affectées réussirent à subsister sur leurs réserves propres, ce qui prouve l'efficacité des réformes impériales et de la planification Saisonnière. Par la suite, de nombreuses comms des Moyennes nord et sud intégrèrent l'Impérial de leur plein gré, marquant le début de son âge d'or.

Les Saisons du Sanze

12. Le nouveau jouet de Syénite

« Mon collègue est malade, annonce Syénite à Asael Dirigeante Allia en prenant place de l'autre côté du bureau. Il m'a chargée de vous présenter ses excuses, car il lui sera impossible de se déplacer. Je débloquerai moi-même votre port.

— Je suis navrée d'apprendre que votre senior se trouve indisposé. »

Le petit sourire d'Asael hérisse presque le poil de Syénite. Presque, parce qu'elle s'y attendait et s'y était donc préparée. Il ne lui en reste pas moins en travers de la gorge.

« Je me dois toutefois de vous poser la question, poursuit Asael avec une inquiétude exagérée. Serez-vous… assez compétente ? »

Ses yeux effleurent les mains de Syénite, qui a veillé à orner de ses anneaux les quatre doigts les plus susceptibles d'être visibles à un observateur temporaire. Comme elle a croisé les mains, le pouce de celle aux anneaux pour l'instant dissimulé, Asael va se demander si elle en porte un cinquième. Lorsque leurs regards se croisent à nouveau, la visiteuse ne lit cependant dans celui de la Dirigeante que scepticisme. Cinq anneaux ne l'impressionnent pas davantage que quatre.

Voilà pourquoi je ne partirai jamais plus en mission avec un dix-anneaux, se dit Syénite. Comme si elle avait le choix. Cette pensée ne lui en est pas moins d'un certain réconfort.

Elle s'oblige à sourire, bien qu'elle ne soit pas aussi douée qu'Albâtre pour la politesse exagérée. Son sourire forcé lui donne juste l'air mécontente, elle le sait.

« Lors de ma dernière mission, j'ai démoli trois des immeubles d'un groupe de cinq. Dans le centre-ville de Dibars, une zone comptant plusieurs milliers d'habitants, par une journée animée, non loin de la Septième Université. »

Elle décroise puis recroise les jambes. Les géomestres l'ont rendue à moitié folle, à l'époque ; il a fallu qu'elle leur dise et leur répète en boucle qu'elle n'allait pas provoquer de secousse de magnitude supérieure à cinq. Des instruments sensibles, des calibrages importants, ce genre de choses.

« Ça m'a pris cinq minutes, et aucun débris n'a atterri en dehors de la zone de démolition. Alors que je n'avais pas encore mon anneau le plus récent. »

Le séisme n'a pas non plus dépassé la magnitude quatre, au grand plaisir des géomestres.

« Je suis ravie d'apprendre que vous êtes si compétente. » Asael marque une pause qui pousse son interlocutrice à se raidir. « Mais, puisque votre collègue ne pourra pas vous apporter son aide, il n'y a aucune raison qu'Allia paie les services de deux orogènes.

— Vous réglerez ça avec le Fulcrum », répond Syénite, dédaigneuse. Son indifférence est parfaitement sincère. « Mais je serais surprise que les seniors soient d'accord. Après tout, Albâtre me sert de mentor pendant le voyage et supervise mon travail, même s'il n'y participe pas dans les faits.

— Mais puisqu'il n'est pas là…

— Ça n'a aucune importance. » Si exaspérant que ce soit, Syénite décide de s'expliquer. « Il a dix anneaux. Il est parfaitement capable de constater ce que je fais et d'intervenir si nécessaire depuis l'hôtel. Il pourrait s'en charger inconscient. Qui plus est, il apaise les secousses dans la région depuis quelques jours ; depuis que nous la traversons, en fait. Un service qu'il rend gracieusement aux opérateurs des nœuds locaux… ou, plutôt, à votre comm, car une ville aussi reculée est très éloignée du premier nœud. » Les traits d'Asael se crispent, sans doute à cause de l'insulte. Syénite écarte les mains. « La plus grande différence entre nous, c'est que moi, j'ai besoin de voir ce que je fais.

— Je… bon. »

Asael a l'air extrêmement mal à l'aise, ce qui est tout à fait normal. Les orogènes du Fulcrum sont censés apaiser les peurs des fixes, alors que Syénite vient d'exacerber celles de la Dirigeante, mais un vilain soupçon la taraude. Elle commence à se demander si elle ne connaît pas la personne qui veut la mort d'Albâtre, et elle cherche à dissuader Asael – ou ses complices – de s'obstiner dans cette voie.

Un silence inconfortable s'installe. Syénite décide qu'il est temps pour elle de poser ses propres questions. Et, peut-être, de remuer un peu la boue, histoire de voir ce qui remonte à la surface.

« Il semblerait que le gouverneur n'ait pas réussi à se libérer aujourd'hui.

— En effet. » Asael est à présent aussi inexpressive qu'une joueuse professionnelle, tout sourire et regard vide. « Je lui ai transmis la requête de votre collègue, mais hélas, il lui a été impossible de trouver un instant dans son emploi du temps.

— Quel dommage. » Syénite, qui commence à comprendre pourquoi Albâtre s'entête autant à ce sujet, recroise les mains. « Malheureusement, ce n'était pas une requête. Vous avez un télégraphe ? J'aimerais envoyer un message au Fulcrum pour prévenir que nous avons été retardés. »

Asael plisse les yeux parce que, bien sûr, il y a un télégraphe et que, bien sûr, il s'agissait d'une pique supplémentaire de la part de la visiteuse.

« Retardés ?

— Eh oui. » Syénite ouvre de grands yeux. Elle a du mal à prendre l'air innocente, elle en est bien consciente, mais au moins, elle essaie. « Vous croyez qu'il va falloir longtemps au gouverneur pour nous accorder une entrevue ? Le Fulcrum va poser la question. »

Sur ces mots, elle se lève, comme si elle se préparait à partir. Asael penche la tête de côté, mais les muscles de ses épaules sont noués.

« Je vous croyais plus raisonnable que votre collègue, mais vous allez vraiment sortir de ce bureau et refuser de dégager notre port sous prétexte que vous êtes vexée.

— Je ne suis pas vexée. » En fait, Syénite est furieuse, maintenant. Elle a compris. Elle a beaucoup de mal à se retenir de serrer les poings et les dents devant Asael, qui reste tranquillement assise dans son grand fauteuil, derrière son grand bureau, pleine d'assurance et d'autosatisfaction. « Vous accepteriez d'être traitée de cette manière, à notre place ?

— Bien sûr ! » Asael se redresse, assez surprise cette fois pour réagir sans fard. « Le *gouverneur* n'a pas le temps de…

— Non, vous ne l'accepteriez pas. Parce que, si vous étiez à notre place, vous représenteriez une puissante organisation indépendante, vous ne seriez pas le larbin d'un trou perdu à deux quartz. Vous vous attendriez à être traitée en experte entraînée dans son domaine de compétence depuis l'enfance. En personne qui exerce un métier important et *difficile*, et qui est là pour effectuer une tâche dont dépendent les revenus de votre comm. »

Asael la fixe avec des yeux ronds. Syénite s'interrompt, le temps d'inspirer à fond. Elle doit rester polie et se servir de sa politesse comme d'un vitrocouteau affûté. La colère ne doit altérer ni sa froideur ni son calme, ou son manque de maîtrise d'elle-même passera pour un signe de monstruosité. Elle attend que la chaleur derrière ses yeux se soit dissipée pour faire un pas en avant.

« Mais vous ne nous avez pas serré la main, Asael Dirigeante. Vous ne nous avez pas regardés dans les yeux en faisant notre connaissance. Vous ne nous avez *toujours* pas offert le gobelet de sain dont mon mentor a parlé, hier. Agiriez-vous de même avec un géomestre avéré de la Septième Université ? Avec un maître génium qui viendrait réparer votre réseau hydrique ? Un représentant du syndicat des Costauds de la comm ? »

Asael tressaille visiblement quand l'analogie finit par lui apparaître. Syénite attend, laissant monter la pression.

« Je vois, dit enfin la Dirigeante.

— Peut-être. »

Syénite attend toujours ; son interlocutrice soupire.

« Que voulez-vous ? Des excuses ? Dans ce cas, je vous présente mes excuses. Mais n'oubliez pas que la plupart des gens normaux n'ont jamais vu d'orogène, sans parler de traiter avec eux. Nous… » Asael écarte les mains. « Ne vous semble-t-il pas compréhensible que ça nous mette… mal à l'aise ?

— Certainement. Ce qui me semble moins compréhensible, c'est votre impolitesse. » Qu'elle aille rouiller ! Elle ne mérite pas le mal que se donne Syénite pour s'expliquer. Autant réserver ces efforts à quelqu'un de plus important. « Quant à vos excuses, elles sont lamentables. Franchement… "Je suis navrée que vous soyez tellement anormaux, je n'arrive pas à vous traiter en êtres humains."

— Vous êtes des gèneurs », rétorque Asael.

Elle a même le culot d'ouvrir de grands yeux devant ce qu'elle vient de lâcher.

— Bon. » Syénite s'oblige à sourire. « Au moins, voilà qui est dit. » Elle se tourne vers la porte en secouant la tête. « Je reviendrai vous voir demain. Peut-être aurez-vous trouvé le temps de jeter un œil à l'agenda du gouverneur.

— Vous êtes sous contrat. » La voix d'Asael est tendue au point de vaciller. « Vous êtes *tenus* d'exécuter la tâche pour laquelle nous avons payé votre organisation.

— Nous l'exécuterons. » Syénite s'arrête, la main sur la poignée de la porte, et hausse les épaules. « Mais le contrat ne spécifie pas de combien de temps nous disposons pour ce faire, une fois à Allia. » Elle bluffe, car elle n'a aucune idée de ce que stipule le document. Simplement, elle est prête à parier qu'Asael non plus. Une assistante n'est sans doute pas assez importante pour savoir ce genre de choses. « Oh, à propos, merci pour la chambre de *La Fin de Saison*. Les lits sont très confortables et la cuisine délicieuse. »

Ça marche, bien sûr. Asael se lève, elle aussi.

« Ne partez pas. Je vais voir le gouverneur. »

Syénite sourit suavement et se rassied. Une fois la Dirigeante sortie, son absence est si longue que la somnolence envahit peu à peu la visiteuse. Elle se ressaisit quand la porte s'ouvre sur une autre Côtière, assez âgée et corpulente, accompagnée d'une Asael manifestement assagie. Le gouverneur est un homme. Syénite soupire en son for intérieur et se prépare à faire une fois de plus assaut de politesse.

« Syénite Orogène », commence l'inconnue.

Son charisme impressionne son interlocutrice, dont l'irritation ne faisait pourtant que croître. Il n'était évidemment pas nécessaire de lui donner de l'« Orogène » en nom d'usage, mais c'est une marque de courtoisie fort agréable. Elle se lève donc. La nouvelle venue s'approche aussitôt, la main tendue. Sa peau, fraîche et sèche, est plus ferme que ne s'y attendait Syénite. La main n'est pas calleuse, mais a exécuté sa part des tâches quotidiennes.

« Je me présente, Heresmith Dirigeante Allia, continue l'arrivante. Lieutenante du gouverneur. Le gouverneur en personne est réellement trop occupé pour vous recevoir aujourd'hui, mais j'ai modifié mon emploi du temps, et j'espère que vous vous contenterez de mon accueil… d'autant qu'il s'accompagne de toutes mes excuses pour la manière dont vous avez été traitée jusqu'ici. Je peux vous assurer qu'Asael sera sanctionnée. Elle n'oubliera plus qu'une bonne Dirigeante traite autrui – *quel* qu'il soit – avec courtoisie. »

Bon. Heresmith se conduit peut-être juste en politicienne ; peut-être ment-elle au sujet de sa position – peut-être n'est-elle pas la lieutenante du gouverneur et Asael est-elle juste allée chercher une concierge très bien vêtue pour tenir le rôle. Mais enfin, c'est une tentative de compromis que Syénite est disposée à accepter.

« Merci. » Sa gratitude n'est pas feinte. « Je transmettrai vos excuses à mon collègue, Albâtre.

— Parfait. Veuillez lui dire aussi que, comme convenu par contrat, Allia prendra en charge vos dépenses pour les trois jours précédant et suivant le déblocage du port, maximum. »

Le sourire de la lieutenante s'est un peu durci, ce que Syénite mérite sans doute. Apparemment, Heresmith a bel et bien lu le contrat.

Peu importe.

« Je vous remercie de la précision.

— Avez-vous besoin d'autre chose durant votre séjour ? Asael se ferait un plaisir de vous servir de guide en ville, par exemple. »

Nom d'un chien. Cette Dirigeante plaît *vraiment* à la visiteuse, qui réprime un sourire en jetant un coup d'œil à Asael. Laquelle a déjà réussi à se maîtriser et lui rend son regard, impassible. Syénite est tentée de faire ce que ferait sans doute Albâtre, accepter cette proposition tacite d'humilier l'adversaire, mais elle est fatiguée. Le voyage a été infernal, et plus tôt elle sera de retour au Fulcrum, mieux ça vaudra.

« Ce ne sera pas nécessaire. » Un soulagement dissimulé n'a-t-il pas vaguement crispé les traits d'Asael ? « En fait, j'aimerais si possible aller voir le port pour évaluer le problème.

— Bien sûr. Mais un rafraîchissement sera sans doute le bienvenu, en attendant ? Un petit gobelet de sain, à tout le moins. »

Cette fois, Syénite ne peut se contenir. Ses lèvres frémissent.

« À vrai dire, je dois avouer que je n'aime pas le sain.

— Personne n'aime ça. » On ne peut se méprendre sur le grand sourire de Heresmith. « Quelque chose d'autre, avant que nous ne partions ? »

C'est au tour de son interlocutrice de s'étonner.

« Vous nous accompagnez ?

— Eh bien, les revenus de notre comm dépendent effectivement de vous. » Le ton de la lieutenante s'est fait désabusé. « C'est donc le moins que je puisse faire. »

Ça, c'est une femme de tête.

« Dans ce cas, Heresmith Dirigeante, je vous suis », assure Syénite en montrant la porte.

Elle sort en compagnie des deux Côtières.

*
**

Quelque chose cloche dans le port.

Syénite se tient sur la promenade qui épouse la courbe du demi-cercle dessiné par le front de mer. De là, on voit l'essentiel d'Allia, déployée sur les pentes de la caldeira environnante. La ville est franchement jolie par cette belle journée, chaude et lumineuse, au ciel pur et profond. La visiteuse en vient même à se dire que les nuits étoilées doivent être magnifiques. Mais c'est ce qu'elle ne voit pas – ce qui se trouve sous l'eau, au fond du port – qui lui hérisse le poil.

« Il ne s'agit pas de corail », affirme-t-elle.

Heresmith et Asael se tournent vers elle, également surprises.

« Pardon ? » s'étonne Heresmith.

Syénite s'approche du parapet, les abandonnant en arrière, et tend les mains. Un geste inutile, qui lui sert juste à montrer qu'elle fait quelque chose. Un orogène du Fulcrum rassure toujours la clientèle en lui prouvant qu'il est conscient de la situation, qu'il comprend de quoi il s'agit, même si ladite clientèle n'a quant à elle aucune idée de ce qui se passe.

« Le fond du port… Il y a du corail, oui, mais c'est juste la couche *supérieure*. »

Syénite réfléchit. Elle n'a encore jamais valué de corail, mais ça fait bien l'effet auquel elle s'attendait : des strates de vie éclatante, de tortillements, d'où elle tirera si nécessaire de quoi alimenter son orogénie ; enrobant un cœur robuste de mort depuis longtemps calcifié. Toutefois, le récif corallien ne fait que couronner la crête d'une grosse bosse apparemment naturelle car, à en croire les livres, ce genre de plis apparaît souvent aux endroits où la terre rencontre la mer. Sauf que ce pli-là est différent, Syénite en a la conviction.

D'une part, la crête est parfaitement rectiligne. D'autre part, elle est énorme, puisqu'elle s'étend sur toute la largeur du port. Mais, surtout, *elle n'est pas là*.

Plus exactement, la roche qui devrait servir de support aux couches de vase et de sable surélevées n'est pas là. Syénite ne la sent pas, ce qui est anormal puisque cette roche pousse le fond marin vers le haut. Le poids de l'eau qui pèse *dessus* est là, de même que la roche *en dessous* – déformée par la masse et la pression de la bosse – ou encore la strate environnante, mais on dirait que l'obstruction proprement dite n'existe pas. Il pourrait aussi bien y avoir au fond du port un gros trou parfaitement vide… autour duquel le fond marin se serait modelé.

La jeune femme fronce les sourcils. Ses doigts s'écartent, tressaillent, suivent la courbe et le flot de la valuation. Douceur grasse des particules de schiste, du sable et de la matière organique, pression fraîche du socle rocheux, coulée, plongeon. Elle se rappelle après coup en suivant la strate qu'il vaut mieux relater son exploration.

« Il y a quelque chose *sous* le corail, enfoui dans le fond marin. Pas très profond. Ça compresse la roche en dessous, ce qui veut dire que c'est lourd… » Mais alors, pourquoi ne le sent-elle pas ? Pourquoi ne détecte-t-elle cette obstruction que par ses effets sur ce qui l'entoure ? « Bizarre…

— Est-ce important, en l'occurrence ? » Asael. Peut-être cherche-t-elle à se montrer professionnelle et intelligente pour rentrer dans les bonnes grâces de Heresmith. « Tout ce que nous demandons, c'est la destruction du récif corallien.

— Oui, mais il est dessus. » Syénite repart en quête du corail, qu'elle situe tout autour du port. Une théorie prend forme dans son esprit. « C'est pour ça que c'est le seul endroit profond du port bloqué par le récif. Il a poussé *sur* cette chose, parce qu'elle avait de fait rehaussé le fond. Le corail n'aime pas l'eau froide, mais le soleil la réchauffait le long de la crête.

— Terre rouillée ! Vous voulez dire que le corail reviendra ? » Un des hommes qui accompagnent les deux Dirigeantes. Des employés de bureau, pour autant que puisse en juger Syénite. Elle ne se souvient de leur présence que quand l'un d'eux prend la parole. « Le *but* de l'opération est de débloquer le port pour de bon. »

Elle expire, détend ses valupinae puis rouvre les yeux, signe qu'elle en a terminé.

« Il finira par revenir, oui, répond-elle en se tournant vers les fixes. Voilà à quoi vous avez affaire, regardez. Ça, c'est votre port… » Elle referme la main gauche aux deux tiers, dessinant une coupe approximative. Le port est moins régulier, mais ses auditeurs comprennent de quoi elle parle et se rapprochent pour mieux suivre la démonstration. Elle pose le pouce droit en travers de la portion ouverte du cercle, de manière à le refermer presque totalement. « La chose est là. Un peu plus haute à une extrémité… » elle agite le bout du pouce « … parce que le substrat présente une inclinaison naturelle. C'est à cet endroit que se trouve l'essentiel du corail. L'eau est plus profonde et plus fraîche à l'autre extrémité de la barrière. » Elle remue maladroitement la main pour montrer le bas de son pouce. « D'où la persistance du passage ouvert qui permet la circulation portuaire. Il ne se bouchera peut-être jamais, à moins que votre corail ne se mette brusquement à aimer l'eau froide ou qu'il n'en arrive une espèce différente, adaptée à ça. »

Elle n'a pas fini de parler que la pensée s'impose : le corail construit sur le corail. Les animaux actuels croissent sur les cadavres de leurs prédécesseurs ; avec le temps, même la zone la plus froide du port sera rehaussée au point de présenter les conditions optimales. Asael choisit parfaitement son moment pour objecter, les sourcils froncés :

« Il *est* néanmoins en train de se boucher, lentement mais sûrement, depuis des années. Nous disposons de comptes rendus qui remontent à quelques décennies d'après lesquels nous pouvions accueillir des bateaux jusqu'au milieu du port. Ce n'est plus le cas aujourd'hui. »

Feux souterrains ! De retour au Fulcrum, Syénite dira aux seniors d'ajouter la faune et la flore marines minéralisantes au programme d'études de la poussière. Comment se fait-il qu'elles n'y figurent pas déjà ? C'est ridicule.

« Si votre comm a plusieurs Saisons et que le problème se pose maintenant, j'en déduis que ce corail ne pousse pas vite.

— Allia n'a que deux Saisons », intervient Heresmith en adressant à Syénite un sourire douloureux.

C'est en soi un bel accomplissement. Dans les Moyennes et l'Arctique, bien des comms ne survivent pas une Saison, et la situation est encore plus fluctuante sur les côtes. Mais Heresmith croit évidemment s'adresser à une Lumenienne de souche.

Syénite cherche à se rappeler les cours d'histoire de la crèche pendant lesquels elle ne dormait pas à moitié. La dernière Saison, celle de l'Étouffement, s'est produite il y a un peu plus d'un siècle. Elle a été assez douce, pour une Saison, puisqu'elle a surtout tué en Antarctique, autour du mont Akok, qui avait fait éruption. La précédente… était-ce celle de l'Acide ou du Bouillonnement ? Syénite confond toujours les deux. Quoi qu'il en soit, il s'est écoulé deux à trois cents ans entre la dernière et l'avant-dernière, qui a été très dure. Oui… il ne restait pas une comm côtière à la fin, ce qui signifie évidemment qu'Allia a été fondée quelques décennies plus tard, lorsque les eaux se sont radoucies et retirées et que le littoral est redevenu habitable.

« Le corail a donc mis dans les quatre cents ans à bloquer le port. » La visiteuse réfléchit tout haut. « Avec peut-être un coup d'arrêt pendant l'Étouffement… » Le corail survit-il à une Cinquième Saison ? Elle n'en sait rien, mais il a manifestement besoin de chaleur et de lumière, ce qui signifie qu'il est sans doute mort lors de la dernière. « Bon, disons qu'il a constitué une barrière au fil d'une centaine d'années…

— Feux souterrains ! s'exclame une inconnue, horrifiée. Vous voulez dire qu'on risque d'être obligés de recommencer dans un siècle ?

— Dans un siècle, nous n'aurons pas fini de payer le Fulcrum », soupire Heresmith. Le regard qu'elle jette à Syénite est résigné, pas rancunier. « Vos supérieurs vendent vos services très cher, j'en ai peur. »

L'intéressée résiste à l'envie de hausser les épaules. C'est la pure vérité.

Les Alliens échangent des regards puis se tournent vers elle avec ensemble. Pas de doute, ils vont lui demander de faire quelque chose d'idiot.

« C'est une très mauvaise idée, proteste-t-elle préventivement, les mains levées. Je vous assure. Je n'ai encore jamais déplacé quoi que ce soit sous l'eau ; c'est pour ça qu'on m'a assigné un mentor. » Qui lui a été super utile. « Mais le vrai problème, c'est que *je ne sais pas de quoi il s'agit.* Si ça se trouve, c'est une énorme poche de gaz ou de pétrole qui empoisonnera les eaux du port pendant des années. » Il n'en est rien. Elle le sait, parce qu'une poche de gaz ou de pétrole n'est jamais d'une rectitude ni d'une densité aussi parfaites et parce que le gaz ou le pétrole se *valuent.* « Il se peut même que ce soit un artefact d'une civilisation disparue particulièrement idiote qui a semé des bombes dans tous ses ports. » Oh, génial. Maintenant, ils la fixent tous avec des yeux horrifiés. Nouvel essai :

« Demandez une étude. Faites venir des géomestres spécialisés dans les fonds marins, plus peut-être quelques géniums qui s'y connaissent en… » elle agite la main en réfléchissant à toute allure « … en courants océaniques. Dressez la liste des avantages et des inconvénients, et *ensuite*, appelez-en à quelqu'un comme moi. » Pourvu que ça ne soit pas spécifiquement elle. « L'orogénie devrait toujours être utilisée en dernier recours, pas en premier. »

Voilà qui est mieux. Ils écoutent. Deux des employés commencent à échanger des murmures discrets ; Heresmith a l'air pensive ; Asael rancunière, mais ce n'est pas forcément mauvais signe. Elle n'est pas très intelligente.

« Je crains que nous n'ayons besoin de réfléchir, dit enfin Heresmith, manifestement si ennuyée que Syénite se sent désolée pour elle. Nous ne pouvons pas nous offrir un autre contrat avec le Fulcrum. Peut-être même pas une étude. Les prestations de la Septième Université et de la Licenciation de génium sont presque aussi chères que celles du Fulcrum. Mais, surtout, nous ne pouvons pas nous permettre de ne pas débloquer le port. Vous avez raison, nous avons déjà perdu du trafic au profit des autres comms côtières capables d'accueillir les gros cargos. Si la baie d'Allia devient vraiment inaccessible, notre comm n'aura plus de raison d'exister.

— Je compatis, assure Syénite, avant d'être interrompue par un des chuchoteurs.

— Vous êtes une envoyée du Fulcrum, lance-t-il d'un ton rogue. Vous êtes sous contrat pour faire un travail précis. »

Peut-être ne s'agit-il pas d'un employé de bureau, après tout.

« Je sais. Et je peux le faire tout de suite, si vous voulez. » Le corail ne lui posera aucun problème, elle le sait maintenant qu'elle l'a valué. Elle peut probablement les en débarrasser sans trop secouer les bateaux amarrés. « Si j'élimine le corail aujourd'hui, le port sera utilisable demain…

— Nous avons loué vos services pour que vous *dégagiez* le port, intervient Asael. Définitivement.

Pas pour que vous arrangiez les choses temporairement. Si le problème est plus grave que vous ne le pensiez, ce n'est pas une excuse pour ne pas faire votre travail. » Elle plisse les yeux. « À moins que vous n'ayez une bonne raison de ne pas vouloir éliminer l'obstruction. »

Syénite résiste à l'envie de lui donner quelques noms d'oiseau.

« Je vous ai exposé mon raisonnement, Dirigeante. Si j'avais des intentions malhonnêtes, quelles qu'elles soient, pourquoi vous aurais-je parlé de l'obstruction ? Je me serais contentée d'éliminer le corail, et je vous aurais laissés découvrir ce qu'il en est tout seuls, quand il aurait repoussé. »

Ses auditeurs sont visiblement sensibles à l'argument ; la méfiance des deux hommes s'apaise, et l'attitude d'Asael elle-même se modifie. L'assistante se raidit un peu, mal à l'aise maintenant qu'elle n'est plus accusatrice. Heresmith acquiesce.

« Il va falloir en parler au gouverneur, dit-elle au reste du groupe. Lui présenter les différentes possibilités.

— Avec tout le respect que je vous dois, Dirigeante, intervient une inconnue, les sourcils froncés, je ne vois pas *d'autres* possibilités. Soit nous débloquons le port pour de bon, soit nous le débloquons temporairement. Sachant que nous payons dans les deux cas le Fulcrum aussi cher.

— À moins que vous ne décidiez d'attendre », objecte Syénite.

Quand ils se tournent vers elle avec ensemble, une fois de plus, elle soupire. Elle est complètement idiote de parler de ça, car le Père Terre sait ce que lui feront les seniors si jamais cette mission se solde par un échec, mais elle ne peut pas s'en empêcher. Ces gens sont confrontés à la destruction économique de leur communauté. On n'est pas en Saison, ce qui signifie qu'ils peuvent la déménager et essayer de l'implanter ailleurs, ou la dissoudre et chercher à se faire accepter dans d'autres comms, famille par famille…

Il n'y a pas de raison que ça ne marche pas, sauf pour les pauvres, les vieux, les infirmes. Ceux qui ont des oncles, des enfants, n'importe quels parents orogènes avérés – ceux-là, personne n'en voudra. Les membres des castes d'usage déjà trop nombreuses dans les comms qu'ils chercheront à intégrer. Ou encore.

Rouille.

« Si nous repartons sans avoir rien fait, mon collègue et moi, reprend malgré tout Syénite, il y aura rupture de contrat. Vous serez en droit d'exiger le remboursement de l'à-valoir, moins nos dépenses de voyage et de logement sur place. » Elle regarde Asael droit dans les yeux sur ces derniers mots ; la Dirigeante serre les dents. « Votre port restera utilisable, au moins quelques années. Ça vous laissera le temps et l'argent nécessaires soit pour commander une étude du phénomène et déterminer ce qui se trouve là… soit pour déménager votre comm à un meilleur emplacement.

— Il n'est pas question de *ça*, proteste Asael, horrifiée. Nous sommes ici chez nous. »

Syénite ne peut s'empêcher d'évoquer une couverture à l'odeur de renfermé.

« Vous êtes chez vous là où sont vos proches », répond-elle avec douceur. Asael bat des paupières. « C'est ce qu'on emporte qui compte, pas ce qu'on laisse derrière soi.

— Voilà qui est très poétique, Syénite Orogène, soupire Heresmith, mais Asael a raison. Déménager nous ferait perdre notre identité de comm et risquerait de diviser notre population. Ça reviendrait aussi à perdre tout ce que nous avons investi ici… »

Son grand geste du bras se passe de commentaires : il est facile de déplacer les gens, pas les constructions. Les infrastructures. Toutes choses synonymes de richesse, laquelle est synonyme de survie, y compris hors Saison.

« Et puis rien ne prouve que nous n'aurions pas ailleurs des problèmes encore plus graves, continue Heresmith. Je vous remercie de votre franchise. Sincèrement. Je vous assure. Mais, ma foi… nous préférons le volcan connu. »

Syénite soupire. Elle a essayé.

« Que comptez-vous faire, alors ?

— C'est évident, non ? »

Oui, par le Père Terre, oui.

« Vous *pouvez* le faire ? » demande Asael.

Peut-être ne s'agit-il pas d'un défi. Peut-être est-elle juste anxieuse parce que, après tout, on parle de l'avenir de sa comm d'origine, qu'il est dans sa nature de guider et de protéger. Asael est Dirigeante de naissance. Elle ne connaît d'Allia que le potentiel et la sympathie. Elle n'a aucune raison de considérer sa ville avec méfiance, haine ou peur.

Syénite n'a pas envie de lui en vouloir, mais elle est déjà fatiguée et de mauvaise humeur. Elle n'a pas beaucoup dormi la nuit dernière, parce qu'il a fallu sauver Albâtre de l'empoisonnement. Et puis la question lui prouve qu'Asael la considère comme inférieure à ce qu'elle est. C'est la fois de trop, dans ce long et horrible voyage.

« Oui », riposte-t-elle d'un ton sec. Elle fait volte-face, les mains tendues. « Reculez tous d'au moins trois à quatre mètres. »

Des exclamations étouffées et des murmures inquiets s'élèvent du groupe, qu'elle sent s'éloigner rapidement sur la carte déployée par sa conscience, petits points flamboyants agités se mettant hors de portée immédiate. Mais n'en restant pas moins à portée proche. D'ailleurs, la comm tout entière l'est également, fourmilière de vie en mouvement, facile à attraper, dévorer, utiliser, même si les accompagnateurs de Syénite n'ont pas besoin de le savoir. Après tout, ils ont affaire à une professionnelle.

Elle plante dans la terre le fulcrum de son pouvoir, longue pointe aiguë qui va donner naissance à un tore étroit et élevé, plutôt que large et meurtrier. Puis elle se remet à tâtonner dans le substrat alentour, à la recherche de la faille la plus proche, voire de la chaleur résiduelle du volcan éteint qui a produit autrefois la caldeira d'Allia. L'obstacle qui bouche le port est très lourd. Il va falloir davantage que l'énergie ambiante pour le soulever.

Mais, pendant cette recherche, il se passe quelque chose de bizarre – et de familier. La conscience de Syénite se déplace.

La jeune femme n'est plus dans la terre. Elle en a été tirée, et elle tombe vers le haut, vers le bas, vers l'*intérieur*. Elle est perdue, elle se débat dans une obscurité froide qui se resserre sur elle. Le pouvoir qui l'envahit alors n'est ni chaleur ni mouvement ni potentiel. Il est *autre*.

Ça lui rappelle ce qu'elle a ressenti la nuit dernière, quand Albâtre a pris le contrôle de son orogénie, mais *il ne s'agit pas d'Albâtre*.

D'ailleurs, c'est toujours elle qui a le contrôle, plus ou moins. Elle ne peut empêcher ce qui se passe, car elle a déjà absorbé trop de pouvoir : si elle essaie de le relâcher, elle va geler la moitié de la comm et déclencher une secousse qui va faire de la forme du port un problème purement théorique. Mais elle peut *utiliser* cette énergie. Elle peut, par exemple, la diriger dans le socle rocheux, sous la chose invisible, puis pousser vers le haut. Cette technique a beau manquer de subtilité et d'efficacité, elle permet de faire ce qui doit être fait. L'énorme *vide* de l'objet s'élève sous l'impulsion de Syénite, elle le sent. Si Albâtre suit les opérations depuis l'hôtel, il doit être impressionné.

Mais d'où vient donc le pouvoir ? Comment puis-je...

Elle s'aperçoit à retardement, et avec horreur, qu'une brusque injection d'énergie cinétique déplace l'eau à peu près de la même manière que la roche... si on oublie que l'eau réagit beaucoup, beaucoup plus vite. Mais Syénite elle-même réagit plus vite qu'elle n'en a jamais été capable, parce qu'elle *déborde* d'une force qui lui suinte littéralement par tous les pores. Feux terrestres ! C'est incroyablement bon. Arrêter la gigantesque vague en formation, prête à déferler sur le port, est un jeu d'enfant. La jeune femme en dissipe l'énergie, une partie en mer, le reste, canalisé, lui servant à apaiser les flots, pendant que l'énorme objet se libère des sédiments qui l'entravent et du corail – lequel glisse et se brise – puis s'élève peu à peu.

Mais.

Mais.

La chose ne fait pas ce que veut Syénite, qui avait tout simplement l'intention de la poser à côté du port. De cette manière, si le corail avait repoussé par la suite, il n'aurait pas rebouché le passage. En fait…

Terre cruelle… qu'est-ce que… rouille de rouille…

En fait, la chose *bouge de son propre chef*, sans que Syénite puisse l'en empêcher. Lorsqu'elle essaie, le pouvoir qu'elle maîtrisait lui échappe, aspiré elle ne sait où aussi vite qu'il lui avait été insufflé.

Elle retombe en elle-même, haletante, et s'effondre contre la balustrade en bois de la promenade. Il ne s'est écoulé que quelques secondes. Sa dignité ne lui permet pas de tomber à genoux, mais seul le garde-fou l'en empêche. Heureusement, personne ne s'aperçoit de son étourdissement, parce que les planches sous ses pieds et la rambarde à laquelle elle se cramponne sont animées d'une trépidation menaçante.

La sirène des séismes se déclenche, assourdissante, dans la tour qui se trouve juste derrière elle. Sur les quais en contrebas et dans les rues alentour, les gens se sont mis à courir. Sans la sirène, on entendrait probablement des cris. Syénite relève la tête, difficilement ; Asael, Heresmith et le reste du groupe s'éloignent de la promenade d'un pas rapide, les traits tirés par la peur, en cherchant à ne pas s'approcher des constructions. Et en la laissant sur place, évidemment.

Ce n'est toutefois pas ce qui finit par la tirer de sa transe. Ce qui l'en tire, c'est la pluie d'écume qui balaie brusquement les quais, suivie d'une ombre qui obscurcit la moitié du port où elle se trouve. Elle se retourne.

Il sort lentement de l'eau en se débarrassant des restes de sa gangue de terre, en commençant à tournoyer et à bourdonner. Un obélisque.

Pas celui qu'elle a vu la nuit précédente, le pourpre, qui doit encore se trouver à quelques kilomètres de la côte – elle ne regarde même pas dans sa direction pour obtenir confirmation de sa présence. Non. Celui qui monte dans le ciel devant elle domine son champ de vision et ses pensées, parce qu'il est *énorme*, quoique pas encore entièrement à l'air libre. Son rouge profond évoque le grenat, sa forme une colonne hexagonale au sommet pointu irrégulier. Il paraît tout à fait solide, car il ne scintille ni ne clignote, contrairement à la plupart des obélisques, qui n'ont l'air qu'à demi réels. Une file de petits bateaux ne couvrirait pas sa largeur, et sa longueur est bien sûr telle qu'il bloquait presque le port : plus d'un kilomètre cinq de bout en bout. Un géant qui continue à s'élever en tournoyant.

Un géant qui a un problème, son ascension permet de s'en rendre compte. À mi-longueur, des fissures réduisent à néant sa pureté cristalline. Énormes, hideuses, noirâtres, comme si un contaminant du fond marin s'y était infiltré au fil des siècles que l'artefact a dû passer dans la baie. Leurs lignes déchiquetées dessinent une toile d'araignée où Syénite *sent* vaciller et bégayer le bourdonnement, car des forces incompréhensibles s'affrontent aux endroits endommagés.

Le centre de la toile est occupé par un caillot quelconque. Petit. Elle plisse les yeux, penchée sur la balustrade, le cou tordu pour suivre l'ascension de la tache minuscule, de plus en plus haute. L'obélisque pivote davantage, à croire qu'il veut lui faire face. Son sang gèle dans ses veines quand elle prend conscience de ce qu'elle voit.

Un être humain. *Inclus* dans la chose comme une mouche dans l'ambre, les membres écartés, parfaitement immobiles, les cheveux ébouriffés, figés. Le visage a beau lui être indiscernable, elle imagine les yeux écarquillés, la bouche ouverte sur un hurlement.

Elle s'aperçoit alors qu'elle distingue une curieuse marbrure le long de la silhouette, une meurtrissure noire intégrée au rouge sombre de l'obélisque. Le scintillement du soleil lui fait comprendre que les cheveux sont pâles, ou du moins assez translucides pour s'évanouir dans le grenat alentour. Cette vision lui *évoque* aussi quelque chose, quelque chose qu'elle sait peut-être, elle qui a fait partie de l'artefact un court instant, car c'est de lui que venait le pouvoir, mais elle ne veut pas trop s'interroger à ce sujet, parce que, Terre cruelle, elle ne peut pas *intégrer* ça. La certitude est là, dans son esprit, impossible à repousser malgré l'envie qu'elle en a. Lorsque la raison est confrontée à l'impossible, encore et encore, on ne peut que s'adapter.

Voilà pourquoi elle admet qu'elle contemple un obélisque brisé qui a reposé au fond du port d'Allia, à l'insu du monde entier, le Père Terre sait combien de temps. Elle admet que ce qui est emprisonné en son cœur, ce qui a *brisé* cette chose mystérieuse, massive, magnifique n'est autre qu'un… mangeur de pierre.

Mort.

*
**

Notre Père Terre pense en éternités, mais il ne dort jamais. Pas plus qu'il n'oublie.

Tablette deuxième,
« La Vérité incomplète », strophe deux

13. Vous suivez la piste

Voilà ce que vous êtes, au fond, cette petite créature mesquine. Tel est le socle rocheux de votre vie. Notre Père Terre a raison de vous mépriser, mais n'en concevez aucune honte. Vous êtes peut-être un monstre, mais vous êtes aussi merveilleuse.

*
**

La hors-comm s'appelle Tonkee. Elle s'en tient à ça, sans vous donner ni nom d'usage ni nom de comm. Malgré ses protestations, vous ne doutez pas qu'elle soit géomestre. Elle le reconnaît d'ailleurs – plus ou moins –, quand vous lui demandez pourquoi elle vous suit.

« Il est tout simplement trop intéressant, dit-elle avec un coup de menton en direction de Hoa. Si je ne cherchais pas à en apprendre davantage sur lui, mes anciens maîtres de l'uni me mettraient des assassins aux trousses. Non qu'ils aient attendu ça, bien sûr ! » Elle a un rire de cheval, tout en hennissement et grandes dents blanches. « J'adorerais disposer d'un échantillon de son sang, mais ça ne me servirait à rien sans l'équipement approprié, alors je vais m'en tenir à l'observation. »

(Hoa, visiblement mécontent de l'évolution de la situation, veille ensuite à ce que vous vous trouviez toujours entre Tonkee et lui.)

« L'uni » en question n'est autre que la Septième Université de Dibars, vous n'en doutez pas – le centre d'enseignement pour géomestres et mnésistes le plus célèbre du Fixe, sis dans la deuxième plus grande ville de l'Équatorial. Si Tonkee a bien fréquenté cette école prestigieuse, et pas une crèche prétentieuse pour adultes de province ou la classe d'un romanichel quelconque, elle est vraiment tombée très bas par la suite. La politesse vous empêche cependant de le dire.

Malgré ses menaces créatives, elle ne vit pas dans une enclave de cannibales, vous le découvrez quand elle vous emmène chez elle, l'après-midi même. Elle occupe une caverne, dans une vésicule – ce qui reste d'une bulle de lave solidifiée dont les parois se sont effondrées vers l'intérieur, alors qu'elle faisait autrefois la taille d'une petite colline. Ce n'est plus à présent qu'un vallon isolé, entouré d'un modeste bois dont les arbres se mêlent à des colonnes arquées au verre noir luisant. Toutes sortes de petites grottes étonnantes en ourlent les bords, aux endroits où des bulles plus réduites s'étaient collées à la grande. Tonkee vous prévient que divers animaux, dont des chats sauvages, ont élu domicile dans certaines, de l'autre côté de la vésicule. La plupart ne présentent en principe aucun danger, mais tout change, en Saison, et vous êtes très attentive à ce que raconte votre guide.

Sa caverne est pleine de bidules, de livres et de cochonneries cassées, mais aussi d'un tas de choses réellement utiles telles que lanternes et nourriture de cache. Le parfum de résine qui y règne à cause des feux passés cède devant la puanteur de son occupante dès qu'elle commence à s'y activer, à son retour. Vous vous résignez à supporter cette odeur infecte, mais Hoa, lui, n'a pas l'air de s'en apercevoir. À moins qu'il n'en ait juste rien à fiche, ce qui démontrerait un stoïcisme enviable. Heureusement, Tonkee a bel et bien rapporté toute cette eau pour se laver, vous le constatez quand elle se déshabille sous vos yeux puis s'accroupit dans une cuvette en bois pour se frotter sans la moindre pudeur les aisselles, le sexe et tout ce qui s'ensuit. Repérer un pénis au cours du nettoyage vous surprend bien un peu, mais ma foi, aucune comm ne risque de transformer la géomestre en Reproductrice. Pour finir, elle rince ses vêtements et ses cheveux avec une solution d'un vert boueux qu'elle prétend antifongique. (Vous avez des doutes.)

Quoi qu'il en soit, la caverne sent nettement meilleur quand elle en a terminé. Vous passez donc une nuit remarquablement agréable et confortable sur votre couchage – elle en a d'autres, mais vous ne voudriez pas attraper des puces. Vous laissez même Hoa se blottir contre vous, bien que vous lui tourniez le dos pour l'empêcher de se montrer câlin. Il n'essaie pas.

Le lendemain, vous repartez vers le sud en compagnie de Tonkee, la géomestre hors-comm, et de Hoa, le… le vous-ne-savez-quoi. Parce que vous êtes à peu près sûre maintenant qu'il n'est pas humain. Ça ne vous dérange pas ; officiellement, vous ne l'êtes pas non plus. (D'après la *Déclaration sur les droits des malades de l'orogénie*, du Second Conseil de la mémoire lumenien, émise il y a un millier d'années.) Ce qui vous dérange, c'est qu'il refuse d'en parler. Quand vous lui demandez ce qu'il a fait au kirkhusa, il ne répond pas ; quand vous lui demandez pourquoi il ne répond pas, il dit juste d'un air malheureux : « Parce que je veux que vous m'aimiez. »

Voyager avec eux vous fait vous sentir presque normale. De toute manière, la route exige l'essentiel de votre attention. La pluie de cendre ne fait que se densifier au fil des jours suivants, jusqu'à ce que vous tiriez enfin les masques de votre sac et les distribuiez – heureusement, atrocement, vous en avez quatre. La cendre est encore grumeleuse, il ne s'agit pas de la brume meurtrière en suspension dont parle la lithomnésie, mais autant vous montrer prudente. D'autres que vous ont sorti les leurs, vous le constatez quand ils se matérialisent dans la brouillasse, la peau, les cheveux et les vêtements quasi indiscernables du paysage barbouillé de gris. Leurs yeux vous effleurent à peine. Sous les masques, il ne reste que des inconnus méconnaissables. Tant mieux. Personne ne fait attention à vos compagnons ni à vous. Plus maintenant. Vous êtes ravie de vous fondre dans la masse indistincte.

Au bout d'une semaine, les flots de gens qui suivaient la route se sont réduits à de gros grumeaux, voire, parfois, à de simples filets. Quiconque a été admis dans une comm s'empresse d'y retourner, et la foule a assez diminué pour vous prouver que la plupart des voyageurs ont trouvé un endroit où s'installer. Seuls circulent encore ceux qui se rendaient plus loin qu'il n'est d'usage ou qui n'ont plus de foyer – comme les Équatoriaux aux yeux caves que vous croisez çà et là, souvent grièvement blessés ou brûlés par des chutes de décombres. Ils ne vont pas tarder à poser problème, vu leur nombre, même si les plaies ont tendance à s'infecter et éliminent peu à peu les plus mal en point. (Vous repérez chaque jour une ou deux personnes, minimum, assises au bord de la route, blêmes ou très rouges, voûtées ou tremblantes, attendant la fin.) Il en reste toutefois beaucoup qui ont l'air en forme, et ce sont maintenant des hors-comm. Lesquels posent toujours problème.

Au relais suivant, vous engagez la conversation avec un groupe de ce genre : cinq femmes d'âges très divers et un tout jeune homme à l'air indécis. Ils se sont débarrassés de la plupart des amples vêtements inutilement beaux à la mode parmi les citadins de l'Équatorial ; le vol ou le troc leur ont permis de récupérer en chemin des tenues solides et du matériel de voyage adapté. Chacun d'eux exhibe pourtant un souvenir de son ancienne vie : la plus âgée des femmes un foulard en satin bleu taché à fanfreluches ; la plus jeune des manches vaporeuses qui dépassent de celles, plus lourdes et plus pratiques, de sa tunique ; l'homme une écharpe pêche très douce en guise de ceinture, purement décorative, pour autant que vous puissiez en juger.

Mais il ne s'agit pas vraiment d'esthétique. La manière dont ils vous regardent à votre arrivée ne vous échappe pas : ils vous examinent de la tête aux pieds, en s'attardant sur vos poignets, votre cou et vos chevilles ; ils froncent les sourcils, parce que vous n'êtes pas à la hauteur. Leurs vêtements inutiles se révèlent en réalité très utiles : ils servent de signe de reconnaissance à une nouvelle tribu en gestation, tribu à laquelle vous n'appartenez pas.

Ce n'est pas grave. Pas encore.

Vous leur demandez ce qui s'est passé au nord. Vous avez beau le savoir, la conscience d'un événement géologique et la connaissance de ce qu'il signifie au sens humain du terme sont deux choses très différentes. Ils vous répondent, après vous avoir regardée lever les mains pour prouver que vous ne présentez aucun danger (visible).

« Je rentrais d'un concert... » dit une des plus jeunes femmes, sans se présenter – mais ce sera sans doute (si ce n'est déjà) une Reproductrice.

Elle est telle que sont censées être les Sanziennes, grande, robuste, la peau cuivrée, saine au point d'en devenir presque vexante, dotée de traits réguliers séduisants et de hanches larges, le tout sous une masse de cheveux acendres gris qui rappellent sur ses épaules une peau fourrée. Elle montre le jeune homme d'un petit coup de menton. Il baisse modestement les yeux, aussi charmant qu'elle. Sans doute s'agit-il également d'un Reproducteur, bien qu'il soit un peu maigrichon. Ma foi, il s'étoffera, s'il doit honorer cinq femmes pour gagner le gîte et le couvert.

« Il jouait à la salle d'improvisation de la rue Shemshena ; à Alebid. Une musique magnifique... »

L'oratrice s'interrompt, se détachant un instant de l'ici et maintenant. Alebid est – était – une ville de taille moyenne, réputée pour sa scène artistique. La fille revient brusquement à elle, parce que c'est bien sûr une bonne petite Sanzienne et que les Sanziens n'ont pas un amour immodéré des rêveurs.

« On a vu quelque chose se... se *déchirer*, loin au nord. Je veux dire, à l'horizon. Il y a eu un... un embrasement à un endroit précis, et puis ça s'est étendu à la fois vers l'est et vers l'ouest. On n'aurait pas pu dire à quelle distance c'était, mais le dessous des nuages reflétait la lumière. » Elle s'éloigne à nouveau, dans un souvenir terrible, cette fois, les traits durs, sinistres, furieux. Une attitude plus acceptable socialement que la nostalgie. « Ça s'est étendu *vite*. On était là, dans la rue, on regardait en essayant de déterminer ce qu'on voyait, quand le sol s'est mis à trembler. Et puis quelque chose… un nuage… a voilé le rouge, et on a compris qu'il venait vers nous. »

Ce n'était pas un nuage pyroclastique, ou elle ne serait pas là pour en parler. Une simple tempête de cendre, alors. Alebid est assez loin au sud de Lumen ; la jeune femme n'a vécu qu'un pâle écho de ce qui s'est passé dans la capitale. Tant mieux pour elle, parce que cet écho a presque suffi à détruire Tirimo, bien plus au sud. En toute justice, Alebid aurait dû être réduit à l'état de ruines.

Sans doute un orogène a-t-il sauvé cette fille. Oui, il y a un nœud près d'Alebid ; il y avait, du moins.

« Tout tenait toujours debout, continue-t-elle, confirmant votre hypothèse, mais la cendre est arrivée… On ne pouvait plus respirer. Elle nous entrait dans la bouche et dans les poumons, elle se transformait en ciment. Je me suis attaché mon corsage autour de la figure ; le tissu était composé de la même matière que les masques, c'est ce qui m'a sauvée. Ce qui *nous* a sauvés. » Un coup d'œil au jeune homme. Vous vous apercevez alors, à la couleur, que le lambeau de tissu qui lui sert de ceinture faisait manifestement partie d'un vêtement de femme. « C'était le soir. La journée avait été magnifique. Personne ne risquait de se promener avec son sac de survie. »

Le silence s'installe. Cette fois, les Sanziens le laissent s'étirer et dérivent tous un moment de conserve. Le souvenir est à ce point terrible. N'importe comment, la plupart des Équatoriaux n'ont pas de sac de survie. Les nœuds ont été plus que suffisants pour assurer des siècles durant la sécurité des grandes villes.

« Alors nous nous sommes enfuis », conclut abruptement l'oratrice. Elle soupire. « Et nous courons toujours. »

Vous remerciez les voyageurs des renseignements et vous éloignez avant qu'ils ne posent à leur tour des questions.

Les jours passant, ce genre d'histoires se multiplie. Mais aucun des Équatoriaux que vous croisez ne vient de Lumen ou d'une comm située plus ou moins à la même latitude. Alebid représente la limite nord de la zone d'où affluent les survivants.

Peu importe. Vous n'allez pas au nord. Et peu importe que ça vous tracasse – l'événement proprement dit et ce qu'il signifie : il vaut mieux ne pas trop y penser. Vous avez assez de souvenirs horribles en tête.

Vous continuez donc à traverser avec vos compagnons les jours gris et les nuits rouges. Vos seules préoccupations importantes consistent à remplir votre gourde, ne pas laisser vos réserves de nourriture baisser et remplacer vos chaussures quand elles commencent à être trop usées. C'est facile, pour l'instant, parce que les gens persistent à espérer que la Saison sera courte : un an sans été, deux ou trois au pire – bref, la routine. Les comms qui profitent de la mauvaise planification des négligents au lieu de renoncer aux échanges s'enrichissent souvent dans ces périodes-là. Vous n'êtes pas si bête. Cette Saison va être beaucoup, beaucoup trop longue pour n'importe quelle planification – mais ça ne vous empêche pas de profiter des a priori d'autrui.

Il vous arrive de vous arrêter au moment de dépasser une comm du bord de la route. Il y en a d'immenses, à l'enceinte de granite visible de loin ; il y en a aussi que défendent de simples barbelés, des poteaux taillés en pointe et des Costauds mal armés. Les prix deviennent bizarres. L'argent ayant toujours cours à certains endroits, vous vous ruinez presque pour acheter à Hoa son propre couchage. Il en va différemment dans la ville suivante, qui accepte en revanche comme monnaie n'importe quels outils. Le vieux marteau de tailleur de pierre rangé au fond de votre sac vous permet de récupérer deux semaines de pain de cache et trois pots de purée de fruits secs sucrée.

Vous partagez les réserves de nourriture avec vos compagnons. C'est important. La lithomnésie regorge d'avertissements contre la thésaurisation individuelle, et vous faites maintenant partie d'un groupe, que vous soyez ou non disposée à l'admettre. Hoa se rend utile en passant l'essentiel des nuits à monter la garde, car il ne dort presque pas. (Et il ne mange pas du tout. Vous essayez de ne pas y prêter attention, de même que vous essayez de ne pas penser à la manière dont il a changé un kirkhusa en pierre.) Tonkee n'aime pas traiter avec des inconnus, quoique ses vêtements neufs et son odeur pas-pire-que-celle-d'une-autre lui permettent de passer pour une personne déplacée plutôt qu'une hors-comm. C'est donc vous qui vous chargez des marchandages. Elle fait néanmoins son possible. Lorsque vos bottes vous lâchent et que la comm à laquelle vous vous adressez refuse tout ce que vous avez à troquer, par exemple, elle vous surprend en produisant un compas. Les compas n'ont pas de prix, maintenant que le ciel est couvert et que la pluie de cendre réduit la visibilité. Vous devriez en tirer dix paires de bottes, mais la négociatrice qui commerce au nom de ses concitoyens vous tient, elle le sait, et vous n'en obtenez que deux, une pour vous, l'autre pour Hoa, les siennes montrant déjà des signes d'usure. Quant à Tonkee, des bottes neuves se balancent sous son sac. Vous vous plaignez plus tard d'avoir perdu au change sans qu'elle y prête beaucoup attention.

« On trouvera notre chemin, d'une manière ou d'une autre », dit-elle en vous fixant d'un regard qui vous met mal à l'aise.

Elle ne sait *certainement* pas que vous êtes une gèneuse, mais comment vous en assurer, avec elle ?

Les kilomètres s'enchaînent. Il y a beaucoup de carrefours, parce qu'il y a beaucoup de villes dans cette zone des Moyennes et parce que la route impériale croise celles des comms locales, plus modestes, les chemins, les rivières, les vieilles pistes de métal dont une civilisation disparue se servait d'une manière ou d'une autre pour le transport. Les routes impériales ont été tracées en fonction de ces carrefours, car les voies de communication constituaient l'élément vital de l'Antique Sanze. Ils signifient hélas qu'il est facile de se perdre quand on ne sait pas où on va – ou quand on n'a ni compas, ni carte, ni panneau indicateur montrant la direction *Pères filicides*.

Hoa est votre sauveur. Vous êtes toute disposée à le croire capable de localiser Nassun ; il se révèle encore plus fiable qu'un compas, vous signalant infailliblement la direction à prendre aux carrefours. Vous suivez pour l'essentiel le grand axe Lumen-Ketteker – bien que Ketteker se trouve au cœur de l'Antarctique et que vous espériez sincèrement ne pas avoir à aller jusque-là ; à un moment, Hoa vous entraîne sur une voie secondaire qui relie l'un à l'autre deux tronçons de la route impériale, en passant par une comm ; vous y gagnez sans doute pas mal de temps, d'autant que Jija, lui, n'a peut-être pas emprunté ce raccourci. (Lequel vous pose cependant problème, dans la mesure où la comm qui l'a bâti déborde de Costauds bien armés, parmi lesquels l'apparition de votre groupe suscite une vive agitation : ils se mettent à hurler et à décocher des carreaux d'arbalète en guise d'avertissement, n'ouvrent pas les portes pour commercer puis vous suivent des yeux un long moment, vous le sentez.) Hoa perd malheureusement de son assurance lorsque la route se met à sinuer, s'écartant du plein sud. Vous l'interrogez ; il vous répond qu'il sait dans quelle direction se déplace Nassun, mais ignore quel chemin ils ont pris, elle et Jija. Tout ce qu'il peut faire, c'est vous montrer celui qui a le plus de chances de vous mener à eux.

Au fil des semaines, cela même lui devient difficile. À un moment, il passe cinq minutes planté à un carrefour à se mordre la lèvre, jusqu'à ce que vous lui demandiez ce qui ne va pas.

« Il y a beaucoup de comme vous à un endroit », explique-t-il, mal à l'aise.

Vous vous empressez de changer de sujet, parce que si Tonkee ne sait pas ce que vous êtes, une conversation de ce genre le lui apprendra.

Beaucoup de comme vous. Des gens ? Non, ça n'a pas de sens. Des gèneurs ? Réunis ? Ça en a encore moins. Le Fulcrum est mort en même temps que Lumen. Il existe certes des Fulcrum annexes, un en Arctique – loin au nord, passé les latitudes centrales du continent, à présent infranchissables – et un en Antarctique, mais ils se trouvent à plusieurs mois de voyage. Les orogènes qui errent encore sur les routes vous ressemblent : ils cachent ce qu'ils sont et essaient de survivre à la manière de n'importe quel fixe. Ça n'aurait aucun sens pour eux de se rassembler ; ils n'en auraient que plus de chances d'être percés à jour.

Au carrefour, Hoa finit par choisir une route sur laquelle vous lui emboîtez le pas, mais vous savez à ses sourcils froncés qu'il n'est sûr de rien.

« C'est tout près », vous dit-il enfin, une nuit, pendant que vous mangez du pain de cache et de la purée de fruits secs en essayant de ne pas fantasmer sur autre chose. Les légumes frais commencent vraiment à vous manquer, mais ils ne tarderont pas à disparaître, si ce n'est déjà fait, ce qui vous incite à ignorer de votre mieux vos envies. Tonkee a disparu vous ne savez où, sans doute pour se raser. Depuis quelques jours, elle est à court de quelque chose, une potion de biomestre quelconque qu'elle rangeait dans son sac et qu'elle s'efforçait de prendre en cachette, alors que vous vous en fichez. Voilà pourquoi la barbe lui pousse peu à peu, ce qui la rend irritable.

« L'endroit avec tous les orogènes, continue Hoa. Je ne trouve rien plus loin. Ils sont comme… comme des lumières. C'est facile d'en voir une isolée, Nassun, par exemple, mais ensemble, ils donnent une lumière très, très vive, et elle est passée tout près ou au milieu. Alors je ne peux plus… » Il cherche manifestement ses mots. Il n'en existe pas, pour certaines choses. « Je ne peux plus, euh…

— Valuer ? » suggérez-vous.

Ses sourcils se froncent.

« Non, ce n'est pas ce que je fais. » Vous vous abstenez de lui demander ce qu'il fait. « Je ne peux plus… Je ne peux plus rien *savoir* d'autre. La vive lumière m'empêche de me concentrer sur la petite lumière.

— Combien… » Vous omettez le mot, au cas où Tonkee reviendrait. « Combien sont-ils ?

— Je ne sais pas. Plus d'un. Moins d'une ville. Mais il en arrive d'autres. »

Voilà qui est inquiétant. Tout le monde n'est pas à la poursuite d'enfants enlevés et de maris meurtriers. « Pourquoi ? Comment savent-ils où aller ?

— Je ne sais pas. »

Ah, ça, c'est utile.

Vous n'avez qu'une certitude, Jija se dirigeait vers le sud. Mais « le sud » englobe un sacré territoire. Plus d'un tiers du continent. Des milliers de comms. Des dizaines de milliers de kilomètres carrés. A-t-il un but ? Vous l'ignorez. Il peut très bien obliquer vers l'est ou l'ouest. Voire s'arrêter.

Ça, c'est une idée.

« Et s'ils s'étaient arrêtés là ? Jija et Nassun… à cet endroit-là ?

— Je ne sais pas. Je sais juste qu'ils sont passés par là. Je ne les ai pas perdus avant. »

Vous attendez donc le retour de Tonkee pour lui annoncer où vous allez. Vous ne lui dites pas pourquoi, et elle ne vous le demande pas. Vous ne lui dites pas non plus ce que vous allez trouver – parce que, franchement, vous n'en savez rien. Peut-être quelqu'un cherche-t-il à construire un nouveau Fulcrum. Peut-être cela figurait-il dans un mémo. De toute manière, ça fait du bien d'avoir de nouveau un but précis.

Vous ne prêtez pas attention à l'anxiété qui vous taraude quand vous vous engagez sur la route qu'a suivie Nassun – du moins, vous l'espérez.

*
**

Considérez-les à l'aune de leur utilité : les Dirigeants et les Résistants, les féconds et les habiles, les sages et les meurtriers, plus quelques Costauds pour veiller sur eux.

Tablette première,
« De la survie », strophe neuf

14. Syénite casse ses jouets

Restez sur place. Attendez ordres, dit le télégramme de Lumen.

Syénite le tend sans un mot à Albâtre, qui y jette un énième coup d'œil puis éclate de rire.

« Eh bien… Je commence à croire que tu viens de gagner un autre anneau, Syénite Orogène. Ou une condamnation à mort. Je suppose qu'on verra en rentrant. »

Ils se trouvent dans leur chambre de *La Fin de Saison*, nus après leur habituelle séance de baise vespérale. L'agacement et la nervosité poussent Syénite à se lever pour faire les cent pas. La pièce est plus petite que celle dont ils disposaient la semaine précédente car, leur contrat rempli, Allia ne leur paie plus le gîte et le couvert depuis quelques jours.

« En rentrant ? »

Syénite fixe Albâtre d'un œil noir, sans cesser d'aller et venir. Il est totalement détendu dans la faible clarté du crépuscule, espace positif à la longue ossature sur fond de blancheur négative. Chaque fois qu'elle le regarde, l'obélisque grenat s'immisce dans ses pensées : l'homme est aussi inconcevable que l'artefact, à la limite de la réalité, exaspérant. Comment se fait-il qu'il ne soit pas furieux ?

« Qu'est-ce que c'est que ces conneries ? *Restez sur place* ? Pourquoi ne nous laissent-ils pas rentrer ?

— Tss, tss. Quel langage ! Tu te tenais tellement bien au Fulcrum. Que t'est-il arrivé ?

— Je t'ai rencontré. Réponds-moi !

— Ils veulent peut-être nous offrir des vacances. »

Il bâille et se penche pour prendre un fruit dans le sac posé sur la table de nuit. Depuis une semaine, ils achètent eux-mêmes leur nourriture. Au moins, maintenant, il n'a plus besoin qu'elle lui rappelle de manger. S'ennuyer lui fait du bien.

« Franchement, Syène, qu'on perde notre temps à Allia ou sur la route de Lumen, qu'est-ce que ça change ? Au moins, ici, on est bien. Allez, reviens au lit.

— Non », riposte-t-elle en montrant les dents.

Il soupire.

« Viens te *reposer*. On a fait notre devoir pour cette nuit. Feux terrestres ! Si tu veux, je sors un moment pour que tu puisses te masturber tranquille. Tu seras peut-être de meilleure humeur, après. »

Elle le serait en effet, mais jamais elle ne l'admettra devant lui. Elle finit malgré tout par retourner au lit, vu qu'elle n'a rien de mieux à faire. Il lui tend un quartier d'orange, qu'elle accepte parce que c'est son fruit préféré, à très bon marché ici. Il y a beaucoup à dire en faveur de la vie dans une comm côtière, elle l'a constaté plus d'une fois depuis leur arrivée. Climat doux, nourriture délicieuse, coût de la vie bas, possibilité de croiser des gens de tout le continent, beaucoup de monde transitant par le port pour voyager et commercer, beauté de l'océan, véritablement fascinant. Syénite peut passer des heures à le contempler par la fenêtre. Si les comms côtières n'avaient pas une fâcheuse tendance à être régulièrement effacées de la carte par des tsunamis… oh, bon.

« Je ne comprends pas », répète-t-elle pour la dix millième fois, minimum. Albâtre doit commencer à en avoir assez de ses jérémiades, mais elle n'a rien d'autre à faire que se plaindre. Il va donc falloir qu'il les supporte. « Tu crois que c'est une punition ? Que je n'étais pas censée découvrir un machin géant rouilleux au fond d'un port pendant une mission de routine consacrée à un récif corallien ? » Elle écarte brusquement les mains. « Personne ne pouvait se douter de rien.

— À mon avis, les seniors veulent que tu restes disponible pour les géomestres qui ne vont pas tarder à arriver, au cas où ils permettraient au Fulcrum de faire d'autres affaires. »

Il l'a déjà dit, et il a probablement raison. Les géomestres convergent vers la ville – de même que les archéomestres, les mnésistes, les biomestres, plus quelques médecins, inquiets de l'effet qu'une proximité pareille avec un obélisque aura sur la population d'Allia. Les charlatans et les excentriques ne sont pas en reste, évidemment, métallistes, astronomestres – tous les praticiens des diverses pseudo-sciences. Le moindre habitant des comms du quartant et des quartants voisins qui possède un minimum de pratique ou une marotte. Syénite et Albâtre n'ont réussi à louer une chambre que parce qu'ils sont les découvreurs de la chose et qu'ils s'y sont pris tôt ; les auberges et pensions du coin sont toutes pleines à craquer.

Personne ne s'intéressait vraiment aux obélisques jusqu'à maintenant. D'un autre côté, personne n'en avait vu d'aussi près, en lévitation, parfaitement distinct, incrusté d'un mangeur de pierre mort, au-dessus d'un grand centre urbain.

Toutefois, les mestres se contentent d'interroger Syénite sur ce qu'elle pense de la libération de l'artefact – elle fait déjà la grimace chaque fois qu'on lui présente un quelconque *Crétin Innovateur Pétaouchnok*. Ils ne lui demandent rien d'autre, ce qui lui convient fort bien, car elle n'est pas habilitée à négocier au nom du Fulcrum. Peut-être en va-t-il autrement d'Albâtre, mais elle ne veut pas qu'il marchande ses services à elle. Il ne signerait sans doute pas *intentionnellement* un contrat qu'elle n'aimerait pas remplir, il n'est pas bête à ce point ; c'est juste une question de principe.

Le pire, en fait, c'est qu'elle n'y croit pas vraiment. Leur ordonner de rester à Allia n'a aucun sens. Le Fulcrum devrait exiger leur retour en Équatorial, où les érudits impériaux de la Septième pourraient interroger Syénite et les seniors déterminer combien exiger des mestres désireux de lui parler. Les seniors eux-mêmes devraient avoir hâte de l'interroger pour mieux comprendre le curieux pouvoir qu'elle a maintenant expérimenté trois fois et qui, elle le sait enfin, lui vient des obélisques.

(Les Gardiens aussi devraient être impatients de lui parler. Ils ont leurs propres secrets, bien sûr. C'est leur manque d'intérêt à eux qui la dérange le plus.)

Albâtre lui a conseillé de passer cette partie de l'histoire sous silence. *Personne n'a besoin de savoir que tu peux te connecter aux obélisques*, lui a-t-il dit, le lendemain de l'incident. L'empoisonnement l'avait assez affaibli pour qu'il soit à peine capable de sortir du lit. Son épuisement du point de vue orogénique l'aurait empêché d'intervenir quand elle avait libéré l'obélisque, alors qu'elle venait de vanter sa capacité d'action à distance. Mais, malgré son état de faiblesse, il a attrapé Syénite par la main en serrant assez fort pour être sûr qu'elle l'écoute. *Dis-leur que tu as essayé de faire bouger la strate et que l'obélisque est sorti tout seul, comme un bouchon sous-marin ; même les nôtres y croiront. C'est juste un artefact d'une civilisation disparue qui ne rime à rien ; ils ne douteront pas de toi si tu ne leur donnes pas de raison de douter. Alors évite de* parler *de ça. Y compris avec moi.*

Conseil qui donne évidemment encore plus envie d'en parler à Syénite. Mais la seule fois où elle a essayé, alors qu'il avait récupéré, il l'a fixée sans mot dire d'un regard noir, jusqu'à ce qu'elle comprenne et passe à autre chose.

C'est encore ce qui l'exaspère le plus.

« Je vais me balader, décide-t-elle en se levant.

— Bon. » Il s'étire et se lève, lui aussi. Ses articulations craquent. « Je t'accompagne.

— Je n'ai pas demandé de compagnie.

— Non, c'est vrai. » Il lui sourit, avec la dureté qu'elle commence à détester. « Mais si tu sors la nuit, dans une comm inconnue où *quelqu'un a déjà tenté de tuer l'un de nous*, je te garantis que tu vas en avoir. »

La remarque la fait tressaillir.

« Oh. »

Encore un sujet interdit, non à cause d'Albâtre, mais parce que l'ignorance les cantonne aux suppositions. Syénite aime à croire que l'explication la plus simple est aussi la meilleure : un incompétent en cuisine. Albâtre lui en a cependant signalé le défaut : personne d'autre n'a été malade à l'auberge ni même en ville. Mais peut-être existe-t-il à cela une autre explication, tout aussi simple : Asael a dit aux marmitons de ne contaminer que sa nourriture à lui. C'est le genre de choses dont les Dirigeants furieux sont capables, du moins dans les histoires, qui regorgent d'empoisonnements et de méchancetés indirectes complexes. Syénite préfère celles qui parlent de Résistants accomplissant l'impossible, de Reproducteurs sauvant des vies grâce à des mariages politiques habiles et une reproduction stratégique ou de Costauds surmontant leurs problèmes par une saine et honnête violence.

Albâtre étant ce qu'il est, il estime que son empoisonnement recèle des zones d'ombre, mais elle n'a aucune envie d'admettre qu'il a peut-être raison.

« Bon, d'accord », lâche-t-elle avant de s'habiller.

C'est une belle soirée. Le soleil couchant étire démesurément leur ombre devant eux pendant qu'ils descendent vers le port. Les constructions, pour la plupart stuquées de beige, prennent brièvement des tons profonds de joyaux, rouge, or, violet. L'avenue qu'ils parcourent croise une ruelle tortueuse menant à une petite anse, à l'écart de la zone portuaire animée ; lorsqu'ils s'arrêtent au carrefour pour profiter de la vue, quelques adolescents rieurs s'amusent sur la plage de sable noir. Jeunes, minces, bronzés, éclatants de santé et manifestement heureux. Syénite s'aperçoit qu'elle les contemple en se demandant si c'est ça, grandir, pour les gens normaux.

À ce moment-là, l'obélisque – bien visible au bout de l'avenue, où il lévite trois à quatre mètres audessus des eaux du port – émet une des pulsations basses, quasi imperceptibles, qui l'animent depuis qu'elle l'a fait décoller. Elle en oublie les gamins.

« Ce truc a un problème », dit Albâtre très, très bas.

Elle se tourne vers lui, agacée, sur le point de répondre – *Ah tiens, tu veux bien en parler, maintenant ?* –, quand elle s'aperçoit qu'il ne prête apparemment aucune attention à l'artefact. En fait, il frotte un pied par terre, les mains dans les poches, l'air – Ah, elle en rirait presque –, l'air d'un jeune homme timide prêt à glisser quelque chose de polisson à sa charmante compagne. Peu importe qu'il ne soit ni jeune ni timide ; peu importe que son charme à elle ou sa polissonnerie à lui soient hors sujet, puisqu'ils couchent déjà ensemble. Simplement, un témoin inattentif ne saurait pas qu'il s'intéresse à l'obélisque.

C'est sa conduite qui éclaire Syénite : *personne d'autre qu'eux ne value les pulsations*. Il ne s'agit d'ailleurs pas exactement de pulsations, car ce n'est ni bref ni rythmique. Ça ressemble davantage à des palpitations douloureuses, quoique sporadiques, aussi irrégulières et menaçantes que celles d'une rage de dents. Si les habitants de la comm avaient valué la dernière, ils ne seraient pas en train de s'amuser gaiement ou de se détendre tranquillement à la fin d'une longue et délicieuse journée. Ils seraient tous là dehors, les yeux fixés sur cette énorme chose qui les domine et à laquelle Syénite est de plus en plus tentée d'appliquer dans sa tête le qualificatif de « dangereuse ».

Décidée à se conduire comme Albâtre, elle le prend par le bras et se serre contre lui, en femme qui éprouve pour son compagnon une réelle affection. Et elle parle très bas, même si elle se demande à qui ou à quoi il veut dissimuler leur conversation. Les rues sont animées, car la journée de travail touche à sa fin, mais personne ne traîne aux alentours ni ne fait grand cas d'eux.

« J'attends toujours qu'il monte, comme les autres. »

L'obélisque est en effet beaucoup, beaucoup trop près du sol ou, plus exactement, de la surface de l'eau. Tous ceux que Syénite avait vus jusque-là – y compris l'améthyste qui a sauvé la vie d'Albâtre et qui continue à dériver quelques kilomètres en mer – lévitaient dans la couche nuageuse inférieure, voire au-dessus.

« Il n'est pas droit non plus. On dirait qu'il a du mal à tenir en l'air. »

Hein ? Elle ne peut s'empêcher de lever les yeux, mais Albâtre lui serre aussitôt le bras pour les lui faire baisser. Ce bref coup d'œil a cependant apporté à Syénite la confirmation attendue : le grenat penche bel et bien, un peu, l'extrémité supérieure vaguement pointée vers le sud. Sans doute son tournoiement s'accompagne-t-il d'un lent vacillement. La jeune femme n'a remarqué son inclinaison quasi imperceptible que parce qu'elle se tient dans une rue encadrée de constructions verticales, mais maintenant, elle ne voit plus que ça.

« Prenons par là », propose-t-elle.

Ils se sont déjà trop attardés, ce dont Albâtre est manifestement persuadé, lui aussi. Ils empruntent la ruelle d'un pas tranquille en direction de la petite anse.

« Voilà pourquoi ils nous obligent à rester. »

Il dit ça à un moment où elle ne lui prête aucune attention. La beauté du crépuscule et les longues rues élégantes de la comm la distraient malgré elle. Ainsi qu'un autre couple, qui les croise sur le trottoir ; la femme, plus grande, les salue de la tête bien qu'ils portent tous deux leur uniforme noir. Curieux petit geste. Et agréable. Lumen est une merveille de l'accomplissement humain, le pinacle de l'ingéniosité et du géonium ; cette petite comm dérisoire n'en approchera seulement jamais, dût-elle durer une dizaine de Saisons ; mais à Lumen, personne n'aurait jamais daigné saluer des gèneurs, si belle que soit la journée.

Et puis les derniers mots d'Albâtre pénètrent les ruminations de Syénite.

« Hein ? »

Loin de se presser, il marche du même pas qu'elle, qui se révèle pourtant en général moins rapide.

« Il ne faut pas discuter dans la chambre. Ici aussi, c'est risqué, mais tu te demandes pourquoi ils nous obligent à rester et nous interdisent de rentrer. Voilà pourquoi. L'obélisque est en train de tomber en panne. »

Ça, au moins, c'est évident, mais…

« Qu'est-ce que ça peut bien nous faire ?

— C'est toi qui l'as mis en lévitation. »

Elle fronce les sourcils, avant de se souvenir de maîtriser son expression.

« Il s'est mis en lévitation tout seul. Moi, j'ai juste enlevé les cochonneries qui le lestaient. Bon, je l'ai peut-être réveillé aussi. »

Car son esprit s'obstine à dire qu'*il dormait*, mais elle n'a pas envie de se poser trop de questions là-dessus.

« Ce qui représente plus de contrôle sur un obélisque que personne n'en a eu en près de trois mille ans d'histoire impériale. » Albâtre hausse légèrement les épaules. « Moi, si j'étais une petite pédante prétentieuse de cinq-anneaux et que je lisais un télégramme annonçant une chose pareille, voilà ce que je me dirais, et voilà ce que je ferais : j'essaierais de contrôler la personne qui contrôle ça. » Il lève brièvement les yeux vers le grenat géant. « Mais ce n'est pas des pédants prétentieux du Fulcrum qu'il faut nous méfier. »

Syénite n'a pas la moindre idée de ce qu'il veut dire. Non que ce qu'il raconte lui semble douteux ; elle imagine parfaitement quelqu'un comme Feldspath montant un complot de ce genre. Mais pourquoi ? Pour rassurer la population de la région en gardant un dix-anneaux à proximité ? Personne ici ne connaît Albâtre, sauf quelques bureaucrates qui ne pensent certainement pas à lui, occupés qu'ils sont à gérer le brusque afflux des mestres et des touristes. Pour agir, l'obélisque ne devrait-il pas… Agir, l'obélisque ? Ça n'a pas de sens. Et de qui d'autre Syénite est-elle censée se méfier ? À moins que…

Elle fronce de nouveau les sourcils.

« Qu'est-ce que tu racontais, tout à l'heure ? » Son compagnon parlait de… se connecter à un obélisque. Qu'est-ce que ça veut dire ? « Et tu… tu as fait quelque chose, cette nuit-là. » Mal à l'aise, elle lui jette un coup d'œil, sans cependant croiser cette fois son regard furieux. Il contemple la crique en contrebas, apparemment fasciné par la vue, malgré ses yeux alertes et son air sérieux. Elle hésite pourtant un instant, avant d'ajouter : « Tu *sais* te servir de ces trucs, hein ? » Oh, par le Père Terre, quelle idiote ! « Tu en as le contrôle ! Le Fulcrum est au courant ?

— Non, et toi non plus. »

Les yeux sombres d'Albâtre se tournent vers les siens, très brièvement.

« Pourquoi es-tu tellement… » *Secret* n'est même pas le mot juste. Il lui parle. Mais on dirait qu'il soupçonne quelqu'un de les écouter, d'une manière ou d'une autre. « Personne ne pouvait nous espionner, dans la chambre. »

Elle désigne d'un coup de menton significatif les gamins qui passent en courant ; l'un d'eux heurte Albâtre et lui présente ses excuses. Il faut dire que la rue est étroite. Des excuses. Franchement.

« Tu n'en sais rien. La colonne porteuse principale de l'auberge est en granite plein, tu n'as pas remarqué ? La fondation aussi, semble-t-il. Si elle repose directement sur le socle rocheux… »

Albâtre a maintenant l'air mal à l'aise, mais ça ne dure pas, car il se contraint à l'impassibilité.

« Quel rapport avec… » La compréhension s'impose à Syénite. Ah. *Ah*. Mais… non, ce n'est pas possible. « Tu veux dire que quelqu'un aurait pu nous espionner *à travers les murs* ? À travers le… la pierre ? »

Elle n'a jamais entendu parler de rien de tel. Ce n'est pas idiot, évidemment, puisque l'orogénie fonctionne de cette manière. Elle-même, lorsqu'elle s'ancre à la terre, elle peut valuer non seulement la roche à laquelle est lié son esprit, mais aussi tout ce qui la touche. Y compris quand elle ne perçoit pas les objets proprement dits, comme dans le cas de l'obélisque. Donc… sentir les vibrations tectoniques, soit ; mais le *son*… ? Ce n'est pas vrai. Elle n'a connaissance d'aucun exemple de gèneur possédant une sensibilité pareille.

Albâtre la regarde en face un long moment.

« Je peux. » Elle lui rend son regard. Il soupire. « J'ai toujours pu. Toi aussi, sans doute. C'est juste que les choses ne sont pas encore claires. Pour l'instant, tu ne perçois que d'infimes vibrations. Vers les huitième ou neuvième anneaux, j'ai commencé à distinguer des motifs dans les vibrations. Des détails.

— Mais tu es le seul dix-anneaux du monde, objecte-t-elle en secouant la tête.

— La plupart de mes enfants ont le potentiel de dix-anneaux. »

Elle sursaute en se rappelant soudain le petit mort du nœud, près de Mehi. Ah. Le Fulcrum contrôle les opérateurs des nœuds. Peut-être dispose-t-il d'un moyen d'obliger ces pauvres enfants mutilés à écouter puis à recracher ce qu'ils ont entendu, comme des sortes de récepteurs télégraphiques vivants. Est-ce ce que redoute Albâtre ? Le Fulcrum est-il une araignée installée au cœur de Lumen et se servant de la toile des nœuds pour espionner la moindre conversation du Fixe ?

Toutefois, la vague préoccupation qui s'agite au fin fond de son esprit distrait Syénite de ces spéculations. Albâtre vient de dire quelque chose qui la tracasse. La mauvaise influence de son mentor la pousse à remettre en question tout ce qu'elle tient pour acquis depuis l'enfance. *La plupart de mes enfants ont le potentiel de dix-anneaux.* Il n'y en a pourtant pas d'autre au Fulcrum. Or on n'affecte aux nœuds que les enfants gèneurs incapables de se contrôler. N'est-ce pas ?

Ah.

Non.

Elle décide de passer sous silence cette révélation.

Il lui tapote la main, peut-être pour continuer à jouer la comédie, peut-être dans l'espoir de la réconforter. Il sait bien sûr, mieux qu'elle sans doute, ce qu'on a fait à ses enfants.

« Ce n'est pas des seniors du Fulcrum qu'il faut nous méfier », répète-t-il.

À qui peut-il bien penser ? Certes, les seniors sont nuls. Syénite garde un œil sur leurs faits et gestes parce qu'elle sera un jour des leurs et parce qu'il vaut mieux savoir qui a du pouvoir et qui a juste l'air d'en avoir. Il existe une douzaine de factions, minimum, ainsi que les indépendants habituels : les lèche-bottes, les idéalistes, plus ceux qui poignarderaient leur propre mère pour s'élever dans la hiérarchie. Mais voilà que la jeune femme se demande brusquement à qui ils rendent des comptes.

Aux Gardiens. Parce que personne ne se fierait à de sales gèneurs pour gérer leurs propres affaires, pas plus que Shemshena ne se serait fiée à Misalem. Personne au Fulcrum ne parle des buts ni des stratégies des Gardiens, parce que personne ne les comprend. Ils ne les confient à personne et s'opposent aux enquêtes. Avec véhémence.

Syénite se pose la question – et ce n'est pas la première fois : à qui les Gardiens rendent-ils des comptes ?

Albâtre et elle ont atteint la crique pendant qu'elle réfléchissait. Ils s'arrêtent sur la promenade devant laquelle s'achève l'avenue, pavés effacés par le sable en mouvement menant aux planches surélevées, bordées d'une balustrade. Une autre plage s'étend près de celle qu'ils ont vue un peu plus tôt. Les enfants qui montent et descendent en courant l'escalier du front de mer accompagnent leurs jeux de cris perçants ; un peu plus loin, de vieilles femmes nues pataugent dans les eaux du port. Syénite ne remarque l'inconnu assis sur le garde-corps, à quelques mètres d'eux, que parce qu'il a ôté sa chemise et qu'il les dévisage. Son torse nu retient un instant le regard de la jeune femme – avant qu'elle ne détourne poliment les yeux –, du seul fait qu'Albâtre n'offre pas un spectacle très plaisant et qu'elle n'a pas eu depuis longtemps d'activité sexuelle satisfaisante. L'intérêt de ce type la laisserait de marbre en temps normal, car il faut reconnaître qu'à Lumen elle suscite en permanence celui de parfaits inconnus.

Mais.

Elle se tient sur la promenade en compagnie d'Albâtre, détendue, plus à l'aise qu'elle ne l'a été ces dernières semaines, à regarder jouer les enfants. Il lui est difficile de se concentrer sur les mystères dont elle discute avec son compagnon. La politique de Lumen semble tellement loin, tellement obscure, sans importance et hors de portée. Comme un obélisque.

Mais.

Elle finit par s'apercevoir qu'Albâtre s'est raidi à son côté. Il a beau être tourné vers la plage et les gamins, il ne leur prête aucune attention. Alors seulement elle se fait la réflexion que les Alliens ne fixent personne de cette manière, pas même un couple de bêtes noires qui s'accorde une petite promenade vespérale. À part Asael, la plupart de ceux qu'elle a croisés sont trop bien élevés pour se permettre une impolitesse pareille.

Elle se retourne donc vers l'inconnu. Il lui sourit, ce qu'elle trouve assez agréable. Il a une dizaine d'années de plus qu'elle et un corps magnifique. Larges épaules, deltoïdes élégants sous une peau sans défaut, torse taillé en un V parfait jusqu'à la taille fine.

Pantalon bordeaux. Chemise également, posée sur la balustrade, à côté de lui – il l'a évidemment enlevée pour prendre le soleil. Syénite se rend brusquement compte du curieux bourdonnement familier qui résonne au fond de ses valupinae : il y a un Gardien à proximité.

« Le tien ? » demande Albâtre.

Elle s'humecte les lèvres.

« Je priais que ce soit le tien.

— Non. »

Sur ce, Albâtre s'avance, pose théâtralement les mains sur le garde-fou et baisse la tête, comme pour s'étirer les épaules.

« Évite le contact avec sa peau. »

Simple murmure qu'elle perçoit à peine, avant qu'il ne se redresse et ne se tourne vers l'inconnu.

« Vous avez un problème, Gardien ? »

L'interpellé se met à rire tout bas puis se laisse tomber sur les planches. C'est un Côtier, du moins en partie, la peau brune, les cheveux crépus ; un peu pâle, mais à part ça, comme chez lui à Allia. Enfin. Non. Comme chez lui, au premier abord. Il a ce petit *quelque chose* d'indéfinissable qu'avaient tous les Gardiens avec qui Syénite a eu le malheur d'interagir. À Lumen, personne ne prend jamais un Gardien pour un orogène – ni d'ailleurs pour un fixe. Ils sont différents, tout le monde s'en rend compte.

« Eh bien oui, dit le Gardien. Albâtre dix-anneaux, Syénite quatre-anneaux… » Elle serre les dents à ces seuls mots. Si on doit ajouter quoi que ce soit à son nom, elle préfère le simple *Orogène*. Les Gardiens comprennent bien sûr parfaitement la différence entre un dix et un quatre-anneaux. « Je me présente, Edki Gardien Mandat. Mais dites-moi, vous avez été très occupés, tous les deux.

— Comme il se doit », répond Albâtre. Elle lui jette un coup d'œil, surprise. Il est plus tendu qu'elle ne l'a jamais vu, les muscles du cou contractés, les mains le long du corps, tournées vers l'extérieur et… *prêtes*, mais à quoi ? Elle ne comprend même pas que le mot lui soit venu à l'esprit. « Nous avons accompli la mission que nous avait assignée le Fulcrum, vous voyez.

— Oh, je vois. Beau travail. » Edki jette un regard quasi négligent à l'improbable obélisque oscillant. Syénite, qui ne quitte pas le Gardien des yeux, voit son sourire s'évanouir comme s'il n'avait jamais existé. Ce ne peut être que mauvais signe. « Dommage que vous ne vous soyez pas contentés d'accomplir la mission qui vous avait été assignée. De quelle obstination n'es-tu pas capable, Albâtre. »

Syénite se renfrogne devant la condescendance avec laquelle on la traite, une fois de plus.

« C'est *moi* qui ai fait le travail, Gardien. Il y a un problème ? »

Quand il se tourne vers elle, surpris, elle comprend qu'elle a commis une erreur. Une grave erreur, car il n'a pas retrouvé le sourire.

« C'est toi, vraiment ? »

Albâtre lâche une expiration sifflante et… fer rouillé, elle le sent planter sa conscience dans la strate, parce qu'il descend à une profondeur inouïe. Sa force se réverbère dans tout le corps de Syénite, pas seulement ses valupinae. Impossible de l'imiter ; il dépasse en un souffle les possibilités de la jeune femme, plongeant sans difficulté jusqu'au magma, qui se trouve pourtant à des kilomètres sous terre. Et il contrôle à la perfection toute cette énergie terrestre. Stupéfiant. Il pourrait déplacer une montagne – sans effort.

Mais *pourquoi* ?

Edki retrouve brusquement le sourire.

« La Gardienne Leshet te salue, Albâtre. »

Syénite en est encore à s'efforcer de décrypter cette réplique et le fait qu'Albâtre va *se battre avec un Gardien*, lorsqu'il se raidit brusquement.

« Vous l'avez retrouvée ?

— Bien sûr. Il va falloir discuter de ce que tu lui as fait. Au plus vite. »

Edki a maintenant un vitrocouteau noir à la main – Syénite ne saurait dire quand il l'a tiré ni d'où. La lame en est ridiculement courte, quoique large, puisqu'elle ne fait guère que cinq centimètres de long. C'est tout juste si on peut parler de couteau.

Mais qu'est-ce qu'il va en faire ? Nous couper les ongles ?

D'ailleurs, pourquoi menacer d'une arme deux orogènes impériaux ?

« Écoutez, Gardien, tente-t-elle, il doit y avoir err… »

Il bouge, mais quand elle cligne des yeux, le tableau n'a pas changé : Albâtre et elle se tiennent face à Edki, sur la promenade baignée d'ombre et de lumière sanglante ; des enfants et des vieilles femmes s'amusent en contrebas. Quelque chose a pourtant changé, mais elle se demande quoi, jusqu'au moment où Albâtre produit un son étranglé en se jetant sur elle, l'expédiant à terre un à deux mètres plus loin.

Elle ne comprendra jamais où un type aussi maigre a puisé l'énergie nécessaire pour la faire tomber de cette manière, mais la violence de sa chute sur les planches lui coupe le souffle. Quelques enfants arrêtent de jouer, intéressés par la scène, elle en a vaguement conscience. L'un d'eux éclate de rire. Elle se débat pour se relever, furieuse, la bouche ouverte, prête à envoyer Albâtre se faire voir en pleine Terre.

Mais il est tombé, lui aussi, juste à côté d'elle, sur le ventre. Les yeux rivés à elle, il… il émet un son bizarre. Pas très fort. Malgré sa bouche grande ouverte, on dirait le chuintement d'un jouet ou d'un soufflet de métalliste. Il tremble de tout son corps, comme s'il ne pouvait bouger davantage – pensée idiote, vu qu'il n'a aucun problème. Syénite est franchement perplexe, jusqu'au moment où elle se rend enfin compte que…

… qu'il *hurle*.

« Je me demande ce qui a bien pu te faire croire que c'était elle, ma cible ? » Edki s'adresse toujours à Albâtre. Syénite frissonne, parce que le Gardien *rayonne*, *enchanté*, pendant que sa victime gît là, impuissante… le couteau à présent planté au creux des épaules. Elle contemple l'arme d'un œil fixe, sidérée de ne pas l'avoir remarquée avant, alors qu'on la voit très bien, même sur fond de tunique noire. « Tu as toujours été idiot. »

Edki tient maintenant un autre vitrocouteau à la main, long et cruellement effilé, celui-là : une dague d'une banalité glaçante.

« Pourquoi… ? »

Incapable de penser, Syénite recule comme elle peut sur la promenade, les mains douloureuses, en essayant à la fois de se relever et de s'éloigner, mais en cherchant aussi d'instinct à plonger dans la terre. Alors seulement elle s'aperçoit de ce qu'a fait Edki : il n'y a *rien* en elle qui puisse plonger dans la terre. Il lui est impossible de valuer à plus d'un mètre de ses mains et de son dos ; du sable, de la boue salée, des vers de terre. Quand elle tente d'augmenter sa portée, une douleur sourde, résonnante, envahit ses valupinae. Comme quand elle se cogne le coude et qu'elle perd toute sensibilité dans l'avant-bras, jusqu'au bout des doigts ; comme si cette portion de son esprit s'était endormie. Ça picote, ses facultés vont lui revenir, mais pour l'instant, il n'y a là que le néant.

La poussière en parlait parfois tout bas après l'extinction des feux. Les Gardiens sont bizarres, mais c'est cette capacité-là qui fait d'eux ce qu'ils sont : il leur suffit d'un effort de volonté pour bloquer l'orogénie. Et certains sont encore plus bizarres que les autres, ils sont *spécialisés* pour l'être. Ceux-là ne s'occupent d'aucun orogène, et il leur est interdit d'approcher les enfants non entraînés, parce que leur simple proximité est dangereuse. Leur seul rôle consiste à traquer les gèneurs les plus puissants.

Quand ils les trouvent… bon. Syénite n'a jamais eu particulièrement envie de savoir ce qu'ils faisaient, mais on dirait qu'elle va l'apprendre. Feux souterrains, elle est aussi insensible à la terre que le pire des vieillards rouillés. Est-ce ce qu'éprouvent les fixes ? Ne connaissent-ils vraiment rien d'autre ? Elle a envié leur normalité toute sa vie – jusqu'à maintenant.

Mais. Edki s'approche d'elle, le poignard à la main, les yeux durs, la bouche pincée. Il lui rappelle ce qu'elle éprouve en cas de migraine, ce qui la pousse à balbutier :

« Vous… vous… ça va ? »

Elle n'a aucune idée des raisons qui la conduisent à poser une question pareille.

Il penche la tête de côté ; le sourire lui revient, plein de douceur et d'étonnement.

« Tu es adorable. Je vais bien, mon enfant. Très bien. »

Ça ne l'empêche pas de continuer à avancer.

Elle se remet à reculer en réessayant de se lever et de puiser du pouvoir dans la roche, toujours en vain. D'ailleurs, en admettant qu'elle y arrive… Edki est un Gardien. Elle lui doit obéissance, c'est son devoir. C'est son devoir de *mourir* s'il en décide ainsi.

Ce n'est pas juste.

« Je vous en prie, proteste-t-elle, éperdue. On n'a rien fait de mal, je ne comprends pas, je ne…

— Tu n'as pas besoin de comprendre, répond-il avec la plus parfaite gentillesse. Tu n'as qu'une chose à faire. »

Il se jette sur elle, la pointe du poignard dirigée vers sa poitrine.

Plus tard, elle reconstituera l'enchaînement des événements.

Plus tard, elle s'apercevra que tout s'est passé en un hoquet. Sur le moment, la séquence est très lente. L'écoulement du temps n'a plus aucun sens. Elle n'a conscience que du couteau énorme, aiguisé, dont les facettes luisent dans le crépuscule finissant et qui s'approche d'elle peu à peu, avec grâce, extirpant de son être la terreur qu'y a instillée le sens du devoir.

Ça n'a *jamais* été juste.

Elle n'a conscience que du bois couvert de sable sous ses doigts et de la portion congrue, inutile, de chaleur et de mouvement qu'elle arrive à valuer au-delà. De quoi déplacer un galet, rien de plus.

Elle a conscience des tressautements d'Albâtre – il *convulse*, comment ne s'en est-elle pas rendu compte aussitôt, il ne contrôle plus son corps, le couteau planté dans son épaule a quelque chose de spécial qui l'a rendu impuissant, malgré tout son pouvoir, son expression trahit la peur et la souffrance brutes.

Elle prend conscience de sa propre *colère*. De sa fureur. Rouille son devoir. Ce que fait ce Gardien, ce que font tous les Gardiens, n'est *pas juste*.

Alors…

Alors…

Alors…

Elle prend conscience de l'obélisque.

(Les contorsions d'Albâtre gagnent en frénésie, il ouvre plus grande la bouche, les yeux fixés sur elle bien qu'il ne contrôle pas le reste de son corps. Le souvenir fugace de ses avertissements résonne dans la tête de Syénite, mais les mots qui les composaient lui échappent.)

Le poignard est à mi-chemin de son cœur, elle en a une conscience aiguë.

Nous sommes les dieux enchaînés, et ce n'est pas juste.

Voilà pourquoi elle se tend à nouveau, non vers le bas, mais vers le haut, non à la verticale, mais en oblique…

Non, essaie d'articuler Albâtre, à travers ses convulsions.

… et l'obélisque aspire Syénite dans sa lumière de sang frissonnante, vacillante. Elle tombe vers le haut. Elle est *traînée* vers le haut et vers l'intérieur. Sans rien contrôler, Seigneur, grand Père Terre, Albâtre avait raison, cette chose est trop puissante pour elle…

… et elle hurle, parce qu'elle avait oublié que l'artefact est *abîmé*. Être tirée à travers la zone endommagée lui fait mal. Chaque fissure s'ouvre en elle, la fracasse, la brise en morceaux jusqu'à ce que…

… jusqu'à ce qu'elle s'arrête, boule de douleur en lévitation dans la lumière rouge fendillée.

Ce n'est pas réel. Ça ne peut pas l'être. Elle sent aussi qu'elle est à moitié couchée sur des planches couvertes de sable, la peau badigeonnée de soleil mourant. Elle ne sent pas le poignard du Gardien, pas encore. Mais elle est également ailleurs. Et elle *voit*, bien que les valupinae ne soient pas des yeux et que le « spectacle » soit cantonné à son imagination.

Le mangeur de pierre incrusté dans l'obélisque flotte devant elle.

C'est la première fois qu'elle en voit un de près. À en croire les livres, ils ne sont ni mâles ni femelles, mais celui-là ressemble à un jeune homme élancé, taillé dans un marbre noir veiné de blanc, vêtu de robes flottantes d'opale iridescente. Ses membres polis sont écartés, comme s'il avait été pétrifié en pleine chute. Sa tête rejetée en arrière repose sur l'éclaboussure translucide de ses cheveux bouclés. Les fêlures parcourent sa peau, l'illusion figée de ses vêtements, son *corps* même.

Ça va ? demande-t-elle, sans savoir pourquoi elle pose la question alors qu'elle est en train de se fêler, elle aussi. La chair du mangeur de pierre est terriblement fissurée. Syénite aimerait retenir son souffle de crainte de l'endommager davantage, une crainte irrationnelle, parce qu'elle n'est pas là et que ce qu'elle voit n'est pas réel. Elle est dans la rue, elle va mourir, tandis que la créature est morte depuis une éternité de ce monde.

Le mangeur de pierre ferme la bouche, ouvre les yeux, baisse la tête pour la regarder.

« Ça va, dit-il. Merci de t'en inquiéter. »

Alors

l'obélisque

explose.

15. Vous êtes entre amis

« L'endroit avec tous les orogènes » ne ressemble en rien à ce que vous pensiez trouver. Premièrement, c'est une ville morte. Deuxièmement, ce n'est pas une comm.

Pas au vrai sens du mot. À l'approche de la bourgade, la route s'élargit en descendant vers la terre. Elle finit d'ailleurs par s'y fondre complètement aux alentours du centre-ville. De nombreuses comms appliquent la même tactique, se débarrasser de la route pour pousser les voyageurs à s'arrêter et à faire marcher le commerce, mais elles disposent en général d'un lieu d'échange, alors que là, il n'y a rien aux alentours qui ressemble à un magasin, une place du marché, voire une auberge. Qui plus est, il n'y a pas d'enceinte. Pas de tas de pierres, de barbelés ou, au pire, de bâtons pointus plantés en terre autour de la ville. *Rien* qui la sépare de la région alentour, boisée et couverte de broussailles clairsemées offrant une couverture parfaite à une force hostile.

L'abandon et l'absence d'enceinte ne sont toutefois pas les seules bizarreries de la bourgade. Vous en remarquez bien d'autres en regardant autour de vous. Ça manque de champs, par exemple. Une comm de taille à abriter quelques centaines de personnes, ce dont celle-ci est certainement capable, devrait posséder davantage que l'unique hectare (nettoyé) de tiges de choya clairsemées que vous avez repéré en arrivant. Elle devrait posséder un pâturage plus grand que le petit carré de verdure desséché situé près du centre-ville. Il n'y a pas non plus d'entrepôt, surélevé ou non. Bon, peut-être est-il caché. Des tas de comms les cachent. À ce point de votre examen, vous prenez conscience de la diversité architecturale environnante : ici, un immeuble élevé, d'une minceur citadine ; là, un bâtiment large et bas, évocateur de climat chaud ; plus loin, un édifice à demi enterré, au dôme apparemment couvert de terre, qui vous rappelle votre maison de Tirimo. Si la plupart des villes se cantonnent à un type d'architecture donné, ce n'est pas sans raison : l'uniformité envoie un message visuel. Elle avertit les assaillants potentiels que les habitants sont également unis dans leurs buts et leur détermination à se défendre. Le message visuel de cette comm-ci est… confus. Insouciant, peut-être. Impossible à interpréter. Ce qui vous rend plus nerveuse que si vous étiez entourée d'inconnus hostiles.

Vos compagnons et vous progressez lentement, prudemment dans les rues désertes. Tonkee ne fait même pas mine d'être à l'aise. Des vitrocouteaux jumeaux, noirs et austères, lui sont apparus dans les mains ; vous vous demandez où elle les cachait, bien que sa jupe puisse dissimuler une armée. Hoa a l'air très calme, mais qui sait ce qu'il éprouve, en réalité ? Il avait l'air très calme aussi quand il a transformé un kirkhusa en statue.

Quant à vous, vous ne tirez pas votre poignard. En admettant que vous vous trouviez bien dans un repaire de gêneurs, une seule arme peut vous sauver, si votre présence leur déplaît.

« Tu es sûr que c'est bien ici ? » demandez-vous au gamin.

Il hoche la tête avec décision. Ce qui signifie qu'il y a en réalité un tas de monde. Caché. Mais pourquoi ? Et comment vous a-t-on vus arriver, malgré la pluie de cendre ?

« Ils viennent de partir, forcément », murmure Tonkee, les yeux fixés sur le jardin mort d'une maison. Ses propriétaires ou des voyageurs ont récolté tout ce qui y poussait de comestible ; il n'en reste que des tiges cassantes. « Les bâtiments ont l'air en bon état. Et le jardin prospérait, il y a encore deux mois. »

La pensée que vous êtes sur la route depuis deux mois vous surprend brièvement. Uche est mort depuis deux mois. La cendre tombe depuis près de deux mois.

Mais vous vous concentrez très vite sur ce qui se passe ici et maintenant. Parce que, quand vous vous arrêtez tous les trois au milieu de la ville, où vous restez plantés, indécis, la porte d'une maison s'ouvre et trois femmes sortent sous la véranda.

La première à attirer votre attention tient une arbalète. Vous ne voyez plus que ça une minute durant, comme le dernier jour à Tirimo, mais vous ne la gelez pas instantanément, parce qu'elle ne pointe pas son arme vers vous. Elle l'appuie juste contre son bras, et bien que son expression vous avertisse qu'elle n'hésitera pas à s'en servir, vous ne pensez pas qu'elle le fera sans provocation. Sa peau est presque aussi blanche que celle de Hoa mais, heureusement, ses cheveux sont tout simplement blonds et ses yeux d'un joli brun normal. Elle est petite, dotée d'une ossature frêle, maigrichonne et étroite des hanches, ce qui inclinerait l'Équatorial moyen à des remarques narquoises sur une reproduction mal choisie. Une

Antarctique, sans doute d'une comm trop pauvre pour bien nourrir les enfants. Très loin de chez elle.

La suivante à attirer votre attention, son opposé exact ou presque, est peut-être la femme la plus impressionnante que vous ayez jamais vue. Mais pas à cause de son allure typiquement sanzienne : la sempiternelle houppe de cheveux gris ardoise, la sempiternelle peau d'un brun profond, les sempiternelles haute taille et ossature puissante. Ses yeux sont d'un noir saisissant, non parce qu'il est rare, mais parce qu'une ombre à paupières gris fumée et un trait de crayon foncé en accentuent la profondeur. C'est la fin du monde, et elle se maquille. Vous vous demandez si vous devriez vous en émerveiller ou vous en indigner.

Elle se sert de ses yeux ornés de noir comme de lames aiguisées, vous tenant tous une seconde à la pointe du regard avant d'examiner enfin votre équipement et vos vêtements. Les Sanziennes séduisantes sont censées être un peu plus grandes, car elle l'est moins que vous. Le long manteau d'épaisse fourrure brune qui lui tombe jusqu'aux chevilles lui donne l'air d'un petit ours élégant, mais quelque chose dans son expression vous fait tressaillir. Quant à savoir quoi… Son sourire dévoile toutes ses dents ; son regard direct n'est ni chaleureux ni hésitant. C'est ce côté direct, vous finissez par le comprendre pour l'avoir déjà observé quelquefois : l'assurance. Les fixes embrassent souvent leur moi avec cet abandon confiant, mais vous ne vous attendiez pas à en voir autant ici.

Parce que c'est une gèneuse, bien sûr. Vous reconnaissez les vôtres dès que vous les valuez. Elle vous reconnaît aussi.

« Bon, lance-t-elle en se posant les mains sur les hanches. Combien êtes-vous ? Trois ? Je suppose que vous ne voulez pas qu'on vous sépare. »

Vous restez juste là à la regarder fixement un ou deux souffles.

« Bonjour, dites-vous enfin. Euh…

— Ykka. » Le temps que vous compreniez que c'est son nom, elle ajoute : « Ykka Gèneuse Castrima. Bienvenue. Et vous êtes… ?

— *Gèneuse* ? »

Le mot vous a échappé. Vous l'utilisez sans arrêt, mais son emploi comme nom d'usage accentue sa vulgarité. Se qualifier soi-même de *gèneuse* revient à se traiter de *tas de merde*. C'est une gifle. Une affirmation – mais de quoi ?

« Ce n'est pas, euh… un des sept noms d'usage les plus répandus », intervient Tonkee d'un ton désabusé. Elle cherche manifestement à plaisanter pour masquer sa nervosité. « Ni même un des cinq moins courants.

— Disons que c'en est un nouveau. » Ykka promène sur vos deux compagnons des yeux évaluateurs, qu'elle repose ensuite sur vous. « Vos amis savent donc ce que vous êtes. »

Sidérée, vous regardez Tonkee, qui regarde Ykka comme elle regarde Hoa, quand il ne se cache pas derrière vous – à croire que Ykka représente un nouveau mystère fascinant, dont il serait peut-être bon d'obtenir un échantillon sanguin. La seconde pendant laquelle Tonkee vous rend votre regard, sans le moindre signe de peur ni de surprise, vous prouve que Ykka a raison ; sans doute votre compagne de voyage a-t-elle deviné depuis un moment.

« Faire de gèneur un nom d'usage... » Pensive, Tonkee reporte son attention sur Ykka. « Que d'implications. Et Castrima ; ce n'est pas non plus un nom de comm du registre impérial des Moyennes, quoique j'aie pu l'oublier, je veux bien le reconnaître. Après tout, il y en a des centaines. Mais je ne crois pas ; j'ai bonne mémoire. C'est une nouvelle comm ? »

Ykka baisse la tête, moitié acquiescement, moitié reconnaissance ironique de la fascination de Tonkee.

« Techniquement, oui. Cette Castrima-là existe depuis une cinquantaine d'années. Officiellement, ce n'est pas une comm... juste une halte pour les voyageurs qui empruntent les routes Lumen-Mecerema et Lumen-Ketteker. On en voit passer davantage ici qu'à beaucoup d'autres étapes, parce qu'il y a des mines dans la région. »

Elle s'interrompt, le regard fixé sur Hoa ; ses traits se crispent un instant. Vous vous tournez vers lui, surprise ; il a une allure bizarre, certes, mais vous vous demandez ce qui peut bien lui valoir une méfiance pareille de la part d'une inconnue. Alors seulement vous vous apercevez qu'il s'est complètement figé et que son petit visage, dépouillé de sa bonne humeur habituelle, est tendu, rageur, presque sauvage. Il fixe Ykka comme s'il avait envie de la tuer.

Non. Pas Ykka. Vous suivez le regard de Hoa jusqu'à la troisième femme du groupe, postée légèrement en retrait, à qui vous n'avez pas prêté grande attention tant Ykka vous semble fascinante. L'inconnue est grande, mince... Vous interrompez votre examen, les sourcils froncés, parce que vous n'êtes brusquement plus sûre de vos définitions. Sexe féminin, oui ; cheveux raides des Antarctiques, rouge sombre, joliment longs, encadrant des traits bien dessinés. La volonté d'être perçue comme une femme est évidente, malgré la longue robe ample sans manches, bien trop légère pour la fraîcheur croissante.

Mais la peau. Vous observez l'inconnue avec attention, impoliment, ce n'est pas la meilleure manière de faire connaissance, mais vous ne pouvez pas vous en empêcher. La peau. Non seulement satinée, mais... disons luisante. Quasi brillante. Soit cette femme a le teint le plus étonnant que vous ayez jamais vu, soit... soit ce n'est pas de la peau.

Elle sourit, et la vision de ses dents vous apporte confirmation de vos suppositions. Vous en frissonnez jusqu'aux os.

Hoa répond à ce sourire en crachant comme un chat. Ce qui vous permet finalement, horriblement, de distinguer ses dents à la perfection pour la première fois. Après tout, il ne mange jamais sous vos yeux. Il ne les montre jamais quand il sourit. Elles ont le blanc de l'émail – une sorte de camouflage –, alors que celles de l'inconnue sont transparentes, mais rien ne les en distingue dans la forme. Des dents facettées au lieu de carrées. Taillées en losange.

« Terre en furie », murmure Tonkee.

Vous n'auriez pas dit mieux.

Ykka jette à son étrange compagne un regard acéré.

« Non. »

Les yeux de la créature se posent sur elle. C'est la seule portion de l'être à bouger, car il reste par ailleurs complètement figé. Aussi immobile qu'une *statue*.

« La chose peut se faire sans que toi et les tiens ayez à en souffrir. »

Sa bouche non plus ne bouge pas. Sa voix bizarrement creuse semble résonner dans son torse.

« Je ne veux pas que quoi que ce soit “se fasse”. » Ykka se pose à nouveau les mains sur les hanches. « Nous sommes ici chez moi, et tu as accepté de te plier à mes règles. *Ça suffit.* »

La blonde bouge légèrement. Elle ne relève pas l'arbalète, mais vous paraît prête à le faire à la première occasion. Pour l'efficacité que ça aura. La… rousse reste un instant figée puis referme la bouche sur ses horribles dents en losange. Plusieurs constatations s'imposent simultanément à votre esprit. Premièrement, elle ne souriait pas ; il s'agissait d'une manifestation d'agressivité, comme quand un kirkhusa retrousse les babines pour montrer les crocs. Deuxièmement, elle est beaucoup moins effrayante la bouche fermée, avec son air placide.

Troisièmement, Hoa manifestait la même agressivité. Toutefois, il se détend et referme lui aussi la bouche quand elle recule.

Ykka exhale. Puis se retourne vers vous.

« Je crois que vous devriez entrer.

— Je ne suis pas persuadée que ce soit la meilleure idée du monde, vous dit tranquillement Tonkee.

— Moi non plus, renchérit la blonde, les yeux fixés sur Ykka. Tu es sûre ? »

Ykka hausse les épaules mais, à votre avis, elle est loin d'être aussi détendue qu'elle le paraît.

« Depuis quand suis-je sûre de quoi que ce soit ? Je pense juste que c'est une bonne idée, pour l'instant. »

Vous n'êtes pas convaincue de partager son avis, mais… que la comm soit ou non bizarre, qu'il s'y trouve ou non des créatures mythiques, qu'elle vous réserve ou non des surprises désagréables, vous y êtes venue pour une bonne raison.

« Un homme et une enfant sont-ils passés par ici ? demandez-vous. Le père et la fille. L'homme a à peu près mon âge, la fillette huit… » Deux mois. Vous avez failli oublier. « *Neuf* ans. Elle… » Vous hésitez. Bégayez. « Elle me ressemble. »

Ykka cligne des yeux. Vous venez de la surprendre. Elle s'attendait manifestement à des questions très différentes.

« Non », répond-elle, et…

… et quelque chose sursaute en vous.

Ce simple « Non » vous fait mal. C'est un véritable coup de hachette, et la franche perplexité de Ykka envenime encore la plaie en vous prouvant que la jeune femme ne ment pas. Vous tressaillez et vacillez sous le choc, qui signe la mort de vos espoirs. La pensée vous vient, floutée par une quasi-réflexion fluctuante, que vous vous étiez *préparée* à un événement quelconque depuis que Hoa vous a parlé de cet endroit. Vous commenciez à croire que vous alliez les trouver ici, récupérer une fille, redevenir une mère. Maintenant, vous savez qu'il n'en est rien.

« Que… Essun ? » On vous attrape par les bras. Qui ? Tonkee. Des mains durcies par une vie difficile. Des cals frottant le cuir de votre veste. « Essun… Oh, rouille, arrête. »

Vous avez toujours su qu'il n'en serait rien. Comment osez-vous vous attendre à quoi que ce soit ? Vous, une sale gèneuse rouillée, un agent du cruel Père Terre, une erreur des pratiques de reproduction raisonnées, un outil mal employé. De toute manière, vous n'auriez jamais dû avoir d'enfants, et quand vous en avez eu, vous n'auriez jamais dû vous attendre à les garder, et pourquoi Tonkee vous tire-t-elle par les bras ?

Parce que vous avez porté vos mains à votre visage. Ah, et parce que vous avez fondu en larmes.

Vous auriez dû le dire à Jija avant de l'épouser, avant de coucher avec lui, avant de seulement poser les yeux sur lui et penser *peut-être*, ce que vous n'aviez aucun droit de penser. Comme ça, s'il avait été saisi du besoin de tuer un gêneur, c'est vous qu'il aurait tuée, pas Uche. Après tout, c'est vous qui méritez la mort, dix mille fois la population de deux comms.

Il se peut aussi que vous hurliez un peu. Vous devriez être morte. Vous auriez dû mourir avant vos enfants. Vous auriez dû mourir à la naissance et ne jamais pouvoir les porter.

Vous auriez dû…

Vous auriez dû…

Quelque chose vous traverse en coup de vent.

Ça ressemble un peu à la vague de force venue du nord que vous avez redirigée, le jour où le monde a changé. Ou, peut-être, à ce que vous avez ressenti en rentrant chez vous après une journée fatigante et en voyant votre fils inerte par terre. Une bouffée de potentiel qui passe, inutilisée. Le frôlement de quelque chose d'intangible, mais de significatif, sitôt arrivé, sitôt disparu, aussi saisissant par son absence qu'il l'a d'abord été par son existence.

Vous battez des paupières et baissez les mains. Votre vision est floue ; vos yeux vous font mal ; vos paumes sont humides. Ykka ne se tient plus sous la véranda, mais devant vous, à moins d'un mètre. Sans vous toucher. Vous ne l'en regardez pas moins, consciente qu'elle vient de faire… quelque chose. D'incompréhensible, du moins pour vous. Il s'agit sans aucun doute d'orogénie, mais déployée d'une manière qui vous était jusqu'ici totalement inconnue.

« Hé », appelle-t-elle. Son visage n'exprime pas la moindre compassion, bien que sa voix se soit adoucie – peut-être seulement parce qu'elle est plus près, d'ailleurs. « Hé. Ça va, maintenant ? »

Vous déglutissez, la gorge douloureuse.

« Non. » Encore ce mot ! Vous manquez de pouffer, mais l'envie vous en passe quand vous déglutissez une seconde fois. « Non, mais je… je peux gérer. »

Elle hoche lentement la tête.

« Gérez, alors. »

La blonde, derrière elle, a l'air de douter de cette possibilité.

Ykka pousse un grand soupir en se tournant vers vos compagnons – Hoa a l'air trompeusement calme et normal, à présent. Enfin, normal pour Hoa.

« Bon, lance-t-elle. Je vous explique. Vous êtes libres de rester ou de repartir. Si vous décidez de rester, je vous emmène dans la comm, mais je vous préviens tout de suite que Castrima est unique. Ici, on essaie quelque chose de complètement différent. S'il s'avère que la Saison ne dure pas, on baignera dans un lac de lave quand le Sanze nous tombera dessus. Mais, à mon avis, la Saison durera. »

Elle vous jette un regard en coin, pas vraiment pour obtenir confirmation, ce n'est pas le mot juste, puisqu'elle n'a jamais eu aucun doute. Le moindre gèneur est aussi sûr de ce qu'elle avance que de son propre nom.

« La Saison sera longue », acquiescez-vous. Si rauque que soit votre voix, vous récupérez. « Elle durera des dizaines d'années. » Ykka arque un sourcil. Elle a raison : vous cherchez à épargner vos compagnons, par gentillesse. Or ils ont besoin de la vérité. « Des centaines. »

C'est peu de le dire, là encore. Vous êtes quasi certaine que la Saison durera au minimum mille ans. Peut-être *plusieurs* milliers d'années.

Les sourcils de Tonkee se froncent légèrement.

« Eh bien, tout donne à penser que nous avons affaire soit à une déformation tectonique majeure, soit à une simple perturbation de l'isostasie sur l'ensemble du réseau des plaques… Mais venir à bout d'une inertie pareille exigerait une dépense d'orogénie… prohibitive. Tu es sûre de ce que tu avances ? »

Vous en oubliez momentanément votre chagrin en vous tournant vers elle. De même que Ykka et la blonde. Tonkee fait la grimace, exaspérée, surtout par votre faute.

« Oh, rouille, arrête de jouer les étonnées. Finis, les petits secrets, d'accord ? Tu sais ce que je suis, je sais ce que tu es. On ne va quand même pas continuer à faire semblant ? »

Vous secouez la tête, quoique pas vraiment pour répondre à cette question, et décidez d'ailleurs de répondre à l'autre.

« Oui, j'en suis sûre. Des siècles, voire davantage. »

Tonkee tressaille.

« Aucune comm n'a assez de réserves pour survivre aussi longtemps. Pas même Lumen. »

Les immenses caches mythiques de Lumen sont enfouies quelque part dans un tunnel de lave. Une part de votre être déplore ce gaspillage, une autre se dit que, ma foi, *la fin de l'espèce humaine n'en sera que plus rapide et plus miséricordieuse*.

Vous hochez la tête. Tonkee se tait, horrifiée. Le regard de Ykka oscille entre vous deux. Elle décide manifestement de changer de sujet.

« Il y a ici vingt-deux orogènes », annonce-t-elle. Vous sursautez. « Je suppose qu'il en arrivera encore au fil du temps. Ça ne vous dérange pas ? »

Ses yeux se sont posés sur Tonkee, et le sujet qu'elle vient d'aborder distrait en effet tout le monde du précédent.

« Comment ? demande aussitôt Tonkee. Comment vous y prenez-vous pour les attirer ici ?

— Peu importe. Répondez-moi. »

Vous auriez pu dire à Ykka de ne pas s'inquiéter.

« Pas de problème », assure Tonkee sans hésiter.

À votre grande surprise, elle ne salive pas. Au temps pour son horreur à la pensée de la fin inévitable de l'humanité.

« Très bien. » Ykka se tourne vers Hoa. « Vous. Il y a aussi quelques-uns de vos congénères.

— Plus que vous ne le pensez, murmure-t-il.

— Ah. Bon. » Elle prend la nouvelle avec un sang-froid remarquable. « Vous m'avez entendue. Si vous voulez rester, vous vous pliez aux règles. Pas de bagarre. Pas de… » Elle agite les doigts en montrant les dents, étonnamment compréhensible. « Et vous m'obéissez. Compris ? »

Il penche légèrement la tête de côté, les yeux étincelants de pure menace. Une vision aussi saisissante que celle de ses dents ; vous qui commenciez à le trouver plutôt mignon, quoique un peu excentrique… vous ne savez plus que penser.

« Je ne suis pas à vos ordres. »

À votre surprise plus grande encore, elle se penche pour lui parler sous le nez.

« Je vais le dire autrement. Soit vous continuez à faire ce que vous étiez manifestement en train de faire, avec la subtilité d'avalanche qui caractérise les vôtres, soit je raconte à tout le monde ce que vous êtes *vraiment* en train de faire, tous tant que vous êtes. »

Hoa… tressaille. Ses yeux – ses yeux seuls – se tournent vers la non-femme postée sous la véranda. Elle sourit, une fois de plus, mais sans montrer les dents, avec une ombre de tristesse. Vous n'avez aucune idée de ce que ça signifie, mais Hoa se voûte un peu.

« Très bien, dit-il à Ykka avec une curieuse solennité. J'accepte vos conditions. »

Elle hoche la tête, se redresse et le regarde une seconde de plus avant de se détourner.

« Au moment de votre petit, euh… épisode, reprend-elle à votre intention, par-dessus son épaule, en remontant l'escalier de la véranda, j'allais dire qu'on a accueilli quelques personnes. Pas d'homme avec enfant, je ne crois pas, mais des voyageurs à la recherche d'un endroit où s'installer, y compris des gens du quartant de Cebak. On a adopté ceux qui nous ont semblé utiles. »

C'est ce que font les comms intelligentes, dans des cas pareils : jeter dehors les indésirables, adopter les gens possédant des capacités ou des caractéristiques intéressantes. Celles qui ont des Dirigeants puissants le font systématiquement, impitoyablement, avec un minimum d'humanité froide. Celles qui sont moins bien gérées, tout aussi impitoyablement mais de manière plus désordonnée, comme Tirimo s'est débarrassé de vous.

Jija n'est qu'un débiteur. Tailler la pierre est certes utile, mais ce n'est pas une capacité rare. Nassun en revanche est comme Ykka et vous. Et, pour une raison ou pour une autre, les habitants de cette comm ont apparemment *envie* d'être entourés d'orogènes.

« Je veux voir ces gens », dites-vous.

Il y a une petite chance que Jija et Nassun se soient déguisés. Ou que quelqu'un les ait vus, sur la route. Ou que… bon. Une toute petite chance.

Vous allez tenter le coup. C'est votre fille. Vous tenteriez n'importe quoi pour la retrouver.

« Très bien, alors. » Ykka se retourne et vous fait signe de la suivre. « Entrez, je vais vous montrer deux, trois merveilles. »

Comme si elle ne vous en avait pas déjà montré. Vous lui emboîtez cependant le pas, parce que ni mythes ni mystères ne valent la plus infinitésimale étincelle d'espoir.

*
**

Le corps faiblit. Le dirigeant visionnaire s'appuie sur d'autres qualités.

Tablette troisième,
« Structures », strophe deux

16. Syénite en terre secrète

Syénite se réveille glacée, couchée sur le flanc. Le gauche – la hanche, l'épaule, l'essentiel du dos. La source du froid, un vent aigre, souffle presque douloureusement à travers les cheveux qui lui couvrent l'arrière du crâne, ce dont elle déduit qu'ils ont échappé au chignon réglementaire du Fulcrum. Elle a aussi un goût de terre dans la bouche – sèche.

Quand elle essaie de bouger, tout son corps lui fait vaguement mal. Une douleur étrange, ni localisée ni palpitante ni aiguë, sans rien de spécifique. On dirait plutôt qu'elle est meurtrie de partout. Un gémissement lui échappe lorsqu'elle ordonne à une de ses mains de remuer et découvre en dessous un sol dur, contre lequel elle pousse assez fort pour se sentir à nouveau maîtresse d'elle-même, bien qu'elle n'arrive pas à se redresser. Tout ce qu'elle arrive à faire, c'est ouvrir les yeux.

Sous sa main et devant ses yeux, une pierre argentée qui se délite : de la monzonite ou un schiste peu connu. Elle ne se rappelle jamais les roches ignées, parce que l'instructeur du Fulcrum chargé d'enseigner la géomestrise à la poussière était incroyablement ennuyeux. Un à deux mètres plus loin, cette pierre, quelle qu'elle soit, est atomisée par du trèfle, des touffes d'herbe et une sorte de petite broussaille feuillue. (Syénite était encore moins attentive en biomestrise.) Le vent agite les plantes infatigablement, mais pas trop fort, parce que le corps de la jeune femme les en protège plutôt bien.

Rien à foutre. Sa propre grossièreté mentale la surprend assez pour la réveiller en sursaut.

Elle s'assied. C'est difficile, ça fait mal, mais elle y arrive, ce qui lui permet de constater qu'elle se trouve sur une pente douce rocheuse, entourée de broussailles derrière lesquelles s'étend la vastitude illimitée d'un ciel légèrement couvert. L'odeur de la mer lui parvient, mais différente de celle dont elle a pris l'habitude en quelques semaines : moins salée, plus ténue. L'air est plus sec. Vu la position du soleil, la matinée tire à sa fin ; vu la température, l'hiver aussi.

On devrait pourtant être en fin d'après-midi. Et Allia se situe à l'équateur. Il devrait faire très doux. Le sol froid et dur sur lequel repose Syénite devrait être chaud et sablonneux. Où peut-elle bien se trouver, bordel de rouille flambante ?

D'accord. Elle va comprendre. La valuation l'informe que la roche sur laquelle elle est assise culmine très au-dessus du niveau de la mer, relativement près du bord du Maximal, l'une des deux plaques tectoniques principales composant le Fixe. Le Minimal s'étend nettement plus au nord. Ce n'est pas la première fois qu'elle value le bord de la plaque : Allia n'est pas si loin que ça.

Pas si loin, mais pas *là*. Car, en fait, Syénite n'est pas sur le continent.

Elle cherche par réflexe à faire plus que valuer, l'esprit tendu vers le bord de la plaque, comme elle s'y est déjà parfois risquée…

Il ne se passe rien.

Elle reste assise là un moment, plus glacée que ne le justifie le vent.

Elle n'est pourtant pas seule. Albâtre gît non loin d'elle en position fœtale, ses longs membres repliés, inconscient ou mort. Non ; son flanc monte et descend lentement. Bon, très bien.

Plus loin, au sommet de la pente, se tient une haute silhouette mince dans une ample robe blanche.

Syénite se fige un instant, stupéfaite et alarmée.

« Hé ho ? » croasse-t-elle.

La silhouette – féminine, lui semble-t-il – ne se retourne pas. Elle regarde dans la direction opposée, de l'autre côté de l'éminence, quelque chose d'invisible à Syénite.

« Bonjour », répond-elle néanmoins.

Ma foi, c'est un début. Syénite se force à se détendre, si difficile que ce soit quand elle ne peut atteindre la terre pour y puiser l'assurance du pouvoir. Il n'y a aucune raison de s'affoler, se dit-elle sévèrement ; si l'inconnue leur voulait du mal, elle aurait pu leur en faire facilement avant son réveil.

« Où sommes-nous ?

— Sur une île, à cent cinquante kilomètres de la côte est.

— Sur une *île* ? »

Nouvelle terrifiante. Les îles constituent des pièges mortels. Les seuls endroits encore plus dangereux sont les lignes de faille et les caldeiras des volcans endormis, pas réellement éteints. Mais oui, Syénite entend maintenant le murmure lointain des vagues roulant contre les rochers, au pied de la pente. S'ils se trouvent bien réellement à moins de deux cents kilomètres du bord du Maximal, ils sont beaucoup trop près d'une ligne de faille sous-marine, presque au-dessus. Ce qui explique que personne ne vive sur les îles, pour l'amour du Père Terre ; un tsunami risque de tuer leurs habitants n'importe quand.

Elle se lève, soudain anxieuse d'évaluer l'ampleur du désastre. La dureté de la pierre lui a engourdi les jambes, mais elle n'en contourne pas moins Albâtre en trébuchant pour aller se poster près de l'inconnue, au sommet de la pente. Alors elle voit :

L'océan à perte de vue, dégagé, illimité. La pente rocheuse s'accentue brusquement à quelques mètres de son poste d'observation, se transformant en véritable falaise déchiquetée, cent à deux cents mètres au-dessus de la mer. Elle s'approche prudemment du bord et baisse les yeux ; loin en contrebas, l'écume des flots tourbillonne parmi des récifs aussi aiguisés que des poignards ; une chute, et c'est la mort. Elle s'empresse de reculer.

« Mais comment sommes-nous arrivés ici ? chuchote-t-elle, horrifiée.

— Je vous y ai amenés.

— Vous… »

Elle se tourne brusquement vers l'inconnue, le saisissement déjà transpercé par la colère… laquelle s'évanouit, ne laissant subsister que le saisissement.

Sculptez une statue de femme de taille moyenne, à la posture gracieuse, dotée de traits élégants couronnés d'un simple chignon. Laissez à la peau et aux vêtements la teinte chaleureuse du vieil ivoire, mais colorez d'une nuance plus sombre les iris et les cheveux – noirs, dans les deux cas – ainsi que le bout des doigts, qui vire peu à peu au rouille passé de la terre. Ou du sang.

Une mangeuse de pierre.

« Terre cruelle », murmure Syénite.

Son interlocutrice n'a aucune réaction.

Le gémissement qui s'élève derrière elles empêche la jeune femme de rien ajouter. (Mais que pourrait-elle bien ajouter ? Franchement ?) Elle arrache son regard de la créature pour le poser sur Albâtre, qui remue et ne s'en trouve manifestement pas mieux qu'elle. Toutefois, elle ne lui prête aucune attention, car elle a enfin trouvé quelque chose à dire :

« Pourquoi ? Pourquoi nous avoir amenés ici ?

— Pour sa sécurité. »

Les mnésistes ont raison. La mangeuse de pierre n'ouvre pas la bouche quand elle parle. Ses yeux ne bougent pas. Il pourrait aussi bien s'agir de la statue dont elle a l'air. Lorsque la notion de sens reprend ses droits, Syénite s'intéresse à ce qu'elle vient d'entendre.

« Pour sa sécurité ? À *lui* ? »

Pas de réponse, là non plus.

Un nouveau gémissement finit par la persuader de rejoindre Albâtre. Elle l'aide à s'asseoir, car il recommence à s'agiter. Quand sa chemise se tend sur son épaule, il souffle entre ses dents, ce qui rappelle à sa compagne le vitrocouteau du Gardien ; malgré la disparition de l'arme, le sang séché colle le tissu à la plaie peu profonde. Le blessé jure en ouvrant les yeux.

« *Decaye shisex unrelabbenet.* »

La langue bizarre qu'elle l'a déjà entendu employer.

« Parle sanze-mat », lance-t-elle d'un ton sec, bien qu'elle ne lui en veuille pas réellement.

Elle ne quitte pas des yeux la mangeuse de pierre, qui persiste dans sa parfaite immobilité.

« … Saleté de *rouille* pelante ! » Il empoigne son épaule sanglante. « Ça fait *mal.* »

Syénite lui écarte la main d'une tape.

« N'y touche pas. Tu risques de rouvrir la blessure. »

Alors qu'ils sont à des centaines de kilomètres de la civilisation, séparés de l'humanité par les flots qui s'étirent à perte de vue dans toutes les directions. À la merci d'un être dont l'espèce est la définition même d'*énigmatique*, mais aussi de *meurtrière*.

« On a de la compagnie. »

Il se réveille complètement, bat des paupières en regardant Syénite, puis derrière elle ; ses yeux s'écarquillent légèrement à la vue de la créature.

« Rouille, rouille, rouille, gémit-il. Qu'est-ce que tu as encore fait, cette fois-ci ? »

Syénite n'est pas outrageusement surprise de découvrir qu'il connaît une mangeuse de pierre.

« Je t'ai sauvé la vie, répond celle-ci.

— Hein ? »

Le bras de l'être se lève, si progressivement que le geste surpasse le *gracieux* pour tomber dans l'*anormal*. Son corps reste par ailleurs d'une immobilité parfaite, tandis qu'il montre quelque chose du doigt. Syénite pivote pour voir quoi. L'horizon occidental. Un horizon interrompu, celui-là. La mer et le ciel s'y rejoignent en une ligne droite, au centre percé d'un gros bouton rouge, brillant et fumant.

« Allia. »

*
**

Il s'avère qu'il y a un village sur l'île. Laquelle n'est constituée que de collines moutonnantes, de mauvaise herbe et de rocher – pas d'arbre, pas de terre arable. Un endroit complètement nul où s'installer. En arrivant de l'autre côté, pourtant, Syénite et Albâtre découvrent des falaises un peu moins déchiquetées et une crique semi-circulaire assez semblable à celle autour de laquelle s'étend Allia. (*S'étendait* Allia.)

Toutefois, les similitudes s'arrêtent là : ce port-ci est beaucoup plus petit, et le village a été taillé directement dans l'à-pic.

Les choses ne sont pas claires, au premier abord. Syénite commence par déduire des ouvertures visibles à flanc de falaise que la roche est creusée par endroits de cavernes, jusqu'au moment où elle s'aperçoit que les ouvertures en question ont toutes la même forme, sinon la même taille : le bas et les côtés rectilignes, surmontés de deux arcs menant à la pointe gracieuse du sommet. Elles sont aussi entourées de sculptures : colonnes élégantes, rectangle nivelé du seuil, corbeaux élaborés, ornés de fleurs et d'animaux folâtres entrelacés. Syénite a vu plus bizarre. Pas souvent, certes, mais vivre à Lumen, dans l'ombre de l'Étoile noire et du palais impérial qui domine la ville, au Fulcrum enclos de murailles d'obsidienne moulée, immunise contre les étrangetés de l'art et de l'architecture.

« Elle n'a pas de nom », lui explique Albâtre pendant qu'ils descendent un escalier de pierre à balustrade qui semble mener au village.

Il parle de la mangeuse de pierre, laquelle les a quittés au sommet des marches. (Syénite a détourné les yeux une seconde ; quand elle a reposé le regard au même endroit, la créature avait disparu. À en croire Albâtre, elle est toujours dans le coin. Syénite n'est pas sûre d'avoir envie de savoir comment il le sait.)

« Je l'appelle Antimoine, continue-t-il. À cause de sa blancheur, tu vois ? J'ai choisi un métal, pas une pierre, parce que ce n'est pas une gèneuse. De toute manière, "Albâtre" était déjà pris. »

Comme c'est mignon.

« Et elle… elle se reconnaît dans ce nom-là ?

— Oui. » Albâtre jette un coup d'œil à Syénite, ce qui est assez dangereux, si l'on considère que l'escalier est très, très raide. Il suffirait sans doute de rater une marche pour passer par-dessus la balustrade et tomber vers une mort sale, au pied de la falaise. « Enfin, ça ne la dérange pas que je l'appelle Antimoine. Je suppose que si ça la dérangeait, elle protesterait.

— Pourquoi nous a-t-elle amenés ici ? »

Pour leur sauver la vie. Bon, d'accord. La fumée qui s'élève d'Allia est bien visible. Mais, en général, les mangeurs de pierre ne prêtent pas attention aux humains. Ils vont même jusqu'à les éviter, à moins que les humains ne les contrarient.

Albâtre secoue la tête, à nouveau concentré sur ses pieds.

« Ce qu'ils font ne répond jamais à aucun "pourquoi". Ou alors, ils ne se donnent jamais la peine de nous le dire. Honnêtement, je ne pose plus la question. C'est du gaspillage de souffle. Antimoine vient me voir depuis, hum, cinq ans ? Quand je suis seul, le plus souvent. » Petit rire triste. « Je croyais que j'avais des hallucinations. »

Oui, bon.

« Et elle ne te fournit aucune explication ?

— Elle me dit juste qu'elle est là pour moi. Je n'arrive pas à déterminer si c'est une déclaration de soutien… genre : "Je suis là pour toi, Albâtre. Je t'aimerai éternellement, même si je suis une statue animée et que j'ai juste l'aspect d'une femme ravissante. Je surveille tes arrières…", etc., etc., ou si c'est quelque chose de plus sinistre. D'ailleurs, quelle importance, puisqu'elle nous a sauvé la vie. »

Aucune, sans doute.

« Et où est-elle passée ?

— Elle est partie. »

Syénite résiste à l'envie de propulser d'un coup de pied son compagnon à bas de l'escalier.

« Dans, euh… » Elle sait ce que racontent les livres, mais ça paraît absurde, dit tout haut. « Dans la terre ?

— Je suppose. Ils se déplacent dans la roche comme dans l'air. Je les ai vus faire. » Quand Albâtre s'arrête sur un des nombreux paliers, elle manque de le percuter. « Tu es consciente que c'est sans doute de cette manière qu'elle nous a amenés ici, j'espère ? »

Syénite essayait justement de ne pas y penser. La seule idée que la mangeuse de pierre puisse la toucher la met mal à l'aise. Songer que cet être l'a portée ou traînée sous des kilomètres de roche et d'océan la fait frissonner malgré elle. Ces créatures défient la raison… comme les orogènes, les civilisations disparues et tout ce qui échappe à la mesure et à la prévision sensées. Toutefois, l'orogénie est compréhensible (plus ou moins) et maîtrisable (difficilement), il est possible d'éviter les artefacts des civilisations disparues tant qu'ils ne sortent pas de la mer sous votre nez, alors que les mangeurs de pierre font ce qu'ils veulent où ils veulent. Les histoires des mnésistes ne sont pas avares d'avertissements les concernant, et nul n'essaie jamais de les arrêter.

Pensée qui, en revanche, arrête Syénite. Son mentor descend une volée de marches supplémentaire avant de s'apercevoir qu'elle ne le suit plus de près.

« Le mangeur de pierre, dit-elle quand il se retourne pour la considérer d'un air agacé. Celui qui était incrusté dans l'obélisque.

— Ce n'est pas le même. » Albâtre s'exprime du ton patient qu'on réserve aux gens particulièrement stupides, mais qui ont eu une journée difficile et ne méritent pas qu'on leur fasse remarquer leur idiotie. « Je te dis que je connais Antimoine depuis un moment.

— Ce n'est pas ce que je voulais dire. » *Espèce de crétin.* « Celui qui était dans l'obélisque m'a regardée avant… avant. Il a bougé. Il n'était pas mort. »

Albâtre la considère d'un œil fixe.

« Ça s'est passé quand ?

— Je… » Elle agite les mains, impuissante. Il n'y a pas de mots pour ce qu'elle cherche à exprimer. « Je… Quand j'étais… Je *crois* l'avoir vu. »

Peut-être a-t-elle souffert d'une hallucination. Une sorte de vision provoquée par le vitropoignard du Gardien, comme quand on voit toute sa vie défiler devant ses yeux. Mais ça avait l'air tellement réel.

Albâtre la regarde un long moment, ses traits mobiles encore figés par l'expression qu'elle associe maintenant à la réprobation.

« Ce que tu as fait aurait dû te tuer. Tu t'en es sortie parce que tu as eu une chance inouïe, c'est tout. Si tu as… vu des choses… je n'en suis pas surpris. »

Elle acquiesce sans contester son affirmation. Le pouvoir de l'obélisque lui a été parfaitement perceptible, à ce moment-là. L'artefact l'aurait bel et bien tuée, s'il avait été intact. Les choses étant ce qu'elles sont, il l'a… brûlée, quasi insensibilisée. Peut-être est-ce pour ça qu'elle n'arrive pas à utiliser l'orogénie. À moins que l'intervention du Gardien n'ait des effets prolongés.

« Qu'est-ce qui s'est passé, là-bas ? » demande-t-elle, exaspérée. Tant de choses lui échappent dans cette histoire. Pourquoi essayer de tuer son compagnon ? Pourquoi envoyer un Gardien le faire ? Quel rapport avec l'obélisque ? Pourquoi se retrouvent-ils ici, Albâtre et elle, piégés sur une île en pleine mer ?

« Qu'est-ce qui se *passe*, bordel rouillé ? Que la Terre nous bouffe ! Tu en sais plus que tu ne veux bien le dire. »

Il soupire en croisant les bras, bien qu'elle l'ait manifestement blessé.

« Figure-toi que non. Quoi que tu en penses, je n'ai pas réponse à tout. Je me demande franchement ce qui te persuade du contraire. »

Le fait qu'il en sache tellement plus qu'elle. Et qu'il ait dix anneaux : il est capable de choses dont elle n'a pas idée, des choses indescriptibles, et sans doute au fond l'imagine-t-elle également capable de *comprendre* des choses qui lui échappent, à elle.

« Tu savais, pour le Gardien.

— Oui. » Il est en colère, maintenant, mais pas contre elle. « J'en ai déjà croisé du même genre. Mais je ne sais pas pourquoi il était là. Je peux juste me livrer à quelques suppositions.

— C'est mieux que rien ! »

— Bon, d'accord. » L'exaspération a pris le relais. « Première supposition : quelqu'un savait qu'un obélisque abîmé se trouvait dans le port d'Allia. Ce ou ces personnes savaient aussi qu'un dix-anneaux le remarquerait sans doute dès qu'il commencerait à valuer les alentours. Et, comme il a suffi de la valuation d'une quatre-anneaux pour réactiver l'artefact, on peut raisonnablement en déduire que ces mystérieuses personnes ignoraient totalement à quel point il était sensible et dangereux. Sinon, on ne serait jamais arrivés à Allia, ni toi ni moi. »

Syénite fronce les sourcils, la main posée sur la balustrade, car une bourrasque particulièrement forte remonte l'à-pic.

« Ces personnes ?

— Des groupes. Des factions. Engagées dans un conflit dont on n'a aucune idée et sur lequel on est tombés par pure malchance.

— Des factions de *Gardiens* ? »

Il renifle, moqueur.

« À t'entendre, on croirait que c'est impossible. Tu t'imagines que tous les gèneurs poursuivent les mêmes buts, Syène ? Tous les fixes ? Je te parie que même les mangeurs de pierre ont leurs petites querelles intestines. »

La Terre seule sait à quoi elles ressemblent.

« Alors une de ces… factions a envoyé ce Gardien nous tuer. » Non. Pas après qu'elle a eu dit au Gardien *qui* avait activé l'obélisque. « *Me* tuer. »

Albâtre acquiesce d'un air sombre.

« Je suppose qu'il avait commencé par m'empoisonner en se disant que c'était moi qui allais réveiller l'obélisque. Les Gardiens n'aiment pas nous châtier en vue des fixes, quand ils peuvent l'éviter ; ça risque de nous attirer une compassion malvenue. S'il a agi de cette manière, en plein jour, c'était qu'il tirait vraiment sa dernière flèche. » Haussement d'épaules, les sourcils froncés par la réflexion. « On a sans doute eu de la chance qu'il n'essaie pas de t'empoisonner, toi. Ça aurait dû marcher, même sur moi. La paralysie a tendance à affecter les valupinae, quelles qu'en soient les causes. J'aurais été complètement impuissant si… »

S'il lui avait été impossible d'en appeler au pouvoir de l'obélisque améthyste et d'exploiter les valupinae de Syénite pour leur faire faire ce dont les siennes étaient incapables. Maintenant qu'elle comprend ce qu'il a trafiqué cette nuit-là, c'est encore pire, d'une certaine manière. Elle penche la tête vers lui.

« Personne ne sait vraiment de quoi tu es capable, hein ? »

Il pousse un petit soupir en détournant le regard.

« Je ne le sais pas moi-même, figure-toi. L'enseignement du Fulcrum… il a fallu que je m'en détache, passé un certain point. Que je m'entraîne tout seul. Par moments, quand j'arrive à *penser* autrement, à oublier ce qu'ils m'ont appris et à essayer quelque chose de neuf, il me semble que je pourrais… » Il s'interrompt, les sourcils froncés, perdu dans ses pensées. « Je ne sais pas. Vraiment pas. Et ça vaut certainement mieux, parce que sinon, il y a longtemps que les Gardiens m'auraient tué. »

Il parle pour ainsi dire tout seul, mais Syénite soupire, compréhensive.

« Bon. Qui est capable d'envoyer des Gardiens tueurs, euh… »

Traquer des dix-anneaux. Ficher une trouille bleue à des quatre-anneaux.

« Tous les Gardiens sont des tueurs, riposte Albâtre avec amertume. Quant à savoir qui a autorité sur eux, je n'en ai aucune idée. » Nouveau haussement d'épaules. « Il paraît qu'ils rendent des comptes à l'empereur… qu'ils représentent tout ce qui lui reste de pouvoir. Mais c'est peut-être faux. Peut-être les familles de Dirigeants lumeniens les contrôlent-elles comme elles contrôlent tout le reste. À moins qu'ils ne soient soumis au Fulcrum. Je n'en sais rien.

— J'ai entendu dire qu'ils étaient soumis à leur propre contrôle. Mais c'est sans doute des histoires de poussière.

— Possible. En tout cas, ils n'hésitent pas davantage à tuer des fixes que des gêneurs pour protéger leurs secrets ou quand un fixe se trouve en travers de leur chemin. En admettant qu'ils aient une hiérarchie, ce sont les seuls à la connaître. Quant à la manière dont ils font ce qu'ils font… » Albâtre inspire longuement. « Ils subissent une procédure chirurgicale quelconque. Ce sont tous des enfants de gèneurs qui ne sont pas eux-mêmes gèneurs, parce que leurs valupinae ont une particularité qui rend la procédure en question plus efficace. Leurs collègues leur posent un implant. Dans le cerveau. Le Père Terre sait comment ils ont appris à faire une chose pareille et quand ils s'y sont mis, mais ça leur donne la capacité d'annuler l'orogénie. Plus d'autres aptitudes encore plus terribles. »

Syénite tressaille en se remémorant ses tendons déchirés. Une douleur aiguë lui traverse la main.

« N'empêche qu'il n'a pas essayé de te tuer. » Elle regarde l'épaule de son compagnon. L'étoffe est toujours plus foncée à cet endroit, bien que le mouvement ait sans doute décollé le sang séché, car elle n'adhère plus à la blessure. Il y a un peu d'humidité récente. Le saignement a repris, mais léger, heureusement. « Ce couteau…

— Une spécialité de Gardien, acquiesce sombrement Albâtre. On dirait du verre ordinaire, mais ça n'a rien à voir. Ces armes-là sont comme les Gardiens en personne, elles perturbent d'une manière ou d'une autre ce qui fait de nous ce que nous sommes. » Il frissonne. « Je ne savais pas ce qu'on ressentait, avant ; ça fait un mal de feux souterrains. Et non… » il s'empresse d'enchaîner pour couper la parole à Syénite, qui ouvrait la bouche « … je ne sais pas *pourquoi* il s'en est servi contre moi. Il nous avait déjà fixés tous les deux, j'étais aussi impuissant que toi. »

Et ça… Elle s'humecte les lèvres.

« Tu peux… tu es toujours…

— Oui. Ça passe au bout de quelques jours. » Le soulagement qu'elle éprouve le fait sourire. « Je t'ai dit que j'avais déjà eu affaire à des Gardiens de ce genre.

— Pourquoi m'as-tu dit de ne pas le laisser me toucher... avec sa peau ? »

Silence. Elle s'imagine d'abord qu'Albâtre fait un caprice, une fois de plus, puis elle le scrute avec davantage d'attention et prend conscience des ombres qui passent sur son visage. Au bout d'un moment, il cligne des yeux.

« J'ai connu un autre dix-anneaux, quand j'étais jeune. Quand je... C'était mon mentor, en quelque sorte. Comme Feldspath pour toi.

— Ce n'est pas... Non, rien. »

De toute manière, il ne fait pas attention à elle, perdu dans ses souvenirs.

« Je ne sais pas pourquoi c'est arrivé. Simplement, un jour, pendant qu'on se promenait dans les jardins, juste pour profiter d'une belle soirée... » Il s'interrompt brusquement avant de la considérer d'un air désabusé, quoique douloureux. « On cherchait un endroit où être seuls. »

Ah. Ça explique peut-être certaines choses.

« Je vois », dit-elle, inutilement.

Il acquiesce, inutilement.

« Quoi qu'il en soit, un Gardien est arrivé. Torse nu, comme celui d'Allia. Il n'a pas dit non plus ce qui l'amenait, il a juste... attaqué. Je n'ai pas vu... C'est allé très vite. Comme à Allia. » Albâtre se passe la main sur le visage. « Il a attrapé Hessonite par le cou, mais pas assez fort pour réellement l'étrangler. Il avait besoin d'un contact direct, peau contre peau. Après, il lui a suffi de tenir Hess, et il avait ce grand *sourire* de taré, on aurait dit que c'était le plus beau jour de sa vie.

— Alors ? » Elle ne veut pas réellement savoir, sauf que si, elle veut. « Qu'est-ce qu'elle fait, leur peau ? »

Les mâchoires d'Albâtre se serrent, les muscles crispés.

« Elle tourne notre orogénie vers l'intérieur. Je crois. Je ne peux pas l'expliquer autrement. Mais ce qui nous permet d'écarter les plaques tectoniques, de sceller les failles et tutti quanti, ce pouvoir inné… Ces Gardiens-là le retournent contre nous.

— Je ne vois… »

L'orogénie ne s'applique pas à la chair, pas directement. Si c'était possible…

… Ah.

Albâtre s'est tu. Cette fois, elle ne l'incite pas à poursuivre.

« Bon. Voilà. » Il secoue la tête puis jette un coup d'œil au village creusé dans la falaise. « On continue ? »

Elle a du mal à s'exprimer, après l'histoire qu'elle vient d'entendre, mais…

« Hé. » Geste vague englobant sa propre personne, donc son uniforme sale, mais toujours parfaitement identifiable d'orogène impériale. « Pour l'instant, on n'est même pas capables de bouger un caillou. Et on ne connaît pas ces gens.

— Je sais. Mais j'ai mal à l'épaule. Et soif. Tu vois de l'eau potable, dans le coin ? »

Non, elle n'en voit pas. Pas plus que de la nourriture. Et il est impossible de gagner le continent à la nage, il est trop loin. De toute manière, encore faudrait-il qu'elle sache nager, ce qui n'est pas le cas, et que les monstres marins existent uniquement dans les histoires, ce qui n'est sans doute pas le cas non plus.

« Bon, d'accord. » Elle pousse son compagnon pour le dépasser et ouvrir la marche. « C'est moi qui leur adresse la parole la première, je ne veux pas que tu nous fasses tuer. »

Ce cinglé de rouillé.

Il ricane tout bas, comme s'il avait entendu ses pensées, mais ne proteste pas et lui emboîte le pas.

L'escalier finit par s'aplanir pour former une allée taillée avec soin, dont la courbe longe l'à-pic une trentaine de mètres au-dessus de la ligne de marée la plus haute. Sans doute le hameau est-il à l'abri des tsunamis du fait de sa position. (Ce n'est pas une certitude, évidemment. Syénite trouve toujours toute cette *eau* bizarre.) Laquelle compense presque l'absence d'enceinte protectrice – quoique, tout bien considéré, l'océan constitue en lui-même une barrière efficace entre les gens qui vivent là et n'importe qui d'extérieur à leur… comm, si l'on peut dire. La douzaine de bateaux amarrés en contrebas danse sur l'eau contre des quais apparemment formés de simples tas de pierres, couverts de planches disposées au petit bonheur – assemblages efficaces, quoique hideux et primitifs, comparés aux piliers et aux jetées soignés d'Allia. Les bateaux sont tout aussi bizarres, du moins aux yeux de Syénite. Certains, d'une élégante simplicité, ont l'air d'avoir été taillés dans un unique tronc d'arbre, renforcé par une charpente. D'autres, plus grands, dotés de voiles, n'en sont pas moins d'une conception qui lui paraît totalement étrangère.

Le port est animé, des gens chargeant et déchargeant des paniers ou travaillant sur le gréement complexe d'un des navires. Personne ne regarde en l'air, mais Syénite résiste à l'envie d'appeler. De toute manière, on les a déjà repérés, Albâtre et elle. Un groupe est en train de se rassembler à l'entrée de la première caverne devant laquelle ils vont passer – les grottes ont l'air immenses, maintenant qu'ils se trouvent au niveau du « sol » et qu'ils les voient mieux.

Elle s'humecte les lèvres puis inspire à fond en s'approchant des villageois. Ils n'ont pas l'air hostiles.

« Bonjour », tente-t-elle, avant d'attendre une réaction.

Personne n'essaie de la tuer sur place. Jusqu'ici, tout va bien.

Les quelque vingt personnes qui attendent les visiteurs semblent surtout stupéfaites de les voir. Il s'agit pour l'essentiel d'enfants plus ou moins grands, accompagnés de quelques jeunes adultes, d'une poignée de vieillards et d'un kirkhusa en laisse, bien disposé à en juger par la manière dont il remue son bout de queue. Des Côtiers orientaux, indéniablement, aussi grands et foncés qu'Albâtre, avec deux ou trois individus plus pâles – et une houppe de cheveux acendres, agitée par la brise perpétuelle. Ils ne témoignent aucune inquiétude, ce qui est bon signe. Syénite a pourtant la nette impression qu'ils n'ont pas l'habitude des visites surprise.

Un homme âgé, à l'allure de Dirigeant, ou peut-être juste de dirigeant, s'approche des nouveaux venus. Et dit quelque chose de totalement incompréhensible.

Syénite le regarde. Elle ne sait pas quelle langue il parle, quoiqu'elle la trouve plus ou moins familière. À ce moment-là – *évidemment* –, Albâtre se secoue et répond dans la même langue. Tout le monde se met à rire et à marmonner, beaucoup plus détendu. À part Syénite.

« Traduction ? lance-t-elle en fixant son compagnon d'un œil noir.

— Je leur ai dit que d'après toi, je nous ferais tuer si je leur adressais la parole le premier. »

Elle envisage sérieusement de le tuer de ses propres mains, ici et maintenant.

Et voilà. Les habitants de ce curieux village commencent à discuter avec Albâtre, pendant qu'elle reste plantée là, à dissimuler de son mieux sa frustration. Il s'interrompt dès que possible le temps de traduire, mais trébuche parfois sur ce qu'on lui raconte : ces gens parlent tellement vite. Sans doute résume-t-il. Beaucoup. Il s'avère que la comm s'appelle Meov ; le type qui s'est approché le premier, Harlas, en est le chef.

Il s'avère aussi que ce sont des pirates.

*
**

« On ne peut rien cultiver, ici. Ils sont obligés de se débrouiller autrement pour survivre », explique Albâtre.

Plus tard, quand les Meovites ont invité les deux étrangers à s'installer dans les grottes qui abritent la comm. La falaise contient le village tout entier, ce qui n'a rien d'étonnant puisque l'île est constituée pour l'essentiel d'une colonne de roche indifférenciée ; certaines cavernes sont d'origine naturelle, d'autres ont été ménagées par des moyens inconnus. L'ensemble est étonnamment beau, plafonds artistiquement voûtés, aqueducs arqués courant le long des murs, torches et lanternes répandant assez de lumière pour écarter le moindre risque de claustrophobie. Syénite n'aime pas la sensation de toute cette pierre au-dessus de sa tête, n'attendant que la prochaine secousse pour l'écraser, mais si vraiment elle est condamnée à séjourner dans un piège mortel, au moins, celui-là est confortable.

Les Meovites ont installé les deux visiteurs dans une pension ou, plutôt, une « maison » inoccupée depuis un moment, mais pas trop abîmée. On leur a donné à manger – les plats préparés en commun –, de quoi s'habiller dans le style local et la permission d'utiliser les bains du village. Ils ont même droit à un minimum d'intimité – en théorie, car les enfants curieux se bousculent pour regarder par leur fenêtre sans rideau, avant de glousser et de s'enfuir en courant. C'est mignon.

Assise sur une pile de couvertures qui semble avoir été faite pour servir de siège, Syénite observe Albâtre, très occupé à enrouler une bande de tissu propre autour de son épaule blessée, une extrémité entre les dents afin de bien serrer le bandage. Il pourrait évidemment lui demander de l'aide, mais comme il s'en abstient, elle ne lui en propose pas.

« Le troc ne marche pas fort avec le continent, poursuit-il. Ils n'ont pas grand-chose à proposer, à part du poisson, et les villes côtières n'en manquent pas. Alors ils pillent. Ils attaquent les bateaux qui suivent les routes de commerce, ou ils extorquent ce qu'il leur faut aux comms en s'engageant à les protéger des agressions… les leurs, oui. Ne me demande pas comment ça marche ; je ne fais que te répéter ce que m'a raconté le chef. »

Tout ça paraît bien… précaire.

« Mais qu'est-ce qu'ils font ici, de toute manière ? » Syénite parcourt du regard les murs et le plafond grossièrement taillés. « Sur une *île*. Je veux dire, ces cavernes sont sympas, si on veut, mais la prochaine secousse ou le prochain tsunami rayeront tout ça de la carte. Et puis tu l'as dit toi-même, rien ne pousse sur ce caillou. Est-ce qu'ils ont seulement des caches ? Qu'est-ce qui se passe, en cas de Saison ?

— Je suppose qu'ils meurent. » Albâtre hausse les épaules, dans le but surtout de mettre en place le mieux possible son bandage noué de frais. « Quand je leur ai posé la question, ils l'ont juste écartée en riant. Tu as remarqué que l'île se trouve sur un point chaud ? »

Elle cligne des yeux. Non, elle n'avait pas remarqué. Il faut dire que son orogénie est aussi insensible qu'un doigt après un coup de marteau. Celle de son compagnon aussi, mais l'insensibilité est apparemment relative.

« Il est profond ?

— Très. Il ne risque pas d'exploser dans un futur proche ni même lointain… mais si jamais il explose, il y aura un cratère ici au lieu d'une île. » Albâtre fait la grimace. « En admettant bien sûr qu'un tsunami ne la détruise pas avant, vu qu'on est tout près du bord de la plaque. Il y a *tellement* de manières de mourir à Meov. Ils en sont parfaitement conscients, je t'assure, mais autant que je puisse en juger, ils s'en fichent. Ils disent qu'au moins ils mourront libres, pas en esclaves.

— Esclaves de quoi ? De la vie ?

— Du Sanze. » La stupeur de Syénite amuse Albâtre. « D'après Harlas, le village fait partie d'un ensemble de petites comms insulaires réparties tout le long de l'archipel… les groupes d'îles s'appellent des archipels, figure-toi… et celui-là s'étend presque jusqu'en Antarctique. C'est le point chaud qui l'a créé. Certaines de ces comms, y compris Meov, existent depuis dix Saisons, voire plus…

— N'importe quoi !

— Le fait est que personne ne sait à quand remontent la fondation et, euh… le creusement de Meov. Si ça se trouve, le village est encore plus vieux que ça. Il existait *avant le Sanze*. Pour ce qu'en savent les Meovites, le Sanze ignore qu'ils existent, à moins qu'il ne s'en fiche. Il ne les a jamais annexés. » Albâtre secoue la tête. « Les comms côtières s'accusent les unes les autres d'accueillir les pirates, il faut être fou pour s'aventurer si loin en mer… alors peut-être tout le monde est-il effectivement persuadé qu'il ne s'y trouve rien d'intéressant. Enfin, l'existence des îles est sans doute connue, mais les autorités doivent se dire que personne n'est assez idiot pour y vivre. »

Personne ne devrait l'être. Syénite secoue la tête, surprise de l'audace de ces gens. Quand la gamine suivante se hausse sur la pointe des pieds pour regarder les étrangers par-dessus l'appui de la fenêtre sans chercher à s'en cacher, la jeune femme ne peut se retenir de sourire ; les yeux de la petite s'arrondissent comme des soucoupes, puis elle éclate de rire et baragouine quelque chose dans sa langue heurtée, avant que ses copains ne la tirent en arrière. Courageuse petite cinglée…

« Elle a dit : “La méchante a souri” », s'amuse Albâtre.

Petite punaise rouillée !

« Je n'arrive pas à croire qu'ils soient effectivement assez idiots pour y vivre, avoue Syénite en secouant la tête, une fois de plus. Je n'arrive pas à croire que cette île ne se soit pas divisée, qu'elle n'ait pas été réduite en scories ou inondée cent fois. »

Il s'agite un peu, manifestement réticent. Elle comprend qu'elle ferait mieux de se tenir prête.

« Ma foi, ils s'en tirent pour l'essentiel parce qu'ils se nourrissent de poisson et d'algues. Les Saisons ne tuent pas l'océan comme la terre ou les petites masses d'eau. Tant que la pêche reste possible, il y a à manger. À mon avis, ils n'ont même pas de caches. » Il regarde autour de lui, pensif. « Si on peut préserver la stabilité de l'île malgré les secousses et les chocs, je dirais que c'est *réellement* un endroit où il fait bon vivre.

— Mais comment…

— Grâce aux gèneurs. » Il lui adresse un grand sourire, qui lui fait comprendre qu'il brûlait d'envie de le dire. « Voilà comment ils ont survécu aussi longtemps. Ici, ils ne tuent pas les gèneurs. Ils leur donnent le *pouvoir*. Et ils sont *absolument* enchantés de nous voir. »

*
**

Le mangeur de pierre est folie incarnée. Tirez les leçons de sa création, et méfiez-vous de ses cadeaux.

Tablette deuxième,
« La Vérité incomplète », strophe sept

17. Damaya et l'irrévocable

Les choses changent. La vie au Fulcrum obéit à des règles précises, mais le monde n'est pas figé. Un an s'écoule.

Après la disparition de Fêlée, Maxixe n'adresse plus jamais la parole à Damaya. Quand il la voit dans les couloirs ou après l'inspection, il lui tourne le dos. S'il la surprend à le regarder, il se renfrogne. Mais il ne la surprend pas souvent, parce qu'elle ne le regarde pas souvent. Elle se fiche qu'il la déteste. De toute manière, ce n'était qu'un ami *potentiel*. Elle n'est plus assez naïve pour avoir envie d'un ami ni pour croire qu'elle en méritera jamais.

(Les amis, ça n'existe pas. Le Fulcrum n'est pas une école. Les grains de poussière ne sont pas des enfants. Les orogènes ne sont pas des gens. Les armes n'ont pas besoin d'amis.)

La vie n'en est pas moins difficile, parce que, sans amis, elle s'ennuie. Les instructeurs lui ont appris à lire, puisque ses parents ne l'avaient pas fait, mais elle ne peut consacrer qu'un certain temps à la lecture avant que les mots se mettent à vibrer et à sautiller sur les pages tels des cailloux lors d'une secousse. De toute manière, la bibliothèque, très utilitaire, ne contient guère de livres distrayants. (Les armes n'ont pas non plus besoin de distraction.) Damaya n'est autorisée à user de l'orogénie que durant les travaux pratiques. Il lui arrive certes de se les repasser en esprit pour s'exercer, allongée dans son lit – le pouvoir des orogènes réside après tout dans leur faculté de concentration –, mais elle ne peut pas non plus se consacrer à ça en permanence.

Voilà pourquoi elle erre dans le Fulcrum pendant son heure de loisir ou à n'importe quelle autre heure, quand elle n'est pas occupée ou en train de dormir.

Personne n'empêche la poussière d'aller et venir. Personne ne surveille le dortoir pendant l'heure de loisir ni plus tard. Les instructeurs n'imposent pas de couvre-feu ; l'heure de loisir peut devenir une nuit de loisir, pour un enfant disposé à lutter contre le sommeil le lendemain. Les adultes ne cherchent pas non plus à empêcher la poussière de quitter son bâtiment. Si on en surprend un grain dans l'Anneau des jardins, interdit aux sans-anneaux, ou près du portail ouvrant sur l'extérieur, il doit s'expliquer devant les seniors. Mais les manquements moins graves n'attirent que de légères sanctions très supportables, car la punition correspond au crime, comme d'habitude. Voilà.

Après tout, personne n'est jamais renvoyé du Fulcrum. On se contente de retirer des réserves les armes dysfonctionnelles. Quant aux armes fonctionnelles, elles sont censées être capables de prendre soin d'elles-mêmes.

Damaya limite donc ses errances aux zones les moins intéressantes, ce qui lui laisse matière à exploration, car le Fulcrum est un complexe gigantesque. Outre les jardins et le terrain d'entraînement de la poussière, il comporte des quartiers d'habitation, des bibliothèques, des théâtres, un hôpital et les lieux de travail des orogènes adultes quand ils ne sont pas en mission à l'extérieur. Sans oublier les kilomètres d'allées pavées d'obsidienne et les immensités de verdure paysagées, au lieu d'être laissées en jachère ou préparées à une éventuelle Cinquième Saison. Elles sont juste là pour faire beau. Damaya en déduit que quelqu'un devrait les admirer.

Voilà où elle se promène, tard le soir, en imaginant où et comment elle vivra quand elle rejoindra les rangs des orogènes à anneaux. Les adultes qu'elle croise ne lui prêtent en général aucune attention. Ils vont et viennent, vaquant à leurs affaires, discutant entre eux, marmonnant dans leur barbe, tout à leurs préoccupations d'adultes. Certains remarquent bien sa présence, mais haussent les épaules et continuent leur chemin. Un jour, un seul, une inconnue s'arrête.

« Tu es vraiment censée être là ? » demande-t-elle.

Damaya répond d'un hochement de tête et continue son chemin. La femme n'insiste pas.

Les bâtiments administratifs sont plus intéressants. La solitaire visite les grandes salles où pratiquent les orogènes à anneaux : de vastes amphithéâtres sans toit, complètement vides, dont le carrelage dessine des cercles concentriques. Il arrive qu'elle y trouve d'énormes blocs de basalte ou que le sol en soit bosselé, mais que les blocs aient disparu. Il arrive aussi qu'elle y voie des adultes en plein exercice ; ils déplacent les blocs comme les enfants des jouets, les enfoncent dans la terre puis les en retirent par la seule force de leur volonté ; l'air qui les entoure s'embrume sous l'effet de leurs anneaux de froid meurtriers. C'est à la fois exaltant et impressionnant ; elle suit ce qu'ils font de son mieux, c'est-à-dire mal. Il lui reste un long chemin à parcourir avant d'être capable de certaines de ces choses.

Le Principal, le bâtiment qui occupe le cœur du complexe, exerce sur elle une fascination particulière. Cet immense hexagone coiffé d'un dôme est plus grand que toutes les autres constructions réunies. C'est là que se traitent les affaires du Fulcrum. Les orogènes à anneaux y occupent des bureaux où ils gèrent la paperasse et paient les factures puisque, bien sûr, ils s'occupent de ça eux-mêmes. Il est hors de question qu'on puisse les accuser de se servir en parasites des ressources de Lumen. Le Fulcrum est autonome, y compris fiscalement. L'heure de temps libre étant plus tardive que les heures de travail générales au Principal, il n'est pas aussi animé lorsque Damaya s'y rend qu'il l'est probablement en journée, mais chaque fois qu'elle s'y promène, elle y voit encore de nombreux bureaux éclairés à la bougie voire, pour certains, à la lanterne électrique.

Les Gardiens disposent d'une des ailes du Principal. Quand les caillots noirs composés d'orogènes impériaux y sont mêlés d'uniformes bordeaux, la visiteuse change de direction. Pas par peur. Les Gardiens s'aperçoivent sans doute de sa présence, mais la laissent tranquille, parce qu'elle ne fait rien qu'on lui ait interdit de faire. Schaffa le lui a bien dit : lui et les siens ne sont à craindre que dans des circonstances particulières et circonscrites. Non, si Damaya les évite, c'est que, ses capacités s'améliorant, elle prend lentement conscience de la sensation bizarre qu'elle éprouve quand l'un d'eux se trouve à proximité. Une sorte de… de bourdonnement, une sensation en quelque sorte aiguë et *âcre*, un son et un goût plus qu'une perception orogénique. Elle a beau ignorer de quoi il s'agit, elle se rend compte qu'elle n'est pas la seule orogène à les éviter.

Certaines ailes du Principal ne sont plus utilisées, parce que le Fulcrum est plus vaste que nécessaire, du moins est-ce ce que ses instructeurs lui ont dit quand elle les a interrogés à ce sujet. Avant sa construction, nul ne savait combien il y avait d'orogènes au monde, ou alors ses concepteurs ont cru qu'il en survivrait davantage à l'enfance pour se retrouver là, et le temps leur a donné tort. Quoi qu'il en soit, la première fois que Damaya ouvre une porte tout à fait banale, mais que personne d'autre n'a l'air d'emprunter, elle se retrouve dans des couloirs obscurs et déserts. Sa curiosité s'éveille aussitôt.

Il fait trop sombre pour que sa vue porte loin. Elle distingue à proximité des meubles et des paniers inutilisés, des choses de ce genre, qui la décident à ne pas se lancer dans une exploration précipitée. Elle rentre au contraire au bâtiment de la poussière, puis elle passe les jours suivants à se préparer. Il lui est facile de prendre sur un des plateaux de la cantine un petit vitrocouteau à viande, et le dortoir ne manque pas de lampes à pétrole dont s'emparer sans éveiller l'attention. Alors, pourquoi pas ? Elle confectionne aussi un sac avec une taie d'oreiller au bord effiloché, récupérée lors de la corvée de linge dans le tas « à jeter ». Enfin prête – du moins le lui semble-t-il –, Damaya se lance.

Les débuts sont lents. Le couteau lui permet de marquer les murs çà et là pour éviter de se perdre… jusqu'au moment où elle s'aperçoit que la zone du Principal où elle se trouve a exactement la même structure que les autres : un couloir central, ponctué à intervalles réguliers de cages d'escalier et encadré de portes ouvrant sur des pièces ou des enfilades de pièces. Ce sont les pièces qu'elle préfère, bien que la plupart n'aient aucun intérêt. Salles de réunion, bureaux et, parfois, vastes espaces évoquant des centres de conférences, essentiellement utilisés pour stocker de vieux livres et vêtements.

Mais quels livres ! La plupart sont emplis des histoires frivoles si rares à la bibliothèque – romans d'amour et d'aventures, plus quelques fragments de traditions dépourvues de sens. Il arrive aussi que les portes dévoilent des choses surprenantes. Un étage autrefois constitué de quartiers d'habitation – peut-être une année faste où il y avait trop d'orogènes pour qu'on les installe confortablement dans les immeubles résidentiels. Toujours est-il que la plupart de ses occupants sont partis en laissant leurs affaires derrière eux. Longues robes élégantes tombant en poussière dans les placards, jouets pour bébés, bijoux qui auraient fait saliver la mère de Damaya. Elle en essaie quelques-uns et pouffe en se regardant dans un miroir moucheté, avant de se figer brusquement, surprise par le bruit de son propre rire.

Il y a plus étrange. Une salle pleine de fauteuils rembourrés ornementés – usés et mangés aux mites –, disposés en cercle, tournés les uns vers les autres ; quant à savoir pourquoi… Une autre qu'elle ne comprendra que plus tard, lorsque ses errances l'auront menée dans les bâtiments réservés à la recherche : elle saura alors qu'elle a découvert une sorte de laboratoire, plein de curieux récipients et appareils utilisés, elle l'apprendra un jour, pour l'analyse des énergies et la manipulation des produits chimiques. Si les géomestres ne daignent pas étudier l'orogénie, peut-être les orogènes s'en chargent-ils eux-mêmes ? Elle ne peut que s'interroger.

Il y a plus, encore et toujours. Ses explorations constituent maintenant le moment de la journée qu'elle attend avec le plus d'impatience, à l'exception des Travaux Pratiques. Il lui arrive d'avoir des problèmes en crèche, parce qu'elle rêve tout éveillée à ce qu'elle a découvert et rate certaines questions des interrogations orales. Elle ne se relâche pourtant pas au point d'inquiéter les enseignants, quoiqu'elle en soupçonne certains d'être informés de ses promenades nocturnes. Elle en a vu quelques-uns flâner pendant ses balades ; ils ont l'air étrangement humains quand ils ne sont pas en service. Mais ils ne lui parlent pas de ça, ce qui lui fait extraordinairement plaisir. Elle aime avoir l'impression de partager avec eux un de ses secrets, même si tel n'est pas réellement le cas. La vie au Fulcrum obéit à des règles précises, mais ces règles-*là* sont les siennes, c'est elle qui les a fixées, et personne n'y contrevient. Elle aime avoir quelque chose qui n'appartienne qu'à elle.

Jusqu'au jour où tout change.

*
**

L'inconnue se glisse dans la file avec une telle discrétion qu'elle passe presque inaperçue. La poussière traverse l'Anneau des jardins, en route pour le dortoir après les Travaux Pratiques. Damaya est fatiguée, quoique contente d'elle-même. L'instructeur Marcassite l'a félicitée de n'avoir gelé autour d'elle qu'un tore de soixante-dix centimètres de rayon, tout en étendant sa zone de contrôle à une trentaine de mètres de profondeur. « Tu es presque prête pour l'examen du premier anneau », lui a-t-il dit à la fin du cours. Si tel est bien le cas, il se pourrait qu'elle passe les épreuves un an avant la majorité de la poussière et, en tout cas, avant les autres grains de son âge.

Cette pensée la baigne de chaleur, une longue journée s'achève dans une fatigue générale, les jardins sont quasi déserts et les instructeurs discutent entre eux ; voilà pourquoi personne ne voit la fille se glisser dans la file, juste devant Damaya. Qui manque de ne pas la voir non plus, l'intruse ayant eu l'intelligence d'attendre que les enfants s'engagent dans un virage pour contourner une haie. Elle est là, d'un pas au suivant, marchant au même rythme que les autres, le regard fixé droit devant elle comme la plupart. Damaya n'en sait pas moins qu'elle vient d'arriver.

L'incident la laisse un instant perplexe. Elle n'est pas *intime* avec le reste de la poussière, mais elle le connaît de vue, et cette fille n'en fait pas partie. Alors qui est-ce ? Damaya devrait-elle dire quelque chose ?

L'inconnue jette un brusque regard en arrière, s'aperçoit de sa perplexité et lui adresse un clin d'œil, souriante. Damaya bat des paupières. Quand la nouvelle venue lui tourne à nouveau le dos, elle continue à la suivre, trop troublée pour la dénoncer.

La poussière quitte les jardins et gagne son baraquement, après quoi les instructeurs s'en vont, la laissant à son heure de temps libre avant le coucher. Les enfants se dispersent, les uns pour aller manger, les nouveaux pour se coucher, épuisés. Certains des plus énergiques se lancent aussitôt dans un jeu idiot, se pourchassant les uns les autres autour des lits. Comme d'habitude, ils ne prêtent aucune attention à Damaya ni à ce qu'elle fait.

Aussi se tourne-t-elle vers le grain qui n'en est pas un.

« Dis-moi qui tu es.

— C'est vraiment ce que tu veux savoir ? »

La fille a l'air sincèrement surprise. C'est une grande maigre, de l'âge de son interlocutrice, à la peau cireuse pour une jeune Sanzienne, aux cheveux sombres et bouclés, au lieu de raides et gris. Elle porte un uniforme de poussière et s'est même coiffée comme les grains aux cheveux longs. Seul son statut de parfaite inconnue gâche l'illusion.

« Je veux dire, tu t'en fiches de mon identité, non ? » Elle a l'air presque vexée par la première question qui lui a été posée. « À ta place, je me demanderais plutôt ce que je fais là. »

Pendant que Damaya la contemple, bouche bée, elle regarde autour d'elle, les sourcils légèrement froncés.

« Je pensais que des tas d'autres gens s'apercevraient de ce que j'ai fait. Vous n'êtes pas si nombreux... quoi, une trentaine, dans le dortoir ? Moins que dans ma crèche, et *moi*, si un inconnu débarquait comme ça, je m'en apercevrais...

— *Dis-moi qui tu es* », répète Damaya, crachant presque les mots. Mais, d'instinct, elle évite d'élever la voix. Pour faire bonne mesure, elle attrape néanmoins la fille par le bras et l'entraîne à l'écart, dans un coin où elles risquent moins de se faire remarquer. Même si personne ne les remarque, puisque tout le monde s'exerce depuis des années à ne prêter aucune attention à Damaya. « Dis-le-moi, ou je hurle pour faire revenir les instructeurs.

— Ah, là, d'accord. » L'intruse sourit. « Voilà à quoi je m'attendais ! Mais je trouve toujours bizarre que tu sois la seule... » Une brusque inquiétude s'inscrit sur son visage quand Damaya ouvre la bouche en inspirant un bon coup, manifestement prête à hurler. « Binof, je m'appelle Binof ! Et toi ? »

Ce genre de présentations, d'une banalité absolue, s'inscrit dans le schéma de politesse que Damaya a utilisé l'essentiel de sa vie avant d'arriver au Fulcrum. Voilà pourquoi elle répond machinalement :

« Damaya Cos... » Son nom d'usage (et le fait qu'il ne s'applique plus à elle) lui est sorti de l'esprit depuis si longtemps qu'elle s'étonne de le laisser échapper. « Damaya. Qu'est-ce que tu fais ici ? D'où viens-tu ? Pourquoi… »

Elle agite le bras, impuissante, englobant du geste l'uniforme, les cheveux, la présence même de Binof.

« Chut. Tu crois que c'est le moment de poser cent mille questions ? » La fille secoue la tête. « Écoute, je ne vais pas rester ni t'attirer d'ennuis. Il faut juste que je sache si tu as vu quoi que ce soit de bizarre dans le coin ? » Damaya la regarde à nouveau sans mot dire ; Binof fait la grimace. « Un endroit. Une forme particulière. Plus ou moins. Un gros… un truc qui… »

Suit une série de gestes compliqués, car elle essaie de dessiner avec les mains ce à quoi elle pense. C'est complètement absurde.

Sauf que non. Pas complètement.

Le Fulcrum est circulaire. Damaya le sait, bien qu'elle n'en fasse l'expérience que lorsqu'elle traverse l'Anneau des jardins avec le reste de la poussière. L'Étoile noire domine la partie ouest, tandis qu'au nord se dresse un ensemble de bâtiments assez hauts pour dépasser la muraille d'obsidienne. (Damaya se demande souvent ce que pensent leurs habitants quand ils les regardent, elle et les siens, de leurs fenêtres et de leurs toits élevés.) Mais, plus important, le Principal est circulaire – enfin, presque. Elle en a maintenant parcouru les couloirs obscurs assez longuement, guidée par sa lanterne, ses doigts et ses valupinae, pour comprendre aussitôt de quoi parle cette drôle de fille quand elle dessine un hexagone avec les mains.

Parce que les murs et les corridors du Principal ne sont pas de taille à justifier la place qu'occupe le bâtiment. Son toit couvre en son centre une zone où personne ne travaille ni ne circule ; il y a sans doute là une salle énorme. Peut-être une cour ou un théâtre, bien que le Fulcrum en comporte d'autres. Damaya a découvert les murs entourant cet espace et les a suivis ; ils ne délimitent pas un disque, car ils sont rectilignes et dessinent des angles. Six. Mais en admettant qu'une porte donne accès à cette salle centrale hexagonale, soit elle ne se trouve pas dans les ailes inutilisées du bâtiment, soit l'exploratrice ne l'a pas encore repérée.

« Une salle sans porte », murmure-t-elle distraitement.

Ce qu'elle a commencé à qualifier en son for intérieur de salle invisible, le jour où elle a compris que la chose existait. Binof inspire brusquement et se penche vers elle.

« Oui. *Oui.* C'est comme ça qu'elle s'appelle ? Elle est dans le grand bâtiment, au centre du Fulcrum ? Je me le disais bien. Oui. »

Damaya cligne des yeux, exaspérée.

« Qui. *Es*. Tu ? »

La fille a raison, ce n'est pas exactement la question qu'elle se pose, mais cette question-là englobe toutes celles qui importent.

Binof fait la grimace, regarde autour d'elle, réfléchit un instant, serre les dents puis finit par lâcher :

« Binof Dirigeante Lumen. »

Ça ne veut pas dire grand-chose pour son interlocutrice. Personne ici n'a de nom d'usage ou de comm. Les Dirigeants pris en charge par les Gardiens n'en sont plus. Les grains originaires du Fulcrum ou qui y sont arrivés assez jeunes ont un nom de gèneur ; les autres sont obligés d'en prendre un quand ils gagnent leur premier anneau. Point final.

À ce moment-là, l'intuition tourne une clé, divers indices s'enclenchent, et Damaya comprend brusquement que Binof ne se contente pas de témoigner une loyauté déplacée à des conventions sociales obsolètes. En ce qui la concerne, elles ne sont *pas* obsolètes, puisque ce n'est *pas* une orogène.

Ce n'est pas non plus n'importe quelle fixe, mais une Dirigeante, et une Dirigeante de Lumen, donc une descendante d'une des familles les plus puissantes du Fixe. *Qui s'est introduite au Fulcrum en se faisant passer pour une orogène.*

C'est tellement inouï, tellement insensé, que Damaya en reste bouche bée. Binof s'aperçoit qu'elle comprend, se rapproche discrètement et baisse la voix.

« Je t'assure que je ne t'attirerai pas d'ennuis. Je vais y aller tout de suite, et je vais dénicher la salle en question. Tout ce que je te demande, c'est de n'en parler à personne. Pas encore. Tu voulais savoir pourquoi je suis là. Eh bien, c'est pour *ça*. Cette salle. Voilà ce que je cherche. »

Damaya referme la bouche puis pose une nouvelle question :

« Pourquoi ?

— Je ne peux pas te le dire. » Devant son regard menaçant, Binof écarte les mains. « Je pense à ta sécurité… et à la mienne. Il y a des choses que personne d'autre que les Dirigeants n'est censé savoir. Moi-même, je ne suis pas encore censée être au courant. Si quelqu'un apprend que je t'en ai parlé… » Elle hésite. « Je ne sais pas ce qu'on nous ferait, mais je n'ai aucune envie de l'apprendre. »

Fêlée. Damaya acquiesce distraitement.

« Ils vont t'attraper.

— Sans doute, mais je n'aurai qu'à leur dire qui je suis. » L'intruse hausse les épaules, avec la tranquillité de ceux qui n'ont jamais véritablement connu la peur. « Ils ne sauront pas pourquoi je suis là. Quelqu'un appellera mes parents, j'aurai des ennuis, mais j'en ai sans arrêt, de toute manière. Et puis si je trouve d'abord la réponse à quelques questions, ça en vaudra la peine. Bon, où est cette fameuse salle sans porte ? »

Damaya secoue la tête, aussitôt consciente du piège.

« Moi, j'aurai des ennuis pour t'avoir aidée. » Elle, elle n'est pas Dirigeante ni même humaine : personne ne la sauvera. « Je ne sais pas comment tu es arrivée là, mais tu devrais t'en aller. Tout de suite. Si tu t'en vas, je ne dirai rien à personne.

— Non. » Binof rayonne d'autosatisfaction. « Je me suis donné beaucoup de mal pour m'introduire au Fulcrum. D'ailleurs, tu as déjà des ennuis. Tu ne t'es pas mise à hurler dès que tu as compris que je n'étais pas un grain de poussière… ce qui fait de toi ma complice. D'accord ? »

Damaya sursaute. Son estomac se noue, parce que son interlocutrice a raison, mais sa colère s'éveille aussi, parce qu'on essaie de la manipuler et qu'elle déteste ça.

« Il vaut mieux que je hurle maintenant plutôt que de te laisser aller n'importe où et te faire prendre plus tard. »

Elle se dirige vers la porte. Binof pousse une petite exclamation, s'empresse de la rejoindre, l'attrape par le bras et souffle dans un murmure âpre :

« Non ! S'il te plaît… J'ai de l'argent, regarde. Trois éclats de diamant rouge et une alexandrite entière ! Tu les veux ? »

La colère de Damaya ne fait que croître.

« Et qu'est-ce que je ferais de ton argent rouillé ?

— Des privilèges, alors. La prochaine fois que tu sors à Lumen…

— *On ne sort pas.* »

Elle arrache rageusement son bras à Binof. Comment cette idiote a-t-elle bien pu arriver là ? Toutes les portes du Fulcrum sont gardées par la milice de la ville… mais pour empêcher les orogènes de sortir, pas les fixes d'entrer – et peut-être cette jeune Dirigeante, avec son argent, ses *privilèges*, son intrépidité, aurait-elle réussi à s'introduire où elle voulait même si les gardes avaient essayé de l'en empêcher.

« On est ici parce que c'est le seul endroit où on est à l'abri des gens comme *toi. Va-t'en.* »

Damaya est obligée de se détourner, les poings serrés, et de se concentrer de toutes ses forces en respirant profondément, car la part d'elle qui sait déplacer les lignes de faille commence à s'insinuer dans la terre sous l'effet de la fureur. Une telle perte de contrôle est honteuse. Pourvu qu'aucun des instructeurs ne la sente, ou ils ne l'estimeront plus quasi prête à passer l'examen du premier anneau. Sans parler du fait qu'elle risque de geler cette idiote.

Binof l'exaspère encore plus en se penchant pour la regarder sous le nez.

« Ça alors ! Tu es en colère ? Tu pratiques ton orogénie ? Quel effet ça fait ? »

Des questions si aberrantes, une absence de peur si stupide, que l'orogénie de Damaya s'essouffle. Sa fureur cède en un clin d'œil, emportée par la surprise. Tous les Dirigeants sont-ils comme ça, enfants ? Palela était si petite qu'il n'y en avait pas ; les authentiques Dirigeants préfèrent vivre dans des villes qui valent la peine d'être dirigées. Peut-être seuls ceux de *Lumen* sont-ils comme ça. Ou peut-être cette fille est-elle juste ridicule.

Binof estime manifestement le silence de Damaya assez significatif, car elle se met à sautiller devant elle, souriante.

« Je n'ai encore jamais eu l'occasion de discuter avec un orogène. Je ne parle pas des adultes, ceux qui ont des anneaux et qui se baladent en uniforme noir, mais des enfants de mon âge. Tu n'es pas aussi effrayante que le disent les mnésistes, mais bon, les mnésistes mentent tellement. »

Damaya secoue la tête.

« Je ne comprends rien à ce que tu racontes. »

À sa grande surprise, cette réponse calme Binof.

« On dirait ma mère. » Elle détourne un instant les yeux puis pince les lèvres, l'air déterminée, un regard sinistre fixé sur Damaya. « Bon, tu m'aides à trouver cette salle, oui ou non ? Si tu ne veux pas, au moins, je compte sur toi pour ne rien dire. »

Damaya est intriguée malgré elle – par la fille, par la possibilité d'accéder à la salle sans porte, par la nouveauté que représente sa propre curiosité. Elle n'est jamais partie en exploration avec personne. C'est... excitant. Elle danse d'un pied sur l'autre en regardant autour d'elle, mal à l'aise, mais une part d'elle-même a déjà pris sa décision, pas vrai ?

« D'accord, mais je ne sais pas comment y entrer, et ça fait des mois que j'explore le Principal.

— Le Principal ? C'est le nom de ce gros bâtiment ? Bon, ça ne m'étonne pas que tu n'aies rien trouvé. Il n'y a sans doute pas de moyen d'accès *facile*. Enfin, il y en avait peut-être un autrefois, qui a été supprimé. » Indifférente au regard fixe que Damaya pose une fois de plus sur elle, Binof se frotte le menton. « Mais je sais où chercher. J'ai vu de vieux plans de la structure... Enfin bon, c'est sans doute du côté sud de l'hexagone. Au rez-de-chaussée. »

C'est-à-dire dans la zone utilisée. Ça ne va pas être pratique.

« Je connais le chemin », déclare néanmoins Damaya.

Binof s'illumine à cette nouvelle, ce qu'elle trouve réconfortant.

Elle entraîne la jeune Dirigeante dans la direction qu'elle suit le plus souvent, sur le chemin qu'elle emprunte le plus souvent. Elle y regarde aussi plus souvent à deux fois. Et, peut-être parce qu'elle est nerveuse, elle note que, curieusement, on la remarque plus souvent que d'habitude. Lorsqu'elle repère par hasard l'instructeur Galène derrière une fontaine – c'est Galène qui l'a surprise en état d'ivresse, autrefois, et qui lui a sauvé la vie en ne la dénonçant pas –, il va jusqu'à lui sourire avant de reporter son attention sur son interlocuteur volubile. Alors seulement elle comprend *pourquoi* les gens la regardent : parce qu'ils connaissent la drôle de fille discrète qui passe son temps à traîner un peu partout. Ils ont sans doute entendu parler d'elle – des racontars, ce genre de choses –, et ils sont *contents* qu'elle ait enfin trouvé quelqu'un pour l'accompagner. Ils croient qu'elle s'est fait une copine. Damaya en rirait, si la vérité n'était pas si peu comique.

« Curieux, lance Binof, dans une des allées d'obsidienne qui traversent les jardins inférieurs.

— Quoi donc ?

— Eh bien, je persiste à croire que tout le monde devrait s'interroger sur ma présence, mais personne ou presque ne fait attention à nous. Alors qu'on est les seuls enfants là dehors. » Damaya hausse les épaules et continue son chemin. « Quelqu'un devrait nous arrêter, nous demander ce qu'on trafique ou quelque chose comme ça. Pour ce qu'ils en savent, on s'est embarquées dans une activité dangereuse. »

Cette fois, elle secoue la tête.

« Si on a un problème, mais qu'un adulte nous trouve avant qu'on ne tombe raides mortes, on nous emmènera à l'hôpital. »

Une note qui l'empêchera peut-être de passer l'examen de l'anneau sera alors versée à son dossier. Ce qu'elle a entrepris risque d'interférer avec son avenir. Elle soupire.

« J'en suis ravie, mais il vaut peut-être mieux s'occuper des enfants *avant* qu'ils ne fassent quoi que ce soit de dangereux », objecte Binof.

Damaya s'arrête net et se tourne vers elle.

« On n'est pas des enfants », dit-elle, agacée. Sa compagne cligne des yeux. « On est de la poussière – des étudiants orogènes impériaux. C'est de ça que tu as l'air ; c'est donc ce que tu es aux yeux de tout le monde ici. Et personne n'en a rien à fiche s'il arrive quelque chose à deux orogènes.

— Ah, fait Binof sans la quitter des yeux.

— Tu parles trop. La poussière ne parle pas. On ne se détend qu'au dortoir, une fois les instructeurs partis. Si tu veux te faire passer pour l'une de nous, fais-le *bien*.

— Bon, bon ! » Elle lève les mains, dans l'espoir d'apaiser son interlocutrice. « Désolée, je... » Le regard noir de Damaya lui tire une grimace. « D'accord. Je me tais. »

Elle se tait en effet. Damaya repart.

Elles entrent au Principal par la porte qu'elle utilise toujours ; mais, cette fois, elle prend aussitôt à droite, non à gauche, et renonce à monter dans les étages. Le corridor qu'elle emprunte est plus bas de plafond que ceux qu'elle connaît et décoré différemment, de petites fresques peintes à intervalles représentant des scènes agréables, très innocentes. Au bout d'un moment, l'inquiétude la gagne, parce qu'elles approchent d'une aile qu'elle n'a jamais explorée et se refuse à visiter, celle des Gardiens.

« Où ça, côté sud ?

— Hein ? » Très occupée à examiner les alentours – ce qui la rend encore plus repérable que son bavardage continuel –, Binof cligne des yeux surpris. « Oh. Eh bien… quelque part côté sud. » L'exaspération de Damaya lui arrache une fois de plus une grimace. « Je n'en sais rien ! Je sais juste qu'il a existé une porte, même si elle n'existe plus. Tu ne peux pas… » Elle agite les doigts. « Les orogènes sont censés être capables de ce genre de choses.

— Hein ? De trouver des portes ? Uniquement si elles sont *dans la terre*. »

Damaya a beau protester, ses sourcils se froncent, parce que… ma foi, elle *peut* plus ou moins valuer l'emplacement des portes, par déduction. Les murs porteurs lui font une impression très semblable à celle de la roche, les portes représentant des trous dans la strate – des endroits où le bâtiment appuie moins par terre. Si on en a muré une à ce niveau-ci, l'a-t-on totalement éliminée ? Peut-être. Mais son emplacement ne devrait-il pas toujours donner une impression différente de celle des murs environnants ?

Déjà, Damaya tourne sur elle-même, les mains écartées, comme elle le fait d'instinct quand elle cherche à étendre sa zone de contrôle. Dans les creusets des Travaux Pratiques, il y a des repères sous terre – de petits blocs de marbre, gravés d'un mot sur une face. Il faut exercer un contrôle très précis non seulement pour les trouver, mais aussi pour déchiffrer le mot en question. Comme si on goûtait la page d'un livre, qu'on relevait les minuscules différences entre les papiers encré et non encré et qu'on s'en servait pour lire. Damaya a cependant fait ça des dizaines de fois, sous le regard attentif d'un instructeur ; il s'avère que l'exercice marche aussi pour les portes.

« Tu pratiques ton orogénie ? demande Binof, passionnée.

— Oui. Alors ferme-la, avant que je ne te gèle par accident. »

Heureusement, elle obéit. On ne se sert pas de l'orogénie pour valuer, Damaya ne risque donc pas de geler qui que ce soit, mais le silence lui fait du bien.

Elle tâtonne le long des murs. Ce ne sont que des ombres de force, comparées au solide réconfort apporté par la roche, mais avec de la délicatesse, elle parvient à en suivre le tracé. Ceux qui enclosent la salle cachée présentent des… interruptions *là*, *là* et *là*. Damaya inspire brusquement en rouvrant les yeux.

« Alors ? »

Binof salive littéralement.

Sa compagne lui tourne le dos, se met à longer le mur et ne s'arrête qu'en arrivant à l'endroit adéquat. Occupé par une porte. Sans doute celle d'un bureau, donc dangereuse à ouvrir, car les intruses se trouvent dans une aile occupée. Le corridor a beau être désert et silencieux, la lumière brille sous certaines portes, ce qui signifie que quelques personnes travaillent toujours à cette heure tardive. Damaya commence par frapper. Pas de réponse. Elle inspire profondément et essaie d'ouvrir. Impossible.

« Attends. » Après avoir fouillé dans ses poches, Binof brandit quelque chose d'assez semblable à l'outil dont Damaya s'est servie un jour, à la ferme de sa famille, pour retirer les bouts de coquille qui s'étaient enfoncés dans les noix de kurge. « Je me suis renseignée sur la manière de se servir de cet objet. Dans des livres. Avec un peu de chance, c'est une serrure basique. »

Les traits tendus par une concentration extrême, Binof commence à farfouiller dans ladite serrure avec ledit objet.

Damaya attend, négligemment adossée au mur, les oreilles et les valupinae tendues, guettant la moindre vibration de pas, des voix croissantes ou, pire, le bourdonnement d'un Gardien de plus en plus proche. Mais il est maintenant minuit passé ; les travailleurs les plus dévoués eux-mêmes se préparent à dormir dans leur bureau ou sont partis pour la nuit, si bien que personne ne dérange les deux intruses pendant la tentative d'effraction atrocement longue de Binof, armée de son curieux outil.

« Ça suffit », tranche Damaya au bout d'une éternité. Si quelqu'un passe par là et les surprend, elle ne s'en tirera pas en accusant sa compagne. « Tu n'as qu'à revenir demain, on réessaiera…

— Je ne *peux* pas. » Binof est en nage, les mains tremblantes, ce qui n'arrange pas les choses. « J'ai échappé à mes gouvernantes ce soir, mais ça ne marchera pas à répétition. J'y suis presque arrivée, la dernière fois. Donne-moi encore une minute. »

Damaya attend donc, de plus en plus anxieuse, jusqu'à ce que résonne un cliquetis. Binof pousse un cri de surprise étouffé.

« C'était ça ? Oui, je crois que c'était ça ! » Elle essaie d'ouvrir la porte, qui pivote. « Par les pets flamboyants du Père Terre, ça a marché ! »

Les deux filles découvrent bel et bien un bureau : une table de travail, deux chaises à haut dossier, deux bibliothèques le long des murs. La table de travail, plus grande que de coutume, et les chaises plus ornementées signifient que les lieux sont occupés de jour par quelqu'un d'important. Cette pièce utilisée déconcerte Damaya, qui a passé des mois à en visiter d'inutilisées dans les ailes désaffectées. Il n'y a pas de poussière et les lampes sont allumées, quoique leur mèche soit courte. Franchement bizarre.

Binof regarde autour d'elle, les sourcils froncés ; pas d'autre issue. Damaya la frôle en s'approchant de ce qui ressemble fort à un placard, qu'elle ouvre : balais, serpillières, uniforme noir de rechange, accroché à une tringle.

« C'est tout ? s'exclame Binof, avant de pousser un juron sonore.

— Non. »

La valuation informe Damaya que, de la porte au mur opposé, le bureau est trop petit pour correspondre à la largeur du bâtiment. Et que la profondeur du placard ne suffit pas à expliquer la différence.

Elle s'avance, tend un bras prudent jusque derrière les balais, pose la main contre le mur et pousse. Rien ; de la brique robuste. Ma foi, ça valait la peine d'essayer.

« Bon, *d'accord.* » Binof l'écarte d'un coup d'épaule en s'introduisant elle aussi dans le placard, tâte les murs, repousse l'uniforme qui la gêne. « Il y a toujours des portes secrètes dans ces vieux bâtiments, pour mener aux caches ou…

— Il n'y a pas de caches au Fulcrum. »

Damaya cligne des yeux avant même d'avoir terminé la phrase, parce qu'elle n'avait encore jamais pensé à ça. Que sont censés faire les orogènes, en cas de Saison ? Ça l'étonnerait que les Lumeniens soient disposés à partager leurs provisions avec un paquet de gèneurs.

« Ah. D'accord. » Binof fait la grimace. « N'empêche qu'on est à Lumen, quoique au Fulcrum. Il y a toujours… »

Elle se fige, les yeux écarquillés, car ses doigts viennent d'accrocher une brique branlante. Un grand sourire aux lèvres, elle appuie sur une de ses extrémités pour en faire saillir l'autre, l'empoigne et la déloge de son emplacement. Un loquet apparaît en dessous ; on dirait de la fonte.

« … il y a toujours des choses qui se passent hors de vue », souffle Binof.

Damaya se rapproche, curieuse.

« Vas-y, tire.

— Ah, ça t'intéresse, maintenant ? » ironise son interlocutrice – qui n'en empoigne pas moins le loquet pour tirer dessus.

Le mur du placard pivote tout entier, dévoilant une ouverture encadrée des mêmes briques – la fin d'un tunnel étroit qui s'incurve presque aussitôt, baigné de nuit, hors de vue.

Les deux filles y plongent le regard. Elles ne veulent ni l'une ni l'autre faire le premier pas.

« Qu'est-ce qu'il y a là-dedans ? » chuchote Damaya.

Binof s'humecte les lèvres, sans quitter des yeux le boyau obscur.

« Je ne sais pas trop.

— Arrête tes conneries. » Excitation honteuse de ce genre d'expressions, employées par les adultes à anneaux. « Tu es venue dans l'espoir de trouver *quelque chose*.

— Allons d'abord voir… »

Quand Binof tente de l'écarter pour passer, Damaya l'attrape par le bras. Binof sursaute, ses muscles se contractent et elle fixe sa compagne d'un air offusqué. Damaya s'en fiche.

« *Non.* Dis-moi ce que tu cherches ou je referme la porte dans ton dos, je provoque une secousse pour abattre le mur et t'emprisonner là-dedans, et je vais tout raconter aux Gardiens. »

Elle bluffe. Il n'y aurait rien de plus stupide au monde que de pratiquer l'orogénie sans y avoir été autorisée juste sous le nez des Gardiens, avant d'aller leur dire que c'est elle qui l'a fait, mais l'intruse n'en sait rien.

« Puisque je te dis que c'est un truc de Dirigeants ! »

Binof essaie de se débarrasser de sa main.

« Tu es une Dirigeante ; il te suffit de modifier les règles. C'est bien ce que tu es censée faire, non ? Entre autres. »

Elle bat des paupières, regarde Damaya, reste un long moment silencieuse puis, enfin, soupire en se frottant les yeux. Son bras mince se détend.

« Bon. D'accord. » Longue inspiration. « Le cœur du Fulcrum est occupé par une chose... un artefact.

— Quel genre d'artefact ?

— Je ne sais pas. Vraiment pas ! » Binof lève la main d'un geste vif, ce qui la libère de celle de Damaya – laquelle ne cherchait plus à la retenir, de toute manière. « Je sais juste que c'est... qu'il manque quelque chose dans l'histoire. Il y a un trou, un vide.

— Hein ?

— Dans l'*histoire.* » Binof fixe Damaya avec agacement, comme si ce charabia avait un sens. « Les trucs que t'apprennent tes enseignants, tu sais ? Sur la fondation de Lumen. »

Damaya secoue la tête. À part quelques mots dont elle se souvient à peine, quand on lui a dit en crèche que Lumen avait été la première ville de l'Antique Sanze, il ne lui semble pas avoir jamais entendu parler de sa fondation. Peut-être les Dirigeants reçoivent-ils une meilleure instruction.

Binof lève les yeux au ciel, mais explique :

« Il y a eu une Saison. La dernière avant la fondation de l'Impérial, celle de l'Errance. Le pôle Nord s'est brusquement déplacé, et les récoltes ont été mauvaises, parce que les oiseaux et les insectes ne trouvaient plus les plantes. Des seigneurs de guerre ont pris le pouvoir un peu partout… comme d'habitude, après une Saison. Les gens n'avaient plus aucun point de référence, à part la lithomnésie, les racontars, la superstition. C'est à cause des racontars que personne ne s'est installé dans la région pendant très, très longtemps. » Elle montre du doigt le sol, sous ses pieds. « Lumen était l'endroit idéal où fonder une ville : le climat est hospitalier, on se trouve au centre de la plaque tectonique, il y a de l'eau, on est loin de la mer, la totale. Seulement les gens avaient peur de cet endroit, ils en avaient peur depuis des siècles, parce qu'*il y avait quelque chose ici.*

— Mais quoi ? »

Damaya n'a jamais rien entendu de tel.

« C'est ce que j'aimerais découvrir ! répond Binof, agacée. L'élément manquant. L'histoire impériale prend le relais après la Saison de l'Errance. Celle de la Folie a suivi assez vite… et l'impératrice Verishe, la première impératrice… a fondé le Sanze. Ici même. À un endroit dont tout le monde avait peur. Elle a construit une ville autour de cette chose qui faisait tellement peur. C'est ça qui a protégé Lumen au tout début. Plus tard, une fois l'Impérial mieux établi, quelque part entre la Saison des Crocs et celle de l'Étouffement, le Fulcrum a été fondé à son tour. Sur les lieux. Volontairement. *Au-dessus* de la chose qui faisait peur à tout le monde.

— Mais que… » Damaya s'interrompt, car elle commence à comprendre. « L'histoire ne dit pas de quoi ils avaient peur.

— Exactement. Et je pense que c'est là. »

Binof montre du doigt la porte secrète ouverte. Damaya fronce les sourcils.

« Pourquoi personne d'autre que les Dirigeants n'est-il censé savoir une chose pareille ?

— Je n'en sais *rien*. C'est pour ça que je suis *là*. Bon, tu viens, oui ou non ? »

Sans répondre, elle dépasse Binof pour s'engager dans le tunnel de briques. Sa compagne pousse un juron avant de la suivre au petit trot. Voilà pourquoi elles arrivent en même temps.

Le boyau ouvre dans une immensité obscure. Damaya s'arrête dès qu'elle se sent entourée d'air et de vide ; il règne une nuit d'encre, mais elle a conscience du sol, autour d'elle. Aussi attrape-t-elle Binof par le bras, alors qu'elle titubait de l'avant avec détermination, malgré le noir de poix – l'imbécile.

« Attends. C'est enfoncé, plus loin. »

L'avertissement n'a été qu'un murmure, parce qu'il est d'usage de chuchoter dans l'obscurité, mais la voix de Damaya résonne alentour, et l'écho met un moment à lui revenir. Elles sont arrivées dans un espace immense.

« Enfoncé ? Qu'est-ce que…

— Enfoncé. » Damaya essaie de s'expliquer, mais c'est toujours tellement difficile de décrire ce genre de choses aux fixes. Une autre orogène *saurait*. « Comme si… comme s'il y avait eu quelque chose de très, très lourd à cet endroit-là. » Un genre de montagne. « Les strates rocheuses sont déformées et il y a une… dépression. Un grand trou. Tu risques de tomber dedans.

— Bordel de rouille. » Elle manque de tressaillir, bien qu'elle ait entendu pire dans la bouche de la poussière la plus grossière, en l'absence d'instructeur. « Il nous faut de la lumière. »

Des lueurs apparaissent par terre, une à une. De légers cliquetis – suivis de leur écho – signalent leur activation progressive : les petits ronds blancs s'allument d'abord près des pieds des deux filles puis, quand elles s'avancent, en lignes jumelles. Des rectangles jaune d'or plus grands se déploient ensuite les uns après les autres à partir de l'allée lumineuse, de plus en plus loin, dessinant lentement un énorme hexagone et illuminant progressivement la salle. L'atrium caverneux, délimité par six murs, a sans doute pour plafond le toit du Principal, si lointain que les visiteuses distinguent tout juste les rayons sur lesquels il repose. Les murs anonymes ont beau être constitués de la pierre banale qui compose le reste du bâtiment, l'essentiel du sol disparaît sous de l'asphalte ou quelque chose qui y ressemble – lisse, d'aspect minéral sans l'être, rugueux, robuste.

Son centre est toutefois bel et bien occupé par une dépression, et c'est peu de le dire : il s'agit d'un gigantesque trou effilé, dont les parois rectilignes se rejoignent à des angles précis – six parois, aussi bien taillées que les faces d'un diamant.

« Terre cruelle, murmure Damaya en s'avançant prudemment dans l'allée de lumière vers l'endroit où les rectangles jaunes dessinent la forme de la fosse.

— On peut dire ça. »

Binof a l'air tout aussi époustouflée.

Le trou fait plusieurs niveaux de profondeur, et ses parois sont escarpées. Si Damaya y tombait, elle roulerait jusqu'en bas, où elle se briserait probablement tous les os à l'arrivée, mais c'est la forme de la chose qui la tracasse, ses *facettes*. Elles se rejoignent au fond. Or personne ne creuse de trous d'une forme pareille. Pour quoi faire ? Il serait quasi impossible d'en sortir, y compris avec une échelle assez longue.

Mais personne ne l'a *creusé*, elle le value : quelque chose de monstrueusement lourd l'a *percé* dans la terre puis y est resté assez longtemps pour solidifier la roche et le sol le long de ses parois lisses. La chose a pourtant fini par en ressortir, comme on ressort un croûton beurré d'une poêle, et elle est repartie, ne laissant derrière elle que son empreinte.

Oh, mais attends ; non, les parois de la fosse ne sont pas lisses, pas entièrement. Damaya s'accroupit pour y regarder de plus près, pendant que Binof se contente d'ouvrir de grands yeux à son côté.

Là : chaque pente parfaite est hérissée de petits objets pointus, tout juste visibles. Des épingles ? Elles dépassent des minces fissures irrégulières qui parcourent les parois au hasard, telles des racines. Et elles sont en acier, car leur odeur de rouille plane aux alentours. Damaya se trompait, tout à l'heure : si elle tombait dans le trou, elle serait réduite en charpie bien avant d'en atteindre le fond.

« Je ne m'attendais pas à ça. » Binof a enfin recommencé à respirer. Elle parle tout bas, peut-être par respect ou par peur. « À pas mal de choses, mais… pas à ça.

— Qu'est-ce que c'est ? demande Damaya. À quoi ça sert ? »

Binof secoue lentement la tête.

« C'est *censé* être…

— Secret », dit une voix derrière elles.

Elles font volte-face en sursaut, effrayées. Damaya, plus proche de la fosse, trébuche ; une seconde terrible, vertigineuse, elle a la certitude absolue qu'elle va y tomber. Elle se détend, sans chercher à se pencher en avant, à reprendre son équilibre ou à faire ce qu'elle ferait si elle avait la moindre chance de ne *pas* tomber. Elle se sent lourde, cette béance inévitable sur les talons.

Binof l'attrape par le bras, la tire en avant, et elle s'aperçoit brusquement qu'elle se trouvait encore à près d'un mètre du trou. Elle n'y serait tombée que si elle s'était *laissée* tomber. Ça lui paraît tellement bizarre qu'elle en oublie presque *pourquoi* elle a failli le faire, jusqu'au moment où la Gardienne s'approche dans l'allée de lumière.

Grande, robuste, un teint de bronze, jolie dans le genre sculpturale, les cheveux acendres hérissés, coupés au bol. Plus âgée que Schaffa, dirait Damaya, bien que ce soit difficile à affirmer vu sa peau lisse et ses yeux de miel, dépourvus de pattes-d'oie. C'est juste qu'elle donne l'impression d'être… plus lourde, par sa présence. Son sourire présente la même combinaison déstabilisante que celui de tous les Gardiens, à la connaissance de Damaya – paisible et menaçant.

Je n'ai pas à avoir peur, si elle ne me croit pas dangereuse.

Mais telle est bien la question : une orogène qui va volontairement où elle ne le devrait pas est-elle dangereuse ? Damaya s'humecte les lèvres en s'efforçant de ne pas montrer son appréhension.

Binof ne se donne pas cette peine, pendant que son regard oscille à toute allure entre sa compagne l'arrivante la fosse la porte. Damaya lui dirait volontiers de ne pas mettre ses pensées à exécution – foncer vers la sortie, probablement. Pas en présence d'une Gardienne. Mais Binof n'est pas une orogène ;

peut-être sa qualité de fixe la protégera-t-elle, même si elle se conduit bêtement.

« Damaya, reprend la nouvelle venue, que Damaya n'a pourtant jamais vue. Schaffa va être déçu.

— Elle est avec moi », intervient Binof, sans laisser le temps de répondre à sa complice. Laquelle la regarde avec de grands yeux, mais maintenant que l'intruse est lancée, on dirait que rien ne peut plus l'arrêter. « C'est moi qui l'ai amenée ici. Je lui ai ordonné de venir. Elle ne savait même pas qu'il y avait une porte et une… salle… avant que je ne le lui dise. »

Ce n'est pas vrai, se retient de protester Damaya. Elle se doutait de l'existence de la salle ; simplement, elle ne savait pas comment y accéder. Mais la Gardienne considère Binof avec curiosité, ce qui est bon signe, car personne n'a encore la main cassée.

« Et tu es ? » La Gardienne sourit. « Pas une orogène, apparemment, malgré ton uniforme. »

Binof tressaille. Peut-être avait-elle oublié qu'elle joue la pauvre petite poussière perdue.

« Ah. Euh… » Elle se redresse de toute sa taille, le menton pointé. « Je suis Binof Dirigeante Lumen. Je vous présente mes excuses pour mon intrusion, Gardienne ; je me posais une question qui exigeait réponse. »

Elle ne s'exprime plus de la même manière. Les mots tombent de ses lèvres avec régularité, prononcés d'une voix égale, moins hautaine que grave. Comme si le devenir du monde dépendait du fait qu'elle obtienne réponse à sa question. Comme si elle n'était pas tout simplement la descendante trop gâtée d'une famille puissante, une enfant qui s'est lancée sur un coup de tête dans une expédition d'une stupidité inouïe.

La Gardienne se fige, la tête penchée de côté ; elle cligne des yeux, pendant que son sourire disparaît.

« Dirigeante Lumen ? » Son sourire reparaît, immense. « Mais c'est adorable ! Si jeune, avoir déjà un nom de comm. Tu es la bienvenue parmi nous, Binof Dirigeante. Si nous avions été prévenus de ta visite, nous t'aurions *montré* ce que tu avais envie de voir. »

Binof tressaille à peine sous le reproche.

« Je voulais voir par moi-même, j'en ai peur. Peut-être n'était-ce pas très avisé… mais mes parents savent sans doute à présent où je suis. N'hésitez pas à leur parler de ma venue, je vous en prie. »

Le mouvement est intelligent, se dit Damaya non sans surprise, car l'idée de qualifier Binof d'intelligente ne lui était pas encore venue. Signaler que quelqu'un d'autre sait où elle est.

« Je n'y manquerai pas. » La Gardienne tourne son sourire vers Damaya, qui sent ses entrailles se nouer. « Je ne manquerai pas non plus de parler à ton Gardien, et nous ne manquerons pas de discuter tous ensemble. Ce sera très agréable, n'est-ce pas ? Oui. Je vous en prie… »

Elle s'écarte, s'incline et fait signe aux deux filles de la précéder ; si polie que soit son attitude, il ne s'agit pas d'une suggestion.

Dès qu'elles s'engagent toutes trois dans le tunnel de briques, les lumières de la salle s'éteignent derrière elles. La porte secrète refermée, puis le bureau, elles s'enfoncent dans l'aile des Gardiens. La Gardienne touche alors l'épaule de Damaya pour l'arrêter, pendant que Binof continue son chemin. Elle s'immobilise un à deux pas plus loin et se retourne, déconcertée.

« Attends ici, je te prie », dit la Gardienne à Damaya, avant de rejoindre la Dirigeante.

Binof regarde sa complice ; peut-être cherche-t-elle à lui communiquer un message, mais il se perd quand Damaya détourne les yeux. La Gardienne entraîne la jeune intruse plus loin dans le corridor, puis dans une pièce, dont elle referme la porte derrière elles. Binof a déjà fait assez de mal.

Damaya attend, évidemment. Elle n'est pas idiote. Elle se tient à l'entrée d'une zone animée qui connaît un certain nombre de départs et d'arrivées, malgré l'heure. Les Gardiens la regardent au passage. Elle ne leur rend pas leur regard. Quelque chose dans son attitude doit les satisfaire, car ils continuent leur chemin sans lui poser de question.

Au bout d'un moment, la Gardienne qui l'a surprise en compagnie de Binof reparaît et l'entraîne dans la zone en question, une main légère posée sur son épaule.

« Bien. Une petite conversation ne nous fera pas de mal. J'ai envoyé chercher Schaffa ; heureusement, il est à Lumen en ce moment, pas en tournée, comme d'habitude. En attendant… »

La porte donne sur une vaste salle moquettée, meublée de plusieurs petits bureaux, équitablement répartis. Certains occupés, d'autres non. Les gens qui circulent entre ces îlots portent pour la plupart des uniformes noirs ou bordeaux, sauf quelques-uns, habillés en civils. Damaya contemple le spectacle, fascinée, jusqu'à ce que la Gardienne lui pose la main sur la tête et l'oblige gentiment, mais inexorablement, à regarder ailleurs.

Elle l'entraîne dans un modeste bureau individuel, au bout de la salle. Table de travail déserte, vague impression d'abandon. Deux chaises étant disposées de part et d'autre du bureau, Damaya prend place sur celle réservée au visiteur.

« Je suis désolée, dit-elle pendant que la Gardienne s'installe en face d'elle. Je… je n'ai pas réfléchi. »

Son interlocutrice secoue la tête, comme si ça n'avait pas d'importance.

« Tu y as touché ?

— À quoi ?

— Dans l'alvéole. » Elle n'a pas perdu son sourire, mais les Gardiens ne le perdent jamais ; ça ne donne aucune indication utile. « Tu as vu les éléments extrudés dans les parois de l'alvéole. Tu n'es donc pas curieuse ? Il y en avait un juste en dessous de l'endroit où tu te tenais. »

L'alvéole ? Ah, et les épingles en acier qui dépassaient des parois.

« Non, je n'ai touché à rien. »

Une alvéole pour quoi ?

La Gardienne se penche en avant ; son sourire disparaît brusquement. Il ne s'efface pas, elle ne plisse pas le front à la place, son visage devient juste inexpressif.

« Il t'a appelée ? Tu as répondu ? »

Il y a un problème. Damaya le sent brusquement, d'instinct, certitude qui lui ôte les mots de la bouche. La voix même de son interlocutrice a changé – plus profonde, adoucie, prête à prononcer des mots que nul ne devrait entendre.

« Que t'a-t-il dit ? » Elle tend la main. Damaya l'imite aussitôt, obéissante, bien qu'elle n'en ait aucune envie. Elle le fait parce qu'il faut obéir aux Gardiens, point final. Sa vis-à-vis lui prend la main, la paume en l'air, et en caresse du pouce le pli le plus long. La ligne de vie. « Tu peux me raconter. »

Damaya secoue la tête, totalement égarée.

« *Qui* ? Qui est censé m'avoir parlé ?

— Il est en colère. » La voix de la Gardienne baisse encore et gagne en monotonie. Elle ne cherche plus à ne pas se faire entendre, elle parle différemment parce que *ce n'est pas sa voix*. « Il est en colère et… il a peur. Elles enflent, elles s'accumulent, la colère et la peur. Je les entends gonfler. Il se prépare au retour. »

On dirait… on dirait que quelqu'un d'autre est là, dans la Gardienne. C'est ce *quelqu'un d'autre* qui parle en se servant de son visage, de sa voix, de tout son être. Sa main commence pourtant à se resserrer autour de celle de Damaya. Son pouce, posé juste sur les os brisés par Schaffa un an et demi plus tôt, se met à appuyer. Damaya se sent vaciller. *Je ne veux pas qu'on me fasse de nouveau du mal,* se dit-elle dans un coin de sa tête.

« Je vous dirai ce que vous voudrez », propose-t-elle, mais l'adulte continue à serrer et peser, comme si elle n'avait rien entendu.

« La dernière fois, il a fait ce qu'il avait à faire. » Pression, resserrement. Contrairement à Schaffa, la Gardienne a les ongles longs ; celui du pouce s'enfonce peu à peu dans la chair de Damaya. « Il s'est infiltré dans les murs, il a infecté la pureté de leur création, il les a exploités avant qu'ils ne puissent l'exploiter. Quand les connexions secrètes ont été établies, il a *changé* ceux qui cherchaient à le contrôler. Il les a enchaînés, destin à destin.

— Non, s'il vous plaît », murmure Damaya.

Sa paume a commencé à saigner. À cet instant ou presque, on frappe à la porte. La Gardienne ne prête aucune attention ni au sang ni aux coups.

« Il les a intégrés à son être.

— Je ne *comprends* pas », dit Damaya.

Ça fait mal. *Mal*. Elle tremble, prête à sentir les os se briser.

« Il espérait une communion. Un compromis. Au contraire, la lutte a… gagné en férocité.

— Je ne comprends pas ! Ce que vous dites n'a aucun sens ! »

Ça ne va pas du tout. Damaya élève la voix en s'adressant à une Gardienne, alors qu'elle n'est pas si bête, mais quelque chose ne va pas. Schaffa lui a promis qu'il ne lui ferait jamais de mal sans raison. Tous les Gardiens partent de ce principe ; Damaya en a vu la preuve dans la manière dont ils interagissent avec la poussière et les orogènes à anneaux. La vie au Fulcrum obéit à des règles précises, et cette Gardienne y *contrevient*.

« Lâchez-moi ! Je ferai ce que vous voulez, mais lâchez-moi ! »

La porte s'ouvre et Schaffa se glisse dans le bureau. Le souffle de Damaya se bloque, mais son mentor ne la regarde pas. Il regarde la Gardienne qui lui tient la main. C'est l'air grave qu'il va se poster derrière elle.

« Contrôle-toi, Timay. »

Timay n'est plus là, se dit Damaya.

« Il ne s'exprime plus que pour menacer, continue la Gardienne d'un ton neutre. La prochaine fois, il n'y aura pas de compromis… »

Schaffa pousse un petit soupir puis lui plonge les doigts dans le crâne.

Du point de vue de Damaya, ce qui se passe n'est pas évident dès l'abord. Elle voit juste Schaffa faire un brusque mouvement violent puis la tête de Timay partir en avant. La Gardienne pousse une exclamation si dure, si gutturale qu'elle en est presque vulgaire. Ses yeux s'écarquillent. Schaffa reste impassible. Son bras se plie. C'est alors que les premières courbes sanglantes apparaissent autour du cou de Timay, descendent jusqu'à sa tunique d'abord, à ses genoux ensuite, dans un tapotement léger. Sa main se détend d'un seul coup sur celle de Damaya. Ses traits se relâchent.

C'est aussi alors que Damaya se met à hurler. Elle hurle toujours quand Schaffa tourne à nouveau la main, les narines palpitantes à cause de l'effort exigé par l'action, quelle qu'elle soit. Le bruit de l'os écrasé et du tendon déplacé est indéniable. Schaffa lève la main. Il tient entre le pouce et l'index une petite chose indistincte – couverte de sang. Timay tombe en avant. La ruine qui a été l'arrière de son crâne apparaît à Damaya.

« Silence, mon enfant », dit tranquillement Schaffa.

Damaya se tait.

Un autre Gardien entre, regarde Timay, regarde Schaffa et soupire.

« Dommage.

— Très dommage. » Schaffa lui tend la chose sanglante. L'inconnu la recueille avec soin dans ses mains en coupe. « Il faudrait faire enlever ça. »

Signe de tête en direction du corps.

« Oui. »

L'inconnu sort avec la chose que Schaffa a extirpée de Timay. Deux autres Gardiens entrent, soupirent, eux aussi, lèvent le cadavre de la chaise et le traînent dehors. L'un d'eux s'arrête le temps d'éponger à l'aide d'un mouchoir les gouttes de sang tombées sur le bureau. Ils sont très efficaces. Schaffa s'assied à la place de Timay. Damaya ne lève les yeux vers lui que parce qu'elle y est obligée. Ils se regardent un moment sans mot dire.

« Montre-moi », dit-il d'une voix douce.

Elle lui tend une main qui, étonnamment, ne tremble pas.

Il la prend. Dans la main gauche – la propre, celle qui n'a pas arraché le tronc cérébral de Timay –, et la tourne pour l'examiner avec soin. Le croissant rouge qui marque l'emplacement où l'ongle de la Gardienne a déchiré la peau lui fait faire la grimace. Une unique goutte de sang tombe de la main de Damaya sur le bureau, juste à l'endroit que tachait tout à l'heure celui de Timay.

« Parfait. J'avais peur que ce ne soit bien pire.

— Que… » commence Damaya.

Elle s'interrompt, incapable d'en dire davantage.

Schaffa sourit, malgré sa tristesse évidente.

« Quelque chose que tu n'aurais pas dû voir.

— *Quoi.* »

L'effort a été digne d'une dix-anneaux.

Il réfléchit un moment avant de répondre :

« Tu sais que nous… les Gardiens… nous sommes… différents. »

Il sourit, comme pour lui rappeler à quel point. Les Gardiens sourient beaucoup.

Elle hoche la tête, sans mot dire.

« Il y a une… procédure. » Il lui lâche la main, le temps de se toucher l'arrière du crâne, sous la cascade de ses longs cheveux noirs. « C'est ce qui fait de nous ce que nous sommes. Il s'agit d'une implantation. Il arrive que l'implant tourne mal et qu'il faille le retirer. Voilà ce que tu as vu. » Il hausse les épaules. Sa main droite est toujours pleine de sang. « Les connexions d'un Gardien avec les orogènes qui lui ont été assignés l'aident à parer au pire, mais Timay a laissé les siennes s'étioler. Bêtement. »

Une grange glaciale des Moyennord ; une démonstration manifeste d'affection ; deux doigts chauds pressés à la base du crâne de Damaya. *Le devoir avant tout*, a-t-il déclaré alors. *Je me sentirai plus tranquille, maintenant.*

Elle s'humecte les lèvres.

« Elle… elle disait… des choses… C'était… ça n'avait… aucun sens.

— J'en ai entendu une partie.

— Elle n'était pas… *elle-même.* » Maintenant, c'est ce que raconte Damaya qui n'a aucun sens. « Elle n'était plus celle qu'elle était. Je veux dire, elle était quelqu'un d'autre. Elle parlait comme si… quelqu'un d'autre était là. » Dans sa tête, dans sa bouche, s'exprimant à travers elle. « Elle n'arrêtait pas de parler d'une alvéole et de dire qu'*il* était en colère. »

Schaffa baisse la tête.

« Notre Père Terre, bien sûr. C'est une illusion fréquente. » Damaya cligne des yeux. Hein ? *Il est en colère.* Notre Père Terre, vraiment ?

« Et tu as raison. Timay n'était plus elle-même. Je suis désolé qu'elle t'ait fait mal. Je suis désolé que tu aies vu ça. Je suis sincèrement désolé, mon enfant. »

La voix de Schaffa exprime de tels regrets, son visage une telle compassion qu'elle fait ce qu'elle n'a plus fait depuis une froide nuit obscure dans une grange des Moyennord : elle se met à pleurer.

Au bout d'un moment, il se lève, contourne le bureau, la fait lever, s'assied sur sa chaise puis la laisse se blottir contre lui pour pleurer sur son épaule. La vie au Fulcrum obéit à des règles précises, comprenez-vous, et ces règles stipulent que les Gardiens représentent pour les gèneurs ce qui se rapproche le plus de la sécurité, tant que les gèneurs n'ont rien fait qui leur déplaise. Damaya pleure longtemps. Non seulement à cause de ce qu'elle a vu cette nuit-là, mais aussi parce qu'elle a été inexprimablement seule et que Schaffa… Bon. Schaffa l'aime, à sa manière tendre et terrifiante. Peu importent l'empreinte sanglante qu'il lui pose de la main droite sur la hanche ou la pression qu'il lui exerce à la base du crâne avec les doigts – des doigts assez forts pour tuer. Ce sont des détails négligeables dans le tableau d'ensemble.

Lorsque la tempête de larmes s'apaise, il caresse de sa main propre le dos de Damaya.

« Comment te sens-tu, maintenant ? »

Elle ne relève pas la tête de son épaule. Il sent la sueur, le cuir et le fer, des odeurs qui évoqueront à jamais pour elle le réconfort et la peur.

« Ça va.

— Bien. Il faut que tu fasses quelque chose pour moi.

— Quoi donc ? »

Il la serre tendrement dans ses bras, encourageant.

« Je vais t'emmener dehors, dans un des creusets, où tu vas subir l'examen du premier anneau. Il faut que tu le passes pour moi. »

Elle cligne des yeux, les sourcils froncés, et relève la tête. Il lui sourit affectueusement. Ce qui lui permet de comprendre en un éclair d'intuition que cet examen ne va pas seulement servir à tester son orogénie. Après tout, la plupart des gêneurs en sont prévenus à l'avance pour pouvoir s'y préparer par la pratique. S'il lui est imposé maintenant, sans avertissement, c'est qu'il représente sa seule chance. Elle s'est montrée désobéissante. Indigne de confiance. Voilà pourquoi elle va aussi devoir se montrer utile. Si elle n'y parvient pas…

« Il faut que tu vives, Damaya. » Schaffa pose le front contre le sien. « Ma compatissante. Ma vie déborde de mort. Je t'en prie. Passe cet examen pour moi. »

Elle aimerait savoir tant de choses. Ce que voulait dire Timay ; ce qui va arriver à Binof ; ce qu'est la fameuse *alvéole* et pourquoi elle est cachée ; ce qui est arrivé à Fêlée l'an dernier. Pourquoi Schaffa lui laisse ne serait-ce que cette chance. Toutefois, la vie au Fulcrum obéit à des règles précises, et la place qu'y occupe Damaya ne lui permet pas de mettre en question la volonté d'un Gardien.

Mais…

Mais…

Mais. Elle tourne la tête vers l'unique goutte de son sang tombée sur le bureau.

Ce n'est pas juste.

« Damaya ? »

Ce n'est pas juste. Ce qu'on lui fait n'est pas juste. Ce que fait cet endroit à quiconque vit entre ses murs. Ce que Schaffa lui fait faire à elle pour sa survie.

« Tu veux bien ? Pour moi ? »

Elle l'aime encore. Ça non plus, ce n'est pas juste.

« Si je réussis. » Elle ferme les yeux. Elle ne peut pas le regarder en disant ça. Pas sans qu'il lise dans ses yeux *ce n'est pas juste*. « Je… j'ai choisi mon nom de gèneuse. »

Schaffa ne lui reproche pas son langage.

« Vraiment ? » La nouvelle a l'air de lui faire plaisir. « Qu'est-ce que c'est ? »

Elle s'humecte les lèvres.

« Syénite.

— Il me plaît bien, dit-il d'un ton pensif en s'adossant.

— C'est vrai ?

— Mais oui. C'est toi qui l'as choisi, non ? » Il rit, mais d'une manière positive. Avec elle, et non d'elle. « La syénite se forme au bord des plaques tectoniques. La chaleur et la pression ne la dégradent pas… au contraire, elles la renforcent. »

Il comprend réellement. Elle se mord la lèvre, car les larmes menacent de reprendre. Ce n'est pas juste qu'elle l'aime, mais le monde déborde d'injustices. Alors elle lutte contre les larmes et prend sa décision. Pleurer, c'était bon pour Damaya. Syénite sera plus forte.

« Je veux bien passer l'examen, dit-elle tout bas. Et je vais le réussir. Pour toi, Schaffa. Promis.

— Tu es une bonne petite. »

Il sourit en la serrant contre lui.

*
**

[obscurci] ceux qui aimeraient étreindre la terre trop intimement. Ils ne sont pas maîtres d'eux-mêmes ; ne les laissez pas devenir maîtres d'autrui.

Tablette deuxième,
« La Vérité incomplète », strophe neuf

18. Vous découvrez des merveilles sous terre

Ykka vous emmène dans la maison d'où elles sont sorties, ses compagnes et elle. Peu de meubles, sols et murs nus éraflés. Odeur affadie de corps et de nourriture. La demeure était encore occupée récemment, peut-être jusqu'en début de Saison, mais ce n'est plus maintenant qu'une coquille. Tout le monde descend à la cave. L'escalier aboutit dans une vaste pièce vide, éclairée par des torches au bois enduit de poix.

Vous commencez alors à comprendre que vous ne vous trouvez pas dans une simple communauté de gens et de créatures, car les murs sont en granite massif. On ne creuse pas une simple cave dans du granite, mais… vous n'êtes pas sûre en l'occurrence que quiconque ait *creusé*. Le reste du groupe s'arrête quand vous vous approchez d'un des murs pour le toucher. Les yeux clos, vous cherchez le contact. Il vous fait une impression familière, oui. Un gèneur a donné forme à cette surface parfaitement lisse, par une volonté et une concentration d'une précision inouïe. (Mais pas la précision *la plus* inouïe que vous ayez jamais valuée.) À votre connaissance, personne n'a jamais rien fait de tel avec l'orogénie. L'orogénie ne sert pas à construire.

Vous vous retournez. Ykka vous regarde.

« C'est vous qui avez fait ça ?

— Non, répond-elle, souriante. Cet accès et les autres existent depuis des siècles, bien avant ma naissance.

— Les habitants de cette comm ont collaboré des siècles durant avec des orogènes ? »

Elle vous a dit tout à l'heure que la comm existait depuis une cinquantaine d'années. La question la fait rire.

« Non, je veux juste dire que le monde est passé entre différentes mains au fil des Saisons. Il y a eu des gens moins idiots que nous qui ont compris l'utilité des orogènes.

— Nous ne sommes pas idiots de ce côté-là non plus, objectez-vous. Les fixes comprennent très bien notre *utilité*.

— Ouh. » Grimace compatissante. « Vous avez été entraînée au Fulcrum, hein ? Ceux qui s'en tirent sont toujours comme vous, j'ai l'impression. »

Combien d'orogènes entraînés au Fulcrum cette femme a-t-elle bien pu rencontrer ?

« Oui.

— Bon. Ma foi, vous allez voir de quoi on est capables, quand on est vraiment décidés. »

Elle vous montre une large ouverture inscrite dans le mur, derrière elle. Vous ne l'aviez pas remarquée, fascinée que vous étiez par la structure de la cave. Un léger courant d'air en émane, et trois inconnus traînent aux alentours, les yeux fixés sur vous avec un mélange d'hostilité, de méfiance et d'amusement. Ils n'ont pas d'armes – elles sont appuyées au mur, à portée –, ils n'en font pas tout un plat, mais ce sont manifestement les gardes des portes que la comm devrait avoir et qu'elle n'a pas. Dans une cave.

Quand la blonde chuchote quelque chose à l'un d'eux, elle n'en paraît que plus minuscule, car elle fait bien trente centimètres et cinquante kilos de moins que le plus petit des trois. Ses ancêtres auraient vraiment dû lui faire la grâce de coucher avec un ou deux Sanziens. Quoi qu'il en soit, votre groupe se remet en route alors que les gardes restent où ils étaient, deux assis sur des chaises à proximité de l'ouverture, le troisième montant l'escalier, sans doute pour aller se poster dans un des bâtiments abandonnés.

C'est alors que vous opérez le changement de paradigme : le village abandonné en surface constitue en réalité l'enceinte de la comm. Un camouflage plus qu'une muraille.

Mais que camoufle-t-il ? Ykka vous entraîne par l'ouverture puis dans la nuit au-delà.

« Le cœur de la comm a toujours été là », explique-t-elle en parcourant un long tunnel obscur qui ressemble à un puits de mine abandonné.

Il y a des rails, mais si vieux, si enfoncés dans la pierre effritée qu'ils en sont quasi invisibles, simples arêtes gênantes sous vos pieds. Les étais en bois ont l'air tout aussi vieux, de même que les appliques murales affublées d'ampoules électriques reliées par des câbles – on dirait que ces dispositifs ont été conçus pour des torches puis modifiés par un génium. Les lampes fonctionnent toujours, ce qui signifie que la comm possède un système géo ou hydro fonctionnel, voire les deux – elle est donc déjà mieux équipée que Tirimo. Il fait chaud dans le tunnel, bien que vous n'y voyiez pas les tuyaux de chauffage habituels. Simplement, il fait chaud, et la température augmente même au fil de la descente progressive.

« Je vous ai bien dit qu'il y avait des mines dans la région. Voilà comment nos ancêtres ont trouvé ça, autrefois. Quelqu'un a abattu un mur qu'il n'aurait pas dû abattre et découvert par hasard un labyrinthe souterrain dont personne ne connaissait l'existence. »

Après ces explications, Ykka reste un long moment silencieuse, pendant que le tunnel s'élargit puis que vous descendez tous une interminable volée de marches en métal à l'air dangereuses. Il y en a bien d'autres. Vieilles aussi, c'est clair… quoique, curieusement, ni rouillées ni déformées. Au contraire. Elles brillent, comme neuves, et n'ont pas un frémissement sous les pas du groupe.

Vous finissez par remarquer que la mangeuse de pierre aux cheveux rouges a disparu au lieu de vous suivre sous terre. Comme Ykka n'a pas l'air de s'en rendre compte, vous lui touchez le bras.

« Où est passée votre compagne ? »

Vous le savez pourtant, plus ou moins.

« Ma… ah, elle. Ils ont du mal à se déplacer à notre manière, mais ils ont leurs petits trucs à eux. Dont certains auxquels je n'aurais jamais pensé. » Elle jette un coup d'œil à Hoa, qui a emprunté l'escalier en votre compagnie. Le regard froid par lequel il répond au sien la fait rire tout bas. « Intéressant. »

Au pied des marches s'ouvre un autre boyau, qui vous paraît différent. De grosses colonnes de pierre argentée, arquées au sommet comme les côtes des animaux, en étayent le plafond, également incurvé. Il dégage une impression d'antiquité quasi sensible, goût que vous absorbez par tous les pores.

« Le socle rocheux de la région est truffé de tunnels et de salles, voyez-vous, reprend Ykka. Les mines sont littéralement empilées, parce que chaque civilisation a bâti sur celle qui l'avait précédée.

— Aritussid, intervient Tonkee. Jyamaria. Les États Ottey inférieurs. »

Vous avez entendu parler de Jyamaria, parce que vous enseigniez l'histoire en crèche. C'était une grande nation, qui a entamé la construction du réseau routier amélioré par le Sanze et qui englobait autrefois l'essentiel des Moyessud actuelles. Elle s'est effondrée il y a une dizaine de Saisons. Les deux autres sont sans doute aussi des civilisations disparues ; ça ne vous étonnerait pas que les géomestres s'intéressent à ce genre de choses, qui laissent le reste du monde indifférent.

« Dangereux, commentez-vous en essayant de ne pas trop montrer votre nervosité. Si la roche a été aussi affaiblie…

— Oui, oui. Mais c'est toujours un risque avec les mines, autant à cause de l'incompétence que des secousses. »

Tonkee regarde autour d'elle en marchant pour ne pas perdre une miette du spectacle. Vous êtes surprise qu'elle ne heurte personne.

« La secousse nordique était assez puissante pour emporter même ça, observe-t-elle.

— En effet. Ce… On l'appelle le séisme lumenien, parce que personne n'a encore trouvé de meilleur nom… Bref, c'était le pire que le monde ait connu depuis une éternité, et je ne crois pas exagérer. » Ykka hausse les épaules en vous jetant un coup d'œil par-dessus l'une d'elles. « Mais les tunnels ne se sont évidemment pas effondrés, pour la bonne raison que j'étais là. Je ne les ai pas *laissés* s'effondrer. »

Vous acquiescez lentement. Vous avez fait la même chose à Tirimo, si on oublie que Ykka a pris soin de protéger davantage que la surface. De toute manière, la région doit être relativement stable, ou les tunnels se seraient écroulés il y a une éternité.

« Vous ne serez pas toujours là, objectez-vous néanmoins.

— Quand je n'y serai plus, quelqu'un d'autre s'en chargera. » Nouveau haussement d'épaules. « Comme je le disais, on est nombreux ici.

— Au fait… »

Tonkee pivote sur un pied, le regard brusquement rivé à celui de Ykka. Laquelle se met à rire.

« Vous ne seriez pas un peu obsessionnelle, vous ?

— Pas vraiment. » Vous soupçonnez Tonkee de continuer à prendre note des étais, de la composition des murs, du nombre de ses pas ou de n'importe quoi d'autre pendant qu'elle continue : « Comment faites-vous ? Pour attirer les orogènes ici.

— Les *attirer* ici ? » Ykka secoue la tête. « Ce n'est pas aussi sinistre. Et c'est difficile à expliquer. Je fais… quelque chose… Comme… »

Elle s'interrompt.

Vous trébuchez. Il n'y a pourtant rien par terre ; c'est juste qu'il vous est soudain difficile de vous déplacer en ligne droite. On dirait que le sol est affligé d'une pente descendante invisible, qui vous entraîne vers Ykka.

Vous vous arrêtez, un regard noir fixé sur elle. Elle s'arrête aussi et se retourne vers vous, souriante.

« Comment faites-vous ? demandez-vous à votre tour.

— Je n'en sais rien. » Face à votre incrédulité, elle écarte les mains. « J'ai juste essayé, il y a quelques années. Peu de temps après, un inconnu est arrivé et m'a dit qu'il m'avait sentie à des kilomètres. Et puis ç'a été deux gamins. Ils ne se rendaient même pas compte que quelque chose les influençait. Ensuite, un autre homme. Depuis, je continue.

— Quoi donc ? demande Tonkee, dont le regard oscille entre Ykka et vous.

— Il n'y a que les gêneurs qui le sentent », explique Ykka. Vous l'aviez déjà deviné toute seule. Elle jette alors un coup d'œil à Hoa, parfaitement figé, dont le regard oscille de la même manière que celui de Tonkee. « Et *eux*, je m'en suis aperçue plus tard.

— À ce propos… commence Tonkee.

— Feux terrestres et seaux rouillés ! Vous posez nettement trop de questions », intervient la blonde.

Elle secoue la tête en vous faisant signe à tous de vous remettre en marche.

De légers bruits vous parviennent à présent de loin, et l'air circule assez pour que vous en ayez conscience. Comment est-ce possible ? Vous êtes à un bon kilomètre sous terre, voire le double. La brise tiède vous apporte des odeurs quasi oubliées, après les semaines passées à respirer du soufre et des cendres à travers un masque. Un soupçon de cuisine, une bouffée occasionnelle d'ordures pourrissantes, un rien de bois en combustion. Des gens. Des odeurs de gens. Un tas de gens. Il y a aussi de la lumière droit devant – bien plus forte que celle des lampes électriques qui se succèdent le long des murs.

« Une comm *souterraine* ? » Tonkee dit tout haut ce que vous pensez tout bas, avec davantage de scepticisme que vous n'en éprouvez. (Vous en savez davantage qu'elle sur l'impossible.) « Non, personne ne serait assez idiot. »

Ykka se contente d'en rire.

L'étonnante lumière se répand à présent dans le tunnel autour de vous, l'air se déplace plus vite, le bruit va croissant. Le boyau s'élargit puis se transforme en large corniche, sécurisée par une balustrade. Un point de vue d'où admirer le paysage, parce qu'un génium ou un Innovateur quelconque a parfaitement compris comment réagiraient les nouveaux venus. Vous faites exactement ce que ce concepteur d'autrefois s'attendait que vous fassiez : regarder, bouche bée, pathétiquement émerveillée.

C'est une *géode*. La manière dont la roche qui vous entoure se transforme soudain en autre chose est facile à valuer. Le caillou dans le torrent, le gauchissement dans la trame ; il y a de cela une éternité incommensurable, une bulle s'est formée au sein du Père Terre dans un flot de minéral en fusion. Et, dans cette bulle, nourris de pressions inconcevables, baignés d'eau et de feu, des cristaux ont grandi. Celui-là fait la taille d'une cité.

Ce qui explique sans doute que *quelqu'un y ait construit une cité*.

Vous vous tenez devant une vaste caverne voûtée, où se pressent des piliers de cristal luisants aussi gros que des troncs d'arbres – de *gros* troncs d'arbres. Ou que des bâtiments – de grands bâtiments. Ils dépassent des parois, pêle-mêle chaotique, longueurs et diamètres variés, couleurs diverses. D'une blancheur translucide, gris fumée ou teintés de pourpre ; parfois trapus, leur extrémité pointue n'arrivant qu'à un mètre ou deux de la roche qui leur a donné naissance, parfois – souvent – étirés d'une extrémité à l'autre de l'immense caverne jusqu'à des distances indistinctes. Étais ou routes trop pentues pour l'escalade, partant dans n'importe quelle direction. Comme si quelqu'un était allé trouver un architecte, lui avait fait construire une ville à partir des plus beaux matériaux disponibles puis avait jeté tous les bâtiments dans une boîte et les avait secoués pour s'amuser.

Les lieux sont indéniablement occupés, car vous finissez par remarquer les ponts de corde et les plates-formes de bois omniprésents. Les câbles arqués ponctués de lampes électriques, les cordes et les poulies qui transportent de petits ascenseurs d'une plate-forme à l'autre. L'homme qui descend l'escalier de bois construit autour d'une gigantesque colonne blanche très éloignée ; les deux enfants qui jouent au fond de la géode, loin en contrebas, entre des cristaux trapus de la taille de maisons.

Certains des cristaux *sont* d'ailleurs des maisons, percées de trous – portes et fenêtres. Des gens se déplacent parfois à l'intérieur. Des cheminées taillées dans des pointes de cristal aiguisées crachent de la fumée.

« Terre dévorante », murmurez-vous.

Les mains sur les hanches, Ykka observe votre réaction avec quelque chose qui ressemble à de la fierté.

« Ce n'est pas nous qui avons fait l'essentiel, admet-elle. Les ajouts récents, les ponts les plus neufs, oui, mais le creusement des… stalagmites avait eu lieu bien avant. On ne sait pas comment ils s'y sont pris pour que les cristaux n'explosent pas. Les passerelles en métal… c'est la même matière que les escaliers des tunnels par lesquels on est arrivés. Les géniums n'ont aucune idée des techniques employées pour les construire ; les métallistes et les alchimistes ont des orgasmes rien qu'en les voyant. Il y a des mécanismes, là-haut… » Elle montre du doigt le plafond quasi invisible de la caverne, des centaines de mètres au-dessus de vous. C'est tout juste si vous l'entendez, l'esprit anesthésié, les yeux douloureux à force de regarder sans ciller.

« Ils pompent l'air vicié à travers une couche de terre poreuse qui le filtre puis le disperse dehors, pendant que d'autres pompes aspirent de l'air pur. Il y en a aussi juste à l'extérieur de la géode qui détournent l'eau d'une source chaude souterraine, un peu plus loin, et la font passer dans une turbine qui nous fournit l'énergie électrique… Il nous a fallu une éternité pour percer leur fonctionnement à jour. Ils nous amènent aussi l'eau nécessaire au quotidien. » Ykka soupire. « Mais, pour être tout à fait honnête, on ne sait pas comment marche la moitié de ce qu'on a découvert ici. Ça a été construit il y a longtemps. Bien avant la fondation de l'Antique Sanze.

— Les géodes sont instables, une fois leurs parois percées. » Tonkee en personne a l'air sidérée. Vous constatez du coin de l'œil qu'elle est immobile, pour la première fois depuis que vous avez fait sa connaissance. « C'est dément de seulement penser à construire à l'intérieur. Et pourquoi les cristaux *brillent*-ils ? »

Elle a raison, ils brillent bel et bien.

Ykka hausse les épaules et croise les bras.

« Aucune idée. N'empêche que les concepteurs de cet endroit voulaient le voir durer, même en cas de secousse. Alors ils ont fait ce qu'il fallait à la géode pour qu'elle dure. Et elle a duré… mais eux non. Quand les Castrimiens ont trouvé la caverne, elle était pleine de squelettes… certains si vieux qu'ils tombaient en poussière dès qu'on les touchait.

— Donc les ancêtres de votre comm ont décidé d'emménager dans un artefact de civilisation disparue qui avait tué ses derniers visiteurs », lâchez-vous d'une voix traînante. Votre grognement manque toutefois de conviction. Vous êtes trop secouée pour trouver le ton juste. « Évidemment. Pourquoi ne pas répéter une erreur colossale ?

— Je vous assure que le débat reste ouvert. » Ykka soupire en s'appuyant à la balustrade. Vous tressaillez : si elle glisse, elle va tomber de haut, et certains des cristaux qui poussent par terre dans la géode ont l'air très aiguisés. « Personne n'a voulu vivre ici pendant longtemps. Castrima se servait de la caverne et des tunnels qui y mènent comme d'une cache, quoique jamais pour des choses aussi indispensables que la nourriture ou les médicaments. Mais le temps a passé, et il n'est jamais apparu la moindre fissure dans les parois, même en cas de secousse. Et puis l'histoire a achevé de nous convaincre : la comm qui contrôlait la région durant la dernière Saison… une vraie comm, très classique, avec enceinte et tout le tralala, a été envahie par une bande de hors-comm. Ils l'ont réduite en cendres et se sont emparés de ses réserves. Les survivants avaient le choix entre s'installer ici, sous terre, et tenter de survivre en surface, sans chaleur, sans muraille, pendant que la moindre bande de charognards des environs arrivait pour voler sans coup férir ce qui leur restait. C'est ça, notre précédent. »

Seule la nécessité fait loi, dit la lithomnésie.

« Non que ça se soit bien passé. »

Ykka se redresse et fait signe au groupe de lui emboîter le pas, une fois de plus. Tout le monde s'engage sur une large rampe lisse qui descend en douceur jusqu'au sol de la caverne. Vous vous rendez compte à retardement que vous foulez un cristal, en partie couvert de ciment pour faciliter la traction – une bande grise encadrée d'une douce luisance blanche.

« La plupart des gens qui se sont installés ici durant cette Saison sont morts, eux aussi, continue Ykka. Ils ne sont pas arrivés à faire fonctionner le système de renouvellement de l'air. Passer plus de quelques jours d'affilée dans la caverne revenait à étouffer. Et puis ils n'avaient rien à manger. Alors malgré la chaleur, la sécurité et l'eau, ils sont morts de faim avant le retour du soleil. »

C'est une vieille histoire, que seul renouvelle son théâtre exceptionnel. Vous acquiescez sans y penser en essayant de ne pas trébucher, parce qu'un homme âgé vient d'attirer votre attention : il traverse la géode de part en part, accroché à un câble par une poulie, les fesses confortablement calées dans une boucle de corde. Ykka s'arrête le temps d'agiter la main ; il lui répond de même en continuant sa glissade.

« Les survivants de ce cauchemar ont fondé le comptoir qui allait devenir Castrima. Ils ont transmis à leurs descendants des histoires sur cet endroit, mais personne ne voulait y vivre… jusqu'au jour où mon arrière-grand-mère a compris pourquoi les mécanismes ne fonctionnaient pas. Jusqu'à ce qu'*elle* les fasse fonctionner, du seul fait qu'elle avait passé cette entrée… » Ykka montre d'un geste vague la direction d'où vous venez tous. « Il s'est passé la même chose pour moi, la première fois que je suis descendue. »

Vous vous figez. Les autres continuent la descente sans vous mais, quelques instants plus tard, Hoa se rend compte que vous ne suivez plus. Il se retourne. Son expression trahit à présent une certaine prudence, vous en prenez vaguement note, à travers l'horreur et l'émerveillement. Plus tard, quand vous aurez digéré tout ça, une petite discussion avec lui s'imposera. Mais, pour l'instant, des considérations plus importantes vous occupent l'esprit.

« Les mécanismes. » Vous avez la bouche sèche. « Ils fonctionnent à l'*orogénie*. »

Ykka hoche la tête, un léger sourire aux lèvres.

« C'est ce que pensent les géniums. Même si le fait qu'ils fonctionnent tous en ce moment rend la conclusion évidente.

— Est-ce que… » Vous cherchez vos mots sans les trouver. « *Comment ?* »

Elle secoue la tête en riant.

« Je n'en ai aucune idée. Ça marche, c'est tout. »

Cette réplique vous terrifie davantage que tout ce qu'elle vous a montré.

Elle soupire et se repose les mains sur les hanches.

« Essun… » Vous sursautez. « Vous vous appelez bien Essun ? »

Vous vous humectez les lèvres.

« Essun Résist… » Vous vous interrompez. Vous alliez employer le nom porté des années durant à Tirimo, un nom mensonger. « Essun », répétez-vous.

Point final. Un mensonge limité.

Ykka jette un coup d'œil à vos compagnons.

« Tonkee Innovatrice Dibars. »

Cela dit, Tonkee vous regarde d'un air quasi embarrassé, avant de se concentrer sur ses pieds.

« Hoa. »

Ykka considère une seconde de plus le petit mangeur de pierre, quasi interrogatrice, mais il s'en tient à ce seul mot.

« Bien. » Elle ouvre les bras, englobant la géode tout entière, puis vous examine tour à tour, le menton en avant, presque provocatrice. « Je vais vous dire ce qu'on essaie de faire ici, à Castrima : survivre. Comme tout le monde. On est juste disposés à *innover* un peu. » Elle incline la tête en direction de Tonkee, qui glousse nerveusement. « Il se peut qu'on meure tous ce faisant, mais rouille, quoi, ça risque d'arriver de toute manière. C'est une Saison. »

Vous vous humectez les lèvres.

« Est-ce qu'on peut s'en aller ?

— Mais qu'est-ce que tu veux dire ? On n'a même pas exploré… commence Tonkee, coléreuse, avant de comprendre brusquement ce que vous voulez dire. Ah. »

Le sourire de Ykka est aussi tranchant que le diamant.

« Bon. Vous n'êtes pas idiotes. Tant mieux. Venez. J'ai des gens à vous présenter. »

Elle reprend la descente en vous faisant à nouveau signe à tous de la suivre. Sans répondre à la question.

*
**

Dans la pratique, les valupinae, les organes jumeaux situés à la base du tronc cérébral, se sont révélées sensibles à bien d'autres choses que les mouvements sismiques locaux et la pression atmosphérique. Les tests ont permis d'observer des réactions à la présence de prédateurs, aux émotions d'autrui, aux températures extrêmes, chaudes ou froides, et au mouvement des corps célestes. Il a été impossible de déterminer quel mécanisme provoquait ces réactions.

Nandvid Innovateur Murkettsi,
« Observations des variations valupinaelles
chez les individus surdéveloppés »,
comm d'étude de biomestrise
de la Septième Université.
Avec les remerciements d'usage au Fulcrum
pour le don des cadavres

19. Syénite aux aguets

Ils sont à Meov depuis trois jours quand quelque chose change. Syénite a passé ces trois jours à se sentir complètement déplacée de multiples manières. Premièrement, elle ne comprend pas les Meovites – à en croire Albâtre, ils parlent l'éturpique, la langue maternelle de nombreuses comms côtières, bien que la plupart des gens apprennent aussi le sanze-mat pour les besoins du commerce. Toujours d'après Albâtre, les insulaires descendent dans l'ensemble des Côtiers, ce qui semble en effet évident vu leur couleur de peau et leurs cheveux crépus. Mais, étant passés du commerce au pillage, ils n'ont plus besoin du sanze-mat. Son compagnon a beau essayer d'enseigner l'éturpique à Syénite, elle n'est pas d'humeur à se lancer dans l'apprentissage de quelque chose de neuf. À cause du deuxièmement, qu'Albâtre lui signale quand ils se sont remis de leurs souffrances.

« Si les Gardiens ont cherché à nous tuer une fois, ils recommenceront. »

Les deux nouveaux venus se promènent le long d'une des crêtes arides de l'île ; c'est la seule manière pour eux d'avoir un peu d'intimité, car des hordes d'enfants les suivent partout ailleurs en essayant d'imiter les sonorités étrangères du sanze-mat. Il y a beaucoup à faire – les enfants passent l'essentiel des soirées à la crèche, après la pêche et autres activités diurnes –, mais les distractions sont évidemment plutôt rares.

« Comme on ne sait pas ce qu'on a fait pour s'attirer leur colère, continue Albâtre, ce serait de la folie pure de retourner au Fulcrum. On ne passerait peut-être même pas l'enceinte avant de prendre un autre couteau de perturbation. »

C'est en effet évident, maintenant que Syénite y pense, mais ce n'est pas la seule évidence qu'évoque la lointaine verrue fumante à laquelle Allia a été réduite.

« Ils nous croient morts. »

Elle s'arrache à la contemplation de la fameuse verrue en essayant de ne pas se demander ce qu'est devenue la jolie petite comm du bord de mer dont elle garde le souvenir. Toutes les peurs de ses habitants, tous leurs préparatifs étaient centrés sur la survie à un tsunami, pas au volcan qui s'est visiblement, incroyablement manifesté en son lieu et place. Pauvre Heresmith. Asael en personne ne méritait pas la mort qu'elle a sans doute connue.

Syénite se refuse à y penser. Elle préfère se concentrer sur son compagnon.

« C'est bien ce que tu es en train de dire, non ? On est morts à Allia, ce qui nous permet d'être sains et saufs ici. Et libres.

— Exactement ! » Un grand sourire aux lèvres, il danse littéralement sur place. Jamais encore elle ne l'avait vu aussi excité. On dirait qu'il n'a même pas conscience du prix de leur liberté… à moins qu'il n'en ait juste rien à faire. « Les insulaires n'ont presque aucun contact avec le continent, et quand ils en ont, ils ne font pas vraiment amis-amis.

Les Gardiens qui nous sont assignés ont conscience de nous si on est à proximité, mais il n'en vient jamais dans le coin. Ces îles ne figurent même pas sur la plupart des cartes ! » Il se calme. « Sur le continent, il nous serait impossible d'échapper au Fulcrum. Le moindre Gardien à l'est de Lumen va venir flairer les ruines d'Allia, à la recherche de signes de notre survie. Des affiches à notre effigie circulent probablement parmi les patrouilles des routes impériales et les milices des quartants régionaux. Je suppose qu'on nous présente, moi comme la réincarnation de Misalem, toi comme ma complice empressée. À moins que tu ne finisses par être un peu plus respectée et qu'ils ne décident que c'est *toi* le cerveau. »

Oui, bon.

N'empêche qu'il a raison. L'horrible destruction d'Allia signifie que le Fulcrum a besoin de boucs émissaires. Pourquoi pas les deux gèneurs qui se trouvaient sur place, et qui auraient dû être plus qu'assez doués pour maîtriser n'importe quel événement sismique ? La catastrophe dont Allia a été victime signe la trahison de toutes les promesses du Fulcrum au Fixe : des orogènes domptés, obéissants ; la sécurité face aux pires secousses et chocs. Bref, la sérénité, du moins jusqu'à la Cinquième Saison suivante. Le Fulcrum va évidemment diaboliser le plus possible les fugitifs parce que, sinon, les gens jetteront à bas ses murailles d'obsidienne et massacreront ses occupants jusqu'au dernier grain de poussière.

Maintenant que ses valupinae ont repris vie, Syénite s'inquiète d'autant plus qu'il lui est possible de valuer à quel point Allia souffre. La ville est là, à la limite de sa conscience – présence surprenante. Sa sensibilité s'est beaucoup étendue, sans qu'elle puisse dire pourquoi, mais les choses n'en sont pas moins claires : sous le bord oriental plat du Maximal, un conduit plonge, plonge, *plonge* vertigineusement jusqu'au manteau même de la planète. Syénite ne peut le suivre plus profond, mais elle n'en a aucun besoin car elle sait ce qui lui a donné naissance : sa forme hexagonale et sa circonférence – celle de l'obélisque de grenat – sont significatives.

Et Albâtre est *ravi*. Cela seul suffirait à le rendre haïssable.

L'expression de Syénite vient à bout du sourire de son mentor.

« Terre cruelle ! Tu n'es donc jamais contente ?

— Ils nous retrouveront. Nos Gardiens sont capables de nous suivre à la trace. »

Il secoue la tête.

« Pas la mienne. » L'inconnu d'Allia y a fait allusion, elle ne l'a pas oublié. « Quant au tien, il t'a perdue au moment où ton orogénie a été annihilée. Ça suspend tout, tu comprends, pas seulement nos capacités. Il faudrait qu'il te touche pour rétablir la connexion. »

Elle n'en avait aucune idée.

« Ça ne l'empêchera pas de me chercher. »

Albâtre reste un moment silencieux, avant de demander :

« Tu te plaisais tant que ça au Fulcrum ? »

La question saisit Syénite et accroît encore sa colère.

« Au moins, je pouvais y être moi-même. Je n'avais pas à cacher ce que je suis. »

Il hoche la tête, lentement ; quelque chose dans son expression prouve qu'il ne comprend que trop le ressenti de la jeune femme.

« Et qu'est-ce que tu es, là-bas ?

— *Va te faire foutre.* »

Elle est soudain si furieuse qu'elle ne sait pas pourquoi.

« C'est sûr qu'en ce qui te concerne, c'est déjà fait et refait. » Le sourire narquois d'Albâtre la rend aussi incandescente que doit l'être Allia. « Tu te souviens ? On a baisé je ne sais combien de fois, alors qu'on ne se supporte pas l'un l'autre, juste parce que c'étaient les ordres. Mais tu as peut-être réussi à te persuader que tu en avais envie ? Que tu avais à ce point besoin d'une bite… n'importe laquelle, y compris une bite aussi médiocre et ennuyeuse que la mienne ? »

Syénite ne répond pas par des mots. Elle ne pense ni ne parle plus. Elle est dans la terre, qui résonne de sa fureur et l'amplifie ; son tore se matérialise autour d'elle, mince et allongé, traçant un anneau de givre de trois centimètres de large, d'un froid si violent que l'air en siffle et en blanchit une seconde. Elle va geler ce salopard jusqu'à l'Arctique et retour.

Mais Albâtre soupire, ses muscles se contractent discrètement, et son tore efface celui de Syénite avec autant de facilité que des doigts mouchent une bougie. Malgré la douceur dont il a fait preuve, au vu de ses capacités, il a contrecarré la fureur de la jeune femme si absolument – si rapidement et si puissamment – qu'elle chancelle. Il s'approche, prêt à l'aider, mais elle se jette de côté en poussant un grondement, réaction qui le fait battre en retraite, les mains levées, peut-être pour demander une trêve.

« Désolé. » Son évidente sincérité empêche Syénite de le quitter comme une furie. « Je voulais juste mettre l'accent sur ce qu'il en est. »

Et il l'a mis, oui. Elle savait déjà qu'elle était une esclave ; tous les gèneurs sont des esclaves. La sécurité et l'estime d'elle-même que le Fulcrum lui a offertes sont enveloppées de chaînes : elle ne peut exercer ni son droit de vivre ni le contrôle de son propre corps. Mais elle a beau le savoir, l'admettre en son for intérieur, nul gèneur ne devrait se servir contre un autre de ce genre de vérité – pas même pour mettre l'accent sur ce qu'il en est. C'est à la fois cruel et superflu. Voilà pourquoi elle déteste Albâtre : pas parce qu'il est plus puissant qu'elle, mais parce qu'il la prive des fictions polies et des silences qui lui ont apporté des années durant confort et tranquillité d'esprit.

Ils échangent un long, très long regard noir, puis il secoue la tête et se détourne, prêt à s'éloigner. Elle lui emboîte le pas, car où irait-elle, autrement ? Pendant qu'ils redescendent vers les cavernes, elle se trouve confrontée à la troisième raison pour laquelle elle se sent si déplacée à Meov.

Dans le port de la comm est amarré un voilier gigantesque, mais gracieux, une frégate ou un galion, elle n'en sait rien – pour elle, tout ce qui flotte est un simple *bateau*. Celui-là réduit ceux qui l'entourent au rang de nains. Sa coque, si sombre qu'elle en paraît presque noire, a été ravaudée çà et là avec du bois plus clair. Ses voiles de toile fauve, également raccommodées à maintes reprises, ont été délavées par l'eau et le soleil. Le *Clalsu* – du moins est-ce ainsi que son nom sonne à l'oreille de Syénite – reste pourtant étrangement beau, malgré les taches et les pièces. Il est arrivé deux jours après les nouveaux venus, chargé d'un pourcentage respectable des adultes en activité de la comm et de nombreuses marchandises mal acquises, fruit de plusieurs semaines de prédation le long des routes commerciales maritimes.

Le *Clalsu* a aussi ramené à Meov son capitaine, également chef en second du village – en second, dans la mesure où il passe plus de temps en mer que sur l'île. Autrement, Syénite aurait deviné à la seconde où il a bondi sur la passerelle pour saluer la foule admirative qu'elle se trouvait en présence du véritable dirigeant de Meov. L'amour et le respect universels qui l'entourent sont parfaitement perceptibles, même quand on ne comprend pas un traître mot d'éturpique. Il s'appelle Innon ; Innon Résistant Meov, dirait-on sur le continent. C'est un homme de haute taille à la peau noire, comme la plupart des Meovites, bâti en Costaud plus qu'en Résistant, doté d'assez de personnalité pour éclipser n'importe quel Dirigeant lumenien.

Mais ce n'est en réalité ni un Résistant ni un Costaud ni un Dirigeant. De toute manière, ces noms d'usage ne signifient pas grand-chose dans une comm qui rejette la plupart des coutumes sanziennes. C'est un orogène. Un orogène sauvage, né libre et élevé au vu et au su de tous par Harlas… lequel est lui-même un orogène. *Tous* les dirigeants sont des orogènes, ici. Voilà pourquoi l'île s'est tirée de plus de Saisons que ses habitants ne se sont donné la peine d'en compter.

À part ça… Bon. Syénite ne sait pas trop sur quel pied danser avec Innon.

Une preuve supplémentaire lui en est donnée quand la voix du chef en second lui parvient, au moment où elle arrive dans la caverne d'accès principale de la comm. Personne ne risque de rater ce qu'il dit, car il parle aussi fort dans les grottes qu'il le fait apparemment sur le pont de son bateau. Ça ne sert à rien, le moindre bruit résonnant dans le labyrinthe, mais il n'est pas homme à se restreindre, même quand ça vaudrait mieux.

Comme en ce moment.

« Syénite, Albâtre ! »

Les Meovites se sont rassemblés autour des foyers pour partager le repas du soir, installés sur des bancs de bois ou de pierre. Ils papotent tranquillement, à part un groupe important, centré sur Innon, qui le régale de… d'une histoire quelconque. Il passe aussitôt au sanze-mat, car c'est un des rares insulaires à le parler, quoique avec un fort accent.

« Je vous attendais, tous les deux. On a gardé le meilleur pour vous. Là ! »

Il va jusqu'à se lever en leur faisant signe d'approcher. Comme s'ils risquaient de ne pas l'entendre, alors qu'il braille à pleins poumons, ou de ne pas le repérer dans la foule, alors que c'est un colosse de plus de deux mètres, à l'énorme crinière tressée et aux vêtements voyants – tous vivement colorés, bien que venant de trois régions du monde différentes.

Syénite n'en a pas moins le sourire aux lèvres quand elle entre dans le cercle des bancs, où Innon a apparemment réservé deux places tout exprès. Plusieurs Meovites marmonnent des salutations – elle commence à les reconnaître –, auxquelles elle répond par politesse en baragouinant quelque chose qui y ressemble, avant de supporter les petits rires déclenchés par sa mauvaise prononciation. Le sourire étiré jusqu'aux oreilles, Innon répète la phrase correctement ; la deuxième tentative de Syénite lui vaut des hochements de tête approbateurs.

« Excellent », lance-t-il, avec une telle énergie qu'elle ne peut que le croire. Il tourne son sourire vers Albâtre, assis à côté d'elle. « Tu es un bon professeur, je pense. »

Albâtre penche légèrement la tête de côté.

« Pas franchement. Je n'arrive pas à empêcher mes élèves de me détester.

— Hum. » La voix basse d'Innon se réverbère comme la plus profonde des secousses. Ses sourires évoquent les fissures apparaissant à la surface d'une vésicule, lumière éclatante, brûlante et inquiétante, surtout de près. « Il faut essayer de changer ça, hein ? »

Il considère à nouveau Syénite avec un intérêt parfaitement assumé. Les gloussements des autres villageois le laissent totalement indifférent.

C'est ça le problème, en fait. Ce type vulgaire, ridicule et bruyant ne cherche pas à cacher qu'il *veut* Syénite. Et, malheureusement – parce que, sinon, les choses seraient simples –, il y a quelque chose en lui qu'elle trouve attirant. Sa sauvagerie, peut-être. Elle n'a jamais vu personne qui lui ressemble.

Et il a l'air de vouloir aussi *Albâtre*. Lequel est manifestement intéressé.

Tout ça est un peu déconcertant.

Après avoir réussi à embarrasser les deux arrivants, Innon braque à nouveau son charme débordant sur les insulaires.

« Bon ! On en est là, avec plein de nourriture et de belles choses toutes neuves fabriquées et payées par d'autres… »

Il repasse alors à l'éturpique, répétant pour les Meovites. Ses derniers mots provoquent des rires, en grande partie parce que beaucoup de gens portent *en effet* de nouveaux vêtements, bijoux et autres depuis le retour du *Clalsu*. Ensuite, Innon continue sur sa lancée ; Syénite saurait qu'il raconte une histoire même sans les explications d'Albâtre, car tout son corps participe au récit. Quand il se penche en avant, parlant plus bas pour décrire un quelconque moment de tension, son auditoire est pendu à ses lèvres. Il mime quelqu'un qui tombe de quelque chose puis imite le bruit de l'atterrissage en joignant les mains en coupe puis en les serrant pour expulser l'air emprisonné entre ses paumes. Les petits enfants rient si fort qu'ils manquent d'en basculer de leurs bancs, pendant que les grands ricanent et que les adultes sourient.

Albâtre traduit plus ou moins pour Syénite. Apparemment, Innon raconte le dernier raid de son équipage sur une petite comm côtière, à une dizaine de jours de navigation au nord. Syénite n'écoute le résumé que d'une oreille, plus attentive aux mouvements d'Innon, qu'elle imagine en train d'en exécuter de très différents. Lorsque son mentor se tait brusquement, elle met un moment à s'en apercevoir. Quand elle se tourne vers lui, surprise, il la regarde avec attention.

« Tu as envie de lui ? » demande-t-il.

L'embarras arrache une grimace à la jeune femme. Il a certes chuchoté, mais ils se trouvent juste sous le nez d'Innon. S'il décide de se concentrer sur eux… Bon, et *alors* ? Ça faciliterait peut-être les choses d'en parler franchement. N'empêche qu'elle préférerait avoir le choix à ce sujet et que, fidèle à lui-même, Albâtre ne le lui laisse pas.

« Tu ne connais vraiment pas le sens du mot *subtilité*, hein ?

— Non. Explique-moi.

— Admettons que j'aie envie de lui. Et après ? Tu me jettes un défi ou quoi ? » Elle a bien vu comment il regarde Innon. C'est presque mignon, un quadragénaire rougissant et bégayant façon jeune vierge. « Tu veux que je laisse tomber ? »

Il tressaille, l'air quasi blessé, puis ses sourcils se froncent. On dirait qu'il est déconcerté par sa propre réaction – ils sont à égalité de ce point de vue-là. Enfin, il s'écarte légèrement d'elle.

« Si je disais oui, tu le ferais ? Pour de bon ? » demande-t-il tout bas, du coin des lèvres.

Elle cligne des yeux. Elle l'a proposé, oui, mais le ferait-elle ? Elle n'en est plus sûre, maintenant.

Son silence exaspère Albâtre, dont les traits se crispent. Il marmonne quelque chose, peut-être « Peu importe », se lève et quitte le cercle des auditeurs en veillant à ne déranger personne. Syénite se retrouve donc incapable de suivre l'histoire, mais ça ne la gêne pas. Innon fait plaisir à voir, même sans les mots. Et, comme elle n'a pas à se concentrer sur ce qu'il raconte, elle peut réfléchir à la question d'Albâtre.

Le récit s'achève enfin sous les applaudissements du public, qui en réclame aussitôt un autre. Suit un moment d'agitation générale, quand les gens se lèvent pour puiser une seconde fois dans la grande marmite de riz pimenté aux crevettes et aux perles de mer fumées – le repas du soir. Syénite décide alors de se lancer à la recherche d'Albâtre. Elle ne sait pas trop ce qu'elle va lui dire, mais… ma foi, il a droit à une réponse.

Elle le retrouve chez eux, roulé en boule dans un coin de la vaste chambre déserte, non loin de leur lit d'herbes marines et de peaux séchées. Comme il n'a pas pris la peine d'allumer les lampes, elle ne voit de lui qu'une tache plus sombre sur fond d'obscurité.

« Va-t'en, lance-t-il à son entrée.

— Je vis ici aussi, riposte-t-elle. Si tu as envie de pleurer seul dans ton coin ou quelque chose de ce genre, tu n'as qu'à aller ailleurs. »

Oh, Terre cruelle, pourvu qu'il ne soit pas en train de pleurer.

Il soupire. Apparemment, non, il ne pleure pas, malgré ses jambes relevées, ses coudes posés sur ses genoux et sa tête à demi enfouie dans ses mains. Mais il pourrait.

« Tu as vraiment un cœur de fer, Syénite.

— Toi aussi, quand tu veux.

— Je ne veux *pas*. Pas en permanence. Rouille de rouille ! Ça ne t'arrive jamais d'en avoir *marre* ? » Il remue vaguement. Les yeux de Syénite se sont assez habitués à l'obscurité pour lui permettre de constater qu'il la regarde. « Ça ne t'arrive jamais d'avoir envie d'être tout simplement… tout simplement humaine ? »

Elle s'adosse au mur près de la porte, les bras et les chevilles croisés.

« On n'est pas humains.

— Si. On est *humains*. » La voix d'Albâtre explose. « Je me fous de ce qu'a décrété le conseil machin-machin, avec ses gros crétins bouffis de suffisance, je me fous des classements des géomestres et de toutes ces conneries. Ils se mentent à eux-mêmes en disant qu'on n'est pas humains pour ne pas avoir à se sentir coupables de la manière dont ils nous traitent… »

N'importe quel gèneur a conscience de ça aussi, mais seul Albâtre est assez vulgaire pour l'exprimer à voix haute. Syénite soupire en appuyant la tête au mur.

« Si tu as envie de lui, tu n'as qu'à le lui dire, espèce d'idiot. Tu peux l'avoir. »

Et voilà, c'est aussi simple que ça, la question a obtenu réponse.

Albâtre se tait en pleine tirade, les yeux fixés sur elle.

« Toi aussi, tu as envie de lui.

— Oui. » Ce n'est pas difficile à admettre. « Mais ça ne me dérange pas que tu… » Petit haussement d'épaules. « Oui. »

Il inspire à fond. Recommence. Recommence encore. Elle ignore totalement ce que ça signifie.

« Je devrais te proposer la même chose, dit-il enfin. Témoigner de la noblesse ou au moins faire semblant. Mais je… » Il se recroqueville davantage dans l'obscurité, les bras serrés autour des genoux. Lorsqu'il reprend la parole, c'est tout juste si elle l'entend. « Il y a trop longtemps, tu comprends. »

Il ne veut pas dire qu'il n'a couché avec personne depuis trop longtemps, bien sûr. Juste qu'il n'a couché avec personne qu'il désirait.

Des rires éclatent dans la caverne commune. Les corridors sont maintenant pleins de gens qui papotent ou se séparent pour la nuit. La grosse voix d'Innon gronde, non loin de là ; tout le monde ou presque l'entend, même quand il discute normalement. Pourvu qu'il ne soit pas du genre à hurler au lit…

Syénite inspire à fond, elle aussi.

« Tu veux que j'aille le chercher ? » Elle ajoute, par souci de clarté : « *Te* le chercher ? »

Le silence se prolonge. Albâtre la regarde, elle en est persuadée ; la pièce déborde d'une tension émotionnelle qu'elle n'arrive pas à interpréter. Peut-être se sent-il insulté ; peut-être est-il touché. La rouille emporte Syénite si elle réussit jamais à le comprendre… et si elle sait pourquoi elle fait ce qu'elle fait.

Enfin, il acquiesce, se passe la main dans les cheveux et baisse la tête.

« Merci. »

Malgré la quasi-froideur de ce seul mot, elle connaît ce ton-là ; elle l'a déjà utilisé, elle aussi. Chaque fois qu'elle s'est cramponnée à sa dignité et ne l'a retenue que du bout des doigts, le souffle coupé.

Elle part donc à la recherche du grondement et finit par trouver Innon en grande conversation avec Harlas près des foyers de cuisine communautaires. Les autres Meovites se sont tous séparés, maintenant. La caverne résonne d'un bourdonnement complexe – tout-petits agités luttant contre le sommeil, rires, discussions, grincements creux des bateaux amarrés se balançant dans le port, l'ensemble baigné du sifflement-ronronnement de la mer. Syénite s'adosse au mur près des deux hommes, l'oreille tendue à ces bruits exotiques. Elle attend. Une dizaine de minutes plus tard, la conversation prend fin. Innon se lève. Harlas s'éloigne en riant tout bas de ce que vient de lui dire son interlocuteur – l'éternel charmeur. Comme Syénite s'y attendait, il vient s'appuyer au mur à côté d'elle.

« Mon équipage pense que je suis idiot de te courir après, dit-il tranquillement, les yeux fixés sur le plafond voûté, comme s'il y voyait quelque chose d'intéressant. Il pense que tu ne m'aimes pas.

— Tout le monde pense toujours que je ne l'aime pas. » Avec raison, la plupart du temps. « Je t'aime bien. »

Il la regarde d'un air pensif, ce qui lui plaît. Flirter la rend nerveuse. Elle préfère nettement mettre les choses à plat de cette manière.

« J'ai déjà vu des gens comme toi, reprend-il. Ceux qui ont été emmenés au Fulcrum. » Son accent mutile le mot, *fou-creux*. Très approprié. « Tu es la plus heureuse de tous. »

La plaisanterie la fait renâcler… puis le pli désabusé des lèvres d'Innon et la compassion pesante de son regard lui révèlent qu'il ne plaisante absolument pas. Ah.

« Albâtre est plutôt heureux.

— Non. »

Non, en effet. Mais ça explique que Syénite apprécie rarement la plaisanterie, elle aussi. Elle soupire.

« Je… en fait, je suis venue te trouver pour lui.

— Ah ? Vous avez décidé de partager ?

— Il… » Elle cligne des yeux quand ce que vient de dire son interlocuteur s'impose à son esprit. « Hein ? »

Innon hausse les épaules, geste impressionnant vu sa taille et la manière dont ça fait bruire ses tresses.

« Vous êtes déjà amants, tous les deux. Alors j'y ai pensé. »

Quelle pensée…

« Euh… non. Je ne… euh… Non. » Il y a des choses auxquelles Syénite, en tout cas, n'est pas prête à penser. « Plus tard, peut-être. »

Beaucoup plus tard.

Il se met à rire, mais pas d'elle.

« Bon, bon. Alors tu es venue pour quoi ? Pour me demander de m'occuper de ton ami ?

— Ce n'est pas… » N'empêche qu'elle est là, à procurer à Monsieur un amant pour la nuit. « *Rouille !* »

Innon se remet à rire – tout bas, presque en son for intérieur – et bouge de manière à s'appuyer au mur de côté, perpendiculairement à elle : il ne veut pas qu'elle se sente piégée, bien qu'elle ait conscience de sa chaleur corporelle tant il s'est rapproché. Les hommes imposants font ce genre de choses, quand ils veulent se montrer prévenants plus qu'impressionnants. Prévenance qu'elle apprécie. Elle s'en veut de s'être décidée en faveur d'Albâtre, parce que, feux souterrains, Innon a même une *odeur* sexy.

« Tu es une très bonne amie, je pense, dit-il.

— Rouille de rouille, c'est vrai. »

Elle se frotte les yeux.

« Allons, allons. Tout le monde voit bien que tu es la plus forte des deux. » Elle bat des paupières, mais il est d'un sérieux absolu. Il lève la main pour lui promener le bout du doigt le long du visage, de la tempe au menton, lente provocation. « Beaucoup de choses l'ont brisé. Il retient ses morceaux avec le mépris et le sourire, mais on voit les fissures. Tandis que toi… tu es meurtrie et cabossée, mais intacte. C'est gentil à toi. De t'occuper de lui de cette manière.

— Personne ne s'occupe jamais de *moi*. »

Elle referme la bouche avec une telle force que ses dents claquent. Elle n'avait aucune intention de dire une chose pareille.

Innon sourit, un sourire plein de douceur et de tendresse.

« Moi, je le ferai. »

Il se penche pour l'embrasser. Un baiser râpeux, vu ses lèvres sèches et son menton qui commence à se hérisser de poils. La plupart des Côtiers sont apparemment imberbes, mais il a peut-être des ascendants sanziens, car il est velu. Quoi qu'il en soit, son baiser est si doux, quoique râpeux, qu'il ressemble davantage à un remerciement qu'à une tentative de séduction. Sans doute parce que Innon le veut ainsi.

« Je te le promets. Bientôt. »

Sur ce, il s'éloigne en direction de la maison qu'elle partage avec Albâtre. Elle le suit du regard en se demandant, un peu tard : *Rouille de rouille ! Et où est-ce que je suis censée dormir, moi ?*

La question se révèle sans intérêt, car Syénite n'a pas sommeil. Elle se rend sur la corniche extérieure, où s'attardent quelques villageois décidés à profiter de la fraîcheur nocturne ou à discuter sans que la moitié de la comm risque de les entendre. Elle n'est pas seule, postée à la balustrade, un regard mélancolique fixé sur les flots nocturnes. Le *Clalsu* et ses petits frères se balancent en grinçant sur les vagues inlassables. La lumière des étoiles jette sur la houle des reflets aériens, diffus, qui semblent s'étirer à l'infini.

Le calme règne à Meov. Syénite trouve agréable d'être ce qu'elle est à un endroit où c'est accepté, et plus encore de savoir qu'elle n'a rien à craindre de ce fait. Elle a croisé aux bains une femme d'équipage du *Clalsu*. Or les marins parlent pour la plupart un minimum de sanze-mat. L'inconnue lui a expliqué les choses pendant qu'elles profitaient toutes deux de l'eau chauffée par les pierres que les enfants mettent au feu – entre autres tâches quotidiennes. À vrai dire, c'est tout simple.

« Avec vous, on vit. »

Voilà ce qu'elle a dit à Syénite en haussant les épaules et en laissant sa tête partir en arrière pour s'appuyer au rebord du bassin. L'étrangeté de sa réplique ne semblait pas la perturber. Sur le continent, tout le monde est persuadé que la proximité des gèneurs signifie la mort.

La Meovite a alors ajouté quelque chose qui a réellement secoué Syénite :

« Harlas est vieux. Innon voit souvent le danger pendant les raids. Toi et le rieur… » c'est le nom que les insulaires donnent à Albâtre, parce que ceux qui ne parlent pas sanze-mat ont du mal à prononcer le sien « … vous avez des bébés, vous donnez un, d'accord ? Sinon, on doit voler un sur le continent. »

Syénite frissonne à la seule pensée que ces gens, aussi repérables que des mangeurs de pierre dans une foule, essaient d'infiltrer le Fulcrum pour y kidnapper un grain de poussière ou s'emparent d'un sauvage juste avant les Gardiens. Elle n'est pas non plus sûre d'apprécier leur espoir avide de la voir tomber enceinte, mais après tout, il en allait de même de ses supérieurs. Et, ici, leurs enfants à Albâtre et elle ne risqueront jamais d'être envoyés dans un nœud.

Elle s'attarde quelques heures sur la corniche, s'oubliant dans le bruit des vagues et se laissant peu à peu sombrer dans une sorte de fugue dénuée de pensée. Jusqu'au moment où elle prend enfin conscience de son dos douloureux, de ses pieds échauffés et du vent marin de plus en plus froid. Elle ne peut pas rester là toute la nuit. Voilà pourquoi elle regagne la caverne, sans savoir où aller. Ses jambes la portent où elles veulent, ce qui explique sans doute qu'elle finisse par se retrouver devant « chez elle », les yeux fixés sur le rideau censé protéger l'intimité des occupants, à écouter Albâtre pleurer de l'autre côté.

C'est lui, ça ne fait aucun doute. Elle reconnaît sa voix, étouffée et étranglée par les sanglots. Tout juste audible, franchement, quoiqu'il n'y ait ni porte ni fenêtre… mais ça ne la surprend pas. Quiconque a passé son enfance au Fulcrum sait pleurer très, très discrètement.

Cette pensée, et le sens de la camaraderie qui s'ensuit, la pousse à lever la main, lentement, et à tirer le rideau de côté.

Ils sont au lit tous les deux, à moitié couverts de fourrures, heureusement – mais peu importe, car les vêtements dispersés dans la pièce et l'odeur de sexe qui y flotte ne laissent aucun doute sur ce qu'ils ont trafiqué. Albâtre tourne le dos à l'arrivante, roulé en boule sur le flanc, ses épaules osseuses secouées de sanglots. Innon lui caresse les cheveux, appuyé sur un coude. Il lève brièvement les yeux quand Syénite écarte le rideau, mais n'a l'air ni contrarié ni surpris de la voir. À vrai dire, il lui fait signe d'approcher – ce qui, vu leur conversation précédente, ne devrait pas l'étonner, mais l'étonne malgré tout.

Elle ne sait trop pourquoi elle obtempère. Ni pourquoi elle se déshabille en gagnant le lit, soulève les fourrures derrière Albâtre puis se glisse près de lui dans la chaleur odorante. Ni pourquoi, cela fait, elle se love contre son dos, le bras passé à sa taille, avant de lever les yeux vers Innon, qui lui adresse un sourire de bienvenue mélancolique. Elle le fait pourtant.

Et elle s'endort dans cette position. Autant qu'elle puisse en juger, Albâtre passe le reste de la nuit à pleurer et Innon à le réconforter. Quand elle se réveille, le lendemain matin, s'extirpe du lit, s'approche en titubant du pot de chambre et y vomit bruyamment, ils ne se réveillent ni l'un ni l'autre. Personne n'est là pour la réconforter pendant qu'elle reste ensuite assise là, tremblante. Mais ce n'est pas neuf.

Enfin. Au moins, les Meovites n'auront pas à aller voler un bébé.

*
**

Ne mettez pas la chair à prix.

Tablette première,
« De la survie », strophe six

Interlude

Vous vivez une période de bonheur que je ne vais pas vous décrire. Elle n'a aucune importance. Peut-être n'aimez-vous pas que je m'attarde autant sur les horreurs et la souffrance mais, après tout, c'est la souffrance qui nous façonne. Nous sommes des créatures nées de la chaleur, de la pression, d'un mouvement écrasant perpétuel. Ne pas évoluer équivaut à… ne pas vivre.

Ce qui importe, en revanche, c'est que tout n'a pas été terrible et que vous le savez. Vous avez connu entre les crises de longues périodes de paix. La possibilité de refroidir et de vous solidifier avant que ne reprenne l'écrasement.

Voilà ce qu'il faut comprendre. N'importe quelle guerre oppose plusieurs factions : celles qui veulent la paix, celles qui veulent aggraver la guerre pour une myriade de raisons et celles qui veulent transcender les deux. Cette guerre-ci oppose aussi plusieurs camps. Vous pensiez que seuls intervenaient les fixes et les orogènes ? Non, non. N'oubliez pas les mangeurs de pierre, les Gardiens… oh, et les Saisons. N'oubliez jamais le Père Terre. Lui ne vous oublie pas.

Telles sont les forces qui se rassemblent pendant qu'elle se repose – que vous vous reposez. Elles finissent par se mettre en branle.

20. Syénite, étirée et retour

Syénite ne voyait pas le reste de sa vie comme ça : rester assise là sans rien faire, inutile. Un jour, pendant que les marins arment le *Clalsu* pour son prochain périple pirate, elle va voir Innon.

« Non. » Il lui jette le genre de regard qu'on jette aux fous. « Pas question que tu *deviennes pirate* alors que tu viens d'avoir un bébé.

— Le bébé a deux ans. »

Elle ne peut passer sa vie à changer des couches, à harceler les gens pour qu'ils lui donnent des cours d'éturpique et à pêcher au filet, ou elle va devenir folle. Elle n'allaite plus, ce qui servait d'excuse à Innon jusqu'à maintenant pour la faire lanterner – alors que ça n'avait de toute manière aucun sens, puisque, à Meov, ce genre de choses est géré collectivement, comme le reste. Quand elle s'absente, Albâtre emmène tout simplement le bébé à une autre mère de la comm ; Syénite a nourri les leurs de la même manière, s'ils avaient faim alors qu'elle se trouvait à proximité, les seins pleins de lait. Albâtre change aussi la plupart des couches, chante des berceuses au petit Corindon pour l'endormir, le dorlote, joue avec lui, l'emmène se promener, etc. Alors il faut bien qu'elle s'occupe, d'une manière ou d'une autre.

« Syénite. »

Innon s'arrête au milieu de la rampe de chargement menant à la cale du bateau. On est en train d'y ranger des barriques d'eau et de nourriture, ainsi que des paniers plus mystérieux – seaux de chaînes destinés aux catapultes, vessies de poix et d'huile de poisson, métrage de lourd tissu censé servir de voile de remplacement, si nécessaire. Lorsqu'il s'immobilise au-dessus de Syénite, plantée au pied de la rampe, le va-et-vient s'interrompt. Des protestations bruyantes retentissent bientôt sur le quai, mais il lève la tête et le parcourt d'un regard noir jusqu'à ce que tout le monde se taise. Tout le monde sauf Syénite, bien sûr.

« Je m'*ennuie*, explique-t-elle, exaspérée. Il n'y a rien à faire ici à part pêcher, attendre votre retour, à toi et aux autres, parler de gens que je ne connais pas ou raconter des histoires qui ne m'intéressent pas ! J'ai passé ma vie entière à m'entraîner ou à travailler, rouille de Terre ! Tu ne t'attends quand même pas que je reste assise toute la journée à regarder la mer.

— C'est bien ce que fait Albâtre. »

Elle lève les yeux au ciel, quoique Innon ait raison. Quand Albâtre ne s'occupe pas du bébé, il passe l'essentiel de son temps sur les hauteurs, au-dessus de la colonie, à contempler le monde en nourrissant des pensées insondables des heures et des heures d'affilée. Elle le sait, elle l'a vu faire.

« Je ne suis pas Albâtre ! Je peux me rendre utile, tu sais. »

Les traits d'Innon se contractent, parce que… eh oui. *Ça*, en ce qui le concerne, c'est un argument.

Ils ont beau éviter d'en parler, Syénite n'est pas idiote. Une gèneuse douée peut aider l'équipage de bien des manières pendant les sorties un peu particulières qu'il pratique. Il ne s'agit pas de susciter des secousses ou des chocs, elle n'en ferait rien – Innon ne le lui demanderait d'ailleurs jamais –, mais il est si facile de tirer de son environnement la force nécessaire pour abaisser la température de surface de l'eau et envelopper ainsi un bateau de brume afin de dissimuler son approche ou sa retraite. Il est tout aussi facile d'infliger aux forêts du rivage la plus délicate des vibrations ; des vols d'oiseaux et des hordes de souris en jaillissent alors pour se répandre dans les comms environnantes, dont ils détournent l'attention. Etc. L'orogénie est très, très utile, Syénite commence à le comprendre. C'est un pouvoir qui permet davantage, bien davantage que le simple apaisement des secousses.

Il serait plus exact de dire de l'orogénie qu'elle *pourrait* être très utile, si Innon arrivait à s'en servir de cette manière. Mais, malgré son charisme impressionnant et ses prouesses physiques, c'est un sauvage, qui n'a bénéficié que du maigre entraînement dispensé par Harlas – lui-même sauvage mal entraîné. Syénite connaît l'orogénie d'Innon, parce qu'il étouffe à l'occasion des secousses mineures. Sa grossière inefficacité la stupéfie parfois. Elle a essayé de lui apprendre à mieux contrôler son pouvoir, il l'écoute, il fait des *efforts*, mais pas de progrès. Elle ne comprend pas pourquoi. Privé du talent nécessaire, l'équipage du *Clalsu* gagne son butin à l'ancienne : hommes et femmes se battent, et meurent, pour la moindre babiole.

« Albâtre peut très bien se charger de ce genre de choses, dit Innon, visiblement mal à l'aise.

— Albâtre a envie de vomir dès qu'il voit cette chose », riposte Syénite en montrant la coque incurvée du *Clalsu* et en s'efforçant à la patience.

Toute la comm raconte en riant qu'Albâtre arrive à verdir, malgré sa peau noire, dès qu'il est obligé de monter à bord d'un bateau. Syénite était moins malade quand elle avait ses nausées matinales.

« Je peux me contenter de dissimuler le voilier. Ou de faire ce que tu m'ordonnes par ailleurs, quoi que ce soit. »

Innon se pose les mains sur les hanches, moqueur.

« Tu prétends que tu obéirais à mes ordres ? Tu en es incapable, même au lit.

— Espèce de *salopard* ! »

Il fait l'imbécile car, à vrai dire, il n'essaie pas de donner des ordres au lit. C'est juste que les Meovites ont la curieuse habitude de plaisanter entre eux sur leur vie sexuelle. Maintenant que Syénite comprend l'éturpique, elle a l'impression que tout le monde parle sans arrêt du fait qu'elle partage la couche des deux plus beaux mecs du village. À en croire Innon, personne ne s'y intéresserait si elle ne virait pas à des couleurs intéressantes quand des petites vieilles font des allusions salaces à base de positions et de nœuds marins. Elle essaie de s'y habituer.

« Ça n'a absolument rien à voir !

— Ah, bon ? » Il lui tapote le torse d'un doigt imposant. « Pas d'amants sur le bateau. C'est une règle que j'ai toujours suivie. Une fois la voile hissée, il n'y a même plus d'amis qui tiennent. Ce que je dis se fait ; sinon, on meurt. Tu mets tout en question, Syénite, et en mer, on n'a pas le temps. »

C'est… ce n'est pas totalement faux. Elle danse d'un pied sur l'autre.

« Je suis capable d'obéir aux ordres sans poser de question. La Terre sait que je l'ai fait assez longtemps. Écoute, Innon… » elle inspire à fond… « je ferai tout ce que tu voudras pour quitter l'île un moment, je t'assure.

— Ce qui pose un autre problème. » Il se rapproche et baisse la voix. « Corindon est *ton fils.* Tu n'éprouves donc rien pour lui, que tu passes ton temps à vouloir t'en aller ?

— Je veille toujours à ce que quelqu'un s'occupe de lui. »

C'est exact. Corindon est propre et bien nourri. Elle n'a jamais voulu d'enfant, mais maintenant qu'elle en a un, qu'elle l'a tenu dans ses bras, allaité et tout ce qui s'ensuit… elle éprouve une vague sensation… d'accomplissement et une reconnaissance mélancolique parce que, à eux deux – Albâtre et elle –, ils ont réussi à faire ce beau bébé. Quand elle regarde le garçonnet, il lui arrive de s'émerveiller de son existence, de sa complétude et de son équilibre apparents, lui dont les parents ne sont à eux deux qu'amertume éclatée. Pas la peine de se raconter des sornettes. Elle l'aime. Elle aime son fils. Simplement, ça ne veut pas dire qu'elle a envie de passer en sa compagnie chaque heure de chaque jour rouillé.

Innon secoue la tête et se détourne en levant les bras au ciel.

« Très bien ! Très bien, femme ridicule. Mais c'est *toi* qui annonces à Albâtre qu'on s'en va tous les deux.

— D'ac… »

Il est déjà parti, au bout de la rampe puis dans la cale, où il crie à quelqu'un quelque chose qu'elle ne comprend pas, parce que ses oreilles ne décryptent pas l'éturpique à ce volume sonore retentissant.

Quoi qu'il en soit, c'est d'un pas élastique qu'elle redescend la rampe en agitant vaguement la main pour prier de l'excuser les membres d'équipage plantés aux alentours, un peu agacés. Elle se précipite dans les grottes.

Albâtre n'est pas chez eux et Corindon pas chez Selsi, la Meovite qui s'occupe le plus souvent des enfants en bas âge dont les parents sont pris ailleurs. Selsi plisse le front quand Syénite passe la tête par la porte.

« Il a dit oui ?

— Il a dit oui. »

Syénite ne peut retenir un grand sourire. Son interlocutrice éclate de rire.

« Je te parie qu'on ne va plus te voir, alors. La vague n'attend que le filet. » Sans doute un proverbe meovite. Syénite ne sait même pas ce qu'il veut dire. « Albâtre est sur les hauteurs avec Cori. Encore. »

Encore.

« Merci. »

Elle secoue la tête. C'est miraculeux qu'il ne pousse pas d'ailes à ce petit.

Les escaliers la mènent jusqu'au sommet de l'île, où elle franchit la première crête rocheuse. Ils sont là, assis sur une couverture, près du bord de la falaise. Cori lève les yeux à son approche, rayonnant, le doigt tendu vers elle ; Albâtre, qui a sans doute eu conscience de ses pas sur les marches, ne prend pas la peine de se retourner.

« Innon a enfin accepté de t'emmener ? demande-t-il quand elle arrive à portée de sa voix douce.

— Ouf. » Elle s'installe à côté de lui sur la couverture et ouvre les bras en direction de Cori, qui se hisse hors du giron de son père, où il était installé, pour passer à celui de sa mère. « Si j'avais su que tu connaissais déjà la nouvelle, je ne me serais pas fatiguée à monter tous ces escaliers.

— C'était une supposition. Tu ne viens pas souvent ici un grand sourire aux lèvres. Je savais qu'il y avait quelque chose. »

Albâtre se tourne enfin, sans quitter des yeux Cori qui, debout sur les genoux de Syénite, lui presse les seins. Elle le tient machinalement, mais à vrai dire, il garde plutôt bien l'équilibre sur ce terrain accidenté. Syénite remarque soudain qu'en fait Albâtre ne regarde pas seulement Corindon.

« Quoi ? s'enquiert-elle, les sourcils froncés.

— Tu reviendras ? »

La question, surgie de nulle part, lui fait lâcher prise. Heureusement, Cori a trouvé le truc pour rester planté sur ses jambes à elle, ce qu'il fait en riant, pendant qu'elle considère Albâtre.

« Pourquoi tu me... *Hein* ? »

Il hausse les épaules. Alors seulement elle prend conscience du pli creusé entre ses sourcils et de son regard sombre. Alors seulement elle comprend ce qu'Innon essayait de lui dire. Comme pour enfoncer le clou, Albâtre explique avec amertume :

« Tu n'es plus obligée de rester. Tu as ta liberté. C'est ce que tu voulais. Innon aussi a ce qu'il voulait, un enfant gèneur qui prendra soin de sa comm si jamais il lui arrive quelque chose à lui. Il m'a même, moi, pour entraîner son successeur mieux que Harlas ne le pourrait jamais. Il sait bien que je ne m'en irai pas. »

Feux souterrains. Syénite soupire et repousse la main de Cori, qui lui fait mal.

« Non, petit glouton, je n'ai plus de lait. Assieds-toi. »

Puis, comme une contrariété chagrine chiffonne les traits du garçonnet, elle l'attire tout contre elle et se met à jouer avec ses pieds, ce qui se révèle en général efficace pour le distraire avant qu'il ne se lance. D'ailleurs, ça marche. Les tout-petits sont apparemment fascinés par leurs orteils à un point inexplicable. Qui l'eût cru ? Le bébé ne posant plus de problème, elle se concentre sur Albâtre, qui contemple à nouveau la mer, mais est sans doute aussi proche de l'effondrement.

« Tu pourrais parfaitement t'en aller. » Elle exprime l'évidence, parce qu'elle y est toujours obligée, avec lui. « Innon nous a déjà proposé de nous ramener sur le continent, si on veut. En admettant qu'on ne fasse rien d'idiot, genre apaiser une secousse devant une foule, on devrait tous les deux pouvoir mener une vie correcte là-bas.

— On a une vie correcte ici. »

Elle l'entend mal, à cause du vent, mais elle sent ce qu'il ne dit pas. *Ne me quitte pas.*

« Croûte de *rouille*, qu'est-ce qui te prend, à la fin ? Je n'ai aucune intention de quitter Meov. » Pas maintenant, en tout cas. Mais cette conversation est déjà assez pénible, elle ne tient pas à en rajouter. « Je veux juste aller quelque part où je serai utile…

— Tu es utile *ici*. »

Cette fois, il se tourne vers elle. L'étendue de la souffrance et de la solitude mal dissimulées sous le vernis de colère dont il a badigeonné ses traits la dérange vraiment. Et ça la dérange encore plus que ça la dérange.

« Ce n'est pas vrai. » Il ouvre la bouche pour protester, mais elle lui coupe la parole. « Ce n'est *pas* vrai. Tu l'as dit toi-même. Meov dispose à présent d'un protecteur à dix anneaux. Ne va pas croire que je n'ai rien remarqué : il n'y a pas eu le moindre frémissement souterrain à ma portée depuis tout le temps qu'on est là. Tu étouffes le risque sismique le plus infime bien avant qu'on ne le sente, Innon ou moi… »

Elle s'interrompt, les sourcils froncés, car Albâtre secoue la tête, les lèvres tordues par un sourire qui la met brusquement mal à l'aise.

« Ce n'est pas moi, dit-il.

— Hein ?

— Je n'ai absolument rien étouffé depuis environ un an. »

Coup de menton en direction de leur fils, qui examine à présent les doigts de Syénite avec une concentration sans faille. Elle baisse les yeux vers lui ; il les lève vers elle et lui sourit.

Corindon est exactement l'enfant qu'espérait le Fulcrum en accouplant Syénite et Albâtre. Il n'a pas hérité grand-chose de son père physiquement, puisqu'il est à peine plus sombre que sa mère et que le duvet de son crâne commence déjà à ébaucher l'authentique goupillon des cheveux acendres ; or c'est elle qui a des ancêtres sanziens. Mais il tient de son géniteur une conscience toute-puissante de la terre. Même s'il n'était jamais venu à l'esprit de Syénite que son bébé pouvait en avoir assez conscience pour valuer, et *apaiser*, les microsecousses. Ce n'est pas de l'instinct, c'est du talent.

« Terre cruelle », murmure-t-elle. Cori pouffe. Albâtre s'anime brusquement et le cueille dans les bras de Syénite en se relevant. « Attends, je…

— Va-t'en », riposte-t-il. Il se saisit du panier qu'il avait apporté, s'accroupit puis y jette les joujoux dispersés et une couche pliée. « Va naviguer sur ton bateau rouillé, va te faire tuer avec Innon. Je m'en fiche. Moi, je serai là pour Cori quoi que tu fasses. »

Voilà, il est parti, les épaules rigides, la démarche brusque, indifférent aux protestations suraiguës de Cori, sans récupérer la couverture sur laquelle Syénite est toujours assise.

Feux souterrains.

Elle reste un moment là-haut, à essayer de déterminer comment elle a fini par devenir la tutrice émotionnelle d'un dix-anneaux cinglé, coincée sur une île rouillée au milieu de nulle part, avec en plus le bébé d'une puissance inhumaine de ce fou. Et puis le soleil se couche, elle se lasse de réfléchir à ce genre de choses, se lève, ramasse la couverture et regagne la comm.

Tout le monde se rassemble pour dîner, mais elle s'excuse de ne pas être sociable, ce soir, et se contente de prendre au passage une assiette de poisson rôti et de troifeuille à l'étouffée, avec de l'orge sucrée, sans doute volée dans une comm continentale. Lorsqu'elle arrive chez elle, Albâtre est évidemment au lit, roulé en boule contre Cori endormi. Il s'agit maintenant d'un très grand lit, pour le confort d'Innon. Le matelas, accroché à quatre colonnes robustes par une sorte de filet-hamac, s'est révélé étonnamment confortable et durable, malgré le poids et l'activité qu'il supporte. À l'entrée de Syénite, Albâtre reste silencieux, bien qu'il ne dorme pas. Elle soupire, soulève Cori et le repose dans le petit lit suspendu voisin, moins haut, au cas où il en tomberait ou en sortirait de nuit. Puis elle s'allonge près d'Albâtre, mais se contente de le regarder ; au bout d'un moment, il renonce à jouer les distants et se rapproche légèrement, sans croiser son regard. Toutefois, elle sait de quoi il a besoin. Elle soupire, une fois de plus, se couche sur le dos et attend qu'il se rapproche encore, jusqu'à lui poser enfin la tête sur l'épaule. Sans doute en avait-il envie depuis le début.

« Désolé », dit-il.

Elle agite la main.

« Ne t'en fais pas pour ça. » Puis, parce que Innon a raison et qu'elle est en partie responsable de ce qui se passe, elle ajoute en soupirant : « Je vais revenir. Je me plais ici, je t'assure. C'est juste que j'ai… la bougeotte.

— Tu as la bougeotte en permanence. Qu'est-ce que tu cherches ?

— Je ne sais pas », répond-elle en secouant la tête.

Mais elle pense, quasi subconsciemment, quoique pas tout à fait : *Un moyen de changer les choses. Parce que ce n'est pas juste.*

Albâtre est doué pour lire dans ses pensées.

« Tu ne peux pas arranger les choses, affirme-t-il avec force. Le monde est tel qu'il est. On ne peut le transformer qu'en le détruisant et en recommençant tout depuis le début. » Il soupire puis se frotte le visage contre la poitrine de Syénite. « Prends ce que tu peux en tirer. Aime ton fils. Vis la vie de pirate si ça te rend heureuse. Mais arrête de chercher mieux. »

Elle s'humecte les lèvres.

« Corindon devrait avoir mieux.

— Oui, il devrait. »

Albâtre a beau s'en tenir à ça, le non-dit n'en est pas moins palpable : *Mais il ne l'aura pas.*

Ce n'est pas juste.

Elle s'assoupit. Et, quelques heures plus tard, elle se réveille aux exclamations d'Albâtre :

« Oh, *bordel*, oh non, je t'en prie, feux souterrains, non, *Innon*, je ne peux pas… »

Tout ça contre l'épaule du colosse, en tressautant d'une manière qui nuit à la douce oscillation du lit, pendant que le responsable haletant de ces protestations s'agite contre lui, sexe à sexe gras. Puis, parce que Albâtre est épuisé, mais pas Innon, et parce que Innon s'aperçoit que Syénite regarde, il lui sourit, embrasse Albâtre et glisse une main entre ses jambes à elle. Elle est mouillée, bien sûr. Les deux hommes sont toujours beaux, ensemble.

Innon se penche sur elle en amant attentionné pour jouer de ses doigts de fée et se frotter le visage contre ses seins tout en continuant à s'activer du côté d'Albâtre, jusqu'à ce qu'elle exige *toute* son attention dans un langage peu châtié. Il change de place en riant.

Albâtre le regarde avec des yeux de plus en plus ardents se mettre au service de Syénite. Elle ne comprend toujours pas, alors qu'ils sont ensemble tous les trois depuis près de deux ans. Albâtre ne veut pas d'elle, pas comme ça, ni elle de lui. N'empêche qu'elle trouve incroyablement excitant de voir Innon le réduire à gémir et à supplier, tandis qu'il adore manifestement la voir jouir avec quelqu'un d'autre. À vrai dire, elle *préfère* quand il en est témoin. Ils ne supportent pas de coucher directement ensemble, mais par procuration, c'est stupéfiant. Et comment appeler ça ? Ce n'est même pas un trio ou un triangle amoureux, plutôt un duo-et-demi, un dièdre affectif. (Et, ma foi, peut-être l'amour.) Elle devrait avoir peur de retomber enceinte, y compris d'Albâtre, parce que les choses sont tellement chaotiques entre eux, mais elle n'arrive pas à s'inquiéter. Ça n'a aucune importance, en fin de compte. Ses enfants seront aimés, quoi qu'il arrive. Elle ne pense pas beaucoup non plus à ce qu'elle fait au lit ni à la manière dont ça fonctionne entre eux ; tout le monde s'en fiche, à Meov. Ça aussi, ça doit participer à l'excitation : l'absence totale de peur. Imaginez une chose pareille.

Ils s'endorment donc tous les trois, Innon ronflant couché sur le ventre entre Syénite et Albâtre, qui ont posé la tête sur ses larges épaules. *Si seulement ça pouvait durer*, pense-t-elle pour la énième fois.

Elle n'a pas la bêtise de croire à quelque chose d'aussi impossible.

*
**

Le *Clalsu* met à la voile le lendemain. Albâtre le regarde partir depuis le quai, où la moitié de la comm agite la main en formulant des vœux de réussite. Lui n'agite pas la main pendant que le bateau s'éloigne, mais encourage Cori à le faire pour répondre à Syénite et Innon. Le garçonnet obtempère, ce qui inspire momentanément à sa mère quelque chose qui ressemble à un regret. Lequel s'efface très vite.

Il n'y a plus alors que la mer ouverte et le travail : pêcher à la ligne et grimper haut dans la mâture pour faire des choses aux voiles sur ordre d'Innon ; plus, à un moment, rattacher des tonneaux qui se sont détachés dans la cale. Le travail se révèle difficile. Peu après le crépuscule, Syénite s'endort dans sa petite couchette, sous une cloison, parce que Innon refuse de la laisser dormir avec lui et que, de toute manière, elle n'a pas l'énergie nécessaire pour aller le retrouver dans sa cabine.

Toutefois, les choses s'arrangent, et elle gagne en force au fil du temps. Elle commence à comprendre pourquoi l'équipage du *Clalsu* lui a toujours semblé un peu plus animé, un peu plus intéressant que le reste des Meovites. Le quatrième jour de navigation, un appel retentit du côté gauche… rouille, à *bâbord* du bateau. Tous les marins se penchent à la rambarde pour contempler un spectacle étonnant : les panaches d'eau de mer pulvérisée soufflés par d'énormes monstres des profondeurs, venus en surface accompagner le voilier à la nage. L'un d'eux émerge assez pour regarder les humains, d'un gigantisme ridicule avec son œil plus gros qu'une tête humaine. Il pourrait les faire chavirer d'un coup de nageoire, mais ne leur veut aucun mal. Comme l'explique à Syénite une des pirates, manifestement amusée par son émerveillement, il est juste curieux.

La nuit, les navigateurs contemplent les étoiles. Syénite n'a jamais vraiment prêté attention au ciel ; le sol sous ses pieds a toujours été plus important. Mais Innon lui explique que les étoiles se déplacent suivant des schémas préétablis et qu'il s'agit en fait d'autres soleils, avec leur cortège d'autres mondes et, peut-être, d'autres gens vivant d'autres vies et affrontant d'autres épreuves. Elle a entendu parler de pseudosciences telles que l'astronomestrise, elle sait que ceux qui y croient affirment des choses de ce genre, impossibles à prouver, mais maintenant qu'elle regarde le ciel en mouvement permanent, elle comprend pourquoi ils y croient. Elle comprend pourquoi ils trouvent ça *important*, alors que le ciel est si immuable et si étranger à l'essentiel du quotidien. Par des nuits de ce genre, elle trouve ça important aussi, brièvement.

C'est également la nuit que l'équipage boit et chante. Syénite se trompe dans la prononciation de certains mots vulgaires, qu'elle rend sans le vouloir plus vulgaires encore, y gagnant instantanément l'amitié de la moitié de ses compagnons.

L'autre moitié réserve son jugement jusqu'au septième jour, où les marins repèrent une cible potentielle. Depuis qu'ils rôdent autour des routes de navigation, entre deux péninsules densément peuplées, les guetteurs installés dans le nid-de-pie cherchent à la longue-vue des bateaux dignes d'intérêt. Innon ne donne cependant pas l'ordre d'attaquer avant que l'un de ses hommes n'en remarque un particulièrement gros – le genre qui transporte souvent les marchandises trop lourdes ou trop dangereuses pour être convoyées facilement par voie de terre : pétrole, pierre taillée, produits chimiques volatils, bois. Exactement ce dont une comm bloquée sur une île déserte au beau milieu de nulle part a le plus grand besoin. L'imposant navire dispose d'une escorte de taille inférieure, un bateau sans doute surchargé de miliciens, de béliers et autres armes, à en croire ceux qui l'examinent à la lunette et sont capables de deviner ce genre de choses d'un coup d'œil. (Peut-être s'agit-il d'une caraque et d'une caravelle, ce sont les noms qu'emploient les marins, mais Syénite ne se rappelle pas quelles différences ils recouvrent, elle trouve casse-pieds d'essayer et décide donc de s'en tenir à « gros » et « petit » bateaux.) Les capitaines des deux vaisseaux étant visiblement prêts à combattre les pirates, ces derniers en déduisent que le cargo transporte bien de quoi les intéresser.

Innon se tourne vers Syénite. Un sourire féroce monte aux lèvres de la jeune femme.

Elle suscite deux bancs de brouillard. Le premier l'oblige à aspirer l'énergie ambiante à l'extrême limite de son champ d'action – mais elle s'obstine, parce que c'est là que se trouve l'escorteur. Le second s'étend dans un corridor séparant le *Clalsu* du navire marchand et va permettre aux Meovites d'atteindre leur cible avant que ses occupants ne les voient ou presque.

La mécanique se révèle bien huilée. L'équipage d'Innon est pour l'essentiel expérimenté et très compétent ; il se met au travail, après avoir envoyé à l'écart les quelques marins qui, comme Syénite, ne savent pas encore quoi faire dans ces cas-là. Quand le *Clalsu* sort du brouillard, le gros bateau donne l'alarme en sonnant ses cloches – trop tard. Les pirates l'attaquent à la catapulte, réduisent ses voiles en lambeaux avec des seaux de chaînes puis s'en rapprochent encore. Syénite se dit qu'ils vont heurter leur proie, mais Innon sait ce qu'il fait. Ils jettent par-dessus la bande de mer qui les sépare toujours de leur cible des grappins accrochés à de longues cordes, avant de resserrer l'écart en se servant des treuils à manivelles qui occupent une bonne partie du pont.

C'est un moment dangereux. Un des marins les plus âgés chasse Syénite du pont supérieur, quand les occupants du cargo commencent à riposter avec des flèches, des pierres de fronde et des couteaux de lancer. Le cœur battant, les mains moites, elle s'assied à l'ombre de l'escalier que les autres montent et descendent à toute allure. Quelque chose de lourd s'écrase contre la coque avec un bruit mat, à moins de deux mètres de sa tête. Elle sursaute.

Mais, Terre cruelle, c'est *tellement* mieux que de rester sur l'île les bras croisés, à pêcher ou chanter des berceuses.

Quelques minutes plus tard, tout est terminé. Lorsque l'agitation retombe et que Syénite s'aventure à nouveau sur le pont supérieur, des passerelles ont été jetées entre les deux bateaux. Quelques pirates y vont et viennent en courant. D'autres ont capturé plusieurs marins du cargo, les ont rassemblés dans un coin et les y tiennent à la pointe du vitropoignard ; les collègues des captifs se rendent en renonçant à leurs armes et objets précieux, de crainte que les vainqueurs ne s'en prennent à leurs otages. Déjà, les Meovites ont gagné les cales, d'où ils remontent des tonneaux et des caisses qu'ils traînent sur le *Clalsu*. Ils trieront le butin plus tard. Pour l'instant, il importe d'être rapide.

Mais, soudain, des cris s'élèvent ; quelqu'un dans le gréement se met à sonner frénétiquement une cloche. L'escorteur surgit de la brume bouillonnante et arrive sur eux avant que Syénite ne comprenne à retardement qu'elle s'est trompée : elle a tenu pour acquis qu'il allait *s'arrêter*, parce que son équipage n'y voyait plus et avait conscience de la proximité des autres bateaux, mais les humains ne sont pas si logiques. Le navire approche à pleine vitesse. Malgré les cris d'alarme qui retentissent sur ses ponts, car son équipage s'est aperçu du danger, il ne pourra jamais stopper avant de heurter de plein fouet le *Clalsu* et le cargo… un choc qui les coulera probablement tous les trois.

Syénite déborde du pouvoir tiré de la chaleur et de la houle incessante de la mer. Elle réagit sans penser, comme on le lui a enseigné dans des dizaines d'exercices de percement, au Fulcrum. Son esprit plonge à travers les minéraux étrangement glissants des flots, à travers les sédiments trempés et inutilisables du fond, il plonge plus bas, toujours plus bas. L'océan recouvre de la pierre, une très vieille pierre brute qu'il appartient à la jeune femme de commander.

Ailleurs, ses mains se crispent en serres, elle hurle pense « *Monte* », et le bateau des miliciens produit soudain un craquement sonore en s'immobilisant d'une secousse. Les cris s'interrompent ; le silence du saisissement tombe sur la scène. Parce qu'une énorme lame rocheuse déchiquetée domine maintenant de quelques mètres le pont du navire figé, qu'elle a embroché depuis la quille.

Syénite baisse lentement les mains, tremblante.

Le *Clalsu* se ranime quand des acclamations hésitantes remplacent les cris de peur. Quelques marins du cargo ont aussi l'air soulagés ; mieux vaut un bateau endommagé que trois bateaux coulés.

À partir de là, les choses s'accélèrent, car l'escorteur embroché est impuissant. Innon s'approche de Syénite, qui s'est rendue à la proue, d'où elle regarde les occupants du navire immobilisé attaquer la colonne de pierre au burin.

Quand il s'arrête à côté d'elle, elle lève les yeux, prête à affronter ses reproches. Mais il n'est pas en colère, loin de là.

« Je ne savais pas qu'on pouvait faire des choses pareilles, avoue-t-il avec étonnement. Je croyais que vous vous vantiez, Albâtre et toi. »

C'est la première fois que quelqu'un d'extérieur au Fulcrum félicite Syénite de son orogénie. Si elle n'aimait pas déjà Innon, elle craquerait à ce moment-là.

« Je n'aurais pas dû amener l'aiguille aussi haut, reconnaît-elle, penaude. Si j'avais réfléchi avant d'agir, je l'aurais fait monter juste ce qu'il fallait pour crever la coque et laisser croire aux marins qu'ils avaient heurté quelque chose. »

Innon reprend son sérieux, conscient de ce qu'elle sous-entend.

« Ah. Maintenant, ils savent que nous avons une bonne orogène à bord. »

Ses traits se durcissent en une expression incompréhensible à sa compagne, mais elle décide de ne pas y penser. Elle se sent tellement bien là, avec lui, baignée de la chaleur éclatante du succès. Ils passent un moment à regarder tranquillement les pirates décharger le cargo.

Enfin, un des hommes d'Innon vient en courant annoncer qu'ils ont fini, que les passerelles ont été retirées et les cordes à grappins enroulées sur leurs tambours. Ils sont prêts à repartir.

« Attends », répond Innon d'une voix épaisse.

Syénite sait presque ce qui va suivre, mais elle n'en a pas moins la nausée quand il la regarde avec une froideur glacée.

« Coule-les. Tous les deux. »

Elle lui a promis de ne jamais contester ses ordres, mais hésite malgré tout, car elle n'a encore jamais tué personne volontairement. C'est par erreur qu'elle a fait monter aussi haut la projection de pierre. Son idiotie doit-elle vraiment coûter la vie à des innocents ? Quand Innon se rapproche, elle tressaille par anticipation, bien qu'il ne lui ait jamais fait de mal. Les os de sa main ne l'en élancent pas moins.

Mais il se contente de lui chuchoter à l'oreille :

« Pour Albâtre et Cori. »

Ça n'a pas de sens : Albâtre et Cori ne sont pas là… Et puis la pleine implication de ce qu'elle vient d'entendre s'impose à Syénite – la sécurité de tous les habitants de Meov tient au fait que les continentaux les voient comme une gêne plus que comme une réelle menace. Le froid l'envahit. Encore plus.

« Tu devrais nous éloigner », dit-elle.

Innon se retourne aussitôt et donne l'ordre de repartir. Lorsque le bateau se trouve à la distance adéquate, Syénite inspire à fond.

Pour sa famille. Elle trouve bizarre de penser à eux de cette manière, mais il s'agit en effet de sa famille.

Elle trouve plus bizarre encore de faire une chose pareille pour une raison valable, pas juste parce qu'elle en a reçu l'ordre. Cela signifie-t-il qu'elle n'est plus une arme ? Et, si elle ne l'est plus, que fait d'elle un acte pareil ?

Peu importe.

Un infime sursaut de volonté, et la colonne de roche s'extirpe de la coque du bateau – laissant près de la poupe un trou de plus de trois mètres de diamètre. Le navire commence aussitôt à couler, la proue en l'air. Syénite arrache alors davantage de force à la surface océane, lève assez de brouillard pour obscurcir la vue à des kilomètres à la ronde et déplace la colonne de manière à viser la quille du cargo. Une vive poussée vers le haut, un retrait plus vif encore. Elle croirait presque tuer quelqu'un d'un coup de poignard. La coque ventrue se lézarde tel un œuf et, quelques secondes plus tard, se casse en deux moitiés. Voilà qui est fait.

Le brouillard dissimule totalement l'engloutissement des deux bateaux pendant que le *Clalsu* s'éloigne. Les cris des équipages poursuivent Syénite bien après leur disparition, jusque dans la blancheur dérivante.

*
**

Innon fait une exception pour elle, cette nuit-là. Plus tard, elle s'assied dans le lit du capitaine.

« Je veux voir Allia. »

Il soupire.

« Non, tu ne veux pas. »

Mais il donne des ordres, parce qu'il l'aime. Le voilier change de cap.

*
**

À en croire la légende, le Père Terre ne détestait pas la vie, à l'origine.

Les mnésistes racontent même qu'Il a fait tout Son possible pour en faciliter l'émergence déconcertante à Sa surface, il y a de cela très, très longtemps. Il a conçu des saisons prévisibles et régulières ; Il a veillé à ce que les vents, l'océan, les températures changent assez lentement pour que le moindre être vivant puisse s'adapter, évoluer ; Il a invoqué des eaux capables de se purifier et des cieux de s'éclaircir après l'orage. Il n'a pas créé la vie – le hasard s'en est chargé –, mais Il l'a trouvée fascinante, Il s'est réjoui de son existence, Il a été fier de S'offrir à une beauté aussi étrange et indépendante.

Et puis les hommes se sont mis à Lui infliger des horreurs. Ils ont empoisonné Ses eaux au point qu'Il ne pouvait plus Lui-même les purifier, et ils ont tué une bonne partie des autres vies qui s'épanouissaient à Sa surface. Ils ont percé la croûte de Sa peau et se sont enfoncés dans le sang de Son manteau pour accéder à la moelle suave de Ses os. Enfin, au sommet de l'hybris et de la puissance humaines, les orogènes ont fait quelque chose que le Père Terre ne pouvait pardonner : ils ont détruit Son seul enfant.

Aucun des mnésistes avec qui Syénite a eu l'occasion de discuter ne sait ce que signifie cette mystérieuse affirmation. Il ne s'agit pas de lithomnésie, juste de tradition orale, parfois préservée sur des supports éphémères tels que le papier ou le parchemin, et transformée par la succession des Saisons. Certaines versions de la légende disent que les orogènes ont détruit le vitrocouteau préféré du Père Terre ; à moins que ce ne soit Son ombre ; ou encore Sa Reproductrice la plus précieuse. Mais, quoi que puisse signifier l'affirmation, les mnésistes et les mestres proposent la même description de ce qui s'est passé quand les orogènes ont commis leur immense péché : la surface du Père Terre a craqué comme une coquille d'œuf. Tout ce qui vivait ou presque a péri, lorsque Sa fureur s'est manifestée par la première et la plus terrible des Cinquièmes Saisons, celle de l'Éclatement. Si puissants fussent-ils, les humains de cette époque reculée n'avaient reçu aucun avertissement ; ils n'avaient pas construit de caches et la lithomnésie ne pouvait les guider, puisqu'elle n'existait pas. S'il en a survécu assez pour que l'espèce recommence ensuite à croître et multiplier, c'est par chance pure et simple – et la vie n'a plus atteint depuis les sommets de pouvoir auxquels elle était parvenue. La fureur récurrente du Père Terre ne le permettra jamais.

Syénite s'est toujours interrogée sur ces histoires. La licence poétique les a bien sûr modelées jusqu'à un certain point, parce que les civilisations primitives cherchaient à expliquer ce qui leur échappait… mais toute légende renferme un noyau de vérité. Peut-être les orogènes d'autrefois ont-ils fait éclater d'une manière ou d'une autre la croûte terrestre, mais comment ? Il lui semble maintenant évident que l'orogénie ne se limite pas à ce qu'en enseigne le Fulcrum… et, si ce conte a un fond de vérité, le Fulcrum a ses raisons de ne pas tout en enseigner. Pourtant, même s'il était possible d'obliger à coopérer tous les orogènes du monde, y compris les bébés, ils n'arriveraient pas à détruire la surface de la planète. La tentative gèlerait le monde entier ; il n'existe *nulle part* assez de chaleur ou de mouvement pour leur permettre d'infliger autant de dégâts. Ils mourraient d'épuisement en essayant.

Une partie de la légende ne peut donc être vraie ; on ne peut reprocher aux orogènes la fureur du Père Terre. Conclusion que nul ne validerait, hormis des gèneurs.

Il n'en est pas moins réellement stupéfiant que l'humanité ait survécu à la première Saison, surtout si l'ensemble de la planète ressemblait alors à ce qu'est devenue Allia. Syénite contemple la ville avec une compréhension renouvelée de la haine que le Père Terre voue à l'humanité.

C'est une vision de mort cauchemardesque – une mort au rougeoiement brûlant. Il ne reste rien de la comm, à part la caldeira où elle se blottissait autrefois, et encore le cirque rocheux lui-même est-il quasi indiscernable. Les yeux plissés pour percer la brume rouge ondoyante, la jeune femme croit distinguer sur les pentes quelques constructions et rues préservées, mais peut-être prend-elle juste ses désirs pour des réalités.

Le ciel nocturne se réduit à un plafond de cendre, badigeonné de la lumière du feu. Le port a cédé la place à un cône volcanique en pleine croissance qui vomit des nuages meurtriers, pendant que ses pentes nouveau-nées ruissellent d'un sang vermeil brûlant. Son gigantisme lui permet d'occuper la quasi-totalité de la caldeira ; il a d'ailleurs déjà fait des petits puisque deux évents additionnels, blottis contre son flanc, crachent comme leur père lave et gaz. Sans doute cette charmante famille finira-t-elle par se fondre en un unique monstre, qui engloutira les montagnes environnantes et menacera de chocs subséquents la moindre comm à portée de ses nuages de gaz.

Tous les gens que Syénite a croisés à Allia sont morts. Le *Clalsu* est obligé de rester à plus de sept kilomètres du rivage, parce que en approcher davantage mettrait les marins en danger de mort. Soit l'eau de mer chauffée déformerait la coque du bateau, soit les bouffées brûlantes qui jaillissent à intervalles du volcan les asphyxieraient tous. Ils risqueraient aussi de cuire au-dessus d'un des cônes subsidiaires qui poussent toujours à partir du port détruit, dessinant autour du moyeu d'Allia des rayons tapis sous les flots telles des mines. Syénite value le moindre de ces points chauds, bouillonnements rageurs étincelants à fleur de peau du Père Terre. Innon lui-même les value. Il a éloigné le bateau de ceux qui risquent le plus d'éclater n'importe quand, mais les strates sont si fragiles à l'heure actuelle qu'un nouvel évent pourrait s'ouvrir juste sous leur coque sans laisser à Syénite le temps de le détecter ou de le bloquer. Innon prend de grands risques pour lui faire plaisir.

« Les habitants des faubourgs ont réussi à s'enfuir. Enfin, la plupart », lui chuchote-t-il. L'équipage contemple Allia sans mot dire, rassemblé sur le pont. « D'après eux, un éclair rouge est parti du port, suivi de toute une série, à un rythme régulier. Comme si quelque chose… palpitait. Mais le choc initial, celui qui a fait bouillir instantanément toute la baie, avait réduit à néant la plupart des maisons. C'est ce qui a tué le plus de monde. Sans aucun avertissement. »

Syénite tressaille.

Sans aucun avertissement. Allia comptait près de cent mille habitants – une petite comm pour l'Équatorial, une grande pour les Côtières. Ils en étaient fiers, ce qui se comprenait. Ils entretenaient d'immenses espoirs.

La *rouille* ! La rouille et l'incendie dans les entrailles haineuses et puantes du Père Terre.

« Syénite ? »

Innon la regarde. Parce qu'elle vient de lever les poings devant elle, comme cramponnée aux rênes d'un cheval fougueux qui se débattrait. Et parce qu'un tore effilé, resserré, s'est soudain manifesté autour d'elle. Il n'est pas froid – le pouvoir terrestre où puiser ne manque pas, à proximité –, mais il est puissant. La tension croissante de la volonté qui lui a donné naissance est parfaitement valuable, y compris par un gèneur sans entraînement. Innon inspire brusquement et fait un pas en arrière.

« Qu'est-ce que tu…

— Je ne peux pas laisser ça comme ça », murmure-t-elle, presque pour elle-même.

La zone tout entière n'est plus qu'un furoncle meurtrier, de plus en plus gonflé, prêt à éclater. Le volcan n'en constitue que le premier avertissement. La plupart des futurs évents logés sous terre sont des choses minuscules, complexes, qui luttent pour percer contre diverses couches de roche ou de métal et contre leur inertie propre. Ils suintent, ils refroidissent, ils se bouchent tout seuls, ils se remettent à suinter, se contorsionnent et se tortillent au fil du processus de mille et une manières. Mais il y a *là* un gigantesque tunnel de lave menant droit à l'extérieur, démarrant à l'endroit d'où est parti l'obélisque grenat et canalisant vers la surface la haine pure du Père Terre. Si personne ne fait rien, la région tout entière ne va pas tarder à exploser, une explosion massive qui va en expédier des morceaux jusqu'au ciel et sûrement provoquer une Saison. Syénite n'arrive pas à croire que le Fulcrum ait laissé les choses en l'état.

Aussi se plante-t-elle dans cette chaleur bouillonnante croissante et la déchiquette-t-elle avec toute la colère que lui inspire la vision d'*Allia, c'était Allia, une comm, un endroit où vivaient des* gens. Des gens qui ne méritaient pas de mourir à cause

de moi

à cause de la stupidité qui les a poussés à réveiller un obélisque ou du rêve d'avenir qu'ils ont osé faire. Personne ne mérite de mourir à cause de ça.

La tâche lui semble presque facile. Après tout, c'est ce que font les orogènes, et le point chaud est à maturité pour qu'elle s'en serve. Le danger ne réside pas dans son utilisation ; mais, si elle en absorbe trop de chaleur et de force sans les rediriger ailleurs, l'énergie la détruira. Heureusement – elle se met à rire en son for intérieur et tremble de tout son corps –, elle a un volcan à étouffer.

Alors elle plie les doigts pour fermer le poing et cautériser dans sa conscience l'évent du cône, de haut en bas, non en le brûlant mais en le refroidissant, en retournant contre la montagne en feu sa propre fureur afin d'en sceller la moindre brèche. Quant à la chambre magmatique en expansion, elle la repousse loin, plus loin, bas, plus bas – et, ce faisant, elle tire volontairement sur les strates de manière à obtenir leur chevauchement, à les entasser pour qu'elles *emprisonnent* le magma sous terre, du moins jusqu'à ce qu'il trouve un autre moyen, plus lent, de se frayer un passage vers la surface. L'opération est délicate, bien qu'elle implique des millions de tonnes de roche et des pressions capables de contraindre des diamants à naître, mais Syénite est une enfant du Fulcrum, et le Fulcrum l'a bien entraînée.

Elle revient à elle dans les bras d'Innon. Le bateau se soulève sous ses pieds. La surprise la fait battre des paupières, le regard fixé sur son compagnon aux yeux écarquillés, hagards. Lorsqu'il s'aperçoit de son retour, il en éprouve clairement un soulagement et une peur qu'elle trouve à la fois réconfortants et consternants.

« Je leur ai dit que tu n'allais pas nous tuer », lance-t-il par-dessus les tourbillons d'écume et les cris des marins. Un coup d'œil alentour apprend à Syénite qu'ils cherchent à amener les voiles, pour mieux contrôler le bateau sur une mer soudain très agitée. « Ce serait gentil de ta part de ne pas faire de moi un menteur, d'accord ? »

Et rouille. Habituée à pratiquer l'orogénie sur la terre ferme, elle n'a pas pensé aux effets sur l'eau de la fermeture de la faille. Or ces secousses avaient beau être pour la bonne cause, ce n'en étaient pas moins des secousses, et… par le Père Terre ! Elle le sent : elle a déclenché un tsunami. Et… elle tressaille, gémit, car ses valupinae lui expédient de l'arrière du crâne une protestation résonnante. Elle a trop forcé.

« Innon. » Sa tête n'est que douleur retentissante. « Il faut… gnn… soulever des vagues d'amplitude correspondante, sous la surface…

— Hein ? »

Il détourne le regard, le temps de crier quelque chose dans sa langue à une des femmes d'équipage. Syénite jure en son for intérieur. Il n'a aucune idée de ce qu'elle veut dire, évidemment. Il ne parle pas le Fulcrum.

Mais, soudain, l'air se glace autour d'eux. La baisse de température fait grincer le bois du bateau. Elle laisse échapper un petit couinement d'inquiétude, alors que le changement n'est pas si important, en réalité. On est juste passé en quelques minutes d'une nuit d'été à une nuit d'automne… passage où flotte une présence familière, mains chaleureuses dans la nuit. Innon inspire brusquement en la reconnaissant, lui aussi : Albâtre. Dont la zone d'influence s'étend tellement loin, bien sûr. Il apaise en quelques instants la houle grossissante.

Cela fait, le bateau repose une fois de plus sur des eaux placides, devant le volcan d'Allia… à présent sombre et silencieux. Il fume toujours, il restera chaud des dizaines d'années, mais il ne crache plus ni lave ni gaz. Déjà, le ciel qui le domine s'éclaircit.

Leshiye, le capitaine en second, s'approche en jetant à Syénite un regard hésitant et prononce quelques mots avec une telle rapidité qu'elle n'arrive à en traduire qu'une partie. Le sens global de la réplique n'en est pas moins clair : *Dis-lui que la prochaine fois qu'elle veut arrêter un volcan, elle commence par descendre du bateau.*

Il a raison.

« Désolée », marmonne-t-elle en éturpique.

Il répond par un grognement avant de s'éloigner d'un pas lourd.

Innon secoue la tête, lâche Syénite, ordonne de redéployer les voiles puis lui jette un coup d'œil.

« Ça va ?

— Oui. » Elle se frotte le crâne. « C'est juste que je n'avais jamais travaillé sur quelque chose d'aussi gros.

— Je ne pensais pas que tu pouvais. Je croyais que c'était seulement pour ceux comme Albâtre… avec beaucoup d'anneaux, plus que toi. Mais tu es aussi puissante que lui.

— Non. » Elle lâche un petit rire, cramponnée au bastingage pour ne pas avoir à s'appuyer à lui. « Moi, je m'en tiens à ce qui est possible. Lui, il réécrit ces rouilles de lois de la nature.

— Lui… » Innon s'exprime d'un ton bizarre. Syénite le regarde, surprise ; son expression trahit presque le regret. « Quand je vois ce que vous faites, tous les deux, j'ai parfois envie d'aller à votre Fulcrum.

— Non, tu n'en as pas envie. »

Elle ne veut même pas penser à ce qu'il serait s'il avait grandi en captivité avec la poussière. Innon, sans son rire tonitruant, son hédonisme vif, son assurance joyeuse. Innon, ses mains puissantes et gracieuses affaiblies, maladroites d'avoir été brisées. *Pas* Innon.

Il lui adresse un sourire contrit, comme s'il lisait dans ses pensées.

« Un jour, il faudra me dire ce que c'est, là-bas. Pourquoi tous ceux qui viennent de cet endroit sont si compétents… et ont tellement peur. »

Sur ce, il lui tapote le dos et part superviser le changement de cap.

Elle reste où elle est, à la rambarde, soudain glacée jusqu'aux os sans que le passage fugitif du pouvoir d'Albâtre y soit pour rien.

C'est que, au moment où le bateau s'incline de côté en virant, alors qu'elle jette un dernier regard en arrière, à l'endroit occupé par Allia avant qu'elle ne détruise la ville dans un accès de folie…

… elle voit quelqu'un.

Du moins se l'imagine-t-elle. Elle n'en est pas sûre. Les yeux plissés, c'est tout juste si elle distingue la bande pâle qui descend en serpentant dans la coupe de la caldeira, sur la pente sud, mieux visible maintenant que la lumière rougeâtre entourant le volcan s'est évanouie. Il ne s'agit évidemment pas de la route impériale par laquelle Albâtre et elle sont arrivés à Allia, il y a de cela bien longtemps et une erreur colossale. Sans doute est-ce une simple piste de terre utile aux gens du cru, taillée arbre par arbre dans la forêt environnante et entretenue par des décennies de circulation pédestre.

Un point minuscule se déplace sur ce chemin. De loin, on dirait quelqu'un qui descend la colline. Mais c'est impossible. Personne ne resterait aussi près d'un volcan actif, meurtrier, qui a déjà tué des milliers de gens. Il faudrait être fou.

Elle plisse davantage les yeux en gagnant la poupe, pour continuer à examiner cet endroit-là pendant que le *Clalsu* s'éloigne de la côte. Si seulement elle avait une des longues-vues d'Innon. Si seulement elle pouvait être sûre.

Parce qu'il lui semble une seconde, elle *voit* une seconde, à moins qu'elle n'hallucine dans son épuisement ou n'imagine dans son anxiété…

Les seniors du Fulcrum ne laisseraient jamais une catastrophe aussi menaçante livrée à elle-même. Pas sans une excellente raison. Pas sans en avoir reçu l'ordre.

… que la petite silhouette en mouvement est revêtue de bordeaux.

*
**

D'aucuns disent le Père Terre en colère,
Parce qu'il refuse la compagnie.
Moi, je dis le Père Terre en colère,
Parce qu'il veut sa seule compagnie.

Vieille chanson populaire (pré-Impérial)

21. Vous réunissez le groupe, une fois de plus

« *Toi* », lancez-vous soudain à Tonkee.

Qui n'est pas Tonkee.

Elle s'approchait d'un des murs de cristal, les yeux brillants, un minuscule burin à la main – vous ne savez pas d'où elle a bien pu le tirer. Elle s'arrête et vous regarde, perplexe.

« Hein, quoi ? »

La journée s'achève ; vous êtes fatiguée. C'est épuisant de découvrir des comms impossibles, dissimulées dans des géodes souterraines géantes. Les administrés de Ykka vous ont installée avec vos compagnons dans un appartement construit le long d'un des plus grands rayons de cristal, à peu près au milieu. Ledit appartement est plan, contrairement au cristal, car il semblerait que ses concepteurs n'aient pas compris ce simple fait : on n'*oublie* pas qu'on vit dans quelque chose d'incliné à quarante-cinq degrés au seul motif que le sol ne l'est pas. Vous avez pourtant essayé de chasser ce détail de votre esprit.

Et, à un moment, pendant que vous regardiez autour de vous, posiez votre sac, vous disiez : *Voilà, je suis ici chez moi, jusqu'à ce que j'arrive à m'échapper,* vous avez brusquement pris conscience de *connaître* Tonkee. De la connaître depuis le début, obscurément.

« *Binof. Dirigeante. Lumen* », lancez-vous d'un ton tranchant.

Chacun des trois mots fait à Tonkee l'effet d'un coup. Elle tressaille, recule d'un pas, d'un autre, d'un autre encore, jusqu'à se retrouver adossée au mur lisse cristallin de l'appartement. Ses traits expriment l'horreur, ou peut-être un chagrin si immense qu'il s'en rapproche. Passé un certain point, tout se vaut.

« Je croyais que tu ne te rappelais pas », dit-elle d'une petite voix faible.

Vous vous remettez sur vos pieds, les mains posées à plat sur la table.

« Tu ne t'es pas jointe à nous par hasard. Ce n'est pas possible. »

Sa tentative de sourire se solde par une grimace.

« Les coïncidences les plus improbables existent pourtant…

— Pas avec toi. » Pas avec une gamine qui a réussi à s'introduire au Fulcrum et à dévoiler un secret tel qu'il en a résulté la mort d'une Gardienne. La femme qu'est devenue cette gamine ne laisse rien au hasard. C'est une certitude. « Au moins, tes déguisements *rouillés* se sont améliorés au fil des années. »

Hoa, qui se tient à l'entrée de l'appartement – prêt à le défendre, à votre avis –, tourne la tête vers chacune de vous tour à tour. Peut-être suit-il la confrontation pour se préparer à la suivante, qui va vous opposer à lui.

Tonkee détourne les yeux. Elle tremble discrètement.

« Ce n'en est pas une. Une coïncidence. Je veux dire… » Elle inspire à fond. « Je ne te surveillais pas.

Je te *faisais* surveiller, c'est différent. Je ne te suis moi-même que depuis quelques années.

— Tu me faisais surveiller ? Pendant près de *trente* ans ? »

Elle cligne des yeux, se détend un peu et glousse. Avec amertume.

« Ma famille est plus riche que l'empereur. Quoi qu'il en soit, ç'a été facile les vingt premières années. Il y a dix ans, on a failli te perdre, mais… bon. »

Vous frappez la table du plat des deux mains. Peut-être est-ce un effet de votre imagination, mais il vous semble que les murs cristallins de l'appartement gagnent brièvement en luminosité. Ce qui détourne presque votre attention de Tonkee. Presque.

« Je ne suis pas *capable* de supporter d'autres révélations, en ce moment… » grincez-vous, à moitié entre vos dents.

Elle soupire en se tassant contre le mur.

« Désolée… »

Vous secouez la tête si fort que vos cheveux bouclés jaillissent de votre chignon.

« Je ne veux pas de tes excuses ! *Explique*-toi ! Tu es quoi ? Une Innovatrice ou une Dirigeante ?

— Les deux ? » Vous allez la geler sur place. Elle le voit dans vos yeux et s'empresse d'ajouter : « Je suis Dirigeante de naissance, je t'assure ! Mon côté Binof. Mais… » elle écarte les mains « … que veux-tu que je dirige ? Je ne suis pas douée pour ça. Tu as vu comment j'étais enfant. Aucune subtilité. Je ne suis pas douée pour… parler aux gens. Alors que les choses… les choses, je sais y faire.

— Je me fiche de ton histoire rouillée…

— Mais c'est important ! L'histoire est toujours importante. » Tonkee, Binof ou autre, qui qu'elle soit, s'avance, implorante. « Je suis réellement géomestre.

Je suis réellement allée à la Septième Université, même si… si… » le sens de sa grimace vous échappe « … ça n'a pas franchement marché. Mais j'ai réellement passé ma vie à étudier cette chose, cette *cavité* qu'on a découverte au Fulcrum. Tu sais ce que c'était, Essun ?

— Je m'en fiche. »

Votre réponse déplaît à Tonkee-Binof, qui se renfrogne.

« C'est important. » La voilà à son tour en colère, et vous battez à votre tour en retraite, surprise. « J'ai consacré ma vie à ce secret. Il est *important*. Et il devrait l'être pour toi aussi, parce que tu es l'une des seules personnes de tout le Fixe à pouvoir le *rendre* important.

— Mais de quoi parles-tu, feux souterrains ?

— *C'est là qu'ils les ont construits.* » Elle s'approche d'un pas vif, rayonnante. « L'alvéole du Fulcrum. *C'est de là que viennent les obélisques.* Et c'est là que les choses ont mal tourné. »

*
**

Vous finissez par refaire les présentations. Complètes, cette fois.

Tonkee, en réalité Binof, préfère qu'on l'appelle Tonkee, le nom qu'elle s'est choisi en entrant à la Septième Université. Il se trouve que Ça Ne Se Fait Pas, chez les Dirigeants lumeniens, d'embrasser une profession étrangère à la politique, l'arbitrage ou le commerce à grande échelle. Ça Ne Se Fait Pas non plus d'être une fille quand on est né garçon – apparemment, les Dirigeants ne se servent pas de Reproducteurs ; ils se reproduisent entre eux, et la féminité de Tonkee a mis à mal un ou deux mariages arrangés. Ses parents auraient pu en arranger d'autres, différents, mais la jeune Tonkee avait tendance à dire des choses qu'elle aurait dû taire et à en faire d'incompréhensibles. Cette étincelle a donc mis le feu aux poudres. Sa famille l'a ensevelie dans le meilleur centre de savoir du Fixe, en lui donnant une nouvelle persona et un faux nom de caste d'usage, avant de la renier discrètement sans entraîner l'agitation et les problèmes qu'aurait suscités un scandale.

Tonkee s'est épanouie à la Septième Université, si l'on oublie les querelles rageuses qui l'ont opposée à des érudits renommés, qu'elle a pour la plupart vaincus. Elle a consacré sa vie professionnelle à l'obsession qui l'avait conduite au Fulcrum des années auparavant : les obélisques.

« Je ne m'intéressais pas tellement à *toi*, explique-t-elle. Je veux dire, j'étais… Tu m'avais aidée, et je voulais m'assurer que tu n'en pâtissais pas. C'est ce qui m'a poussée à te faire surveiller, au départ… mais en enquêtant sur toi, j'ai appris que tu avais du *potentiel*. Tu faisais partie de ceux qui pourraient, un jour, développer la capacité à commander les obélisques. Un talent très rare, tu comprends. Alors… Enfin… J'espérais… Bon. »

Vous vous êtes rassise il y a peu, et vous avez baissé la voix. Elle aussi. Il vous est impossible de rester en colère par sa faute ; vous avez trop de choses à assimiler, en ce moment. Vous vous tournez vers Hoa, posté au bout de la pièce. Il vous observe, méfiant – sa posture vous en avertit. Il faut toujours que vous lui parliez. Les révélations se succèdent. Y compris en ce qui concerne vos propres secrets.

« Je suis morte, dites-vous. C'était la seule manière d'échapper au Fulcrum. Je suis *morte* pour leur faire perdre ma trace, mais je n'ai pas réussi à te la faire perdre, à toi.

— Ma foi, non. Mes envoyés n'ont pas eu besoin de pouvoirs mystérieux pour te traquer. On a opéré par déduction. C'est nettement plus fiable. »

Elle s'assied sur la chaise disposée en face de vous, de l'autre côté de la table. L'appartement comporte trois pièces : cet espace central commun et les deux chambres voisines. Il faut en laisser une à Tonkee, parce qu'elle recommence à sentir ; et vous n'êtes d'accord pour en partager une avec Hoa que si vous obtenez de lui quelques réponses. Il se peut donc que vous dormiez un moment ici, dans la salle commune.

« Ces dernières années, j'ai collaboré avec… des gens. » Elle a soudain l'air réticente, ce qui ne lui est pas difficile. « Des mestres, pour l'essentiel, qui posent aussi le genre de questions auxquelles personne ne veut répondre. Des spécialistes d'autres disciplines. On traquait les obélisques, du moins ceux qu'on pouvait traquer. Tu as remarqué qu'ils ne se déplacent pas au hasard ? Ils convergent, lentement, chaque fois qu'ils se trouvent à proximité d'un orogène assez doué. Capable de les utiliser. Il n'y en avait que deux à se diriger vers Tirimo, mais ça suffisait pour extrapoler. »

Vous relevez les yeux, les sourcils froncés.

« Ils se dirigeaient vers moi ?

— Ou vers un orogène qui vivait tout près de chez toi, oui. » Détendue, à présent, Tonkee grignote un morceau de fruit sec tiré de son sac. Imperméable à votre réaction – car vous la considérez d'un œil fixe, glacée. « La triangulation a donné des résultats très clairs. Tirimo se trouvait au centre du cercle, si j'ose dire. Tu as dû y passer des années ; l'un des deux obélisques n'avait pas dévié depuis près d'une décennie, alors qu'il était parti de la côte est.

— L'améthyste… murmurez-vous.

— Oui. » Elle vous regarde. « Voilà pourquoi je te soupçonnais d'être encore en vie. Les obélisques… se lient, si l'on peut dire, à certains orogènes. Je ne sais pas comment. Ni pourquoi. Mais c'est une de leurs spécificités. Prévisibles. »

La déduction. Vous secouez la tête, réduite au silence par le saisissement, tandis qu'elle poursuit :

« Quoi qu'il en soit, ils ont pris de la vitesse ces deux ou trois dernières années, ce qui m'a convaincue de me rendre dans la région et de jouer les hors-comm pour mieux les observer. Je n'avais pas vraiment l'intention de t'approcher. Pas avant ce truc, au nord. Là, je me suis dit qu'une manipulatrice… une manipulatrice d'obélisque… aurait son importance dans le coin. Alors… je t'ai cherchée. J'étais en route pour Tirimo, quand je t'ai repérée au relais. Par chance. Je comptais te suivre quelques jours, le temps de décider si j'allais te dire qui j'étais réellement… mais il a transformé un kirkhusa en statue. » Petit coup de tête en direction de Hoa. « Il m'a semblé qu'il valait mieux la fermer un moment et me contenter d'observer. »

Réaction assez compréhensible.

« Tu as dit que deux obélisques se dirigeaient vers Tirimo. » Vous vous humectez les lèvres. « Il n'aurait dû y en avoir qu'un. »

L'améthyste est le seul avec lequel vous soyez entrée en contact. Le seul qui reste.

« Il y en avait deux. L'améthyste et celui qui venait du Merz. »

Un grand désert du Nord-Est.

Vous secouez la tête.

« Je ne suis jamais allée au Merz. »

Tonkee reste un moment silencieuse, intriguée peut-être, ou agacée.

« Ma foi… combien d'orogènes y avait-il à Tirimo ? » demande-t-elle enfin.

Trois. Mais.

« Ils ont pris de la vitesse… » marmonnez-vous.

Il vous est soudain impossible de penser. De répondre à la question. De formuler une phrase indépendante. *Ils ont pris de la vitesse ces deux à trois dernières années.*

« Oui. On ne savait pas ce qui les avait fait accélérer. » Tonkee s'interrompt puis vous jette un coup d'œil en coin, les yeux plissés. « Tu sais, toi ? »

Uche avait deux ans. Presque trois.

« Va-t'en, murmurez-vous. Va prendre un bain ou je ne sais quoi. Il faut que je réfléchisse. »

Elle hésite. L'envie la démange visiblement de poser davantage de questions, mais quand vous la regardez, elle se lève aussitôt, prête à partir. Quelques minutes plus tard, elle quitte l'appartement. Le lourd rideau retombe derrière elle. Il n'y a pas de portes, dans la géode, mais les tentures suffisent à préserver l'intimité. Vous restez un moment assise, la tête vide. Le silence règne.

Enfin, vous levez les yeux vers Hoa, planté à côté de la chaise libérée par Tonkee. Il attend manifestement son tour.

« Tu es donc un mangeur de pierre », déclarez-vous. Il acquiesce, solennel. « Tu as l'air… »

Vous l'englobez d'un geste, ne sachant trop comment exprimer votre pensée. Il n'a jamais eu l'air vraiment normal, mais il n'a clairement pas non plus l'allure habituelle des mangeurs de pierre. Leurs cheveux ne bougent pas. Ils ne saignent pas. Ils voyagent en un éclair à travers la roche, mais négocier un escalier leur prend des heures.

Hoa s'anime un peu pour poser son sac sur la table. Il y fouille un instant puis en sort son paquet enveloppé de chiffons – ça faisait un moment que vous ne l'aviez pas vu. C'est donc ça. Il dénoue les loques, livrant enfin à votre regard ce qu'il transporte depuis le début.

Autant qu'il vous est possible d'en juger, il s'agit de cristaux grossièrement taillés. Du quartz ou du gypse, si l'on oublie que certains fragments ne sont pas juste d'un blanc sale, mais veinés de rouge. Le baluchon vous semble moins volumineux qu'auparavant, même si vous n'oseriez l'affirmer. Hoa a-t-il perdu une partie de son contenu ?

« Des cailloux. Tu te balades avec… des cailloux ? »

Il hésite, tend la main vers un polyèdre blanc et s'en empare. Le morceau de quartz, aussi gros que le bout de votre pouce, est plus ou moins carré, ébréché d'un côté, mais manifestement très dur.

Hoa le mange. Vous le regardez avec de grands yeux, et il vous rend votre regard. Il passe un moment à se promener le cristal dans la bouche, comme s'il cherchait le bon angle d'attaque, à moins qu'il ne le fasse juste rouler sur sa langue pour le savourer. Peut-être est-ce du sel.

Puis ses mâchoires entrent en action. Un craquement étonnamment sonore retentit dans la pièce silencieuse. D'autres suivent, moins forts, mais qui ne laissent aucun doute sur la nature de ce que mâchonne votre compagnon : ça n'a évidemment rien à voir avec de la nourriture. Après avoir dégluti, il se lèche les babines.

C'est la toute première fois que vous le voyez manger.

« Des provisions, dites-vous.

— Moi. »

Il tend la main pour la poser avec une curieuse délicatesse sur le tas de cailloux.

Vos sourcils se froncent légèrement, car ce qu'il raconte a moins de sens que d'habitude.

« C'est… quoi, en fait ? Quelque chose qui te permet de ressembler à l'un de nous ? »

Vous ne saviez pas que les mangeurs de pierre étaient capables d'une chose pareille, mais il est vrai qu'ils ne partagent rien d'eux-mêmes et ne supportent pas les questions. Vous avez lu les comptes rendus des tentatives de la Sixième Université d'Arcara pour en capturer un aux fins d'étude, il y a de cela deux Saisons. Ainsi est née la Septième Université de Dibars, qui n'a été construite que quand on a eu dégagé assez de livres des ruines de la Sixième.

« Les structures cristallines permettent un stockage efficace. » Cette déclaration ne signifie rien pour vous. Enfin, Hoa répète, très distinctement : « C'est moi. »

Vous approfondiriez volontiers le sujet, mais préférez y renoncer. S'il voulait que vous compreniez, il s'expliquerait. De toute manière, ce n'est pas ça qui compte.

« Pourquoi ? demandez-vous. Pourquoi as-tu pris cet aspect-là ? Pourquoi ne pas te contenter d'être… ce que tu es ? »

Il vous jette un coup d'œil d'un tel scepticisme que l'idiotie de la question vous apparaît aussitôt. L'auriez-vous vraiment laissé voyager en votre compagnie, si vous aviez su ce qu'il est ? D'un autre côté, si vous aviez su ce qu'il est, vous n'auriez pas cherché à l'en empêcher. Personne n'empêche un mangeur de pierre de faire ce qu'il veut.

« Je veux dire, pourquoi te donner cette peine ? insistez-vous. Pourquoi ne pas… Tes frères de race voyagent à travers la pierre.

— Oui, mais je voulais voyager avec vous. »

Voilà, on en arrive au cœur du problème.

« Pourquoi ?

— Je vous aime bien. »

Il hausse les épaules. *Hausse les épaules.* Comme n'importe quel gamin à qui on demande de préciser quelque chose qu'il ne sait pas – ou ne veut pas essayer – d'exprimer. Peut-être est-ce sans importance. Peut-être s'agissait-il juste d'un caprice. Peut-être finira-t-il par s'en aller, sur un autre coup de tête. Pensée mensongère, pour la seule raison que vous n'avez pas devant vous un enfant – vous n'avez pas devant vous un être humain rouillé. Hoa a sans doute vu plusieurs *Saisons*, et il appartient à une race incapable d'agir par caprice, car trop dure.

Vous vous frottez le visage. Vos mains s'en écartent granuleuses de cendre. Vous aussi, vous avez besoin d'un bain. Au moment où vous soupirez, Hoa ajoute tout bas :

« Je ne vous ferai pas de mal. »

Vous clignez des yeux puis rabaissez lentement les mains. La pensée qu'il pourrait vous faire du mal ne vous était même pas venue. Aujourd'hui encore, vous savez ce qu'il est, vous avez été témoin de ce qu'il peut… mais vous avez du mal à voir en lui une créature effrayante, mystérieuse, inconnaissable. Incapacité qui vous dit mieux que n'importe quoi d'autre pourquoi il s'est transformé de cette façon. Il vous aime bien. Il ne veut pas vous faire peur.

« Je suis ravie de le savoir », répondez-vous.

Puis, comme il n'y a rien à ajouter, vous restez là un moment ensemble, les yeux dans les yeux.

« Cet endroit n'est pas sûr, reprend-il enfin.

— Je m'en doutais un peu. »

La réplique a jailli avant que vous ne puissiez la retenir, portée par l'ironie. Mais... ma foi, est-il réellement si surprenant à ce stade que vous fassiez preuve d'une certaine agressivité ? À vrai dire, vous vous montrez acerbe depuis Tirimo. C'est alors que la pensée vous vient : vous n'étiez pas comme ça avec Jija, ni d'ailleurs avec personne, avant la mort d'Uche. Vous faisiez très attention à rester calme et douce. Jamais de sarcasme. Si la colère s'emparait de vous, vous ne la laissiez pas transparaître. Essun n'était pas censée être coléreuse.

Oui, bon, vous n'êtes pas tout à fait Essun. Pas *seulement*. Plus maintenant.

« Les autres... ceux de tes frères qui sont ici... » commencez-vous.

Une colère indéniable crispe le petit visage de Hoa. Vous vous interrompez, surprise.

« Ce ne sont pas mes frères », dit-il d'un ton froid.

Bon, eh bien voilà. Vous êtes épuisée.

« Il faut que je me repose », annoncez-vous.

Vous avez passé la journée sur la route. Mais, malgré votre envie de vous laver, vous aussi, vous n'êtes pas sûre d'être prête à vous déshabiller et à accentuer votre vulnérabilité devant les Castrimiens. D'autant qu'ils vous ont apparemment faite prisonnière avec une discrétion charmeuse.

Hoa acquiesce. Il entreprend de remballer ses cailloux.

« Je vais monter la garde.

— Tu as besoin de dormir ?

— Parfois. Moins que vous. Pas en ce moment. »

C'est bien pratique. Et vous lui faites plus confiance qu'aux habitants de la comm. Vous ne devriez pas, mais ça n'empêche pas.

Aussi vous levez-vous et gagnez-vous la chambre. Un matelas basique vous y attend, paille et coton tassés dans une enveloppe de toile, mais c'est toujours mieux que la terre ou votre couchage. Vous vous effondrez donc sur ce lit grossier. Quelques secondes plus tard, le sommeil vous emporte.

À votre réveil, vous vous demandez combien de temps vous avez dormi. Hoa s'est roulé en boule à côté de vous, comme il le fait depuis quelques semaines. Vous vous asseyez sans le quitter du regard, les sourcils froncés ; il cligne des yeux prudents. Vous finissez par secouer la tête puis par vous lever en marmonnant.

Tonkee est de retour dans sa chambre, ses ronflements vous en informent. Quand vous quittez l'appartement, vous vous apercevez soudain que vous n'avez aucune idée de l'heure. À la surface, on sait s'il fait jour ou nuit, malgré les nuages et la pluie de cendre : soit la pluie de cendre et les nuages sont clairs, soit ils sont foncés et piquetés de rouge. Mais ici… Vous regardez autour de vous sans rien voir que de gigantesques cristaux luisants – et la ville impossible que ces gens ont construite dessus.

Vous vous approchez du garde-corps totalement inadéquat de la grossière plate-forme en bois sur laquelle donne votre appartement et baissez vos yeux plissés. Quelle que soit l'heure, des dizaines de gens vaquent apparemment à leurs occupations en contrebas, au fond de la géode. Bon, il faut de toute manière en apprendre davantage sur cette comm. Enfin, avant de la détruire, si vraiment ses occupants cherchent à vous empêcher de partir.

(Vous ne prêtez aucune attention à la petite voix qui murmure dans votre tête : *Ykka est une gèneuse, elle aussi. Tu veux vraiment te battre avec elle ?*)

(Vous êtes douée pour ne pas prêter attention aux petites voix.)

Il n'est pas évident de trouver comment descendre au fond de la bulle, parce que les plates-formes, les ponts, les escaliers ont tous été construits dans le but de relier les cristaux. Or la disposition des cristaux est anarchique, donc celle des ouvrages qui les relient aussi. L'intuition ne sert à rien dans un réseau pareil. Vous commencez par monter un escalier, contournez un des plus gros piliers, tombez sur un second escalier, descendant, celui-là, qui mène à une plate-forme… dépourvue d'autre voie d'accès. Vous voilà obligée de rebrousser chemin. Les quelques inconnus que vous croisez vous regardent au passage avec curiosité ou hostilité, sans doute parce que vous venez visiblement d'arriver. Ils sont propres, alors que la cendre du voyage vous a barbouillée de gris. Ils ont l'air bien nourris, quand vous flottez dans vos vêtements après vous être sustentée de rations des semaines de marche durant. Vous ne pouvez vous empêcher de leur en vouloir d'office, ce qui vous conforte dans votre obstination à ne pas solliciter leur aide.

Vous finissez malgré tout par arriver en bas. À ce niveau-là, il est plus évident que jamais qu'on se trouve dans une énorme bulle enveloppée de pierre, parce que le sol en pente douce s'incurve de manière à former une coupe immense, mais discernable. C'est l'extrémité pointue de l'ovoïde qui renferme Castrima. Les cristaux de cette zone sont trapus, certains ne vous arrivant qu'à la poitrine, les plus grands n'atteignant que quatre à cinq mètres de haut. Des cloisons de bois les entourent parfois, et le sol est par endroits plus pâle, plus accidenté – là où on en a ôté pour gagner de la place. (Vous vous demandez distraitement comment.) L'ensemble crée une sorte de labyrinthe d'allées entrecroisées, chacune menant à un des éléments indispensables à la comm : un four, une forge, une verrerie, une boulangerie. Vous entrevoyez à l'écart des tentes et campements, occupés ou non. Tous les habitants de la bulle ne trouvent manifestement pas leur bonheur à parcourir des flopées de planches arrimées à des dizaines, voire des centaines de mètres du sol – un sol couvert d'énormes pointes. Étonnant.

(Voilà, ça recommence. Un sarcasme qui ne ressemble pas à Essun. Mais rouille ! Vous en avez assez de vous retenir.)

Les bains se révèlent faciles à trouver, à cause des innombrables empreintes de pied humides qui viennent toutes de la même direction. Il vous suffit de remonter leur piste pour avoir l'agréable surprise de découvrir une immense piscine à l'eau pure et fumante, au bord légèrement surélevé par rapport au sol de la géode. Elle déverse son trop-plein dans une rigole tortueuse, qui mène à un des gros tuyaux de cuivre qui mènent à leur tour… quelque part. Et elle est alimentée par une sorte de cascade émergeant d'un autre tuyau, de l'autre côté du bassin. Sans doute l'eau circule-t-elle assez pour être entièrement renouvelée en quelques heures, mais une zone de nettoyage est cependant aménagée bien en évidence à côté de la piscine principale, avec de longs bancs de bois et des étagères chargées de divers accessoires. Un certain nombre de gens sont déjà très occupés à s'y laver en attendant de gagner le grand bassin.

Vous en êtes à mi-décrassage, après vous être déshabillée, quand une ombre vous engloutit. Vous sursautez, vous levez en titubant, renversez votre banc et plongez dans la terre avant de vous dire que, peut-être, vous en faites un peu trop. À ce moment-là, vous manquez de lâcher votre éponge savonneuse, parce que…

… c'est *Lerna*.

« Oui, dit-il pendant que vous le fixez avec des yeux ronds. Il me semblait bien vous avoir reconnue, Essun. »

Vous le fixez toujours. Il a changé. Vous le trouvez en quelque sorte plus pesant, quoique plus mince, comme vous : la fatigue du voyage. Ça remonte à… des semaines ? Des mois ? Vous avez perdu la notion du temps. Mais que fait-il là ? Il devrait être à Tirimo. Rask ne laisserait jamais un médecin s'en aller…

Ah. Oui.

« Alors Ykka a réussi à vous appeler. Je me demandais. » Fatigué. Il a l'air fatigué. Une cicatrice court le long de sa mâchoire inférieure, un croissant pâle qui ne reprendra certainement pas sa couleur d'origine. Vous ouvrez toujours de grands yeux, pendant qu'il change de pied d'appui et ajoute : « Il a fallu que je me retrouve ici… et vous y voilà aussi. Soit c'est le destin, soit il existe réellement d'autres dieux que le Père Terre… Enfin, des dieux qui pensent un minimum à nous… Mais peut-être sont-ils tout aussi cruels et se jouent-ils de nous. Que la rouille me prenne si je le sais.

— Lerna », dites-vous – ce qui est d'une grande aide.

Ses yeux se baissent encore, et vous vous rappelez un peu tard que vous êtes nue.

« Je vais vous laisser terminer, dit-il en détournant aussitôt le regard. On discutera après. »

Peu vous importe qu'il vous voie nue – il a mis un de vos enfants au monde, par la rouille –, mais sa conduite relève de la simple politesse. Il est coutumier du fait, vous traiter en être humain bien qu'il sache ce que vous êtes ; vous trouvez ça étonnamment réconfortant, après l'étrangeté et les changements qui ont affecté votre existence. D'habitude, la vie que vous abandonnez derrière vous ne vous suit pas.

Lerna s'éloigne des bains. Vous ne tardez pas à vous rasseoir et à finir de vous laver. Personne d'autre ne vous approche pendant que vous vous nettoyez, bien que certains Castrimiens vous jettent à présent des regards trahissant davantage de curiosité. Et moins d'hostilité, mais ça ne vous surprend pas. Vous n'êtes pas particulièrement impressionnante. Ce qui les poussera à vous détester est invisible.

D'un autre côté… savent-ils ce qu'est Ykka ? La blonde qui l'accompagnait à la surface le savait manifestement. Peut-être Ykka la tient-elle d'une manière ou d'une autre et peut-elle s'assurer de son silence, mais ça ne vous paraît pas cohérent. Ykka parle trop franchement de sa nature, elle est trop à l'aise quand elle l'évoque devant de parfaits inconnus. Elle est trop charismatique, trop voyante. Elle se conduit comme si l'orogénie était un talent et une caractéristique personnelle parmi d'autres. Vous n'avez jamais vu qu'une fois auparavant une attitude pareille et son acceptation dans une comm.

Votre trempette terminée, vous sortez du bassin avec l'impression d'être propre. Vous n'avez pas de serviette, juste vos vêtements sales, pleins de cendre, que vous prenez le temps de laver dans la zone adaptée. Ils sont mouillés quand vous en terminez, mais vous manquez du culot nécessaire pour vous balader nue entourée d'inconnus. D'ailleurs, il règne dans la géode une température estivale, alors autant faire ce qu'on fait en été : vous enfilez vos vêtements mouillés en vous disant qu'ils ne tarderont pas à sécher.

Quand vous repartez, vous retrouvez Lerna, qui vous attend à proximité.

« Par ici », dit-il en se joignant à vous.

Vous le suivez dans le labyrinthe des escaliers et des plates-formes jusqu'à un cristal gris trapu, qui a poussé de six à sept mètres à partir de la paroi. Son appartement se révèle plus petit que celui où vous vous êtes installée avec Tonkee et Hoa, mais encombré d'étagères couvertes de bouquets de plantes séchées et de bandages pliés. On peut supposer que les quelques bancs de la pièce principale sont censés servir de lits de camp. Un médecin doit se tenir prêt à accueillir des patients. Il vous invite à prendre place puis s'installe en face de vous.

« J'ai quitté Tirimo le lendemain de votre départ, explique-t-il calmement. Oyamar... le second de Rask, si vous vous souvenez bien, un parfait imbécile... Oyamar essayait d'organiser l'élection d'un nouveau chef. Il ne voulait pas de cette responsabilité, avec la Saison qui s'annonçait. Tout le monde savait que Rask n'aurait jamais dû lui confier le poste, mais Rask était redevable à sa famille, qui lui avait concédé les droits commerciaux de la piste forestière ouest... » Lerna s'interrompt, parce que rien de tout ça n'a plus d'importance.

« Enfin bref. Cinquante pour cent de ces crétins de Costauds couraient partout, fins saouls et armés, pillaient les caches, traitaient n'importe qui de gèneur ou de gènophile, pendant que les autres cinquante pour cent faisaient la même chose, mais plus discrètement, et sobres, ce qui était pire. Ils auraient fini par penser à moi, forcément. Tout le monde savait qu'on était amis, vous et moi. »

Alors ça aussi, c'est votre faute. C'est à cause de vous que Lerna a été obligé de quitter un endroit où il aurait dû être en sécurité. Vous baissez les yeux, mal à l'aise. Et il parle de « gèneurs » maintenant, lui aussi.

« Je pensais aller à Brilliance, d'où la famille de ma mère est originaire. Mes parents là-bas me connaissent à peine, mais ils ont entendu *parler* de moi, et comme je suis médecin… je me disais que j'avais une chance. En tout cas, ça valait mieux que de rester à Tirimo pour me faire lyncher. Ou crever de faim, quand le froid arriverait et que les Costauds auraient mangé ou volé toutes les réserves. Je me disais aussi… » Il hésite, lève brièvement vers vous ses yeux brillants puis les repose sur ses mains. « Je me disais que je vous rattraperais peut-être, si j'allais assez vite. C'était idiot. Ça ne s'est pas fait, évidemment. »

Tel est le non-dit qui a toujours été là, entre vous. À un moment, pendant votre séjour à Tirimo, Lerna a deviné ce que vous êtes. Vous ne le lui avez pas dit. Il l'a deviné, parce qu'il s'*intéressait* assez à vous pour remarquer les signes et parce qu'il est intelligent. Le fils de Makenba vous a toujours beaucoup aimée. Vous pensiez que ça finirait par lui passer. Vous vous agitez un peu, mal à l'aise, en comprenant que tel n'a pas été le cas.

« Je me suis glissé dehors pendant la nuit, continue-t-il, et je suis passé par une des fissures du mur d'enceinte près de… de l'endroit où vous… où ils avaient essayé de vous arrêter. » Les bras sur les genoux, il garde les yeux fixés sur ses mains jointes, immobiles pour l'essentiel, mais dont un pouce frotte l'articulation de l'autre en un mouvement méditatif.

« Je me suis laissé absorber par la foule des voyageurs en me fiant à ma carte… car j'avais une carte. Mais je n'étais jamais allé à Brilliance. Feux souterrains, je n'avais presque jamais quitté Tirimo, jusqu'à maintenant. La seule fois, ç'a été quand je suis allé terminer mon entraînement médical à Hilge… Enfin bref. Soit ma carte n'était pas fiable, soit je ne savais pas la lire. Sans doute les deux. Je n'avais pas de compas. Peut-être ai-je quitté la route impériale trop tôt… peut-être ai-je pris au sud-ouest en croyant prendre plein sud… je ne sais pas. » Il soupire et se passe la main sur la tête. « Quand je me suis rendu compte que j'étais complètement perdu, j'avais fait trop de chemin, j'ai préféré continuer dans la même direction en me disant qu'avec de la chance je trouverais un meilleur itinéraire. Mais il y avait un groupe à un carrefour. Des bandits, des hors-comm, quelque chose de ce genre. Je faisais moi aussi partie d'un petit groupe, à ce moment-là, y compris un homme assez âgé qui avait une vilaine blessure au torse et que je soignais, sa fille, une quinzaine de personnes en tout. Les bandits… »

Il s'interrompt. Les muscles de ses mâchoires se crispent. Vous devinez à peu près ce qui s'est passé. Lerna ne sait pas se battre, mais il est toujours là ; rien d'autre n'a d'importance.

« Marald… le type dont je parlais… Marald s'est tout simplement jeté sur l'un d'eux. Il n'avait pas d'arme ni rien. La machette, c'était sa fille qui l'avait. Je me demande ce qu'il croyait faire. » Lerna inspire à fond. « Mais il m'a regardé, et je… je… j'ai attrapé sa fille par le bras et j'ai couru. » Ses muscles se crispent davantage encore. Vous vous étonnez de ne pas l'entendre grincer des dents. « Par la suite, elle m'a planté là. Elle m'a traité de lâche et elle est partie de son côté.

— Si vous ne l'aviez pas emmenée, ils vous auraient tués tous les deux. »

La lithomnésie vous en avertit : *L'honneur dans la sécurité, la survie malgré le danger.* Mieux vaut être un lâche vivant qu'un héros mort.

Les lèvres de Lerna se tordent et se pincent.

« C'est ce que je me suis dit, sur le moment. Plus tard, après son départ… Feux souterrains. Peut-être n'ai-je fait que retarder l'inévitable. Une fille de cet âge, sans arme digne de ce nom, seule sur les routes… »

Vous ne répondez pas. Si la gamine est en bonne santé et bien conformée, quelqu'un la prendra sous son aile, ne serait-ce que comme Reproductrice. Si elle a un nom d'usage plus utile ou si elle arrive à se procurer une arme et des provisions, puis à faire ses preuves, elle s'en tirera encore mieux. Certes, elle aurait eu plus de chances d'y arriver avec Lerna, mais elle a fait son choix.

« Je ne sais même pas ce qu'ils voulaient. » Il a baissé les yeux vers ses mains. Peut-être cette histoire le ronge-t-elle toujours. « On n'avait rien, à part nos sacs de survie.

— S'ils étaient à court de provisions, ça suffit », dites-vous, avant de vous rappeler de vous censurer.

De toute manière, il n'a pas l'air de vous entendre.

« Bref, j'ai continué seul. » Ricanement amer. « J'étais tellement inquiet pour elle que je n'ai pas pensé à ma propre situation, alors qu'elle n'était pas plus brillante. »

C'est exact. Lerna est un Moyen des plus banals, comme vous, mais il n'a hérité ni la taille ni la masse des Sanziens – raison pour laquelle il a travaillé dur afin de prouver ses aptitudes mentales. Il n'en est pas moins devenu un adulte séduisant, par un hasard pour l'essentiel génétique. Après tout, il existe des gens qui se reproduisent dans le but d'obtenir la beauté. Le long nez cebaki, les épaules et le teint sanziens, les lèvres des Côtiers occidentaux… Son allure est trop multiraciale pour les goûts équatoriaux, mais il est beau d'après les critères des Moyessud.

« Quand j'ai traversé Castrima, le village avait l'air abandonné, continue-t-il. Ma fuite m'avait épuisé… Enfin bref. Je me suis dit que j'allais passer la nuit dans une des maisons, voire faire un petit feu de tourbe en espérant que personne ne remarque rien. Manger un repas correct, pour une fois. Rester tranquille le temps de décider que faire. » Mince sourire. « Je me suis réveillé cerné. J'ai dit que j'étais médecin, et on m'a amené ici. Ça doit faire deux semaines. »

Vous hochez la tête. Puis vous lui racontez votre propre histoire, sans prendre la peine de mentir ni de cacher quoi que ce soit. Vous dites tout, pas seulement ce qui s'est passé à Tirimo. Peut-être vous sentez-vous coupable. Quoi qu'il en soit, vous estimez qu'il mérite la vérité, pleine et entière.

Lorsque le silence a repris ses droits depuis un moment, il secoue la tête en soupirant.

« Je ne pensais pas vivre une Saison, avoue-t-il dans un murmure. Enfin… je connais la tradition depuis l'enfance, comme tout le monde… mais il me semblait que ça ne pouvait pas m'arriver, à *moi*. »

Tout le monde a la même impression. En ce qui vous concerne, vous ne vous attendiez certainement pas à devoir affronter la fin du monde en plus du reste.

« Nassun n'est pas là », reprend-il un instant plus tard. Malgré la douceur de sa voix, votre tête se relève en sursaut. Ses traits s'adoucissent, sans doute à cause de votre expression. « Je regrette. Mais je suis à Castrima depuis assez longtemps pour avoir vu tous les nouveaux de la comm. Je sais que vous espériez la rejoindre. »

Pas de Nassun. Et aucun indice, aucun moyen réaliste de savoir où elle est. Vous n'avez soudain même plus l'espoir.

« Essun. » Lerna se penche brusquement en avant pour vous prendre les mains. Vous vous apercevez alors qu'elles se sont mises à trembler. Ses doigts immobilisent les vôtres. « Vous la retrouverez. »

Paroles dénuées de sens. Blabla machinal censé vous apaiser. L'évidence vous frappe à nouveau, plus fort cette fois qu'à la surface, quand vous vous êtes effondrée devant Ykka. *C'est fini.* Cet étrange voyage, vos efforts pour tenir, votre focalisation sur votre but… tout ça n'a servi à rien. Nassun a disparu, vous l'avez perdue, Jija ne sera jamais puni de son crime, et vous…

Mais quelle importance avez-vous ? Qui se soucie de vous ? C'est en effet la question, hein ? Il y a eu à une époque des gens pour se soucier de vous. Il y a eu à une époque des enfants pour vous respecter et se nourrir de vos moindres paroles. Il y a eu à une époque… à deux, à trois époques – mais les deux premières ne comptent pas – un homme pour se réveiller chaque matin près de vous et attacher de l'importance à votre existence. Il y a eu à une époque une enceinte protectrice autour de vous, construite pour vous de ses mains, un foyer fondé à deux dans une communauté qui avait *décidé* de vous accueillir.

Tout cela bâti sur le mensonge. Condamné à s'effondrer. Ce n'était qu'une question de temps.

« Écoutez », reprend Lerna. Vous clignez des yeux en entendant sa voix, ce qui fait couler vos larmes. Davantage. En fait, vous pleurez depuis un moment en silence, assise sur le banc. Il vous y rejoint, et vous vous appuyez à lui. Vous ne devriez pas, mais vous le faites, et quand il passe le bras autour de vous, vous y puisez du réconfort. Au moins, c'est un ami. Et il le restera.

« Peut-être… peut-être n'est-ce pas une mauvaise chose que vous soyez arrivée là. Vous n'êtes pas en état de réfléchir avec… avec tout ce qui se passe. C'est une drôle de comm. » Il fait la grimace. « Je ne suis pas sûr de m'y plaire, mais en ce moment, il vaut mieux être là que de rester à la surface. Si vous avez le temps d'étudier la question, peut-être vous ferez-vous une idée de l'endroit où Jija a bien pu aller. »

Il se donne tellement de mal. Vous secouez la tête, faiblement, mais vous êtes trop vidée pour rassembler une réelle objection.

« Vous avez un appartement ? Ils m'ont attribué celui-là, ils ont dû vous en donner un aussi. Ce n'est pas la place qui manque, ici. » Vous hochez la tête. Lerna inspire profondément. « Alors allons-y. Vous me présenterez vos amis. »

Bon. Après vous être ressaisie, vous l'entraînez « dehors », dans la direction où vous situeriez l'appartement qu'on vous a assigné. Le trajet vous laisse le temps d'évaluer l'insupportable étrangeté de la comm. Vous passez devant une vaste salle, creusée dans un des cristaux les plus blancs et les plus brillants, emplie de centaines d'étagères de plateaux sans rebord évoquant des feuilles de cuisson. Une autre, poussiéreuse et inutilisée, encombrée de ce qui vous rappelle des instruments de torture, mais fabriqués par des incompétents : vous ne savez trop comment deux anneaux accrochés au plafond par des chaînes sont censés faire mal. Il y a aussi les escaliers en métal des origines et les autres, plus récents, qu'on en distingue facilement : les ouvrages des premiers bâtisseurs n'ont pas rouillé, ne se sont pas abîmés au fil du temps et ne sont pas purement utilitaires. Les balustrades et le bord des passerelles sont curieusement ornementés de visages embossés, de plantes grimpantes aux vrilles telles que vous n'en avez jamais vu, mais aussi… de ce qui constitue sans doute une écriture, exclusivement composée de signes pointus plus ou moins gros. Essayer de donner un sens à ce que vous voyez finit par vous tirer de votre rumination.

« C'est de la folie, dites-vous en passant les doigts sur une décoration qui ressemble fort à un kirkhusa agressif. Cette ville est une énorme ruine de civilisation disparue comme il en existe des centaines de milliers dans le Fixe, et les ruines sont des pièges meurtriers. D'ailleurs, les comms équatoriales s'empressent de niveler ou d'inonder les leurs dès que possible – la réaction la plus intelligente que personne ait jamais eue. Si les gens qui ont bâti ce complexe n'ont pas été capables d'y survivre, pourquoi aucun d'entre nous devrait-il essayer ?

— Les ruines ne sont pas toutes des pièges meurtriers. » Lerna progresse lentement sur la plate-forme en restant tout près du cristal qu'elle entoure et en regardant droit devant lui, la lèvre supérieure emperlée de sueur. Vous ne saviez pas qu'il avait peur des hauteurs, mais il est vrai que Tirimo est aussi plat qu'ennuyeux. Sa voix conserve un calme soigneux. « J'ai entendu dire que Lumen était construite sur des vestiges très étendus de civilisation disparue. »

Et ça s'est merveilleusement bien terminé, vous gardez-vous de dire.

« Ces gens auraient juste dû bâtir une enceinte, comme n'importe qui d'autre », dites-vous en revanche.

Avant de vous interrompre, parce que – vous venez d'y penser – le but est de survivre et qu'il faut parfois changer pour survivre. Les stratégies classiques ont longtemps fonctionné : bâtir une enceinte, adopter les étrangers utiles et exclure les inutiles, armer, stocker, espérer en la chance. Il n'empêche que d'autres seront peut-être efficaces à l'avenir. Mais ça… Descendre dans un trou, se cacher parmi des rochers aiguisés, en compagnie de quelques mangeurs de pierre et de *gèneurs* ? Ça manque vraiment de la sagesse la plus élémentaire.

« Ils vont s'en apercevoir, s'ils essaient de me garder prisonnière ici », murmurez-vous.

Que Lerna vous entende ou non, il ne répond pas.

Vous finissez par trouver votre appartement. Une fois levée, Tonkee a gagné le séjour, où elle mange un grand bol de quelque chose qui ne sort pas de vos sacs. Ça ressemble à de la bouillie, mêlée de petits machins jaunes que vous trouvez à première vue répugnants. Et puis elle penche son bol, ce qui vous permet de constater qu'il s'agit de graines germées – de la nourriture de cache standard.

(Elle vous regarde entrer d'un œil méfiant, mais ses révélations étaient si mineures comparées au reste de ce qui vous est tombé dessus hier que vous vous contentez de la saluer de la main et de vous asseoir en face d'elle, comme d'habitude. Votre attitude la détend.)

Lerna lui témoigne une politesse prudente, qu'elle lui rend... jusqu'au moment où il raconte en passant qu'il fait des analyses de sang et d'urine parmi les Castrimiens, à la recherche de carences en vitamines. Pour un peu, vous vous amuseriez de la manière dont elle se penche vers lui et demande, avec une avidité familière :

« Qu'est-ce que vous avez, comme équipement ? »

C'est alors que Hoa arrive. À votre grande surprise, car vous ne vous étiez pas rendu compte qu'il était sorti. Ses yeux de givre se posent aussitôt sur Lerna, qu'ils examinent sans indulgence, mais il se détend ensuite si visiblement que vous comprenez enfin à quel point il est nerveux. Depuis votre arrivée dans cette comm de fous.

Toutefois, vous classez cette constatation dans un recoin de votre esprit – encore une bizarrerie à explorer plus tard –, parce qu'il dit :

« Essun. Il y a quelqu'un ici que vous devriez aller voir.

— Qui ça ?

— Un homme. De Lumen. »

Le petit mangeur de pierre devient le centre de l'attention générale.

« Et pourquoi aurais-je envie de voir quelqu'un de Lumen ? lancez-vous d'une voix lente, au cas où vous n'auriez pas tout compris.

— Il vous a demandée. »

Vous vous efforcez à la patience.

« Je ne connais personne de Lumen, Hoa. »

Plus maintenant, du moins.

« Il dit qu'il vous connaît. Il a suivi votre piste, mais il est arrivé avant vous quand il a compris que vous veniez ici. » Hoa se renfrogne vaguement, ennuyé peut-être. « Il dit qu'il veut vous voir pour vérifier si vous y arrivez, maintenant.

— Si j'arrive à quoi ?

— Il a juste dit "y arriver". » Les yeux de Hoa se posent brièvement sur Tonkee, puis sur Lerna, avant de revenir à vous. Pense-t-il à quelque chose qu'il ne veut pas mentionner devant eux ? « Il est comme vous.

— Que… » D'accord. Vous vous frottez les yeux, inspirez à fond puis dites tout haut, pour lui faire comprendre que les cachotteries sont inutiles : « C'est un gèneur.

— Oui. Non. Comme vous. Sa… » Il agite les doigts au lieu de poursuivre. Tonkee ouvre la bouche, mais vous lui adressez un geste autoritaire auquel elle répond par un regard noir. Hoa finit par soupirer. « Il a dit que si vous ne vouliez pas aller le voir, il fallait vous dire que vous le lui deviez. Pour Corindon. »

Vous vous figez.

« Albâtre.

— Oui, acquiesce Hoa, enchanté. C'est son nom. » Le mangeur de pierre fronce à nouveau les sourcils, pensivement, cette fois. « Il est en train de mourir. »

*
**

— SAISON DE LA FOLIE : 3 avant l'Impérial – 7 de l'Impérial. L'éruption des Pièges de Kiash, les nombreux évents d'un ancien supervolcan (celui qui avait provoqué la Saison Jumelle, censée s'être produite environ dix mille ans plus tôt), a expédié dans les airs de grandes quantités d'olivine et autres pyroclastes foncés. Les dix ans d'obscurité résultants ont été dévastateurs non seulement à la manière

Saisonnière classique, mais se sont aussi soldés par des maladies mentales beaucoup plus fréquentes. La Dame de guerre sanzienne Verishe a conquis de nombreuses comms souffrantes, en se servant des techniques de la guerre psychologique pour convaincre ses ennemis que ni portes ni murailles n'offraient une protection fiable et que les fantasmes rôdaient aux alentours. Elle a été sacrée impératrice le jour où le soleil est reparu.

Les Saisons du Sanze

22. Syénite, fracturée

Les Meovites ont organisé une fête tapageuse pour célébrer le retour en lieu sûr du *Clalsu*, chargé de marchandises particulièrement précieuses – pierre de très bonne qualité destinée à la sculpture ornementale, bois aromatique pour mobilier, brocart de luxe valant deux fois son poids en diamants, plus quantité de monnaies d'échange, y compris du papier de grande valeur et des doigts de nacre complets. Manque la nourriture, mais l'argent va leur permettre d'envoyer des marchands acheter sur le continent des canoës entiers de ce dont ils ont besoin. Harlas a ouvert un tonneau d'hydromel antarctique effroyablement fort pour fêter ça et, le lendemain matin, la moitié de la comm dort toujours.

Cinq jours ont passé depuis que Syénite a étouffé le volcan qu'elle avait créé et qui avait tué toute une ville, huit depuis qu'elle a tué deux pleins bateaux de gens pour préserver le secret de l'existence de sa famille. Il lui semble que les insulaires fêtent ses multiples meurtres à grande échelle.

Elle n'a pas quitté son lit, où elle s'est réfugiée aussitôt le voilier déchargé. Innon n'est pas encore venu à la maison. Il faut dire qu'elle lui a conseillé d'aller raconter le voyage, car les Meovites attendent le spectacle avec impatience et qu'elle ne veut pas lui imposer sa mélancolie. Cori accompagne le colosse : il adore les fêtes, vu que tout le monde le dorlote et lui donne à manger. Il essaie même d'aider le conteur en hurlant du charabia à pleins poumons. Ce petit ressemble à Innon davantage qu'il n'en a physiquement le droit.

C'est Albâtre qui tient compagnie à Syénite, qui lui parle dans son silence, qui l'oblige à répondre alors qu'elle préférerait arrêter de penser. Il prétend savoir ce qu'on éprouve quand on se sent comme ça, mais il ne veut pas lui dire pourquoi ni ce qui s'est passé. N'empêche qu'elle le croit.

« Vas-y, finit-elle par lui dire. Va raconter des histoires, toi aussi. Montre à Cori qu'il a au moins deux parents qui valent quelque chose.

— Ne sois pas idiote. Il en a trois.

— Innon pense que je suis une mauvaise mère. »

Albâtre soupire.

« Non. Tu n'es pas une mère selon son cœur, c'est tout. Mais tu es la mère dont notre fils a besoin. » Elle le regarde, les sourcils froncés. Il hausse les épaules. « Un jour, Corindon sera très fort. Il a besoin de parents forts. Moi… » Quand il s'interrompt brusquement, elle le *sent* presque décider de changer de sujet. « Regarde. Je t'ai apporté quelque chose. »

Elle soupire et se hisse en position assise pendant qu'il s'accroupit près du lit en ouvrant un petit paquet enveloppé de tissu. Lorsque la curiosité s'empare de Syénite malgré elle et la fait se pencher pour lui permettre de mieux y voir, deux anneaux lui apparaissent, à la taille exacte de ses doigts. L'un en jade, l'autre en nacre.

Le regard noir qu'elle pose sur Albâtre ne lui vaut qu'un autre haussement d'épaules.

« Une simple quatre-anneaux n'aurait jamais réussi à éteindre un volcan en pleine activité.

— On est libres. » Elle l'affirme obstinément, bien qu'elle n'ait pas l'impression d'être libre. Après tout, elle a arrangé les choses à Allia, menant ainsi à bien la mission du Fulcrum, si tardivement et perversement que ce soit. Quand elle y pense, c'est le genre de choses qui la fait rire sans pouvoir s'arrêter. Voilà pourquoi elle poursuit sur sa lancée, de crainte de se mettre à ricaner : « On n'a plus à porter d'anneaux *du tout*. Ni d'uniforme noir. Je ne me suis pas fait de chignon depuis des mois. Tu n'as pas à baiser les femmes qu'on t'envoie comme un étalon ou un taureau. Oublie le Fulcrum. »

Il a un petit sourire triste.

« Impossible. L'un de nous va devoir entraîner Cori...

— Non, on n'aura pas à l'entraîner. » Elle se rallonge. Si seulement il s'en allait. « Innon et Harlas peuvent lui inculquer les bases. Ça a suffi à ces gens pour se débrouiller pendant des siècles.

— Innon n'aurait jamais réussi à venir à bout de ce choc. S'il avait essayé, il aurait peut-être fait exploser le point chaud en dessous et déclenché une Saison. Tu as sauvé le monde de ça.

— Alors donne-moi une médaille, pas des anneaux. » Elle fixe le plafond d'un regard noir. « Sauf que c'est moi qui ai créé ce choc, alors *peut-être que non*. »

Albâtre tend la main pour lui écarter les cheveux du visage. Il le fait souvent, maintenant qu'elle ne les attache plus. Elle en a toujours eu un peu honte – ils sont bouclés, mais sans aucune tenue, ni la raideur sanzienne ni la crêpelure côtière. Syénite est une Moyenne typique, un tel mélange qu'elle ne sait même pas quel ancêtre accuser de la mauvaise tenue de ses cheveux. Enfin. Au moins, ils ne la gênent pas.

« Nous sommes ce que nous sommes, dit Albâtre avec une telle douceur qu'elle en pleurerait. Misalem, pas Shemshena. Tu connais leur histoire ? »

Les doigts de Syénite tressaillent de douleur remémorée.

« Oui.

— À cause de ton Gardien, hein ? Celle-là, ils aiment bien la raconter aux enfants. »

Albâtre se déplace pour s'appuyer à la colonne de lit, le dos tourné vers elle, détendu. Elle songe à lui demander de s'en aller, mais reste silencieuse. Comme elle ne le regarde pas, elle n'a aucune idée de ce qu'il fait des anneaux qu'elle n'a pas pris. Il peut bien les manger si ça l'amuse, elle s'en fiche.

« Ma Gardienne m'a aussi servi ces âneries, tu sais. Misalem, le monstre déclarant la guerre à toute une nation et à l'empereur sanzien par pur caprice, sans raison. »

Syénite fronce les sourcils malgré elle.

« Il avait une raison ?

— Terre cruelle ! Évidemment ! Sers-toi de ton cerveau rouillé ! »

Ça l'agace de se faire rabrouer, et l'agacement grignote encore un peu plus l'apathie. Sacré Albâtre, qui lui redonne le moral en lui cassant les pieds. Elle tourne la tête pour fusiller du regard l'arrière de la sienne.

« Ah bon ? Laquelle ?

— La plus simple et la plus puissante : il voulait se venger. Il s'agissait de l'empereur Anafumeth, et cette histoire est arrivée juste après la Saison des Crocs. Celle dont on ne parle pas beaucoup en crèche. Les comms de l'hémisphère Nord ont connu une famine de masse. Ç'a été pire pour elles, parce que la secousse qui avait provoqué la Saison s'était produite près du pôle nord. L'Équatorial et le Sud n'en ont subi les conséquences qu'un an plus tard…

— Qu'est-ce que tu en sais ? »

Syénite n'a jamais entendu parler de ça, ni dans les creusets du Fulcrum ni ailleurs.

Albâtre hausse les épaules, secouant tout le lit.

« On ne m'a pas entraîné avec la poussière de mon âge ; j'ai eu des anneaux avant que la plupart des grains n'aient du poil au pubis. Les instructeurs me laissaient me balader dans la bibliothèque des seniors pour compenser. Ils ne faisaient pas très attention à ce que je lisais. » Il soupire. « Et puis, lors de ma première mission, j'ai… j'ai fait la connaissance d'un archéomestre qui… Bon. On a discuté, pas seulement… Enfin, tu vois. »

Elle se demande vraiment pourquoi il se montre aussi discret en ce qui concerne ses anciens amants. Après tout, elle a vu plus d'une fois Innon le baiser jusqu'à le réduire à l'incohérence. D'un autre côté, ce n'est peut-être pas le sexe qui le pousse à la discrétion.

« Bref. Tout est là, quand on se donne la peine d'additionner deux et deux et de réfléchir plus loin que le bout de ce qu'on apprend. L'Impérial sanzien n'avait été fondé que depuis peu, il était en pleine croissance, au sommet de son pouvoir, mais pour l'essentiel dans la partie nord de l'Équatorial. Lumen n'avait encore rien d'une capitale, et certaines des comms sanziennes les plus importantes n'étaient pas aussi bien préparées aux Saisons que de nos jours. D'une manière ou d'une autre, elles ont perdu leurs caches de nourriture. Incendies, fongus, la Terre seule le sait. Elles ont toutes décidé de collaborer pour survivre en attaquant les comms des races inférieures. » La lèvre d'Albâtre se retrousse. « En fait, c'est à ce moment-là que les Sanziens se sont mis à nous traiter de "races inférieures".

— Alors ils ont pillé les caches des vaincus. »

C'est facile à deviner. Syénite commence à s'ennuyer.

« Non. Personne n'avait plus de réserves, à la fin de cette Saison. Les Sanziens ont emmené les *gens*.

— Les gens ? Pour quoi f... »

Alors seulement, elle comprend.

On n'a pas besoin d'esclaves, en Saison. Toutes les comms ont leurs Costauds, et s'il leur en faut davantage, il y a toujours des hors-comm assez désespérés pour accepter d'être payés en nourriture. Mais, si les choses vont assez mal, le muscle humain prend de la valeur d'un autre point de vue.

« C'est pendant cette Saison que les Sanziens sont devenus friands d'un mets délicat des plus rares, reprend Albâtre, indifférent aux nausées contre lesquelles lutte Syénite. Quand elle s'est achevée, quand la verdure a repoussé, que le bétail est redevenu herbivore ou sorti d'hibernation, ils l'appréciaient toujours autant. Ils envoyaient des troupes attaquer les communautés de petite taille ou nouvellement établies par des races qui n'avaient pas d'alliés chez eux. Les comptes rendus ont beau diverger dans le détail, ils sont d'accord sur un point : Misalem était le seul survivant d'une famille enlevée lors d'un raid de ce genre. Ses enfants auraient été servis à la propre table d'Anafumeth, mais je me demande si ce n'est pas une enjolivure dramatique. » Albâtre soupire. « Quoi qu'il en soit, ils sont morts par la faute d'Anafumeth, et Misalem voulait le tuer pour se venger. Comme n'importe qui d'autre. »

Mais un gêneur n'est pas n'importe qui. Il ne lui est pas permis de se mettre en colère, de demander justice, de protéger ceux qu'il aime. Shemshena a puni Misalem de son audace par la mort… devenant ainsi une héroïne.

Syénite réfléchit en silence. Albâtre bouge. Elle le sent presser dans sa main inerte le petit paquet qui contient les anneaux.

« Les orogènes ont construit le Fulcrum. » Il n'emploie presque jamais le mot *orogène*. « Nous l'avons construit sous la menace d'un génocide, nous nous en sommes servis pour nous mettre la corde au cou, mais nous l'avons construit. C'est grâce à *nous* que l'Antique Sanze est devenu si puissant et a existé si longtemps ; grâce à nous qu'il règne encore plus ou moins sur le monde entier, même si personne ne veut l'admettre. C'est nous qui avons compris que les nôtres pouvaient être stupéfiants en apprenant à affiner le don que nous avons de naissance.

— C'est une malédiction, pas un don. »

Elle ferme les yeux, mais ne repousse pas le petit paquet.

« C'est un don s'il nous permet de progresser, une malédiction si nous le laissons nous détruire. C'est nous qui en décidons… ni les instructeurs ni les Gardiens ni personne d'autre. »

Albâtre remue à nouveau. Le lit se balance un peu car il se penche. Une seconde plus tard, ses lèvres se posent sur le front de Syénite, sèches et approbatrices. Puis il redescend par terre, sans un mot de plus.

« Il m'a semblé voir un Gardien, dit-elle au bout d'un moment, très bas. À Allia »

Il ne répond pas tout de suite. Quand il reprend la parole, elle s'était persuadée qu'il n'en ferait rien.

« Si jamais ils nous font encore du mal, je réduirai le monde entier en pièces. »

On n'en aura pas moins mal, se dit-elle.

La pensée de la vengeance la rassure malgré tout. C'est le genre de mensonge dont elle a besoin. Elle reste longtemps immobile, les yeux clos. Elle ne dort pas ; elle réfléchit. Albâtre ne la quitte pas. Elle est inexprimablement heureuse de sa présence.

*
**

La fin du monde arrive trois semaines plus tard, par la plus belle journée que Syénite ait jamais vue. Le ciel est dégagé sur des kilomètres, si on oublie les rares nuages qui y dérivent à l'occasion. La mer est calme, le vent omniprésent pour une fois chaud et humide, au lieu de froid et décapant.

Il fait tellement beau que la comm tout entière décide de monter sur les hauteurs. Les villageois valides portent ceux que les escaliers arrêteraient, et les enfants qui leur courent dans les jambes manquent de les tuer tous. Les cuisiniers de service mettent dans de petits pots faciles à transporter des croquettes de poisson, des fruits coupés et des boulettes de céréales séchées. Tout le monde prend des couvertures et Innon un instrument de musique que Syénite n'a encore jamais vu, une sorte de tambour affublé de cordes de guitare qui ferait sans doute fureur à Lumen, si jamais il y parvenait. Albâtre, lui, se charge de Corindon, Syénite d'un roman épouvantablement mauvais que quelqu'un a trouvé sur le bateau pillé – le genre d'horreur dont la première page l'a fait sursauter puis éclater de rire. Du coup, elle l'a continué, évidemment. Elle aime les livres qu'on lit par pur plaisir.

Les Meovites s'installent sur une pente protégée du vent par une crête, quoique baignée de soleil. Syénite dispose sa couverture à l'écart, mais les autres ne tardent pas à l'encercler, et de près, répondant à ses regards noirs par de grands sourires.

En trois ans, elle a fini par comprendre que la plupart d'entre eux les considèrent, Albâtre et elle, comme des sortes de bêtes sauvages qui ont décidé de se servir d'habitations humaines abandonnées – imperméables à la civilisation, plutôt mignons, pénibles mais, au moins, amusants. Quand les Meovites s'aperçoivent qu'elle a manifestement besoin d'aide, mais qu'elle refuse de l'admettre, ils l'aident de toute manière. Et ils passent leur temps à *tripoter* Albâtre. Ils le serrent dans leurs bras, lui prennent les mains, l'entraînent dans leurs danses, toutes choses qu'ils ne tentent pas avec elle, heureusement. D'un autre côté, il est évident qu'Albâtre aime le contact, malgré ses airs distants. Il n'a pas dû en connaître beaucoup au Fulcrum, où tout le monde avait peur de son pouvoir. Peut-être les Meovites pensent-ils que Syénite, elle, aime se voir rappeler qu'elle appartient maintenant à un groupe, auquel elle apporte et qui lui apporte sa contribution ; qu'elle n'a plus à se méfier de tout et de tous.

Ils ont raison. Elle ne le leur dira pas pour autant.

Au fil de la journée, Innon s'amuse à lancer Cori en l'air pendant qu'Albâtre essaie de dissimuler sa terreur, même si son orogénie expédie une microsecousse dans les strates immergées de l'île chaque fois que Cori s'envole ; Hemoo initie un jeu de poésie chantée sur un air bien connu des Meovites ; Owel, la fille d'Ough, essaie de courir sur les couvertures et piétine une dizaine de personnes, minimum, avant que quelqu'un ne l'attrape et ne la fasse rouler par terre en la chatouillant ; un panier circule, plein de petits flacons d'argile dont le contenu brûle les narines de Syénite quand elle le sent ; et.

Et.

Elle pourrait en arriver à aimer ces gens, elle se le dit parfois.

Peut-être les aime-t-elle déjà. Elle n'en est pas sûre. Mais, une fois Innon écroulé pour une petite sieste, Cori déjà endormi sur le torse, une fois la poésie transformée en concours de plaisanteries obscènes, une fois assez ivre, après avoir bu aux flacons, pour que le monde commence à bouger de lui-même autour d'elle... elle lève les yeux. Ils se posent sur Albâtre, accoudé, très occupé à feuilleter l'abominable roman qu'elle a fini par laisser tomber. Des grimaces horribles mais hilarantes déforment les traits du lecteur, pendant que sa main libre tripote une des tresses d'Innon. Rien à voir avec le monstre à moitié fou chez qui Feldspath a envoyé Syénite au début de ce voyage.

Lorsqu'il lève les yeux à son tour, la méfiance s'y reflète une seconde. Elle bat des paupières, surprise. Mais, après tout, personne d'autre qu'elle ici ne sait quelle vie il menait avant. Lui en veut-il d'être là et de lui rappeler en permanence ce qu'il préférerait oublier ?

Il sourit, ce qui fait automatiquement froncer les sourcils à Syénite. Le sourire s'élargit.

« Tu ne m'aimes toujours pas, hein ?

— Qu'est-ce que ça peut te faire ? » grogne-t-elle.

Il secoue la tête, amusé... tend la main et caresse les cheveux de Cori. Lequel s'agite et marmonne dans son sommeil. Les traits d'Albâtre s'adoucissent.

« Tu n'as pas envie d'avoir un autre enfant ? »

Syénite sursaute, bouche bée.

« Bien sûr que non. Je ne voulais pas de *celui-là*.

— Mais il est là. Et il est magnifique, tu ne trouves pas ? Tu fais des enfants magnifiques. » C'est sans doute la chose la plus démente qu'il puisse jamais dire, mais bon, on parle d'Albâtre. « Tu pourrais faire le suivant avec Innon.

— Innon devrait peut-être avoir son mot à dire, avant qu'on ne trace son avenir reproductif.

— Il adore Cori, et c'est un bon père. Il a déjà deux autres enfants, qui vont très bien. Mais ce sont des Fixes. » Albâtre réfléchit. « Innon et toi pourriez très bien avoir un Fixe aussi, mais ce ne serait pas grave. Pas ici. »

Syénite secoue la tête. N'empêche qu'elle pense au petit pessaire que les villageoises lui ont appris à utiliser. Elle pense qu'elle va peut-être arrêter de l'utiliser.

« Être libre, ça veut dire avoir soi-même le contrôle de ce qu'on fait. Soi-même et personne d'autre, déclare-t-elle néanmoins.

— Certes, mais maintenant que je peux me demander ce que je veux… » Albâtre hausse les épaules d'un air nonchalant, malgré le regard ardent qu'il pose sur Innon et Cori. « Je n'ai jamais attendu grand-chose de la vie. Tout ce que je voulais, c'était la *vivre*. Je ne suis pas comme toi. Je n'éprouve pas le besoin de faire mes preuves, de changer le monde, d'aider les gens ou de devenir un héros. Moi, tout ce que je veux, c'est… ça. »

Elle comprend. Alors elle s'allonge de son côté d'Innon, Albâtre du sien, ils se détendent et ils profitent un moment de la sensation de complétude, de contentement qu'ils éprouvent. Parce qu'ils ont le loisir d'en profiter.

Ça ne peut évidemment pas durer.

Syénite se réveille quand Innon se redresse, la couvrant de son ombre. Elle n'avait pas l'intention de faire la sieste, mais elle en a fait une longue, car le soleil descend vers l'océan. Comme Cori s'agite, elle s'assied par habitude, se frotte le visage d'une main et tend l'autre pour vérifier si la couche du petit est pleine. Tout va bien de ce côté-là, mais il pousse des piaillements anxieux. Une fois mieux réveillée, elle comprend pourquoi. Innon le tient distraitement d'un bras, les sourcils froncés, les yeux fixés sur Albâtre. Lequel est debout, figé, rigide.

« Je me demande… » murmure-t-il.

Il a beau être tourné vers le continent, il ne voit rien, ce n'est pas possible – d'autant que la crête lui bloque la vue. D'un autre côté, il ne se sert pas de ses yeux.

Syénite fronce à son tour les sourcils et envoie sa propre conscience en exploration, de crainte qu'un tsunami ou pire ne soit en route. Rien.

Un rien *remarquable*. Il devrait y avoir quelque chose. L'île de Meov est séparée du continent par la jonction de deux plaques, et ces jonctions ne sont jamais figées. Les plaques sursautent, se tordent, vibrent l'une contre l'autre – mille et un mouvements infinitésimaux que les gèneurs seuls valuent, telle l'électricité que les géniums tirent des turbines à eau et des cuves de produits chimiques. Mais voilà que, soudain, Syénite value le bord des plaques comme figé. Impossible.

Quand elle se tourne vers Albâtre, déconcertée, Corindon exige son attention en se mettant à sauter et à se débattre dans l'étreinte d'Innon, gémissant, le nez plein de morve. Ce n'est pourtant pas le genre de bébé à piquer des crises. Albâtre le regarde. Son expression se modifie ; ses traits se tordent jusqu'à devenir terribles.

« Non, dit-il en secouant la tête. Non, non. Je ne les *laisserai* pas faire. Pas cette fois.

— Hein, quoi ? » C'est lui qu'elle regarde à présent en essayant d'oublier l'angoisse qui enfle en elle. Les autres se lèvent autour d'eux, échangent des chuchotements, réagissent à leur inquiétude, mais elle le sent plus qu'elle ne le voit. « De quoi tu parles ? Terre en feu… »

Il laisse échapper un son qui n'est pas un mot, juste une pure *négation*, puis se met soudain à courir sur la pente en direction de la crête. Elle le suit des yeux avant de se tourner vers Innon, encore plus déconcerté qu'elle ; il secoue la tête, mais les Meovites qui ont précédé Albâtre au sommet de l'île se mettent à crier et à appeler leurs compagnons à grands gestes. Il y a un problème.

Syénite et Innon s'empressent eux aussi d'emboîter le pas à Albâtre. Tout le monde le rejoint en même temps et examine l'étendue d'océan qui sépare l'île du continent.

Quatre bateaux se détachent sur l'horizon, minuscules mais se rapprochant visiblement.

Innon lâche un gros mot et fourre Cori dans les bras de Syénite, qui manque de le lâcher puis le serre contre elle pendant que le colosse farfouille dans ses diverses poches et bourses. Il finit par en tirer sa plus petite lunette, l'allonge, scrute un moment les bateaux avec attention puis fronce les sourcils. Pendant ce temps, Syénite s'efforce de consoler Cori, mais Cori est inconsolable. Lorsque Innon baisse la longue-vue, elle l'attrape par le bras, pousse le garçonnet contre lui pour qu'il s'en occupe et lui prend la lorgnette.

Les navires ont grossi. Leurs voiles blanches sont très ordinaires. L'émotion d'Albâtre reste inexplicable, jusqu'à ce que Syénite remarque la silhouette postée à la proue d'un des vaisseaux.

Une silhouette vêtue de bordeaux.

Le saisissement vide les poumons de la jeune femme. Elle recule d'un pas en articulant un mot destiné à Innon, mais qui échappe à ses lèvres sans force, inaudible. Il lui reprend la longue-vue, qu'elle a l'air près de lâcher. Puis, parce qu'il faut bien *faire* quelque chose, parce qu'elle a *besoin* de faire quelque chose, elle se concentre, rassemble sa volonté et répète, plus fort :

« *Gardiens.* »

Innon fronce les sourcils.

« Comment… »

Mais elle le voit comprendre à son tour ce que signifie la nouvelle. Il détourne un instant le regard, s'interroge puis secoue la tête. Peu importe comment les Gardiens ont trouvé Meov. Les villageois ne peuvent leur permettre d'y prendre pied. Ni de vivre.

« Passe Cori à quelqu'un d'autre, ordonne-t-il en s'éloignant de la crête, les traits durcis. On va avoir besoin de toi. »

Elle acquiesce, se retourne, parcourt les alentours des yeux. Deelashet, une des rares Sanziennes de la comm, passe près d'elle en courant avec son propre bébé, qui doit avoir environ six mois de plus que Cori. Elle a gardé le garçonnet à l'occasion, elle l'a allaité quand Syénite était occupée… Syénite lui fait signe, se précipite, lui pousse son fils dans les bras.

« S'il te plaît. »

Deelashet acquiesce, mais Cori, lui, n'est pas d'accord. Il se cramponne à sa mère en hurlant et en donnant des coups de pied. Terre cruelle ! L'île tout entière sursaute soudain. Deelashet titube, les yeux écarquillés par la peur.

« Merde », murmure Syénite en récupérant le petit. Elle se le pose sur la hanche – il se calme immédiatement – et se met à courir pour rattraper Innon, qui se précipite déjà vers les escaliers en criant à son équipage d'embarquer sur le *Clalsu* et de se préparer à appareiller.

C'est de la folie. D'un bout à l'autre. C'est ce qu'elle se dit en courant. Ça n'a pas de sens que les Gardiens aient découvert l'île. Ni qu'ils arrivent – pourquoi ici ? Pourquoi maintenant ? Meov existe et ses habitants piratent depuis des générations. La seule différence, c'est Syénite et Albâtre.

Elle ne prête pas attention à la petite voix qui murmure au fond de son esprit : *Ils t'ont suivie, d'une manière ou d'une autre, ils t'ont suivie, tu le sais très bien, tu n'aurais jamais dû retourner à Allia, c'était un piège, tu n'aurais jamais dû venir ici, tout ce que tu touches est condamné.*

Elle ne baisse pas les yeux vers ses mains, où – pour faire comprendre à Albâtre qu'elle a apprécié son geste – elle a passé les quatre anneaux gagnés au Fulcrum plus les deux reçus de lui. Les derniers ne sont pas des vrais, en fin de compte. Aucun examen n'a été nécessaire pour les obtenir. Mais qui saurait si elle les mérite mieux qu'un homme qui en a mérité dix ? Et, sainte merde, elle a éteint un volcan rouillé, créé par un obélisque cassé renfermant un mangeur de pierre.

Elle décide donc, aussi soudainement que férocement, de montrer à ces Gardiens rouilleux de quoi est capable une six-anneaux.

Au niveau de la comm, le chaos règne : on tire des vitrocouteaux, on sort des catapultes et des boules de chaînes – où qu'elles aient bien pu être rangées –, on rassemble ses affaires, on charge les bateaux avec les lances de pêche. Syénite franchit en courant la passerelle du *Clalsu*, sur lequel Innon crie de lever l'ancre, quand elle pense soudain à se demander où est passé Albâtre.

Elle s'immobilise, chancelante, sur le pont du navire… au moment où passe une bouffée d'orogénie si profonde, si puissante qu'il lui semble une seconde sentir trembler le monde entier. Un semis de points minuscules scintille brièvement sur l'eau dansante de la crique. Celle-là, les nuages ont dû la sentir.

Un *mur* sort brusquement des flots, à moins de cinq cents mètres du port. Un bloc de pierre massif parfaitement rectangulaire, à croire qu'il a été taillé au burin, si énorme qu'il… Oh, non, rouille pelante !… qu'il ferme cette saleté d'anse.

« Albâtre ! Terre cruelle… »

Impossible de se faire entendre, avec le rugissement de l'eau et les craquements de la muraille – aussi imposante que l'île – qui apparaît sous l'impulsion d'Albâtre. Comment peut-il faire une chose pareille, sans avoir à proximité ni secousse ni point chaud ? La moitié de l'île devrait se retrouver gelée… Mais Syénite distingue du coin de l'œil un scintillement, elle pivote… L'obélisque améthyste est là, au loin, quoique plus près qu'auparavant. Se portant à leur rencontre. Voilà comment.

Innon jure, furieux. Il comprend parfaitement qu'Albâtre se conduit en crétin trop protecteur, par quelque moyen que ce soit. La fureur du Meovite devient effort. Une brume monte de l'eau environnante, le pont du bateau grince en se couvrant de givre : Innon essaie de briser la portion de mur la plus proche pour pouvoir quitter le port et aller au combat. La pierre vole en éclats… puis un coup de tonnerre bas résonne de l'autre côté du gigantesque rectangle. La partie détruite s'écroule, dévoilant un autre bloc, juste derrière le premier.

De son côté, Syénite est très occupée à lisser les vagues. Il est possible, quoique difficile, d'utiliser l'orogénie en mer. Elle commence enfin à prendre le coup, après avoir vécu aussi longtemps près d'une immensité aqueuse ; c'est l'une des rares choses qu'Innon leur ait enseignées, à Albâtre et elle. L'océan renferme assez de chaleur et de minéraux pour qu'elle les sente, et les mouvements de l'eau ressemblent à ceux de la roche – en plus rapides. Elle arrive donc à la manipuler un minimum. Délicatement. C'est ce qu'elle fait à présent, en serrant Cori contre elle afin de le maintenir dans la zone sûre de son tore : elle expédie avec une grande concentration contre les vagues en approche des ondes de choc d'une vélocité idéale pour les briser. Sa tactique marche plutôt bien ; le *Clalsu* se balance follement, il échappe à ses amarres, un des quais s'effondre, mais aucun bateau ne chavire et personne ne meurt. Syénite considère ça comme une victoire.

« Mais qu'est-ce qu'il fait, bordel rouillé ? » s'exclame Innon, haletant.

Elle suit son regard, ce qui lui permet enfin de repérer Albâtre.

Posté à l'endroit le plus élevé de l'île, au sommet des pentes. Malgré la distance qui les sépare, elle distingue le froid meurtrier engendré par son tore ; l'air plus chaud alentour tremblote à cause des variations de température, tandis que l'humidité du vent tombe sous forme de neige. Si Albâtre se sert de l'obélisque, il ne devrait pourtant pas avoir besoin de ponctionner son environnement. À moins qu'il n'en fasse tellement que l'artefact même ne puisse lui apporter assez d'énergie.

« Feux souterrains ! Il faut que j'y aille », dit Syénite.

Innon l'attrape par le bras. Elle s'aperçoit alors qu'il a les yeux écarquillés, pleins d'un certain effroi.

« On ne ferait que le gêner, proteste-t-il.

— Mais on ne peut pas rester ici, les bras croisés, à attendre ! Il n'est pas… fiable. »

L'estomac de Syénite se noue avant qu'elle n'ait achevé sa phrase. Innon n'a jamais vu Albâtre perdre pied. Et elle ne *veut* pas qu'il voie ça. Albâtre allait si bien, ici, à Meov. Il était presque guéri de sa folie. Mais *Ce qui s'est déjà brisé se brisera à nouveau, plus facilement.* Voilà ce qu'elle se dit.

Elle secoue la tête et essaie de donner Cori à Innon.

« Il faut que j'y aille. Je peux peut-être l'aider. Cori ne veut être confié à personne d'autre. Je t'en prie… »

Il jure, mais prend le bébé, qui se cramponne à sa chemise et s'enfonce le pouce dans la bouche. Déjà, Syénite est partie, longe en courant la corniche de la comm et s'élance dans les escaliers.

Dès qu'elle dépasse le sommet de la muraille rocheuse, élevée par Albâtre pour défendre le port, elle découvre ce qui se passe derrière. Le saisissement la fige, titubante. Les bateaux sont beaucoup plus près. Juste derrière la muraille, en fait. Mais il n'y en a plus que trois, parce que le quatrième a dévié de sa course et gîte énormément… Non, il coule. Quant à savoir comment Albâtre s'y est pris… Un autre est bizarrement posé sur l'eau, le mât brisé, la proue en l'air, la quille apparente. Syénite s'aperçoit alors qu'il y a un tas de *rochers* sur le pont arrière. Albâtre a fait pleuvoir des *rochers* sur ces salopards. Elle ne sait pas comment, là non plus, mais le spectacle lui donne envie d'applaudir.

Toutefois, les deux derniers vaisseaux se sont séparés. L'un fonce droit sur l'île, l'autre s'en éloigne, soit pour la contourner, soit pour se mettre hors de portée de la pluie de rochers. *Oh, non*, se dit Syénite. Elle décide de faire ce qu'elle a fait au bateau de miliciens lors du dernier raid, tirer une écharde du fond marin rocheux et en transpercer sa cible. Le processus gèle autour d'elle un cercle de trois mètres de rayon et fait apparaître des glaçons sur l'eau qui la sépare du bateau, mais l'écharde se forme, se sépare de la masse environnante, se met à monter…

Quand tout s'arrête. La force orogénique de Syénite, en pleine concentration, se… dissipe, purement et simplement. Une exclamation étouffée lui échappe lorsque chaleur et énergie s'éparpillent, avant qu'elle ne comprenne de quoi il retourne : il y a aussi un Gardien sur ce bateau-là. Peut-être y en a-t-il sur tous les bateaux, ce qui expliquerait qu'Albâtre ne les ait pas encore détruits. Il lui est impossible de s'en prendre directement aux Gardiens ; il en est donc réduit à leur jeter des rochers depuis l'extérieur de leur zone de négation. Syénite n'imagine même pas le pouvoir qu'il lui faut. Jamais il n'y serait arrivé sans l'obélisque – et s'il n'était pas le dix-anneaux qu'il est, cinglé et irascible.

Bon, elle ne peut pas non plus s'en prendre directement à l'ennemi, mais il lui reste d'autres moyens de le frapper. Pendant que le bateau qu'elle a essayé de couler passe derrière l'île, elle longe la crête en courant pour ne pas le perdre de vue. Ses occupants s'imaginent-ils qu'il existe un autre moyen d'aborder ? Dans ce cas, ils vont être cruellement déçus. Le port constitue la seule partie de Meov plus ou moins accessible, le reste se composant d'une unique colonne de pierre déchiquetée.

Cette pensée donne une idée à Syénite. Elle s'arrête, un grand sourire aux lèvres, puis se laisse tomber à genoux pour mieux se concentrer.

Elle n'a pas la force d'Albâtre. Elle ne sait même pas comment contacter l'améthyste sans son aide – et, après ce qui s'est passé à Allia, elle n'ose pas essayer. La limite de la plaque tectonique se trouve hors de son atteinte, et il n'y a à proximité ni évent ni point chaud. Mais il y a Meov. Une masse énorme de schiste adorable, pesant, *feuilleté*.

Elle y plonge. Profond. De plus en plus profond. En progressant le long des stries et des strates de roche qui constituent l'énorme colonne, en cherchant le meilleur point de rupture, le… *fulcrum*. Rire intérieur. Elle finit par le trouver. Bien. Et le bateau surgit de derrière la courbe de l'île. Oui.

Syénite tire de la pierre toute la chaleur, toute la vie infinitésimale qui s'y trouvent à un point bien précis, où l'humidité persiste néanmoins. Une humidité qui gèle et se dilate, parce que la jeune femme la refroidit encore et encore, tissant un tore oblong qui tranche le grain de la roche comme un couteau la viande. Un cercle de givre apparaît autour d'elle, mais ce n'est rien comparé à la longue tranche de glace cautérisante qui grandit à l'intérieur de la pierre et la fend peu à peu.

Au moment où le bateau approche de l'endroit choisi, elle libère toute la force que lui a donnée l'île, en l'enfonçant exactement là d'où elle est venue.

Un énorme doigt de pierre se détache de la falaise. L'inertie le maintient en place une fraction de seconde… puis un long gémissement creux accompagne sa séparation de l'à-pic, quand sa base explose près de la ligne de marée. Syénite ouvre les yeux, se relève et se remet à courir vers l'extrémité de l'île qui l'intéresse en dérapant sur le givre qu'elle a elle-même suscité. La fatigue l'oblige cependant à ralentir au bout de quelques pas, haletante, un point au côté. Elle n'en arrive pas moins à temps pour voir :

Le doigt de pierre a atterri en plein sur le bateau. Un sourire sauvage lui monte aux lèvres à la vue du pont explosé, d'où montent des hurlements, et des gens à la mer. La plupart sont diversement habillés – des mercenaires, donc –, mais il lui semble bien entrevoir sous l'eau un éclair bordeaux, entraîné de plus en plus profond par une des moitiés du navire qui sombre.

« Garde-toi *ça*, espèce de rouillé cannibale ! »

Souriante, elle part rejoindre Albâtre.

Elle le voit en redescendant du sommet, minuscule silhouette qui persiste à entretenir son propre front de froid, et elle ne peut s'empêcher de l'admirer une seconde. En dépit du reste, en dépit de tout, il est stupéfiant. Mais, soudain, un étrange grondement creux s'élève de la mer, et quelque chose explose autour de lui dans un jaillissement de rochers, de fumée, d'onde de choc.

Un canon. Un *canon* rouillé. Innon en a parlé à Syénite. Il s'agit d'une invention que les comms équatoriales expérimentent depuis quelques années. Les Gardiens en ont un spécimen, *évidemment*. Elle se met à courir, maladroite, titubante, poussée par la peur. La fumée a beau lui dissimuler à demi Albâtre, elle voit bien qu'il s'est effondré.

Le temps de le rejoindre, elle sait qu'il va mal. Le vent glacé s'est éteint. Albâtre est toujours à quatre pattes, entouré d'une plaque de glace cloquée de plusieurs mètres de diamètre au bord de laquelle elle s'arrête : s'il a été sonné, il risque de ne pas s'apercevoir qu'elle se trouve dans sa zone de pouvoir.

« Albâtre ! »

Il bouge un peu, il gémit, il marmonne. Est-il gravement blessé ? Elle trépigne un moment à la limite du givre, avant de se décider à prendre le risque et de trottiner jusqu'au disque épargné qui entoure son compagnon de près. Il se tient toujours à quatre pattes, difficilement, la tête basse. Les entrailles de Syénite se nouent lorsqu'elle s'aperçoit que la pierre au-dessous de lui est pointillée de sang.

« J'ai coulé l'autre bateau, dit-elle en le rejoignant, dans l'espoir de le rassurer. Je peux m'occuper de celui-là aussi, si tu ne l'as pas encore fait. »

Pure bravade. Elle ne sait pas s'il lui reste assez d'énergie. Avec de la chance, Albâtre s'est chargé des intrus. Mais, quand elle relève les yeux, elle jure en son for intérieur, parce que le dernier vaisseau est toujours là, apparemment intact. On dirait qu'il est à l'ancre et qu'il attend. Quant à savoir quoi…

« Syénite… » La voix d'Albâtre est tendue. Par la peur ou autre chose. « Promets-moi de ne pas les laisser prendre Cori. Quoi qu'il arrive.

— Hein ? Évidemment que je ne les laisserai pas l'emmener. » Elle se rapproche et s'accroupit près de lui. « Écoute… »

Il lève les yeux, manifestement étourdi, peut-être par le coup de canon. Son front est barré d'une coupure qui saigne énormément, comme toutes les blessures à la tête. Syénite l'examine de pied en cap, lui palpant le torse, priant pour qu'il n'ait rien de plus grave. Il est toujours là, le boulet l'a donc raté, mais il suffit qu'un éclat de pierre s'envole à la vitesse adéquate et atteigne le mauvais endroit…

Alors seulement elle voit. Les bras d'Albâtre, au niveau des poignets. Ses genoux et le reste de ses jambes, des cuisses aux chevilles. Disparus. Ils n'ont été ni arrachés ni réduits en charpie, ils s'achèvent juste en douceur, à la perfection, au niveau exact du sol. Et il les bouge comme s'ils se trouvaient dans l'eau au lieu d'être emprisonnés dans la pierre. Il se *débat*, elle s'en aperçoit enfin. Ce n'est pas parce qu'il ne tient plus debout qu'il est à quatre pattes, mais parce que quelque chose l'*entraîne sous terre* contre son gré.

La mangeuse de pierre. Terre rouillée !

Syénite attrape Albâtre par les épaules dans l'espoir de le libérer, mais autant chercher à extirper un rocher du sol. Il est plus lourd. Sa chair n'a plus tout à fait la consistance de la chair. S'il traverse la pierre, c'est qu'il y ressemble un peu. Impossible de l'en sortir. Au contraire, il s'y enfonce davantage à chaque inspiration ; il y est à présent descendu jusqu'aux épaules et aux hanches. Ses pieds ont été engloutis.

« Lâche-le. Que le Père Terre te dévore ! »

L'ironie de la malédiction n'apparaîtra à Syénite que plus tard. Ce qui lui apparaît, sur le moment, c'est que si elle ancre sa conscience dans la pierre et y cherche la créature…

Il s'y trouve en effet quelque chose, mais cette chose est totalement étrangère a tout ce que la jeune femme connaît peu ou prou. C'est une pesanteur. Un poids trop profond, trop dense, trop énorme pour exister – pas dans un si petit espace et avec une telle compacité. On dirait qu'une *montagne* tire Albâtre vers le bas de toute sa masse. Une montagne contre laquelle il lutte ; sans ça, il ne serait plus là du tout. Mais vu son état de faiblesse, il est en train de perdre la bataille, et Syénite n'a aucune idée de ce qu'il faudrait faire pour l'aider. La mangeuse de pierre est tout simplement trop… trop tout. Trop gigantesque, trop puissante, trop. Syénite ne peut se retenir de se rejeter en arrière, avec l'impression qu'elle vient d'éviter de justesse elle ne sait quoi.

« *Promets*-moi, halète Albâtre, pendant qu'elle le tire une fois de plus par les épaules en poussant de toutes ses forces contre la pierre, prête à tout et à n'importe quoi pour s'opposer à ce poids terrible. Tu sais ce qu'ils lui feront. Un enfant si fort, mon enfant, élevé ailleurs qu'au Fulcrum… tu *sais*. »

Un fauteuil en treillis métallique dans un bâtiment obscur… Elle ne veut pas y penser. Rien ne *marche*, il a presque disparu sous terre, à présent, seuls en dépassent son visage et ses épaules, et encore, uniquement parce qu'il se raidit pour les maintenir à l'air libre. Elle blablate, elle sanglote, à la recherche désespérée de mots capables d'arranger ça, peu importe comment.

« Je sais. Je te promets. Oh, rouille, Albâtre, s'il te plaît, je ne peux pas… pas toute seule… je ne peux pas… »

La main de la mangeuse de pierre sort de la roche, blanche, dense, le bout des doigts teinté de rouille. Syénite sursaute, hurle de saisissement, persuadée que la créature s'en prend à elle… mais non. La main enveloppe l'arrière du crâne d'Albâtre avec une douceur remarquable. Personne ne s'attend que les montagnes soient douces. Elles sont en revanche inexorables. La main appuie, et Albâtre s'engloutit. Ses épaules échappent à Syénite. Son menton disparaît, sa bouche, son nez, ses yeux terrifiés…

Il n'est plus là.

À genoux, seule, sur le sol dur et froid, elle hurle ; elle pleure. Ses larmes tombent sur la pierre d'où la tête d'Albâtre dépassait, il y a un instant. La pierre ne les absorbe pas. Les éclaboussures subsistent.

Jusqu'au moment où elle sent : la descente vertigineuse, l'arrachement. Tirée de son chagrin par le choc, elle se remet maladroitement sur ses pieds et s'approche en trébuchant du bord de la falaise, d'où elle voit le bateau restant. *Les* bateaux restants, car celui qu'Albâtre avait lesté de rochers s'en est apparemment remis, d'une manière ou d'une autre. Non, pas d'une manière ou d'une autre. Les flots se couvrent de glace autour des deux vaisseaux : l'un des passagers est un gèneur, au service des Gardiens. Un quatre-anneaux, minimum. La précision de son contrôle est perceptible à Syénite. Avec toute cette glace… Un groupe de marsouins bondit hors de l'eau dans l'espoir d'échapper à la banquise artificielle en expansion, mais elle les rattrape, rampe sur leur corps, les solidifie moitié immergés, moitié émergés.

Que peut bien trafiquer ce gèneur avec toute cette puissance ?

Une portion de la muraille rocheuse élevée par Albâtre frissonne.

« Non… »

Syénite fait volte-face et se remet à courir, hors d'haleine, valuant plus quelle ne voit le gèneur des Gardiens s'attaquer à la base de la plaque rectangulaire, plus fragile à l'endroit où elle s'incurve pour se fondre à la courbe naturelle du port de Meov. L'adversaire va l'abattre.

Arriver au niveau de la comm, puis sur les quais, prend une éternité. Syénite n'a qu'une peur, qu'Innon largue les amarres sans elle. Il doit être capable de valuer ce qui se passe, lui aussi, mais – la pierre soit louée – le *Clalsu* est toujours là. Lorsqu'elle se précipite sur le pont, chancelante, quelques marins l'attrapent pour l'entraîner à un endroit où elle peut s'asseoir avant de s'écrouler. Ils tirent la passerelle après son passage et affalent les voiles.

« Innon, halète-t-elle en reprenant haleine. S'il vous plaît. »

On la porte pratiquement jusqu'au capitaine. Posté sur le pont supérieur, tenant d'une main le gouvernail, de l'autre Cori, à cheval sur une hanche. Il ne la regarde pas, tout entier concentré sur la muraille ; déjà, un trou y est apparu, près du sommet. Au moment où elle le rejoint, une dernière poussée de pouvoir fait tomber la pierre en gros morceaux. Le bateau danse follement, mais Innon garde un équilibre parfait.

« On va se porter à leur rencontre », annonce-t-il d'un ton sinistre, pendant que Syénite s'effondre sur le banc le plus proche et que le *Clalsu* s'éloigne du quai. Tout le monde est prêt à se battre. Les catapultes sont chargées, les javelots bien en main.

« On va commencer par les éloigner de la comm pour que les autres puissent évacuer dans les bateaux de pêche. »

Il n'y a pas assez de bateaux de pêche, répondrait volontiers Syénite, qui reste muette. Innon le sait parfaitement.

Déjà, le *Clalsu* franchit la brèche étroite ouverte par le gèneur des Gardiens, dont le bateau arrive sur eux. Une bouffée de fumée sur son pont, un sifflement creux ; le canon, à nouveau. Raté, mais de peu. Innon crie ses ordres, et les servants d'une des catapultes retournent la politesse avec un panier rempli de lourdes chaînes qui réduit en lambeaux la misaine et le mât de l'adversaire. Une autre expédie un tonneau de poix en feu. Des gens en flammes se mettent à courir sur le pont du vaisseau touché. Le *Clalsu* le frôle pendant qu'il part s'échouer contre la muraille rocheuse de Meov, le pont réduit à un incendie furieux.

Mais les pirates ne vont pas loin. Une autre bouffée de fumée, un autre grondement – cette fois, le *Clalsu* vibre sous le choc. Rouille et feux souterrains ! Combien de ces engins ont donc les envahisseurs ? Syénite se lève et se précipite au bastingage en cherchant à repérer le canon, bien qu'elle ignore ce qu'elle peut y faire. La coque du *Clalsu* est trouée, des cris s'élèvent sous le pont, mais pour l'instant, le bateau avance toujours.

C'est le navire sur lequel Albâtre avait lancé les rochers. Certains ont disparu de son pont arrière, et sa position sur l'eau est redevenue normale. Pas un canon en vue, mais trois personnes, près de la proue. Deux en bordeaux, une en noir. Une quatrième vient les rejoindre, en bordeaux, elle aussi.

Syénite sent qu'elles la regardent toutes.

Le vaisseau pivote légèrement, perdant encore du terrain. Elle commence à espérer, jusqu'au moment où elle voit tirer les canons. Trois. De grosses choses noires rangées près du bastingage tribord, qui sursautent et reculent légèrement sur leurs roues en faisant feu, presque à l'unisson. Une seconde plus tard, un craquement puissant, un grincement, le tremblement du *Clalsu* – comme frappé par un tsunami de force cinq. Syénite lève les yeux à temps pour voir le mât voler en éclats, juste avant que tout ne dégénère.

Le mât craque, bascule tel un arbre qui tombe et frappe le pont avec autant de force. Des hurlements s'élèvent. Le bateau grince et commence à gîter sur tribord, tiré par les voiles abattues. Deux hommes tombent à l'eau avec la toile, écrasés ou étouffés par le tissu, les cordages et le bois, mais que la Terre vienne en aide à Syénite, elle ne peut s'occuper d'eux. Le mât la sépare de la cabine de pilotage. D'Innon et de Cori.

Et le vaisseau des Gardiens approche.

Non ! Elle se tend vers l'eau pour en tirer quelque chose, n'importe quoi, dans ses valupinae maltraitées, mais elle ne trouve rien. Son esprit est aussi figé que du verre. Les Gardiens sont trop près.

Elle ne pense plus. Elle passe à quatre pattes par-dessus le mât brisé, se prend dans un nœud de cordages, se débat une éternité durant pour se libérer. Lorsque enfin elle y parvient, tout le monde se précipite dans la direction d'où elle vient, poignard ou javelot à la main, hurlant, braillant, parce que le vaisseau des Gardiens est *là* et que l'abordage a commencé.

Non.

On meurt autour d'elle. Les Gardiens ont amené des troupes quelconques, des miliciens de comm qu'ils paient ou dont ils ont requis les services. Le combat n'est même pas serré. Les Meovites sont bons, expérimentés, mais habitués à affronter des navires marchands ou des transports de passagers mal défendus. Lorsque Syénite atteint la cabine de pilotage… Innon n'y est pas. Sans doute se trouve-t-il dans les ponts inférieurs. Ecella, sa cousine, blesse un adversaire au visage d'un coup de vitropoignard. Il vacille sous le choc, mais se redresse et lui plonge son propre couteau dans le ventre. Elle tombe, il la repousse, elle roule sur le corps d'un autre Meovite, déjà mort. Des miliciens supplémentaires prennent pied sur le *Clalsu* à chaque minute qui passe.

Le spectacle est partout le même. Les villageois sont en train de perdre.

Il faut que Syénite trouve Innon et Cori.

Il n'y a presque plus personne dans les ponts inférieurs. Tout le monde est remonté défendre le bateau. Elle a pourtant conscience d'un frémissement – la peur de Cori, qu'elle suit jusqu'à la cabine d'Innon. La porte s'ouvre au moment où elle arrive. Innon apparaît, une dague à la main, manquant la frapper. Il suspend son geste, saisi. Elle fouille la petite pièce du regard. Cori est là, blotti dans un panier sous la cloison avant – l'endroit le plus sûr du navire, évidemment. Comme elle reste bêtement plantée là, Innon l'attrape et la pousse dans la cabine.

« Que…

— Reste là, tranche-t-il. Moi, je dois me battre. Toi, fais ce qu'il faut… »

Il n'en dit pas davantage. Quelqu'un arrive derrière lui, trop vite pour qu'elle puisse le prévenir. Un homme, torse nu. Ses mains se posent de chaque côté de la tête d'Innon, les doigts écartés sur ses joues comme des pattes d'araignée. L'inconnu sourit à Syénite tandis que les yeux d'Innon s'écarquillent.

C'est…

Oh, Terre rouillée, c'est…

Elle *sent* ce qui se passe, et pas seulement dans ses valupinae. C'est l'abrasion d'une meule de pierre lui écorchant la peau et lui écrasant les os de bout en bout ; c'est c'est c'est Innon tout entier, le pouvoir la vitalité la beauté la passion *pervertis*. Amplifiés, concentrés, retournés contre lui de la pire des manières. Il n'a pas le temps d'avoir vraiment peur. Elle n'a pas le temps de crier avant qu'il *vole en éclats*.

C'est une secousse vue de près. La terre qui s'ouvre, les fragments de rocher qui se broient et se concassent les uns les autres, avant de se séparer. Mais incarnés.

Tu ne me l'avais pas dit, Albâtre, tu ne m'avais pas dit *comment c'était.*

Innon gît à terre, désarticulé. Le Gardien qui vient de le tuer se tient devant elle, éclaboussé de rouge, un grand sourire aux lèvres sous les taches.

« Ah, mon enfant », dit une voix. Le sang de Syénite se transforme en pierre. « Tu es là.

— Non », murmure-t-elle.

Elle secoue la tête – non – et recule d'un pas. Cori s'est mis à pleurer. Elle recule d'un second pas, se cogne au lit d'Innon, cherche le panier à tâtons et prend le garçonnet dans ses bras. Il se cramponne à elle, tremblant, s'agitant par saccades.

« Non. »

L'intrus regarde brièvement de côté puis s'écarte pour livrer passage à un autre uniforme bordeaux. *Non.*

« Ces manières théâtrales ne servent à rien, Damaya », déclare avec douceur Schaffa Gardien Mandat. Il s'interrompt, manifestement pris d'un remords. « Syénite. »

Elle ne l'a pas vu depuis des années, mais sa voix n'a pas changé. Ni son visage. Il ne change pas. Il a même le sourire, quoiqu'il le perde un peu en remarquant, écœuré, le gâchis qui a été Innon. Un coup d'œil à son collègue torse nu ; toujours aussi souriant. Schaffa soupire, mais lui rend son sourire. Puis tous deux tournent vers Syénite ces hideux, hideux rictus.

Elle ne peut faire marche arrière. Il n'en est pas question.

« Et qu'avons-nous là ? » Schaffa sourit toujours, le regard fixé sur Cori, qu'elle tient dans ses bras. « Adorable. Il est d'Albâtre ? Albâtre est-il aussi en vie ? Tout le monde aimerait le voir, Syénite. Où est-il ? »

L'habitude de répondre est profondément ancrée en elle.

« Une mangeuse de pierre l'a emmené. »

Sa voix tremble. Elle recule encore ; sa tête s'appuie à la cloison. Elle n'a plus nulle part où s'enfuir.

Pour la première fois depuis qu'elle le connaît, Schaffa cligne des yeux, manifestement surpris.

« Une mangeuse… mmh… » Son sourire disparaît. « Je vois. Nous aurions dû le tuer avant qu'ils n'arrivent à lui. Par compassion, bien sûr. Tu n'imagines pas ce qu'ils vont lui faire. Malheureusement. »

Son sourire reparaît. Elle se rappelle tout ce qu'elle a essayé d'oublier. La solitude la reprend, l'impuissance, comme ce jour-là près de Palela, lorsqu'elle était perdue dans un monde hostile, sans personne à qui se fier qu'un homme à l'amour drapé de souffrance.

« Enfin, dit-il. Son enfant représente une compensation plus que suffisante. »

*
**

Tout change parfois en un instant, comprenez-vous.

*
**

Cori gémit, terrifié. Peut-être même comprend-il d'une manière ou d'une autre ce qui est arrivé à son père. Syénite est bien incapable de le consoler.

« Non, répète-t-elle. Non non non. »

Le sourire de Schaffa disparaît.

« Syénite. Je t'ai prévenue. Ne me dis jamais non. »

*
**

La pierre la plus dure explose parfois. Il suffit d'appliquer la force adéquate à la jonction de deux plans. Un *fulcrum* de pression et de faiblesse.

*
**

Promets-moi, a dit Albâtre.

Fais ce qu'il faut faire, a essayé de dire Innon.

« *Non*, salopard de rouillé puant », dit Syénite.

Cori sanglote. Elle lui pose la main sur le nez et la bouche pour le faire taire, pour le réconforter. Elle veillera à sa sécurité. Elle ne laissera pas les Gardiens l'emmener, le réduire en esclavage, transformer son corps en outil, son esprit en arme, sa vie en parodie de liberté.

*
**

Je pense que vous comprenez ces moments de manière intuitive. Telle est notre nature. Nous naissons de ces pressions, et quand elles deviennent insupportables, il arrive que…

*
**

Schaffa se fige.

« Syénite…

— *JE NE M'APPELLE PAS SYÉNITE, ESPÈCE DE ROUILLÉ ! ET JE TE DIRAI NON TANT QUE JE VOUDRAI, SALE ORDURE !* »

Elle a hurlé. Elle écume. Un vide sombre et pesant s'est ouvert en elle, plus lourd que la mangeuse de pierre, bien plus lourd qu'une montagne, aussi dévorant qu'un trou noir.

Ceux qu'elle aime sont tous morts. Tous, sauf Cori. S'ils le lui prennent…

*
**

Il arrive que nous… *explosions*.

*
**

Mieux vaut pour un enfant ne pas avoir vécu que de vivre esclave.

Mieux vaut qu'il meure.

Mieux vaut qu'elle meure, elle. Albâtre va la détester d'avoir fait ça, de l'avoir laissé seul, mais il n'est pas là, et la survie n'est pas la vie.

Alors elle se tend vers le haut. L'extérieur. L'améthyste, qui attend avec la patience des morts, comme si elle savait que ce moment viendrait.

Syénite se tend vers elle en priant qu'Albâtre ait raison, que l'obélisque en soit plus qu'elle ne peut maîtriser.

Sa conscience se dissout dans une lumière aux teintes de joyau et aux ondulations facettées. Juste au moment où une petite exclamation de compréhension échappe à Schaffa, qui se jette sur elle ; juste au moment où les yeux de Cori se ferment en papillotant au-dessus de la lourde main étouffante de Syénite…

Elle s'ouvre au pouvoir de l'antique inconnu et fait voler le monde en éclats.

*
**

Nous avons ici le Fixe. Nous avons un endroit au large de sa côte est, un peu au sud de l'équateur.

Nous avons une île – simple élément d'un archipel, dont les petites langues de terre précaires subsistent rarement plus de quelques centaines d'années. Celle-là a des millénaires, témoignage de la sagesse des insulaires. L'heure de sa mort est venue, mais au moins, certains de ses habitants devraient y survivre pour essaimer. Peut-être cette information vous réconfortera-t-elle.

L'obélisque pourpre qui plane au-dessus de l'île pulse, une fois, gigantesque émanation de pouvoir que reconnaîtrait quiconque s'étant trouvé dans la défunte Allia le jour de sa mort. Lorsque cette palpitation s'évanouit, l'océan en contrebas se soulève, car son fond rocheux se convulse. Des aiguilles de pierre trempées, aussi aiguisées que des couteaux, jaillissent des vagues et font littéralement exploser les bateaux aux alentours de l'île. Certains de ceux qui se trouvent à bord – pirates et ennemis des pirates – en sont transpercés, tant le bosquet de mort qui les entoure est touffu.

La convulsion s'étend à partir de là en une longue ondulation, une chaîne de lances acérées redoutables qui partent du port de Meov pour filer jusqu'aux ruines d'Allia. Un pont. Pas du genre à donner envie de le traverser, mais un pont.

Lorsque tout ce qui devait mourir est mort, lorsque l'obélisque a repris son calme, il ne reste qu'une poignée de survivants en contrebas, dans l'océan. Y compris une femme inconsciente, flottant parmi les débris de son bateau réduit en pièces. Non loin d'elle flotte une toute petite silhouette – un enfant, mais sur le ventre.

Les autres survivants trouveront la femme et l'emmèneront sur le continent, où elle passera deux longues années d'errances, en elle et hors d'elle.

Elle ne sera pas seule… car c'est alors que je la trouverai, voyez-vous. À l'instant où l'obélisque a palpité, la présence de cette femme a chanté à travers le monde entier : promesse, exigence, invitation irrésistible par sa séduction. Nombre d'entre nous ont convergé vers elle, mais c'est moi qui l'ai trouvée le premier. J'ai repoussé les autres et je l'ai suivie, observée, protégée. C'est avec plaisir que je l'ai vue arriver à la petite ville du nom de Tirimo, où elle a connu un moment le bien-être, sinon le bonheur.

J'ai fini par me présenter à elle, dix ans plus tard, quand elle a quitté Tirimo. Nous ne procédons pas en principe de cette manière, évidemment ; nous ne cherchons pas d'habitude à nouer avec son espèce ce genre de relation. Mais elle est – elle était – spéciale. *Vous* étiez spéciale.

Je lui ai dit que je m'appelais Hoa. C'est un nom qui en vaut un autre.

Ainsi a commencé l'histoire. Écoutez. Retenez. Ainsi a changé le monde.

23. Vous n'avez besoin que de vous-même

Il existe à Castrima une structure étincelante. Au niveau inférieur de l'immense géode. À votre avis, elle a été construite, elle n'a pas poussé là : les parois n'en sont pas de cristal taillé, mais de plaques de mica, délicatement pointillées de flocons de cristal aussi beaux que leurs parents plus imposants, quoique moins spectaculaires. Vous ignorez qui aurait pu apporter ces plaques ici pour en bâtir une demeure parmi tant d'appartements inhabités prêts à l'emploi, mais vous ne posez pas la question. Peu vous importe.

Lerna vous accompagne, parce que c'est l'infirmerie officielle de la comm et que l'homme à qui vous rendez visite est son patient. Vous n'en contraignez pas moins le médecin à s'arrêter sur le seuil, et quelque chose dans votre expression l'avertit manifestement du danger. Il ne proteste pas quand vous entrez sans lui.

Vous franchissez d'un pas lent l'ouverture dépourvue de porte, mais vous vous figez en découvrant la mangeuse de pierre à l'autre bout de la vaste pièce principale. Antimoine, oui ; vous aviez presque oublié comment Albâtre l'avait appelée. Elle vous rend votre regard, impassible, à peine discernable sur fond de mur blanc, sinon à la rouille de ses doigts et à la noirceur absolue de sa « chevelure » et de ses yeux. Elle n'a pas changé depuis la dernière fois que vous l'avez vue en partie, douze ans plus tôt, à la mort de Meov. Mais il est vrai que douze ans ne comptent pas pour les siens.

Quoi qu'il en soit, vous la saluez d'un signe de tête. Par politesse et parce qu'il reste encore en vous quelque chose de la femme éduquée au Fulcrum. Vous êtes capable de politesse avec n'importe qui, y compris ceux que vous détestez ardemment.

« Pas plus près », dit-elle.

Ce n'est pas à vous qu'elle s'adresse. Vous vous retournez, nullement surprise de voir Hoa derrière vous. D'où arrive-t-il ? Il est aussi figé qu'Antimoine – d'une immobilité qui n'a rien de naturel et vous fait enfin remarquer qu'il ne respire pas. Il n'a jamais respiré, depuis que vous le connaissez. Comment avez-vous pu ne pas vous en rendre compte ? Il la fixe du regard menaçant qu'il a aussi réservé à la mangeuse de pierre de Ykka. Peut-être se détestent-ils tous entre eux. Ça doit rendre les réunions bizarres.

« Je ne m'intéresse pas à lui », dit Hoa.

Les yeux d'Antimoine reviennent brièvement se poser sur vous, avant de retourner à lui.

« Je ne m'intéresse à elle que pour lui. »

Hoa ne répond pas. Peut-être réfléchit-il à cette déclaration. Peut-être s'agit-il d'une proposition de trêve ou d'une manière pour Antimoine d'affirmer ses droits. Vous secouez la tête et vous avancez dans la pièce.

Au fond de la salle principale, sur un tas de coussins et de couvertures, repose une mince silhouette noire à la respiration sifflante. Elle s'agite un peu et lève lentement la tête à votre approche. Lorsque vous vous accroupissez juste hors de son atteinte, vous reconnaissez le malade avec soulagement. Il a beau avoir changé pour tout le reste, ses yeux sont restés les mêmes.

« Syénite, dit-il d'une voix de gravier épais.

— Essun, maintenant », rectifiez-vous automatiquement.

Il hoche la tête. Ce qui a l'air de lui faire mal ; ses paupières se ferment étroitement, juste une seconde. Puis il inspire, fait un effort visible pour se détendre et se ranime quelque peu.

« Je savais que tu n'étais pas morte.

— Alors pourquoi n'es-tu pas venu ?

— J'avais des problèmes de mon côté. »

Un petit sourire arque ses lèvres. Vous entendez bel et bien la peau se plisser du côté gauche de son visage – déparé par une grosse brûlure. Ses yeux cherchent Antimoine avec la lenteur des mangeurs de pierre, puis il vous redonne son attention.

(Il la lui redonne à elle, Syénite.)

À vous, Essun. Rouille de rouille, vivement que vous arriviez à trouver qui vous êtes.

« Et j'étais très occupé. »

Il lève le bras droit. Le membre s'interrompt abruptement au milieu de l'avant-bras. Albâtre étant torse nu, rien ne vous empêche de voir ce qui lui est arrivé. Il ne reste pas grand-chose de lui, car il a perdu plusieurs morceaux. Il empeste le sang, le pus, l'urine et la viande rôtie. Sa blessure au bras ne lui vient pourtant pas des incendies de Lumen, du moins pas directement. Son moignon est coiffé de quelque chose de brun et de solide qui n'a rien à voir avec de la peau : c'est trop dur et trop uniformément crayeux, à l'œil nu.

De la pierre. Son bras s'est transformé en pierre. Pour l'essentiel, en tout cas, et le moignon…

… des marques de dents. Ce sont des marques de dents. Vous relevez les yeux vers Antimoine en pensant à un sourire endiamanté.

« Il paraît que tu étais également très occupée. »

Vous acquiescez et réussissez enfin à détourner le regard de la mangeuse de pierre. (Vous savez maintenant quelle pierre ils mangent.)

« Après Meov, j'étais… » Vous ne savez pas comment dire ça. Certains chagrins sont trop profonds pour être supportables, mais vous les avez supportés à maintes reprises. « J'avais besoin d'être différente. »

Ça n'a aucun sens. Albâtre n'en produit pas moins un petit bruit d'acquiescement, comme s'il comprenait.

« Au moins, tu es restée libre. »

Si on est libre quand on cache ce qu'on est.

« Oui.

— Tu t'es installée quelque part ?

— Je me suis mariée et j'ai eu deux enfants. » Silence. Le visage de votre interlocuteur comporte des plaques carbonisées ou changées en pierre brune crayeuse qui vous empêchent de voir s'il sourit ou fait grise mine, mais sans doute fait-il grise mine. Aussi ajoutez-vous : « Tous les deux… comme moi. Je… Mon mari… »

Les mots donnent aux choses une réalité que les souvenirs même ne peuvent leur conférer. Vous en restez là.

« Je comprends pourquoi tu as tué Corindon », dit tout bas Albâtre. Avant de vous achever, alors que vous vacillez dans votre accroupissement, littéralement déséquilibrée par le coup qu'il vient de porter. « Mais je ne te le pardonnerai jamais. »

Rouille. La rouille sur lui. Sur vous.

Il vous faut un moment pour répondre.

« Je comprendrai que tu veuilles me tuer. » Après avoir enfin réussi à dire ces quelques mots, vous vous humectez les lèvres. « Mais il faut d'abord que je tue mon mari. »

Albâtre laisse échapper un soupir sifflant.

« Tes deux autres enfants. »

Vous acquiescez. Peu importe en l'occurrence que Nassun soit en vie. Jija vous l'a enlevée ; c'est bien assez blessant.

« Je n'ai pas l'intention de te tuer, Sy… Essun. » Le malade a l'air fatigué. Peut-être votre petite exclamation, ni soulagement ni déception, ne lui parvient-elle pas. « Je ne le ferais pas, même si je pouvais.

— Si tu…

— Y arrives-tu, maintenant ? » Il piétine votre égarement comme il l'a toujours fait. Il n'a changé en rien, sinon par son corps en ruine. « Tu t'es servie du grenat à Allia, mais il était à moitié mort. Tu t'es sans doute servie de l'améthyste à Meov, mais c'était… un cas extrême. Y arrives-tu à volonté, maintenant ?

— Je… »

Vous ne voulez pas comprendre, mais quelque chose détourne à présent votre regard de l'horreur qu'est devenu votre mentor, votre amant, votre ami. Un curieux objet appuyé au mur de l'infirmerie, sur le côté, derrière lui. On dirait un vitrocouteau, doté d'une lame bien trop longue et bien trop large pour être réellement utilisable. Le gigantisme de la poignée est proportionnel à la taille ridicule de cette lame, et la garde se révélera gênante à la première occasion, quand on cherchera à se servir de l'objet pour couper de la viande ou trancher un nœud. Il n'est d'ailleurs pas en verre, à moins qu'il ne s'agisse d'un verre tel que vous n'en avez encore jamais vu, car il est *rose*, presque rouge, et…

et. Vous le considérez d'un œil fixe. Vous y plongez le regard. Vous le sentez chercher à attirer votre esprit vers lui, en lui. Vous tombez, tombez vers le *haut*, dans un puits infini de lumière rose facettée palpitante…

Vous vous rejetez en vous-même avec une exclamation étouffée, par un réflexe défensif, puis vous fixez Albâtre. Il sourit, douloureusement.

« Le spinelle, dit-il, confortant votre saisissement. Celui-là est à moi. Est-ce que tu t'en es approprié certains ? Est-ce que les obélisques viennent quand tu les appelles ? »

Vous ne voulez pas comprendre, mais vous comprenez. Vous ne voulez pas y croire, mais vous y croyez depuis le début.

« C'est *toi* qui as suscité la crevasse au nord », soufflez-vous. Vos mains se ferment en poings. « C'est *toi* qui as divisé le continent. *Toi* qui as déclenché cette Saison. Avec les obélisques ! C'est *toi* qui as fait… qui as tout fait.

— Oui, avec les obélisques et les opérateurs des nœuds. Ils sont en paix, maintenant. » Exhalaison sifflante. « J'ai besoin de ton aide. »

Vous secouez la tête, machinalement – il ne s'agit pas d'un geste de refus.

« Pour arranger les choses ?

— Oh non, Syénite. »

Cette fois, vous ne vous donnez même pas la peine de rectifier. Incapable que vous êtes de détourner les yeux de son visage amusé, quasi squelettique. Vous avez remarqué quand il parlait que certaines de ses dents s'étaient également transformées en pierre. Combien de ses organes ont-ils connu le même sort ?

Combien de temps peut-il – va-t-il – vivre dans cet état ?

« Je ne veux pas que tu arranges les choses, poursuit-il. Ce n'étaient que des dommages collatéraux, mais Lumen a eu ce qu'elle méritait. Non, ma Damaya, ma Syénite, mon Essun, ce que je veux de toi, c'est que tu fasses pire. »

Vous le fixez, bouche bée. Il se penche en avant. Ce qui lui fait manifestement mal ; grincement de la chair qui s'étire, léger craquement d'un morceau de pierre quelconque qui se fissure. Mais, une fois assez proche, il sourit, une fois de plus. La pensée vous frappe brusquement. Terre cruelle et dévoreuse ! Il n'est absolument pas fou. Il ne l'a jamais été.

« Dis-moi, reprend-il, as-tu jamais entendu parler de ce qu'on appelle la *lune* ? »

Premier Appendice

Catalogue des Cinquièmes Saisons documentées avant et depuis la fondation de l'Affiliation équatoriale sanzienne, de la plus récente à la plus ancienne

Saison de l'Étouffement : 2714-2719 de l'Impérial. Cause immédiate : éruption volcanique. Localisation : Antarctique, environs de Deveteris. L'éruption du mont Akok a couvert une zone de mille cinq cents kilomètres de diamètre d'un nuage de cendre fine, qui se solidifiait dans les poumons et au contact des muqueuses. Cinq ans sans soleil, bien que l'hémisphère Nord ait été moins affecté (deux ans seulement).

Saison de l'Acide : 2322-2329 de l'Impérial. Cause immédiate : secousse de magnitude 10+. Localisation : inconnue ; profondeurs océaniques. Un mouvement soudain des plaques lithosphériques a donné naissance à une chaîne de volcans le long d'un courant marin important, qui s'en est trouvé acidifié. Or ce courant circulait jusqu'à la Côtière Occidentale et faisait ensuite presque tout le tour du Fixe. Le tsunami initial a détruit la plupart des comms littorales ; la corrosion des bateaux et des installations portuaires, ajoutée à la fin de la pêche, a provoqué l'extinction ou la relocalisation des autres. L'occlusion atmosphérique due aux nuages a duré sept ans, mais le PH des eaux côtières était encore insupportable des années après.

Saison du Bouillonnement : 1842-1845 de l'Impérial. Cause immédiate : éruption à un point chaud volcanique, sous un grand lac. Localisation : Moyessud, quartant du lac Tekkaris. L'éruption a expédié dans l'atmosphère des millions de mètres cubes de vapeur et de particules, qui ont généré pendant trois ans des pluies acides et une occlusion atmosphérique au-dessus de la moitié sud du continent. La moitié nord n'en a cependant subi aucune conséquence néfaste, aussi les archéomestres contestent-ils qu'il s'agisse là d'une « vraie » Saison.

Saison de l'Essoufflement : 1689-1798 de l'Impérial. Cause immédiate : accident d'exploitation minière. Localisation : Moyennord, quartant de Sathd. Saison à cause exclusivement humaine, déclenchée par les mineurs du bassin houiller de la frontière nord-est des Moyennord qui ont déclenché des incendies souterrains. Elle a été relativement bénigne, le soleil se montrant à l'occasion, et sans pluie de cendre ni acidification, sauf dans la région ; peu de comms ont déclaré la loi Saisonnière. L'éruption de gaz naturel initiale a donné naissance à un aven en feu qui s'est rapidement étendu, faisant environ quatorze millions de morts dans la cité de Heldine, avant que les orogènes impériaux ne réussissent à en sceller et en éteindre les bords pour l'empêcher de s'élargir davantage. Quant au gaz restant, on a dû se contenter de l'isoler. Il a donc continué à brûler pendant cent vingt ans. La fumée dégagée, dispersée par les vents dominants, a causé dans la région des problèmes respiratoires et, parfois, des suffocations de masse plusieurs décennies durant. Effets secondaires de la perte du bassin houiller des Moyennord, le prix des combustibles a augmenté d'une manière catastrophique, et la vogue nouvelle du chauffage géothermique ou hydroélectrique a conduit à l'établissement de la Licenciation de génium.

Saison des Crocs : 1553-1566 de l'Impérial. Cause immédiate : séisme sous-marin déclenchant l'explosion d'un supervolcan. Localisation : fissures arctiques. Une réplique de la secousse océanique a provoqué la rupture d'un point chaud jusqu'alors inconnu près du pôle Nord, rupture qui a elle-même provoqué l'explosion d'un supervolcan. À en croire certains témoignages, cette explosion a été entendue jusqu'en Antarctique. Les cendres ont atteint la haute atmosphère et se sont répandues rapidement autour du globe, bien que l'Arctique ait été la région la plus affectée. Cette Saison s'est révélée d'autant plus néfaste que l'essentiel des comms y était mal préparé, car plus de neuf cents ans la séparaient de la précédente ; à l'époque, l'opinion publique considérait donc les Saisons comme une légende. On a signalé des cas de cannibalisme du pôle Nord jusqu'à l'équateur. La Saison achevée, le Fulcrum a été fondé à Lumen et des installations satellites établies en Arctique et en Antarctique.

Saison du Fongus : 602 de l'Impérial. Cause immédiate : éruption volcanique. Localisation : Ouest équatorial. Une série d'éruptions s'est produite pendant la mousson, augmentant encore l'humidité et tamisant la lumière du soleil pour six mois sur un cinquième du continent, environ. Il s'agissait d'une Saison clémente, en admettant qu'une Saison puisse être qualifiée de clémente, mais, couplée à la mousson, elle a offert les conditions de vie idéales à un fongus qui s'est répandu à travers tout l'Équatorial puis dans les Moyennes nord et sud. Cette invasion a éliminé la culture vivrière du miroq (une plante à présent éteinte). La famine résultante a duré quatre ans (il a fallu deux ans à l'épidémie fongique pour suivre son cours puis deux autres à l'agriculture et au système de distribution de vivres pour se relever). Presque toutes les comms affectées ont réussi à subsister sur leurs réserves propres, ce qui prouve l'efficacité des réformes impériales et de la planification Saisonnière. L'Impérial a aussi eu la générosité de partager ses stocks de semences avec les régions qui dépendaient à l'époque du miroq. Par la suite, de nombreuses comms des Moyennes et des Côtières l'ont intégré volontairement. Cette croissance (qui a multiplié sa taille par deux) a marqué le début de son âge d'or.

Saison de la Folie : 3 avant l'Impérial – 7 de l'Impérial. Cause immédiate : éruption volcanique. Localisation : Pièges de Kiash. L'éruption des multiples cheminées d'un ancien supervolcan (celui-là même qui avait provoqué la Saison Jumelle, environ dix mille ans plus tôt) a expédié dans les airs de grandes quantités d'augite, un minéral foncé. Les dix ans d'obscurité subséquents n'ont pas seulement été dévastateurs à la manière Saisonnière classique, mais se sont aussi soldés par une augmentation statistique des maladies mentales. L'Affiliation équatoriale sanzienne (communément qualifiée d'Impérial sanzien) est née durant cette Saison, lorsque la Dame de guerre Verishe de Lumen a conquis de nombreuses comms souffrantes en utilisant les techniques de la guerre psychologique. (Voir *L'Art de la folie*, collectif, aux Presses de la Sixième Université.) Verishe s'est elle-même proclamée Impératrice le jour où le soleil est reparu.

[**Note de l'éditeur :** L'essentiel des informations concernant les Saisons antérieures à la fondation de l'Impérial sanzien se révèle contradictoire ou incertain. La liste suivante mentionne les Saisons reconnues par la Conférence archéomestrique de la Septième Université en 2532.]

Saison de l'Errance : Environ 800 avant l'Impérial. Cause immédiate : déplacement du pôle magnétique. Localisation : invérifiable. Cette Saison s'est soldée par l'extinction de plusieurs plantes cultivées de l'époque et vingt ans de famine, le déplacement du nord magnétique ayant déconcerté les pollinisateurs.

Saison du Tournevent : Environ 1900 avant l'Impérial. Cause immédiate : inconnue. Localisation : invérifiable. Pour des raisons inconnues, les vents dominants ont changé de parcours des années durant, avant de revenir à la normale. Le consensus veut qu'il s'agisse bien d'une Saison, malgré l'absence d'occlusion atmosphérique. En effet, le phénomène ne peut avoir été provoqué que par un événement sismique majeur (sans doute dans les profondeurs océaniques).

Saison des Métaux Lourds : Environ 4200 avant l'Impérial. Cause immédiate : éruption volcanique. Localisation : Moyessud, près de la Côtière Orientale. Une éruption volcanique (sans doute du mont Yrga) a provoqué une occlusion atmosphérique de dix ans, aggravée par une contamination au mercure touchant toute la moitié est du Fixe.

Saison des Mers Jaunes : Environ 9200 avant l'Impérial. Cause immédiate : inconnue. Localisation : Côtières Orientale et Occidentale ainsi que régions côtières sud jusqu'à l'Antarctique. On ne connaît cette Saison que grâce aux comptes rendus écrits découverts dans des ruines équatoriales. Pour des raisons inconnues, une infestation bactérienne très étendue a rendu toxique presque toute vie marine, causant une famine côtière de plusieurs décennies.

Saison Jumelle : Environ 9800 avant l'Impérial. Cause immédiate : éruption volcanique. Localisation : Moyessud. D'après les chansons et la transmission orale de l'époque, l'éruption d'une cheminée volcanique a généré une occlusion de trois ans. Lorsque l'atmosphère a commencé à s'éclaircir, une seconde éruption a suivi, par une autre cheminée, si bien que l'occlusion a duré trente ans de plus.

Second Appendice

Glossaire de quelques termes usités dans tous les quartants du Fixe

Anneau : Symbole du rang des orogènes impériaux. Les apprentis sont soumis à une série d'examens pour gagner le premier ; le dixième symbolise le rang le plus élevé que puisse atteindre un orogène. Ils sont tous en pierre fine polie.

Antarctique : Latitudes de l'extrême sud du continent. S'applique aussi aux habitants des comms de ces régions.

Arctique : Latitudes de l'extrême nord du continent. S'applique aussi aux habitants des comms de ces régions.

Bâtard : Personne dépourvue à la naissance de caste d'usage, ce qui n'est possible que pour les garçons nés de père inconnu. Ceux qui se distinguent sont parfois autorisés lors du baptême de comm à porter le nom de la caste d'usage maternelle.

Cache : Réserve de nourriture et autres fournitures. Les comms entretiennent en permanence des caches, surveillées et interdites, pour parer à une éventuelle Cinquième Saison. Seuls les membres reconnus d'une comm ont droit à leur part de ces réserves, même si les adultes sont autorisés à nourrir avec la leur des enfants ou autres personnes non reconnues. La plupart des maisonnées entretiennent aussi leurs propres caches, également interdites à quiconque n'appartient pas au cercle familial.

Cebaki : Membre de la race cebaki. Le Cebak, une nation d'antan des Moyessud (c'est-à-dire une unité du système politique obsolète en vigueur avant l'Impérial), fut réorganisé et intégré dans le système des quartants à partir de sa conquête par l'Antique Impérial sanzien.

Cheveux acendres : Caractéristique raciale typiquement sanzienne, avantageuse à en croire les instructions générales des Reproducteurs et donc favorisée dans la sélection. Les cheveux acendres, visiblement épais et rêches, constituent en général une houppe verticale puis, plus longs, retombent autour du visage et des épaules. Ils résistent bien à l'acide, retiennent peu l'eau après immersion et se sont révélés efficaces pour filtrer la cendre dans des conditions extrêmes. Les Reproducteurs ne s'intéressent dans la plupart des comms qu'à leur texture ; toutefois, les instructions générales des Équatoriaux n'accordent souvent cette désignation convoitée qu'aux cheveux possédant de surcroît une couleur « cendre » naturelle (gris ardoise à blanc, dès la naissance).

Choc : N'importe quel volcan. Dit aussi montagne de feu, dans certaines langues côtières.

Cinquième Saison : Hiver prolongé – six mois, minimum, suivant la définition impériale –, déclenché par l'activité sismique ou toute autre altération écologique à grande échelle.

Comm : Communauté. Unité sociopolitique inférieure du système de gouvernance impériale, soit en général une ville ou un village, quoique les plus grandes villes soient parfois divisées en plusieurs comms. Les membres reconnus d'une comm bénéficient du partage des caches et de la protection de la communauté, qu'ils soutiennent en retour par le paiement des taxes et impôts et par d'autres contributions.

Costaud : Une des sept castes d'usage les plus banales. Les Costauds sont choisis pour leurs prouesses physiques. En cas de Saison, les tâches les plus pénibles et la sécurité leur sont confiées.

Côtier : Membre d'une comm côtière. La plupart de ces comms n'ont pas les moyens de louer les services des orogènes impériaux pour se protéger des tsunamis, en faisant surélever des récifs, par exemple. Elles sont donc obligées de reconstruire en permanence, ce qui amoindrit leurs ressources. Les habitants de la côte ouest du continent ont en règle générale la peau claire et les cheveux raides, à quoi s'ajoute parfois un pli épicanthique au coin des yeux. Ceux de la côte est ont en général la peau sombre et les cheveux crépus, à quoi s'ajoute aussi parfois un pli épicanthique au coin des yeux.

Crèche : Endroit où l'on s'occupe des enfants trop jeunes pour travailler, pendant que les adultes se chargent des tâches nécessaires au nom de la comm. Lieu d'apprentissage, lorsque les circonstances le permettent.

Débiteur : Fabricant de petits outils travaillant la pierre, le verre, l'os et autres matériaux. Dans les grandes comms, les débiteurs utilisent parfois des techniques de production de masse ou mécaniques. Ceux qui travaillent le métal ou qui se révèlent incompétents sont familièrement qualifiés de « rouilleurs ».

Équatorial : Latitudes entourant et comprenant l'équateur, à l'exception des régions côtières. S'applique également aux habitants des comms équatoriales. Grâce au climat tempéré et à la stabilité relative du centre de la plaque continentale, ces comms sont souvent prospères et puissantes du point de vue politique. L'Équatorial constituait autrefois le cœur de l'Antique Impérial sanzien.

Faille : Endroit où les fissures de la croûte terrestre augmentent la probabilité de voir survenir des séismes et des chocs importants.

Fixe (Péjoratif, Fixette) : Terme appliqué par les orogènes aux gens incapables d'orogénie.

Fulcrum : Ordre paramilitaire créé par l'Antique Sanze après la Saison des Crocs (1560 de l'Impérial). Le quartier général du Fulcrum se trouve à Lumen, mais l'Arctique et l'Antarctique abritent tous deux un Fulcrum satellite qui permet de couvrir le continent au maximum. Les orogènes entraînés au Fulcrum (dits « orogènes impériaux ») sont légalement autorisés à pratiquer l'art par ailleurs interdit de l'orogénie, en se pliant à des règles organisationnelles strictes et sous la supervision d'un Gardien de l'ordre. Le Fulcrum est autogéré et autosuffisant. Les orogènes impériaux, reconnaissables à leur uniforme noir, sont plus familièrement appelés « bêtes noires ».

Gardien : Membre d'un ordre supposément plus ancien que le Fulcrum. Les Gardiens traquent et guident les orogènes dans le Fixe, où ils veillent sur eux et les surveillent.

Génium : De « géonium ». Ingénieur spécialisé dans les ouvrages en terre – mécanismes à énergie géothermique, tunnels, infrastructures souterraines, mines.

Géomestre : Personne qui étudie la pierre et sa place dans le monde naturel ; terme général désignant un scientifique. Les géomestres s'intéressent plus spécifiquement à la lithologie, la chimie, la géologie, disciplines qui n'en forment qu'une dans le Fixe. Quelques-uns se spécialisent en orogenèse – l'étude de l'orogénie et de ses effets.

Hors-comm : Criminel ou autre indésirable incapable de se faire accepter dans une comm.

Innovateur : Une des sept castes d'usage les plus banales. Les Innovateurs, choisis pour leur créativité et leur intelligence pratique, sont chargés de résoudre les problèmes techniques et logistiques lors des Saisons.

Jeunecomm : Appellation familière des comms fondées après la dernière Saison. La plupart des gens préfèrent vivre dans des comms ayant survécu à une Saison, minimum, puisqu'elles ont ainsi prouvé leur force et leur efficacité.

Kirkhusa : Mammifère de taille moyenne qu'on adopte comme animal de compagnie, gardien du foyer ou du bétail. Herbivore, en principe ; carnivore pendant les Saisons.

Loi Saisonnière : Loi martiale que peut déclarer n'importe quel chef de comm, gouverneur de quartant ou de région ou Dirigeant lumenien reconnu. La loi Saisonnière interrompt la gouvernance des quartants et des régions ; les comms opèrent alors en unités sociopolitiques souveraines, bien que l'Impérial encourage vivement la coopération intercomm.

Mangeur de pierre : Représentant d'une espèce humanoïde consciente qu'on ne croise que rarement. Sa peau et ses cheveux ressemblent à de la pierre. On ne sait que peu de choses des mangeurs de pierre.

Marmite : N'importe quels geyser, source chaude ou fumerolles.

Mela : Plante des Moyennes, de la famille des melons équatoriaux. La mela est une rampante qui produit en général des fruits aériens, lesquels se transforment toutefois en tubercules souterrains lors des Saisons. Les fleurs de certaines melas piègent les insectes.

Métallogie : Comme l'alchimie et l'astromestrise, il s'agit d'une pseudo-science discréditée, désavouée par la Septième Université.

Mnésiste : Personne qui étudie la lithomnésie et l'histoire perdue.

Mosaïque : Terrain chaotique, marqué par une activité sismique violente et/ou récente.

Moyen : Habitant des Moyennes.

Moyennes : Latitudes « moyennes » du continent – entre l'Équatorial et l'Arctique ou l'Antarctique. Ces régions, perçues comme les provinces profondes du Fixe, produisent une proportion considérable de la nourriture, du matériel et autres ressources essentielles. Il existe deux Moyennes : celles du Nord (Moyennord) et celles du Sud (Moyessud).

Nœud : Abri appartenant au réseau entretenu par l'Impérial à travers tout le Fixe pour étouffer ou, du moins, réduire l'activité sismique. Vu la rareté relative des orogènes impériaux, l'essentiel des nœuds est réuni en Équatorial.

Nom de comm : Troisième nom de la plupart des citoyens, indiquant à quelle comm ils appartiennent et de quels droits ils jouissent. Il leur est généralement octroyé à la puberté, lorsqu'ils entrent dans l'âge adulte, et prouve qu'on a reconnu en eux des membres précieux de la communauté. Toutefois, les immigrants ont le droit de demander à être adoptés par la comm où ils se sont installés. En cas d'acceptation, ils prennent eux aussi le nom de leur comm adoptive.

Nom d'usage : Deuxième nom de la plupart des citoyens, indiquant à quelle caste d'usage ils appartiennent. Il existe vingt castes d'usage reconnues, bien qu'on n'en utilise largement que sept (il en allait déjà de même dans l'Antique Impérial sanzien). Chacun hérite du nom d'usage du parent de son sexe car, en théorie, les caractéristiques utiles se transmettent plus facilement de père en fils et de mère en fille.

Orogène : Personne entraînée ou non, capable d'orogénie. Insultant : gèneur.

Orogénie : Capacité de manipuler les forces thermiques et cinétiques, ainsi que d'autres formes d'énergie, pour influencer les secousses sismiques.

Poussière : Au Fulcrum, enfants orogènes sans anneaux qui suivent toujours l'entraînement de base.

Quartant : Niveau intermédiaire du système de gouvernance impérial, le quartant, constitué de quatre comms adjacentes, est dirigé par un gouverneur, à qui les chefs de comm rendent des comptes et qui en rend lui-même au gouverneur régional. La comm la plus nombreuse d'un quartant en constitue la capitale ; les capitales de quartant les plus peuplées sont reliées les unes aux autres par le réseau des routes impériales.

Région : Niveau supérieur du système de gouvernance impérial. L'Impérial en reconnaît sept – l'Arctique, les Moyennord, la Côtière Occidentale, la Côtière Orientale, l'Équatorial, les Moyessud et l'Antarctique –, toutes soumises à l'autorité d'un gouverneur de région à qui les gouverneurs des quartants locaux doivent obéissance. Officiellement, l'empereur en personne nomme les gouverneurs régionaux ; en pratique, le choix se fait par et/ou parmi les Dirigeants lumeniens.

Relais : Abri tel qu'on en trouve à intervalles le long des routes impériales et de la plupart des routes secondaires. Tous les relais comportent un point d'eau et sont situés près de terres arables, de forêts ou autres ressources utiles. La plupart sont construits en zone d'activité sismique minimale.

Reproducteur : Une des sept castes d'usage les plus banales. On choisit les Reproducteurs en fonction de leur santé et de leur conformation avantageuses. En cas de Saison, ils prennent des mesures de sélection pour préserver la robustesse des lignées et améliorer la comm ou l'espèce. Les Reproducteurs nés qui ne correspondent pas aux standards de la communauté sont parfois autorisés lors du baptême de comm à intégrer la caste d'usage d'un parent proche.

Résistant : Une des sept castes d'usage les plus banales. On choisit les Résistants pour leur capacité de survie à la famine ou à la maladie. Lors des Saisons, ils s'occupent des infirmes et disposent des cadavres.

Route impériale : Axe de communication majeur, surélevé, destiné aux marcheurs, aux cavaliers et aux véhicules. Le réseau des routes impériales, qui relie toutes les comms importantes et la plupart des grands quartants, constitue l'une des innovations magnifiques de l'Antique Impérial sanzien. Ces ouvrages ont été réalisés grâce à la collaboration de géniums et d'orogènes impériaux, les seconds déterminant le chemin le plus stable à travers les zones d'activité sismique (ou étouffant ladite activité, s'il n'existait pas de chemin stable), les premiers amenant l'eau et autres ressources importantes jusqu'aux routes pour faciliter les déplacements pendant les Saisons.

Sac de survie : Petit paquet facile à transporter que la plupart des gens gardent chez eux, caché dans un coin, en prévision d'une secousse ou autre cas d'urgence.

Sain : Boisson traditionnellement servie lors des négociations, de diverses réunions formelles et de la première rencontre entre des parties potentiellement hostiles les unes aux autres. Le sain se compose de la sève d'une plante qui réagit à toute substance étrangère.

Sanze : Il s'agit à l'origine d'une nation – unité du système politique obsolète appliqué en Équatorial avant l'Impérial ; berceau de la race sanzienne. Passé la Saison de la Folie (en 7 de l'Impérial), le Sanze a été aboli et remplacé par l'Affiliation équatoriale sanzienne, composée de six comms à prédominance sanzienne et gouvernée par l'impératrice Verishe Dirigeante Lumen. L'Affiliation s'est rapidement étendue dans le sillage de la Saison pour finir par englober en 800 de l'Impérial l'ensemble du Fixe. Aux environs de la Saison des Crocs, elle était plus couramment appelée l'Antique Impérial sanzien ou, tout simplement, l'Antique Sanze. Les accords de Shilteen, signés en 1850 de l'Impérial, ont officiellement mis fin à l'Affiliation, car on estimait que des chefs locaux (conseillés par des Dirigeants lumeniens) étaient plus efficaces lors des Saisons. En pratique, la plupart des comms se plient toujours aux systèmes impériaux de gouvernance, de finance, d'éducation et autres, et la plupart des gouverneurs régionaux paient toujours un tribut à Lumen.

Sanze-mat : Langue parlée par les Sanziens, puis langue officielle de l'Antique Impérial sanzien. Langue véhiculaire actuelle de la majorité du Fixe.

Sanzien : Membre de la race sanzienne. Les critères de reproduction lumeniens le décrivent dans l'idéal comme doté d'une peau dorée, de cheveux acendres, d'une conformation endomorphe ou mésomorphe et d'une taille adulte supérieure à un mètre quatre-vingts.

Secousse : Mouvement sismique.

Septième Université : École célèbre pour son étude de la géomestrise et de la lithomnésie, actuellement financée par l'Impérial et sise dans la ville équatoriale de Dibars. Les versions antérieures de l'Université dépendaient de la générosité de personnes privées ou de collectivités ; la Troisième Université d'Am-Elat, notamment (vers 3000 avant l'Impérial), était reconnue à l'époque comme une nation souveraine. Les écoles plus modestes des quartants ou des régions paient un tribut à l'Université, qui leur dispense en échange ses compétences et diverses ressources.

Valuation : Conscience des mouvements de la terre. Les organes sensoriels qui permettent cette conscience sont les valupinae, situées dans le tronc cérébral. Verbe correspondant : **valuer**.

Verdure : Terrain en jachère situé dans l'enceinte ou juste à l'extérieur de la plupart des comms, suivant les conseils de la lithomnésie. Les verdures des comms peuvent être soumises n'importe quand à l'agriculture ou à l'élevage, à moins qu'elles ne servent juste hors Saison de parc ou de jachère. Les maisonnées entretiennent souvent elles aussi leurs propres jardin ou jachère.

Remerciements

Ce roman de fantasy est né pour partie dans l'espace.

Vous l'avez sans doute remarqué, si vous l'avez lu jusqu'à la dernière ligne. L'idée en a germé au Launch Pad, un atelier auquel j'ai participé en juillet 2009, quand il était encore financé par la NASA. Les prescripteurs des médias – dont, étonnamment, les auteurs de science-fiction et de fantasy font partie – s'y retrouvaient pour approfondir leur compréhension de La Science afin de mieux l'utiliser (s'ils l'utilisaient) dans leurs œuvres. Il se trouve en effet que les croyances farfelues du public en matière d'astronomie sont souvent imputables aux écrivains. Malheureusement, je ne suis pas persuadée de donner l'information scientifique la plus fiable du monde en associant l'astronomie à des créatures minérales douées de conscience. Toutes mes excuses aux autres participants du Launch Pad !

Il m'est impossible de résumer les discussions surprenantes et animées qui ont fait germer ce roman dans mon cerveau. (Ces remerciements sont censés être brefs.) Je peux en revanche vous dire que les discussions étaient très souvent surprenantes et animées au Launch Pad. Si vous êtes un prescripteur des médias et que vous avez l'occasion de bénéficier de l'atelier, je vous le recommande chaudement. Je dois des remerciements aux gens qui s'y trouvaient cette année-là, car ils ont tous contribué à la germination de ce livre, qu'ils en aient été conscients ou non. Me viennent à l'esprit les noms de Mike Brotherton (l'administrateur de l'atelier, professeur à l'université du Wyoming et lui-même écrivain de science-fiction) ; Phil Plait, l'Abominable Astronome (attention, c'est son titre, il n'est pas réellement abominable, enfin… Bon, d'accord, renseignez-vous sur lui) ; Gay et Joe Haldeman ; Pat Cadigan ; Brian Malow, le Comique de la Science ; Tara Fredette (devenue depuis Tara Malow) ; et Gord Sellar.

Tout mon respect aussi à mon éditrice, Devi Pillai, et à mon agent, Lucienne Diver, qui ont réussi à me convaincre de ne pas laisser tomber ce roman. Je n'ai jamais rien écrit de plus exigeant que la trilogie de *La Terre fracturée*, et il m'est arrivé en travaillant sur *La Cinquième Saison* de trouver la tâche si écrasante que j'ai envisagé de renoncer. (Il me semble que mes mots exacts ont été : « Effacer cet insupportable gâchis, hacker la Dropbox pour récupérer les sauvegardes, balancer l'ordinateur du haut d'une falaise, l'écraser avec une voiture, mettre le feu à l'ensemble puis enterrer les preuves du crime à la tractopelle. Est-ce qu'il faut un permis spécial pour conduire une tractopelle ? ») Kate Elliott (tous mes remerciements à cette amie et éternel mentor) qualifie ces moments-là d'« Abîmes de Doute ». N'importe quel auteur y succombe à un moment ou à un autre lorsqu'il se consacre à un projet très important. Mon Abîme s'est révélé aussi profond et terrifiant que le rift lumenien.

Autres personnes par lesquelles je me suis laissé convaincre de renoncer à la falaise : Rose Fox ;

Danielle Friedman, mon médecin consultant ; Mikki Kendall ; mon groupe d'écriture ; le patron pour qui je travaille de jour (je ne suis pas sûre qu'il ait envie de voir son nom apparaître ici) ; et mon chat, KING OZZYMANDIAS. Eh oui, même cet idiot de chat. Il faut tout un village pour empêcher un écrivain de perdre la boule, vous savez ?

Et, comme toujours, merci à vous tous de lire.

12712

Composition
NORD COMPO

Achevé d'imprimer en Slovaquie
Par Novoprint SLK
le 20 octobre 2020

Dépôt légal : août 2019
EAN 9782290172841
L21EPGN000663A004

Éditions J'ai lu
87, quai Panhard-et-Levassor, 75013 Paris

Diffusion France et étranger : Flammarion